正倉院本

王勃詩序訳注

日中文化交流史研究会編

まえがき

初唐の詩人王勃はその「滕王閣詩」によって著名であるが、その詩には「秋日登洪府滕王閣餞別序」と題する序が付されている。王勃の詩に付された序は「詩序」としてまとめられ、彼の詩文集に収められていた。『新唐書』などによれば当初は三十巻あった詩文集も時とともに散逸し、今日ではその一部が伝えられるのみである。その希少な伝本に正倉院蔵の『王勃詩序』がある。「秋日登洪府滕王閣餞別序」もその二十六番目に見えるが、『王勃詩序』に収められた全四十一篇のうち二十一篇は現行の『王子安集』では見られず、正倉院蔵本でしか見ることはできない。

詩人としての王勃自身や彼の詩については従来から研究がなされてきたが、詩序に関しては清・蔣清翊の『王子安集註』巻六から巻九にかけて二十篇に出典を中心とする注が施されただけで、それ以外はまとまった研究はなされなかった。

筆者も参加している「日中文化交流史研究会」ではかねてから本邦の寺院に蔵される旧鈔本の読解に取り組み、

『聖徳太子伝暦　影印と研究』　桜楓社　一九八五年

『杜家立成雑書要略　注釈と研究』　翰林書房　一九九四年

に続き、この正倉院本『王勃詩序』のうちの八篇に訓読・通釈・語釈を、また必要に応じて考説を付し、研究篇とともに、

『正倉院本王勃詩序の研究Ｉ』　神戸市外国語大学外国学研究所　一九九五年

を上梓し、引き続き残る三十三篇の訳注作成作業に取り組んできた。

しかし千三百年以上も前の文献であることから、比較的善本とされる正倉院本『王勃詩序』にも抄写の際に生じたと考えられる誤字も見られるし、今日となっては調べようのない語句も使用されており、二回、三回と輪読を重ねても判然としない語句が少なくなかった。その中で研究会の中心であった長田夏樹先生と蔵中進先生が相次いで逝去されたことは大きな痛手であった。断続的に研究会は続いたがなかなか訳注作成作業は進展せず、一時は諦めようとしたこともあったが、このたびようやく出版するまでまとめることができた。といっても詩序の解読がこれで完成したというわけではない。私たちはここまでしか解読できなかったというのが正直なところであり、まだまだ不明箇所は残っている。長田先生、蔵中先生もとても満足はしておられないことであろう。専家のご指教を願うとともに、本書を出発点としてまた新たな研究が始まることを切望している。

日中文化交流史研究会

代表　山川　英彦

正倉院本王勃詩序訳注

目次

まえがき……1
正倉院本『王勃詩序集』について……7

訳注編
訳注編……17
凡　例……19
〔一〕王勃於越州永興縣李明府送蕭三還齊州序……21
〔二〕山亭興序……39
〔三〕秋日宴山庭序……58
〔四〕三月上巳祓禊序……65
〔五〕春日序……77
〔六〕秋日送沈大虞三入洛詩序……86
〔七〕秋日送王贊府兄弟赴任別序……93
〔八〕夏日喜沈大虞三等重相遇序……102
〔九〕冬日送閭丘序……108
〔十〕秋晩什邡西池宴餞九隴柳明府序……115
〔十一〕上巳浮江讌序……125
〔十二〕聖泉宴序……145

〔十三〕江浦觀魚宴序……152
〔十四〕與邵鹿官宴序……164
〔十五〕仲家園宴序……170
〔十六〕梓潼南江泛舟序……176
〔十七〕餞宇文明府序……181
〔十八〕夏日仙居觀宴序……186
〔十九〕張八宅別序……195
〔二十〕九月九日採石館宴序……202
〔二十一〕衛大宅宴序……211
〔二十二〕樂五席宴羣公序……221
〔二十三〕楊五席宴序……228
〔二十四〕與員四等宴序……232
〔二十五〕登綿州西北樓走筆詩序……236
〔二十六〕秋日登洪府滕王閣餞別序……240
〔二十七〕送劼赴太學序……274
〔二十八〕秋夜於綿州羣官席別薛昇華序……286
〔二十九〕宇文德陽宅秋夜山亭宴序……296
〔三十〕晚秋遊武擔山寺序……312

〔三十一〕新都縣楊乹嘉池亭夜宴序……326
〔三十二〕至眞觀夜宴序……334
〔三十三〕遊廟山序……338
〔三十四〕秋晩入洛於畢公宅別道王宴序……348
〔三十五〕別盧主簿序……370
〔三十六〕秋日楚州郝司戸宅遇餞霍使君序……380
〔三十七〕江寧縣白下驛呉少府見餞序……392
〔三十八〕秋日登冶城北樓望白下序……408
〔三十九〕冬日送儲三宴序……415
〔四十〕初春於權大宅宴序……421
〔四十一〕春日送呂三儲學士序……429
漢字索引編……596
あとがき……598
日中文化交流史研究会同人紹介……600

正倉院本『王勃詩序集』について

一

正倉院蔵本『王勃詩序集』残一巻は、かつて『南都秘极』一に影印覆製され（大正十年）、その時に内藤湖南博士によって概要が解説されている。[1] また、『書道全集』[2]や『国史大辞典』[3]などにも、部分写真を掲げ要を得た解説がされている。更に昭和五十八年秋の正倉院展に出陳されて、その時頒布された『目録』には全巻が影印され、簡潔な解説が付されている。[4] いまその解説を摘記すると次のごとくである。

…本巻におさめられている文章は作詩のいわれを書いたもので、すべて四十一篇であるが、うち二十篇は現行の『王子安集』に見当らないものである。

表紙は白麻紙、外題に「□詩序一巻」の墨書があり、本紙は白・茶・黄・褐・赤・緑・縹・灰などの色麻紙三十枚を継ぎ合せて行書草書を交ぜ書きし、初唐の欧陽詢の書風をくんだもので、うちに則天武后が載初元年（六九〇）に制定したといわれる則天文字（日・月・年など）が用いられている。巻末の余白に「慶雲四年（七〇七）七月廿六日用紙弐拾玖張」（但し実際は三十枚）の墨書がある。平城遷都以前の古本であり、筆者は明らかではないが、これ以前に唐より請来された原本をもとに忠実に臨書されたことが知られ、年記の明らかな外典の最古の遺品としても注目される。

右に述べられているように、本残巻には、王勃の詩序四十一篇が収められている。それらを示すと次の如くである。

1王勃於越州永興縣李明府送蕭三還斉州序
2山家興序
3秋日宴山庭序
4三月上巳祓禊序
⑤春日序
⑥秋日送沈大虞三入洛詩序
⑦秋日送王賛府兄弟赴任別序
⑧夏日喜沈大虞三等重相遇序
⑨冬日送閭丘序
⑩秋晩什邡西池宴餞九隴柳明府序
11上巳浮江讌序
12聖泉宴序
⑬江浦観魚宴序
⑭与邵鹿官宴序
15仲家園宴序
16梓潼南江泛舟序

17餞宇文明府序
⑱夏日仙居観宴序
⑲張八宅別序
⑳九月九日採石館宴序
㉑衛大宅宴序
㉒樂五席宴群公序
㉓楊五席宴序
24与員四等宴序
㉕登綿州西北樓走筆詩序
26秋日登洪府滕王閣餞別序
27送劼赴太学序
28秋夜於綿州群官席別薛昇華序
29宇文徳陽宅秋夜山亭宴序
30晩秋遊武擔山寺序
㉛新都県楊乾嘉池亭夜宴序
㉜至真観夜宴序
33遊廟山序
34秋夜入洛於畢公宅別道王宴序

35別廬主簿序
36秋日楚州郝司戸宅遇餞霍使君序
37江寧県白下駅呉少府見餞序
㊳秋日登冶城北楼望白下序
㊴冬日送儲三宴序
㊵初春於権大宅宴序
㊶春日送呂三儲学士序

これらの中には、その約半数（二十一篇）が、今日伝えられている『王子安集』などに見えないもので、王勃研究上極めて貴重な資料といわねばならないのである。近人何林天氏の『重訂新校王子安集』[5]には、佚文（巻之十七）としてこれらの詩序が翻刻付載されている（右の⑤⑥⑦……のごとく番号を○で囲んだ作品が佚文として翻刻されている）。なお、何林天氏は、その「校勘后記」に、本書も校勘資料として用いたことを述べ、更に本書について、

…《王勃集残巻》、是我従日本弄回的一個初唐抄本、此書長期以来為国内所罕見。原書蔵日本宮内庁正倉院宝庫中。此書抄写的年代、据書末批載是『慶雲四年七月二十六日』、并説明『用紙二十九張』。『慶雲』是日本文武朝年号、相当于我国唐中宗景竜元年（707年）。据個人研究、王勃卒于文明元年（684年）、則此抄本抄于王勃卒后二十三年、是目前已知王勃著作的最早抄本。全書共四十一篇、其中有二十一篇詩序、是王子安集中各種刊本所没有的。

と述べておられる。この記述によると、わが正倉院本を「一個初唐抄本」と称して、初唐人書写の唐本とみておられるごとくである。

確かに本書中には、十二種の則天文字（天・地・日・月・星・年・臣・人・授・國・載・初）が用いられ、また「華」字についての欠筆例も見られ、則天武后時代の書写たることを示しているのであるが、「慶雲四年七月二十六日」は、本文と同筆と見られ、わが文武天皇末年（この日付などについては後述する）の本邦人書写たることを示している。即ち本残巻の原本は、武后時代に書写されたものであるが、それを本邦将来後に、かなり忠実に（則天文字なども改めず）慶雲四年頃に書写したものと見られるものであって、[6] これを「初唐抄本」とするのはあたらない。

二

この正倉院本が「慶雲四年七月廿六日」にわが藤原京の宮廷で書写されたとして、この日付の前後の時代を、『続日本紀』によって見てみよう。

四年（７０７）六月十五日には、文武天皇が二十五歳の若さで崩じ、七月十七日に、その母阿閇皇女が即位（元明天皇）している。実は文武天皇はこの前年の慶雲三年（７０６）十一月頃から不予、阿閇皇女に譲位の意志を示したが固辞されている。そして翌四年（７０７）三月二日に、大宝元年（７０１）度の遣唐使の副使巨勢朝臣邑治が帰朝（執節使粟田朝臣真人は三年前の慶雲元年（７０４）七月一日に帰朝している）したのであった。そして六月十五日に文武天皇は崩じ、挙哀すること三日、凶服すること一月に及び、大葬のことなどは遺詔によってこれを行ったという。『続紀』には、

自二初七一至二七七一、於二四大寺一設レ斎焉。

とあって、仏式による殯宮供養であったもののごとくである。そして十一月十二日に火葬、同二十日に山陵奉葬を行っている。この間に、六月二十四日阿閇皇女万機を摂し、七月十七日に即位（元明天皇）したのであった。「慶雲

四年七月廿六日」という日付は、まさに文武崩御（六月十五日）、元明即位（七月十七日）直後にあたり、おそらく宮廷あげての殯宮行事等の真最中であった筈である。若くして崩じた文武天皇の殯宮行事や、急遽帝位に即くことになった女帝元明のあわただしい体制がためのさなかの宮廷の中で行われたものと考えられるが、何故に『王勃集』などの書写が行われねばならなかったのであろうか。われわれの疑問とするところである。

三

前記のように、正倉院本『王勃詩序集』は、その用紙も極美、巻軸なども入念に仕上げられ、筆跡も美事である。巻首のあたりは細字（一行二十数字）で丁寧に書写されているが、だんだん肉太の大字となり、巻末に近づくとかなり急いだらしく乱雑な大字（一行十数字）となって、書写に倦んできたことを示している。全巻一筆であり、「慶雲四年七月廿六日」も書写者によって記された書写日付と認めてよい。この「七月廿六日」は、文武天皇崩後四十二日目にあたり、あたかもそれは六七忌にあたる日であった。『続紀』によると、前記のように初七忌から七七忌に至るまで、四大寺において斎会を設けている。「七月廿六日」がもし文武忌とかかわりをもつと考えるなら、この時の『王勃集』書写は、文武の生前に将来されたばかりの『王勃集』に対して大きな興を示した文武天皇の追福供養のために書写されたものと考えてよいのではあるまいか。

四

ここで思い合わされるのは、かつて内藤湖南博士によって紹介された上野・神田・富岡氏蔵本『王勃集』残巻についてである。(7) 同残巻は、全三十巻の『王勃集』の巻二十八、二十九、三十の各巻に相当する残巻で、同博士によって、

凡写二華字一皆欠二末筆一、乃避二則天祖諱一、而后制字一無レ所レ用、可レ断三其鈔成二於垂拱・永昌間一矣。

とされ、本正倉院本より古写に属する唐鈔本とされたのであった。実は、正倉院本も「華」字の欠筆例は散見され、また則天文字の使用も、そのすべてが使用されているのではなく、邦人書写者の手によって、適宜常体字に翻字書写されているものもあることが看取される。これらによって、上野・神田・富岡本『王勃集』残巻と、正倉院本『王勃詩序集』とは、書体も異り（上野・神田・富岡本は正楷、正倉院本は行書）、則天文字のあり方も異っている（上野・神田・富岡本には見られない）が、三十巻の『王勃集』を幾人かによって分担書写したためおこったことで、いずれも同時に書写された僚巻であると認めるべきであろう。即ち、この『王勃集』の原本は、則天武后在位時代に唐土で書写、調製されたもので「華」字は避諱欠筆され、かつ制式通りに則天文字が使用されているものであった。それが、わが遣唐使の帰国の際に将来されたのであったが、前述したように、それは副使巨勢朝臣邑治らの帰国時（慶雲四年（７０７）三月二日）であったと考えられる。新着の『王勃集』三十巻は、すでに病床にあった若さ好文の天皇（『懐風藻』に詩三首―これは大友皇子（弘文天皇）の一首を除いて天皇詩人としては唯一の存在―、『万葉集』に短歌一首を残している）文武を大いに喜ばせ、その死の直前まで枕頭に置かれていたのではないかと推測される。

以上、推測に推測を重ねてきたのであるが、この『王勃集』三十巻は、はじめ唐土にあって則天武后在位中の載初（６９０）～長安四年（７０４）の間に書写されていたものと思われ、特にわが遣唐使との関係からすれば、武后最晩年の長安年間（７０１～７０４）の頃に書写されたものと見るのが最も蓋然性が高く、慶雲四年（７０７）三月に帰国した遣唐副使一行によってもたらされたものと推定される。則天文字をちりばめた唐土の香り高い『王勃集』をいたく愛でつつ文武天皇は六月十五日に崩じたのであったが、その殯宮諸行事の一環として、天皇遺愛の『王勃集』三十巻の書写も行われ、その将来原本（唐鈔本）は、天皇の遺骨とともに副葬品として山陵に埋納され、書写本が遺品として残されることになったものと思われる。三十巻の『王勃集』は、華麗な色麻紙を用いたりして、幾人かの書手によって分担書写されたものと思われ、そのある者は書体を正楷にとり、書巻中の則天文字もすべて常体字に翻字し（上野・神田・富岡本など）、そのある者は唐抄原本に忠実に、則天文字もそのままに残し、書体も行書体をとって書写したが、巻末に近づき書写にも倦み、また心理的にも余裕がなくなり、則天文字も使い慣れている常体字に翻字して書写したもの（正倉院本）と推定される。

かくして、『王勃集』三十巻は、その没（唐、上元三年（676）八月）後三十年にしてわが国に伝えられたのであった。ここに見える則天文字は、おそらく三年前の遣唐執節使粟田朝臣真人らの帰国（慶雲元年（704）＝周、長安四年）の時にはすでに伝えられていた筈で、藤原宮廷の貴族・知識人・官人の間には十分知られていたものと思われる。そして副使一行の帰国により、則天武后時代も終焉し（神竜元年（705））、中宗復位と共に国号も唐に復し、則天文字も廃止されたことを知ったことであろう。『王勃集』書写は、そのような微妙な時期に、急遽書写されたもので、則天文字をそのまま残して書写するか、常体字に復して書写するか、は担当書手に委ねられたままに行われたのではないか。—唐将来原本『王勃集』三十巻は、この年十一月二十日の文武天皇山陵奉葬にあたって、遺骨と共に埋納され、その記念物として邦人書手により書写された「王勃集」三十巻が宮廷に伝えられ、平城遷都後、文武の孫聖武天皇の愛賞することとなり、その崩後、聖武遺愛品の一つとして正倉院に納められて、その一巻が今日に残ることを得たのであろう（他の二十九巻は、はやく流出、散逸したのであろう）。

五

以上のようにみてくると、この正倉院本「王勃詩序集」一巻は、もともと邦人によって編纂されたものではなく、王勃没後に唐人（王勃の友人楊炯など）によって編纂された『王勃集』の体裁をそのまま伝えるものとみるべきであろう。即ち、ここにみえる四十一篇の詩序は、最初から、詩とは切りはなされて「詩序」ばかりの巻として編纂されたものと思われる。それは、多く宴席などでの詩序であって、序に続く詩作品中には、王勃以外の人物の詩も並び、『王勃集』という別集編纂の目的にそぐわないことにもなる点を考慮しての処置であったのであろう。各詩序の後に、その時の参加者全員の詩が配列されていたら、どれほどか当時の詩宴、ひいては文学の場や文学資料に関する知見を得ることができたであろうに、と残念に思うのはわれわれだけではあるまい。

本『詩序集』に収める王勃の詩序四十一篇は、夭折した詩人の廿歳前後の作で、長安都城での作よりも蜀、楚、越など辺遠の旅先での作の方が多いことが目につく。若くしてその文才を謳われた王勃は、地方にまでもその文名が知れ渡っていたのである。その文章は、対句・故事を頻用し、駢文体を用い、華麗で典雅な用語を駆使し、独自の詩的世界を展開している。個別の詩序についての研究は、本書に共同研究の成果としてまとめたので参照されたい。

なお、今回本書をまとめるにあたっては、時間的都合や紙数などを考えて、前記四十一篇の詩序中八篇に止めざるを得なかった。残りの三十三篇についてもいずれ近日中に整理して公刊の機を得たいと念願している。

注

（1）内藤湖南「正倉院尊蔵二旧鈔本に就きて」（『研幾小録』――『内藤湖南全集』七、昭和四十五年二月、筑摩書房――所収）。

（2）『書道全集』九（昭和四十年五月、平凡社）。解説は中田勇次郎氏。

（3）『国史大辞典』二（昭和五十五年七月、吉川弘文館）。執筆は川口久雄博士。

（4）『昭和五十八年正倉院展目録』（昭和五十八年十月）。『王勃詩序』全巻の影印は一一二頁～一一六頁。なお、平成六年秋の正倉院展にも再度出陳されて、この時の『目録』にも全巻の影印が収められている。
（5）何林天『重訂新校王子安集』（一九九〇年十二月、山西人民出版社）。
（6）蔵中進「上代則天文字考」（『小島憲之博士古稀記念論文集　古典学藻』―昭和五十七年十一月、塙書房―所収）参照。本稿は、この論文に手を加えたものである。
（7）内藤湖南「上野氏蔵唐鈔王勃集残巻跋」、「富岡氏蔵唐鈔王勃集残巻」（『宝左盦文』（『内藤湖南全集』十四、昭和五十一年七月、筑摩書房）所収）。

（蔵中　進）

補　注

この解説は一九九五年三月に神戸市外国語大学外国学研究所より刊行した『正倉院本王勃詩序の研究Ｉ』に付された解説をそのまま収録した。そのため今回刊行する『正倉院本王勃詩序訳注』とは字体・内容に一致しない部分もあるが、あえて改めなかった。

訳注編

凡　例

一、本書は、正倉院所蔵王勃詩序（『南都秘极』第一集所収影印覆製版、昭和五十八年正倉院展目録所収写真版）を底本とし、初唐四傑集及び文苑英華所収の王勃集等を参照して定本を作成し、その定本に訓読、通釈、語釈を付したものである。また必要に応じ考説を付し、さらに一句索引を巻末に付載した。

一、定本の作製には可能な限り正倉院本を尊重し、正倉院本の字句の変更は最小限度にとどめ、変更した場合にのみ校異に掲出した。なお校異のＡ―Ｂは、正倉院本ではＢに作るが、英華・四傑本等に拠ってＡに改めた、の意である。

一、原本の字体は正体字・異体字・俗字等様々である。原則的にすべて正体字に改めたが、異体字はそのままにした場合も少なくない。「華」字は終画を避諱欠筆しているが、正体字とした。また則天文字が使用されているが、これも正体字に改め、右側に◎印を付して則天文字であることを明示した。原文中で使用されている則天文字は以下の十二種である。ただしすべての箇所で則天文字になっているわけではない。

𠑺（天）　埊（地）　𡆠（日）　𠥱（月）　〇（星）　𠡦（年）
𠚋（載）　𡔈（初）　𥠢（授）　𢘑（臣）　圀（國）　𤯔（人）

訓読・通釈・語釈等ではすべて通行の字体（常用漢字）とした。このため本文部分とその他の箇所では同一語であっても字体が異なることがある。

一、原文に付した訓読は正倉院本が書写された奈良時代の訓みに近づけようとしたため、今日一般に行われている訓読とは異なる場合がある。

一、通釈は平易な口語文を心がけた。

一、語釈には意味、用例を付した。用例にもごく一部の分かりやすい例を除き、訓読を付した。一度語釈を掲出した語句に再度語釈の必要がある場合は可能な限り「[〜]参照」としたが、重出した場合もある。なお、語釈の文中に「名義抄」とあるのは、観智院本『類聚名義抄』のことである。

一、考説は必要に応じて記した。序に該当すると考えられる詩が判明した場合には考説に掲げ、訓読を施した。

一、訳読作業は輪読会形式で分担して進めた。二回目以降の輪読会では担当者が交代し字句を改めたこともあるが、各詩序の末尾には最初の担当者の名を記した。

〔一〕王勃於越州永興縣李明府送蕭三還齊州序

嗟乎、不遊天下◎者、安知四海之交、不涉河梁者、豈識別離之恨。蔭松披薜、琴樽爲得意之親、臨遠登高、烟霞是賞心之事。亦當將軍塞上、詠蘇武之秋風、隱士山前、歌王孫之春草。故有梁孝王之下客、僕是南河之南、孟嘗君之上賓、子在北山之北。幸屬一人◎作寰中之主、四皓爲方外之臣◎、倶遊萬物之間、相遇三江之表。許玄度之清風朗月◎、時慰相思、王逸少之脩竹茂林、屢陪讌宴。加以惠而好我、携手同行。或登呉會而聽越吟①、或下宛委而觀禹穴。良談落落、金石絲竹之音暉、雅智飄飄、松柏②風雲之氣狀。當此時也、嘗謂連城無他鄉之別、斷金有同好之親。契生平於張范之年◎、齊物我於惠莊之歲、雖三光廻薄、未殫投分之情、四序循③環、詎盡忘言之道、豈期我留子往、樂去悲來。横溝水而東西、斷浮雲於南北。況乎泣窮途於白首、白首非離別之秋、歎岐路於他鄉、他鄉豈送歸之地◎。蓐收戒節、少昊司④辰、清風起而城闕寒、白露下而江山晩。徘徊去鶴、將別蓋而同飛、悽斷來鴻、共離舟而倶泛。古人◎道別、動尚經年◎、今我言離、會當何日◎。山巨源之風猷令望、善佐朝廷、嵇叔夜之潦⑤倒麤踈、甘從草澤。行當山中攀桂、往往思仁、野外紉⑥蘭、時時佩德。人◎非李徑、豈得無言。子既簫韶、當須振響。既酌傷離之

20　酒、宜陳感別之詞。各賦一言、倶題六韻。

【校　異】

①越―嵆　②柏―竹　③循―脩　④司―伺　⑤潦―孝　⑥紉―紐

【訓　読】

王勃、越州永興県、李明府に於て蕭三の斉州に還《かへ》るを送る序

嗟乎《ああ》、天下に遊ばざる者は、安《いづく》ぞ四海の交《まじは》りを知らむや、河梁を渉《わた》らざる者は、豈に別離の恨みを識らむや。松に蔭《かげ》し薜《かづら》を披《かかぶ》れば、琴樽は意を得るの親《したしみ》と為り、遠きに臨みて高きに登れば、烟霞は是れ心を賞《め》でしむる事なり。亦た当に将軍は塞上に、蘇武の秋風を詠《よ》み、隠士は山前に、王孫の春草を歌ふべし。故《かれ》、梁の孝王の下客、僕は是れ南河の南に、孟嘗君の上賓、子は北山の北に在る有り。幸に一人《いちにん》の寰中の主《あるじ》と作《な》り、四皓の方外の臣と為るに属《ことよ》せ、倶に万物の間《あひだ》に遊び、三江の表に相ひ遇へり。

許玄度の清風朗月には、時に相思を慰《なぐさ》め、王逸少の修竹茂林には、屡《しばしば》歓宴に陪《はべ》れり。加以《しかのみならず》、恵にして我を好《よみ》せば、手を携へて同《おな》じく行けり。或いは呉会に登りて越吟を聴き、或いは宛委《ゑんゐ》を下りて禹穴を観《み》つ。良《よろし》き談《かたら》ひは落落として、金石糸竹の音《ね》暉《は》え、雅《みやび》なる智《さとり》は飄飄《へうへう》として、松柏風雲の気状《けはひあらは》る。

此の時に当る也《や》、嘗て謂《おも》ひき、城を連《つ》らぬれば他郷の別れ無く、金《くがね》を断てば同好の親《したし》み有りと。生平を張范に契《ちぎ》るの年、物と我とを恵荘に斉《ひとし》くする歳、三光廻《めぐ》り薄《せま》ると雖も、未だ投分の情を殫《つく》さず、四序循《したが》ひ環《めぐ》るも、詎《あ》に言を忘るるの道を尽さむや。豈に我れ留《とど》まり子往きて、楽み去りて悲みの来《きた》ることを期《のぞ》まむや。溝水を横たへて東《ひがし》し西《にし》し、浮雲を南北に断《た》つ。況乎《いはむや》、途《みち》の白首に窮まるに泣くをや、白首は離別の秋《とき》に非ず、他郷に岐路を歎く、

他郷は豈に帰るを送る地ならむや。蓐収《じよくしう》は節を戒め、少昊《せうかう》は辰《とき》を司《つかさど》り、清風起《た》ちて、城闕寒く、白露下《お》りて、江山晩《く》る。徘徊し去《ゆ》く鶴は、別蓋将《と》同《とも》に飛び、悽断《ものかな》しく来る鴻は、離舟共倶《と》に泛《うか》べり。古き人は別れを道《い》ひて、動《ややもす》れば尚ほ年を経《へ》、今我は離るを言ふも、会ふは何《いづれ》の日なる当《べ》き。山巨源の風猷令望《ふういうれいばう》は、善《よ》く朝廷を佐《たす》け、嵆叔夜の潦倒粗疎《らうたうそそ》は、甘《あま》なひて草沢に従ふ。行《ゆきゆ》きて山の中に当りては桂を攀《よ》ぢ、往往に仁を思ひ、野の外に蘭を紐《つな》ぎては、時時に徳を佩《お》ぶ。

人は李《すもも》の径《こみち》に非ず、豈に言ふこと無きを得むや。子既に簫韶《せうせう》なれば、当に須らく響きを振ふべし。既にして離るを傷《いた》む酒を酌《く》みたれば、宜《よろ》しく感別の詞を陳《の》ぶべし。各々一言を賦して、倶に六韻を題せむ。

【通　釈】

王勃、越州永興県の李明府宅で蕭三が斉州に帰るのを送る序

　ああ、世間を旅しない人は、どうして天下四海の内の人はみな兄弟のようなものだということを知っているであろうか。橋を渡ったことのない人にはどうして別離の怨念が解るであろうか。松柏の木陰に身を潜め、かずらなどの野生の植物を衣服とすれば、琴などの楽器や酒樽をしつらえた山野の酒宴で気心を通じあえるし、遠方の風景をながめながら高台の上に登れば、もやかすみが心を楽しませてくれるものだ。また別れに際しては、将軍は辺塞の地でかの蘇武が送ってくれた秋風の歌を朗詠し、隠士は岩山の前で、かの屈原の春草の詩賦を歌ったものである。そこで私はかの梁の孝王武に招かれた身分の卑しい客人のように、さらに南に向かい、貴方はかの孟嘗君が招いた賓客のように、さらに北に向かうところであるが、幸にも天子が国全体を治められ、有能な臣下が政事を輔けていることから、共にこの世間を旅し、この地でお会いできた。

　清らかな風、朗《ほが》らかな月の宵には折々に友をお互いに思う心を慰め、風光明媚な土地では歓しい宴にたびたび

相伴にあずかることができた。それればかりでなく、毛詩の邶風の詩句のように「可愛がって私と仲良くされるなら、手を取り合って一緒にいった」ものであった。ある時は会稽の山に登って越の吟《うた》を聴いたり、ある時は宛委山を下って禹が金簡玉字を得たという禹穴を観たりした。賢良な談論はおおらかに、管絃の楽器の音がひびきわたり、高雅な智識は瓢々としてひるがえって捉えどころなく、それらの人々の節操の堅い気配が現われる。

この時に当っては、以前考えたことであるが、城を連ねなければ手に入らないほど高価な璧玉があれば、よその土地で別れることは無く、黄金をも断つような堅く深い友情があれば、共に志を同じくする親しさを抱くものだ。我々二人の交際は生れてからずっと張邵と范式のように互いに約束を交わす年月であり、物と我とを恵施と荘周のように斉一であるとみなす（区別することをしない）歳月であった。その間、日月星は回転し急《せ》き立てるが、いまだ胸中の思いに適う誠意を尽してはいない。季節が規則正しくめぐっていても、どうして（意味を把握するための道具である）言葉を忘れることのできる手立てを尽せないのであろうか。どうして私がここに留まり、貴方が遠くへ往ってしまい、楽しみが去って悲しみが来ることを期待しようか。長安の街道に横たわる御溝の水が東に西に流れているように、定めなき浮雲のごとき思いは南と北にさえぎりへだてられている。まして年老いて行き詰まり不遇をなげき悲しみ泣くにいたっては論外のことである。髪の毛が白くなったのは別離のときだからではない。よその土地で別れ路が多くどちらの路に行けばよいか迷って歎くけれど、そのよその土地はどうして故郷に帰るのを送る土地なのだろうか。秋を司る神蓐収は時節が厳冬に向うのを警告し、秋の帝王少昊はこの時期を主管している。清涼な風が吹き起って城の望楼は寒く、冷えびえとした白い露が下りて大河に横たわる山々は暮れてゆく。行ったり来たりしながら去ってゆく鶴は、旅立つ馬車と一緒に飛び立ち、悲しく傷ましげに鳴いてやって来る鴻雁は、離れていく舟とひとつになって水面に浮かんでいる。古人は別れると言いながらも、ともすればなおも幾度か年を過ごしてしまったが、今私は離別すると言っているが、次に会えるのはいつの日のことだろうか。山涛のように教化の道を樹《た》てた名望のあるものは善く朝廷を補佐し、嵇康のように礼法に拘《こだ》わらず奔放にふるまうものは、甘んじて草深い民間に身を屈しているのである。さらに進んで深山にわけ入っては桂の枝にすがりひきよせては折々に人の世の仁愛を一心に思い、人里はなれた野の外に香り高い蘭を手折っては繋いでときどきは現世の徳望を身につける。

人は物言わぬ李《すもも》の小径ではない。どうしてなにも思いを述べないでいることができようか。貴方は鳳凰が来たり舞うという舜の音楽のように立派な方なのだから、我らもそれに応えるべく各自の渠の音の響を振わせる（作詩す）べきである。すでに別離をかなしむ酒を酌み交したのだから、別離の気持ちを表わす言葉を陳べよう。さあ皆で一言詩を賦して、ともに六韻の詩を書こうではないか。

【語　釈】

王勃――以下四十一篇の詩序の作者名。考説参照。

越州永興県――唐代の地名。『旧唐書』巻四十「地理志」に「越州中都督府、…蕭山、儀鳳二年、分会稽諸暨置永興県、天宝元年改為蕭山」（越州中都督府。…蕭山、儀鳳二年（六七七）、会稽、諸暨を分ちて永興県を置く、天宝元年（七四二）改めて蕭山と為す）とある。

李明府――「明府」は県の長官である県令をいう。宋の趙与時『賓退録』巻九に「唐人称県令曰明府」（唐人は県令を称して明府といふ）とある。ここでは永興県令の官舎を指す。なお「李明府」については未詳。

蕭三――「蕭」は姓、「三」は輩行を表す。「蕭三」については未詳。

斉州――唐代の地名。『旧唐書』巻三十八「地理志」に「斉州、漢済南郡、隋為斉郡、武徳元年改為斉州」（斉州、漢の済南郡、隋斉郡と為す、武徳元年（六一八）改めて斉州と為す）とある。

四海——世界全体を言う。『文選』巻二十九・蘇武「詩四首」の第一首に「骨肉縁枝葉、結交亦相因、四海皆兄弟、誰為行路人」（骨肉枝葉に縁り、結交も亦た相ひ因る、四海皆兄弟たり、誰か行路の人為《た》らん）とあるのに基づく。なおこの詩も、『論語』「顔淵」の「四海之内、皆兄弟也。君子何患乎無兄弟也」（四海の内、皆兄弟《みなけいてい》たり。君子何ぞ兄弟なきを患《うれ》へんや）とあるに基づく。

渉河梁——河に架かった橋を渡る。『文選』巻二十九・李陵「与蘇武詩」に「携手上河梁、遊子暮何之、徘徊蹊路側、悢悢不得辞」（手を携《たづさ》へて河梁に上《のぼ》る、遊子暮《くれ》て何《いづく》にか之《ゆ》く、蹊路《こみち》の側に徘徊し、悢悢《りやうりやう》として辞するを得ず）とある。

蔭松披薜——松の木陰に身を潜め、葛《くず》を服とする。『楚辞』「九歌・山鬼」に「若有人兮山之阿、被薜茘兮帯女羅。…山中人兮芳杜若、飲石泉兮蔭松柏」（人有るが若《ごと》し山の阿《くま》に、薜茘を被《き》て女蘿を帯《おび》とす。…山中の人杜若を芳《かを》らせ、石泉を飲みて松柏に蔭《かげ》す）とある。

琴樽——琴と酒樽。盛唐以降は文士の宴席の喩として用いられるようになった。陳後主「与江総書悼陸瑜」に「吾監撫之暇、事隙之辰、頗用談笑娯情。琴樽間作、雅篇艶什、迭互鋒起」（吾れ監撫の暇《いとま》、事隙の辰《とき》に、頗る談笑を用《も》て情を娯《たのし》めり。琴樽の間に作れる雅篇艶什、迭互に鋒起す）とある。

得意——心を通じる。『荘子』「外物」に「言者所以在意、得意而忘言。吾安得夫忘言之人、而与之言哉」（言なる者は意に在る所以なり。意を得て言を忘る。吾れ安《いづく》にか夫《か》の言を忘るる人を得て、之《これ》と言はんや）とある。

臨遠登高——高台に登って遠方を眺める。『文選』巻十八・成公綏「嘯賦」に「若乃登高台以臨遠、披文軒而騁望」（乃《すなは》ち高台に登りて以て遠きに臨み、文軒を披《ひら》きて望みを騁《は》するが若《ごと》し）とある。

烟霞——もやとかすみ。転じて、山水の景色をいう。『玉台新詠』巻四・王融「雑詩其四」に「煙霞乍舒巻、蘅芳時断続」（煙霞乍《たちま》ち舒巻《じよけん》し、蘅芳《かうはう》時に断続す）とある。

賞心之事——心を楽しませてくれること。『文選』巻三十・謝霊運「擬魏太子鄴中集詩序」に「建安末、余時在鄴宮、朝遊夕讌、究歓愉之極。天下良辰、美景、賞心、楽事、四者難並」（建安の末、余時に鄴宮に在り、朝《あした》に遊び夕べに讌《えん》し、歓愉の極を究《きは》む。天下の良辰、美景、賞心、楽事、四者は並《あは》せ難し）とあるのに基づく。ここの「賞心」は謝霊運愛用のことばで、友人を指す。

蘇武之秋風――蘇武の作った詩としては五言詩四首が『文選』巻二十九に収められている。ただこの四首は後世の偽作と考えられているし、また「秋風」の語もいずれの詩にも見えず、ここの「蘇武之秋風」の語に相当する詩かどうかは不明である。

王孫之春草――『楚辞』「招隠士」を指す。『文選』巻三十三・劉安「招隠士」に「王孫遊兮不帰、春草生兮萋萋、歳暮兮不自聊、蟪蛄鳴兮啾啾」（王孫遊びて帰らず、春草生じて萋萋たり、歳暮《く》れて自《みづか》ら聊《やす》みせず、蟪蛄《ひぐらし》鳴くこと啾啾《しうしう》たり）とある。

梁孝王之下客――梁孝王が招いた客。『漢書』巻四十七「梁孝王武伝」に「招延四方豪傑、自山東游士莫不至。斉人羊勝公孫詭鄒陽之属」（四方の豪傑を招延するに、山東自《よ》り游士至らざるなし。斉人羊勝・公孫詭・鄒陽の属《ともがら》なり）とある。

南河之南――南河のさらに南の土地。『孟子』「万章上」に「堯崩三年之喪畢、舜避堯之子於南河之南」（堯《ぎやう》崩じ三年の喪畢《をは》りて、舜は堯の子を南河の南に避く）とある。その趙注に「南河之南、遠地南夷也」とあるが、安井衡の『孟子定本』には「南河之南、即豫州也。必非遠夷之地、注恐未是」（南河之南とは、即ち豫州なり。必ず遠夷の地には非ず、注は恐らくは是ならざらん）とある。

孟嘗君之上賓――孟嘗君が招いた賓客。『史記』巻七十五「孟嘗君列伝」に「孟嘗君在薛。招致諸侯賓客、及亡人有罪者、皆帰孟嘗君。孟嘗君舎業厚遇之」（孟嘗君薛に在り。諸侯の賓客、及び亡人にして罪有る者を招致す、皆孟嘗君に帰す。孟嘗君業を舎て厚く之を遇す）とある。

北山之北――北山のさらに北の土地。『後漢書』巻八十三「逸民・法真伝」に「太守曰、欲以功曹相屈、光賛本朝、何如。真曰、以明府見待有礼、故敢自同賓末。若欲吏之、真将在北山之北、南山之南矣」（太守曰く、功曹を以て相ひ屈して、本朝に光賛されんことを欲するが何如《いかん》と。真曰く、明府の待《もてな》さるるに礼有るを以て、故に敢へて自から賓末に同《うべな》へり。若《も》し之に吏たるを欲せば、真は将《まさ》に北山の北、南山の南に在らん）とある。

一人——天子を指す。『尚書』「太甲下」に「一人元良、万邦以貞」（一人元良なれば、万邦以て貞《ただ》し）とあり、正義に「一人、天子」（一人は、天子なり）とある。

寰中——天下をいう。謝眺「酬徳賦」に「登金華以問道、得石室之名篇、悟寰中之迫脅、欲軽挙而舎旃」（金華に登り以て道を問ひ、石室の名篇を得るも、寰中の迫脅を悟り、軽挙して旃《これ》を舎《す》てんと欲す）とある。

四皓——四人の老人。皇甫謐『高士伝』に「四皓者皆河内軹人也。或在汲。一曰東園公、二曰甪里先生、三曰綺里季、四曰夏黄公。皆修道潔己、非義不動」（四皓は皆河内の軹人なり。或いは汲に在り。一に東園公と曰ひ、二に甪里《ろくり》先生と曰ひ、三に綺里季と曰ひ、四に夏黄公と曰ふ。皆道を修め己を潔《きよく》し、義に非ざれば動かず）とある。

方外之臣——物事に拘束されない自由な人。『荘子』「大宗師」に「子桑戸死、未葬。孔子聞之、使子貢往待事焉。…子貢反以告孔子曰、彼何人邪、…臨戸而歌、顔色不変。…孔子曰、彼遊方之外者也、而丘遊方内者也」（子桑戸死す、未だ葬らず。孔子之を聞き、子貢をして往きて事を待《もてな》さしむ。…子貢反《かへ》りて以て孔子に告げて曰く、彼は何人ぞや、…戸に臨みて歌ひ、顔色変らずと。…孔子曰く、彼は方の外に遊ぶ者なり、而して丘は方の内に遊ぶ者なりと）とある。

三江——三本の川。『周礼』「夏官・職方氏」に「其川三江」とあり、賈公彦疏に「揚州所以得有三江者、江至尋陽南、合為一、東行至揚州入彭蠡、復分為三道而入海。故得有三江也」（揚州の三江有るを得る所以は、江尋陽の南に至りて合して一と為り、東行して揚州に至りて彭蠡に入り、復た分れて三道と為りて海に入ればなり。故に三江有るを得たるなり）とある。

許玄度之清風朗月——「玄度」は許詢の字。清風と明月をこよなく愛した。『世説新語』「言語」に「劉尹云、清風朗月、輒思玄度」（劉尹云ふ、清風朗月には輒《すなは》ち玄度《げんたく》を思ふと）とあり、また唐・許嵩の『建康実録』巻八に「〔許〕

詢、字玄度、高陽人。詢幼沖霊、好泉石、清風朗月、挙酒永懐」（〔許〕詢、字は玄度、高陽の人なり。詢幼にして沖霊、泉石を好み、清風朗月には酒を挙げて永懐す）とある。

王逸少之修竹茂林――「逸少」は王羲之の字。その「蘭亭集序」（百二十巻本『説郛』巻七五）に「永和九年、歳在癸丑。暮春之初、会于会稽山陰之蘭亭。修禊事也。…此地有崇山峻嶺、茂林修竹、又有清流激湍、映帯左右。引以為流觴曲水、列坐其次」（永和九年、歳は癸丑に在り。暮春の初、会稽山陰の蘭亭に会す。禊事を修むるなり。…此の地崇山の峻嶺、茂林修竹有り、又清流激湍有りて左右に映帯す。引きて以て流觴曲水を為し、坐を其の次に列《つら》ぬ）とある。

恵而好我、携手同行――『毛詩』「邶風・北風」の句、「恵にして我を好《よみ》せば、手を携《たづさ》へて同《おなじ》く行かん」をそのまま引く。

呉会――呉と会稽の二郡をいう。会稽郡は越の地。宋・王応麟『困学紀聞』巻十八に「呉会謂呉、会稽二郡也」（呉会とは呉、会稽の二郡を謂ふなり）とあり、これに続いて曹丕の雑詩「惜哉時不遇、適与飄風会。吹我東南行、行行至呉会」（惜《を》しき哉《かな》、時に遇はず、適《たまた》ま飄風と会ふ。我を吹きて東南に行かしめ、行き行きて呉会に至《いた》れり）の一部を引いている。ここでは「呉会」に対する動詞が「登」であることから「会稽にある山」と解した。

越吟――越地方の歌。正倉院本の「嵆吟」は誤り。『文選』巻十一・王粲「登楼賦」に「鍾儀幽而楚奏兮、荘舃顕而越吟」（鍾儀幽《とら》はれて楚奏し、荘舃《さうせき》顕《さかえ》て越吟す）とある。『史記』巻七十「陳軫伝」に「昔越人荘舃仕楚、有頃而病。楚王曰、今仕楚執珪、富貴矣、亦思越不。対曰、凡人之思故、在其病也、彼思越則越声、不思越則楚声」（昔《むかし》越人荘舃楚に仕へ、頃《しばら》く有りて病む。楚王曰く、今《い》ま楚に仕へて珪を執り、富貴なり、亦た越を思ふやいなやと。対へて曰く、凡そ人の故を思ふは、其の病むに在りてなり。彼れ越を思はば越声、越を思はざれば楚声せんと）とあるのに基づく。

宛委――『括地志輯本』「越州会稽県」に「石箐山一名玉笥山、又名宛委山、即会稽山一峯也。在会稽県東南十八里」（石箐山、一に玉笥山と名づく、又宛委山と名づく、即ち会稽山の一峯なり。会稽県の東南十八里に在り）とあり、同書も引く『呉越春秋』に「禹案黄帝中経、九山東南天柱、号曰宛委。赤帝在闕之填、承以文玉、覆以磐石。其書金簡青玉為字、編以白銀、皆瑑其文」（禹、黄帝中経を案ずるに、九山東南の天柱、号して宛委と曰ふ。赤帝在闕の填め、承くるに文玉を以てし、覆ふに磐石を以てす。其の書は金簡青玉もて字と為し、編むに白銀を以てし、皆な其の文を瑑《うきぼり》す）とある。

禹穴——禹が金簡を見つけたとされる穴。『史記』巻百三十「太史公自序」に「二十而南游江淮、上会稽、探禹穴」（二十にして南のかた江淮に游び、会稽に上《のぼ》り、禹穴を探る）とある。

良談——清談というに同じ。

落落——おおらかな様子。庾信「謝趙王示新詩啓」に「落落詞高 飄飄意遠、文異水而湧泉、筆非秋而垂露」（落落として詞高く、飄飄として意遠し、文は水に異なるに泉を湧かせ、筆は秋に非ざるに露を垂る）とある。

金石糸竹——打・弦・管の楽器。『拾遺記』巻十に「四時聞金石糸竹之声、徹於山頂」（四時に金石糸竹の声、山頂に徹するを聞く）とある。

雅智——高雅な智識。『広弘明集』巻十四「内徳論・空有三」に「五欲不能乱其心、四魔無以変雅智」（五欲も其の心を乱す能はず、四魔も以て雅智を変ずる無し）とある。

風雲——雄大で高邁な志を言う。『文選』巻五十九・沈約「斉故安陸昭王碑文」に「気蘊風雲 身負日月」（気は風雲を蘊《あつ》め、身は日月を負ふ）とあり、その李善注に「賢者有風雲之智、故吐文万牒」（賢者は風雲の智有り、故に文を吐くことを万牒なり）とある。また王勃「秋日游蓮池序」にも「人間齷齪、抱風雲者幾人」（人間《じんかん》齷齪《あくさく》として、風雲を抱く者は幾人ぞ）とある。

連城——城を連ねなければ手に入らないほど高価な璧玉のこと。『史記』巻八十一「藺相如伝」の故事に基づく。『文選』巻四十二・魏文帝曹丕「与鍾大理書」に「不煩一介之使、不損連城之価、既有秦昭章台之観、而無藺生詭奪之誑」（一介の使ひをも煩《わづら》はさず、連城の価《あたひ》を損《そこ》なはずして、既に秦昭が章台の観《なが》め有り、而も藺生が詭《いつは》り奪ふの誑《たぶらか》し無し）

とある。

他郷――故郷から離れた土地。『文選』巻二十七・楽府「飲馬長城窟行」に「夢見在我傍、忽覚在他郷」（夢に我が傍に在るを見るも、忽として他郷に在るを覚ゆ）とある。

断金――友情の堅い喩え。『易』「繋辞上」に「二人同心、其利断金、同心之言、其臭如蘭」（二人心を同じくすれば、其の利《するど》きこと金を断ち、心を同じくするの言は、其の臭《かをり》蘭の如し）とあるのに基づく。

同好――志を同じくすること。『文選』巻四十二・曹植「与楊徳祖書」に「雖未能蔵之於名山、将以伝之於同好」（未だ之を名山に蔵《かくま》ふ能はずと雖《いへ》ども、将に以て之を同好に伝へんとす）とある。

張范――張邵と范式のこと。范張の故事は『文選』巻二十六に見える范式「贈張徐州稷」の「恨不具雞黍、得与故人揮」（恨むらくは雞黍を具《そな》へて、故人と揮《あ》ぐるを得ざりしこと）の李善注に、謝承『後漢書』を引いて「山陽范式、字巨卿、与汝南張元伯為友。春別京師、以秋為期。至九月十五日、殺雞作黍。二親笑曰、山陽去此幾千里。何必至。元伯曰、巨卿信士、不失期者。言未絶而巨卿至」（山陽の范式、字は巨卿、汝南の張元伯と友為《た》り。春、京師に別れ、秋を以て期となす。九月十五日に至り、雞を殺して黍を作る。二親笑ひて曰く、山陽は此《ここ》を去ること幾千里なり。何ぞ必ずしも至らんやと。元伯曰く、巨卿は信《まこと》の士にして、期を失はざる者なりと。言《ことば》未だ絶《た》えざるに巨卿至る）とある。

斉物我於恵荘――「恵荘」とは恵施と荘周のこと。『荘子』「斉物論」に「昭文之鼓琴也、師曠之枝策也、恵子之拠梧也、三子之知幾乎、皆其盛者也。故載之末年。…若是而可謂成乎、雖我亦成也。若是而不可謂成乎、物与我無成也」（昭文の琴を鼓するや、師曠の策《つゑ》を枝《う》つや、恵子の梧《こと》に拠《よ》るや、三子の知、幾《ことごと》く、皆な其の盛りなる者なり。故に之を末年に載《はこ》ぶ。…是《かく》の若《ごと》くして成ると謂ふ可きか、我と雖も亦た成るなり。是の若くして成ると謂ふ可からざるか、物と我と成ること無きなり）とある。

三光――太陽・月・星をいう。『淮南子』「原道訓」に「紘宇宙而章三光」（宇宙を紘《つな》ぎて三光を章《あきら》かにす）とあり、許慎注に「三光、日月星」（三光は日月星なり）とある。

迴薄――めぐりせまること。『文選』巻十三・賈誼「鵩鳥賦」に「水激則旱兮、矢激則遠、万物迴薄兮、振盪相転」（水激《はげ》しければ則ち旱《かわ》き、矢激しければ則ち遠し、万物《ばんぶつ》迴《めぐ》り薄《せま》り、振《ふる》ひ盪《たぎ》りて相ひ転《まろ》ぶ）とあり、李善注に「因禍之激而至於福、因福之激而至於禍。回薄振盪相転無常」（禍の激しきに因りて福に至り、福の激しきに因りて禍に至る。回薄し振蕩し相ひ転ずること無常なり）とある。「迴」は「廻」に同じ。

投分――胸中の思いに適《かな》う。『文選』巻二十・潘岳「金谷集作詩」に「投分寄石友、白首同所帰」（分を投じて石友に寄す、白首まで帰する所を同じうせん）とある。

四序――四季の順序、季節のこと。『荘子』「天道」に「天尊地卑、神明之位也。春夏先、秋冬後、四時之序也」（天の尊《たふと》く地の卑《いや》しきは、神明の位《くらゐ》なり。春夏の先だち、秋冬の後《おく》るるは四時の序なり）とある。

忘言――言おうとして言葉を忘れる。前掲「得意」の注参照。

横溝水而東西――留まることのない喩え。「溝水」は長安にあった堀の名。『玉台新詠』「皚如山上雪、一作白頭吟」に「今日斗酒会 明旦溝水頭、躞蹀御溝上、溝水東西流」（今日斗酒の会、明旦溝水の頭《ほとり》、御溝の上に躞蹀《せふてふ》すれば、溝水は東西に流る）とある。「御溝」は馬縞『中華古今注』に「長安御溝、謂之楊溝、植高楊於其上也。…亦曰禁溝、引終南山水、従宮内過、所謂御溝」（長安の御溝、之を楊溝と謂ふは、高き楊を其の上《ほとり》に植うればなり。…亦た禁溝と曰ふ、終南山の水を引きて、宮内より過《よぎ》る、謂ふ所の御溝なり）とある。

断浮雲於南北――『文苑英華』巻二百二十六・沈約「送別友人詩」に「君東我亦西、銜悲涕如霰、浮雲一南北、何由展言宴」（君は東し我は亦た西す、悲しみを銜《ふく》みて涕《なみだ》霰の如し、浮雲一たび南し北せば、何に由《よ》りてか言宴を展《ひろ》げん）とある。

窮途――行き詰まりの道、また、苦しい境遇をいう。「途」は「塗」に同じ。『論衡』「逢遇」に「昔周人有仕数不遇、年老白首、泣涕於塗者。人或問之、何為泣乎。対曰、吾仕数不遇、自傷年老失時、是以泣也」（昔し周人仕へて数《しばし》ば不遇にして、年老い白首して塗《みち》に泣涕する者有り。人或いは之に問ふ、何為《なにすれ》ぞ泣くやと。対《こた》へて曰く、吾れ仕へて数ば不遇にして、自ら年老い時を失ふを傷む、是《ここ》を以《もち》て泣くなりと）とある。

白首——白髪のこと。前注参照。

岐路——分かれ道。逵路ともいう。『蒙求』「楊朱泣岐」の注に「淮南子曰、楊子見逵路而哭之。為其可以南可以北」（淮南子に曰く、楊子逵路を見て之に哭す。其の以て南す可く、以て北す可きが為《ため》なり）とある。

蓐収戒節、少昊司辰——「蓐収」は秋の神、「少昊」は秋の帝。『文選』巻十三・禰衡「鸚鵡賦」に「若迺少昊司辰、蓐収整轡、厳霜初降、涼風蕭瑟、長吟遠慕、哀鳴感類」（迺《すなは》ち少昊は辰《とき》を司《つかさど》り、蓐収は轡《たづな》を整《ととの》へ、厳霜初めて降りて、涼風の蕭瑟《せうしつ》たるが若《ごと》き、長吟して遠く慕ひ、哀《かな》しみ鳴きて類《ともがら》に感《こころうご》かす）とある。

白露——つゆ。『文選』巻二十九「古詩十九首其七」に「白露沾野草、時節忽復易」（白露野草を沾し、時節忽ち復た易《かは》れり）とある。

将——〜と。『世説新語』「文学」に「支道林在白馬寺中、将馮太常共語、因及逍遥」（支道林白馬寺の中に在り、馮太常と共に語り、因て逍遥に及ぶ）とある。

別蓋——去っていく馬車。「蓋」は馬車に立てる傘。江淹「無錫舅相送銜涕別詩」に「曽風漂別蓋、北雲竦征人」（曽風は別蓋を漂《ひるがへ》し、北雲は征人を竦ましむ）とある。ここでは馬車そのものをいう。

共——〜と。『世説新語』「文学」に「（服虔）既知不能踰己、稍共諸生叙其短長」（（服虔）既に己に踰ゆること能はざるを知り、稍《やや》諸生と其の短長を叙す）とある。

離舟——岸から離れていく舟。〔七〕11、〔十〕14にも見える。

悽断——もの悲しいこと。庾信「夜聴搗衣詩」に「龍文鏤剪刀、鳳翼纏篸管。風流響和韻、哀怨声棲断」（龍文鏤《ゑ》れる剪刀《せんたう》、鳳の翼纏《まと》へる篸管《さんくわん》。風流なる響は韻に和し、哀怨の声は悽断《ものがな》し）とある。

山巨源之風猷令望、善佐朝廷――「巨源」は山涛の字。山涛は晋代の功臣。『晋書』巻四十三「山涛伝」に「山涛、字巨源、河内懐人也」とあり、山涛が司徒になるのを辞退した折の詔に「君翼賛朝政、保乂皇家、匡佐之勲、朕所倚頼」（君は朝政を翼賛し、皇家を保乂《やすみしおさ》む、匡佐の勲し、朕の倚頼する所なり）とある。

風猷――徳によって教化すること。『文選』巻三十八・任彦昇「為范始興作求立太宰碑表」に、「原夫存樹風猷、没著徽列、既絶故老之口、必資不刊之書」（夫《か》の存しては風猷を樹《た》て、没しては徽列を著すを原《たづ》ぬるに、既に故老の口に絶ゆれば、必ず不刊の書に資《よ》る）とある。

嵆叔夜之潦倒粗踈――原文の「潦」を「孝」とするは誤り。「叔夜」は嵆康の字。山涛から朝廷に仕えるよう勧められ、嵆康はこれを断った。『文選』巻四十三・嵆康「与山巨源絶交書」に「足下旧知吾潦倒麁疎、不切事情。自惟亦皆不如今日之賢能也。」（足下旧《もと》より吾が潦倒《らうたう》麁疎にして事情に切ならざるを知る。自らも亦た皆今日の賢能に如かざるなりと惟《おも》へり）とある。

草沢――民間。『文選』巻二十一・左思「詠史詩」に「英雄有屯邅、由来自古昔。何世無奇才、遺之在草沢」（英雄も屯邅《ちゆんてん》する有るは、由《よ》り来ること古昔《むかし》自《よ》りす。何《いづれ》の世にか奇才無からん、之を遺《うちす》てて草沢に在るのみ）とある。

山中攀桂――山中で桂樹によじ登る。『文選』巻三十三「楚辞・招隠士」に「桂樹叢生山之幽、…攀援桂枝兮聊淹留」（桂樹叢生せり山の幽、…桂の枝を攀《よ》ぢ援《ひ》きて聊《いささ》か淹留す）とある。

紉蘭――蘭の花をつなぐ。正倉院本の「紐」は「紉」の誤り。『楚辞』「離騒」に「扈江離与辟芷兮、紉秋蘭以為佩」（江離《かうり》と辟芷《へきし》を扈《かがふ》りて、秋蘭を紉《つな》ぎて以て佩《おびもの》と為せり）とある。

李径――李《すもも》林の中の小路。『史記』巻百十九・「李将軍伝賛」に「諺曰、桃李不言、下自成蹊」（諺に曰く、桃李言はざれども、下自ら蹊《みち》を成す）とあり、ここに基づく。索隠に「案姚氏云、桃李本不能言、但以華実感物、故人不期而往、其下自成蹊径也、以喩広雖不能道辞、能有所感、而忠心信物故也」（案ずるに、姚氏に云く、桃李は本《もと》言ふ能はず、但華実を以て物に感ず、故に人は期せずして往《ゆ》き、其の下自《おのづか》ら蹊径《けいけい》を成すなり、以て広の道辞すること能はずと雖ども、能く感ぜしむる所有り、而して忠心より物を信ずるの故なるに喩《たと》ふ）とある。

簫韶――舜の楽名。これを奏すると鳳凰が舞い降りたという。『尚書』「益稷」に「簫韶九成、鳳凰来儀」（簫韶九成し、鳳凰来儀す）とある。ここでは優れた徳に喩える。

振響――太鼓を叩いて音を響かせる。『文選』巻十一・孫綽「遊天台賦」に「法鼓琅以振響、衆香馥以揚煙。」（法鼓《ほふこ》琅《らふ》として以て響《ひび》きを振《ふ》るひ、衆香馥として以て煙《けぶり》を揚《あ》ぐ）とある。ここでは作詩をいう。

各賦一言、倶題六韻――他の詩序で「四韻」とあるのは律詩で、「六韻」とあるのは排律であろう。なお、「各賦一言」というごとき言い方は以下の詩序の末尾部にもところどころに見えるが、この「一言」は「一韻」を意味する可能性もある。道坂昭廣「初唐の「序」について」（『中国文学報』五四、一九九七年四月）の注㉘参照。

【考　説】

この「王勃」に始まる詩題は正倉院本詩序の首篇に当るが、内藤湖南がその「正倉院尊蔵二旧鈔本に就きて」（『研幾小録』一九二八年所収、原載一九二二年一月発行『支那学』三巻一号）で、「標題には単に詩序とあり。王勃の名は巻中の首篇の首に記されたり。」とされるように、作者名の下に行を改めることなく詩題が続けて記されたと解すべきであろう。明から清初にかけての王勃集諸本、文苑英華本、四部叢刊本、初唐四傑集本等は皆な王勃の名を冠していないし、また唐代の詩文集で詩題に作者名を冠する例のないことも併せ考えるべきであろう。

この正倉院本首篇の文を前掲諸本と比較すると、特に注目すべき点は、「煙霞是賞心之事」の次に諸本では削られている「亦当将軍塞上、詠蘇武之秋風、隠士山前、歌王孫之春草」があることであろう。後段の屈原の故事は前段と対になっているのであるから、前段の李陵、蘇武の故事と共に削られたのであるが、ではなぜ削られたのであろうか。それは李陵と蘇武が活躍した匈奴の地が、唐初には突厥の地で、引いては匈奴は突厥の同族と考えられるに至っていたが、そこに空前の繁栄を享受していた唐室を危機に陥入れた安史の乱（七五五—七六三）が勃発したからと考える。安禄山は『旧唐書』巻二百に「営州柳域の雑胡人なり。もと姓氏無く、軋犖山を名とす。母《はは》阿史徳氏も亦た突厥の巫師にして卜を以て業となす。突厥は闘戦を呼んで軋犖山と為す、遂に以て之を名とす。」とあり、史思明は『新唐書』巻二百二十五に「寧夷州突厥種、初め窣于と名づく、玄宗其の名を賜ふ」とあり、安禄山の母と史思明は突厥の出自である。もっとも李白に「蘇武は匈奴に在りて、十年漢節を持す。白雁上林に飛び、空しく一書札を伝ふ。云々」という詩があるから、削られたのは乱後のことであろう。

正倉院本が古形をたもっている点は、もう一点ある。正倉院本に

　嘗謂連城無他郷之別
　　断金有同好之親
　契生平於張范之年
　　斉物我於恵荘之歳

とあるのを、他本では「斉物我於恵荘之歳」の「我」が脱落したため

　嘗謂連璧無異郷之別
　　断金有好新之契
　生平於張范之年
　　斉物於恵荘之歳

と「契」字を前の句に移しているが、これは単に七言にするためではなく、「斉物我」の意味が解らなくなったからではなかろうか。しかし、これによって「生平於張范之年」の文意が通じなくなってしまっており、正倉院

本が他本に比して優れていることが証される。

また王勃詩序の末尾にはその場に集まった人たちに詩を賦すことを呼びかける言葉の中にしばしば「四韻」「六韻」などの言葉が現れる。整理してみると次のようになる。

四韻　〔六〕12〔七〕14〔八〕7〔九〕19〔十〕17〔十三〕17〔十四〕7〔十九〕9〔二十〕11〔二十二〕9〔二十四〕6〔二十五〕5〔三十一〕12〔三十五〕13〔三十六〕23〔三十七〕19〔三十八〕17〔三十九〕15〔四十〕16

六韻　〔一〕20〔十二〕20

七韻　〔十八〕12

八韻　〔二十六〕36〔二十九〕21

ここに現れる「韻」とは詩の押韻個所を指しており、「一韻」とは韻字一文字、通常は二句一組のうちの偶数句に押韻されることから、詩二句を指すと考えられる。今これを確認するため王勃と同時代の詩人盧照鄰と駱賓王の作品の中で詩序と詩が明確に対応するものを調べると、次のような結果になる。

駱賓王の作品のうち、「秋日餞尹大往京並序」に末尾に「人為四韻、用慰九秋」とあって詩は五言八句であり、「秋日餞陸道士陳文林得風字並序」に「各賦五言、同為四韻」とあって詩は五言八句である。また盧照鄰の作品には詩と序が対応することが確認できる作品は見られない。ただ「宴梓州南亭詩序」の末尾に「咸請賦詩、六韻成章」とあり、この序は五言十二句の「宴梓州南亭得池字」の詩序と考えられている。

以上の結果から、王勃の詩序にいう「四韻」「六韻」とは「八句の詩」「十二句の詩」を指すものと確認される。ここで一つ問題になるのはかの有名な「滕王閣」詩の序文には「八韻」とあるのであるが、詩は八句しかない。正倉院本のみが「八韻」とするだけで他本は「四韻」としており詩の句数と一致する。正倉院本は他本の誤字を訂正できることが少なくないが、正倉院本にも誤字があるということであろう。

（長田　夏樹）

〔二〕山亭[1]興序

仁者樂山、智者樂水。即深山大澤、龍蛇爲得性之場、廣漢巨川、珠貝有藏輝之地。豈徒茂林脩竹、王右軍山陰之蘭亭、流水長堤、石季倫河陽之梓澤。下官天性任眞、直言敦朴、拙容陋[2]質、乃眇小之丈夫、蹇歩窮途、即坎壈之君子。文史足用、不讀非道之書、氣調不羈、未被可人之目。潁川人物、有荀家兄弟之風、漢代英奇、守陳氏門宗之德。樂天知命、一十九年、負笈從師、二千餘里。有弘農楊公者、日下無雙、風流第一。神崖智宇、崩騰觸日月之輝、廣[3]度沖衿、磊落壓乹坤之氣。王夷甫之瑤林瓊樹、直出風塵、嵇叔夜之龍章鳳姿、混同人野。雄談逸辯、吐滿腹之精神、達學奇才、抱塡胸之文籍。簪裾見屈、輕脱屣於西陽、而山水來遊、重横琴於南澗。百年奇表、開壯志於高明、千里心期、得神交於下走。山人對興、即是桃花之源、隱士相逢、不異昌蒲之水、青精野饌、赤石神脂。玉案金盤、徵石髓於蛟龍之穴、山樽野酌、求玉液於蓬萊之府。溪横燕尾、巖堅[4]龍頭。鍛野老之眞珠、掛幽人之明鏡。山腰半坼、溜王烈[5]之香粳[6]、洞口横開、滴巖遵之芳乳。藤牽赤絮、南方之物產可知、核潰青田、西域之風謠在即。人高調遠、地爽氣清。把玉策而登高、出瓊林而望遠。漢家二百年之都郭、宮殿平看、秦氏卌郡之封畿、山河坐見。班孟堅騁兩京雄筆、以爲天地之奧區、張平子奮⑦一代宏才、以爲帝王之神麗。朱城隱隱、闌干象北斗之宮、清渭澄澄、滉瀁即天河之水。長松勁柏、鑽宇宙而頓風雲、大壑横溪、吐江河而懸日月。鳳皇神岳、起烟霧而當軒、鸚鵡春泉、親風花而滿谷。（末闕）

【校　異】

①亭—家　②陋—漏　③廣度—度廣　④堅—竪　⑤烈—列　⑥粳—梗　⑦一代宏才——一代之宏才

【訓　読】

山亭興の序

仁者は山を楽しび、智者は水を楽しぶ。即ち、深山大沢は、龍蛇の性を得るの場に為《し》て、広漢巨川は、珠貝の輝きを蔵するの地有ればなり。豈に徒《ただ》に、茂林修竹は王右軍山陰の蘭亭、流水長堤は石季倫河陽の梓沢のみならむや。

下官、天性任真なれば直言し敦朴、拙容にして陋質なれば、乃ち眇小の丈夫、蹇歩にして途に窮まれば、即ち坎壈《かんらん》の君子。文史用ふるに足るも、道に非ざるの書を読まず、気調不羈《ふき》なれば、未だ可人の目を被《かがふ》らず。潁川の人物、荀家兄弟の風を有《たも》ち、漢代の英奇、陳氏門宗の徳を守る。天を楽しび命を知りて、一十九年、笈を負ひて師に従ふこと、二千余里。

弘農の楊公なる者あり、日下に双《なら》びなく、風流第一なり。神崖智宇、崩騰して日月の輝きに触れ、広度沖衿、磊落として乾坤の気を圧す。王夷甫の瑶林瓊樹、直《ただ》に風塵を出で、嵆叔夜の龍章鳳姿、混じりて人野と同じくす。雄談逸弁、腹に満つる精神を吐き、達学奇才、胸に塡《う》づむる文籍を抱く。簪裾《しんきょ》に屈せられ、軽く屣《し》を西陽に脱き、而《しか》して山水に来遊し、重ねて琴を南澗に横たふ。百年の奇表、壮志を高明に開き、千里の心期、神交を下走に得るなり。

山人対《むか》ひて興ずれば、即ち是れ桃花の源、隠士相ひ逢はば、昌蒲の水に異ならず。青精の野饌、赤石の神脂。玉案金盤、石髄を蛟龍の穴に徴し、山樽野酌、玉液を蓬莱の府に求む。渓《たにがは》は燕尾を横たへ、巌《いはほ》は龍頭を堅《た》つ。野老の真珠を鍛《くだ》き、幽人の明鏡を掛く。山腰は半ば坼《さ》け、王烈の香粳を溜《したた》らせ、洞口は横しまに開きて、厳遵の芳乳を滴《た》らす。藤は赤絮を牽《ひ》き、南方の物産たるを知るべく、核は青田に漬《ひ》ち、西域の風謡即に在り。

人は高く調べは遠く、地は爽《さわや》かに気清《さやけ》し。玉策を把《と》りて高きに登り、瓊林を出でて遠きを望む。漢家二百年の都郭、宮殿は平らに看、秦氏四十郡の封畿、山河は坐して見る。班孟堅は両京に雄筆を騁《は》せ、以て天地の奥区と為し、張平子は一代の宏才を奮ひ、以て帝王の神麗と為す。朱城隠隠として、闌干は北斗の宮を象《かたど》り、清渭澄澄として、滉瀁は天河の水に即く。長松勁柏は宇宙を鑽《き》りて風雲を頓《とど》め、大壑横渓は江河を吐きて日月に懸かる。鳳皇の神岳、煙霧に起ちて軒に当り、鸚鵡の春泉、風花に親しみて谷に満つ。［末闕《すえか》く］

【通　釈】

山中の亭の楽しみの序

徳のある人はどっしりとした山を愛し、知恵ある人は流れてやまぬ川を好むとか。それは、奥深い山、大きな沢は龍や蛇（にたとえられる傑出した人物）がその本性を形成するところであり、広々とした巨大な河川は、子安貝（のようにキラリと光るものをもつ人）がその輝きを潜めているところであるからである。とすれば、山といえば、なにも生い茂る樹木、すらりとのびた竹林で名高いかの王羲之の会稽の蘭亭だけが山の代表だ、というわけでなく、川といえば、流れる川と長い堤で名を馳せるかの石崇の河陽の別荘梓沢だけが川の代表だ、というわけでもないはずだ。

下官《わたくし》は生まれついての率直な性質《たち》のため、歯に衣を着せずものを言い、微塵の飾り気もない。醜き風采、見劣りする才能であってみれば、取るに足らぬ丈夫であり、脚をひきずり途方に暮れているありさまであってみれば、それこそ志を得ない君子だといえる。書記が勤まるだけの学問はつんではいるものの、道にはずれるような本は読まないし、ものごとにとらわれぬ気概のためか、いまだ才徳を備えた人物の目にとまるということもない。潁川《えいせん》出身の者として、あの八龍といわれた荀家兄弟の気風をそなえ、漢代の英傑として、優れた人物を輩出した陳氏一族の徳を守り、天を楽しみ命を知って十九年、負い箱を背にし、師と仰ぐことができる人を求めて二千里余りやってきた。

弘農の楊君という人は、この都に二人といない、風格の抜きんでた人物。孤高の気高さ、聡明さはほとばしり、日月の輝きにも触れるような勢い、ひろい度量、こだわりのない胸中は、豪放で天地の気を圧するかのよう。さては、その気高さが珠玉の林や樹木にたとえられたあの王衍《おうえん》が、そのままわずらわしい世間からぬけでたか、はたまた見事な文章を書き、人並みはずれた風采をもつ嵆康が俗世間にまぎれこんできたか、とおもわせるほど。懸河の弁を振るえば、内に満ち満ちた精気をほとばしらせ、さまざまな学問に通じた奇才は、さながら胸いっぱいの書物を抱いているかのよう。高官から屈辱を受けると、かの摯瞻《しせん》が西陽に履物を脱ぎ捨てたように、あっさりと官をすて、来たりて山水に遊び、再び南の谷で琴を奏でている。百年にひとりという珍しい風貌の主は、優れた人物にその志を開陳し、千里のかなたからでも心を引かれ合い、このような私と肝胆相照らす交わりをしてくれている。

山で暮らす世捨て人が向かいあい、興にのれば、これぞまさにかの桃源郷、隠者がめぐり逢えば、その昔姚成甫が隠士に逢ったという菖蒲の澗そのもの。あの長生きをさせるという青精を野外での食事とし、金丹のもととなる赤石の神脂をそえ、玉の机に金の盤、それには蛟の穴から鍾乳石をもらって盛り、山の中で樽を前にし、野に酌み交わすのに、あの不老長寿といわれている玉液を蓬莱の地から頂戴しよう。渓流の静かに流れるさまは燕の尾の如く、巌《いわお》のきりたつさまは龍の頭のよう。龍の祟りがないように、川の辺に住む老人は手に入れた真珠を粉々にしたというし、物の怪にとりつかれぬよう、山に入る道士は明鏡を背負って行くとか。山の中腹の裂け目には、かの王烈が見つけたという香粳がしたたり、洞の口は横に開き、厳遵の芳乳がポタポタ落ちている。藤が赤い絮を牽いているのは、それが南方の産物であるということがわかるし、浸せば酒になるという烏孫国の青田の核があれば、西域のはやり歌が今にも聞こえてきそうなけはいである。

人は気高く、琴の音の調べは遠くまで響き、地は爽やかで空気も清々としている。老子が持っていたという玉策を持って高きに登り、瓊《たま》を敷きつめたような美しい林を抜け出て遥か彼方を眺めれば、漢代二百年にわたる都の宮殿が手に取るように見え、秦代に四十の郡を置いたという畿内の山河が、坐したまま眺められる。班固は雄渾の筆をはしらせ両京を天下の深遠なる地と詠み、張衡は稀に見る才能をふるい、帝工のおわします神々しく美しいところと詠んだとか。長安の都はうっそうとして、その欄干は北斗の宮のように形どられ、清らかな渭川はあくまでも澄み、その波立つ流れはこれぞまさしく天の川。すらりとのびた松、力強い柏は天にもとどくばかりで風、雲をとどめ、大海原、横たわる渓流は、江河となって日月にかかっている。鳳凰の原にある神岳は、靄、

霧がたちこめたなか軒にあたり、鸚鵡谷にある春泉は、風に散る花を包み込み、谷中に舞っている。［以下欠］

【語　釈】

仁者楽山、智者楽水――徳のある人はどっしりとした山を愛し、知恵ある人は流れてやまぬ川を好むということ。『論語』「雍也」に「知者楽水、仁者楽山」（知者は水を楽しみ、仁者は山を楽しむ）とあるのに基づく。

深山大沢、龍蛇為得性之場――奥深い山、大きな沢といった人があまり寄りつかないような場所こそ、龍や蛇がその本性を育てられるところであるということ。優れた人材は大自然の中で育まれるということを比喩している。『左伝』「襄公二十一年」に「深山大沢、実生龍蛇」（深山大沢、実に龍蛇を生ず）とあり、その疏に「言非常之地、多生非常之物」（言ふこころは常に非ざるの地に、多く常に非ざるの物生ず）とある。

広漢巨川、珠貝有蔵輝之地――大きな河川は、「珠貝」（子安貝）のように価値あるものが隠れている所でもある。『詩経』「周南・漢広」に「漢之広矣、不可泳思、江之永矣、不可方思」（漢の広き、泳ぐべからず、江の永き、方《いかだ》すべからず）とある。また『文選』巻四・左思「蜀都賦」に「騰波沸涌、珠貝氾浮。若雲漢含星、而光耀洪流」（騰波は沸涌《ふつよう》し、珠貝は氾浮す。雲漢星を含みて、洪流に光耀するが若し）とあり、その李善注に「相貝経曰、素質紅裏、謂之珠貝」（相貝経に曰く、素《しろ》き質紅き裏、之を珠貝と謂ふ）とある。ただ、ここで問題がひとつある。『文選』所引の『相貝経』と他に引用されている『相貝経』とが若干異なるのである。たとえば百二十巻本『説郛』では、「素質紅黒、謂之朱貝」とする。これについて、「今案作「裏」者、形似之誤・『類聚』巻八四・『御覧』巻八百七引『相貝経』、均作「黒」。疑「墨」之壊字。」（森野繁夫『文選雑識』第四冊、七十頁）とする見解もあるが、従えない。

茂林修竹、王右軍山陰之蘭亭――〔一〕7「王逸少之修竹茂林」注参照。

流水長堤、石季倫河陽之梓沢――流れる川、長い堤防といえば、河陽にあるかの石崇の梓沢がその代表格である。『文選』巻四十五・石崇「思帰引序」に「肥遯於河陽別業、其制宅也、却阻長堤、前臨清渠、柏木幾於万株、流水周於舎下」（河陽の別業《べつげふ》に肥遯《ひとん》す、其の宅を制《つく》るや、却《うしろ》は長き堤を阻《へだ》て、前は清き渠《みぞ》に臨み、柏木は万株に幾《ちか》く、流るる水は舎《いへ》の下《もと》を周る）とある。また『晋書』巻三十三「石崇伝」に「崇有別館在河陽之金谷、一名梓沢」（崇、別館の河陽の金谷に在る有り、一名梓沢といふ）とある。「蘭亭」と「梓沢」（金谷）を対比させることは『世説新語』「企羨」に「王右軍得人以蘭亭集序方金谷詩序、又以己敵石崇、甚有欣色」（王右軍、人の蘭亭集序を以て金谷詩序に方《くら》べ、又た己を以て石崇に敵《てき》せしむるを得て、甚だ欣色有り）と見える。

任真――天真そのものの心境にいること。陶淵明「連雨独飲詩」に「天豈去此哉、任真無所先」（大、豈《いかで》か此より去《さか》らんや、真の任《まま》にて先んずる所《こと》なし）とある。

直言敦朴――純朴で歯に衣を着せずものを言うこと。『漢書』巻八十六「王嘉伝」に「字公仲、平陵人也。…敦朴能直言、召見宣室」（字は公仲、平陵の人なり。…敦朴にして能く直言し、宣室に召見せらる）とある。

拙容、蹇歩――風采のあがらぬ容貌で脚を引きずっている。自分の能力が劣ることを形容する。『芸文類聚』巻四十八・沈約「譲五兵尚書表」に「醜貌悴容、不藉鑒于淄水。駑足蹇歩、終取躓于塩車」（醜貌悴容なれば、鑒を淄水に藉らず。駑足蹇歩なれば、終に躓《ち》を塩車に取らる）とある。

陋質――見識のせまい資質。『文選』巻十・潘岳「西征賦」に「当休明之盛世、託菲薄之陋質」（休明の盛世に当り、菲薄の陋質を託す）とある。なお［考説］参照。

坎壈――志を得ず、不遇であること。『楚辞』「九弁」に「坎壈兮、貧士失職而志不平」（坎壈たり、貧士職を失ひて志平らかならず）とある。

文史足用――読み書きを習い、書記がつとまるくらいの能力をそなえること。『漢書』巻六十五「東方朔伝」に「年十三学書、三冬文史足用」（年十三にして書を学び、三冬にして文史用るに足る）とある。

気調――気品、風格。『隋書』巻三十九「豆盧勣伝」に「詔曰、勣器識優長、気調英遠、総馭藩部、風化已行」（詔して曰く、勣器識優長にして、気調英遠、藩部を総馭《そうぎょ》し、風化已に行はる）とある。また『遊仙窟』にも「気調如兄」とあり、「イキサシ」と訓がつけられている。

不羈――才能が優れているため、つなぎとめておくことができないこと。『文選』巻三十九・鄒陽「獄中上書自明」に「使不羈之士、与牛驥同皁」（不羈の士をして、牛驥と皁《さう》を同じくせしむ）とあり、李善注に「不羈、謂才行高遠、不可羈繫也」（不羈は、才行高遠にして、羈繫《きけい》すべからざるを謂ふ）とある。

可人――とりえのある人物。『礼記』「雑記下」に「孔子曰、管仲遇盜、取二人焉、上以為公臣。曰、其所与遊辟也、可人也」（孔子曰く、管仲盗に遇ひて、二人を取り、上げて以て公の臣と為す。曰く、其の与《とも》に遊ぶ所辟《へき》なればなり、可なる人なりと）とある。

潁川人物、有荀家兄弟之風――後漢の荀淑は潁陰（河南省）の人であったが、子供が八人おり、すべて優秀であったため、世に「八龍」と呼ばれていた。『後漢書』巻六十二「荀淑伝」に「荀淑、字季和、潁川潁陰人也。…有子八人、倹、緄、靖、燾、汪、爽、粛、専、並有名称。時人謂八龍」（荀淑、字は季和、潁川潁陰の人なり。…子八人有り、倹、緄、靖、燾、汪、爽、粛、専、並びに名称有り。時の人八龍と謂ふ）とある。

漢代英奇、守陳氏門宗之徳――後漢の陳寔《ちんしょく》は許（河南省）の人であったが、六人の子供がおり、うち紀、諶がとりわけ優れ、寔とともに「三君」と言われていた。『後漢書』巻六十二「陳寔伝」に「陳寔、字仲弓、潁川許人也。…有六子、紀、諶最賢。父子並著高名、時号三君」（陳寔、字は仲弓、潁川許の人なり。…六子有りて、紀、諶最も賢たり。父子並に高名を著し、時に三君と号す）とある。また「英奇」は「ずばぬけた才能の持ち主」のこと。『文選』巻二十六・范彦龍「古意贈王中書詩」に「岱山饒霊異、沂水富英奇」（岱山《たいざん》霊異饒《おほ》く、沂水《ぎすい》英奇に富《ゆた》かなり）とある。王勃「秋日遊蓮池序」にも「庶俗紛紜、得英奇者何有」（庶俗紛紜として、英奇を得たる者あること何《いくばく》ぞ）とある。

楽天知命――天の法則を楽しみ、自分の運命を知ること。天の法則が人にあっては運命となるわけである。『易』「繋辞伝」に「楽天知命、故不憂」（天を楽しみ、命を知る、故に憂へず）とある。

負笈従師――本来「文箱を背負って師と仰げる人につく」という意味。困難をものともせず、学問に励むことをいう。『後漢書』巻六十三「李固伝」の注に「固改易姓名、杖策駆驢、負笈追師三輔」（固姓名を改易し、杖策驢を駆り、笈を負ひ師を三輔に追ふ）とあり、『晋書』巻八十八「正褒伝」に「北海邴春少立志操、寒苦自居、負笈遊学」（北海の邴春少《わか》くして志操を立て、寒苦自居し、笈を負ひて遊学す）とある。ただ田宗堯氏は「二千余里」というのを「正与東呉之行里程相若、勃或係因従師而遠遊東呉、然未知何時也、此一可能」としている（田宗堯「王勃年譜」三八二頁）。

弘農楊公――楊烱を指す。弘農（河南の西、陝西の東の地）は楊氏の出身地。

日下無双――都に二人と並ぶ人がいない、ということ。『梁書』巻五十「伏挺伝」に「父友人楽安任昉深相歎異、常曰、此子日下無双」（父の友人楽安の任昉深く相《み》、歎異して、常に曰く、此の子日下に無双なりと）とある。

風流――道徳的な意味での人格とは異なり、個人的な風格をいう。この語の意味はさまざまに変化してきたが、魏晋の頃からは、「儒家の経典を軽蔑し、それまでの道徳思想に対する反逆を公然と口にするごとき人々が名士であり、そのような行為が風流と考えられた」（小川環樹「風流の語義の変化」）といわれている。『三国志』巻四十「蜀書・劉琰伝」に「有風流、善談論」（風流有りて、談論を善くす）とある。

神崖――気骨があり、人に下らない気性。『南史』巻三十一「張充伝」に「孤秀神崖、毎邅回於在世」（孤秀なる神崖、毎《つね》に世にありて邅回《てんくわい》す）とある。

智宇――他の用例を見いだしえないが、「気宇」（気ぐらい）「徳宇」（度量）「風宇」（風格）など、「―宇」の語から判断して、「聡明さ、智力」ということを指すのであろう。

崩騰——意味にかなり広がりのある語でまさに「崩れわきたつ」というところから、「人がどっとおしよせるさま」「戦乱などで混乱するさま」などをいう。たとえば、傅亮『光世音応験記』の「皆崩騰来観、乃橋公之声也」（皆崩騰し来たりて観るに、乃ち橋公の声なり）というのは前者の意であるし、謝霊運「述祖徳詩」の「崩騰永嘉末」（崩騰する永嘉の末）は後者の意である。ここでは張籍「廃居行」の「胡馬崩騰満阡陌、都人避乱唯空宅」（胡馬崩騰し阡陌に満ち、都人乱を避け唯《ただ》空宅のままなり）のように「力強くとびはねるさま」に似て、才気などがほとばしるさまをいうのであろう。なお唐代の「崩騰」については、『唐代詩詞典故詞典』（社会科学文献出版社、一九九二）が比較的その用例を集めている。

広度——正倉院本では「広」と「度」が逆で「度広」となっている。しかし、この語と対になっている語は「神崖」であって、それが名詞であるところから、「度広」より「広度」の方がふさわしいと考えられる。

沖衿——度量深く、こだわりのないさま。『晋書』巻七十五「王述伝論」に「（王）懐祖鑒局夷遠、沖衿玉粋」（（王）懐祖鑒局は夷遠にして、沖衿は玉粋す）とある。

乹坤——「乾坤」に同じ。諸本「乾坤」につくるが、「「乾」はカンと読む場合とケンと読む場合とでは字体がことなる」（太田辰夫『唐宋俗字譜 祖堂集之部』汲古書院、一九八二）ことに鑑み、敢えてこの字体を残した。

王夷甫之瑤林瓊樹——王衍（字は夷甫）は人並み優れた容姿をもち、その様子はまるで珠玉でできた林や樹木のようだといわれた。『世説新語』「賞誉」に「大尉神姿高徹、如瑤林瓊樹、自然是風塵外物」（大尉は神姿高徹、瑤林瓊樹の如し、自然是れ風塵外の物なり）とある。

出風塵——世俗を超越していること。前注参照。

嵇叔夜之龍章鳳姿——嵇康（字は叔夜）の容姿は龍鳳の如く優れていたというたとえ。『世説新語』「容止」に「嵇康身長七尺八寸、風姿特秀」（嵇康身の長《たけ》七尺八寸、風姿特に秀《ひい》づ）とあり、その注に『嵇康別伝』を引用し、「土木形骸、不加修厲、而龍章鳳姿、天質自然」（土木の形骸、修厲を加へずとも、而して龍章鳳姿なるは、天質自然なり）とある。

人野――礼義をわきまえた人と無知蒙昧の人と解するむきもあるが（例えば『漢語大詞典』）、ここでは「風塵」の対から考えても、「俗世間」の意であろう。任昉「為庾杲之与劉居士虯書」に「従容乎人野之間」（人野の間に従容す）とある。

逸弁――弁がたつこと、雄弁。『三国志』巻二十八「魏書・鍾会伝」に「弼好論儒道、辞才逸弁」（弼儒道を論ずるを好み、辞才逸弁なり）とある。

満腹之精神――才覚が全身にみなぎっていること。『晋書』巻六十七「温嶠伝」に「深結銭鳳、為之声誉、毎曰、銭世義精神満腹」（深く銭鳳と結び、之が為に声誉し、毎《つね》に曰く、銭世義は精神腹に満てり、と）とある。

達学――いろいろな学問に通じていること。『後漢書』巻四十上「班固伝」に「弘農功曹史殷粛、達学洽聞、才能絶倫」（弘農功曹史殷粛、達学洽聞にして、才能絶倫なり）とある。

簪裾――冠をとめるために髪に挿すこうがいと、衣のすそ。それから転じて高官の服装、もしくはそういうものをつける身分、あるいはそういう人を指すようになった。庾信「奉和永豊殿下言志」に「星橋擁冠蓋、錦水照簪裾」（星橋に冠蓋を擁し、錦水に簪裾を照らす）とある。

脱屣於西陽――「屣」は、はきもの。「屐」に同じ。摯瞻《しせん》が西陽（河南省光山県）の太守であったとき、酒の勢いで王敦と口論となり、王敦が「そんなことを言うのなら、太守にはしておけぬ。」と言ったところ、瞻は「私にとって西陽をみかぎることなど、屐《げき》を脱ぎ捨てるくらい簡単なことだ。」と答えたという故事を指す。『世説新語』「言語」に「摯瞻曽作四郡太守」とあり、その注に『摯氏世本』を引き「瞻時因酔、…敦曰、…如此不堪一千石。瞻曰、瞻視去西陽如脱屐耳」（瞻時に酔ふに因り、…敦曰く、…此如くならば、一千石に堪へず、と。瞻曰く、瞻視るに、西陽を去ること屐を脱ぐ如きのみと）とある。

横琴――琴をおいてそれをひくこと。陶弘景「解官表」に「恒思懸纓象闕、孤耕壟下、席月澗門、横琴雲際」（恒《つね》に纓を象闕に懸げ、孤《ひと》り壟下に耕し、月を澗門に席《し》き、琴を雲際に横たふを思ふ）とある。

南澗――南の谷川。隠遁の地をいう。『詩』「召南・采蘋」に「于以采蘋、南澗之浜」（于《ここ》に以て蘋を采る、南澗の浜に）とある。また『文選』巻二十二・陸機「招隠詩」に「朝采南澗藻、夕息西山足」（朝に采《と》る南澗の藻、夕に息《いこ》ふ西山の足）とある。

奇表――非凡な顔立ち。『後漢書』巻六十三「李固伝」に「固貌状有奇表、鼎角匿犀、足履亀文」（固貌状に奇表有り、鼎角に犀を匿《かく》し、足は亀文を履《ふ》む）とある。

高明――徳のある優れた人物。『国語』「鄭語」に「今王棄高明昭顕、而好讒慝暗昧」（今、王高明昭顕を棄て、而して讒慝《ざんとく》暗昧を好む）とあり、その韋昭注に「高明昭顕、謂明徳之臣」（高明昭顕とは明徳の臣を謂ふ）とある。

心期――心ひかれあう、あるいはそういう友。『文選』巻二十六・任昉「贈郭桐廬出渓口見候余既未至郭仍進村維舟久之郭生方至」に「客心幸自弭、中道遇心期」（客心幸ひ自《みづか》ら弭《やす》めり、中道にて心期に遇へばなり）とある。

神交――意気投合して離れ難い交わりを結ぶこと。『三国志』巻五十二「呉書・諸葛瑾伝」に「子瑜之不負孤、猶孤之不負子瑜也」（子瑜の孤に負《そむ》かざるは、猶ほ孤の子瑜に負かざるがごとし）とあり、その裴松之注に「孤与子瑜、可謂神交。非外言所間也」（孤と子瑜、神交と謂ふべし。外の言の間《へだ》つる所に非ず）とある。〔二十四〕2「嵆阮」注も参照。

下走――「下官」などと同じく自己の謙称。『漢書』巻七十八「蕭望之伝」に「若管晏而休、則下走将帰延陵之皐」（若し管晏にして休まば、則ち下走将《まさ》に延陵の皐に帰らんとす）とあり、その顔師古注に「下走者、自謙言趨走之役也」（下走者《は》、自ら謙《へりくだ》り趨走の役と言ふなり）とある。

山人――山中に隠遁する人。『文選』巻四十三・孔稚珪「北山移文」に「蕙帳空兮夜鵠怨、山人去兮暁猿驚」（蕙帳空《むな》しくして夜鵠《やこく》は怨み、山人去《さ》りて暁猿《げうゑん》は驚く）とある。王勃「贈李十四」にも「野客思茅宇、山人愛竹林」（野客、茅宇を思ひ、山人、竹林を愛す）とある。

昌蒲之水――「昌蒲」は「菖蒲」に同じ。その昔、姚成甫が菖蒲澗で隠士に出会ったことを指す。沈懐遠『南越志』に「熙安県東北有菖蒲澗、咸安中姚成甫嘗澗側遇一丈夫。曰、此菖蒲安期先生所餌、可以忘老」（熙安県の東北に菖蒲澗有り、咸安中に姚成甫嘗て澗の側で一丈夫に遇ふ。曰く、此の菖蒲、安期先生の餌する所にして、以て老ゆを忘るべしと）とある。

青精――南天烛、墨飯草とも呼ばれる植物。この葉と茎の皮を煮込んで汁をとり、それで米を炊くと黒っぽいご飯となるが、それを「青精飯」とよんだ。「烏米飯」ともいう。道家ではこれを長期問食べると、長生きすると信じられていた。杜甫「贈李白」に「豈無青精飯、使我顔色好」（豈に青精飯無きや、我をして顔色を好からしむ）とある。また『本草綱目』巻二十五に「此飯乃仙家服食之法、而今之釈家多于四月八日造之、以供仏耳」（此飯、乃ち仙家服食の法なり、而今の釈家多く四月八日にこれを造りて、以て仏に供するのみ）とある。

赤石神脂――砂石の中の硅酸類のもので、鉄分、陶土を含んでおり、赤みをおびている。五色石脂のひとつ。『抱朴子』「内篇・金丹」によれば、金丹を作る時の原料のひとつ。なお『本草綱目』巻九「五色石脂」参照。

玉案――玉の装飾がしてある机。梁・簡文帝「七励」に「金蘇翠幄、玉案象牀」（金の蘇、翠の幄、玉の案、象の牀）とある。

金盤――金属で作られた大皿。辛延年「羽林郎」に「就我求珍肴、金盤膾鯉魚」（我に就きて珍肴を求むれば、金盤に鯉魚を膾《なます》にせん）とある。

徴石髄於蛟龍之穴――嵩高山の北に底の深い穴があった。一人の人が誤ってその穴に落ちてしまい、抜け道はないものかと十日ばかりさまよったところ、二人の人が碁をうっているのに出会った。「家に帰りたい」と言うと、

「西の方に井戸があり、蛟がたくさんいる。そこに飛び込んだら抜け出せる。腹がへったら、井戸の中のものを食べればよい」とおしえてくれ、そのとおりにすると無事穴から出てこられた。あとで聞くと、その食べたものが龍穴の石髄であったという故事を指す。「石髄」とは鍾乳石のこと。昔はこれを食用や薬にしたこともある。『捜神後記』巻一に「嵩高山北有大穴、莫測其深。…嘗有一人誤堕穴中、…計可十余日、忽然見明、…中有二人対座囲棋。…堕者不願停。棋者曰、従此西行有天井、其中多蛟龍。但投身入井、自当出。若餓、取井中物食。堕者如言、…乃出蜀中。問張華、華曰、此仙館大夫。…所食者龍穴石髄也」（嵩高山の北に大穴有り、其の深さ測るなし。…嘗て一人有り、誤りて穴の中に堕《お》つ、…計《かぞ》へて十余日可《ばかり》、忽然と明りを見る。…中に二人ありて対座して囲棋す。…堕ちし者、停まるを願はず。棋者曰く、此れ従《よ》り西に行かば天井《てんせい》有り、其の中蛟龍多し。但《ただ》に身を投げ井に入らば、自づと当に出づべし。若し餓すれば井の中の物を取りて食せよ、と。堕ちし者言の如くせば、…乃ち蜀中に出づ。張華に問ふに、華曰く、此《これ》、仙館の大夫なり。…食せし所の者、龍穴の石髄なり、と）とある。

玉液於蓬莱之府――東海に高さ千丈もある玉石があり、そこに泉がわきでていて玉醴泉という。その水は酒のような味をしており、少し飲んだだけでたちどころに酔い、長生きするという。東方朔『十洲記』に「瀛洲在東海中。…又有玉石、高且千丈。出泉如酒味甘、名之為玉醴泉。飲之数升輒酔、令人長生」（瀛洲は東海の中に在り。…又た玉石有りて、高さ且《まさ》に千丈。泉を出だして、酒の如く味甘し、之を名づけて玉醴泉とす。之を数升飲まば輒《たちま》ち酔ひ、人をして長生せしむ）とある。

鍛野老之真珠――いわゆる「驪龍之珠」の典拠となった話である。黄河のほとりに住んでいた貧乏人の子供が、ある日価千金の珠を手にいれた。父親はそれを見てわが子をどなりつけ、すぐ珠をこわせと言った。「こんな高価な珠は深い深い淵の底に住む黒龍の頷の下にしかないものだ。たまたま龍が眠っていたため手に入ったのであって、もし龍が目をさませば、お前などひとたまりもなかっただろう」とさとしたという。『荘子』「列御冦編」に「河上有家貧恃緯蕭而食者。其子没於淵、得千金之珠。其父謂其子曰、取石来鍛之。夫千金之珠、必在九重之淵而驪龍頷下。子能得珠者、必遭其睡也。使驪龍而寤、子尚奚微之有哉」（河上に家貧しくして蕭《あかざ》を緯《お》るを恃みて食ふ者有り。其の子淵《ふち》に没《もぐ》り、千金の珠を得。其の父、其の子に謂ひて曰く、石を取り来たりて之を鍛《くだ》け。夫れ千金の珠は、必ず九重の淵にして驪龍の頷の下にあり。子の能く珠を得しは、必ず其の睡りに遭へばなり。驪龍をして寤《さ》め使《し》めば、子尚ほ奚《な》んの微か之れ有らんや、と）とある。

掛幽人之明鏡――山は危険な所なのでその安全な登り方を『抱朴子』が語っている。その登り方のひとつ。道士が山にはいるとき、少しのくもりもない鏡を背負って行った。鏡の中では物の怪《け》も正体を隠せないので、物の怪《け》が近づかなくなるというのである。『抱朴子』「登渉篇」に「古之入山道士、皆以明鏡九寸以上、懸於背後、則老魅不敢近」（古への山に入る道士、皆明鏡九寸以上を以て、背後に懸くれば、則ち老魅敢へて近づかず）とある。

山腰半坼、溜王烈之香粳――その昔王烈がひとり太行山に登ったとき、地響きがするので何事かと思ってその音がする方へ行くと、山が数百丈にもわたって崩れていた。ひとつの穴から、髄のような黒っぽいものが滴りおち、見る見るうちに石のように固まった。その香りは粳米のご飯のようだったという。葛洪『神仙伝』巻六に「烈独之太行山中、忽聞山東崩圮殷殷如雷声。烈不知何等、往視之、乃見山破石裂数百丈。…石中有一穴。…中有青泥流出如髄、…。須臾成石、…気如粳米飯」（烈、独り太行山中に之《ゆ》くに、忽ち山の東崩《くず》れ圮《こぼ》ち殷殷として雷声の如きを聞く。烈、何《なに》等かを知らず、往きて之を視るに、乃ち山破れ、石の裂けしこと数百丈なるを見る。…石中に一穴有り。…中に青泥の髄の如く流れ出づる有り。…須臾にして石と成り、…気、粳米の飯の如し）とある。

洞口横開、滴厳遵之芳乳――厳遵という人物は少なくとも二人いた。厳君平と厳光である。それぞれ『漢書』巻七十二と『後漢書』巻八十三に伝があるが、どちらも芳乳に関する記事がない。後考に待つ。

藤牽赤絮――未詳。藤に赤い花が咲いていることをいうか。あるいは『南方草物状』（『太平御覧』巻九百九十五）にある「合浦箇子藤、…四五月熟、実如梨、赤如雄鶏冠。…出交趾合浦」（合浦の箇子藤、…四五月に熟し、実は梨の如く、赤きこと雄の鶏冠の如し。…交趾の合浦に出づ）と関係があるかも知れない。『南方草物状』という書物は、あるいは『南方草木状』の誤りの可能性もあるが、現存の『南方草木状』の藤の項目には、『御覧』に引用されたこの文はない。

核漬青田——烏孫国に青田核という種があり、それを水にひたすと酒になるという。その酒を青田酒といった。崔豹『古今注』に「烏孫国有青田核、…得清水則有酒味出。…俄而成酒。名曰青田酒」（烏孫国に青田核有り、…清水を得れば則ち酒の味出づるあり。…俄かに酒となる。名づけて青田酒と曰ふ）とある。

把玉策而登高——やはり『抱朴子』にある山の登りかたのひとつ。威嚇の杖をつき、老子の玉策を腰に帯びれば、山の神をも使役することができる、というのである。『抱朴子』「登渉篇」に「執八威之節、佩老子玉策、則山神可使、豈敢為害乎」（八威の節を執り、老子の玉策を佩ぶれば、則ち山神を使ふべし、豈に敢へて害を為さんや」とある。

漢家二百年之都郭——漢の高祖から王莽までの二百年余り都であった長安を指す。「漢家」は漢の王室をいう。『文選』巻二・張衡「西京賦」に「多歴年所二百余期」（多く年所を歴《ふ》ること二百余期）とあり、その注に「従高祖至于王莽二百余年」（高祖より王莽に至る二百余年）とある。また「都郭」は「都郛」ともいい、城郭を指す。『後漢書』巻四十二「東平憲王蒼伝」に「豈況築郭邑、建都郛哉」（豈《あ》に況《いは》んや郭邑を築き、都郛を建つるをや）とあり、その注に「穀梁伝曰、人之所聚曰都。杜預注左伝曰、郛、郭也」（穀梁伝に曰く、人の聚まる所を都と曰ふと。杜預左伝に注して曰く、郛は、郭なりと）とある。

秦氏四十郡之封畿——秦の都咸陽のこと。秦の始皇帝は天下統一後三十六郡を置き、後四郡を加え四十郡とした。『初学記』巻八に「秦始皇并天下、分置三十六郡。…平百越、又置四郡、合四十郡」（秦始皇、天下を并《あは》せ、三十六郡を分置す。…百越を平らげ、又た四郡を置き、合せて四十郡とす）とある。「封畿」は王都の周辺地域を指す。正倉院本の「卌」は「四十」のこと。

班孟堅騁両京雄筆――班固が「二都賦」を詠んだことを指す。『後漢書』巻四十上「班固伝」に「固、字孟堅。…固感前世相如、寿王、東方之徒、造構文辞、終以諷勧、乃上両都賦」（固、字は孟堅。…固、前世の相如、寿王、東方の徒に感じ、文辞を造構し、終に以て諷勧して、乃ち両都賦を上《たてまつ》る）とある。

天地之奥区――天下の深遠の地。班固「西都賦」の一節。ただ『後漢書』巻四十上・「班固伝」では「防禦之阻、則天下之奥区焉」（防禦の阻は、則ち天下の奥区なり）とするが、『文選』巻一では、「防禦之阻、則天地之隩区焉」につくり、その注に「説文曰、隩、四方之土、可定居者也」（説文に曰く、隩は四方の十にして、居を定むべき者なり）とあり、若干異なる。『文選』に従えば、「この世で住むのに最適の場所」ということになろう。

張平子奮一代宏才――張衡が「二京賦」を詠んだことを指す。『後漢書』巻五十九「張衡伝」に「張衡、字平子。…少善属文、…擬班固両都、作二京賦」（張衡、字は平子。…少《わか》くして属文を善くし、…班固の両都に擬《なぞら》へて、二京賦を作る）とある。

帝王之神麗――帝王の都が神々しくて美しいこと。「西京賦」の一節。『文選』巻二・張衡「西京賦」に「惟帝王之神麗、懼尊卑之不殊」（惟《こ》れ帝王の神麗なる、尊卑の殊ならざるを懼《おそ》る）とある。

朱城――朱塗りの美しい城。宮城を指す。

北斗之宮――長安城を指す。『三輔黄図』巻一に「初置長安、城本狭小、至恵帝更築之。…周回六十五里、城南為南斗形、北為北斗形。至今人呼漢京城為斗城、是也」（初め長安に置きしが、城本《もと》より狭小、恵帝に至りて更に之を築く。…周回六十五里にして、城南は南斗の形をなし、北は北斗の形をなす。今に至るも人、漢の京城を呼んで斗城と為すは、是なり）とある。

清渭――水が澄んでいる渭水。濁っているとされる涇水とよく対比される。『文選』巻十・潘岳「西征賦」に「北有清渭濁涇」（北に清き渭、濁れる涇有り）とある。

澄澄――水などが澄みきっているさま。阮修「上巳会詩」に「澄澄緑水、澹澹其波」（澄澄たる緑水。澹澹たる其の波）とある。

滉瀁――川が広くて深い様子。『三国志』巻五十三「呉書・薛綜伝」に「加又洪流滉瀁、有成山之難。海行無常、風波難免」（加ふるに又た洪流滉瀁として、成山の難有り。海を行くに常なく、風波免がれ難し）とある。

長松――すらりと伸びた背の高い松。『文選』巻十一・孫綽「遊天台山賦」に「藉萋萋之纖草、蔭落落之長松」（萋萋の纖草を藉《し》き、落落の長松に蔭《かげ》す）とある。

大壑――大海原、もしくは大きな谷。『山海経』「大荒東経」に「東海之外大壑」とあり、その郭璞の注に「詩含神霧曰、東注無底之谷謂此壑也」（詩含神霧に曰く、東は底無しの谷に注ぐ、とは此の壑を謂ふなり）とある。

鳳皇――臨潼県の鳳凰原のこと。『長安志』巻十五に「臨潼県鳳凰原、後漢延光二年、鳳凰集新豊、即此原也」（臨潼県鳳凰原、後漢延光二年、鳳凰新豊に集まれるは、即ち此の原なり）とある。

神岳――神嶽とも書く。古代人は山岳にたいして驚異の感を抱いていたので敬してこう呼んだ。『文選』巻一・班固「西都賦」に「揚波涛於碣石、激神岳之嶈嶈」（波涛を碣《けつ》石に揚げ、神岳の嶈嶈たるに激す）とあり、その呂延済注に「神岳、即碣石也」（神岳は即ち碣石なり）とある。

鸚鵡――臨潼県の鸚鵡谷を指す。『長安志』巻十五に「臨潼県鸚鵡谷有重崖、洞壑、飛流、瀑水」（臨潼県鸚鵡谷に重崖、洞壑、飛流、瀑水有り）とある。

風花――風に飛ばされた花。庾信「詠画屏風詩」に「水紋恒独転、風花直乱廻」（水紋恒に独り転じ、風花直《ただ》に乱りに廻る）とある。

【考　説】

「山亭興」、正倉院本のみが「山家興」とする。本書の、可能な限り正倉院本に忠実に読むという方針に従えば「山家」をとるべきである。現に「山家」という語もある。しかし王勃の「山亭夜宴」という詩、あるいは「山亭思友人」という序のタイトルを考慮にいれると、「山家」はどうもとりにくいし、何よりも「山家」というのは詩や詩序のタイトルとしてふさわしいものとはどうしても思えないのである。

また正倉院本では末尾を欠くが、他本では以下の百二十八字があり完結している。

望平原、蔭叢薄。山情放曠、即滄浪之水清、野氣蕭條、即崆峒之人智、搖頭坐唱、頓足起舞。風塵灑落、直上天池九萬里、丘墟雄壯、傍吞少華五千仞。裁二儀爲輿蓋、倚八荒爲戸牖。榮者吾不知其榮、美者吾不知其美。下官以詞峯直上、振筆札而前驅、高明以翰苑横開、列文章於後殿。情興未已、即令樽中酒空、彩筆未窮、須使山中兎盡。

（佐藤　晴彦）

〔三〕 秋日◎宴山庭序

若夫爭名於朝廷者、則冠蓋相趨、遁迹於丘園者、則林泉見託。雖語嘿非一、物我不同、逍遙皆得性之場、動息竝自然之地◎。故有李處士者。遠辭濠上、來遊鏡中、披白雲以開筵、府青溪而命酌。昔時西北、則我地◎之琳瑯、今日◎東南、乃他鄉之竹箭。又此夜乘査之客、由對仙家、坐菊之賓、尚臨清賞。既而依稀舊識、款呉鄭之班荊、樂莫新交、申孔郯之傾蓋。向時朱夏、俄涉素秋、金風生而景物清、白露下而光陰晩。廷前柳葉、纔聽鳴蟬、野外蘆花、行看鷗①上。數人◎之内、幾度琴罇。百年◎之中、少時風月◎。故蘭亭有昔時之會、竹林無今日◎之歡。丈夫不縱志於生平、何屈節於名利。人◎之情矣、豈不然乎。人◎賦一言、各述其志。使夫千載◎之下、四海之中、後之視今、訪懷抱於茲日◎。

【校　異】

①鷗—江

【訓　読】

秋日山庭に宴する序

若《も》し夫《そ》れ、名を朝廷に争ふ者は、則ち冠蓋相《あ》ひ趨《おもむ》き、迹を丘園に遁《のが》るる者は、則ち林泉託せらる。語と黙と一に非ず、物と我と同じからずと雖も、逍遙は皆な得性の場、動息は並びに自然の地なり。故に李処士なる者有り。遠く濠上を辞し、来りて鏡中に遊び、白雲を披きて以て筵を開き、青渓を府して酌を命ず。昔時、西北は則ち我が地の琳瑯、今日、東南は乃ち他郷の竹箭なり。又た此の夜査《いかだ》に乗れる客、由《なほ》し仙家に対《むか》ひ、菊に坐せる賓、尚し清賞に臨む。既にして依稀なる旧識、呉鄭の班荊を歎《よろこ》び、楽莫なる新交、孔郯《たん》の傾蓋を申ぶ。

向《さき》の時は朱夏なりしに、俄にして素秋に渉り、金風生じて景物清く、白露下りて光陰晩し。廷前の柳葉、纔《わづ》かに蝉の鳴くを聴き、野外の蘆花、行《まさ》に鴎の上るを看る。数人の内、幾度の琴樽ぞ。百年の中、少時の風月なり。故に蘭亭に昔時の会有り、竹林に今日の歓無し。丈夫、志を生平に縦《ほしきまま》にせず、何ぞ節を名利に屈せむ。人の情、豈に然らざらむや。

人ごとに一言を賦し、各の其の志を述べむ。夫《か》の千載の下、四海の中、後の今を視、懐抱を茲の日に訪はしめむ。

【通　釈】

秋の日に山庭で酒宴をする序

そもそも、名を朝廷で争う者は、名士の使者が相い続いて訪れ、隠棲して身を園地にかくす者は、勝景の地に身を託すものである。語ることと沈黙することとは同じではなく、また『荘子』（斉物）にあるように外界の事物と自己とも同じではないが、悠々と自適すれば、すべて本来の持つべき姿を得る場であり、出仕するのも退隠するのも、いずれもあるがままの自然の境地である。

ここに李処士という人物があり、はるばると濠水のほとりを辞して、この鏡中の地に隠遁し、白雲を抜くような高い山に登って酒席を設け、青い溪流を俯観して、さあ酒宴を開こうではないかということになった。

昔の西北（濠水のほとり）の地は、李氏にとっては我が故郷で、美しい琳瑯のごとき地であり、今日の東南（鏡中のほとり）の地は、美しい竹林の生育する地である。また、この夜の宴にあの七夕伝説の牽牛のように舟に乗ってやって来た客は、仙人の家に対するごとくであり、あの陶淵明のように菊花に対坐した客は、清賞に臨むがごとくである。しばらくして忘れかけていた旧知の友は、あの伍挙と声子とが草を敷いて語りふけったように語らいをよろこび、この上もなく楽しい新知の友は、あの孔子が郯の地で程子と車蓋を傾けて語りあったように語りふけっている。

夏もようやくたけ、にわかに秋の気配が漂よう。秋風が吹き渡って風景は清らかに、白露がおりて日かげもくらくなった。庭さきには柳が繁ってわずかに夏の名残りの蝉の声が聞こえ、野には芦の穂がなびいて鴎が川をさか上るのを見ることだ。この数人の人々に限っただけでも、音楽や酒の楽しみは、これから幾度あることだろうか。人生百年の中のほんのしばしの風月の楽しみである。だからこそ、昔もあの蘭亭の雅会があったのであり、あの竹林の七賢の会にしても今日のようなよろこびはないであろう。立派な男子は、平生これと思ったことは貫くべきであって、どうして己の節を名誉や利益の為にまげられようか。人の心はそういうものではあるまいか。

一人ごとに一篇の詩を賦し、各自がその志を述べよう。千年の後までも、国中の後世の人たちが、今日をふりかえった時、我々の今日の心情を共有させようではないか。

【語　釈】

若夫――句のはじめに置く慣用句。『文鏡秘府論』「北巻・句端」に「若夫…右並発端置辞、汎叙事物也」（若し夫れ…右は並びに発端に辞を置き、汎く事物を叙するなり）とある。「若《も》し夫《そ》れ」あるいは「夫《か》の…の若《ごと》きは」と訓まれている。『遊仙窟』に「若夫積石山者、在乎金城西南、河所経也」（若し夫れ積石の山は、金城の西南に在り、河の経る所なり）とある。

冠蓋相趨――「冠蓋」は、役人の冠や馬車のおおい、「相趨」は、次々と続いて訪れること。人の来訪のはげしいことをいう。

遁迹――世をのがれて隠れ住むこと。

丘園――小高い丘の上の庭園。隠者の住む所。『本朝文粋』巻五・菅三品「為一条左大臣辞右大臣第三表」に「聖代之丘園、昔猶多遺徳」（聖代の丘園、昔猶ほ遺徳多し）とある。

林泉――林と泉のある景勝の地。隠遁の地。『梁書』巻五十一「庾詵伝」に「庾詵、字彦宝、新野人也。…性託夷簡、特愛林泉」（庾詵、字彦宝、新野人なり。…性夷簡に託し、特に林泉を愛す）とある。

物我――自分以外の外物と自分をいう。

動息――出仕することと隠退すること。『文選』巻三十・謝朓「観朝雨詩」に「動息無兼遂、岐路多徘徊」（動息は兼ねて遂ぐる無く、岐路に多く徘徊す）とあり、李善注に「動息猶出処」（動息は猶ほ出処のごとし）とある。

李処士――「李」は姓であるが、何人であるか不明。「処士」は出仕しないで民間にある人。

濠上――「濠」は淮南の鍾離郡（安徽省鳳陽県付近）にある川の名。「上」は、ほとり。『荘子』「秋水篇」に「荘子与恵子遊於濠梁之上」（荘子、恵子と濠梁の上《ほとり》に遊ぶ）とある。

鏡中――紹興（浙江省）付近の地。『初学記』巻八に「鏡水、輿地志曰、山陰南湖、縈帯郊郭、白水翠岩、互相映発、

若鏡若図。故王逸少云、山陰路上行、如在鏡中遊」（鏡水、輿地志に曰く、山陰の南湖、郊郭を縈帯し、白水翠岩、互相に映発し、鏡の若く図の若しと。故に王逸少云く、山陰の路上りて行けば、鏡中に在りて遊ぶが如しと）とあり、内藤湖南・「聖武天皇宸翰雑集」（全集七・研幾小録）に「鏡中とは今の紹興地方を指せるなり。紹興は唐時に越州といへるが、其の山陰県に鏡湖あり。任昉の述異記に軒轅氏鋳鏡湖辺ともいひ、又黄帝獲宝鏡于此ともいへる伝説に本づきて名づけられたりとの説もあり。又王羲之の山陰路上行、如在鏡中遊といへる話を本とすともいふ」とある。

府――「俯」に通じて用いる。かがむ。ふす。

西北…琳瑯――美しい玉の一種。優れた人に喩える。『爾雅』「釈地」に「西北之美者、有崑崙虚之璆琳琅玕焉」（西北の美なるもの、崑崙虚の璆琳、琅玕有り）とあり、その註に「璆琳、美玉名、琅玕状如珠也。山海経曰崑崙有琅玕樹」（璆琳は、美玉の名なり、琅玕は状《かたち》珠の如し。山海経に曰く、崑崙に琅玕樹有りと）とある。「琳瑯」は「琳琅」に同じ。

東南…竹箭――会稽産の竹で作った矢。『爾雅』「釈地」に「東南美者、有会稽之竹箭焉」（東南の美なるもの、会稽の竹箭有り）とあり、その註に「会稽、山名。今在山陰県南。竹箭篠也」（会稽は、山名なり。今山陰県の南に在り。竹箭は篠《しの》なり）とある。

乗査之客――筏に乗ってやってくる客。「査」はいかだ、「槎」・「楂」の原字。『博物志』巻十に「旧説云、天河之海通。近世有人居海渚者、年年八月有浮槎去来、不失期。人有奇志、立飛閣於査上、多齎糧、乗槎而去」（旧説に云く、天河と海と通ず。近世人の海渚に居る者有り、年年八月に浮槎有りて去来し、期を失はず。人奇志有り、飛閣を査上に立て、多く糧を齎《もたら》し、槎に乗りて去る）とある。本朝にも『懐風藻』・藤原史「遊吉野」に「雲仙駕鶴去、星客乗査逡」（雲仙は鶴を駕して去り、星客は査に乗りて逡《はや》し）とある。

坐菊之賓――菊の花の側に座る客。『芸文類聚』巻四に「続晋陽秋曰、陶潜嘗九月九日無酒、宅辺菊叢中、摘菊盈把、坐其側久。望見白衣至。乃王弘送酒也、即便就酌、酔而後帰」（続晋陽秋に曰く、陶潜嘗て九月九日に酒無く、宅辺菊叢中に菊を摘《と》り把《て》に盈《みち》て、其の側に坐すこと久し。白衣の至るを望見す。乃ち王弘酒を送れるなり。即使《ただち》に酌に就き、酔ひて後に帰る）とある。王勃自身にもこの故事による「九日詩」がある。

依稀旧識——ぼんやりとして明らかでない旧知の友。「依稀」は、かすかではっきりしないさま。

呉鄭之班荊——仲良く語り合うことをいう。『左伝』「襄公二十六年」に「初楚伍参与蔡大師子朝友。其子伍挙、与声子相善也。伍挙娶於王子牟。王子牟為申公而亡。楚人曰、伍挙実送之。伍挙奔鄭、将遂奔晋。声子将如晋、遇之於鄭郊、班荊相与食而言復故」（初め楚の伍参と蔡の大師子朝と友たり。其の子伍挙、声子と相《あ》ひ善《うるは》し。伍挙、王子牟（の女）を娶る。王子牟、申公と為りて亡《に》ぐ。楚人曰く、伍挙実は之を送れりと。伍挙鄭に奔り、将に遂に晋に奔らんとす。声子、晋に如《ゆ》かんとし、之に鄭郊に遇ひ、荊を班《し》き相ひ与に食ひ故《もと》に復するを言ふ）とあり、杜預注に「班、布也、布荊坐地、共議帰楚事」（班は布くなり、荊を布き地に坐して、共に楚に帰る事を議するなり）とある。本朝にも『本朝文粋』巻九・江以言「暮春於文章院餞諸故人赴任序」に「既而一樽先贈、双襟自霑。班荊之味意厚、沈酔正酣」（既にして一樽先づ贈り、双襟自ら霑《うるほ》ふ。班荊の味意厚くして、沈酔正に酣《たけなは》なり）と「班荊」の用例がある。

楽莫新交——この上もなく楽しい新知の友。『芸文類聚』巻二十九に「楚辞曰、…悲莫悲兮生離別 楽莫楽兮新相知」（楚辞に曰く、…悲しびは生きながら離別するより悲しきはなく、楽しびは新たに相ひ知るより楽しきはなし）とあり、これによったものか。「考説」参照。

孔郯之傾蓋——親密に語り合うことをいう。『孔子家語』「致思」に「孔子之郯、遭程子於塗、傾蓋而語、終日甚親。顧謂子路曰、取束帛以送先生」（孔子、郯に之《ゆ》き、程子に塗《みち》に遭ひ、蓋を傾けて語り、終日甚だ親し。顧みて子路に謂ひて曰く、束帛を取りて以て先生に送れと）とある。

向時——以前、さきごろ。

朱夏——五行説にもとづく夏の称。夏は火、色は朱・赤。

素秋――五行説にもとづく秋の称。秋は金、色は白。素は白。
金風――秋風。五行説による称。
鴎――かもめ。正倉院本、文苑英華本は「江」、四部叢刊本、初唐四傑本は「鷗」、蔣清翊註本は「漚」。「漚」は漚鳥《かもめ》。おそらく「漚」から「江」、「鷗」になったのであろう。

【考　説】

文中の「楽莫新交」は、構文的には、左のような対句中の一句である。

依稀旧識　歓呉鄭之班荊
楽莫新交　申孔程之傾蓋

即ち「依稀旧識」に対するものであるが、ここに見える「楽莫」の意味がよく解らない。記憶もうすらいでぼんやりとしている旧友に対する新知の友人を修飾する句である。「楽莫」と熟合した用例も乏しく、蔣清翊註には、「楽疑落字之訛」としている。これによれば「落莫新交」となり、もの寂しい、あるいは落ちぶれた新知の友人ということになり、文脈上からも従うことができない。また現存諸本とも「楽莫」の本文は一致している。語釈には「芸文類聚」によって示したが、『楚辞』「九歌・少司命」に「入不言兮出不辞。乗回風兮載雲旗。悲莫悲兮生別離。楽莫楽兮新相知」（入るには言はず出るには辞せず。回風に乗り雲旗を載《た》つ。悲しみは生別離より悲しきはなし。楽しみは新相知より楽しきはなし）とあり、これによったものと解したい。通釈に「この上もなく楽しい新知の友」としたのは、「楽莫」をこのように解したことによる。

また序題「秋日宴山庭序」を『文苑英華』本、『初唐四傑』本、『四部叢刊』本いずれも「秋日宴季処士宅序」に作り、文中の「李処士」も「季処士」に作る。

（蔵中　進）

〔四〕三月上巳祓禊序

観夫天下四海、以宇宙爲城池、人生百年、用林泉爲窟宅。雖朝野殊致①、出處異途、莫不擁冠蓋於烟霞、披薜蘿於山水。況乎山陰舊地、王逸少之池亭、永興新交、許玄度之風月。琴臺遼落、猶停隱遁之賓、釀渚荒涼、尚有過逢之客。仙舟容裔、若海上之査來、羽蓋參差、似遼東之鶴擧。或②昂昂騁驥、或③汎汎飛鳧、倶安名利之場、各得逍遙之地。既而上屬無爲之道、下栖玄邈之風。永淳二年、暮春三月、遲遲麗景、出没媚郊原、片片仙雲、遠近生林薄。雜花爭發、非止桃蹊、羣鳥亂飛、有餘鶯谷。王孫春草、處處皆青、仲統芳園、家家竝翠。於是携旨酒、列芳筵。先祓禊於長洲、却申交於促席。良談吐玉、長江與斜漢爭流、清歌遶梁、白雲將紅塵競落。他郷易感、自悽恨於茲晨。覊客何情、更歡娯於此日。加以今之視昔、亡非昔日之歡、後之視今、豈復今時之會。人之情也、能別不④悲乎。宜題姓字⑤、以傾懐抱。使夫會稽竹箭、則推⑥我於東南、崑阜琳琅、亦歸余於西北。

【校　異】

①致―智　②或昂昂―昂昂　③泛泛―泛　④不悲―應　⑤字―家　⑥推―唯

【訓　読】

三月上巳《じやうし》祓禊《ふつけい》の序

観《おもんみ》るに夫れ天下四海は、宇宙を以て城池と為し、人生百年は、林泉を用て窟宅と為す。朝野は致《みち》を殊《こと》にし、出処は途を異にすと雖も、冠蓋を煙霞に擁し、薜蘿《へいら》を山水に披《き》ざるは莫《な》し。況や山陰の旧地は、王逸少の池亭にして、永興の新交は、許玄度の風月なるをや。琴台は遼落《れうらく》なるも、猶ほ隠遁《いんとん》の賓を停め、醸渚《じやうしよ》は荒涼なるも、尚ほ過逢の客有り。仙舟は容裔《ようえい》として海上の査《いかだ》の来るが若く、羽蓋《うがい》は参差《しんし》として遼東の鶴の挙《あ》がるに似たり。或いは昂昂《かうかう》なる騁驥《ていき》、或いは泛泛《はんぱん》なる飛鳧《ひふ》、倶《とも》に名利の場を安みし、各の逍遥《せうえう》の地を得、既にして上は無為《むゐ》の道《みち》に属《つ》き、下は玄邈《げんばく》の風《かぜ》に栖《す》む。

永淳二年、暮春三月、遅遅なる麗景、出没して郊原に媚び、片片なる仙雲、遠近して林薄《りんぱく》に生ず。雑花争ひ発《さ》くこと、桃蹊《たうけい》に止まるに非ず、群鳥乱れ飛ぶこと、鶯谷《あうこく》に余る有り。王孫の春草、処処皆青く、仲統の芳園、家家並びに翠《みどり》なり。是に於て旨酒《ししゆ》を携へ、芳筵に列なる。先づ長洲に祓禊し、却て促席に交りを申《かさ》ぬ。良談玉を吐き、長江は斜漢と流れを争ひ、清歌《きよきうた》梁《うつはり》を遶《めぐ》り、白雲は紅塵将《と》落つるを競ふ。他郷感じ易く、自から茲の晨《あした》に悽恨す。羈客《きかく》何の情ぞ、更に此の日に歓娯す。加之《しかのみならず》今の昔を視るに、昔日の歓に非ざるは亡《な》し、後の今を視るに、豈《あ》に復《ま》た今時の会ならむや。

人の情なるや、能く別れて悲しまざらむや。宜しく姓字を題し、以て懐抱《くわいはう》を傾くべし。夫《か》の会稽の竹箭をして、則ち我を東南に推し、崑阜《こんふ》の琳琅《りんらう》をして、亦た余を西北に帰らしめむ。

【通　釈】

三月上巳祓禊の序

いろいろ考えてみるに、この世界は宇宙を城郭とし、百年といわれる人生は、林や泉を住処《すみか》としている。役人と庶民は、世界が違い、仕官すると野にあるとでは、人としての生き方を異にするが、役人を靄霞が包み、かずらの衣服を山水の地で着ないことはない。まして、山陰の旧地は、王羲之が池亭の楽しい集《つど》いを開いたところであり、永興の地で得た新しい友人と、許詢《きょじゅん》は清風明月を楽しんだのである。昔、文人が琴を奏でたという楼台は寂れ果てているが、今なお隠遁したひとが住んでおり、昔、川の水が酒になったという渚は荒れ果てているものの、なお行き来する旅人がいる。美しい船は、波に揺られてゆらゆらと進み、海の上をやって来る筏のようであり、船上の鳥の羽根で作られた日傘があちこちに立てられ、あたかも鶴が舞い上がるかのようである。或いは昂々として駆ける名馬、或いは泛々として飛ぶ鳧《かも》は、ともに名利を求めるのにあくせくした境涯を離れて、それぞれのびのびと拘束されない地を手に入れ、上は無為自然の道を行き、下は超俗の風に包まれている。

永淳二年（六八三年）、晩春三月、のどかな美しい風景が、原野に見えかくれしてあだめき、きれぎれの雲が、遠く近く草木の茂みからわき起こっている。たくさんの花が、桃の木の下の小道はいわずもがな、あちこちに咲き乱れ、群れをなす鳥は鶯の住む奥深い谷からあふれるかと思うほど乱れ飛んでいる。春の若草は、到るところで青々と茂り、芳しい香りの庭園は、どの家もみな翠があふれんばかりだ。そこで、美酒を携え、この席に参列した。先ず、長江の中州で禊《みそ》ぎ払いし、戻って詰めあった席で旧交を温めた。良き楽しい語らいから美しい言葉が吐き出されるその様は、長江が斜めに傾いた天の川と流れを争うが如くであり、清らかな歌声は梁《はり》を巡り、まるで白雲が日に映えた赤い塵と地平線に落ちるのを競うかのようである。異郷にいると感傷的になりやすく、自然とこの朝に恨み悲しくなってくる。旅人がどのような心境であれ、もっとこの日を喜び楽しもうではないか。そればかりでなく、今の世から昔の世の楽しみを視ると、昔日のような楽しみが無いわけでなく、また、後の世から今の世を視ると、どうして再び今日のような楽しい集いがあるだろうか。

人の情というものは、別れに臨んで悲しくないことがあるだろうか。さあ、それぞれの姓名と字を記して、心の思いを吐き出そう。あの会稽産の竹の矢でもって私を東南に押しやり、崑崙産の琳琅（美しい玉石）でもって私を西北へ帰せてくれたらなあ。

【語　釈】

上巳——陰暦三月の巳《み》の日。この日、水辺で禊《みそぎ》をして不祥を祓《はら》う。魏晋以後は、三月三日と定めて、必ずしも巳の日に限定しなくなった。

祓禊——災いを払うこと。ここでは陰暦三月上巳の日に水辺で行う禊を指す。

宇宙——「宇」は空間的広がりをいい、「宙」は時間的広がりをいう。転じて、世界、又はあらゆる存在物の全てを包括する空間をいう。『荘子』「庚桑楚篇」に「有実而無乎処者、宇也。有長而無本剽者、宙也」（実つること有りて処《を》ることなき者は、宇なり。長ずること有りて本剽《はんぺう》なき者は、宙なり）とある。

城池——城壁とそれを取りまく堀。ここでは城郭を指す。『文選』巻四十三・「為石仲容与孫皓書」に「師次遼陽而城池不守」（師遼陽に次し、城池守られず）とある。

林泉——林と泉のある景勝の地。隠遁の地。〔三〕3に既出。

窟宅——人や動物の住む洞穴。『文選』巻五・左思「呉都賦」に、「顛覆巣居、剖破窟宅。仰攀鵕鸃、俯蹴豺獏」（巣に居るを顛覆《てんぷく》し、窟に宅《を》るを剖破《ほうは》す。仰ぎて駿驥《しゅんぎ》を攀《よ》ぢ、俯《ふ》して豺獏《さいばく》を蹴《け》る）とある。

朝野——朝廷と民間。また、官吏と民間人。『文選』巻二十一・張協「詠史詩」に「昔在西京時、朝野多歓娯」（昔西京に在《あ》りし時、朝野歓娯多し〉とある。

殊致——異なること。『文選』巻四十七・袁宏「三国名臣序賛」に「存亡殊致、始終不同」（存亡致《むね》を殊《こと》にし、始終同じからず）とある。

出処——出仕して官職に就くことと退いて家に処ること。『三国志』巻十一「魏志・管寧伝」に「雖出処殊塗、俯仰異体、至於興治美俗、其揆一也」（出処塗《みち》を殊にし、俯仰《ふぎやう》体を異にすと雖も、治を興し俗を美《よく》するに至りては、其の揆《き》一なり）とある。

冠蓋——役人を指していう。〔三〕2に既出。

烟霞——もやとかすみ。転じて、山水の景色をいう。『玉台新詠』巻四・王融「雑詩・巫山高」に「煙霞乍舒巻、蘅芳時断続」（煙霞乍《たちま》ち舒巻《じょけん》し、蘅芳時《こうほうとき》に断続す）とある。

薜羅——かずら。薜茘《へいれい》（まさきのかずら）と女蘿《じょら》（つたかずら）。又、かずらで織った布。隠者の衣服を指す。〔一〕3「蔭松披薜」の語釈参照。

山陰——県名。秦・漢代に置かれた。今の浙江省紹興市。ここで王羲之が蘭亭の集いを開いた。

逸少——王羲之の字。〔二〕7「王逸少」の語釈参照。

永興——県名。浙江省蕭山の西にある。〔二〕1に既出。許詢の新居があった。のち喜捨して崇化寺として隠遁し、ここで王羲之、謝安、支遁らと交遊した。

玄度——許詢の字。許詢と月の関係については〔二〕7「許玄度」の語釈参照。

琴台——「琴台」に関する故事は数種あって、この詩序の「琴台」がどの故事を踏まえるか未詳。有名であるのは司馬相如に関する故事で、たとえば『説郛』巻六十一上に「司馬相如宅在州西笮橋北百許歩。李膺云、市橋西二百歩得相如旧宅、今梅安寺南有琴台故墟」（司馬相如の宅は州の西、笮橋《さくけう》の北百許歩に在り。李膺云ふ、市橋の西二百歩にて相如の旧宅を得、今の梅安寺の南に琴台の故墟有りと）とある。一説に浙江省杭県慧日峰の西壁に「琴台」と刻されたところを指すという（姚乃文論文「王勃年卒考弁―兼与何林天同志商榷」（『晋陽学刊』一九八四年第二期）。

遼落――はるか遠くまで人気《ひとけ》のないさま。

醸渚――未詳。一説に浙江省会稽県の南二十五里の沈醸（埭）を指すという。（姚乃文前掲論文）。

荒涼――荒れ果ててもの寂しいさま。『文選』巻四十三・孔稚珪「北山移文」に「澗戸摧絶、無与帰、石逕荒涼、徒延佇」（澗戸摧絶して、与《とも》に帰る無く、石逕荒涼して、徒《いたづら》に延佇す）とあり、向注に「荒涼、蕪穢也」とある。

過逢――行き来する。『漢書』巻二十七上「五行志上」に「哀帝建平四年正月、民驚走。…道中相過逢多至千数」（哀帝建平四年正月、民驚きて走る。…道中相ひ過逢するもの多きこと千もて数ふに至る）とある。

仙舟――装飾を施した小舟。江総「洛陽道」に「仙舟李膺棹、小馬王戎鑣」（仙舟李膺《りよう》の棹《さお》、小馬王戎《わうじゆう》の鑣《くつわ》）とある。

容裔――舟の行くさま。『文選』巻四・張衡「南都賦」に「汰瀺灂兮船容裔、陽侯澆兮掩鳬鷺」（汰瀺灂《なみざんさく》して船容裔《ようえい》し、陽侯澆《めぐ》りて鳬鷺《ふえい》を掩《おほ》ふ）とあり、呂向注に「容裔、船行貌」（容裔は、船の行く貌）とある。

査――いかだ、小舟。〔三〕6に既出。

羽蓋――舟に設けられた鳥の羽根を飾りにした日傘。『文選』巻七・司馬相如「子虚賦」に「怠而後発、遊於清池、浮文鷁、揚旌枻、張翠帷、建羽蓋」（怠《う》みて後《のち》発し、清池に遊び、文鷁《ぶんげき》を浮かべ、旌枻《せいえい》を揚げ、翠帷《すゐゐ》を張り、羽蓋《うがい》を建つ）とあり、郭璞注に「施之船上也」（之を船上に施すなり）、呂向注に「帷蓋皆翠羽飾之、取其軽也」（帷蓋皆《みな》翠羽もて之を飾るなり、其の軽きを取るなり）とある。

参差――不ぞろいなさま。『詩』「周南・関雎」に「参差荇菜、左右采之」（参差《しんし》たる荇菜、左右に之を采る）とある。

遼東之鶴――遼東の人、丁令威が修行をして仙人となり、鶴に変じて飛んで行ったという伝説に基づく故事を指す。陶潜の『捜神後記』に見える。

昂昂――馬の疾駆するさま。

騁驥――一日に千里行くという良馬。『文選』巻十二・魏文王「典論論文」に「自騁驥騄於千里、仰斉足而並馳」（自ら驥騄《きろく》を千里に騁《は》せ、仰《あふ》ぎて足を斉《ひと》しくして並び馳《は》す）とある。

飛凫――飛ぶ凫（かも）。『文選』巻十九・曹植「洛神賦」に「体迅飛凫、飄忽如神」（体は飛凫よりも迅《はや》く、飄忽たること神の若し）とある。

名利――名誉と利益。嵆康「答難養生論」に「養生有五難、名利不滅、此一也」（養生に五難有り、名利の滅びざる、此一なり）とある。

逍遥――自適して楽しむこと。『荘子』「譲王」に、「日出而作、日入而息、逍遥於天地之間、而心意自得」（日出て作《はたら》き、日入りて息《いこ》ひ、天地の間に逍遥《せうえう》して、心意自づから得）とある。

無為――何事も為さない、人為を加えないこと。『荘子』「在宥」に、「無為而尊者天道也、有為而累者人道也」（無為《むゐ》にして尊き者は天の道なり、有為《いうゐ》にして累《わずら》ふ者は人の道なり）とある。

玄邈――俗世間から超越していること。『文選』巻三十八・恒温「薦譙元彦表」に「故有洗耳投淵、以振玄邈之風」（故に耳を洗ひ淵に投じ、以て玄邈《げんばく》の風を振るふ有り）とある。

永淳――唐の高宗（李治）の年号。西暦六八二年～六八三年。ただ王勃の没年は楊炯「王勃集序」に拠れば上元三年八月のことであり、「永淳二年」に誤りがなければこの序は王勃死後の作ということになる。「考説」参照。

暮春――晩春。陰暦三月をいう。『論語』「先進」に、「暮春者、春服既成、冠者五六人、童子六七人、浴于沂、風于舞雩、詠而帰」（暮春には、春服既に成り、冠者五六人、童子六七人、沂《き》に浴し、舞雩《ぶう》に風《かぜ》し、詠じて帰らん）とある。

また王羲之「蘭亭序」に、「暮春之初、会於会稽山陰之蘭亭」（暮春の初め、会稽山陰の蘭亭に会す）とある。

遅遅——日の長いさま。のどかなさま。『詩経』「豳風・七月」に、「春日遅遅、采蘩祁祁」（春の日は遅遅《ちち》として、蘩《よもぎ》を采《と》るものは祁祁《きき》たり）とあり、その伝に「遅遅、舒緩也」とある。

麗景——美しい風景。謝朓「三日侍宴曲水代人応詔」に「麗景則春、儀方在震」（麗景は則ち春にして、儀方は震に在り）とある。また『万葉集』巻十七（三九七三前）大伴池主「七言晩春三日遊覧詩並序」に、「上巳名辰、暮春麗景」（上巳の名辰、暮春の麗景）とある。

出没——現れたり隠れたりする。『晋書』巻十一「天文志上」に、「至順帝時、張衡又制渾象、…、以漏水転之於殿上室内、星中出没与天相応」（順帝の時に至り、張衡又た渾象《こんしやう》を制《つく》り、…、漏水を以て之を殿上の室内に転《めぐ》らせば、星中《なか》に出没して天と相ひ応ず）とある。

媚——こびる、なまめく。『文選』巻十七・陸機「文賦」に「石韞玉而山輝、水懐珠而川媚」（石は玉を韞《つつ》みて山は輝き、水は珠を懐《いだ》きて川は媚《こ》ぶ）とある。

郊原——町はずれの野原。『魏書』巻四十三「房法寿伝」に「道高者負扆四方、神積者郊原其主」（道高きは扆を四方に負ひ、神積《つ》むは郊原其れ主なり）とある。

片片——きれぎれなさま。また、軽く飛ぶさま。庾信「周五声調曲　昭君辞応詔」に「片片紅顔落、双双涙眼生」（片片として紅《くれない》顔に落ち、双双として涙眼に生ず）とある。

仙雲——仙人の乗る雲。転じて、仙人をいう。

林薄——草木の茂った所。やぶ。「薄」は、草むら。『楚辞』「九章・渉江」に「露甲辛夷、死林薄、腥臊並御、芳不得薄」（露甲と辛夷とは、林薄に死《か》れ、腥臊並び御ひられて、芳薄《つ》くを得ず）とあり、王逸注に「叢木曰林、草木交錯曰薄」（叢木を林と曰ひ、草木の交錯するを薄と曰ふ）とある。

雑花――いろいろと混じった花。『文選』巻四十三・丘遅「与陳伯之書」に「暮春三月、江南草長、雑花生樹、群鶯乱飛」（暮春三月、江南草長《ちやう》じ、雑花樹に生じ、群鶯《ぐんあう》乱れ飛ぶ）とある。

桃蹊――桃や李の木の下に自然にできる小道。〔一〕19の「李径」に同じ。語釈参照。

有余――有り余る。劉勰《りゆうきよう》『文心雕龍』「封禅」に「事覈理挙、華不足而実有余矣」（事を覈《しら》べ理を挙ぐれば、華《はな》足らざれども実《み》余り有り）とある。

鶯谷――鶯の住んでいる奥深い谷。人がまだ世に出て活躍しないことにたとえる。

王孫春草――「王孫」は、王族の子孫をいい、ここでは屈原を指す。〔一〕4に既出。

仲統――仲長統のこと。仲長統は庭園で憩うことを好んだ。『後漢書』巻四十九「仲長統伝」に「仲長統、字公理、山陽高平人也。少好学、博渉書記、贍於文辞。…欲卜居清曠、以楽其志、論之曰、使居有良田広宅、背山臨流、溝池環匝、竹木周布、場圃築前、果園樹後、舟車足以代歩渉之艱、使令足以息四体之役」（仲長統、字は公理、山陽高平の人なり。少《わか》くして学を好み、博《ひろ》く書記を渉《わた》り、文辞に贍《と》む。…居を清曠《せいこう》に卜《うらな》ひ、以て其の志を楽しませんと欲し、之を論じて曰く、居をして良田広宅有り、山を背にし流れに臨み、溝池環匝《かんさふ》し、竹木周布し、場圃前に築き、果園後に樹《う》ゑ、舟車以て歩渉の艱に代らしめば、以て四体の役を息《いこ》はしむるに足らん）とある。

芳園――香ぐわしい花の咲く園《その》。『芸文類聚』巻七十三・毋《ぶ》丘倹《きゆうけん》「掌露盤賦」に「又能致休徵以輔性、豈徒虚設於芳園」（又た能く休徵を致して以て性を輔く、豈に徒らに虚しく芳園に設けんや）とある。

旨酒――うまい酒、美酒。陶潜「答龐参軍詩」に「我有旨酒、与汝楽之」（我に旨酒《ししゆ》有り、汝と之を楽しまん）とある。

筵――下に敷く竹のむしろ。また、座席を指す。『晋書』巻六十二「劉輿伝」に、「賓客満筵、文案盈几」（賓客筵《えん》に満ち、文案几《き》に盈《み》つ）とある。

長洲――長江の中の洲。陸地。『楚辞』「九章・思美人」に「擥大薄之芳茝兮、搴長洲之宿莽」（大薄の芳茝《はうし》を擥《と》り、長洲の宿莽《しゆくばう》を搴《と》る）とある。

申――重ねる。『書経』「太甲」に「伊尹申誥于王」（伊尹《いゐん》申《かさ》ねて王に誥《つ》ぐ）とある。

促席――座席を互いに近づける。『文選』巻四・左思「蜀都賦」に「合樽促席、引満相罰。楽飲今夕、一酔累月」（樽を合はせて席を促《ちかづ》け、満を引きて相ひ罰す。楽しく今夕に飲み、一酔して月を累《かさ》ぬ）とある。

良談――清談というに同じ。〔一〕9に既出。

吐玉――玉のような美しい言葉を話す。

斜漢――秋、西南方向に片寄った銀漢。天の川。『文選』巻十三・謝荘「月賦」に「斜漢左界、北陸南躔」（斜漢左に界《むか》ひ、北陸南に躔《やど》る）とある。

清歌遶梁――清らかな歌声が梁（うつばり）を遶《めぐ》る。『列子』「湯問」に、「秦青顧謂其友曰、昔韓娥東之斉。匱糧。過雍門、鬻歌仮食。既去、而余音遶梁欐、三日不絶。左右以、其人弗去」（秦青顧みて其の友に謂て曰く、昔韓娥《むかしかんが》東のかた斉《せい》に之《ゆ》く。糧《かて》匱《とぼ》し。雍門《ようもん》を過《よぎ》り、歌を鬻《ひさ》いで食を仮《こ》ふ。既に去るに余音梁欐を遶《めぐ》りて、三日絶えず。左右以《おも》へらく、其の人去らずと）とある。

白雲将紅塵競落――「紅塵」は、日に照らされ赤く見える土ぼこり。『文選』巻一・班固「西都賦」に「紅塵四合、煙雲相連」（紅塵四合し、煙雲に相ひ連らなる）とある。「白雲」に関しては『列子』「湯問篇」に「薛譚学謳於秦青。未窮青之技、自謂、尽之。遂辞帰。秦青弗止。餞於郊衢、撫節悲歌、声振林木、響遏行雲。薛譚乃謝求反、終身不敢言帰」（薛譚《せつたん》謳《うた》を秦青に学ぶ。未だ青の技を窮めざるに、自ら謂《おも》へらく、之を尽くせりと。遂に辞して帰らんとす。秦青止どめず。郊衢《かうく》に餞《おく》り、節《せつ》を撫《ぶ》して悲歌するに、声林木《こえりんぼく》を振はせ、響き行雲《かううん》を遏《とど》む。薛譚乃《すなは》ち謝して反《かへ》らんことを求め、終身敢へて帰るを言はず）という有名な故事がある。また「将」は「～と」の意。〔一〕15に既出。

悽恨――悲しみ恨む。庾信「擬連珠四四首」に「離家析里、悽恨撫膺」（家を離れ里を析《はな》れ、悽恨して膺《むね》を撫す）とある。

羈客――旅客、旅人。『異苑』に「西河有鐘在水中。晦朔輒鳴、声響怨激。羈客聞而悽愴」（西河に鐘の水中に在《あ》る有り。晦朔《くわいさく》に輒《すなは》ち鳴り、声響き怨み激し。羈客《きかく》聞きて悽愴《せいさう》たり）とある。

歓娯――喜び楽しむ、娯楽。『文選』巻一・班固「東都賦」に「於是聖上覩万方之歓娯、久沐浴乎膏沢」（是に於いて聖上は万方の歓娯し、久しく膏沢に沐浴するを覩《み》）とある。

姓字――姓と字《あざな》。陶潜「五柳先生伝」に「先生不知何許人、亦不詳其姓字」（先生何許の人か知らず、亦其の姓字を詳らかにせず）とある。

懐抱――胸のうち、心の思い。『文選』巻三十・謝霊運「斎中読書詩」に、「懐抱観古今、寝食展戯謔」（懐抱《くわいはう》に古今を観《み》て、寝食に戯謔《ぎぎやく》を展《の》ぶ）とある。

会稽竹箭――会稽から産出する竹で作った矢。『淮南子』「墜形訓」に「東南美者、有会稽之竹箭」（東南美なる者に、会稽の竹箭有り）とある。〔三〕6にも見える。

崑阜琳琅――崑崙の阜《おか》から産出する美しい玉。すぐれた才能を持つ人のたとえ。『淮南子』「墜形訓」に「西北方之美者、有崑崙之球琳琅玕焉」（西北方の美なる者に、崑崙の球琳琅玕《きゆうりんらうかん》有り）とある。〔三〕6にも見える。

【考説】

詩序に見えるこの永淳二年は、西暦六八三年に当たり、王勃の死後数年になる。王勃の生卒年については、従来より以下の如く諸説がある。

姚大栄・聶文郁　西暦六五〇―六七五
劉汝霖・田宗尭　西暦六五〇―六七六
鈴木虎雄　西暦六四九―六七六

従って、清末の蒋清翊は、この作品は誤って集に収録されたものであると断定している（『王子安集註』清光緒九年刊）。また、内藤湖南は、「正倉院尊藏二舊鈔本に就きて」（『研幾小録』昭和三年刊、『内藤湖南全集』第七巻）で、このように述べている。

集中三月上巳祓禊序は勃の作にあらざるも、蒋清翊は宋の施宿等が撰せる嘉泰會稽志に、王勃が永淳二年王子敬山亭に修禊せしことを記せしことを引きて、其の沿謬巳に久しきを證したるが、正倉院本は勃が死する時を距ること僅かに三十餘年頃の寫本なるに、已に此篇あれば、其の竄入が唐初よりせることを知るべく、宋代に論なきなり。

王勃の生卒年もさることながら、其の死因および死亡場所にも特異性があり（勃の父福時を其の任地交趾に訪ねた時に溺死したという）、問題の解明を一層困難にしている。なかには、この年号を「総章」の誤りであろうとしたり（総章二年は、西暦六六九年に当たる）、死亡年次を遥かに延ばして、辻褄を合わせる研究者もおり、議論としては面白くとも、其の論証は憶測の域を出ない。なお、この項を書くにあたっては、植木久行氏の論文「初唐詩人王勃生卒年考——唐代詩人新疑年録（２）——」（「文経論叢」二四—三、人文科学篇九、一九八九年三月刊）を参考にさせていただいた。

（原田　松三郎）

〔五〕春日序

夫五城高暎、飛碧玉之仙居、三山洞開、秀黄金之神闕。斯則旁稽鳳册、聞禮制而空存、俯視人間、竟寂寥①而無睹。況乎華陽舊壤、井絡名都、城邑千仞、峯巒四絶。山開鴈塔、還如玉名之臺、水架螺宮、則似銅人之井。嚴君平之卜肆、里閈依然、揚子雲之書臺、烟霞猶在。雖英靈不嗣、何山川之壯麗焉。王明府氣挺龍津、名高鳳擧。文詞泉涌、秀天下之珪璋、儒雅風流、作人倫之師範。孟嘗君之愛客、珠履交音、密子賤之調風、絃歌在聽。則有蜀城僚佐、陪騁望於春郊、青溪逸人、奉淹留於芳閣。明明上宰、肅肅英賢、還起潁川之駕、重集華陰之市。于時歳遊青道、景霽丹空、桃李明而野徑春、藤蘿暗而山門古。横琴對酒、陶潛②彭澤之遊、美貌多才、潘岳河陽之令。下官寒郷劍士、燕國書生、憐風月之氣高、愛林泉之道長。（末闕）

【校　異】

①寥―寮　②潛―ナシ

【訓　読】

春日序

夫れ五城は高く暎《かが》やき、碧玉の仙居に飛び、三山洞開し、黄金の神闕に秀《ひい》づ。斯れ則ち旁《あまね》く鳳冊を稽《かむか》ふるに、礼制を聞くも空しく存し、俯して人間《じんかん》を視るに、竟《つひ》に寂寥として睹《み》るもの無し。況むや華陽の旧壌、井絡の名都、城邑千仞にして、峯巒四絶なるをや。山に開く鴈塔、還《ま》た玉名の台《うてな》の如く、水に架《か》かる螺宮、則ち銅人の井に似る。厳君平の卜肆は、里閈に依然として、揚子雲の書台は、烟霞に猶ほ在り。英霊嗣がずと雖も、何ぞ山川の壮麗なる。

王明府、気は龍津に挺《ぬきい》で、名は鳳挙より高し。文詞の泉涌すること、天下の珪璋に秀で、儒雅風流なること、人倫の師範と作《な》る。孟嘗君の客を愛するや、珠履音を交《まじ》へ、密子賎の風《おし》へを調《ととの》ふるや、絃歌在まして聴く。則ち蜀城の僚佐、倍《はべ》りて春郊に騁望《ていばう》し、青溪の逸人、奉《つか》へて芳閤に淹留する有り。明明なる上宰、粛粛なる英賢、還《ま》た潁川の駕を起こし、重ねて華陰の市に集まらむ。

時に歳は青道に遊び、景《ひ》は丹空に霽《は》れ、桃李明るくして野径春たり、藤蘿暗くして山門古し。横琴対酒すること、陶潜彭沢の遊のごとく、美貌《びばう》多才、潘岳河陽の令のごとし。下官は寒郷の剣士にして、燕国の書生なり、風月を憐《いつく》しむ気は高く、林泉を愛《をし》む道は長《なが》し。（末闕《すゑか》く）

【通　釈】

春日の序

神仙がすむという五城は天高く輝き、碧玉の宮殿に連なり、蓬莱・方丈・瀛州の三山の門は大きく開き、黄金の輝く神仙の宮殿のなかでひときわ高くそびえている。あまねく書物を読み、礼制について聞いたことはあるが今では伝えられることはなく、人間世界を見下ろしてみると、寒々として見るべきものはない。まして昔より名都とされるこの蜀の地は、城壁を高く廻《めぐ》らし、峰々が四方を取り囲んでいる。山に建てられた雁塔は玉名の台のようであり、水辺に建てられた美しい宮殿は、銅人が守っている井戸（のある宮殿）そっくりである。厳君平が売卜したところは今なお街に残っており、揚雄が学問に励んだ書台とされるところにはなお煙霞がかかっている。周囲の景色は昔と変わりない。そこに集っていた立派な方々はもういないが、それにしても山川の景色のなんと壮麗なことか。

王明府は、気概はここに集う人のなかでも際立っておられ、かの向秀《しょうしゅう》よりも評判が高い。詩文を作れば美辞麗句が泉のごとくに湧き起こり、天下の秀才の中でも抜きんでておられる。人柄は上品で風雅であり、人々からお手本とされている。孟嘗君や春申君のように客を丁重にもてなし、宓子賤《ふくしせん》が琴の音を聞かせて単父《ぜんぽ》の地を治めたように美しい音楽を聴かせてくださる。だからこそ成都府の役人たちは郊外まで遠出のお供をし、郗僧施《ちそうし》のようにいつもは大自然の中にいる隠君子もこの高殿に滞在してくれるのである。明徳の明府に、謹厳なる有徳有能な人々。また黄覇のように昇進して都に行かれ、再度人々が徳を慕って集まってくることであろう。

時は春、夕焼け空に日が輝き、桃李の花が咲き、野の小道は春の景色、藤蔓がまといついて薄暗く、山門は古めかしい。こうして琴を横たえ酒を酌み交わしていると、陶淵明が彭沢の地に遊んだときのようであり、ここに集う美貌多才の方々は、美男子で有名であった河陽令の潘岳そのままである。私は寒門出身で風流な集いとは縁のない剣士であり、燕国出身の学業途中のものであるが、清風明月を慈しむ気持ちは誰にも負けず、長く美しい自然を愛《め》でていこうと思う。（以下欠）

【語　釈】

五城――神仙の居所。神仙境。『史記』巻十二「封禅書」に「黄帝時、為五城十二楼、以候神人於執期、命曰迎年」（黄帝の時、五城十二楼を為《つく》り、以て神人を執期に候《うかが》ひ、命《なづ》けて迎年と曰ふ）とあり、その集解に応劭注を引いて「崑崙県圃五城十二楼、遷人之所常居也」（崑崙県圃の五城十二楼は、遷人の常に居る所なり）とある。

暎――かがやく。「暎　カガヤク」（名義抄）。

碧玉――青く輝く宝石。

三山――三神山。蓬莱・方丈・瀛州をいう。『史記』巻六「秦始皇本紀」に「海中有三神山、名曰蓬莱・方丈・瀛州、僊人居之」（海中に三神山有り、名づけて蓬莱・方丈・瀛州と曰ふ。僊人之に居る）とある。

洞開――ひらく、つきぬける。『文選』巻四・左思「蜀都賦」に「華闕双貌《ばく》、重門洞開」（華闕双び貌《はる》かにして、重門洞開す）とある。

神闕――神仙の宮殿。

旁――あまねく。「旁　アマネシ」（名義抄）。

鳳冊――書物。

礼制――礼儀や制度。『文選』巻十八・馬融「長笛賦」に「以知礼制之不可踰越焉」（以て礼制の踰越すべからざるを知る）とある。

俯視――見下ろす。

寂寥――もの寂しいこと。『文選』巻五十六・陸倕「石闕銘」に「礼経旧典、寂寥無記」（礼経旧典、寂寥として記すること無し）とある。なお、正倉院本は「寂寮」に作るが意を以て改めた。

華陽旧壌――四川地方。巴蜀の地。『華陽国志』巻三「蜀志」に「地称天府、原曰華陽」（地に天府と称し、原に華陽と曰ふ）

とある。

井絡名都――成都をいう。「井絡」は星の名。『文選』巻四・左思「蜀都賦」に「遠則岷山之精、上為井絡」（遠くは則ち岷山《びんざん》の精、上《のぼ》りて井絡と為る）とある。

四絶――四方を山に囲まれていること。

雁塔――雁の供養塔。『大唐西域記』などに故事が見える。王勃「益州緜竹県武都山浄恵寺碑」にも「銀龕仏影、遥承雁塔之化、石壁経文、下映龍宮之葉」（銀龕の仏影、遥かに雁塔の化を承け、石壁の経文、下に龍宮の葉を映す）とある。

玉名之台――秦の穆公の娘弄玉《ろうぎょく》が夫の簫史とともに飛び去ったという高殿。『文選』巻二十八・鮑照「升天行」に「鳳台無還駕」（鳳台に還《かへ》る駕無し）とあり、李善注所引の『列仙伝』に「簫史者、秦穆（原作繆）公時人也。善吹簫。穆公有女、号弄玉。好之。公遂以妻之。遂教弄玉作鳳鳴。居数十年、吹似鳳声、鳳皇来止其屋、為作鳳台。夫婦止其上、不下数年、一日皆随鳳皇飛去」（簫史者、秦の穆公の時の人なり。善く簫を吹く。穆公に女《むすめ》有り、弄玉と号す。之を好む。公遂に以て之に妻《とつ》がしむ。遂に弄玉に教へて鳳鳴を作らしむ。居ること数十年、吹くこと鳳の声の似《ごと》し、鳳皇来りて其の屋に止《とど》まる、為《ため》に鳳台を作る。夫婦其の上に止まりて、下りざること数年、一日皆《とも》に鳳皇に随ひ飛び去る）と見える故事に基づく。

螺宮――巻き貝の装飾を施した美しい宮殿。

銅人――銅で鋳造した人形。宮殿に置かれていた。『漢書』巻二十五「郊祀志」に「建章未央長楽宮鐘虡銅人、皆生毛長一寸所」（建章未央長楽宮の鐘、虡《きょ》、銅人、皆毛生《けは》ふること長さ一寸所《ばかり》なり）とある。また『後漢書』巻八「霊帝紀」にも「復修玉堂殿、鋳銅人四…」（玉堂殿を復修し、銅人四…を鋳る）とある。

厳君平之卜肆――「厳君平」は厳遵のこと。成都で易占を生業とし、揚雄が師事した。『漢書』巻七十二「厳君平伝」に「裁日閲数人、得百銭、足自養、則閉肆下簾而授老子。博覧亡不通」（裁《わづ》かに日に数人を閲《み》、百銭を得、自養するに足れば、則ち肆《みせ》を閉ぢ簾を下ろして老子を授く。博覧にして通ぜざるなし）とある。

里閈——里の門。『文選』巻四・左思「蜀都賦」に「軌躅八達、里閈対出」（軌躅八達《きちょくはったつ》し、里閈《りかん》対出す）とある。

揚子雲之書台——揚雄が学問をしたところ。〔三十一〕にも「揚子雲之旧地、厳壑依然、密子賎之労猷、絃歌在属」（揚子雲の旧地、厳壑は依然として、密子賎の労猷、絃歌は在りて属《つづ》く）の句がある。

英霊不嗣——英才が世に現れないことをいう。「英霊」はすぐれた霊気が集まって生まれた人。すぐれた人。『文選』巻四・左思「蜀都賦」に「近則江漢炳霊、世載其英」（近くは則ち江漢炳霊にして、世《よ》よ其の英を載す）とあるのに基づく。英霊が世に現れないことを述べたものとしては、『芸文類聚』巻四十二・劉孝威「蜀道難」に「君平子雲寂不嗣、江漢英霊巳信稀」（君平子雲寂として嗣《つ》がず、江漢の英霊已《すで》に信《まこと》に稀《まれ》なり）とある。

王明府——「明府」は県令。「王明府」が誰を指すか未詳。

龍津——「龍門」に同じ。登龍門。名望のある人士のこと。『後漢書』巻六十七「李膺伝」に「李膺、字元礼、…独持風裁、以声名自高、士有被其容接者、名為登龍門」（李膺、字は元礼、…独り風裁を持し、以て声名自《おのづか》ら高し、士に其の容接を被らんとする者有り、名づけて登龍門と為す）とあり、その注に「以魚為喩也。龍門河水所下之口、在今絳州龍門県。辛氏三秦記曰、河津、一名龍門。水険不通、魚鼈之属莫能上。江海大魚、薄集龍門下数千、不得上、上則為龍也」（魚を以て喩へと為すなり。龍門は河水の下る所の口にして、今の絳州龍門県に在り。辛氏三秦記に曰く、河津、一に龍門と名づく。水険にして通ぜず、魚鼈の属能く上るもの莫し。江海の大魚、龍門の下に薄《せま》り集まること数千なるも、上るを得ず、上れば則ち龍と為るなりと）とある故事に基づく。また『梁書』巻二十七「陸倕伝」に見える任昉「答陸倕感知己賦」に「過龍津而一息、望鳳条而曽翔」（龍津を過《よぎ》りて一たび息《いこ》ひ、鳳条を望みて曽《たか》く翔《と》ぶ）とある。

鳳挙——鳳のように高く飛ぶこと。転じて、竹林の七賢の向秀《しょうしゅう》をいう。『文選』巻二十一・顔延之「五君詠・向常侍」に「交呂既鴻軒、攀嵆亦鳳挙」（呂に交《まじ》はりて既に鴻《おほとり》のごと軒《と》び、嵆に攀《よ》ぢて亦た鳳《おほとり》のごと挙《あ》がれり）とあるのに基づく。

珪璋――飾り玉のこと。転じて、優れた人物をいう。「珪」は「圭」に同じ。『詩』「大雅・巻阿」に「如圭如璋、令聞令望」とあるのに基づく。

師範――お手本。劉勰『文心彫龍』「通変」に「今才頴士、刻意学文、多略漢篇、師範宋集」（今才頴の士は、意を刻して文を学ぶに、多く漢篇を略して、宋集を師範す）とある。

孟嘗君之愛客――孟嘗君が手厚く食客をもてなしたことをいう。『史記』七十五「孟嘗君列伝」に「孟嘗君舎業厚遇之、以故傾天下之士、食客数千人。無貴賤一与文等」（孟嘗君業を舎て厚く之を遇し、故を以て天下の士を傾け、食客数千人あり。貴賤無く一に文と等しくす）とある。

珠履交音――春申君が食客を厚遇したことをいう。「珠履」は真珠で飾った履き物。『史記』巻七十八「春申君伝」に「春申君客三千余人。其上客皆躡珠履以見趙使」（春申君客三千余人あり。其の上客皆《みな》珠履を躡《は》き以て趙使に見ゆ）とある。

密子賎之調風――密子賎は春秋時代の人で、孔子の弟子。「密」は「宓」と同じ。彼が琴を弾いていただけで単父の地がよく治まったという故事。『説苑』巻七「政理」に「宓子賎治単父、弾鳴琴、身不下堂而単父治」（宓子賎単父《ぜんぽ》を治むるに、鳴琴を弾き、身堂より下らず而して単父治まる）とある。このほか『呂氏春秋』「察賢」、『蒙求』「宓賎弾琴」などにも同様の記事が見える。

弦歌――琴の伴奏でうたう歌。『文選』巻十八・嵆康「琴賦」に「激清響以赴会、何紘歌之綢繆」（清響を激し以て会に赴き、何ぞ紘歌の綢繆《ちうびゅう》たる）とある。

蜀城――成都をいう。

僚佐――下役。補佐役。

倍――はべる。「倍　ハムベリ」（名義抄）。

騁望――遥か遠くまで見渡す。『文選』巻二十二・「湘夫人」に「登白蘋兮騁望、与佳期兮夕張」（白蘋に登りて望《のぞ》みを騁《は》せ、佳と与《とも》に期して夕べに張《しつら》ふ）とある。

青渓逸人――青渓中を回り詩を作っていた郗僧施《ちそうし》を指す。『芸文類聚』巻九「水部下　渓」に「俗説曰、郗僧施青渓中汎、到一曲之処、輒作詩一篇」（俗説に曰く、郗僧施《ちそうし》は青渓中に汎《うか》び、一曲の処に到れば、輒ち詩一篇を作ると）とある。

淹留――とどまる。『楚辞』「離騒」「時繽紛其変易兮、又何可以淹留」（時繽紛《ひんぷん》として其れ変易す、又た何ぞ以て淹留すべけんや）とある。

上宰――王明府を指す。

英賢――有徳有能の人。

潁川之駕――出世して都の高官となることをいう。「潁川」は地名。潁川太守であった黄覇が功績を認められて京兆尹となり丞相にまでなった故事を指す。『史記』巻九十六に「黄丞相覇者、淮陽人也。以読書為吏、至潁川太守。…徴為京兆尹、而至丞相」（黄丞相覇者、淮陽の人なり。読書を以て吏と為り、潁川太守に至る。…徴されて京兆の尹と為り、丞相に至る）とある。

華陰之市――張楷が隠居した所へ、門人が集まって市をなしたという故事。『後漢書』巻三十六「張楷伝」に「楷、字公超。…隠居弘農山中。学者随之、所居成市。後華陰山南、遂有公超市」（楷、字は公超。…弘農の山中に隠居す。学ぶ者之に随ひ、居る所市を成す。後に華陰山の南に、遂に公超の市有り）とある。「華陰」は、いまの陝西省潼関県。

青道――月の行く道。『漢書』巻二十六「天文志」に「立春春分、月東従青道」（立春春分、月東《ひがし》して青道に従ふ）とある。

景――日の光。「景　ヒカリ」（名義抄）。

霽――空が晴れる。『文選』巻十九・宋玉「高唐賦」に「風止雨霽、雲無処所」（風止み雨霽《は》るれば、雲処《を》る所無し）とある。

丹空――夕焼けの赤い空。

野径——野の小道。『文選』巻二十二・沈約「宿東園詩」に「野径既盤紆、荒阡亦交互」（野径は既に盤紆たり、荒阡も亦た交互せり）とある。

藤蘿——ふじなどのつる状の植物。

横琴対酒、陶潜彭沢之遊——彭沢の県令となった晋の陶潜が、九月九日に酒を送られて菊畑で飲んだ故事をふまえていう。『晋書』巻六十四「陶潜伝」に「嘗九月九日無酒。出宅辺菊叢中坐久。値弘送酒至。即便就酌、酔而後帰」（嘗て九月九日に酒無し。宅辺に出でて菊叢中に坐すこと久し。弘の送りし酒の至るに値ひ、即便ち酌に就きて、酔ひて後帰る）とある。また、陶潜が重陽節を酒や菊とともに愛したことは、「九日閒居詩序」に「余閒居愛重九之名。秋菊盈園、而持醪靡由。空服九華、寄懐于言」（余閒居して重九の名を愛す。秋菊園に盈つるに、而も醪《にごりざけ》を持ちて由《よし》靡《な》し。空しく九華を服し、懐ひを言に寄す）とあることからも知られる。なお正倉院本には「潜」の字はないが、「潘岳河陽之令」の対であることから補った。

美貌多才、潘岳河陽之令——河陽の県令であった潘岳は美男子で、女性に人気があったという。『晋書』巻五十五「潘岳伝」に「岳美姿儀、…少時常挟弾出洛陽道、婦人遇之者、皆連手縈繞、投之以果、遂満車而帰」（岳美しき姿儀にして、…少《わか》き時《とき》常に弾《はじきゆみ》を挟《わきばさ》みて洛陽の道に出づ、婦人の之《これ》に遇ふ者、皆《みな》手を連ね縈繞《えいぜう》し、之に投ずに果《くだもの》を以てし、遂に車に満ちて帰る）とある。

寒郷剣士——田舎者の剣士。『文選』巻二十八・鮑照「東武吟」に「僕本寒郷士」（僕は本《もと》寒郷の士）とある。

燕国書生——王勃は絳州龍門の出身であるが、この地は古くは「燕」と称されたので、このように言った。

憐——いつくしむ。「憐　ウツクシブ」（名義抄）。

林泉——林と泉のある景勝の地。隠遁の地をもいう。〔三〕3に既出。

（辻　憲男）

〔六〕秋日送沈大虞三入洛詩序

夫鳥散背飛、尚有悲鳴之思、獸分馳鶩、猶懷狂顧之心。況在於人、能無別恨者也。虞公沈子、道合姻連、同濟巨川、倶欣利渉。天門大道、子則翺翔①而入帝郷、地泉下流、余乃漂泊而沈水國。昇降之儀有異、去留之路不同。嗟控地之微軀、仰沖天之逸翮、相與隔千里、阻九關。後會不可期。倚伏安能測。是時也、赤熛云謝、白道爰開、潘子陳哀感之辰、宋生動悲傷之日。萬物廻薄、四野蒼茫。雲異色而傷遠離、風雜響而飄別路。月來日往、澄晩氣於幽巖、景淨天高、引秋陰於爽籟。此時握手、共對離樽、將以釋慰於行前、用宴安於別後、命篇擧酌、咸可賦詩。一字用探、四韻成作。

【校　異】

①翔—ナシ

【訓　読】

秋日、沈大虞三の入洛するを送る詩序

夫れ鳥は散じて背き飛ぶも、尚し悲鳴の思ひ有り、獸は分かれて馳《は》せ騖《は》しるも、猶し狂顧の心を懐く。況や人に在り、能く別れの恨み無き者あらむや。
虞公沈子、道合ひ姻連《つら》なり、同《とも》に巨川を済《わた》り、倶に利渉を欣《よろこ》ぶ。天門の大道より、子は則ち翻翔して帝郷に入らむとし、地泉の下流より、余は乃ち漂泊して水国に沈まむとす。昇降の儀に異有り、去留の路は同じからず。地に控《お》つる微躯を嗟《なげ》き、天に沖る逸翮を仰ぐ。相ひ与《とも》に千里を隔て、九関に阻まる。後会期すべからず。倚伏安《いづく》んぞ能く測《はか》らむや。
是の時や、赤熛云《ここ》に謝《さ》り、白道爰《ここ》に開け、潘子哀感を陳ぶるの辰《とき》、宋生悲傷を動かすの日。万物は廻薄し、四野は蒼茫なり。雲は色を異にして遠離を傷み、風は響きを雑へて別路に飄《ただよ》ふ。月来たり日往き、晩気を幽巌に澄ましめ、景浄《かげきよ》く天高く、秋陰を爽籟に引かしむ。此の時手を握り、共に離樽に対ひ、将に醑《さけ》を以て行前を慰め、宴を用て別後を安《やす》んぜむとす。篇を命じて酌を挙げ、咸《みな》詩を賦すべし。一字用て探り、四韻もて成し作らむ。

【通　釈】

秋の日、沈大と虞三が洛陽に向かうのを送る詩の序

　鳥は背を向けて飛び去っても、悲しげに鳴く心を持っており、獣はそれぞれ分かれ分かれに走り去ってもやはり急いで振り返る思いを持っているものである。まして人において別れの恨みを感じない者があるであろうか。

　虞公と沈子は進む道も同じで、お互いに姻戚関係にもあり、共にこれからは大きな困難をのり越えて進んでいけば、必ず凡てが順調に行くであろうと思われることが喜ばしいことである。お二人は天門高貴な世界に続く大道から天子の居られる都に一気に翔け上らんとされるが、それに反して私は地面に湧き出る泉の底から、其の流れに従って、漂って南の水国に沈んでいくばかりである。人の姿には、昇り行く姿と降り行く姿とがあるし、この場を去ってゆく人もあれば、その場に留まる人もおり、人にはそれぞれ異なった運命というものがあるのであ

る。私は地に落ち行く自分を歎きながら、天に向かって力強く羽ばたいて進んでいくあなた方を下から羨ましく仰ぎ見るばかりである。これからはあなた方とは千里を隔て、九重の天が両者を阻むことになるに違いない。もうお会いすることもかないますまい。人の禍福の運命、起伏は測りがたいものである。

さて、時恰も夏が去り、秋至らんとし、それは彼の潘岳が「秋興賦」で哀感を歌った季節であり、また彼の宋玉が「風賦」で秋の悲しみを歌った季節でもある。万物はめぐり迫って、四方は広々とした何も無い原野である。この時に当たり、雲は普段とは色を異にして、我々の長の別れを傷み、風は別離の悲しみをその響きの中に込めて道に吹いている。月はのぼり、また日は沈んで、夜気があたりの岩に静かに下りている。しかし天の高みにはまだ日の名残が白く浮き出ていて、松の木立を渡って来る爽やかな風には秋の気配が感じられる。さあ、手を取り合って、別れの為の酒樽に向かいあい、酒を飲んで我らの行く末を慰めよう。この宴を盛り上げて、別れた後の安らぎを図ろう。それぞれ杯を挙げて皆で一篇ずつ詩を創ろうではないか。韻を選んで四韻の詩を作ろう。

【語　釈】

沈大虞三――沈と虞の二人の人物。「大」と「三」はそれぞれの輩行を表している。大は長男、三は三男のこと。〔八〕「夏日喜沈大虞三等重相遇序」にある沈氏、虞氏と同じ人物と思われる。

洛――洛陽のこと。当時都は長安であったが、洛陽も長安と同等の規模と重要さを担っていた。

背飛――背中を向けて飛び去ること。『玉台新詠』巻八・劉孝綽「夜聴妓賦得烏夜啼詩」に「別有啼烏曲、東西相背飛」（別に啼烏《ていう》の曲有り、東西に相ひ背《そむ》きて飛ぶ）とある。

馳騖――「馳」も「騖」もともに「走る」の意味。本来馬を走らせること。『文選』巻九・潘岳「射雉賦」に、「彼遊田之致獲、咸乗危以馳騖」（彼の遊田の獲を致す、咸《みな》危ふきに乗じて以て馳騖す）とある。

狂顧――慌ただしく顧みること。『楚辞』「抽思」に「狂顧南行、聊以娯心兮」（狂顧して南行し、聊か以て心を娯しましむ）とあり、王逸注に「狂、猶遽也」（狂、猶ほ遽のごとし）」とある。また『文選』巻十一　王粲「登楼賦」に「獣狂顧以求群兮、鳥相鳴而挙翼」（獣は狂顧して以て群を求め、鳥は相ひ鳴きて翼を挙ぐ）とある。

姻連――姻戚関係のこと。またそうした関係にある者。『旧唐書』巻十八「武宗本紀」に、「或姻連王室、或任重藩維」（或は姻王室に連り、或は任藩維に重し）とある。

済――渡る。「済　ワタル」（名義抄）。

利渉――（川を）渡れば成功を収めることができる。『易』「需卦」に「需、有孚、光亨。貞吉。利渉大川」（需、孚《まこと》有れば、光《おほ》ひに亨《とほ》る。貞なれば吉なり。大川を渉《わた》るに利《よ》ろし）とあり、「彖伝」に「利渉大川、往有功也」（大川を渉るに利《よ》ろしとは、往けば功有るなり）とある。

天門――天帝、あるいは天子の居する宮殿の門。『文選』巻七・楊子雲「甘泉賦」に「登椽欒而狃天門兮、馳閶闔而入凌兢」（椽欒《てんらん》に登りて天門に狃《いた》り、閶闔《しょうかふ》に馳せて凌兢《りょうきょう》に入る）とある。

翻翔――鳥などが翻り飛ぶこと。正倉院本は「翔」字はないが、下句と対にするために補った。『芸文類聚』巻二十八・魏文帝「銅雀台詩」に、「飛鳥翻翔舞、悲鳴集北林」（飛鳥翻翔して舞ひ、悲鳴して北林に集ふ）とある。

帝郷――本来は天上、天国の意味で、仙人の住むところをいう。ここでは天子の居する都。

地泉――地下から湧き出す泉。

水国――人間世界。『文選』巻二十七・顔延之「始安郡還都与張湘州登巴陵城楼作一首」に「水国周地嶮、河山信重復」（水国は地嶮を周《めぐ》らせ、河山信《まこと》に重なり復《たたなは》る）とあり、李善注に「機答張士然詩曰、余固水郷士。呂氏春秋注曰、郷、国也」（〔陸〕機答張士然詩に曰く、余は固より水郷の士なり。呂氏春秋注に曰く、郷は、国なり）とある。もとは水郷地帯をいうのであるが、ここでは、天門高貴な世界に対する語で、地辺下賤な世界を指している。

昇降――身分の高下をいう。『文選』巻二十六・潘岳「河陽県作」に「卑高亦何常、昇降在一朝」（卑高亦た何ぞ常あらん、昇降は一朝に在り）とある。

儀――姿、様子。「儀　カタチ、スガタ」（名義抄）。

去留――『文選』巻四十五・陶淵明「帰去来辞」に「已矣乎。寓形宇内復幾時。曷不委心任去留」（已《や》んぬるかな。形を宇内に寓するは復た幾時ぞ。曷《なん》ぞ心に委ねて去留を任せざる）とある。

控――落ちる。『荘子』「逍遥遊篇」に「時則不至、而控於地而已矣」（時則ち至らざれば、地に控《お》つるのみ）とある。

微躯――自分の身を謙遜していう語。『文選』巻二十八・陸機「楽府・塘上行」に「不惜微躯退、但懼蒼蠅前」（微躯の退《しりぞ》けらるるは惜しまざれど、但《た》だ蒼蠅の前《すす》まんことを懼《おそ》る）とある。

沖天――天高く上ること。『文選』巻十一・孫綽「遊天台山賦」に「王喬控鶴以沖天、応真飛錫以躡虚」（王喬は鶴を控へて以て天に沖《のぼ》り、応真は錫を飛ばして以て虚を躡《ふ》む）とある。

逸翮――優れた羽、また速く飛ぶ鳥をいう。『文選』巻二十一・郭璞「遊仙詩」に、「逸翮思払霄、迅足羨遠遊」（逸翮は霄を払はんと思ひ、迅足は遠遊を羨《ねが》ふ）とある。

九関――『楚辞』「招魂」に、「君無上天些。虎豹九関、啄害下人些」（君天に上《のぼ》る無かれ。虎豹九関して、下人を啄害せんとす）とあり、李善注に「天門九重、使神虎豹執其開閉」（天門は九重にして、神虎豹をして其の開閉を執ら使む）とある。

後会――再会。『文選』巻十三・謝恵連「雪賦」に「怨年歳之易暮、傷後会之無因」（年歳の暮れ易きを怨《うら》み、後会の因《よし》無きを傷《いた》む）とある。

倚伏――禍福。『文選』巻二十三・謝恵連「秋懐詩」に「夷険難豫謀、倚伏昧前算」（夷険は豫《あらかじ》め謀り難く、倚伏は前に算《おも》ふには昧《くら》し）とあり、李善注に「鶡冠子曰、禍兮福之所倚、福兮禍之所伏」（鶡冠子に曰く、禍は福の倚《よ》る所、福は禍の伏する所）とある。

赤熛――木火土金水をつかさどる五行神の一つで、火をつかさどる神、赤熛怒のこと。また南方の神で、夏をつかさどる赤帝でもある。『周礼』「春官・小宗伯」の「兆五帝於四郊」（五帝を四郊に兆す）の鄭玄注に「五帝…蒼曰霊威仰、大昊食焉、赤曰赤熛怒、炎帝食焉、黄曰含樞紐、黄帝食焉、白曰白招拒、少昊食焉、黒曰汁光紀、顓頊食焉」（五帝…蒼は霊威仰と曰ひ、大昊食すなり、赤は赤熛怒と曰ひ、炎帝食すなり、黄は含樞紐と曰ひ、黄帝食すなり、白は白招拒と曰ひ、少昊食すなり、黒は汁光紀と曰ひ、顓頊食すなり）とある。ここでは夏の季節をいう。

云――ここに。「云　ココニ」（名義抄）。

謝――『楚辞』「大招」に「青春受謝」（青春謝を受け）とあり、王逸注に「青東方春位、其色青也。謝去也」（青は東方、春の位、其の色は青なり。謝は去なり）とある。ここでは夏が去っていくことをいう。

白道――上の「赤熛」注に引く『周礼』鄭注に見える「白招拒」のことで、秋を掌る神であり西方を掌る神でもある。ここでは秋の季節をいう。

潘子――西晋の作賦家、潘岳のこと。潘岳は、『文心雕龍』「指瑕」に、「潘岳為才、善于哀文」（潘岳の才為るや、哀文を善くす）とあるように、哀惜の情を込めた文賦を作るのに長じていた。

宋生――戦国末楚国の辞賦家宋玉のこと。

廻薄――めぐり迫ること。〔一〕12に既出。

蒼茫――青々として広いさま。『文選』巻五十七・潘岳「哀永逝文」に、「視天日兮蒼茫、面邑里兮蕭散」（天日を視《み》れば蒼茫たり、邑里に面《むか》へば蕭散たり）とある。

爽籟――清らかな松を渡る風。『文選』巻二十二・殷仲文「南州桓公九井作詩」に「爽籟警幽律、哀壑叩虚牝」（爽籟は幽律を警《おこ》し、哀壑は虚牝を叩く）とある。

釋――原字は米偏である。『説文解字』によれば「米を洗う」の意味であり、ここでは意が通じないため「釋」

と読んだ。「釋」は「醳」に通じるので、ここもそのように解した。つまり「酒」の意味である。『文選』巻四十六・顔延之「三月三日曲水詩」に「肴蔌芬藉、觴醳泛浮」（肴蔌《かうそく》は芬藉《ふんしゃ》し、觴醳《しゃうえき》は泛浮《はんぷ》す）とあり、李善注に「鄭玄礼記注曰、醳、旨酒也」（鄭玄礼記注に曰く、醳は、旨酒なり）とある。

（高橋　庸一郎）

〔七〕秋日送王贊府兄弟赴任別序

夫別也者、咸軫思於去留、將行矣夫、有懷情於憂喜。王贊府伯兄仲弟、如壎若篪。匪二陸之可嘉、即三王之繼體。長衢騁足、拔萃揚眉。道泰官高、成榮厚祿。一則顯光輝於楚甸、一則奮明略於趙郊。溝水東西、恭惟南北。遂以離亭仙宅、異望香山。羽翼於此背飛、花蕚由其折影。所謂鸞翔鳳舉、終以悽愴、鶴顧鵬騫、能無戀恨。諸寮友等祖道秋原、遲廻晚景。菊散芳於樽酒、則花彩疊重、蘭吐氣於仁賢、則徽陰委積。加以煙雲異狀、凛凛四郊之荒。草木變衰、蕭蕭百籟之響。臨別浦、對離舟、行子傷慘悽、居人苦遼落。去矣遠矣、綿日月而何期。黯然寂然、涉歳寒而詎展。宜其奮藻、即事含毫。各贈一言、倶裁四韻。

【訓　読】

秋日、王賛府《わうさんぷ》の兄弟の任に赴くを送りて別るる序

夫《そ》れ、別れは、咸《みな》思ひを去留に軫《いた》み、行かむとするや、情を憂喜に懐《いだ》く有り。王賛府の伯兄と仲弟と、壎《けん》の如く篪《ち》の若し。二陸の嘉《よみ》すべきに匪《あら》ず、三王の体を継ぐに即く。長衢騁足《ちやうくていそく》し、抜萃揚眉《ばつすいやうび》なり。道泰《やすら》かに官高く、成

栄厚禄なり。一は則ち光輝を楚甸《そてん》に顕はさむとし、一は則ち明略を趙郊に奮はむとす。溝水は東西するも、恭しく南北するを惟《おも》ふ。遂に以て離れて仙宅に亭まり、異に香山を望まむ。羽翼此に背飛し、花萼《かがく》は其れに由りて影を折《わ》けむ。所謂鸞翔鳳挙《らんしやうほうきよ》は、終に悽愴を以てするも、鶴顧鵬騫《かくこほうけん》は、能く恋恨無し。

諸の寮友等、秋原に祖道し、晩景に遅廻す。菊は芳《かほ》りを樽酒に散らせば、則ち花の彩は畳《たた》み重なり、蘭は気を仁賢に吐けば、則ち黴《なは》の陰は委《つも》り積もれり。加《ま》た以て煙雲は異状にして、凜凜なる四郊の荒《すさ》み。草木は変衰して、蕭蕭《せうせう》なる百籟《ひやくらい》の響き。

別れの浦に臨み、離舟に対《むか》へば、行子は惨悽を傷《いた》み、居人は遼落を苦しむ。去るかも遠きかも、日月を綿《つら》ねて何ぞ期せむ。黯然《あんぜん》なり寂然なり、歳寒に渉りて詎《なに》をか展《の》べむ。

其れ藻を奮ひ、事に即きて毫《ふで》を含むべし。各《おのも》おのも一言を贈り、倶に四韻を裁《つく》らむ。

【通　釈】

秋日、王賛府の兄弟が任に赴くのを送って別れる序

そもそも別れに際しては、誰もが去留をかなしみ、まさに旅立とうとするとき、また憂いと喜びとを胸にいだくものだ。ここに王賛府の伯兄と仲弟とは、あたかもともに土笛を吹き竹笛を吹いて和するがごとくに仲がよい。この点において何もあの二陸だけを嘉すべきではなく、あの三王のありさまを継ぐおもむきである。二人は都大路を力いっぱいに馬を馳せ、衆に抜きん出、意気盛んである。また道は順調で官も高く、出世して厚禄をいただいている。そして今、一人はその誉れを楚の郊外に顕わそうとし、いま一人はすぐれた計略を趙の郊外に奮おうとしている。溝の水は東西に別れ流れていくが、このお二人はうやうやしく南北に別れていこうとされている。遂に離れ離れとなって仙宅にやすらい、別々に香山を望むことになろう。羽と翼のごとく互いに助け合った

二人はここに別方向に飛んでゆき、花と蕚のごとく情愛深き兄弟はそれによってやむなく別れていこうとしている。いわゆる鸞が翔い鳳が挙がるということき、才人の遠行はついにかなしみをともなうものだが、鶴が顧み鵬が騫《と》ぶということき、有能な人の門出には未練をいだかないものである。

今、諸々の同僚がこの秋原に送別の宴を張り、夕景色の中をためらい行き来している。菊が芳りを樽酒に散らすと、花の彩はそこに重なり、蘭が気を仁者賢者にかけると、美しい花かげは幾重にも重なっている。また遠くの煙や雲はいつもと違ったさまで、都の四面の原野は荒涼と寒さが身にしみる。草木は枯れ衰えて、風のあらゆる声はいかにもものさびしい。

こうして別れの浦に臨み、離舟に向かうと、旅行く者は心の痛みはなはだしく、残る者たちははるかに離れてしまうのを苦しむのだ。ああ、去るかな、遠きかな。いったん別れてしまえば、日月を綿ねてもいったいいつまた会えることとやら。悄然として、ただ寂しきのみ。これから寒さ厳しい冬に向かうところだが、いったい何を述べればよいのか。

人々よ、さあ文藻をふるい、この場の別れを、思案して詠じようではないか。おのおの惜別の言葉を贈り、ともに四韻の詩を裁《つく》ろうではないか。

【語　釈】

王賛府――誰のことか不明。「賛府」は古代の県丞の別称。『容斎四筆』巻十五「官称別名」に「県令曰明府、丞曰賛府賛公」（県令を明府と曰ふ、丞を賛府賛公と曰ふ）とある。

也者――「一字ヲ用ルヨリ語意深シ」（文語解）。

軫――いたむ。「軫　イタム」（名義抄）。

去留——去ることと留まること。〔六〕5に既出。

矣夫——強い感慨をあらわす。

憂喜——うれいとよろこび。『文選』巻五十三・嵇康「養生論」に「愛憎不棲於情、憂喜不留於意、泊然無感而体気和平」（愛憎情に棲ましめず、憂喜意に留めしめず、泊然として感ずること無ければ、体気は和平なり）とある。

伯兄仲弟——兄弟のうち一番目を伯兄、二番目を仲弟という。『尚書』「呂刑」に「伯父・伯兄・仲叔・季弟（下略）」とあり、その正義に「皆王同姓、有父兄弟子孫列者、伯仲叔季、順少長也」（皆王の同姓、父兄弟子孫の列有れば、伯仲叔季も、少長に順《したが》ふなり）という。

如壎如篪——壎《けん》は土笛、篪《ち》は竹笛。兄弟が吹いて合奏するところから、兄弟の仲が良いことをいう。『詩』「小雅・何人斯」に「伯氏吹壎、仲氏吹篪」（伯氏壎を吹き、仲氏篪を吹く）とあり、その正義に「伯氏之兄吹壎、又仲氏之弟吹篪、以和之。其情相親、其声相応和矣」（伯氏の兄壎を吹き、又た仲氏の弟篪を吹き、以て和す。其の情相ひ親しみ、其の声相ひ応じて和すなり）という。

二陸——晋の陸機・陸雲兄弟。ともに詩文に秀で、「二陸」と称された。『晋書』巻五十四に二人の伝がある。そのうち「陸雲伝」に、「雲、字士龍。六歳能属文。性清正、有才理。少与兄機斉名。雖文章不及機、而持論過之。号曰二陸」（雲、字は士龍。六歳にして能く文を属《つづ》る。性清く正しく、才理有り。少《わか》くして兄機と名を斉しくす。文章は機に及ばずと雖も、持論は之に過ぐ。号して二陸と曰ふ）とある。

三王——兄弟ではないが、漢代にいずれも京兆尹を勤め、「三王」と称えられた王尊・王章・王駿のことか。『漢書』巻七十二・「王吉伝」に「八歳、成帝欲大用之。出駿為京兆尹、試以政事。先是京兆有趙広漢張敞王尊王章。至駿皆有能名、故京師称曰前有趙張、後有三王」（〔王駿〕八歳、成帝大いに之を用ゐんと欲す。駿を出して京兆尹と為し、試みるに政事を以てす。是に先んじて京兆に趙広漢・張敞・王尊・王章有り。駿に至りて皆能名有り。故に京師称して曰く、「前に趙張有り、後に三王有り」と）とある。また『文選』巻十・潘岳「西征賦」に「趙張三王之尹京、定国釈之之聴理」（趙張三王が京に尹たる、定国釈之が理《まつりごと》を聴ける）とあり、その李善注に『漢書』を引いて「又曰、王遵、字子貢、涿郡人也。為諫大夫、守京輔都尉、行京兆尹事。旬月間盗賊清。又曰、王章、字仲卿、泰山人也。章以選為京兆尹。又曰、王駿、琅邪人也。為京兆尹」（又た曰く、王遵、字は子貢、涿郡の人なり。諫大夫と為り、京輔都尉を守り、京兆尹の事を行ふ。旬月の間に盗賊清《おさ》まると。又た曰く、王章、字は仲卿、泰山の人なり。章選を以て京兆尹と為ると。又た曰く、王駿、琅邪の人なり。京兆尹と為ると）とある。

長衢――長く続く街路。『文選』巻二十九「古詩」第三首に「長衢羅夾巷、王侯多第宅」（長衢夾巷を羅《つら》ね、王侯第宅多し）とあり、張銑注に「衢四達之道、傍羅列小巷」（衢は四達の道にして、傍らに小巷を羅列す）という。ここも都の大通りをいうのであろう。

騁足――力いっぱいに駆ける。『文選』巻二・張衡「西京賦」に「百馬同轡、騁足並馳」（百馬轡《たづな》を同じうし、騁足《ていそく》並びに馳す）とある。

抜萃――多くの中から抜きん出る。『孟子』「公孫丑章句上」に「出於其類、抜乎其萃」（其の類より出でて、其の萃を抜く）とある。

揚眉――眉を揚げる。意気盛んなさま。『文選』巻五十五・劉峻「広絶交論」に「遇一才則揚眉抵掌」（一才に遇へば則ち眉を揚げ、掌を抵《う》つ）とあり、李善注に「大戴礼曰、孔子愀然揚眉」（大戴礼に曰く、孔子愀然《しうぜん》として眉を揚ぐ）を挙げる。

厚禄――多くの俸禄。『文選』巻四十一・司馬遷「報任少卿書」に「積日累労、取尊官厚禄」（日を積み労を累ね、尊官厚禄を取る）とある。

光輝――かがやき。『史記』巻七十九「蔡沢伝」に「声名光輝、伝於千世」（声名光輝し、千世に伝ふ）とある。

楚甸――楚の郊外。謝眺「和伏武昌登孫権故城詩」に「鵲起登呉山、鳳翔陵楚甸」（鵲起ちて呉山に登り、鳳翔りて楚甸を陵《しの》ぐ）とある。

明略――すぐれた計略。『文選』巻十五・張衡「帰田賦」に「遊都邑以永久、無明略以佐時」（都邑に遊びて以て永く久しきも、明略ありて以て時を佐《たす》くること無し）とある。

趙郊――趙の郊外。

溝水東西――溝の水が東西に別れて流れる。〔一〕13に既出。

仙宅――仙人の居所。〔五〕2の「仙居」に同じ。

香山――河南省洛陽市の龍門山の東にある香山か。後に白楽天はその地に山荘をつくり、白香山と称した。龍門は王勃の生地。

羽翼――助けることをいう。『呂氏春秋』「挙難」・「魏文侯」に「以私勝公、衰国之政也。然而名号顕栄者、三士羽翼也」（私を以て公を勝ぐるは、衰国の政なり。然して名号顕栄は、三士の羽翼なり）とあり、高誘注に「羽翼、佐之」という。

背飛――違う方向に飛ぶ。〔六〕2に既出。

花萼――兄弟の情の厚いことをいう。楊炯「唐右将軍魏哲神道碑」に「門伝万石、庭列双珠、花萼争栄、芝蘭藹秀」（門は万石を伝へ、庭は双珠を列べ、花萼は争ひて栄へ、芝蘭は藹《おほ》く秀づ）とある。

扸――「析」に同じ。わける。わかれる。「扸　ワカレタリ」（名義抄）。

鸞翔――鸞の飛翔。鸞は鳳凰の一種。傅咸「申懐賦」に「穆穆清禁、済済群英。鸞翔鳳集、羽儀上京」（穆穆《ぼくぼく》たる清禁、済済たる群英。鸞翔鳳集して、羽儀京に上る）とある。「鸞翔鳳集」は才人が多く集まることのたとえ。

鳳挙――使臣の勢いを鳳凰の飛翔にたとえていう。『文選』巻五十五・陸機「演連珠」に「是以俊乂之藪、希蒙翹車之招、金碧之巌、必辱鳳挙之使」（是を以て俊乂《しゅんがい》の藪は、翹車《げうしゃ》の招きを蒙ること希《まれ》に、金碧《きんぺき》の巌は、必ず鳳挙の使ひを辱《かたじけな》うす）とある。

悽愴――いたましくかなしいこと。『文選』巻三十一・江淹「雑体詩・潘黄門岳」に「美人帰重泉、悽愴無終畢」（美人は重泉に帰し、悽愴して終畢なし）とあり、張銑注に「悽愴、悲傷也」（悽愴は、悲しみ傷むなり）という。

鵬鶱――おおとりが高く飛ぶこと。「鶱」は「騫」に通じ、飛ぶさま。『説文解字』に「騫、飛貌也」とある。『文選』巻二・張衡「西京賦」に「鳳鶱翥於甍標、咸遡風而欲翔」（鳳は甍標《ぼうへう》に鶱翥《けんしよ》し、咸《みな》風に遡《さか》ひて翔《かけ》んと欲す）とある。

恋恨――『文選』巻四十三・趙至「与満茂斉書」に「夫以嘉遁之挙、猶懐恋恨。況乎不得已者」（夫れ嘉遁の挙を以てすら、猶ほ恋恨を懐く。況んや已むを得ざる者をや）とある。

寮友――同僚。『文選』巻四十七・夏侯湛「東方朔画賛」に「戯万乗若寮友、見儔列如草芥」（万乗に戯ること寮友の若く、儔列《ちうれつ》を見ること草芥の如し）とある。

祖道――送別の宴。『漢書』巻七十一「疏広伝」に「公卿大夫故人邑子、設祖道、供張東都門外」（公卿大夫故人邑子は、祖道を設けて、供を東都門の外に張る）とあり、その師古注に「祖道、餞行也」という。

遅廻――ためらう。ぐずぐずする。『文選』巻二十八・鮑照「放歌行」に「今君有何疾、臨路独遅廻」（今君は何の疾有りてか、路に臨みて独り遅廻する）とある。

晩景――夕暮れ時の景色。『玉台新詠』巻七の皇太子簡文の詩題に「晩景出行」がある。

散芳――かおりを散らす。『文選』巻十三・謝荘「月賦」に「菊散芳於山椒、鴈流哀於江瀬」（菊は芳を山椒《さんせう》に散らし、鴈は哀しみを江瀬《かうらい》に流す）とある。

委積――つもる。『文選』巻十三・謝恵連「雪賦」に「連翩飛灑、徘徊委積」（連翩として飛び灑《そそ》き、徘徊として委《つも》り積もれり）とある。

凛凛――寒さが身にしみるさま。『文選』巻十六・潘岳「寡婦賦」に「寒凄凄以凛凛」（寒きこと凄凄として以て凛凛たり）とあり、その李善注に「説文曰、凛凛、寒也」という。

四郊――王城をとりかこむ四方の原野。王城から五十里を近郊とし、百里を遠郊とした。『礼記』「曲礼上」に「四郊多塁、此郷大夫之辱也」（四郊の塁多きは、此れ郷大夫の辱なり）とあり、その正義に「四郊者、王城四面並有郊。近郊五十里、遠郊百里。諸侯亦各有四面之郊。里数随地広狭。故云四郊」（四郊は、王城の四面並びに郊有り。近郊は五十里、遠郊は百里。諸侯も亦た各の四面の郊有り。里数は地の広狭に随ふ。故に四郊と云ふ）という。

変衰――枯れる。『楚辞』「九弁」に「悲哉、秋之為気。蕭瑟兮、草木揺落而変衰」（悲しきかな、秋の気たるや。蕭瑟《せうしつ》たり、草木揺落して変衰す）とある。

蕭蕭――ものさびしいさま。陶淵明「自祭文」に「窅窅我行、蕭蕭墓門」（窅窅《えうえう》たる我が行《こう》、蕭蕭たる墓門）とある。

百籟――風の起こすあらゆる自然のもの音。『文選』巻二十九・張協「雑詩」に「凄風為我嘯、百籟坐自吟」（凄風我が為に嘯《うそぶ》き、百籟坐《そぞ》ろに自らに吟ず）とあり、その良注に「百籟謂諸孔穴草木風所激而為声」（百籟は諸の孔穴草木の、風の激せられて声を為すを謂ふ）という。

行子、居人――旅立つ人と見送る人。『文選』巻十六・江淹「別賦」に「行子腸断、百感悽惻…居人愁臥、怳若有亡」（行子は腸断ち、百感悽惻す。…居人は愁へ臥して、怳《くわう》として亡《うしな》ふこと有るが若し）とある。

惨悽――いたましくかなしいさま。『文選』巻二十一・顔延之「秋胡詩」に「惨悽歳方晏、日落遊子顔」（惨悽として歳方《まさ》に晏《く》れ、日は遊子の顔に落つ）とある。

遼落――遠くて及ばないさま。『文選』巻三十八・任昉「為范尚書譲吏部封侯第一表」に「以臣況之、一何遼落」（臣を以て之に況《くら》ぶるに、一に何ぞ遼落なる）とあり、その李周翰注に「一何遼落而不相及也」（一に何ぞ遼落として相ひ及ばざるなり）という。

黯然――意気消沈するさま。『文選』巻十六・江淹「別賦」に「黯然銷魂者、唯別而已矣。況秦呉兮絶国、復燕宋兮千里」（黯然として魂を銷《け》す者は、唯だ別れのみ。況んや秦呉の絶国にして、復た燕宋の千里なるをや）とあり、呂向注に「黯然、失色皃」という。

歳寒――寒い季節。冬。

奮藻――文辞をふるう。『文選』巻十五・張衡「帰田賦」に「揮翰墨以奮藻、陳三皇軌模」（翰墨を揮《ふる》ひて以て藻を奮ひ、三皇の軌模を陳ぶ）とある。

即事――そのことにつく。『文選』巻二十二・沈約「鐘山詩応西陽王教」に「即事既多美、臨眺殊復奇」（事に即きては既に美多く、臨眺は殊に復た奇なり）とある。

含毫――筆の穂先を口に含み、文章を思い練るさま。『文選』巻十七・陸機「文賦」に「或操觚而率爾。或含毫而邈然」（或は觚《こ》を操りて率爾《そつじ》なり。或は毫を含みて邈然《ばくぜん》たり）とあり、李善注に「毫謂筆毫」という。

贈言――言葉を送り励ます。別れに際してよく使われる。『荀子』「非相」に「故贈人以言、重於金石珠玉」（故に人に贈るに言を以てすれば、金石珠玉よりも重し）とあるのに基づく。

（神野　富一）

〔八〕夏日喜沈大虞三等重相遇序

地毘天邊、言爲兩絕。川長道遠、謂作參分。不期往而復來、別而還叙。遂得更申傾蓋、重展披雲。若涉芝蘭、如臨水鏡、攄懷款舊、心開目明。喜莫喜於此時、樂莫樂於茲日。又柳明府遠赴①豐城、衝劍氣於牛斗。遇會高郵之讌、引蘭酌之鸚杯。對水臨亭、得逍遙之雅致、披襟避暑、暢慇懃之所懷。既當此時、其可默已。人探一字、四韻裁成。

【校　異】

①豐—酆

【訓　読】

夏日沈大虞三等重ねて相ひ遇ふを喜ぶ序

　地は天辺に毘《たか》く、言《い》はゆる両絶を為す。川は長く道は遠く、謂ゆる参分を作《な》せり。期《はか》らざりき、往きて復来《またき》たり、別れて還叙《またかた》らむとは。遂《つひ》に更に申べて蓋《ほろ》を傾け、重ねて展《の》べて雲を披《ひら》くを得。芝蘭に渉《まじ》はるが若《ごと》く、水鏡に臨むが如く、懐《おも》ひを攄《の》べ旧を款《の》べ、心開き目明らかなり。喜びは此の時より喜ばしきは莫《な》く、楽しみは茲《こ》の日より楽しきは莫《な》し。

　又《ま》た柳明府の遠く豊城に赴《おもむ》けば、剣気を牛斗に衝《つ》かむ。遇《たま》ま高郵の讌に会ひて、蘭酌の鸚杯《あうはい》を引けり。水に対《むか》ひて亭に臨み、逍遥の雅致を得、襟を披《ひら》きて暑さを避け、慇懃の所懐を暢《の》ぶ。

既に此の時に当たり、其れ黙《もだ》し已《や》むべけむや。人ごとに一字を探り、四韻を裁《つく》り成さむ。

【通　釈】

夏の日に沈大虞三等と再会できたことを喜ぶ序

地は空との界に高くそびえ、私たちは離ればなれとなった。川は長く流れ、道は遠くまで続き、私たちは別れ別れになっていた。

旅立たれた沈大虞三の二人がまた戻って来て、一度は別れたのに再び語り合えるとは思いもよらなかった。そして以前よりももっと心中の思いを親しく語り、再び話しをすることができ、別れて以来の心中の曇りを晴らすことができた。芝蘭のような優れた才能の持ち主とご一緒し、水鏡のような聡明な方とお会いすることができ、思いの丈《たけ》を述べ昔話に花を咲かせ、気持ちが晴れ晴れとした。今この時よりうれしい時はなく、今日ほど楽しい日はない。

また柳明府が遠くに赴任されることになれば、晋の張華の故事のように剣から気が天空の牽牛星北斗星のあたりに立ち上り、三公にまで出世されることであろう。たまたま高郵で盛大な宴に出席し、美酒の満たされたオウム貝の酒杯を手にし、水辺の亭を目の前に、あたりを散策するという興趣に浸り、衣の襟を開いて涼み、懇ろなる胸の内を語ることができた。

今このような時に何も述べずにおれようか。一人ずつ一韻を選び、四韻の詩を作ろうではないか。

【語　釈】

沈大虞三――〔六〕「秋日送沈大虞三入洛詩序」に見える人物と同じと考えられるが未詳。

岊——山が高く険しいさま。『集韻』屑韻に「節、岊、巀、山高峻貌」（節、岊、巀は、山の高くして峻《けわ》しき貌）とある。

天辺——「辺」は、ふち、境界。「天辺」は空と地面との境界、すなわち地平線。

両絶——離ればなれになること。『文選』巻十三・禰衡「鸚鵡賦」に「何今日之両絶、若胡越之異区」（何ぞ今日の両《ふたつ》ながら絶え、胡越の区を異にするが若《ごと》くなる）とある。

参分——別れ別れになること。「三分」に同じで、もとは天下を三つに分けること。『文選』巻四十七・袁宏「三国名臣序賛」に「三光参分、宇宙暫隔」（三光は参分し、宇宙は暫く隔たる）とあり、張銑注に「参三也、三分者言三国也」（参は三なり、三分は三国を言ふなり）とある。

傾蓋——親しく語り合うこと。〔三〕8に既出。

披雲——雲が開けて隠れていた太陽が現れる。ここでは心中の曇りが晴れたことをいう。徐幹『中論』「審大臣」に「文王之識也、灼然若披雲而見日、霍然若開霧而観天」（文王の識や、灼然として雲を披きて日を見るが若く、霍然として霧を開きて天を観るが若きなり）とある。

渉——あちこち歩き回る。『文選』巻四十五・陶淵明「帰去来辞」に「園日渉以成趣、門雖設而常関」（園は日に渉って以て趣を成し、門は設くと雖も常に関《とざ》せり）とある。

芝蘭——霊芝と蘭。ともに香草名。転じて、優れた才能の人を指す。『孔子家語』巻五「在厄篇」に「君子博学深謀、而不遇時者衆矣。何独丘哉。且芝蘭生於深林、不以無人而不芳。君子修道立徳、不為窮困而改節」（君子博く学びて深く謀るも、時に遇はざる者衆《おほ》し。何ぞ独り丘のみならんや。且つ芝蘭は深林に生ず、人無きを以て芳しからずんばあらず。君子道を修め徳を立て、窮困が為《ため》に節を改めず）とあるのに基づく。

水鏡——聡明な人をいう。『晋書』巻四十三「楽広伝」に「尚書令衛瓘、朝之耆旧。…命諸子造焉曰、此人之水鏡、見之瑩然、若披雲霧而睹青天也」（尚書令衛瓘は、朝《てう》の耆旧《ききふ》なり。…諸子に命じて焉《ここ》に造《いた》らしめて曰く、此は人の水鏡なり、之を見るに瑩然《えいぜん》たり、雲霧を披きて青天を睹《み》るが若しと）とある。

攄懐――心中の思いを述べる。『文選』巻一・班固「西都賦」に「願賓攄懐旧之蓄念、発思古之幽情、博我以皇道、弘我以漢京」（願はくは賓旧《むかし》を懐ふの蓄念を攄《の》べ、古《いにしえ》を思ふの幽情を発し、我を博《ひろ》うするに皇道を以てし、我を弘《ひろ》うするに漢京を以てせよ）とあり、李善注に「広雅曰、攄舒也」（広雅に曰く、攄は舒なりと）とある。

款旧――原文の「欵」は「款」に同じで、述べる意。「旧」は、むかし。「款旧」で、昔の話しをする。二字で古くからの友情という名詞としての用例が見える。『北魏書』巻七十七「高謙之伝」に「謙之与袁翻、常景、酈道元、温子昇之徒、咸申款旧」（謙之 袁翻、常景、酈道元、温子昇の徒と、咸《みな》款旧を申《の》ぶ）とある。

心開目明――気持ちが晴れ晴れとすること。『後漢書』巻十五「王常伝」に「聞陛下即位河北、心開目明。今得見闕庭、死無遺恨」（陛下の河北に即位さるるを聞き、心開き目明かなり。今闕庭に見《まみ》ゆるを得《う》、死するも遺恨無し）とある。

楽莫楽於茲日――今日ほど楽しい日はない。『文選』巻三十三「楚辞・九歌」の「楽莫楽兮新相知」を踏まえた表現。前句はこの対となっている。〔三〕の考説参照。

柳明府――「明府」は唐代には県令の別称。「柳明府」は〔十〕「秋晩什邡西池宴餞九隴柳明府序」にも見える。また王勃の「春思賦序」に「九隴県令河東柳太易、英達君子也」とあり、更に「益州夫子廟碑」に「県令柳公、諱明、字太易、河東人也」とあり、いずれも同一人物に関する記事と考えられるが未詳。

豊城――地名。『元和郡県図志』巻二十八「江南道」に「豊城県、本漢南昌県地。晋武帝太康元年、移於今県南四十一里、名豊城。即是雷孔章得宝剣処也」（豊城県、本《もと》漢の南昌県の地なり。晋の武帝太康元年、今の県の南四十一里に移し、豊城と名づく。即ち是れ雷孔章の宝剣を得し処なり）とある。原文の「酆城」は「豊城」の誤り。次注参照。

剣気――剣から天に立ち昇る気。『晋書』巻三十六「張華伝」に「初、呉之未滅也、斗牛之間常有紫気。…華聞豫章人雷煥妙達緯象、乃要煥宿、屏人曰、可共尋天文、知将来吉凶。因登楼仰観。煥曰、僕察之久矣、惟斗牛

之間、頗有異気。華曰、是何祥也。煥曰、宝剣之精、上徹於天耳。華曰、君言得之。吾少時有相者言、吾年出六十、位登三事、当得宝剣佩之、其言豈效与、因問曰、在何郡。煥曰、在豫章豊城。煥到県、掘獄屋基、入地四丈余、得一石函。光気非常。中有双剣、並刻題、一曰龍泉、一曰太阿。其夕、斗牛間気、不復見焉」（初め、呉の未だ滅びざるや、斗牛の間常に紫気有り。…華、豫章の人雷煥の緯象に妙達せしを聞き、乃ち煥に宿らんことを要《もと》め、人を屏《しりぞ》けて曰く、共に天文を尋ね、将来の吉凶を知るべしと。因て楼に登り仰ぎ観る。煥曰く、僕之を察すること久しかり、惟だ斗牛の間、頗る異気有りと。華曰く、是れ何の祥なるやと。煥曰く、宝剣の精、上りて天に徹するのみと。華曰く、君の言得たり。吾少き時相者有りて言ふに、吾年六十を出て、位三事に登らん、当に宝剣を得て之を佩ぶべしと、其の言豈に效《しるし》ならんかと。因て問ひて曰く、何郡に在りやと。煥曰く、豫章の豊城に在りと。煥県に到り、獄屋の基を掘り、地に入ること四丈余にして、一石函を得。光気常ならず。中に双剣有り、並《とも》に題を刻し、一に龍泉と曰ひ、一に太阿と曰ふ。其の夕、斗牛の間の気、復《また》は見《あらは》れず）とある故事を踏まえる。

牛斗――牛は牽牛星、斗は北斗星。天空の牽牛星と北斗星のあたりを指す。前注参照。

高郵――高郵は県名。『旧唐書』巻四十「地理志三」に「淮南郡、…旧領県四、江都、六合、海陵、高郵、…高郵、漢県、属広陵国。至隋不改。武徳二年属兗州、州改仍旧」（淮南郡、…旧県四を領す、江都、六合、海陵、高郵なり、…高郵は、漢の県、広陵国に属す。隋に至るも改めず。武徳二年兗州に属す、州改むも旧に仍《よ》る）とある。

蘭酌――美酒。「蘭」は美称。丘丹「奉酬韋使君送帰山之作詩」に「蝉鳴念秋稼、蘭酌動離瑟。臨水降麾幢、野艇纔容膝」（蝉鳴きて秋の稼《みのり》を念《おも》ひ、蘭酌に離《わか》れの瑟を動かす。水に臨みて麾幢《きとう》を降ろす、野艇は纔《わづか》に膝を容るるのみ）とある。

鸚杯――鸚鵡杯のこと。オウム貝で作られたからとも、形がオウムに似ているからともいう。韋嗣立「酬崔光禄冬日述懐贈答詩」に「庭聚歌鍾麗、門羅棨戟栄。鸚杯飛広席、獣火列前楹」（庭に歌鍾を聚《あつ》めて麗しく、門に棨戟を羅《つら》ねて栄《はえ》あり。鸚杯は広席に飛び、獣火は前楹に列《なら》べり）とある。

逍遥――のんびりと歩き回ること。『楚辞』「離騒」に「欲遠集而無所止兮、聊浮游以逍遥」（遠く集まらんと欲すれども止まる所無し、聊《いささ》か浮游して以て逍遥す）とある。

雅致――風雅な趣。『世説新語』「言語」に「裴僕射善談名理、混混有雅致」（裴僕射《はいぼくや》は善く名理を談じ、混混として雅致有り）とある。

披襟――衣服の襟を開いて涼むこと。『文選』巻十三・宋玉「風賦」に「楚襄王游于蘭台之宮。宋玉景差侍、有風颯然而至。王廼披襟而当之曰、快哉此風、寡人所与庶人共者邪」（楚の襄王蘭台の宮に游ぶ。宋玉景差侍す、風の颯然として至る有り。王廼《すなは》ち襟を披《ひら》き之に当りて曰く、快なるかな此の風、寡人の庶人と共にする所の者かと）ある。

慇懃――ねんごろであること。『文選』巻四十一・司馬遷「報任少卿書」に「趣舎異路、未嘗銜盃酒、接慇懃之余懽」（趣舎路を異にし、未だ嘗て盃酒を銜《ふく》み、慇懃の余懽を接《まじ》へず）とある。

所懐――心中の思い。『荘子』「在揖」に「大人之教、若形之於影、声之於嚮。有問而応之、尽其所懐、為天下配」（大人の教へは、形の影に於ける、声の嚮《ひびき》に於けるが若《ごと》し。問ふこと有りて之に応《こた》へ、其の懐《おも》ふ所を尽くして、天下の配と為る）とある。

其可――反語を示す。『左伝』「僖公五年」に「虢虞之表也。虢亡虞必従之。晋不可啓、寇不可翫。一之謂甚、其可再乎」（虢《くわく》は虞の表なり。虢亡べば虞必ず之に従がはん。晋啓《ひら》くべからず、寇《あだ》は翫《もてあそ》ぶべからず。一たびだにすも之れ甚しと謂ふ、其れ再びすべけんや）とある。

（長田　夏樹）

〔九〕冬日送閭丘序

夫鼇山巨壑、集百川而委輸、天門大道、揔萬國以來王。莫不偃仰於薫風、沐浴於膏澤。閭丘學士、雅調高徽、①清詞麗藻、冀搏風於萬里、泛羽翮於三江。背下土之淮湖、泝上京之河洛。不謂同舟共濟、直指山陽。我北君西、分岐臨水。于時寒雲悽愴、更足心愁、咽溜清冷、翻增氣哽。聽孤鳴而動思、怨別怨兮傷去人。聞唳鶴而驚魂、悲莫悲兮愴離緒。風煙冥寞、林薄蒼芒。擧目潸然、能無鬱悒。人探一字、四韻成篇。

【校　異】

①清―沽

【訓　読】

冬日、閭丘を送る序

夫《そ》れ鼇山巨壑《がうざんきよがく》は、百川を集めて委輸《ゐゆ》し、天門大道は、万国を揔《す》べ以て王に来たす。薫風に偃仰《えんがう》し、膏沢《かうたく》に沐浴せざるはなし。

閭丘学士は、雅調高徽、清詞麗藻にして、搏風を万里に冀《ねが》ひ、羽翮《うかく》を三江に泛《うか》ぶ。下土の淮湖を背にし、上京の河洛を泝《さかのぼ》る。謂《おも》はざりき、舟を同じくして共に済《わた》り、直に山陽を指さむとは。我は北、君は西、岐を分かつに水に臨む。
　時に寒雲悽愴とし、更に心愁《うれ》ふるに足り、咽《のど》に清冷溜《なが》るれば、翻《かへ》りて気の哽《む》せぶを増す。孤鳴を聴きては思ひを動《めぐ》らせ、別れの怨みを怨みては去る人を傷《いた》む。唳鶴《れいかく》を聞きては魂を驚かし、悲しみは離緒を愴《いた》むより悲しきは莫し。風煙冥寞にして、林薄蒼芒たり。目を挙《こぞ》りて潸然《さんぜん》として、能く鬱悒《うついふ》無からむや。人ごとに一字を探《さぐ》り、四韻もて篇を成さむ。

【通　釈】

冬の日、閭丘を送る序
　さても、大亀が背負うという山が漂う大海原に、数知れぬ川が集まって流れ行くごとく、天子のおわします宮殿の門へと連なる広々とした大道は、万国から使者がこぞって来朝している。おだやかな初夏の風のようなその徳を慕わないものや、その恩沢に浴していないものはいない。
　閭丘学士は、高雅な格調、清く壮麗な文で夙に知られた方。鵬が風をうち一飛びで万里をも越えるがごとくに旅をして、ここ三江の地で休み、そして淮河の地を離れ、都の洛陽にのぼられることになった。思いがけずこの私も同じ舟に乗って川を渡り、一路山陽を目指してやってきた。私は北へ、君は西へ、川を望むところで別れ別れとなる。
　時あたかも冬、凍てつく寒さがなお骨身にこたえ、悲しい気持ちはいよいよ悲しくなる。冷え切った空気を吸えば、かえって息がつまりむせびかえる。一羽寂しげに鳴く鳥の鳴き声を聞けば心を打たれ、この別れの恨みの気持ちが止めどもなく湧き起こり、去りゆく人に心も痛む。一羽で鳴く鶴の声を聞けば魂も揺り動かされ、なにが悲しいといって、この離ればなれになる気持ちほど悲しいものはない。靄がどんよりと立ちこめ、草木は鬱蒼としている。目を上げればしとど涙があふれ、どうしてこの悲しい気持ちを禁じ得ようか。さて皆さんもそれぞれ押韻字を選び、一篇四韻の詩を作ろうではないか。

【語　釈】

閭丘――閭丘で複姓か、あるいは閭姓か、いずれも可能性がある。俟後考。

鼇山巨壑――大亀が背負っているという五山とそれを取り囲んでいる大海原を指す。その海にはこの世のすべての川が流れ込んでいるという。『列子』「湯問」に「渤海之東不知幾億万里、有大壑焉。実惟無底之谷、其下無底。名曰帰墟。八紘九野之水、天漢之流、莫不注之、而無増無減焉。其中有五山焉、一曰岱輿、二曰員嶠、三曰方壷、四曰瀛洲、五曰蓬莱。…而五山之根無所連著、常随潮波上下往還、不得蹔峙焉。仙聖毒之、訴之於帝。帝恐流於西極、失群聖之居、乃命禺彊使巨鼇十五挙首而戴之、迭為三番、六万歳一交焉。五山始峙」（渤海の東、幾億万里なるを知らず、大壑有り。実に惟れ底無きの谷なり、其の下底無し。名づけて帰墟と曰ふ。八紘九野の水、天漢の流れ、之に注がざるは莫きに、増すこと無く減ること無し。其の中に五山有り、一に曰く岱輿《たいよ》、二に曰く員嶠《ゑんけう》、三に曰く方《はう》壷《こ》、四に曰く瀛洲《えいしう》、五に曰く蓬莱《ほうらい》。…而るに五山の根は連著する所無く、常に潮波に随て上下し往還して、蹔《しばら》くも峙《や》むことを得ず。仙聖之を毒《や》み、之を帝に訴ふ。帝西極に流れて、群聖の居を失はんことを恐れ、乃ち禺彊《ぐうきやう》に命じ巨鼇《きよがう》十五をして首を挙げて之を戴き、迭《たが》ひに三番を為して、六万歳に一たび交《かは》らしむ。五山始めて峙《そばだ》つ）とあるのに基づく。

百川――多くの川。『文選』巻五「呉都賦」に「百川派別、帰海而会」（百川派別し、海に帰して会す）とあり、李善注に「尚書大伝曰、百川趨於海」（尚書大伝に曰く、百川海に趨く）とある。

委輸――海に注ぐ。『文選』巻十二・木華「海賦」に「於廓霊海、長為委輸」（於《ああ》、廓《おほい》なる霊海、長く委輸《ゐゆ》を為す）とあり、劉良注に「言衆水皆委輸、送而入於海」（衆水皆委輸し、送りて海に入るを言ふ）とある。

天門大道――天子の居する宮殿の門へ続く大道。〔六〕4に既出。

摠――統べる。「摠　スベテ」（名義抄）。

来王――四方の夷国の王が定期的に天子に見《まみ》えに来ること。『尚書』「大禹謨」に「無怠無荒、四夷来王」（怠《おこた》る無く荒《すさ》む無くば、四夷も来王せん）とあり、孔安国伝に「言天子常戒慎、無怠惰荒廃、則四夷帰往之」（天子常に戒慎して、怠惰荒廃する無くば、則ち四夷も之に帰往するを言ふ）とある。

偃仰――仰ぎ見ること。『詩経』「小雅・谷風」に「或棲遅偃仰、或王事鞅掌」（或は棲遅偃仰し、或は王事に鞅掌す）とある。

薫風――初夏に東南から吹く和やかな風。『呂氏春秋』「有始」に「東南曰薫風」（東南を薫風と曰ふ）とある。

膏沢――恩沢。『孟子』「離婁」に「諫行言聴、膏沢下於民」（諫行はれ言聴かれ、膏沢民に下る）とある。また「沐浴於膏沢」は、『史記』巻二十四「楽書」に「佚能思初、安能惟始、沐浴膏沢、而歌詠勤苦。非大徳、誰能如斯」（佚して能く初めを思ひ、安んじて能く始めを惟ひ、膏沢に沐浴して、歌詠勤苦す。大徳に非ざれば、誰か能く斯くの如くならん）と見える。

雅調――雅な格調。

高徽――高い格調。「雅調」とほぼ同じ意味。『文選』巻三十・陸機「擬東城一何高」に「長歌赴促節、哀響逐高徽」（長歌は促節に赴き、哀響は高徽を逐《お》ふ）とある。

清詞麗藻――清新で美しい語句、言葉のこと。「清」は正倉院本は「沽」に作るが意味をなさないため、羅振玉に従い「清」に改めた。杜甫の「戯為六絶句之五」に「不薄今人愛古人、清詞麗句必為鄰」（今人を薄くせず古人を愛す、清詞麗句必ず鄰と為さん）とある。王勃の「夏日宴張二林亭序」にも「清詞」の語が見える。「麗藻」は『文選』巻五十五・劉孝標「広絶交論」に「遒文麗藻、方駕曹王、英跱俊邁、聯横許郭」（遒文麗藻《しゅうぶんれいそう》、曹王に方駕し、英跱俊邁《えいじしゅんまい》、許郭に聯横す）とあり、張銑注に「麗藻、喩文章之美也」（麗藻は、文章の美に喩ふなり）とある。

搏風——風を搏《う》つということから、鳥などが風を利用して飛翔することをいう。また何かを利用して更に高いところを目指す意味に用いられる。『荘子』「逍遙遊」に「搏扶揺而上者九万里」（扶揺に搏ちて上ること九万里）とある。

泛——水面に浮かぶ。ここでは鳥が水面に浮かんで休憩することをいう。

羽翮——鳥の羽をいう。『文選』巻六・左思「魏都賦」に「羽翮頡頏、鱗介浮沈」（羽翮頡頏《うかくけつかう》し、鱗介浮沈す）とあり、張銑注に「羽翮、鳥也」（羽翮は鳥なり）とある。

三江——三本の川。〔一〕7に既出。

下土——天下をいう。『詩経』「邶風・日月」に「日居月諸、照臨下土」（日や月や、下土を照臨す）とあり、天に対する下界をいう。ここでは『文選』巻十九・韋賢「諷諫詩」に「穆穆天子、臨照下土」（穆穆天子たり、下土を臨照す）とあり、呂延済注に「下土、猶天下之土」（下土、猶ほ天下の土のごとし）とあるのに拠る。

淮湖——淮水と付近の湖。『文選』巻一・班固「西都賦」に「東郊則有通溝大漕。潰渭洞河、泛舟山東、控引淮湖、与海通波」（東郊には則ち通溝大漕有り。渭《ゐ》に潰《とほ》り河《かは》に洞《とほ》り、舟を山東に泛《うか》べ、淮湖を控引し、海と波を通ず）とある。

泝——「遡」に同じ。さかのぼる。

上京——都をいう。『文選』巻四十二・曹植「与楊徳素書」に「徳璉発跡於此魏、足下高視於上京」（徳璉は跡を此の魏に発し、足下は上京に高く視る）とあり、呂延済注に「上京、謂帝都也」（上京は帝都を謂ふ）とある。

同舟共済——同じ舟でともに渡る。『後漢書』巻九十八「郭太伝」に「林宗唯与李膺同舟而済。衆賓望之、以為神仙焉」（林宗唯だ李膺と舟を同じくして済る。、衆賓之を望み、以て神仙と為す）とある。

山陽——県名。嵆康がここで向秀《しょうしゅう》と遊んだという故事を踏まえる。『文選』巻二十六・陸厥「奉答内兄希叔詩」に「愧茲山陽讌、空此河陽別」（茲《こ》の山陽の讌に愧《は》ぢ、此の河陽の別を空《むな》しくせり）とある。

分岐——別れる。『芸文類聚』巻二十九・総江「別賓化侯詩」に「分岐泣世道、念別傷辺秋」（岐を分かちて世道に泣き、別れを念《おも》ひて辺秋に傷《かな》しむ）とある。

寒雲――寒空に漂う雲。『文選』巻二十七・顔延之「還至梁城作詩」に「故国多喬木、空城凝寒雲」（故国喬木多く、空城寒雲凝《あつま》れり）とある。

悽愴――厳寒のさま。『漢書』巻七十七「王褒伝」に「故服絺綌之涼者、不苦盛暑之鬱燠。襲貂狐之煖者、不憂至寒之悽愴」（故に絺綌《ちげき》の涼しきを服する者は、盛暑の鬱燠を苦しまず。貂狐の煖《あたたか》きを襲ぬる者は、至寒の悽愴を憂へず）とある。

心愁――『文選』巻二十七・王褒「従軍詩五首」「悠悠渉荒路、靡靡我心愁」（悠悠として荒路を渉《わた》り、靡靡として我が心は愁ふ）とある。

清冷――すがすがしくひんやりとしたさま。「冷」は古くは「泠」とも書く。『文選』巻十三・宋玉「風賦」に「清清泠泠、愈病析酲」（清清泠泠として、病《やまひ》を愈《いや》し酲《ゑひ》を析《と》く）とあり、李善注に「清清泠泠、清涼之貌也」（清清泠泠は清涼の貌なり）とある。

翻――かえって。「翻　カヘル」（名義抄）。

気哽――息がつまる。

孤鳴――連れあいのいない寂しさに喩える。『芸文類聚』巻九十に引く「范泰鸞鳥詩序」に「昔罽賓王結罝峻卯之山、獲一鸞鳥。王甚愛之。…三年不鳴。其夫人曰、嘗聞鳥見其類而後鳴。何不懸鏡以映之。王従其意。鸞覩形悲鳴、哀響中宵、一奮而絶」（昔罽賓王罝《あみ》を峻卯の山に結び、一鸞鳥を獲《う》。王甚だ之を愛す。…三年鳴かず。其の夫人曰く、嘗て聞く、鳥は其の類を見て後鳴くと。何ぞ鏡を懸け以て之を映さざると。王其の意に従ふ。鸞形を覩《み》て悲鳴し、哀は中宵に響き、一たび奮ひて絶ゆ）とある。

動思――心が揺れる。『玉台新詠』巻二・傅玄「楽府詩」に「悲風動思心、悠悠誰知者」（悲風思心を動かす、悠悠誰か知る者ぞ）とある。

別怨――別離の恨めしい気持ち。『文選』巻十六・江淹「別賦」に「有別必怨、有怨必盈」（別《わかれ》有れば必ず怨《うら》み、怨《うらみ》有れば必ず盈《み》つ）とある。

去人――旅立つ人。『文選』巻二十二・謝霊雲「於南山往北山経湖中瞻眺」に「不惜去人遠、但恨莫与同」（去人の遠《はな》るるを惜しまず、但《ただ》与《とも》に同にする莫《な》きを恨む）とある。

唳鶴――鶴の鳴き声。「鶴唳」に同じ。庾信「哀江南賦」に「聞鶴唳而心驚、聴胡笳而涙下」（鶴唳を聞きて心驚き、胡笳を聴きて涙下る）とある。

驚魂――驚く。『拾遺記』巻三に「竊窺者莫不動心驚魂」（竊かに窺ふ者、動心驚魂せざるは莫《な》し）とある。

悲莫悲兮愴離緒――何が悲しいといっても別れほど悲しいものはない。『楚辞』「九歌・少司命」の「悲莫悲兮生離別」（悲しきに悲しきは莫し生の離別）とあるのを踏まえる。「離緒」は別れの時の切ない思い。

風煙――風にたなびくもや。『文選』巻三十・謝朓「和王著作八公山詩」に「風煙四時犯、霜雨朝夜沐」（風煙四時に犯し、霜雨朝夜に沐《ぬら》せり）とある。

冥寞――薄暗くはてしなく広がるさま。

林薄――ところ狭しと繁茂する草木をさす。〔四〕10に既出。

蒼芒――青々とはてしなく広がるさま。「芒」は「茫」に同じ。〔六〕9に既出。

潸然――涙を流すさま。『漢書』五十三「中山靖王劉勝伝」に「紛驚逢羅、潸然出涕」（紛驚羅に逢ひ、潸然として涕《なみだ》出づ）とあり、顔師古注に「潸、垂涕貌」（潸は、涕を垂る貌）とある。

鬱悒――憂鬱なもの悲しい気持ち。古くは「鬱邑」とも書く。『楚辞』「離騒」に「忳鬱邑余侘傺兮」（忳鬱邑にして余侘傺《てい》たり）とあり、注に「鬱邑憂貌」（鬱邑は憂ひの貌）とある。

（佐藤　晴彦）

〔十〕秋晩什邡西池宴餞九隴柳明府序

若夫春江千里、長成①楚客之詞、秋水百川、獨肆馮夷之賞。亦有拔蘭花於溱洧、採蓮葉於湘湖、亭皐丹桂之津、源水紅桃之徑。斯則龍堂貝闕、興、偶於琴罇、菌檝荷裳、事、編於江漢。未有一同高選、神怡吏隱之間、三蜀良遊、道勝浮沈之際。歷秋風之極浦、下明月◎之幽潭、別錦帆於廻汀、艤瓊橈於曲嶼。柳明府籍銅章之暇景、訪道隣郊、竇明府□錦化之餘閑、追驩妙境。司馬少以陽池可作、具仙舟於南浦之前、下官以溝水難留、攀桂席於西津之曲。同聲相應、共駐絃歌、同氣相求、自欣蘭蕙。瓊卮列湛、玉俎騈芳。烟霞舉而原野晴、鴻鴈起而汀洲夕。蒼蒼葭菼、傷白露之遷時、淡淡波瀾、喜青天◎之在矚。既而雲生岐路、霧黯他鄉。空林暮景、連山寒色。轉離舟於複漵、嘶旅騎於巖坰。故人易失、幽期難再。乘查可興、與筆海而連濤。結網非遙、共詞河而接浪。盍申文雅。式序良遊。人賦一言、同裁四韻。

【校　異】

①成—減

【訓　読】

秋晩什邡《じふはう》の西池に九隴《きうろう》の柳明府を宴餞する序

若し夫れ春江千里、長く楚客の詞を成し、秋水百川、独り馮夷の賞を肆《ほしきまま》にす。亦た蘭花を溱洧《しんゐ》に抜き、蓮葉を湘湖に採るとき、亭皐《ていかう》は丹桂の津に、源水は紅桃の径あり。斯則《これ》ち、龍堂貝闕にして、興《きよう》、琴罇に偶《たぐ》ひ、菌檝《きんしふ》荷裳《かしやう》にして、事、江漢に編む。未だ一同の高選、神は吏隠の間に怡《なご》み、三蜀の良遊、道は浮沈の際に勝《た》ふることあらず。秋風の極浦を歴《めぐ》り、明月の幽潭を下り、錦帆に廻汀に別れ、瓊橈《けいぜう》を曲嶼に艤す。

柳明府は銅章の暇景を籍《か》り、道を隣郊に訪ひ、竇明府《とうめいふ》は錦化の余閑を□し、驩《くわん》を妙境に追ふ。司馬少は陽池の作《な》すべきを以て、仙舟を南浦の前に具《そな》へ、下官は溝水の留《とど》め難きを以て、桂席を西津の曲に攀《よ》ず。同声相ひ応じ、共に絃歌を駐《とど》め、同気相ひ求め、自らに蘭蕙を欣《よろこ》ぶ。瓊卮《けいし》は湛《たん》を列《つら》ね、玉俎《ぎよくそ》は芳を駢《なら》ぶ。烟霞挙《あが》りて原野晴れ、鴻鴈起ちて汀洲夕《く》る。蒼蒼なる葭菼《かたん》、白露の時を遷すを傷《いた》み、淡淡なる波瀾、青天の矚に在るを喜ぶ。

既にして雲は岐路に生じ、霧は他郷に黯《くら》し。空林の暮景、連山の寒色。離舟を複溆《ふくじよ》に転じ、旅騎を巌坰《がんけい》に嘶《いなな》かしむ。故人は失ひ易く、幽期は再びなり難し。査《いかだ》に乗りて興ずべく、筆海と与《とも》に濤に連《つらな》らむ。網を結びて遥なるに非ず。詞河と共に浪に接《つらな》らむ。盍ぞ文雅を申べざる。式《も》ちて良遊に序す。人ごとに一言を賦し、同じく四韻を裁《つく》らむ。

【通　釈】

秋の晩《くれ》に、什邡の西池の宴で九隴の柳明府に餞《はなむけ》する序そもそも、春江千里の景は長く屈原（楚客）の名句を成し、秋水百川の景はひとり川の神（馮夷）の賞美のみをほしいままにしてきた。また、蘭の花を溱水や洧水のほとりで抜いたり、蓮の葉を湘江や洞庭湖のほとりで採ったりするとき、水辺の亭は丹桂の津（仙人の船着き場）のようであり、流れの源は紅桃の径（桃花源）のようである。これら、『楚辞』にいう「龍堂貝闕」（龍の文様を施した堂や紫貝で飾った門）であって、その興《きょう》は音楽や酒席にもたぐい、また同じく『楚辞』にいう「菌檝荷裳」（香木で作ったかいやはすの葉で作った衣裳）であって、その事《しわざ》は広く長江や漢水までつづり合わせている。ここに集う成績のすぐれた一同の心はいまだ官人と隠者の間にあることをよろこばず、この三蜀地方の良いたのしみの道はいまだ俗世間に順応する生きざまをいさぎよしとしない。秋風の吹くはるか遠くまで続く浦を経由して明月の照るひっそりとしたふちを下り、美しい帆をあげる舟に流れの廻る汀で別れ、美しい櫂の小舟で小島のほとりにふなよそいする。

柳明府は県令としての職務の余暇に、近郊のこの地を訪れ、竇明府もその県令の職務の余閑にこの景色のすぐれた地でのよろこびを求めて来られた。司馬君は山濤が高陽池で酩酊したような宴を開くべく、舟を南浦の前に準備し、私は溝水のように留まること難いこの身で、西津の入江で立派な宴席に出席できた。一同のさんざめく声、ともに絃歌をとどめ、お互いに気持を求め合い、香高い蘭蕙のごとき人との友情をよろこびあう。玉杯に酒をたたえてつらね、ごちそうは芳しく並べられる。あたりにもやが立ちこめて原野は晴れ渡り、かりの群がとび立って汀や中洲は夕暮れる。蒼々とした葭や菼は秋の露のおく時を傷み、淡々とした波は青い天のながめをよろこぶ。

すでに雲はこの別れ路に生じ、霧はこの他郷にほの暗く、空しき林は夕暮の景、連なる遠い山なみは寒々とした色。去り行く舟を入り組んだ水浦のほとりに転《めぐら》し、旅行く馬を巌の町はずれに断かせる。旧友を失うは易く、もの静かな時は再会し難い。いかだ（舟）に乗って興ずべし。そして文筆の海とともに濤に連《つらな》ろう。網を結び合わせて連なるは遥かに遠いことではない。そしてことばの河とともに浪にふれよう。どうしてこの良い宴遊をのべないでおれようぞ。以上をもって今日のつどいの序とする。各人一言ずつ、四韻の詩（律詩）を作ろう。

【語　釈】

什邡――現在の四川省成都市北方の什邡市。『括地志』巻四「益州」の項に「什邡県、雍歯城在益州什邡県南四十歩。漢什邡県、漢初封雍歯為侯国」（什邡県、雍歯城は益州什邡県の南四十歩に在り。漢の什邡県、漢初雍歯を封じて侯国と為す）とあり、また『中国歴史地名辞典』には「東漢以什方県改名、治所即今四川什邡県。南朝斉後改為什方県。北周閔帝改為方亭県。武帝廃。唐武徳三年復置。明洪武十年又廃、十三年復置」（東漢、什方県を以て名を改む、治所は即ち今の四川什邡県。南朝斉の後、改めて什方県と為す。北周の閔帝改めて方亭県と為す。武帝廃す。唐武徳三年（六二〇）復《また》置く。明洪武十年（一三七七）又廃し、十三年（一三八〇）復置く）とある。

九隴――現在の四川省成都市北方の彭州市。「剣南道、彭州、治九隴（今四川彭県）。領四県、九隴、濛陽、唐昌、導江」（『中国歴代行政区画』）。［一八］「夏日仙居観宴序」にも、「…九隴県令河東柳易…」とあり、この序には「咸亨二年（六七一）四月孟夏…」とあって、本序が同年秋の作と考えられる。とすれば、「春思賦」冒頭に「咸亨二年、余春秋二十有二、旅寓巴蜀、浮游歳序、殷憂明時、坎壈聖代。九隴県令河東柳太易、英達君子也。…」（咸亨二年、余春秋二十有二、巴蜀に旅寓し、歳序に浮游し、明時に殷憂《いんいう》し、聖代に坎壈す。九隴県令河東の柳太易は、英達の君子なり。…）とあるのに符合し、この年二十二歳の王勃は巴蜀地方に旅し、「秋晩」の頃本序をものしたと考えられる。「九隴県令河東柳太易」については蒋注に「元和郡県志、剣南道彭州、管九隴県、望。西至州郭下二里。…本集益州夫子廟碑、柳公、諱明、字太易」（元和郡県志に、剣南道彭州、九隴県を管し、望。西は州の郭下二里に至る。…本集（王子安集）の益州夫子廟碑に、柳公、諱《いみな》は明、字《あざな》は太易）とみえる。

柳明府――漢代に太守のことを府君、明府君とよび、略して明府ともいった。唐代には県令のことをいった。柳明府は九隴県令柳太易のこと。「柳明府」は［八］［十八］にも見え、［八］5の「柳明府遠赴…」の注に既出。
若夫――発語辞。そもそも、さてさて。［三］2に既出。
楚客之詞――楚人屈原の辞賦（楚辞）をさす。駱賓王「同辛簿簡仰酬思玄上人林泉四首」に「…芳杜湘君曲、幽蘭楚客詞…」（…芳杜は湘君の曲、幽蘭は楚客の詞…）とあり、その陳熙晋『駱臨海集箋注』に「楚辞九歌湘君」をあげている。
肆――ほしいままにする。
馮夷――川の神の名。河伯。『文選』巻十三・謝恵連「雪賦」に「粲兮若馮夷剖蚌列明珠」（粲として馮夷の蚌を剖《さ》き明殊を列《つら》ぬるが若し）とあり、その李善注に「荘子曰、夫道…馮夷得之以遊大川。抱朴子釈鬼篇曰、馮夷華陰人、以八月上庚日度河溺死、天帝署為河伯」（荘子に曰く、夫れ道は…馮夷之を得て以て大川に遊ぶ。抱朴子釈鬼篇に曰く、馮夷は華陰の人なり、八月上庚の日河を度りて溺死するを以て、天帝署して河伯と為す）とある。
溱洧――溱水と洧水。河南省にある川の名、洧水は溱水に合流する。『毛詩』「鄭風・溱洧」に「溱与洧方渙渙兮」（溱と洧とは方に渙渙たり）とあり、鄭玄注に「溱洧鄭両水名」（溱洧は鄭の両水の名）とある。『中国歴史地名辞典』には溱水は「即今河南确山汝南県境、汝南支流臻大河。南朝梁中大通二年陳慶之、敗北魏将婁、起于此」（即ち今の河南确山にして汝南の県境、汝南の支流大河に臻《いた》る。南朝梁の中大通二年（五三〇）陳慶之、北魏の将婁を敗り、此に起る）とあり、洧水については「即今河南双洎河」（即ち今の河南双洎河）とある。
湘湖――湘江と洞庭湖。湘江は広西壮族自治区に発し北東流して瀟水を合わせて洞庭湖に注ぐ。『楽府詩集』巻二十六・梁柳惲「江南曲」に「洞庭有帰客、瀟湘逢故人」（洞庭に帰客有り、瀟湘に故人に逢ふ）とあり、これらの詩想によるものか。
亭皐――大きな池の中につつみを造り、その上に十里ごとに亭を置いたもの。『文選』巻八・司馬長卿「上林賦」

に「亭皐千里、靡不被築」（亭皐千里、築《つ》かれざる靡《な》し）とあり、その李善注に「服虔曰、皐沢也、隄上十里一亭。郭璞曰、皆築地令平也。被皮義切」（服虔曰く、皐は沢なり、隄上十里に一亭ありと。郭璞曰く、皆地を築《つ》きて平ならしむるなりと。被は皮義の切）とある。

丹桂――『文選』巻五・左思「呉都賦」に「丹桂灌叢」とあり、その李善注に「桂生蒼梧交趾合浦以南山中、所在叢聚無他雑木也。其枝葉皆辛。木叢生曰灌」（桂は蒼梧・交趾・合浦以南の山中に生じ、所在する叢聚に他に木を雑《まじ》ふる無きなり。其の枝葉皆な辛《から》し。木の叢生するを灌と曰ふ）とある。「丹桂之津」は「紅桃之径」と対をなし、桃花源の仙境をいう。

龍堂貝闕――『楚辞』「九歌・東君」に「魚鱗屋兮龍堂、紫貝闕兮朱宮」（魚鱗の屋たるや龍堂、紫貝の闕たるや朱宮）とあり、その王逸注に「言河伯所居以魚鱗蓋屋堂、画蛟龍之文。紫貝作闕、朱丹其官形容、異制甚鮮好也」（言ふこころは、河伯の所居は魚鱗を以て屋堂を蓋《おほ》ひ、蛟龍の文を画く。紫貝の闕を作すや、朱丹其の官の形容、異制にして甚だ鮮好なり）とある。

菌檝――菌桂（香木）のかじ。『楚辞』「離騒」に「雑申椒与菌桂兮」（申椒と菌桂とを雑《まじ》ふ）「矯菌桂以紉蘭兮」（菌桂を矯げて以て蘭を紉《つな》ぎ）などがあり、また『文選』巻四・左思「蜀都賦」に「菌桂臨崖」（菌桂崖に臨む）とある。「檝」はかじ、かい。

荷裳――「荷」は、はすの葉。はすの葉で作った衣裳で隠者・仙人の衣服。『楚辞』「離騒」に「製芰荷以為衣兮、集芙蓉以為裳」（芰荷《きか》を製《た》ちて以て衣と為し、芙蓉を集めて以て裳と為す）とある。

江漢――長江と漢水。漢水は『芸文類聚』巻八に『山海経』を引いて「山海経曰、嶓冢之山、漢水出焉、東南流注于江」（山海経に曰く、嶓冢の山、漢水出でて東南流して江に注ぐと）とあり、また「毛詩曰、漢広、徳広所及也。文王之化、被乎南国、美化、行於江漢之域。漢有游女、不可求思」（毛詩に曰く、漢広、徳広の及ぶ所なり。文王の化、南国に被《かがふ》り、美化、江漢の域に行はる。漢に游女有り、求思すべからずと）とある。

怡――よろこぶ。たのしむ。やわらぐ。

吏隠之間――吏は役人、官途につく。隠は世をさけ身をかくす、世事をすてて世に出ない。役人と隠者の間。

三蜀――「西漢初分蜀郡置広漢郡、武帝又分置犍為郡、合称三蜀。其地相当今四川中部、貴州北部赤水河流域及雲南金沙江下流以東、会沢県以北地区」（西漢の初、蜀郡を分ちて広漢郡を置く、武帝又た分ちて犍為郡を置く、合して三蜀と称《い》ふ。其の地は今の四川中部に相当し、貴州北部赤水河流域及び雲南金沙江下流以東、会沢県以北の地区なり）（『中国歴史地名辞典』）。『文選』巻四・左思「蜀都賦」に「三蜀之豪、時来時往」（三蜀の豪、時に来り時に往く）とあり、その注に「三蜀蜀郡広漢犍為也。本一蜀国、漢高祖分置広漢、漢武帝分置犍為」（三蜀は蜀郡・広漢・犍為なり。本《もと》、一の蜀国、漢高祖分ちて広漢を置き、漢武帝分かちて犍為を置く）とある。

良遊――楽しい遊び。『文選』巻二十四・陸機「答賈長淵詩」に「念昔良遊、茲焉永歎」（昔の良遊を念《おも》ひて、茲《こ》れ焉《ここ》に永く歎く）とある。

浮沈之際――栄えたり衰えたりする間。俗世間に順応した生きざまをいう。

極浦――はるか遠くまで続く浦。『楚辞』「九章・湘君」に「望涔陽兮極浦、横大江兮揚霊」（涔陽を極浦に望み、大江に横たはりて霊を揚ぐ）とあり、その王逸注に「涔陽、江碕名、近附郢碕、極遠也、浦水涯也」（涔陽は江の碕の名、近く郢碕に附く、極は遠なり、浦は水涯なり）という。

幽潭――静かで奥深いふち、みぎわ。

錦帆――錦で作った帆。顔師古『大業拾遺記』に「煬帝幸江都。…至汴御龍舟。蕭妃乗鳳舸。錦帆綵纜、窮極侈靡」（煬帝江都に幸《みゆき》す。…汴に至りて龍舟に御す。蕭妃は鳳舸に乗る。錦帆・綵纜、侈靡《しび》を窮極《きは》めたり）とある。ここは人の乗る船の敬称。

艤――ふなよそおいする。または、舟を岸につける。『文選』巻六十・顔延之「祭屈原文」に「弭節羅潭、艤舟汨渚」

（節を羅潭に弭《とど》め、舟を汨渚に艤《よそほ》ふ）とある。「艤　不奈与曽比」（和名抄）。

瓊橈——玉かざりのついたかい。ここでは、そのような櫂でこぐ小舟。

籍——かりる。かる。よる。

銅章——古代の銅製の官印。唐代以来郡県の長官或いは相応の官職を指した。ここは明府（県令）の職務。［十八］「夏日仙居観宴序」にも、「撫銅章而不媿」（銅章を撫して媿《は》ぢず）とある。

暇景——ひまな日、仕事のない日。

賨明府——この宴席に出席していた賨姓の県令。伝未詳。なお、この語の下に一字脱字があると考えられる。

錦化——「銅章」と対をなし、明府（県令）の職務をさす。

司馬少——「司馬」は人姓。「少」は「少府」（官名）の略。同様の省略は［十四］にも「邵少（府）」「鹿少（府）」の例が見える。

陽池——「高陽池」の略。襄陽にあった池の名。山濤の子、山簡が出かけて酩酊したところ。『世説新語』「任誕」に「山季倫為荊州、時出酣暢。人為之歌曰、山公時一醉、径造高陽池、日莫倒載帰、茗艼無所知」（山季倫荊州と為りしとき、時に出て酣暢す。人之《これ》が為に歌ひて曰く、山公時に一酔すれば、径《ただ》ちに高陽池に造《いた》る、日莫《く》れて倒《さか》しまに載せて帰り、茗艼《めいてい》して知る所無しと）とあり、劉孝標注に「襄陽記」を引いて「襄陽記曰、漢侍中習郁於峴山南、依范蠡養魚法作魚池。池辺有高隄。種竹及長楸、芙蓉蔆芡覆水、是遊燕名処也。山簡毎臨此池、未嘗不大醉而還。曰、此是我高陽池也。襄陽小児歌之」（襄陽記に曰く、漢侍中習郁峴山の南に、范蠡の養魚法に依りて魚池を作る。池辺に高隄あり。竹及び長楸を種《う》ゑ、芙蓉蔆芡水を覆ひ、是れ遊燕の名処なり。山簡毎《つね》に此の池に臨み、未だ嘗て大酔して還《かへ》らざるなし。曰く、此れは是《これ》我が高陽池なりと。襄陽の小児之を歌へり）とある。

具——そなえる。ととのえそろえる。

仙舟――仙人の乗る舟。舟の美称。
下官――〔二〕4に既出。ここは王勃の謙称。
溝水――長安にあった堀の名。〔一〕13に既出。
攀――つかまえる。とりつく。宴会に出席できたことをいう。
桂席――宴席の美称。
曲――川などの湾曲した場所。河曲。
蘭蕙――香の高い草。賢人・君子の喩え。
瓊巵――玉で作ったさかづき。「瓊」は美しいたま。「巵」はさかづき。四升入りの大杯。
湛――水などが一杯に満ちているさま。
俎――つくえ。祭の時、いけにえをのせる台。
駢――ならべる。つらねる。
汀洲――水中に土砂が積もってできた低い陸地。中州。『楚辞』「九歌・湘君」に「搴汀洲兮杜若」（汀洲に杜若を搴《と》り）とあり、王勃〔三十四〕「秋晩入洛於畢公宅別道王宴序」にも「憶汀洲之杜若」（汀洲の杜若を憶ふ）とある。
葭菼――あし、おぎ等水辺のイネ科の草。『詩』「衛風・碩人」に「葭菼掲掲」（葭菼《かたん》掲掲《けつけつ》たり）とあり、毛伝に「葭、蘆也、菼、薍也」（葭は、蘆《あし》なり、菼は、薍《をぎ》なり）とある。
矚――ながめる。注視する。みつめる。
黯――くらい。うすぐらい。奥深く明らかでない。
複漵――「漵」は、川の名、あるいは「浦」の意。『楚辞』「離騒・惜誦」に「入漵浦余儃佪兮」（漵浦に入りて余《われ》儃佪《せんくわい》し）とあり、王逸注に「漵、水名也」とあり、『文選』呂延済注には「漵、亦浦類也」とある。ここでは「浦」と解す。

「複湓」は複雑に入り組んだ水浦の意か。
巌垧——「垧」は『龍龕手鏡』に「垧垧二俗垧正古労反郊外日林—外日—三」（二—二二オ）とあり、「巌垧」は巌のある町はずれの意か。
故人——むかしなじみの人。古くからの友人。
幽期——奥深くもの静かな時。
乗査——舟に乗る。「査」はいかだ、小舟。
結網——糸を編んで網を作る。『漢書』巻五十六「董仲舒伝」に「古人有言曰、臨淵羨魚、不如退而結網」（古人に言有りて曰く、「淵に臨みて魚を羨《うらや》むは、如《し》かず、退きて網を結ぶに」と）とある。
盍——助辞、なんぞ～ざる。どうして～しないのか、したらどうだ。
式——もって。

（蔵中　進）

〔十二〕上巳浮江讌序

吾之生也有極、時之過也多緒。若夫遭主后之聖明、屬天地之貞觀、得畎畝相保、以農桑爲業、而託形於宇宙者幸矣。況廼偃泊山水、遨遊風月、罇酒於其外、文墨於其間哉。則造化之生我得矣、太平之縱我多矣。粤以上巳芳節、靈關勝地、大江浩曠、羣山紛糺。出重城而振策、下長浦而方舟。林壑清其顧盻、風雲蕩其懷抱。于時序躔青律、運逼朱明。輕荑秀而郊戍青、落花盡而亭皐晩。丹鶯紫蝶、候芳晷而騰姿、早燕歸鴻、俟遲風而弄影。巖暄蕙密、野淑蘭滋。弱荷抽紫、踈萍泛緑。於是儼松舲於石嶼①、停桂檝於堤潭。指林岸而長懷、出汀洲而極睇。妍莊袨服、香驚北渚之風、翠幙玄帷、彩綴南津之霧。若乃尋曲岪、歴迴溪、榜謳齊引、漁弄互起。飛砂濺石、湍流百勢、翠嶮丹峯、危崗萬色。亦有銀鈎犯浪、掛頳翼於文竿、瓊舝乘波、躍青鱗於畫網。鍾期在聽、玄雲白雪之琴、阮籍同歸、紫桂蒼梧之酎。既而情盤興遽、景促時淹。野昭開晴、山煙送晩。方欲披襟朗詠、餞斜光於碧岫之前、散髮長吟、佇明月於青溪之下。高懷已暢、旅思遄亡。赴泉石而如歸、仰雲霞而自負。昔周川故事、初傳曲洛之盃、江甸名流、始命山陰之筆。盍遵清轍、共抒②幽期。俾後之視今、亦猶今之視昔。一言均賦、六韻齊疏。雖復來者難誣、輙以先成爲次。

【校　異】

①嶼—碘　②抒—抑

【訓　読】

上巳に江に浮びて讌するの序

吾の生まるるや極《かぎ》りあり、時の過ぐるや緒多し。若《も》し夫《そ》れ主后の聖明に遭ひ、天地の貞観に属《あ》ひ、畎畝《けんぽ》の相ひ保つを得、農桑を以て業と為し、形を宇宙に託するは幸ひなり。況や迺《すなは》ち山水に偃泊《えんぱく》し、風月に遨遊《がういう》し、樽酒を其の外にし、文墨を其の間にするをや。則ち造化の我を生むこと得《とく》なり、大平の我を縦《はな》つこと多なり。

粤《ここ》に上巳の芳節、霊関の勝地を以て、大江は浩曠《かうくわう》にして、群山は紛糾《ふんきう》なり。重城を出でて策《むち》を振ひ、長浦を下《くだ》りて舟を方《なら》ぶ。林壑は其の顧眄《こけい》を清め、風雲は其の懐抱《くわいはう》を蕩《あら》ふ。

時に序は青律に躔《めぐ》り、運《めぐり》は朱明に逼《せま》る。軽荑《けいてい》秀《しげ》りて、郊戍《かうじゆ》青く、落花尽きて亭皐晩《く》る。丹鴬紫蝶、芳晷《はうき》を候《うかが》ひて姿を騰《をど》らせ、早燕帰鴻、遅風に傃《むか》ひて影を弄ぶ。巌《がけ》暄《あたた》けくして蕙《けい》密《しげ》く、野《の》淑《うるは》しくして蘭《らん》滋《しげ》し。弱荷は紫を抽《の》べ、踈萍は緑を泛《うか》ぶ。

是に於て松舲を石嶼《せきしょ》に儼《つつ》しみ、桂楫《けいしふ》を堤譚《ていたん》に停《とど》む。林岸を指して長《なが》く懐《おも》ひ、汀洲を出でて睇を極む。妍荘袨服《けんさうげんぷく》、香りは北渚の風を驚かし、翠幕玄帷《すいばくげんゐ》、彩《あやど》りは南津の霧を綴《つづ》る。若《も》し乃ち曲岪《きょくふつ》を尋ね、廻渓を歴《ふ》れば、榜謳《ばうおう》斉《ひと》しく引《の》び、漁弄互ひに起こる。砂を飛ばし石に濺《そそ》き、湍流《たんりう》は百勢にして、翠嶮丹峰《すいけんたんぽう》、危嶠《きかう》は万色なり。亦た銀釣《ぎんてう》浪を犯し、頳翼《ていよく》を文竿に掛け、瓊轄《けいかつ》波に乗り、青鱗を画網《ぐわばう》に躍らせる有り。鍾期在《いま》せば聴かむ、玄雲白雪の琴、玩籍同じく帰《き》さむ、紫桂蒼梧の酎《さけ》。

既にして情は盤《たの》しく興は遽《すみ》やかに、景《かげ》は促《うなが》し時は淹《ひさ》し。野は昭《かかや》きて晴を開き、山は煙りて晩《くれ》を送る。方に襟を披《ひら》きて朗詠し、斜光を碧岫《へきしう》の前に餞《おく》り、髪を散じて長吟し、明月を青渓の下に佇《ま》たむと欲《おも》ふ。高懐《かうくわい》已に暢《の》び、旅思遄《すむや》けく亡《わす》る。泉石に赴きて帰るが如く、雲霞を仰ぎて自ら負ふ。

昔周川の故事、初めて曲洛の盃を伝へ、江甸《かうてん》の名流、始めて山陰の筆に命ず。盍《なむ》ぞ清轍に遵《したが》ひ、共に幽期を抒《の》べざる。後の今を視るひとをして、亦た猶ほ今の昔を視るひとのごとくならしめむ。一言して均《ひと》しく賦《ふ》し、六韻斉しく疏《しる》せり。来者誣《あざむ》き難しと雖復《いへど》も、輙《すなは》ち先に成るを以て次と為す。

【通　釈】

上巳の日に江に船を浮べて宴する詩の序

私の人生には限りがあるが、時が過ぎてゆけばいろいろなことが起こるものである。そもそも立派な主君の御世に住み、世の中が正しく行われ、土地が戦乱により荒れることがなく、百姓仕事や養蚕を生業とし、自分をあるがままに任せることができるのは幸いである。ましてや自然の中に寝泊まりし、風月のもとで思うがままに遊ぶことができ、一樽の酒を置いて存分に飲み、そこで意のままに詩作にふけることができればいうことはない。造化神が私に生を授けてくれたことに感謝し、この太平の世に生きることができることをありがたく思う。

そしてこの上巳の良き日に、霊関の景勝地では、大江は見渡す限り広々とし、山々は幾重にも重なっている。城郭が重なりあった町を出て馬に乗り、皆で船を並べて河を下っていく。見回してみると林や谷は眼にすがすがしく、風や雲に心洗われる思いである。

いま季節は春で、まもなく夏になろうとするころ。風に揺れてつばなが咲き、このあたりを守備する砦は緑に囲まれ、散りゆく花も尽き、堤に設けられた亭も夕闇に包まれる。色美しい鴬や蝶が気持ち良い日影を求めて舞いあがり、早くやってきた燕や帰っていく雁がゆったりとした風に身を翻している。岩場に生える香草は暖かくなって一斉に芽を出し、野にもたくさんの蘭が生えている。蓮も若芽を水面からのばし、浮き草もあちこちに緑の姿を浮かべている。

そこで岩だらけの島のそばで注意深く船を進め、美しい淵で船を止めた。木の茂る岸を見ては物思いにふけり、砂州の向こうまで見渡してみる。美しく着飾った人たちから漂う香りはむかし湘夫人が降りた北渚に吹く風をも驚かせ、あちこちに張られた色とりどりの幔幕は南の渡し場に立ちこめた霧を美しく飾っている。曲がりくねった山道や谷川をあちこち訪ねてみると、船頭達がそろって声を引いて歌っていたり、漁師達が掛け合いで唄っていたりしている。砂を巻き上げ岩に砕けてほとばしり、早瀬はさまざまに姿を変え、緑の山や赤い峰などと、切り立った山々は色とりどりである。また銀のように光る釣り針を波間に沈め、美しく飾った釣竿に魚が掛かり、玉の飾りの竿の糸は波間に漂い、美しい網に魚が姿を躍らせる。李伯牙の琴の音をよく解した鍾子期もその場にいたならば耳を傾けたであろう美しい琴の玄雲や白雪の曲が聞こえてくるし、酒のために自ら求めて歩兵校尉となった阮籍も飲みたく思う桂酒や蒼梧の酒もある。

すでに心楽しく色々な遊びをし、早くも日影は夕暮れを告げ長い時が過ぎていった。野原は明るく晴れ渡っているが、山には靄がかかり夕闇が迫ってきた。これから思う存分吟詠し、緑に包まれた山のふもとで夕日を見送り、髪を振り乱して長く歌い、青い水の流れる谷川の側で名月が昇ってくるのを待とう。のびのびした気持ちで、旅の辛い思いなどは忘れてしまう。こうした山水の中にやってくるとまるで故郷に帰ってきたようであり、雲や霞を仰ぎ見ていると自信が涌いてくる。

むかし周公が洛水の流れに杯を浮かべた故事に始まり、王羲之ら江南の名高い人々が初めて会稽山の北にある山陰県の蘭亭に集まり筆を執って詩を作ったという。どうかこの先人達の行事に倣い、ともにこのすばらしい集まりのことを述べようではないか。いま私達が昔を見るように後代の人々に私達を見てもらおう。ちょっと皆で作ってみて、六韻の詩がそろってできあがった。後世の人が私達の詩を悪く言うのは難しいであろうが、出来上がった順に並べることとする。

【語　釈】

上巳——〔四〕1に既出。

讌——「宴」に通ず。

有極——限りがある。「極」は、かぎり、おわり。『荘子』「田子方」に「貴在於我而不失於変、且万化而未始有極也」（貴きもの我に在りて変に失はず、且つ万化して未だ始めより極り有らざるなり）とある。また「吾之生也有極」と文字は一部異なるが、同じく『荘子』「養生主」に「吾生也有涯、而知也無涯」（吾の生まるるや涯《かぎ》り有るも、知るや涯《かぎ》り無し）と、ほぼ同じ表現が見られる。

多緒——さまざまである。『梁書』巻一・武帝「申飭選人表」（表名は『漢魏六朝百三名家集』に拠る）に「且夫譜牒訛誤、詐偽多緒」（且つ夫れ譜牒は訛誤し、詐偽多緒たり）とある。

若夫——〔三〕2に既出。

主后——主君、君主。『墨子』「非攻」に「鬼神之喪其主后、亦不可勝数」（鬼神の其の主后を喪《うしな》ふこと、亦た勝《あ》げて数ふべからず）とある。

聖明——君主の立派な徳をいう。『文選』巻五十三・李康「運命論」に「運之将隆、必生聖明之君」（運の将に隆《さかん》ならんとするや、必ず聖明の君を生ず）とある。

属――会う。「属　アフ」（名義抄）。

天地之貞観――天地が正しく示す。天の運行、地の季節のめぐりが常に規則正しく行われて人間に範を示し、世の中が正しく行われること。『易』「繋辞下」に「吉凶者、貞勝者也、天地之道、貞観者也」（吉凶は、貞にして勝つ者なり、天地の道は、貞にして観《しめ》す者なり）とあり、韓康伯注に「貞者正也」とある。また「観」を「しめす」と訓む例は『礼記』の鄭玄注、『漢書』の顔師古注などにみえる。

畎畝――田のみぞとうねの意から、田畑をいう。『荘子』「譲王」に「異哉、后之為人也、居於畎畝之中而遊堯之門」（異《い》なる哉《かな》、后《きみ》の人と為りや、畎畝の中に居りて堯の門に遊ぶ）とある。

業――生業、なりわい。『漢書』巻七十八「蕭望之伝」に「家世以田為業」（家世田を以て業と為す）とある。

託形――姿形をゆだねる。『抱朴子』「内篇・論仙」に「彭世託形於玄豕、如意仮貌於蒼狗」（彭世は形を玄豕に託し、如意は貌を蒼狗に仮る）とある。

宇宙――天地。自分の存在を天地宇宙に比し自然のままに暮らすことは、『荘子』「譲王」にも「余立於宇宙之中。冬日衣皮毛、夏日衣葛絺、春耕種、形足以労働、秋収斂、身足以休食」（余《わ》れ宇宙の中に立つ。冬日は皮毛を衣《き》、夏日は葛絺《かっち》を衣《き》、春は耕種して、形は以て労働するに足り、秋は収斂《しゅうれん》して、身は以て休食するに足る）とある。

况迺――「况乃」に同じ。『文鏡秘府論』「句端」に「况乃…、右並追叙上義不及於下也」（况や乃ち…、右は並びに上の義の下に及ばざるを追叙するなり）とある。『文選』巻二十三・謝朓「同謝諮議銅雀台詩」に「玉座猶寂漠。况迺妾身軽」（玉座すら猶ほ寂漠たり。况や迺ち妾《わ》が身の軽《かろ》きをや）とある。

偃泊――寝泊まりする。「偃　フス、ヤスム」（名義抄）。「泊　トマル」（名義抄）。

遨遊――あそぶ。『荘子』「列禦寇」に「巧者労而知者憂。無能者無所求、飽食而遨遊」（巧者は労して知者は憂ふ。

無能なる者は求むる所無く、飽食して遨遊す）とある。

罇酒――酒。樽に入れた酒。「罇」は「樽」に同じ。『文選』巻九・曹大家「東征賦」に「酌樽酒以弛念兮、喟抑情而自非」（樽酒を酌みて以て念ひを弛《ゆる》め、喟《き》として情を抑《おさ》へて自《みづか》ら非とす）とある。

造化――万物を創造する神。『文選』巻三十五・張協「七命」に「功与造化争流、徳与二儀比大」（功は造化と流を争ひ、徳は二儀と大を比ぶ）とある。

得――「徳」に通じ、感謝する意。『孟子』「告子」上に「為宮室之美、妻妾之奉、所識窮乏者得我与」（宮室の美と、妻妾の奉と、識る所の窮乏する者、我を得とするが為なるか）とあり、焦循正義に「得与徳通。礼記楽記云、徳者得也」（得は徳と通ず。礼記楽記に云ふ、徳は得なりと）と、「得」と「徳」の二字が通じることを指摘する。

多――多とする。ありがたく思う。『漢書』巻八十一「馬宮伝」に「朕甚多之」（朕甚だ之を多とす）とあり、顔師古注に「多、猶重也」とある。

粤――そして。発語の助辞。『文選』巻五十八・顔延年「宋文皇帝元皇后哀策文序」に「惟元嘉十七年七月二十六日、大行皇后崩于顕陽殿。粤九月二十六日、将遷座于長寧陵。礼也」（惟《こ》れ元嘉十七年七月二十六日、大行皇后顕陽殿に崩ず。粤《ここ》に九月二十六日、将に長寧陵に遷座せんとす。礼なり）とある。

芳節――春。『初学記』に引く梁・元帝『纂要』に「春曰青陽、亦曰、発生、芳節…」（春を青陽と曰ひ、亦た発生、芳節…と曰ふ）とある。

霊関――『文選』巻四・左思「蜀都賦」に「廓霊関以為門、包玉塁而為宇」（霊関を廓《ひら》きて以て門と為し、玉塁を包《か》ねて宇と為す）とあり、李善注に「霊関、山名。在成都西南漢寿界」（霊関は、山名なり。成都西南漢寿界に在り）とある。また『新唐書』巻四十二「地理志」に「雅州盧山郡、…県五、厳道、盧山、名山、百丈、栄経」とあり、厳道県の注に「唐初、以州境析置濛陽、長松、霊関、陽啓、嘉良、火利六県。武徳六年皆省」（唐初、州境を以て濛陽、長松、霊関、陽啓、嘉良、火利六県を析置す。武徳六年皆省く）とあり、また盧山県の注に「有霊関」とある。また『元和郡県図志』の剣南道、雅州、盧山県の条に「霊関鎮、在県西北六十里、車霊山下」（霊関鎮は、県の西北六十里、車霊山の下に在り）とあって、山名、県名、関名、鎮名のいずれを指すか定かでない。

勝地――景勝地。『文選』巻五十九・王巾「頭陀寺碑文」に「頭陀寺者沙門釈慧宗之所立也。…信楚都之勝地也」（頭陀寺は沙門釈慧宗の立つる所なり。…信《まこと》に楚都の勝地なり）とある。

浩曠――広大なさま。沈佺期「入衛詩」に「欝然懐君子、浩曠将如何」（欝然として君子を懐ふも、浩曠として将に如何せん）とある。

紛糾――山や岡の重なり合うさま。楊炯「唐恒州刺史建昌公王公神道碑」に「岡巒紛糾、天彭双闢而作門」（岡巒紛糾し、天彭は双《ならび》て闢《ひら》き門を作す）とある。

重城――城郭の重なりあった立派な町。『文選』巻五・左思「呉都賦」に「郛郭周匝、重城結隅」（郛郭周匝《めぐ》り、重城隅を結ぶ）とある。

振策――鞭を振るうことから、馬に乗ることをいう。『文選』巻二十六・陸機「赴洛道中作其二」に「振策陟崇丘、案轡遵平莽」（策《むち》を振るひて崇丘に陟《のぼ》り、轡《たづな》を案《ひか》へて平莽に遵《したが》ふ）とある。

長浦――長く続く岸辺。『宋書』巻六十七「謝霊運伝」に見える「山居賦」に「椹梅流芬於回巒、椑柿被実於長浦」（椹梅は芬を回巒に流し、椑柿は実を長浦に被ふ）とある。

方舟――舟を並べる。『荘子』「山木」に「方舟而済於河」（舟を方《なら》べて河を済《わた》る）とあり、『経典釈文』に「司馬云、方、並也」とある。

林壑――山林渓谷。『文選』巻二十二・謝霊運「石壁精舎還湖中作」に「林壑斂瞑色、雲霞収夕霏」（林壑瞑色を斂《をさ》め、雲霞夕霏を収む）とある。

顧眄――見回す。『宋書』巻七十六「宗慤伝」に「慤聳躍数十、左右顧眄。上壮之」（慤聳躍すること数十、左右に顧眄す。上之を壮とす）とある。

蕩――洗い清める。『文選』巻二十九・張協「雑詩十首其一」に「秋夜涼風起、清気蕩暄濁」（秋の夜涼風起り、清気暄濁を蕩《あら》ふ）とある。

懐抱――胸のうち、こころ。〔四〕17に既出。

序――季節。『文選』巻三十一・江淹「雑体詩・張黄門協」に「有弁興春節、愁霖貫秋序」（有弁《いうえん》は春節に興《おこ》り、愁霖は秋序を貫く）とある。

躔――めぐる。『文選』巻五・左思「呉都賦」に「習其弊邑而不覩上邦者、未知英雄之所躔也」（其の弊邑に習ひて上邦を覩《み》ざる者は、未だ英雄の躔《お》る所を知らず）とあり、李善注に「方言曰、躔、歴行也」（方言に曰く、躔は歴行するなりと）とある。

青律――「律」は音楽の音階のことで、十二の音階がそれぞれ十二月に配されており、また「青」は「青春」というごとく春を表す色であり、「青律」とは春に配された音階のことをいうが、ここでは春そのものを指す。

朱明――夏。『文選』巻四十二・応璩「与従弟君苗君胄書」に「朱明之期、已復至矣」（朱明の期、已に復た至れり）とあり、李善注に「爾雅曰、夏為朱明」（爾雅に曰く、夏を朱明と為すと）とある。

軽荑――茅がや。つばな。『文選』巻二十・丘遅「侍宴楽遊苑送張徐州応詔詩」に「軽荑承玉輦、細草藉龍騎」（軽荑《けいてい》は玉輦《ぎょくれん》を承け、細草は龍騎に藉《し》く）とあり、李善注に「毛詩曰、自牧帰荑。毛萇曰、荑、茅始生也」（毛詩に曰く、牧自り荑を帰《おく》ると。毛萇曰く、荑は茅の始めて生ずるなりと）とある。

秀――しげる。謝霊運「入彭蠡湖口詩」に「春晩緑野秀、巌高白雲屯」（春晩《く》れて緑野秀《しげ》り、巌高《いはけ》くして白雲屯《とど》まる）とある。

郊戍――郊外にある砦。

亭皐——堤に十里ごとに設けられた亭。〔十〕3に既出。

候——うかがう。「候　ウカカフ」（名義抄）。

晷——日影。『文選』巻二・張衡「西京賦」に「白日未及移其晷、已獮其什七八」（白日未だ其の晷を移すに及ばざるに、已に其の什の七八を獮《ころ》す）とあり、薛綜注に「晷、景也」とある。

騰——あがる、あげる。『文選』巻十九・曹植「洛神賦」に「騰文魚以警乗、鳴玉鸞以偕逝」（文魚を騰《あ》げて以て乗《じょう》を警《いまし》め、玉鸞を鳴らして以て偕《とも》に逝《ゆ》く）とあり、李善注に「騰、升也」とある。

傃——むかう。『文選』巻五十七・顔延之「陶徴士誄」に「傃幽告終、懐和長畢。嗚呼哀哉」（幽に傃ひ終を告げ、和を懐《おも》ひて長《なが》く畢《を》はる。嗚呼《ああ》哀しきかな）とあり、李善注に「傃、向也」とある。「傃　ムカフ、オモムク」（名義抄）。

遅風——ゆったり吹く風。『後漢書』「西域伝・安息国」に「海水広大、往来者逢善風、三月乃得渡、若遇遅風、亦有二歳者」（海水広大にして、往来する者善風に逢はば、三月にして乃ち渡るを得るも、若し遅風に遇はば、亦た二歳なる者有り）とある。

巌——がけ。『文選』巻八・楊雄「羽猟賦」に「探巌排碕、薄索蛟螭」（巌を探り碕を排《はら》ひ、薄《せま》りて蛟螭《かうち》を索《もと》む）とあり、李善注に「巌、岸側嶔巌之処也」（巌は、岸側の嶔巌の処なり）とある。

喧——あたたかい。「喧　アタタケシ」（名義抄）。

蕙——かおりぐさ。「蕙　フヂハカマ」（名義抄）。

密——しげる。「密　シケシ」（名義抄）。

墅——「野」に同じ。『集韻』に「説文、郊外也、或从土」という。

淑——美しい。「淑　ウルハシ」（名義抄）。

蘭——かおりぐさ。「蘭　フヂバカマ、アララキ」（名義抄）。

滋——多い。『文選』巻十六・江淹「別賦」に「左右兮魂動、親賓兮涙滋」（左右は魂動き、親賓は涙滋し）とあり、呂向注に「滋、多也」とある。

弱——柔らかい。若い。『文選』巻二十二・左思「招隠詩其二」に「弱葉棲霜雪、飛栄流余津」（弱葉《じゃくえふ》は霜雪を棲《とど》め、飛栄は余津を流す）とある。

荷——はす。「荷　ハチスノハ、ハチス」（名義抄）。

抽——芽生える。のびる。『文選』巻十九・束皙「補亡詩六首其四」に「木以秋零、草以春抽」（木は秋を以て零《お》ち、草は春を以て抽《の》ぶ）とある。

紫——ここではまだ捲いた状態の蓮の若葉をいう。

萍——浮き草。『礼記』「月令」に「季春之月…、萍始生」（季春の月…、萍始めて生ず）とあり、『経典釈文』に「萍、水上浮萍也」（萍は水上の浮萍《うきくさ》なり）とある。

泛——浮かぶ。「泛　ウカフ」（名義抄）。

於是——そこで。『文鏡秘府論』「句端」に「於是…、右並承上事勢、申明其理也」（是に於て…、右は並びに上の事勢を承けて、其の理を申べ明かすなり）とある。『文選』巻八・楊雄「羽猟賦」に「於是天子乃以陽晁、始出乎玄宮」（是に於て天子乃ち陽晁を以て、始めて玄宮を出づ）とある。

儼——つつしむ。『文選』巻三十二・屈原「離騒」に「湯禹儼而求合兮、摯皐繇而能調」（湯禹儼みて合ふを求め、摯《し》と皐繇《かうえう》と能《よ》く調《ととの》へり）とあり、王逸注に「儼、敬也」とある。

舲——ふね。「舲　フネ」（名義抄）。

石嶼——岩だらけの島。「嶼」の字、正倉院本は石偏に作る。「嶼」が上の石の字の影響を受けて誤写されたものであろう。「嶼」は、島。「嶼　ヒラシマ、シマ」（名義抄）。『芸文類聚』巻八・劉孝標「登郁洲山望海詩」に「雲錦曜石嶼、羅綾文水色」（雲錦は石嶼を曜《て》らし、羅綾は水色を文《かざ》る）とある。
桂檝——桂の櫂《かい》。「檝」は「楫」に同じ。『楚辞』「九歌・湘君」に「桂櫂兮蘭枻」（桂の櫂、蘭の枻《ふなばた》）と類似の表現がある。
瑅潭——美しい淵。「瑅」は玉の名。「潭　フチ」（名義抄）。
長懐——はるかに思いを寄せる。『文選』巻十六・江淹「恨賦」に「齎志没地、長懐無已」（志を齎《もたら》して地に没し、長く懐ひて已《や》むこと無し）とある。
汀洲——流れの中の洲。〔十〕12に既出。
極睇——眼を凝らして見る。『文心雕龍』「諸子」に「然洽聞之士、宜撮綱要、覧華而食実、棄邪而採正。極睇参差、亦学家之壮観也」（然れども洽聞の士は、宜しく綱要を撮り、華を覧て実を食ひ、邪を棄てて正を採るべし。睇を参差に極むれば、亦た学家の壮観なり）とある。
妍荘——美しい装い。「妍」は、美しい。「妍　ウルハシ」（名義抄）。「荘」は「装」・「粧」に同じ。「荘　ヨソホヒ」（名義抄）。鮑照「代北風涼行」に「北風涼、雨雪雱、京洛女児多妍粧」（北風涼しく、雨雪雱《ふ》り、京洛の女児妍粧多し）とある。
袨服——美しい衣服。『文選』巻四十六・顔延之「三月三日曲水詩序」に「靚荘藻野、袨服縟川」（靚荘《せいさう》は野を藻《いろど》り、袨服は川を縟《いろど》る）とあり、張銑注に「袨服、美麗之衣也」とある。
北渚——湘夫人が降来したとされる洞庭湖の北の岸をいう。『文選』巻三十二・「楚辞・九歌・湘夫人」に「帝子降兮北渚、目眇眇兮愁予」（帝子北渚に降《くだ》り、目眇眇《べうべう》として予《われ》を愁《うれ》へしむ）とある。なお次注参照。
南津——南の渡し場。『文選』巻二十六・陸機「赴洛道中作詩其二」に「永歎遵北渚、遺思結南津」（永歎して北渚に遵ひ、思を遺して南津に結ぶ）とある。
若乃——もし。『文鏡秘府論』「句端」に「若乃…、右並覆叙前事、体其状也」（若し乃ち…、右は並びに前事を覆叙し、其の状を体するなり）とある。『文選』巻十六・潘岳「閑居賦」に「若乃背冬渉春、陰謝陽施」（若し乃ち冬に背き春に渉り、陰謝《さ》り陽施《ほどこ》さば）とある。

曲岪——曲がりくねった山道。「岪」に同じ。『説文解字』に「岪、山脅道也」（岪は、山の脅道《わきみち》なり）とある。なお英華・四傑本は曲渚（曲がりくねった岸辺）に作る。下句に「榜謳斉引、漁弄互起」と続き、いずれも水に関係することを考慮すれば、曲渚のほうがよいのかも知れない。

廻渓——曲がりくねった谷川。『文選』巻三十四・枚乗「七発」に「依絶区兮臨廻渓」（絶区に依り廻渓に臨む）とあり、李周翰注に「廻渓、曲澗也」とある。

榜謳——船頭が歌う（歌）。「榜」は舟をこぐ。『集韻』に「榜、進船也」とある「謳」は声をそろえて歌う（歌）。『説文解字』に「謳、斉歌也」とある。

引——引っ張る意から、声をのばすこと。『文選』巻四十八・班固「典引」の蔡邕注に「引者仲也、長也」とある。

漁弄——漁師の歌う歌。「弄」は、歌、曲の意。『文選』巻十七・王褒「洞簫賦」に「時奏狡弄、則彷徨翱翔」（時に狡弄《かうろう》を奏せば、則ち彷徨翱翔《はうくわうかうしやう》す）とあり、李善注に「弄、小曲也」とある。

濺——勢いよくぶつかる。「濺　ソソク」（名義抄）。

湍流——はやせ。『楚辞』「九章・抽思」に「長瀬湍流、泝江潭兮」（長瀬《ちやうらい》湍流、江潭を泝《さかのぼ》り）とある。

百勢——さまざまな姿。「勢」は、すがた、かたち。

嶮——本来は、「険しい」の意であるが、ここでは、険しい山の意。

危——高い。『文選』巻三十五・張協「七命」に「撫促柱則酸鼻、揮危絃則涕流」（促柱を撫すれば則ち酸鼻し、危絃を揮《ふる》へば則ち涕流《なみだなが》る）とあり、李善注に「鄭玄論語注曰、危、高也」とある。

崗——「岡」に同じ。『広韻』に「崗」は「岡」の俗字という。

銀釣――銀の釣り針。「鉤」に同じ。『芸文類聚』巻四十一に劉孝威（一説に劉孝綽）「釣竿篇」に「金轄茱萸網、銀鉤翡翠竿」（金の轄に茱萸の網、銀の鉤に翡翠の竿）とある。

頳翼――赤い胸びれの意から、ここではさかなの胸びれ。ここではさかなのこと。「頳」は赤い。『玉篇』に「頳、赤也」とある。「翼」はさかなの胸びれ。『文選』巻十九・宋玉「高唐賦」に「振鱗奮翼、蜲蜲蜿蜿」（鱗《うろこ》を振ひ翼《ひれ》を奮ひ、蜲《ゐ》蜲《ゐ》蜿《ゑん》蜿《ゑん》）とあり、李善注に「翼、魚腮辺両鬣也」（翼は魚の腮《えら》の辺の両《ふた》つの鬣《ひれ》なり）とある。

文竿――かわせみの羽で飾った釣竿。『文選』巻一・班固「西都賦」に「招白鷴下双鵠、揄文竿出比目」（白鷴《はくかん》を招《あ》げて双鵠《さうこく》を下し、文竿を揄《ひ》きて比目《ひもく》を出《いだ》す）とあり、李善注に「文竿、竿以翠羽為文飾也」（文竿は竿に翠の羽を以て文飾と為すなり）とある。

瓊轄――美しい釣り竿。「瓊」は、美しい玉。『詩経』「衛風・木瓜」に「投我以木瓜。報之以瓊琚」（我に投ずるに木瓜を以てす。之に報ゆるに瓊琚を以てせん）とあり、毛伝に「瓊、玉之美者」とある。「轄」には、釣り竿の端の軸止めの意があり、ここではさらに「釣り竿」の意と解す。「轄」の字、四傑本、四部叢刊本ともに「舸」に作り、文苑英華本は「轄」として小字で「疑」と注記するが、〔十三〕10にも「瓊轄」があり、また前掲「銀鈎」注に引いた劉孝威「釣竿篇」にも「金轄」が見えることから誤字とは認めない。

青鱗――青いうろこの意から、ここではさかなのこと。

画網――絵を書いた美しい網。

鍾期――『列子』「湯問」にみえる春秋時代の人、楚の鍾子期のこと。李伯牙の弾く琴のよき理解者であった。『列子』「湯問篇」に「伯牙善鼓琴、鍾子期善聴。伯牙鼓琴、志在高山。鍾子期曰、善哉、峨峨兮若泰山。志在流水。鍾子期曰、善哉、洋洋兮若江河」（伯牙琴を鼓するを善くし、鍾子期聴くを善くす。伯牙琴を鼓するに、志高山に在り。鍾子期曰く、善きかな、峨峨として泰山の若しと。志流水に在り。鍾子期曰く、善きかな、洋洋として江河の若しと）とある故事に基づく。

玄雲白雪――ともに曲名。「白雪」は春秋時代、晋の師曠の作ったとされる琴曲の名。『淮南子』「覧冥訓」に「昔者師曠奏白雪之音、而神物為之降下」（昔者《むかし》師曠《しくわう》白雪の音を奏し、神物之が為に降下す）とあり、高誘注に「白雪、太乙五十弦琴瑟楽名也」（白雪は太乙五十弦琴瑟の楽の名なり）とある。また「玄雲」は漢の鐃歌（軍中で奏する軍楽）の名。『晋書』巻十三「楽志下」に「漢時有短簫鐃歌之楽、其曲有朱鷺、…玄雲、黄爵行、釣竿等曲」（漢の時に短簫鐃歌の楽有り。其の曲に朱鷺、…玄雲、黄爵行、釣竿等の曲有り）とある。とくに琴の曲とはされていないが、これを琴で奏するのであろう。

玩籍――三国、魏の人。竹林の七賢の一人。酒を愛し、歩兵厨に美酒を貯えるを聞き、白ら求めて歩兵校尉となる。『三国志・魏書』巻二十一に引く『魏氏春秋』に「聞歩兵校尉欽、厨多美酒、営人善醸酒、求為校尉、遂縦酒昏酣、遺落世事」（歩兵校尉の欽け、厨に美酒多く、営人善く酒を醸《かも》すを聞き、求めて校尉と為り、遂に酒を縦きままにして昏酣し、世事を遺落す）とある。

紫桂蒼梧――「紫桂」「蒼梧」ともに酒を指す。「紫桂」の二字で酒を指す例は見られないが、『文選』巻三十二・屈原「九歌・東皇太一」に「奠桂酒兮椒漿」（桂酒と椒漿《せいしやう》を奠《まつ》る）とあり、王逸注に「桂酒、切桂以置酒中也」（桂酒は桂を切り以て酒中に置くなり）とあるように、桂の木（肉桂）で香りをつけた酒があり、この「桂」に紫の字を冠して酒を指す。また「紫桂」なる語は『芸文類聚』巻八十九「木部桂条」に『拾遺記』を引いて「闇河之北、有紫桂成林。群仙餌焉」（闇河の北、紫桂の林を成す有り。群仙焉《これ》を餌《くら》ふ）とあるように他にも用例が見られる。「蒼梧」は地名であるが、この語も『芸文類聚』巻七十二食「物部酒条」に引く曹植の「酒賦」に「其味有宜成醪醴、蒼梧縹清」（其の味に宜成《ぎせい》の醪醴《らうれい》、蒼梧《さうご》の縹清《へうせい》有り）とあるように酒を指すこともある。

酎――さけ。三回重ねて醸した濃い酒。『説文解字』に「酎、三重醇酒」（酎は、三たび重ねし醇《こ》し酒）とある。

情盤――こころ楽しむ。『文選』巻四十六・顔延之「三月三日曲水詩序」に「情盤景遽、歓洽日斜」（情盤《こころたの》しみ景《ひ》は遽《すみや》かに、歓《よろこ》びは洽《あまね》く日は斜めなり）とあり、張銑注に「盤、楽也」とある。

興遽――次々と楽しい遊びをする。「興」は、たのしみ。『晋書』巻八十「王徽之伝」に「乗興而行、興尽而反」（興に乗じて行き、興尽きて反る）とある。「遽」は、速やかである。「遽　スミヤカニ」（名義抄）。

景促――影がせきたてる。夕暮れが迫ること。「景」は、日影。『文選』巻二十八・陸機「豫章行」に「行矣保嘉福、景絶継以音」（行矣《さき》くあれ嘉福を保《たも》て、景絶へなば継ぐに音を以てせよ）とあり、李善注に「景、影也」とある。

時淹――長い時間が経過する。「淹」は、久しい。『文選』巻三十二・屈原「離騒」に「日月忽其不淹兮、春与秋其代序」（日月忽として其れ淹《ひさ》しからず、春と秋と其れ序を代《か》ふ）とあり、王逸注に「淹、久也」とある。

昭――かがやく。『楚辞』「大招」に「青春受謝、白日昭只」（青春謝を受け、白日昭《かがや》く）とあり、王逸注に「昭、明也」とある。

開晴――晴れ渡ること。

披襟――襟を開く意から、思う存分、の意を表す。〔8〕6に既出。

朗詠――高らかに歌う。『文選』巻十一・孫綽「遊天台山賦」に「凝思幽巌、朗詠長川」（思ひを幽巌《いうがん》に凝《こ》らし、朗《たか》らかに長川《ちやうせん》に詠《うた》ふ）とあり、李周翰注に「朗、高也」とある。

餞――送る。『尚書』「堯典」に「寅餞納日、平秩西成」（寅《つつし》んで納《い》る日を餞《おく》り、西成を平秩《へいちつ》す）とあり、孔安国伝に「餞、送也」とある。

斜光――斜めに傾いた日差し。夕日。『玉台新詠』巻六・王僧孺「秋閨怨詩」に「斜光隠西壁、暮雀上南枝」（斜光は西壁に隠れ、暮雀は南枝に上る）とある。

岫――くき、山頂。陶淵明「帰去来辞」に「雲無心以出岫、鳥倦飛而知還」（雲は無心にして以て岫《しう》を出で、鳥は飛ぶに倦《う》みて還《かへ》るを知る）とある。

散髪――髪を振り乱す。『後漢書』列伝巻三十五「袁閎伝」に「閎遂散髪絶世、欲投迹深林」（閎遂に髪を散じて世を絶ち、迹を深林に投ぜんと欲す）とある。

長吟――長くのばして歌う。『文選』巻十七・王褒「洞簫賦」に「秋蜩不食、抱樸而長吟兮、玄猨悲嘯、捜索乎其間」（秋蜩《しうてう》食はず、樸《ぼく》を抱いて長吟し、玄猨《げんゑん》悲嘯《ひせう》し、其の間に捜索す）とある。

佇――まつ。「佇　タタズム、マツ」（名義抄）。

高懐已暢――心がのびのびする。「高懐」は、胸に抱く思い。『文苑英華』巻二百四十七・荀済「贈陰梁州詩」に「徒然懐伏剣、終無報国士、高懐不可忘、剣意何能已」（徒然として伏剣を懐《いだ》くも、終《つひ》に報国の士無し、高懐忘るべからず、剣意何ぞ能く已《や》まん）とある。

旅思――旅中の思い。謝朓「之宣城郡出新林浦向板橋詩」に「旅思倦揺揺、孤遊昔已屢」（旅思倦《う》みて揺揺《えうえう》たり、孤《こ》遊《いう》は昔已《すで》に屢《しばしば》す）とある。

遄――すみやかに。『詩経』「邶風・泉水」に「遄臻于衛、不瑕有害」（遄《すやみ》かに衛に臻《いた》るも、瑕《はなは》だしくは害有らじ）とあり、毛伝に「遄、疾也」とある。

亡――忘れる。『詩経』「邶風・緑衣」に「心之憂矣、曷維其亡」（心の憂《うれ》ふる、曷《い》つか維《こ》れ其れ亡《わす》れん）とあり、鄭玄注に「亡之言、忘也」とある。

泉石――泉と石の意から、山水の美しい景色の意。『芸文類聚』巻三十九・劉孝綽「侍宴集賢堂応令詩」に「反景入池林、余光映泉石」（反景は池林に入り、余光は泉石に映ず）とある。

如帰――故郷に帰るようである。『左伝』「閔公二年」に「僖之元年、斉桓公遷邢于夷儀。二年…邢遷如帰」（僖の元年、斉の桓公邢を夷儀に遷す。二年…邢の遷ること帰るが如し）とある。

自負――自信を持つ。『史記』巻八「高祖本紀」に「高祖乃心独喜自負」（高祖乃ち心に独り喜び、自負す）とある。

周川故事――周公旦が洛邑に都を定め、流れる川に酒杯を浮かべたという故事。『晋書』巻五十一「束皙伝」に「昔周公成洛邑、因流水以汎酒」（昔周公洛邑を成し、流水に因りて以て酒を汎《うか》ぶ）とあるのに拠る。

曲洛――洛陽の南を流れる川。洛水。曲がりくねっているために曲洛という。『芸文類聚』巻六十三・崔駰「大将軍臨洛観賦」に「濱曲洛而立観、営高壌而作廬」（曲洛に濱《そ》ひて観《くわん》を立て、高壌《かうじやう》に営《いとな》みて廬《いほり》を作る）とある。

江甸――揚子江以南の江南地方。『宋書』巻七十八「蕭思話伝」に「仗順沿流、席巻江甸」（順に仗《よ》り流に沿ひ、江甸を席巻す）とある。

名流――有名な人々。『世説新語』「品藻」に「孫興公、許玄度皆一時名流」（孫興公、許玄度は皆一時の名流なり）とある。

命筆――筆を執って書く。『文心雕龍』「養気」に「意得則舒懐以命筆、理伏則投筆以巻懐」（意得れば則ち懐《おも》ひを舒《の》べて以て筆に命じ、理伏すれば則ち筆を投じ以て懐ひを巻《ま》く）とある。

山陰――県名。〔四〕4に既出。

盍――どうして。「盍　ナムゾ」（名義抄）。

遵――したがう。ならう。『詩経』「周南・汝墳」に「遵彼汝墳、伐其条枚」（彼の汝墳に遵《したが》ひて、其の条枚《てうばい》を伐《き》る）とあり、毛伝に「遵、循也」とある。

清轍――先人の行為を貴んでいう。「轍」は、わだちの意から、先人の行為の意。『文選』巻五十四・陸機「五等論」に「遵覆車之遺轍、養喪家之宿疾」（覆車の遺轍に遵《したが》ひ、喪家《さうか》の宿疾《しゆくしつ》を養ふ）とある。

抒――述べる。「抒　ノブ」（名義抄）。

幽期――奥ゆかしい集まり。「幽」は、奥ゆかしい。「幽　フカシ」（名義抄）。「期」は、集まり。『文選』巻十八・馬融「長笛賦」に「薄湊会而凌節、馳趣期而赴躓」（薄湊会《はくそうくわい》して節を凌《しの》ぎ、馳《は》せて期に趣《おもむ》きて躓《しつ》に赴《おもむ》く）とあり、李善注に「期、会也」とある。

後之視今、亦猶今之視昔——今から昔を見るように後代から今を見る。王羲之「蘭亭集序」に「後之視今、亦猶今之視昔、悲夫」（後の今を視るも、亦た猶ほ今の昔を視るがごとし、悲しきかな）とある。

疏——書き記す。『広雅』「釈詁」に「疏、識也」とある。「疏　シルス」（名義抄）。

誣——あなどる。「誣　アザムク」（名義抄）。

輙——もっぱら。「輒」に同じ。『集韻』に「輒、一曰専也」とある。

【考　説】

この「上巳浮江宴序」に該当する王勃の詩としては、次の二首が考えられる。

「上巳浮江宴韻得阯字」　上巳に江に浮かびて宴す　韻は阯字を得
披観玉京路、駐賞金台阯。　披《ひら》きて観る玉京の路、駐して賞す金台の阯。
逸興懐九仙、良辰傾四美。　逸興は九仙を懐ひ、良辰は四美を傾く。
松吟白雲際、桂馥清渓裏。　松は白雲の際に吟《うた》ひ、桂は清渓の裏に馥《かほ》る。
別有江海心、日暮情何已。　別に江海の心有り、日暮るも情何ぞ已《や》まん。

「上巳浮江宴韻得遥字」　上巳に江に浮かびて宴す　韻は遥字を得
上巳年光促、中川興緒遥。　上巳に年光促がし、中川に興緒遥かなり。
緑斉山葉満、紅洩岸花銷。　緑は斉しく山の葉は満ち、紅は洩れて岸の花は銷《き》ゆ。

泉声喧後澗、虹影照前橋。　泉声は後澗に喧《かまびす》しく、虹影は前橋を照らす。
遽悲春望遠、江路積波潮。　遽《にはか》に春望の遠きを悲しみ、江路に波潮を積む。

この二首のいずれかが該当するのであろう。ただ、上巳の日の行事は毎年のことであったはずで、右掲の二首がこの詩序が作成された年のものとは断定できない。後考に待つ。

（山川　英彦）

〔十二〕聖泉宴序

玄武山趾、有聖泉焉。浸淫滴瀝、數百年矣。乘巖泌涌、接磴分流。砂堤石岸、成古人之遺跡也。若乃青蘋緑芰、紫苔蒼蘚①、亦無乏焉。羣公九牘務閑、江湖思遠、寤寐奇託、淹留勝地。既而崗巒却峙、荒壑前縈、丹崿萬尋、碧潭千仞。松風唱晩、竹霧曛空。蕭蕭乎人間之難遇也。方欲以林壑爲天屬、以琴罇爲日用。嗟乎、古今同遊、方深川上之悲、少長齊遊、且盡山陰之樂。盍題芳什、共寫高懷。

【校　異】

①蘚──癬

【訓　読】

聖泉宴の序

玄武山の趾《ふもと》に、聖泉有り。浸淫滴瀝《しんいんてきれき》すること、数百年なり。巌《いはほ》に乗じて泌《し》み涌き、磴《いははし》に接して分かれ流る。砂堤石岸は、古人の遺跡と成れり。若し乃ち青蘋緑芰《せいひんりよくき》、紫苔蒼蘚《したいさうせん》は、亦た乏《か》くこと無し。

群公は九牘の務《つとめ》閑にして、江湖の思ひを遠くし、寤寐に奇託して、勝地に淹留《とど》まれり。既にして崗巒は却《しりぞ》きて峙《そばだ》ち、荒壑は前に縈《めぐ》り、丹崿は万尋にして、碧潭は千仞なり。松風は晩《くれ》を唱《うた》ひ、竹霧は空《そら》を曛《くら》くす。蕭蕭乎として人間の遇ふこと難きなり。
方《まさ》に林壑を以て天属と為し、琴罇を以て日用と為さむと欲《おも》ふ。嗟乎《ああ》、古今同《とも》に遊びて、方《まさ》に川上の悲しびを深くし、少長斉《ひと》しく遊びて、且《ま》た山陰の楽しびを尽さむ。盍《なむ》ぞ芳什を題し、共《とも》に高懐を写《つく》さざる。

【通　釈】

聖泉に酒宴する序

ここ玄武山のふもとに聖泉という泉がある。わき出して流れ落ちること数百年になる。巌の上から流れ落ち、河中の岩にぶつかって分かれて流れていく。あたりの土手や岩石だらけの岸辺に昔の面影はなく訪れる人もない。青い浮き草や緑の菱、紫の苔《こけ》や青い蘚《こけ》などは昔のままである。

皆さんは繁忙な公務の間に暇を見つけては、大自然の中で王羲之らの先人を懐かしく思い、いつも河や湖に思いを寄せ、この景勝の地に長くとどまることとなった。彼方には山々がそびえ立ち、手前には大きな谷がめぐり、赤い崖は万尋にも高く切り立ち、紺碧の淵は千仞の深さである。松風が日暮れの歌を奏で、竹にかかる霧が空にたそがれている。これは物寂しくひっそりとして人間世界ではめったに出会うことはない景色である。

このような山林渓谷を親兄弟のように親しみ、音楽や酒を毎日楽しむことにしよう。ああ、昔と同様に美しい自然のなかで遊び、孔子のように河に臨んで万物の変化を悲しみ、老いも若きも共に遊び、さらに王羲之の山陰蘭亭の集いのように思う存分に楽しもうではないか。さあ、ぜひとも詩を書き記し、皆がそろって感慨を述べ合おうではないか。

【語　釈】

聖泉――いま四川省中江県の東南にあり、玄武山の下にある。玄武山は次注参照。

玄武山――山名。『元和郡県図志』巻三十三に「剣南道、梓州、玄武県、…玄武山、在県東二里、山出龍骨」とある。王勃は総章二年（六六九）から咸亨元年（六七〇）にかけてここに遊び、盧照鄰、邵大震等と交わって「蜀中九日登玄武山旅望詩」を作るなど多作であった。また「玄武」の名は、王勃の「遊廟山序」にも「玄武西之廟山」（玄武の西の廟山）と見える。

趾――山のふもと。「趾　フモト」（名義抄）。

浸淫――湧き出る。「浸」は、しみる、潤う。『文選』巻三・張衡「東京賦」に「沢浸昆虫、威振八寓」（沢は昆虫を浸《うるほ》し、威は八寓《はちう》に振るふ）とあり、薛綜注に「浸、潤也」（浸は、潤すなり）とある。また「淫」は、あふれる。『淮南子』「覧命訓」に「積蘆灰、以止淫水」（蘆の灰を積み、以て淫水を止《と》む）とあり、高誘注に「平地出水、是謂淫水」（平地に水を出すを、是れ淫水と謂ふ）とある。

滴瀝――したたり落ちる。『水経注』巻三十一「淯水」に「及穴中、多鍾乳。凝膏下垂、望斉冰雪。微津細液、滴瀝不断」（穴中に及ぶに、鍾乳多し。凝膏して下に垂れ、望むに冰雪に斉《ひと》し。微《かすか》に細液を津《したた》らせ、滴瀝して断えず）とある。

泌涌――勢いよく流れる。「泌」は、流れる。「涌」は、勢いよく出る。『詩』「邶風・泉水」に「毖彼泉水、亦流于淇」（毖たる彼の泉水、亦た淇《き》に流る）とある。また『文選』巻六・左思「魏都賦」に「温泉毖涌而自浪、華清蕩邪而難老」（温泉毖涌《ひよう》して自《おのづか》ら浪《なみだ》ち、華清邪を蕩《のぞ》きて老い難し）とあり、李善注に「説文曰、泌、水駃流也。泌与毖同」（説文に曰く、泌は、水の駃《はや》く流るるなり。泌、毖と同じ）とある。

磴――河の流れの中に置かれた飛び石。「磴　イシハシ、イハハシ」（名義抄）。ここでは河中の岩をいう。

若乃――もし。〔十一〕12に既出。

青蘋――青い浮き草。「蘋　ウキクサ」（名義抄）。『文選』巻十三・宋玉「風賦」に「夫風生於地、起青蘋之末」（夫れ風は地より生じ、青蘋の末より起こる）とある。

緑芰――緑の菱。「芰　ヒシ」（名義抄）。『文選』巻六・「魏都賦」に「丹藕凌波而的皪、緑芰泛涛而浸潭」（丹藕は波を凌《しの》ぎで的皪《てきれき》と、緑芰は涛《なみ》に泛《うか》びて浸潭《しんたん》たり）とある。

紫苔――紫の苔。

蒼蘚――青い苔。「蘚」は、苔。正倉院本は「蘚」を「廨」に作るが『王子安集』に拠って改めた。

乏――尽きる、ない。「乏　トモシ、ツクス」（名義抄）。

九牘――役所の仕事。「九」は、数の多いこと。「牘」は、文書。

江湖――河や湖。大自然。

思遠――先人を追慕すること。『漢書』巻二十二「礼楽志二」に「有哀死思遠之情、為制喪祭之礼」（死を哀しみ遠きを思ふ情有りて、為に喪祭の礼を制《さだ》む）とある。

寤寐――寝ても覚めても。いつも。『詩経』「周南・関雎」に「窈窕淑女、寤寐求之」（窈窕の淑女は、寤寐に之を求む）とあり、毛伝に「寤、覚、寐、寝」（寤は、覚なり、寐は、寝なり）とある。

奇託――心や身を寄せる。「奇」は「寄」の省字。東方朔「七諫・謬諫」に「列子隠身而窮処兮、世莫可以寄託」（列子身を隠して窮処し、世に以て寄託すべき莫《な》し）とある。ここでは、思いを寄せるの意。

淹留――とどまる。〔五〕11に既出。

勝地――景勝地。〔十一〕5に既出。

崗巒――「岡巒」に同じ。岡と山。『文選』巻二・張衡「西京賦」に「華嶽峨峨、岡巒参差」（華嶽《くわがく》峨峨《がが》として、岡巒は参差《しんし》たり）とある。また『遊仙窟』にも「高嶺横天、刀削崗巒之勢」（高《タカ》キ嶺《ミネ》天ニ横《ヨコタ》ハテ、刀《カタナ》シテ崗巒ノ勢《イキヲヒ》ヲ削《ケツ》レリ）

とある。

却峙――彼方に高くそびえる。「却」は「卻」に同じ。「卻　カヘル、シリソク」（名義抄）。「峙　ソハタツ」（名義抄）。

荒――大きい。「荒　オホキナリ」（名義抄）。

縈――めぐる。「縈　メクル」（名義抄）。

丹崿――赤い崖。「崿」は、がけ。『文選』巻二十一・沈約「鍾山詩応西陽王教」に「鬱律構丹巘、崚嶒起青嶂」（鬱律《うつりつ》として丹き巘《がけ》を構《かま》へ、崚嶒《りょうそう》として青き嶂《みね》を起こす）とある。

碧潭――青い水を湛える淵。

松風――松林をわたる風の音。『文選』巻二十三・顔延之「拝陵廟作」に「松風遵路急、山烟冒壠生」（松風は路に遵《そ》ふて急《はげ》しく、山烟は壠《つか》を冒《おほ》ひて生ず）とある。

曛――「曛　ヒクレ」（名義抄）。

蕭蕭乎――「蕭蕭」は、ひっそりとしている。「乎」は副詞語尾。〔七〕11に既出。

難遇――出会うのが難しい。『文選』巻四十二・魏文帝「与呉質書」に「昔伯牙絶絃於鍾期、仲尼覆醢於子路、痛知音之難遇、傷門人之莫逮」（昔伯牙《はくが》は絃を鍾期に絶ち、仲尼は醢《ししびしほ》を子路に覆《くつがへ》し、知音の遇ひ難きを痛み、門人の逮《およ》ぶ莫きを傷《いた》めり）とある。

林壑――山林渓谷。〔十一〕7に既出。

天属――親子、兄弟のような血縁をいう。『文選』巻五十八・王倹「褚淵碑文」に「雖事縁義感、而情均天属」（事は義感に縁《よ》ると雖も、而《しか》も情は天属に均《ひと》し）とある。

琴罇――音楽と酒。「琴樽」に同じ。〔一〕3に既出。

日用――日常に用いる（もの）。『易』「繋辞・上」に「百姓日用而不知、故君子之道鮮矣」（百姓《ひゃくせい》日に用ひて知らず、故に君子の道は鮮《すくな》し）とある。

川上之悲――時の経過の速いことの悲しみ。『論語』「子罕」に「子在川上曰、逝者如斯夫、不舍昼夜」（子《し》川の上《ほとり》に在りて曰く、逝《ゆ》く者は斯《か》くの如きか、昼夜を舍《お》かずと）とあるのに基づく。

少長――老いも若きも。次注参照。

山陰之楽――王羲之らの蘭亭の集いを指す。王羲之「蘭亭集序」に「暮春之初、会於会稽山陰之蘭亭。…群賢畢至、少長咸集」（暮春の初、会稽山陰の蘭亭に会ふ。…群賢畢《ことごと》く至り、少長咸《みな》集《つど》ふ）とあるを踏まえる。

芳什――詩編をいう。『詩』の雅・頌で詩を十篇ごとに「文王之什」のごとくにまとめて呼んだことから詩編を「什」という。「芳」は美称。

写――心中の思いの文を尽くすこと。「写　ツクス」（名義抄）。

高懐――胸の思い。〔十二〕18に既出。

【考　説】

この序は正倉院本に見えるほかは『初唐四傑集』・『全唐文』に駱賓王の巻に収めるだけであり、また『文苑英華』巻二百十四に王勃の作として次の詩のみを収める。

「聖泉宴詩」

披襟乗石磴、　襟を披《ひら》きて石磴に乗り、
列席俯春泉。　席を列ねて春泉に俯す。
蘭気薫山酌、　蘭気は山酌に薫《かを》り、
松声韻野弦。　松声は野弦に韻《ひび》く。

影飄垂葉外、　　影は飄《ひるがへ》る垂葉の外、
香度落花前。　　香は度《わた》る落花の前。
興洽林塘晩、　　興は洽《あまね》し林塘の晩、
重巌起夕煙。　　重巌夕煙に起《おこ》る。

「石磴」「春泉」「松声」「重巌」「夕煙」など、序の景物と対応する語が多いので、この序と詩は一体のものであったと認めてよい。しかし『初唐四傑集』・『全唐文』は、誤ってこの序を駱賓王の巻に収めている。紛れ込んだ理由は明らかにし難いが、駱賓王も咸亨四年（六七三）に蜀の地に来遊したことがある。また正倉院本と『初唐四傑集』・『全唐文』との文字の異動は甚だしく多く、おそらくかなり早い時期から序が詩と分離して伝えられていたためであろう。蒋清翊『王子安集註』には「聖泉宴並序」として載せ、序の末尾に『詩得泉字』の句がある。

（辻　憲男）

〔十三〕江浦觀魚宴序

若夫辯輕連璽①、澹洲爲獨往之賓、道寄虛舟、河洛有神仙之契。雖復勝遊長逝、陵谷終移、而高範可追、波流未遠。羣公以十旬芳暇、候風景而延情、下官以千里薄遊、歴山川而綴賞。桃花引騎、還尋源水之蹊、桂葉浮舟、即在江潭之上。爾其崇瀾帶地、巨浸浮天、綿玉甸而横流、指金臺而委輸。飛湍驟激、猶驚白鷺之濤、蹴浪奔廻、若赴黄牛之峽。於是分桂檝、動蘭橈、嘯漁子於平溪、引鮫人於洞穴。沙牀石嶼②、環臨翡翠之竿、瓊轄銀釣、下暎茱萸之網。玄魴曷尾、登鳳几而霜離、素鱮紫鱗、掛鸞刀而雪泛。瑤觴閒動、玉俎③駢羅。興促神融、時淹景遽。于時平皐春返、林野晴歸、曾浦波恬、長崖霧息。脩篁結靄、斜連北渚之煙、垂柳低風、下拂西津之影。俯汀洲而目極、楚客疑存、想濠水而神交、蒙莊不死。道之存矣、超然四海之間、言可傳乎、千載之不朽。請抽文律、共抒情機。人賦一言、四韻成作。

【校　異】

①璽―壐　②嶼―磌　③爼―葅

【訓　読】

江浦に観魚して宴する序

若《も》し夫《そ》れ弁、連璽を軽ろんじては、澹洲《たんしう》は独往の賓となり、道、虚舟に寄りては、河洛には神仙の契有り。復《ま》た勝遊は長く逝《ゆ》きて、陵谷は終《つひ》に移ると雖も、而して高き範は追ふべくも、波の流れは未だ遠からず。

羣公は十旬の芳暇を以て、風景を候《のぞ》みて情を延べ、下官は千里の薄遊を以て、山川を歴て賞を綴れり。桃花に騎を引き、還《ま》た源水の蹊を尋ね、桂葉に舟を浮かべ、即ち江潭の上に在り。尓《しか》して其れ崇《たか》き瀾《なみ》は地を帯び、巨《ひろ》き浸《みづ》は天を浮べ、玉甸を綿《つら》ねて横流し、金台を指して委輸す。飛湍は驟激して、猶ほ白鷺の濤を驚すがごとく、蹴《しゅく》浪《らう》は奔廻して、黄牛の峡に赴くが若し。

是に於て桂楫を分かち、蘭橈を動かし、漁子を平渓に嘯《うそぶ》かしめ、鮫人を洞穴に引かしむ。沙床と石嶼は、環《めぐ》りて翡翠の竿に臨み、瓊轄と銀釣は、下りて茱萸の網に暎《は》ゆ。玄魴《げんはう》は尾を曷《とど》め、鳳几に登りて霜離《みはな》れ、素鱮《そしょ》は鱗を縈《まと》ひ、鸞刀に掛かりて雪泛《うか》ぶ。瑤觴間《しづ》かに動き、玉爼駢《なら》び羅《つら》なる。興促《うなが》して神融《こころやはら》ぎ、時淹《ひさし》くして景遽《かげすみや》かなり。

時に平皐に春返り、林野に晴帰り、曽《かさな》りし浦は波恬《しづ》かにして、長き崖は霧息《や》む。脩《なが》き篁《たかむら》は靄を結び、斜して北渚の煙に連なり、垂れたる柳は風に低《た》れ、下りて西津の影を払ふ。汀洲を俯して目極むれば、楚客の存るかと疑ひ、濠水を想ひ神交《まじ》はれば、蒙荘死なず。道《みち》の存するや、四海の間に超然なり、言の伝ふべけむや、千載の不朽なり。請はくは文律を抽きて、共に情機を抒べむ。人ごとに一言を賦し、四韻にて作を成さむ。

【通 釈】

江のみぎわで観漁し宴する序

そもそも弁説して再び官職に就くことを求めることなく、澮水の中洲を一人往く旅人となり、道すがら舟に乗っていると、曹植が洛水を渡ったときに神女に出会った如くに神仙のような立派な人々とお会いし交わりを結ぶことができた。かのすばらしい遊覧は今では遥か昔のこととなり、周囲の自然も変わってしまったが、それでも先人たちの風雅なお手本は見習うべきであり、曲水の宴が開かれたのはさほど昔のことではない。

ここに集う皆さんは十日の休暇でここの美しい風景を眺めてのんびりしておられる。一方私はつましい旅をして各地の山川を巡り愉しんでいる。桃の花の下に馬を引き、また川の源流に続く小道を尋ねていく。もくせいの葉の浮く源流に着いて舟に乗りこみ、川の淵までやってきた。すると高い波があちこち巡り、川の上には大空が広がり、郊外の地を滔々と流れ、美しい高殿を目指して流れていく。急流は渦を巻いてほとばしり、白鷺洲を流れる波をも驚かさんばかりであり、沸き立つ波は渦を巻き、黄牛峡に赴くようである。

ここで竿を置いて櫂を漕ぎ、漁師は穏やかな流れにのんびりと歌を歌い、その歌声に鮫人も洞穴に帰っていく。砂浜や岩だらけの島を前に、カワセミの飾りのある竿を伸ばし、その釣り竿と銀の釣り針が漁師たちの網に照り映えている。黒い魚は尾ひれがついたまま美しい机の上に置かれて包丁で刻まれ、白い魚は鱗がついたままで、料理人の包丁にかかり雪が舞い散るが如くに鱗を飛び散らせている。美酒を満たした玉杯が曲水の流れをめぐり、料理をのせた台が一面に並んでいる。様々な楽しい遊びに心はくつろぎ、長い時間が過ぎて夕暮れが迫ってきた。

今や水辺にも春が戻ってきたし、周囲の林野もまた晴れ渡っている。浦々の波は穏やかに、高い崖に架かっていた霧も消えた。竹やぶにもやがかかり、たなびいて北の水辺に立ちこめるもやに連なり、垂柳は風の中で枝を垂れ、西の渡し場を背にして揺れている。中洲を見下ろして遠くを眺めると、楚を追われて異郷をさまよった屈原がいるのではと思われるし、（荘周と恵王が魚の心が分かるや否やと議論した）豪水を思い起こして交感すれば、荘周が生きているかのようである。道は四海の間に超然と存在しており、言は千載の後も価値を失うことはない。請わくは文律を抽き出し、共に人情の機微を抒べよう。各人一言詩を賦し、四韻八句の詩を作ろう。

【語　釈】

江浦――江の水際。江のほとり。

連璽――再び封ぜられて印璽を賜ること。『文選』巻二十一・左思「詠史詩」に「連璽燿前庭、比之猶浮雲」（連璽前庭に燿《かがや》くも、之に比ぶること猶ほ浮雲のごとし）とあり、李善注に「後仲連為書遺燕将。燕将自殺、田単欲爵之。仲連逃海上。再封故言連璽」（後《のち》仲連書を為し燕将に遺る。燕将自殺し、田単之を爵せんと欲す。仲連海上に逃《のが》る。再び封ぜんとするが故に連璽と言ふなり）とある。

澹洲――澹水の中洲か。澹水は『水経注』によれば二川あり、一は沅江に入り、またの名を漸水というもの、一は澧水に注ぎ、またの名を誕河というもの。この句の前後典拠不明。

独往――世俗から離れて一人暮らすこと。『文選』巻六十・任昉「斉竟陵文宣王行状」に「山宇初構、超然独往」（山宇初め構《かま》ふるや、超然として独往す）とあり、李善注に「司馬彪曰、独往自然、不復顧世」（司馬彪曰く、独り往きて自然にして、復た世を顧みざるなりと）とある。

虚舟――から舟。人の乗っていない舟。『荘子』「山木」に「方舟而済於河、有虚船来触舟、雖有惼心之人不怒」（舟を方《なら》べて河を済《わた》るに、虚船の来りて舟に触るる有れば、惼心の人有りと雖も怒らず）とある。ここでは単に舟の意。

河洛――黄河と洛水。またその流域をいう。『文選』巻十九・曹植「洛神賦」に「臣聞河洛之神、名曰宓妃」（臣聞く、河洛の神、名を宓妃《ふくひ》と曰ふと）とある。

勝遊――すばらしい遊覧。

長逝――遥か遠くに行く。『文選』巻二十三・曹植「七哀詩」に「願為西南風、長逝入君懐」（願はくは西南の風と為り、長《とほ》く逝きて君が懐に入らん）とある。

陵谷――高い丘と谷。『文選』巻三十八・任昉「為范始興作求立太宰碑表」に「蔵諸名山、則陵谷遷貿、府之延閣、則青編《せいへん》落簡」（諸《これ》を名山に蔵すれば、則ち陵谷遷《うつ》り貿《かは》り、之を延閣に府《ふ》すれば、則ち青編簡を落す）とある。ここの「陵谷遷貿」の句は『詩』「小雅・十月之交」の「高岸為谷、深谷為陵」（高岸谷と為り、深谷陵と為る）に基づく。

高範――見習うべき好い手本。『芸文類聚』巻三十六・孫綽「聘士徐君墓頌」に「雅音永寂而心存高範」（雅音永《とこし》へに寂たるも心に高範を存す）とある。具体的には次注の「波流」とともに流觴曲水の遊びをいうか。

波流――波のままに流れていく。『芸文類聚』巻四・潘尼「三日洛水作詩」に「羽觴乗波進、素俎随流帰」（羽觴波に乗りて進み、素俎流に随ひて帰る）とある。

羣公――ご列席の皆さん。〔十二〕4に既出。

十旬芳暇――十日に一日の休暇をいう。唐代には十日毎に一日の休暇が与えられた。『唐会要』巻八十二「休假」に「永徽三年二月十一日、上以天下無虞、百司務簡、毎至旬假、許不視事、以与百僚休沐」（永徽三年二月十一日、上天下虞無く、百司簡に務むるを以て、旬假に至る毎に、事を視ざることを許し、以て百僚に休沐を与へたまふ）とある。ただ「十旬」は百日のことであり、百日に一日の休暇となる。一説に十旬分の休沐、すなわち十日間の休暇とする。〔二十六〕7にも見える。

芳暇――すばらしい休暇。

候――臨み見る。『広雅』「釈詁」に「候、望也」とある。

延情――気持ちをゆったりさせる。くつろぐ。「延　ノブ」（名義抄）。『芸文類聚』巻七十九・謝霊運「江妃賦」に「分岫湘岸、延情蒼陰」（岫を湘岸に分かち、情を蒼陰に延ぶ）とある。

下官――官吏の謙称。〔二〕4に既出。

薄遊――薄禄を以て仕官する。また、質素な旅行。『文選』巻二十七・謝玄暉「休沐重還道中詩」に「薄遊第従告、思閑願罷帰」（薄遊して第《しばら》く告に従へば、思ひ閑《しづ》かにして罷《や》め帰らんことを願ふ）とある。

綴賞――楽しむ、味わう。『文選』巻四十六・任昉「王文憲集序」に「若乃統体必善、綴賞無地、雖楚趙羣才、漢魏衆作、曽何足云」（乃ち体を統《す》ぶるには必ず善く、賞を綴ること地無きが若《ごと》きは、楚趙の羣才、漢魏の衆作と雖も、曽《かつ》て何ぞ云ふに足らんや）とある。

源水之蹊――桃花源に続く小道。陶淵明の「桃花源記」の故事に基づく。ここでは川の源流の意。

桂葉――もくせいの葉。転じて、川の源流。『唐国史補』に「南中有山洞一泉、往往有桂葉流出、好事者因目為流桂泉」（南中に山洞一泉有り、往往にして桂葉の流れ出づる有り、好事者因りて目して流桂泉と為す）とあるように、洞穴から流れ出る川をいう。

浮舟――舟を浮かべる。『文選』巻二十五・謝霊運「還旧園詩」に「浮舟千仞壑、總轡万尋巓」（舟を千仞の壑《たに》に浮かべ、轡《たづな》を万尋の巓《いただき》に總《むす》ぶ）とある。

江潭――川の深い淵。『文選』巻三十三・屈原「漁父」に「屈原既放、遊於江潭、行吟沢畔」（屈原既に放たれ、江潭に遊び、沢畔に行吟す）とある。

崇瀾――高い波。「崇」は、高い。「崇　タカシ」（名義抄）。「瀾」は、波。「瀾　ナミ」（名義抄）。

帯地――あちこちの地を巡る。『文選』巻二十八・陸機「長歌行」に「逝矣経天日、悲哉帯地川」（逝けり　天を経《ふ》る日、悲しきかな地を帯《めぐ》る川）とある。

巨浸――洪水。『荘子』「逍遥遊」に「大浸稽天而不溺」（大浸天に稽《いた》るも溺《おぼ》れず）とある。ここでは洪水の如き大河をいう。

駱賓王「夏日遊徳州贈高四詩」にも「鬲津開巨浸、稽阜鎮名郡」（鬲津は巨浸を開き、稽阜は名郡を鎮む）とある。

綿――連なる。「綿　ツラナレリ」（名義抄）。

玉甸――「甸」は郊外の意。「玉」は、美称。

横流――川があふれんばかりに流れる。『孟子』「滕文公」に「洪水横流、氾濫於天下」（洪水横流し、天下に氾濫す）とある。

金台――美しく飾られた高殿。

委輸――海に注ぐ。〔九〕2に既出。

飛湍――急流。

驟――はしる、ほとばしる。「驟　ワシル」（名義抄）。

激――うずまく。「激　ウヅマク」（名義抄）。

白鷺――南京の西を流れる長江にある中洲の名。白鷺が多く集まっていたことに因る。楽史『太平寰宇記』巻九十に「白鷺洲在大江中、多聚白鷺、因名之」（白鷺洲大江中に在り、多く白鷺を聚む、因りて之に名づく）とある。

蹴浪――沸き立つ波。「蹴」は「蹙」に同じ。『芸文類聚』巻八・張融「海賦」に「山横蹙浪、風倒摧波」（山は蹙浪に横たはり、風は摧波を倒《さかしま》にす）とある。

奔廻――渦を巻く。

黄牛――宜昌の西を流れる長江のほとりにある山の名。この山の下を流れる一帯は幅が狭く急流で、黄牛峡と呼ばれた。『芸文類聚』巻七・盛弘之『荊州記』に「宜都西南峡中有黄牛山。江湍紆廻、途経信宿、猶望見之。行者語曰、朝発黄牛、暮宿黄牛、三日三暮、黄牛如故」（宜都の西南の峡中に黄牛山有り。江湍《はや》く紆廻《うくわい》し、途《みち》信宿を経《ふ》も、猶ほ之を望見す。行く者語りて曰く、朝に黄牛を発し、暮に黄牛に宿る、三日三暮、黄牛故《もと》の如しと）とある。

桂楫――舟の櫂《かい》の美称。「楫」は「檝」と同じ。〔十二〕10に既出。ただ「楫」と次句の「橈」の違いが判然としない。ここでは「楫」を流れに刺す竿、「橈」を漕ぐ櫂と解した。

蘭橈――舟の櫂《かい》の美称。『芸文類聚』巻八・王台卿「泛江詩」に「錦纜廻沙磧、蘭橈避荻洲」（錦纜は沙磧を廻《めぐ》り、蘭橈は荻洲を避く）とある。なお一説にこの詩は庾信の作という。

漁子――漁師。『文選』巻十二・木華「海賦」に「於是舟人漁子、徂南極東」（是《ここ》に於て舟人漁子、南に徂《ゆ》き東に極《いた》る）とあり、李周翰注に「漁子、取魚人」（漁子は、魚を取る人なり）とある。

平渓――平坦な地を流れる川。穏やかな流れをいう。

鮫人――水中に住むという人魚。干宝『捜神記』に「南海之外有鮫人。水居如魚、不廃機績。其眼泣則能出珠」（南海の外に鮫人有り。水居すること魚の如く、機績を廃せず。其の眼泣けば則ち能く珠を出す）とある。

沙床――寝台状の岩の上に砂が付着したもの。『説郛』所収『渓蛮叢笑』に「砂床、石之不砕而砂付着其上者曰砂床」（砂床、石《いわ》の砕《くだ》けずして砂の其の上に付着せし者を砂床と曰ふ）とある。砂浜と解す。

石嶼――岩だらけの島。〔十二〕10に既出。

環――めぐる。「環　メクル」（名義抄）。「還」に通ず。

翡翠之竿――カワセミの羽を装飾とした釣り竿。「翡翠」は鳥の名。カワセミ。

瓊轄――美しい釣り竿。〔十二〕14に既出。

銀鈎――銀の釣り針。〔十二〕14に既出。

暎――映える。「暎」は「映」に同じ。

茱萸之網――茱萸の花のように白い網。「茱萸」は、和名ゴシュユ（呉茱萸）、別名カワハジカミ。みかん科の落葉小高木。白い花が咲いて赤い実がなり、芳香をはなち、邪気を払うといわれる。『玉台新詠』巻二・曹植「浮萍篇」に「茱萸自有芳、不若桂与蘭」（茱萸自《おのづか》ら芳有るも、桂と蘭とに若《し》かず）とある。「茱萸之網」とは、その花のように白い網をいうか。〔十二〕14「瓊轄」注参照。

玄魴――黒っぽいおしきうお、たなご。後掲の「魴」とともに『詩』「斉風・敝笱」に「敝笱在梁、其魚魴鱮」（敝笱梁に在り、其の魚は魴と鱮）とあり、毛伝に「魴鱮、大魚」（魴鱮は、大魚なり）、鄭箋に「鱮似魴而弱鱗」（鱮は魴に似て弱き鱗なり）とある。

曷――とめる。『爾雅』「釈詁」に「曷、止也」とある。

鳳几――おおとりの文様を彫刻した机。

霜離――「霜」は魚の身をいうか。「霜鱗」なる語があって「魚」を意味する。「離」は「割」に同じで、割く。

素鱮――白いたなご。『文選』巻十・潘岳「西征賦」に「華魴躍鱗、素鱮揚鬐。雍人縷切、鸞刀若飛。応刃落俎、霍霍霏霏」（華魴鱗《うろこ》を躍《をど》らし、素鱮鬐《ひれ》を揚ぐ。雍人は縷《いと》のごとくに切り、鸞刀は飛ぶが若し。刃《やいば》に応じて俎に落ち、霍霍霏霏《すいすいひひ》たり）とある。前掲「玄魴」注参照。

縈――まきつく、まといつく。『詩』「周南・樛木」に「南有樛木、葛藟縈之」（南に樛木有りて、葛藟之を縈《めぐ》る）とあり、毛伝に「縈、旋也」（縈は旋《めぐ》るなり）とある。

鸞刀――鸞の形の鈴をつけた刀。古代祭祀のいけにえを割くのに用いた。『詩』「小雅・信南山」に「執其鸞刀、以啓其毛、取其血膋」（其の鸞刀を執り、以て其の毛を啓《つ》げ、其の血膋《けつれう》を取る）とあり、毛伝に「鸞刀、刀有鸞者」（鸞刀は、刀に鸞有るものなり）とある。

瑤觴――玉杯。多く美酒を指すのに用いる。

間――静かに。

玉俎――料理をのせる台。「玉」は美称。

駢羅――並び連なること。『文選』巻十六・潘岳「閑居賦」に「浮杯楽飲、絲竹駢羅」（杯を浮べて楽しく飲み、絲竹は駢《なら》び羅《つら》ぬ）とある。

興促――次々と楽しい遊びをする。「興」は、楽しみ。「促」は、せきたてる。

神融――心が和む。

時淹――長い時間が経過する。〔十二〕16に既出。

景遽――時間の経過が速く、夕暮れが迫ること。

平皐――水辺の平らに広がる土地。『史記』巻百六「司馬相如伝」に見える彼の「弔秦二世賦」に「汩淢噏習以永逝兮、注平皐之広衍」（汩淢噏習《いつよくきふしふ》として以て永く逝き、平皐の広衍《くわうえん》に注《そそ》ぐ）とある。

春返――春が戻ってくる。王勃の「梓州郪県霊瑞兆寺浮図碑」にも「両江春返、四野初晴」（両江に春返り、四野初めて晴）と類似の行文がある。

晴帰――晴れ渡る。

曽――重なる。「曽　カサナル」（名義抄）。

恬――しづかである、おだやかである。「恬　シツカナリ」（名義抄）。

長崖――高い崖。鮑照「登廬山望石門詩」に「高峯隔半天、長崖断千里」（高峯は半天を隔ち、長崖は千里を断つ）とある。

脩篁――細長い竹。また、たけやぶ。「脩」は「修」に同じ。『文選』巻二十二・徐悱「古意酬到長史漑登琅邪城詩」に「修篁壮下属、危楼峻上干」（脩篁は壮にして下に属《つら》なり、危楼は峻しくして上に干《をか》す）とある。

結靄――靄がかかる。

北渚――北の岸辺。〔十一〕11・12に既出。

低――垂れる。「低　タル」（名義抄）。

払――揺れ動く。「払　ハラフ　ウコク」（名義抄）。
西津――西方の渡し場。『文選』巻三十一・江淹「陸平原機詩」に「流念辞南澨、銜怨別西津」（念《おも》ひを流して南澨《なんぜい》に辞し、怨みを銜《ふく》みて西津に別る）とある。
汀州――川の中州。〔十〕12に既出。
楚客――屈原をいう。屈原は忠臣であったのに誹謗されて放逐され、他郷に流浪したので「楚客」と称された。たとえば李白「愁陽春賦」に「楚客」が見えるが、『李太白集分類補注』では「楚客、屈原也」と注されている。
濠水――川の名。〔三〕4「濠上」の注参照。
神交――意気投合して離れ難い交わりを結ぶこと。〔二〕14に既出。
蒙荘――荘子を指す。「蒙」は荘子が住んでいた土地の名。『文選』巻二十三・潘岳「悼亡詩」に「上慙東門呉、下愧蒙荘子」（上は東門呉に慙《は》ぢ、下は蒙の荘子に愧《は》づ）とある。
道存――人の行うべき道が備わっていること。『荘子』「田子方」に「若夫人者、目撃而道存矣、亦不可以容声矣」（夫《か》の人の若き者は、目撃して道存す、亦た以て声を容るべからず）とあるのに基づく。郭象注に「目裁往、意已達」（目裁《わづ》かに往けば、意已《すで》に達す）とある。
超然――世事にこだわらないさま。本詩序「独往」注参照。
四海――天下。〔一〕2に既出。
不朽――価値を失わない。原文は「千載之不朽」に作るが、対となる「超然四海之間」の構造に鑑み、「不朽千載之後」と改めたうえで解釈した。
文律――文章を作る上の規律。『文選』巻十七・陸機「文賦」に「普辞条与文律、良余膺之所服」（辞条と文律を普《あまね》くするは、良《まこと》に余が膺《むね》の服する所なり）とある。

情機――心中の思い。「情」は、心。「情　ココロ」（名義抄）。「機」は、働き。

（原田　松三郎）

〔十四〕與邵鹿官宴序

邵少鹿少以休沐乘春、開仲長之別館、下走以旅遊多暇、累安邑之餘風。開蘭砌而行吟、敞茅齋①而坐嘯。草齊幽徑、花明高牖。山川長望、雖傷異國之懷、罇酒相逢、何暇邊城之思。盍飄芳翰、共寫良遊。振嵆阮之頽交、紐泉雲之絶綵。心乎愛矣。夫豈然乎。人賦一言、倶四韻、云爾。

【校　異】

①齋—齊

【訓　読】

邵鹿官と宴する序

邵少（府）鹿少（府）は休沐を以て春に乗じ、仲長の別館を開き、下走は旅遊を以て暇多く、安邑の余風を累《かさ》ぬ。蘭砌《らんせい》を開きて行吟し、茅斎《ぼうさい》を敞《ひら》き坐して嘯《うそぶ》く。草は幽径に斉《なら》び、花は高牖《かういう》に明らかなり。山川長望すれば、異国の懐《おも》ひに傷《かな》しむと雖ども、罇酒相ひ逢はば、何ぞ辺城の思ひに暇《いとま》あらむ。盍《なん》ぞ芳翰を飄《ただよは》せ、共に良遊を写《うつ》さざる。嵆阮の頽交《たいかう》を振《ふる》ひ、泉雲の絶綵《ぜつさい》を紐《むす》ばむ。心に愛《を》しむなり。夫れ豈に然らむや。人ごとに一言を賦し、四韻を倶にせむ、と尓云《しか》ふ。

【通　釈】

邵少府鹿少府と酒宴する序

　邵少府と鹿少府は休みでちょうど春であったことから、かの王績が仲長子光の家を自分の別宅のようにして宴を開いていたように、この友人の家で宴を開いている。私は旅の途中であることから暇を持て余し、その昔の安邑の遺風を繰り返している。家から延びる石畳の道を歩きながら吟詠し、茅葺きの書斎の窓や戸を開け放して座して吟嘯する。ひっそりとした小道の周りには草が並び生え、花は高い窓から鮮やかな姿をのぞかせている。遠く周囲の山川の景色を見ていると異国にいるわが身が悲しくなってくるが、酒に巡り逢えばどうして遠く都を離れて辺境の町にいることを悲しんでいる暇などあろうか。どうして芳しい墨の香りのする筆をふるって一緒にこの素晴らしい宴のことを詩に書かずにおれようか。今ではすたれてしまった嵆康《けいこう》や阮籍《げんせき》の二人のような友情を再び盛んにし、今では作られなくなった王褒《おうほう》や揚雄《ようゆう》の二人のような素晴らしい詩文を作ろうではないか。（そのようなことがなくなったことが）心中惜しまれてならない。どうしてこうなってしまったのだろうか。さあ一人ずつ詩を賦して、共に四韻の詩を作ろうではないかと、以上のように述べる。

【語　釈】

邵少鹿少――「邵少」「鹿少」の「少」は、おそらく少府など「少」の字の付く官名の省略であろうと考えられる。邵・鹿の二人は〔三十三〕「遊廟山序」にも「時預乎斯者済陰鹿弘胤、安陽邵令遠耳」と併称されており、王勃と二人の交友が窺われる。また『全唐詩』巻十三に邵大震なる人物の詩が一首だけ採録されており、『唐詩紀事』に、「邵大震、字令遠、安陽人。与王勃同時」（邵大震、字は令遠、安陽の人。王勃と時を同じうす）とある。そこに録された詩は邵大震が盧照鄰、王勃とともに和した詩であり、邵大震が王勃と交友のあったことが確認され、ここの「邵少」とは邵大震のことであろう。

休沐――十日に一日の官吏の休暇。〔十三〕4「十旬芳暇」注参照。

乗春――まさに春であること。江総「南還尋草宅詩」に「乗春行故里、徐歩采芳蓀」（春に乗じて故里を行き、徐に歩みて芳蓀を采《と》る）とある。

仲長之別館――「仲長」は複姓。仲長を姓とする歴史上の人物は稀で、『後漢書』、『三国志』に仲長統の名が見られるが別館に関連する記事は見られない。晋の仲長敖は『旧唐書』「経籍志」、『新唐書』「芸文志」に別集の撰者名として見えるのみで、伝はない。唐の仲長子光は『新旧唐書』に伝は立てられていないが、『新唐書』巻百九十六「王績伝」に名が見え、「仲長子光者、亦隠者也。無妻子、結廬北渚。凡三十年、非其力不食。績愛其真、徙与相近。子光瘖、未嘗交語、与対酌酒懽甚。…欲見兄弟、輒度河還家」（仲長子光は、亦《また》隠者なり。妻子無く、廬を北渚に結ぶ。凡そ三十年、其の力に非ざれば食はず。績其の真なるを愛し、徙《うつ》りて与に相ひ近づく。子光瘖《いん》にして、未だ嘗て語を交へざるも、与に対《むか》ひて酒を酌めば懽《よろこび》甚《はなはだ》し。…兄弟に見《まみ》えんと欲せば、輒《すなは》ち河を度りて家に還る）とある。ここにも「別館」なる語は見えないが、王績が仲長子光の家に入り浸たり、子光の家を自分の別宅のごとくにしそこで酒を酌み交わしていたことは明かである。王績は王勃の祖父の弟であり、かつてこの逸話を聞かされてよく知っていたに違いない。このことから王勃の「仲長の別館」なる語は親友の家を自分の別宅のごとくにして宴を開くことをいうか。または〔四〕12に見える「仲統芳園」を指すか。

下走――自分の謙称。〔二〕14に既出。

旅遊――旅をすること。曹植「離友詩」に「王旅遊兮背故郷」（王旅遊して故郷を背にす）とある。

安邑――県名。夏王朝が都を置いたと伝えられる。『元和郡県図誌』巻六に「安邑県、本夏旧都。漢以為県、属河東郡。隋開皇十六年属虞州、貞観十七年属蒲州」（安邑県、本《もと》夏の旧都。漢以て県と為し、河東郡に属す。隋開皇十六年虞州に属し、貞観十七年蒲州に属す）とある。

余風――先人から伝えられた教化。遺風。『文選』巻二十九・張協「雑詩」に「至人不嬰物、余風足染時」（至人は物に嬰《かかは》らず、余風は時を染むるに足れり）とある。ただ「安邑余風」とは何を指すか判然としない。あるいは『後漢書』巻八十三に見える閔仲叔が安邑の県令から施しを受けることを潔しとせず、その地を去った故事を踏まえ、王勃が旅の途中で貧しく、周囲から援助を受けていたことを指すか。

蘭砌――美しい石畳。「蘭」は美称。盧照鄰「馴鳶賦《しゅんえんふ》」に「狎蘭砌之高低、玩荊扉之新故」（蘭砌の高低に狎《な》れ、荊扉の新故を玩《もてあそ》ぶ）とある。

行吟――歩きながら吟詠すること。『楚辞』「漁父」に「屈原既放、游於江潭、行吟沢畔」（屈原既に放たれ、江潭に游び、沢畔に行吟す）とある。

敞――開く、開け放しにする。『文選』巻五十七・潘岳「哀永逝文」に「嗟潜隧兮既敞、将送形兮長往」（嗟潜隧《ああせんすゐ》は既に敞《ひら》き、将に形を長往に送らんとす）とあり、李周翰注に「敞、開也」（敞は開くなり）とある。

茅斎――茅葺きの部屋。多くは書斎をいう。『南斉書』巻二十八「劉善明伝」に「善明身長七尺九寸、質素不好声色。所居茅斎、斧木而已、牀榻几案、不加剗削」（善明は身の長《たけ》七尺九寸、質素にして声色を好まず。居る所の茅斎は、木を斧《き》りしのみにして、牀榻几案は、剗削《さんさく》を加へず）とある。

坐嘯――座って吟嘯する。のちに、役人となって仕事が暇であることや、仕事をしないことを指すようになった。『文選』巻二十六・謝朓「在郡臥病呈沈尚書詩」に「坐嘯徒可積、為邦歳已朞」（坐嘯徒《いたづ》らに積むべく、邦《くに》を為《おさ》めて歳已に朞《き》なり）とある。

幽径――ひっそりとした小道。王績「贈李徴君大寿詩」に「灞陵幽径近、磻谿隠路長」（灞陵《はりょう》は幽径近く、磻谿《ばんけい》は隠路長し）とある。

高牖——壁の高いところに作られた窓。「牖」は、壁をくり抜き木を十文字に交えて作った窓をいう。

長望——遠くを眺める。『楚辞』劉向「九嘆・憂苦」に「登山長望中心悲兮、菀彼青青泣如頽兮」（山に登りて長望すれば中心より悲しく、菀《うつ》たる彼の青青に泣くこと頽《くず》るるが如し）とある。

辺城——国境の町。『文選』巻二十一・左思「詠史詩」に「辺城苦鳴鏑、羽檄飛京都」（辺城鳴鏑に苦しみ、羽檄京都《うげきけいと》に飛ぶ）とある。

飄——ただよわせる。

芳翰——「翰」は、筆。「芳翰」は、よい香りの墨を含ませた筆をいう。

良遊——楽しい遊び。ここでは宴を開いていることをいう。〔十〕6に既出。

振——盛んにする。

嵆阮——魏の嵆康と阮籍の二人を指す。

頽交——すたれてしまった交わり。

紐——結ぶ。

泉雲——漢代の有名な王褒、字は子淵と、楊雄、字は子雲の二人を指す。「泉雲」の「泉」は本来は「淵」と書くが、唐代に高祖李淵の諱を避けて「泉」と書かれるようになった。張九齢「奉勅送張説学士上賜燕序」に「学士右散騎常侍東海公等摂職在焉。或禹稷大賢、泉雲諸彦」（学士右散騎常侍東海公等職を摂りて在り。或いは禹稷《うしょく》の大賢、泉雲の諸彦なり）とある。

絶綵——「綵」は、綾絹。ここでは綾絹のように美しい詩文を指し、「絶綵」とは、今では絶えてしまった王褒や楊雄が作ったような美しい詩文をいう。

心乎愛矣——心の中で愛しむ。『詩』「小雅・隰桑」に「心乎愛矣、遐不謂也」（心に愛しむ、遐《なむ》ぞ謂はざらんや）とあるのをそのまま引く。

云尓――以上のように述べる。文末に置く終結辞。古訓は「云《い》ふこと尓《しか》り」「尓《しか》云《い》ふ」など。〔二十一〕〔二十二〕〔二十三〕などにも見える。『論語』「述而篇」に「不知老之将至云尓」（老いの将に至らんとするを知らずと尓《しか》云ふ）とある。

（山川　英彦）

〔十五〕仲家園宴序

僕不幸在流俗而嗜煙霞、常恨林泉不比徳而嵇阮不同時而處。懐良辰而鬱鬱、仰高風而杼軸者多矣。豈知夫司馬卿之車騎、上客盈門、仲長統之園林、群英在席。坐臥南廊、蕭①條東野、暮江浩曠、晴山紛積。喜鵷鸞之樓曜、逢江漢②之多材。顧斜景而危心、瞻大雲而變色。思傳勝踐、敢振文鋒、蓋同席者、高人薛③曜等耳④。盍各賦詩、放懐叙志。俾山川獲申於知己、烟霞受制於吾徒也。

【校　異】

①蕭—簫　②漢—暎　③薛—薛　④耳—取

【訓　読】

仲家の園に宴する序

僕《わ》れ不幸にして流俗に在りて煙霞を嗜《たしな》み、常に林泉の徳に比《なら》びずして嵇阮の時を同じくせざるを恨みて処る。良辰を懐《おも》ひて鬱鬱とし、高風を仰ぎて杼軸する者多し。豈に夫《か》の司馬卿の車騎のごと、上客門に盈《み》ち、仲長統の園林のごと、群英席に在るを知らむや。

南廊に坐臥すれば、蕭条たる東野、暮江は浩曠として、晴山は紛積たり。鵷鸞の楼の曜《かがや》けるを喜び、江漢の多材に逢ふ。斜景を顧ては心に危ぶみ、大雲を瞻《み》ては色を変ず。

勝践を伝へむと思ひて、敢て文鋒を振るふは、蓋し同席の者、高人薛曜等のみならむ。盍《なむ》ぞ各《おのおの》詩を賦して、懐《おも》ひを放《はな》ち志を叙べざる。山川をして知己に申《の》ぶるを獲《え》しめ、烟霞をして吾が徒に制することを受けしめむ。

【通　釈】

仲氏の家の園で酒宴した時の序

私は不幸にして俗世に身を置きながらも自然の風物を愛しているが、林泉が私を受け入れてくれず、嵆康や阮籍が私と同じ時代に生きていないことを常に残念に思いながら暮らしてきた。このように楽しい宴のことを思いながら鬱々として楽しまず、賢人たちの高雅な気風を仰ぎ見、それに習って詩文を作る人も多いのである。しかし彼らは今ここに司馬相如のように立派な馬車を連ねて客人たちが群れあふれ、仲長統の庭園のように優れた人々が集まっているということを知っているであろうか。

南の回廊に座っていると、ひっそりとしてもの寂しい東野が見え、暮れなずむ長江の川面は広々と続き、澄み渡った山々はどこまでも連なっている。遥かに望む宮殿の建物の屋根が夕陽に輝くのを見てうれしく思い、この江漢の地の優れた人々に逢うことができた。西に沈む太陽を見ては、この楽しい宴が終わることを心配し、大きな雲がわき上がるのを見るとこの雄大な光景が見られなくなることが気がかりとなるのである。

この盛大な遊覧の気分を伝えようと考え、筆を振るおうと思う。ここに同席されているのは薛曜君のような才能ある人たちばかりである。皆で詩を作り、胸の思いを解き放ち、心中を大いに披露しようではないか。そしてこの偉大な山川を題材に友人たちが詩を作り、美しい烟霞を我らの意のままにしよう。

【語　釈】

仲家——未詳。あるいは本文に見える「仲長統之園林」と関係があるか。他本は「仲氏宅宴序」に作る。

流俗——俗世間。『文選』巻四十一・司馬遷「報任少卿書」に「若望僕不相師、而用流俗人之言」（僕の相ひ師《し》とせずして、用て流俗人の言の而《ごと》くするを望《うら》むが若し）とある。

煙霞——俗界を離れた自然の世界。〔四〕3に既出。

林泉——大いなる自然。〔三〕3に既出。

比徳——心を同じくすること。『楚辞』「大招」に「比徳好閒、習以都只」（徳に比《なら》び閒を好み、習ひて以て都《みやび》なり）とあり、王夫之『楚辞通釈』巻十に「比徳、同心」（比徳とは、心を同じくするなり）とある。

嵆阮——魏の嵆康と阮籍のこと。ともに六朝初期のいわゆる竹林の七賢。

同時——同時代に生きる。『史記』巻百十七「司馬相如伝」に「上読子虚賦而善之曰、朕独不得与此人同時哉」（上《しやう》子虚の賦を読みて之《これ》を善《よみ》して曰く、朕独《ひと》り此の人と時を同じくするを得ざるかと）とある。

良辰——酒宴にもってこいの時。『文選』巻四・左思「蜀都賦」に「吉日良辰、置酒高堂、以御嘉賓」（吉日良辰、酒を高堂に置き、以て嘉賓に御《すす》む）とある。

鬱鬱——気が晴れないこと。『楚辞』「九章・哀郢」に「惨鬱鬱而不通兮、蹇侘傺而含慼」（惨として鬱鬱として通ぜず、蹇《ああ》、侘傺《たてい》して慼《うれ》ひを含む）とある。

高風——高雅なる美風。『文選』巻四十二・夏侯湛「東方朔画賛序」に「睹先生之県邑、想先生之高風」（先生の県邑を睹《み》、先生の高風を想《おも》ふ）とある。王勃の「与蜀父老書」にも「閔仲叔之高風、不以口腹累安邑」（閔仲叔の高風、口腹を以て安邑を累《わづら》はさず）とある。

杼軸——もとは織機の横糸を通す道具と縦糸を巻いておく道具をいうが、ここでは詩文を組み立てたり、構想することの比喩。『文選』巻十七・陸機「文賦」に「雖杼軸於予懐、怵佗人之我先」（予が懐に杼軸すと雖も、佗人《たにん》の我に先《さき》んずることを怵《おそ》る）とある。

司馬卿之車騎――司馬相如の乗っていたような立派で優雅な馬車や騎馬。『史記』巻百十七「司馬相如伝」に「相如之臨卭、従車騎、雍容閒雅甚都」（相如臨卭に之《ゆ》くや、車騎を従へ、雍容閒雅《ようようかんが》にして甚だ都《みやび》やかなり）とある。

上客――尊ぶべき立派な客。『戦国策』「秦策五」に「応侯曰、善。乃延入坐、為上客」（応侯曰く、善しと。乃ち延《まね》きて坐に入れ、上客と為す）とある。

仲長統之園林――仲長統が論じたような庭園。〔四〕12に既出。

群英――多くの優れた人々。『文選』巻三十・謝霊運「擬魏太子鄴中集詩・劉楨」に「広川無逆流、招納廁群英」（広川には逆流無く、招き納れられて群英に廁《まじ》れり）とある。

坐臥――暮らすこと。「坐」は坐ること、「臥」は寝ること。『史記』巻四十一「越王句践世家」に「乃苦身焦思、置胆於坐、坐臥即仰胆」（乃ち身を苦しめ思ひを焦がし、胆を坐に置き、坐臥するに即ち胆を仰ぐ）とある。

南廊――南の回廊。他本は「南郭」に作る。「南の回廊に暮らす」ではおかしいので、あるいは『荘子』の「南郭子綦」の故事を踏まえると考えるべきか。俟後考。

蕭条――もの寂しい。『文選』巻一・班固「西都賦」に「原野蕭条、目極四裔、禽相鎮圧、獣相枕藉」（原野蕭条として、目は四裔を極め、禽は相ひ鎮圧《ちんあつ》し、獣は相ひ枕藉《ちんしゃ》す）とある。

東野――東の原野。『孟子』「万章」に「斉東野人之語也」（斉東の野人の語なり）と有るのを踏まえるとすれば、「とるに足りないことをも話してくれる人はいない」の意となる。

浩曠――広々としている。〔十一〕6に既出。

紛積――多く重なりあう。「紛」は、多い。「紛　オホシ」（名義抄）。

鵷鸞——宮殿の名。転じて、宮殿そのものをいう。「鵷」は「鴛」に通ず。『文選』巻一・班固「西都賦」に「…蘭林、蕙草、鴛鸞、飛翔之列」（…蘭林、蕙草、鴛鸞、飛翔の列《つらな》れるあり）と宮殿名が見える。

曜——輝く。『詩』「桧風・羔裘」に「羔裘如膏、日出有曜」（羔裘膏《あぶら》の如し、日出《い》でて曜《かがや》ける有り）とある。

江漢——長江と漢水の二水、あるいはこの二水に挟まれた地方をいう。ここでは後者の意。『文選』巻四・左思「蜀都賦」に「近則江漢炳霊、世載其英」（近くは則ち江漢炳霊《へいれい》にして、世《よ》よ其の英を載《の》す）とある。

多材——「多才」に同じ。才知ゆたかな人物。

斜景——西に傾いた太陽。『芸文類聚』巻六十五・梁元帝「遊後園詩」に「暮春多淑気、斜景落高春」（暮春に淑気多く、斜景は高春に落つ）とある。

危心——心に憂えること。『後漢書』巻二「顕宗孝明帝紀」に「顕宗丕承、業業兢兢。危心恭徳、政察姦勝」（顕宗丕《おほ》いに承《う》け、業業兢兢たり。心に危《あや》ぶみ徳を恭《つつし》み、政《まつりごと》は察《あき》らかにして姦に勝つ）とあり、李賢注に「危心、言常危懼」（危心とは、常に危懼するを言ふ）とある。

変色——顔色を変えること。ここでは恐れる、心配するの意。『春秋左氏伝』「僖公三年」に「公懼、変色」（公懼《おそ》れ、色を変ず）とある。

勝践——立派な宴席。楊炯「群官尋楊隠居詩序」に「極人生之勝践、得林野之奇趣」（人生の勝践を極め、林野の奇趣を得）とある。

文鋒——文章の鋒先。沈約「傷謝朓詩」に「吏部信才傑、文鋒振奇響」（吏部は信《まこと》に才傑なり、文鋒は奇響を振るふ）とある。

同席——同じ席に着くこと。『荘子』「徳充符」に「其明日又与合堂同席而坐」（其の明日、又た与《とも》に堂に合《あつ》まり席を同じくして坐る）とある。

薛曜——唐の人。字は昇華。『旧唐書』巻七十三「薛収伝」に「（薛元超）子曜、亦以文学知名。聖暦中、修三教珠英。

官至正諫大夫」（（薛元超の）子の曜、亦《ま》た文学を以て名を知らる。聖暦中、三教珠英を修む。官は正諫大夫に至る）とあり、また『新唐書』巻九十八「薛収伝」に「（薛元超）子曜。聖暦中、附会張易之、官至正諫大夫」（（薛元超の）子曜。聖暦中、張易之に附会し、官は正諫大夫に至る）とある。なお、薛曜の字が昇華であることは、『新店書』巻七十三「宰相世系表三下」に「（薛）曜、字昇華、給事中、襲汾陰男」とあり判る。〔二十八〕に「秋夜於綿州群官席別薛昇華序」がある。

吾徒――我ら。『文選』巻四十五・班固「答賓戯」に「声盈塞於天淵。真吾徒之師表也」（声は天淵に盈《み》ち塞《ふさが》る。真に吾が徒の師表なり）とある。

（高橋　庸一郎）

〔十六〕 梓潼南江泛舟序

咸亨①二年、六月癸巳、梓潼縣令韋君、以清湛幽凝鎮静流俗、境内無事。艤舟於江潭、縱觀丘壑、眇然有山林陂澤之恩。遂長懷悠想、周覽極睇。思②其人、則呂望坐茅於磻磎之陰、屈平製芰於涔陽之浦。覺瀛洲方丈、森然在目。於是間以投壺、雜以妙論。亦有嘉餚旨酒、清絃朗笛。以黼藻幽尋之致焉。預于斯者若干人爾。

【校　異】

①亨─厚　②思─恩

【訓　読】

梓潼《しとう》の南江に舟を泛《うか》ぶる序

咸亨《かんかう》二年、六月癸巳、梓潼の県令韋君、清湛幽凝《いうぎやう》なるを以て、流俗を鎮静し、境内事《こと》無し。江潭に艤舟し、丘《きう》壑《がく》を縦観《しようくわん》すれば、眇然《べうぜん》として山林陂沢《ひたく》の恩《めぐみ》有り。遂に長懐悠想し、周覧極睇《しうらんきよくてい》す。其の人を思へば、則ち呂望《りよばう》は茅《かや》を磻磎《はんけい》の陰に坐《し》き、屈平は芰《ひし》を涔陽《しんやう》の浦に製《た》つ。瀛洲《えいしう》方丈、森然として目に在るを覚ゆ。是に間《まじ》ふるに投壺を以てし、雑《まじ》ふるに妙論を以てす。亦た嘉餚《かかう》旨酒、清絃朗笛有り。以て幽尋の致《むね》を黼藻《ふさう》せむ。斯《ここ》に預かれる者は若干《そこばく》の人《ひと》のみ。

【通　釈】

梓潼の南江に舟を泛べる詩の序

咸亨二年（六七一）、六月癸巳（二十八日）。梓潼県の県令韋君は、清らかで奥深く誠実な人となりのゆえに、世俗を静め、域内は平和である。江の淵に舟の準備をして、丘や谷を思うままに見ると、高遠にして山や林、池や沢の恵みがある。そこで長く思い、はるかに思いを馳せ、またあまねく見、じっと目をこらす。古人を思うに、かの呂望は茅を磻磎の川の陰に敷いて釣りをし、屈平は芰を滂陽の洲に裁って衣とした。（こうしていると）かの瀛洲や方丈の神山がそびえ立って見えるかのようだ。

ここに投壺をして遊んだり、いろいろと妙論を交わしたりする。またよき肴とうま酒がそろい、清らかな琴の音や笛の音が流れている。さあ、奥深いところに遊ぶおもむきを詩にかざろう。このすばらしい宴に集うことができたのは、われわれ限られた者だけなのだから。

【語　釈】

梓潼——四川省の成都の北東を流れる川の名、またそこにある県名。『元和郡県志』巻三十四「剣南道剣州」に「上東北至州一百六十里」とあり、また「梓潼水、一名馳水、北自陰平県界流入」（梓潼水、一名馳水、北は陰平県の界より流入す）ともある。

咸亨二年——「咸亨」は唐・高宗の年号。西暦六七一年。王勃の蜀遊歴中の三年目にあたる。「春思賦序」に「咸亨二年、余春秋二十有二」とあるのによれば、この時王勃、二十二歳。

韋君——『四川通志』巻百二に潼川府（梓州の宋代よりの名）の長官名を挙げる中に、初唐の頃と推定される人名として「韋抱負」「韋濬」がある。このどちらかの人物か。

県令――県の長官。県知事。

清湛――澄んで深いさま。「湛　フカシ」（名義抄）。

幽凝――「幽」は奥深いさま。「幽　フカシ」（名義抄）。「凝」は努めること。「凝　コラス」（名義抄）。

鎮静――しずめる。『文選』巻三十八・桓温「薦譙元彦表」に「若秀蒙蒲帛之徴、足以鎮静頽風、軌訓囂俗、幽遐仰流、九服知化矣」（若し秀の蒲帛の徴《めし》を蒙らば、以て頽風を鎮静し、囂俗を軌訓し、幽遐流を仰ぎ、九服化を知るに足らん）とある。

流俗――俗世間。〔十五〕2に既出。

境内――さかいの内側。『文選』巻七・司馬相如「子虚賦」に「王悉発境内之士、備車騎之衆与使者出畋」（王悉《ことごと》に境内の士を発して、車騎の衆を備へて使者とともに出て畋《かり》す）とある。

艤舟――舟を用意する。「艤」は〔十〕7に既出。

江潭――川の深いところ。〔十三〕6に既出。

縦観――思うままに見る。『史記』巻八「高祖本紀」に「高祖常繇咸陽縦観」（高《こう》祖《そ》常《かつ》て咸陽に繇《えう》して縦観す）とあり、「正義」に「恣意、故縦観」（意を恣《ほしき》ままにす、故に縦観す）という。

丘壑――丘と谷。『文選』巻三十・謝霊運「斎中読書詩」に「昔余遊京華、未嘗廃丘壑」（昔余《われ》京華に遊びしも、未だ嘗て丘壑を廃《す》てず）とある。『文苑英華』など、「丘壑」の上に「於」字がある。

眇然――高遠なさま。『漢書』巻三十四下「王褒伝」に「如僑松眇然絶俗、離世哉」（僑松眇然として俗を絶ち、世を離るる如きかな）とあり、その顔師古注に「眇然、高遠之意也」（眇然は、高遠の意なり）という。

山林陂沢――山、林、池、沢。『周礼』「大司徒」に「周知九州之地域広輪之数、弁其山林川沢丘陵墳衍原隰之名」（九州の地域の広輪の数を周知し、其の山林川沢丘陵墳衍原隰の名を弁ず）とあり、その鄭玄注に「積石曰山、竹木曰林、注瀆曰川、水鐘曰沢」（石を積むを山と曰ひ、竹木を林と曰ひ、注瀆を川と曰ひ、水の鐘《あつ》まるを沢と曰ふ）という。また、『文選』巻八・司馬相如「上林賦」に「崇山」「深林」「陂池」「閎沢」と連なってみえる。

長懐——長く思う。〔十二〕11に既出。

悠想——はるかに思う。

周覧——あまねく見る。『文選』巻八・司馬相如「上林賦」に「於是乎周覧泛観、縝紛軋芴芒芒恍忽」（是に周《あまね》く覧《み》泛《ひろ》く観れば、縝紛軋芴《ちんぷんあつこつ》として芒芒恍忽《ぼうぼうくわうこつ》たり）とある。

極睇——目をこらす。〔十二〕11に既出。

呂望——太公望呂尚。周の文王・武王の師で、その政治や戦いを輔佐した。『史記』巻三十二に伝がある。

坐茅——呂望が茅に坐して漁をしたことは、『六韜』巻一「文韜」に「文王…田於渭陽、卒見太公坐茅以漁」（文王…渭陽に田《かり》し、卒に太公の茅に坐して以て漁《すなど》るに見《あ》ふ）とみえる。

磻磎——「磻渓」、「磻谿」にも作る。陝西省宝雞県の東南にある川の名。呂望がまだ周の文工に会う以前、釣りをしていた場所と伝えられる。『続博物志』巻八に「汲県旧汲郡、有硤水為磻渓。太公釣処。有太公泉、太公廟」（汲県は旧汲郡、硤水有りて磻渓と為る。太公釣りし処。太公泉、太公廟有り）とある。

屈平——屈原。戦国時代の楚の政治家、詩人。対立する秦への対処をめぐって楚王に献策したが讒言などにより追放され、ついに汨羅の川に身を投げた。その容れられず追放された鬱屈を『楚辞』でうたい上げた。

製芰——ひしの葉を衣につくる。『楚辞』「離騒」に「製芰荷以為衣兮、集芙蓉以為裳」（芰荷を製《た》ちて以て衣と為し、芙蓉を集めて以て裳と為す）とあり、その王逸注に「製、裁也。芰、蔆也」という。

涔陽——涔水の北にある洲の名。〔十〕6「極浦」の注参照。

瀛洲・方丈——いずれも東海中にあって、神仙が住むとされる山。『列子』「湯問」に「渤海之東、不知幾億万里…其中有五山焉、一曰岱輿、二曰員嶠、三曰方壺、四曰瀛州、五曰蓬莱…所居之人、皆仙聖之種」（渤海の東、幾億万里かを知らず…其の中に五山有り、一に岱輿と曰ひ、二に員嶠と曰ひ、三に方壺と曰ひ、四に瀛州と曰ひ、五に蓬莱と曰ふ…居む所の人、皆仙聖の種なり）とある。また、『史記』巻六「秦始皇本紀」にも「斉人徐市《じょふつ》等上書、言海中有三神山、名蓬莱、方丈、瀛州」（斉人徐市等書を上りて、海中に三神山有り、名を蓬莱、方丈、瀛州といふと言ふ）とある。

森然——そびえ立つさま。

投壺——つぼ投げ。壺に矢を投げ入れて競う宴席での遊び。『礼記』「投壺」に「投壺之礼、主人奉矢、司射奉中、使人執壺。主人請曰、某有枉矢哨壺。請以楽賓」（投壺の礼、主人矢を奉《ささ》げ、司射中を奉げ、人をして壺を執らしむ。主人請ひて曰く、某に枉矢哨壺《わうしせうこ》有り。請ふらくは以て賓を楽しませんと）とある。

妙論——すぐれた言論。

嘉餚旨酒——よいさかなとうまいさけ。『礼記』「投壺」に、前記「投壺」の項の引用文に続いて、「賓曰、子有旨酒嘉肴。某既賜矣、又重以楽。敢辞」（賓曰く、子に旨酒嘉肴有り。某既に賜はるなり、又重ぬるに楽を以てす。敢へて辞すと）とある。

清絃朗笛——清らかな琴の音、ほがらかな笛の音。『文選』巻五十五・陸機「演連珠五十首」に「貫鼓密而含響、朗笛疎而吐音」（貫鼓密《と》ぢて響きを含み、朗笛疎にして音を吐けり）とある。

黼藻——文飾。「黼」も「藻」も文章のあや。『隋書』巻三十五「経籍志四」に「黼藻相輝、宮商間起」（黼藻相輝き、宮商間《よりより》に起こる）とある。

幽尋——奥深い景を探り尋ねる。駱賓王「春晩従李長史游開道林故山詩」に「幽尋極幽壑、春望陟春台」（幽尋幽壑を極め、春望春台に陟《のぼ》る）とある。

（神野　富一）

〔十七〕餞宇文明府序

昔者王烈登山、林泉動色、嵆康入座、左右生光。豈非仙表足以感神、貞姿可以鎭物。況我巨山之凛凛孤出、昇華之巖巖清峙。羣公之好善、下官之悪俗。接蜺裳於勝席、陪鶴轡於中軒。倶希拔①俗之標、各杖専門之氣。烟霞用足、江海情多。言泉共秋水同流、詞峯與夏雲争長。雖揚庭載◎酒、方趨好事之遊、而馬肆含毫②、請命昇遷之筆、同抽藻③思、共寫離襟。

【校異】

①拔―状　②毫―豪　③藻―葉

【訓読】

宇文明府に餞《はなむけ》する序

昔者《むかし》王烈山に登るや、林泉色《いろ》を動かし、嵆康座に入るや、左右光を生ず。豈《あ》に仙表の以て神を感ぜしむるに足り、貞姿の以て物を鎮《しづ》むべきに非ずや。況むや我が巨山の凛凛《りんりん》として孤出し、昇華の巌巌《がんがん》として清峙するをや。群公善を好み、下官俗を悪《にく》む。蜺裳《げいしやう》を勝席に接《う》け、鶴轡《かくひ》を中軒に陪《はべ》らしむ。倶に抜俗の標を希《ねが》ひ、各《おのおの》専門の気に杖《よ》る。烟霞用足り、江海情多し。言泉は秋水共《と》同じく流れ、詞峯は夏雲与《と》争ひて長《わ》く。揚庭に酒を載せ、方《まさ》に好事の遊に趨《おもむ》かむとし、馬肆に毫を含み、命を昇遷の筆に請ふと雖も、同じく藻思を抽《ひ》き、共《とも》に離襟を写《しゃ》せむ。

【通　釈】

宇文明府に餞別する序

その昔王烈が山に登ると、それに感じて林や泉がその様相を変え、嵆康が席に着くと、その周りには光が射すようだったという。まさに、人並み優れた風貌は十二分に神を感じさせ、卓越した姿はあたりを鎮める力があるというものだ。まして巨山君の凛々しく一人抜きんでた姿、薛曜君のように威風堂々と清くそびえ立っている人ならなおさらその感がある。

ここに集う人たちは善を好み、私は俗を嫌う。美しい着物を着た人をこの晴れの宴会に招き、乗り物を回廊に待たせている。みな超俗の手本となることを求め、それぞれが得意とする気をみなぎらせている。あたりの景色は詠むに十分なほど美しく、私たちも江海を愛でる気にあふれている。次から次へとあふれるように湧き出る言葉はさながら滔々と流れる秋の川と同じように流れ、その言葉遣いはといえばそびえるような夏の雲と優劣を競おうとするようである。

その昔、楊雄のもとには、好事家が酒を携え教えを請いに赴き、司馬相如は筆をふるって出世を誓ったというが、われらも詩文の才を発揮し、皆でこの別れの思いを述べようではないか。

【語　釈】

明府――〔一〕1に既出。

王烈登山、林泉動色――王烈が山に登ると、周りの景色が変わったことをいう。王烈が太行山に登った時、突然地響きがするので何事かと思い、音がした方に行ってみると、山が数百丈にわたって崩れていたという故事に基づく。『神仙伝』巻六に「後烈独之太行山中、忽聞山東崩、地殷殷如雷声。烈不知何等、往視之、乃見山破。石裂数百丈、両畔皆是青石」（後《のち》烈独り太行山中に之くに、忽として山東崩れ、地殷殷として雷声の如きを聞く。烈何等《なんら》を知らず、往きて之を視るに、乃ち山の破るるを見る。石裂《さ》くること数百丈、両畔皆是れ青石なり）とある。「動色」は周囲の景色が変わること。李邕「春賦」に「千巌為之動色、万壑為之流波」（千巌之が為に色を動かし、万壑之が為に波を流す）とある。

嵆康入座、左右生光——嵆康の人並み優れた風貌をいう。『世説新語』「容止」に「嵆康身長七尺八寸、風姿特秀。見者歎曰、蕭蕭粛粛、爽朗清挙」（嵆康身の長《たけ》七尺八寸、風姿特に秀《ひい》づ。見る者歎じて曰く、蕭蕭粛粛として、爽朗清挙なりと）とある。

仙表——人並み優れた風貌。仙は美称。

貞姿——凛とした立派な姿。

巨山——詩題の宇文明府、すなわち宇文嶠を指すと考えられる。王勃「宇文徳陽宅秋夜山亭宴序」に「河南宇文嶠、清虚君子」とあり、交友のあったことがわかる。史書などに宇文嶠の字《あざな》は見えないが、「嶠」の字義は「謂山鋭而高者」であるから「巨山」という字《あざな》にはぴったりである。同時代の詩人に李嶠がいるが、彼も字は巨山である。

凛凛——威厳が備わったさま。

孤出——ひとりそびえ立つさま。

昇華——薛曜の字。王勃の作品にしばしば登場し、「別薛華詩」「重別薛華詩」「秋夜於綿州群官席別薛華昇華序」などに見える。彼も同席していたのであろう。

巌巌——高く聳える様子。転じて、衆人より抜きん出る様。『世説新語』「賞誉」に「王公目太尉、巌巌清峙、壁立千仞」（王公、太尉を目すらく、巌巌として清峙し、千仞に壁立す）とある。

清峙——そびえ立つさま。前注参照。

蜺裳——「霓裳」に同じ。文字通りには、虹のように美しいもすそをいい、ここでは美しい衣裳を指す。『楚辞』「九歌・東君」に「青雲衣兮白霓裳」（青雲の衣、白霓の裳）とある。

勝席——立派な宴席。

鶴轡——仙人や道士の乗り物。

中軒——窓や手すりのある長い回廊。斉・王融の「和南海王殿下詠秋胡妻詩第二首」に「景落中軒坐、悠悠望城闕」（景《かげ》落ちて中軒に坐し、悠悠として城闕を望む）とある。

抜俗——俗を超越すること。『文選』巻四十三・孔稚珪「北山移文」に「夫以耿介抜俗之標、蕭灑出塵之想」（夫れ以《おもんみ》れば耿介抜俗の標、蕭灑出塵の想あり）とある。

杖——よる、頼りとする。

専門——得意とすること。

言泉——言葉がよどみなく湧き出ること。『文選』巻十七・陸機「文賦」に「思風発於胸臆、言泉流於脣歯」（思風胸臆より発し、言泉脣歯より流る）とある。

秋水——滔々と流れる川の流れをいう。『荘子』「秋水」に「秋水時至、百川灌河」（秋水時に至り、百川河に灌《そそ》ぐ）とある。

詞峯——言葉遣いが優れていること。徐陵「在北斉与楊僕射書」に「足下素挺詞峯、兼長理窟」（足下素より詞峯に挺《ぬきん》で、兼ねて理窟に長ず）とある。

揚庭載酒、方趨好事之遊——揚雄の所へ好事者が酒肴を持参して教えを請いに来たことをいう。『漢書』巻八十七下「揚雄伝下」に「家素貧、耆酒、人希至其門、時有好事者載酒肴従游学」（家素より貧しく、酒を耆《たしな》むも、人其の門に至ること希なり、時に好事者有りて酒肴を載せ従ひて游学す）とある故事に基づく。

馬肆——司馬相如が卓文君と駆け落ちして酒肆を開いて生計を立てたことから、司馬相如を指す。

含毫——「毫」は筆。文字通りには筆を口にくわえることであるが、詩文の構想を練ることに喩える。『文選』巻十七・陸機「文賦」に「或操觚以率爾、或含毫而邈然」（或いは觚《こ》を操《と》りて以て率爾《そつじ》たり、或いは毫《ふで》を含みて邈然《ばくぜん》たり）とある。

請命——官吏に任命されるよう願うこと。『左伝』「襄公三十年」に「伯有既死。使大史命伯石為卿。辞。大史退、則請命焉」（伯有既に死せり。大史をして伯石に命じて卿たらしむ。辞す。大史退《しりぞ》けば、則ち命ぜられんことを請ふ）とある。

昇遷之筆——司馬相如が初めて都に入る時、昇仙橋のたもとで、出世するまではここを通って帰らないと誓った故事を踏まえる。「遷」は「仙」に同じ。『華陽国志』巻三に「城北十里有昇僊橋、有送客観、司馬相如初入長安、題市門曰、不乗赤車駟馬、不過汝下也」（城北十里に昇僊橋有りて、送客観有り、司馬相如初めて長安に入るに、市門に題して曰く、赤車駟馬に乗らざれば、汝が下を過ぎずと）とある。

藻思——詩文の才能。『文選』巻十七・陸機「文賦」に「或藻思綺合、清麗千眠」（或いは藻思綺合して、清麗千眠《せいれいせんみん》）とある。

写——そそぐ。心中の思いの丈を尽くして述べること。

離襟——離別の情。駱賓王「送宋五之問得涼字」に「欲諗離襟切、岐路在他郷」（諗《つ》げんと欲して離襟切なり、岐路は他郷に在り）とある。

（佐藤　晴彦）

〔十八〕夏日仙居觀宴序

咸亨二年、四月孟夏、龍集丹紀、兎躔朱陸。時屬陸冗、潤褰恒雨。九隴縣令河東柳易、式稽彝典、歷禱名山、爰昇白鹿之峯、佇降玄虬之液。楊法師以烟霞勝集、諧遠契於詞場、下官以書札小能、叙高情於祭牘。羞蕙葉、奠蘭英。舞闋哥終、雲飛雨驟。靈機密邇、景況昭然。瞻列軼而廻鞭、顧豐隆而轉軑。停歡妙域、列宴仙壇。清祕想於丹田、滌煩心於紫館。神襟獨遠、如乘列子之風、溽候高褰、以威劉昆之火。于時氣踈瓊圃、漏靜銀宮。葉聚氛濃、花深潤重。撫銅章而不媿、坐瑤席而忘言。雖惠化傍流、信無慙於響應、而淺才幽讃、亦有助於明祇。敢分謗於當仁、庶同塵於介福。人分一字、七韻成篇。

【訓　読】

夏の日、仙居観に宴する序

咸亨《かんかう》二年、四月孟夏、龍は丹紀に集まり、兎《と》は朱陸に躔《やど》る。時は陸冗《りくちん》に属《つ》き、褰《はかま》は恒雨に潤ほふ。九隴の県令河東の柳易、式《も》ちて彝典《いてん》を稽《かむが》へ、歴《あまね》く名山に祷《いの》り、爰《ここ》に白鹿の峯に昇り、佇《やすら》ひて玄虬《げんきう》の液を降《くだ》す。楊法師は烟霞の勝集を以て、遠契を詞場に諧《ととの》へ、下官は書札の小能を以て、高情を祭牘に叙《の》ぶ。蕙葉を羞《すす》め、蘭英を奠《たてまつ》る。舞闋《まひや》み哥《うた》終はり、雲飛び雨驟《はし》る。霊機密邇にして、景況昭然《あきらか》なり。列軼《れつけつ》を瞻《み》て鞭を廻《めぐ》らし、豊隆を顧《かへり》みて軑《てい》を転ず。歓を妙域に停《とど》め、宴を仙壇に列《つら》ぬ。秘想を丹田に清くし、煩心を紫館に滌《すす》く。神襟独遠にして、列子の風に乗る如く、溽候高く褰《かか》げて、以て劉昆の火を威《け》す。
時に気疎《まばら》なる瓊圃、漏静かなる銀宮。葉聚《あつま》りて氛《かを》り濃く、花深くして潤《うる》ほひ重し。銅章を撫して媿《は》ぢず、瑤席に坐《ゐ》て言を忘る。恵化傍流し、信《まこと》に響応に慙《は》づること無しと雖も、浅才幽讃し、亦た明祇《めいし》に助け有らむ。敢へて当仁に分謗し、介福に同塵せむことを庶《ねが》ふ。人ごとに一字を分け、七韻にて篇を成さむ。

【通　釈】

咸亨二年四月孟夏、歳月はめぐり、夏の初めを迎えた。陸地も水没するほどに雨が降り、長雨が続いて衣服も湿るほど。

九隴県令、河東の柳易は、常の道理を考え、各地の霊峰名山を祭り、あの白鹿山に昇り、雨をお降らしになる。楊法師は美しい景色の中での勝宴ということで、末永い交情をこの文雅の席にととのえ、わたくしは文辞の小才により、この場の詩情を祭りの詩文にあらわす。香り高い葉を薦め、芳しい花を奉る。舞が止み歌が終わり、雲が飛び雨が激しく降る。天地の霊妙は目の当たりに、眼前の光景の実に明らかなこと。雷光が閃いたのを視て馬の鞭を返し、雲の神に憚って車の向きを変える。歓を尽くし宴を列ねて、神仙の庭に遊ぶ。この清遊に心中の思いは清められ、悩みは洗いすすがれる。思いは高く遠く、あたかもかの列子が風に乗って歩いたごとくであり、湿潤の候は衣を高くかかげて、まるでかの劉昆が火を消したという雨のようだ。

今この時、気まばらなる神仙の園、漏刻静かなる月光のもとの宮。葉は茂りて濃厚な香りに満ち、花は咲き乱れ重く潤う。お役目に恥じない立派な方々、すばらしい宴席に思わず言葉を忘れんばかり。恵の恩化はあふれ流れ、まことに貴人の声響きにふさわしく、わたくしの浅学も冥加あって、神明の助けを受けることができる。進んで仁を行い誇りをも分け持って、この大きな幸せをともに得たいと願う。各人一字を分け取り、七韻の詩を作ろうではないか。

【語　釈】

仙居観——道観の名。

咸亨二年——西暦六七一年。〔十六〕2に既出。

龍集——「龍」は太歳（木星）。「集」は、ヤドリ。「龍集」は、歳次の意味。

丹紀——未詳。「丹」は「朱」に通じ、夏をいうか。

兎——月。

躔——やどる。月や星が運行する。「躔　ヤドル、ヤスム」（名義抄）。

朱陸——未詳。夏をいうか。

陸冗——「陸沈」に同じ。「冗」は「沉」、すなわち「沈」に通じる。陸地が水なくして沈むこと。ひいては、俗人に混じって暮らす隠者を言う。『荘子』「則陽」に「方且与世違而心不屑与之倶。是陸沈者也」（方《まさ》に且《まさ》に世と違ひて心は之と倶にするを屑《いさぎよ》しとせず。是れ陸沈者なり）とあり、注に「人中隠者、譬無水而沈也」（人中の隠者、水無くして沈むに譬ふ）とある。ここでは陸地が水没するほど雨が降ることをいう。

褰——はかま。腰から下を覆うもの。

恒雨——長雨。『書』「洪範」に「曰、狂恒雨若」（曰く、狂なれば恒雨若《したが》ふと）とあり、伝に「君行狂妄、則常雨順之」（君の行ひ狂妄なれば、則ち常雨之に順《したが》ふ）とある。

九隴——県名。『元和郡県図志』巻三十一に「剣南道、彭州…九隴県、…隋開皇三年罷郡為九隴県、属益州。皇朝因之、

後改属彭州」（剣南道、彭州…九隴県、…隋開皇三年郡を罷め九隴県と為し、益州に属す。皇朝之に因り、後に改めて彭州に属す）とある。いまの成都市の中心から西北方約50キロ。

県令――県の長官。県知事。〔十六〕２に既出。

河東――県名。『元和郡県図志』巻十二に「河中府…河東県…隋開皇十六年移動蒲坂県於城東、仍於今理別置河東県」（河中府…河東県…隋開皇十六年蒲坂県を城東に移し、仍りて今の理に河東県を別置す）とある。

柳易――柳太易のこと。柳太易は「春思賦」に「九隴県令河東柳太易、英達君子也」とあり、「益州夫子廟賦」にも「県令柳公、諱明、字太易、河東人也」とあるが、詳しい伝記は判らない。〔十〕「秋晩什邡西池宴餞九隴柳明府序」は柳易を宴餞する序。同じ年の作であろう。

式――もって。「式　モチ、モツ」（名義抄）。

彝典――常法。常道。「彝」は「ツネ、ノリ」（名義抄）。

歴――あまねく。「歴　アマネク」（名義抄）。

爰――ここに。「爰　ココニ」（名義抄）。

白鹿――白い鹿。古来瑞祥とされてきた。故事多く、どれに基づくか未詳。実際の山とすれば、九隴県の白鹿山。『元和郡県図志』巻三十一に「剣南道、彭州、九隴県…白鹿山、在県西北六十一里」とある。柳易の原籍が九隴であることから、実際の山の可能性が高い。

玄虬之液――雨をいう。「玄虬」は黒い龍。「液」は液体。『芸文類聚』巻一所引の『春秋孔演図』に「玄龍御雲」とあることから、雨を司ると考えられていたのであろう。

楊法師――未詳。楊氏は『華陽国志』「蜀志」に「四姓有柳、杜、張、趙、郭、楊氏」とあり、成都県の名族の一。法師は道教の道士の称号。

烟霞——もや。また、もやの立ちこめる美しい景色。〔一〕3に既出。

勝集——立派な集まり。「勝　スクレル」（名義抄）。『芸文類聚』巻七十七・梁・簡文帝「与広信侯書」に「毎憶華林勝集、亦叨末位」（華林の勝集を憶《おも》ふ毎《たび》に、亦た末位に叨《みだり》にす）とある。

遠契——遠く離れていても続く友情。『世説新語』「簡傲」に「嵆康与呂安善、毎一相思、千里命駕」（嵆康呂安と善し、一たび相ひ思ふ毎に、千里駕を命ず）とある故事をふまえる。

詞場——詩文を作る場所や仲間。王勃「益州夫子廟碑」に「直轡高駆、践詞場之閫閾」（直轡高く駆け、詞場の閫閾《こんよく》を践む）とある。

下官——自分を指す謙称。〔二〕4に既出。

書札——書きもの。書簡、詩文をさす。『文選』巻二十九「古詩十九首之十七」に「客従遠方来、遺我一書札」（客遠方従《よ》り来り、我に一書札を遺《おく》る）とある。

小能——小才。

高情——詩情。『文選』巻十一・孫綽「遊天台山賦」に「釈域中之常恋、暢超然之高情」（域《よく》中の常恋を釈《す》て、超然の高情を暢《の》ぶ）とある。

祭牘——祭りの文書。祭文。

羞——すすめる。「羞　ススム」（名義抄）。

蕙葉——香草の葉。

奠——たてまつる、物を供えて祭る。「奠　タテマツル」（名義抄）。

蘭英——香草の花。『文選』巻三十四・枚乗「七発」に「蘭英之酒、酌以滌口」（蘭の英の酒、酌みて以て口を滌《すす》ぐ）とある。

闋——止む。「闋　ヲハル、ヤム」（名義抄）。

哥――うた。「歌」に同じ。「哥　ウタフ」（名義抄）。

雲飛――雲が流れていくこと。『芸文類聚』巻六十九・梁簡文帝「答蕭子雲上飛白書屏風書」に「非観触石、已覚雲飛」（石《いは》に触るるを観るにあらざれど、已に雲の飛ぶを覚ゆ）とある。

雨驟――雨が激しく降ること。王湜「贈情人詩」に「雨驟断行人、雲驟独悲深」（雨驟《はし》りて行人を断ち、雲驟《はや》くして独り悲しみ深し）とある。

霊機――霊妙な自然のはたらき。『抱朴子』「任命」に「蓋聞、霊機冥緬、混茫眇昧」（蓋し聞く、霊機冥緬にして、混茫眇昧《こんぼうべうまい》なるを）とある。

密邇――間近に接する。『書』「太甲」に「予弗狎于弗順。営于桐宮、密邇先王、其訓」（予《わ》れは順ならざるに狎《ちか》づかしめじ。桐に宮を営み、先王に密邇すれば、其れ訓《おし》へられん）とある。

景況――情況。光景。様子。

昭然――あきらか。『礼記』「仲尼燕居」に「三子者、既得聞此言也於夫子、昭然若発蒙矣」（三子は、既に此の言を夫子に聞くを得て、昭然として蒙を発《ひら》くが若し）とある。

瞻――見る。「瞻　ミル」（名義抄）。

列鈌――電光のひらめくこと。「列缺」に同じ。『文選』巻十五・張衡「思玄賦」に「豊隆軿其震霆兮、列缺曄其照夜」（豊隆は軿《はう》として其れ震霆《しんてい》し、列缺は曄《えふ》として其れ夜を照らす）とある。

顧――気にかける。「顧　カヘリミル　オモフ」（名義抄）。

豊隆――雲をつかさどる神。雲師、一に雷師をいう。『楚辞』「離騒」に「吾令豊隆乘雲兮、求虙妃之所在」（吾れ豊隆をして雲に乗り、虙妃《ふくひ》の所在を求めしむ）とあり、王逸注に「豊隆、雲師」（豊隆は、雲師なり）とある。また「列鈌」注参照。

軏——車轄。車輪を車軸に止めるためのくさび。『楚辞』「離騒」に「屯余車其千乗兮、斉玉軏而並馳」（屯《あつま》れる余が車は其れ千乗なり、玉軏を斉《ととの》へて並び馳す）とあり、王逸注に「軏、轄也」（軏は、轄なり）とある。

妙域——霊妙なる一画。ここでは宴の行われている仙居観をさす。

仙壇——道観。ここでは宴の行われている仙居観をさす。『事物異名録』巻二十七「道院」に「…仙壇…紫館、神仙伝並道院之称」（…仙壇…紫館、神仙伝に並びに道院の称なり）とある。

丹田——下腹部。へその少し下のところ。ここでは、心の中。

滌——洗う、すすぐ。

煩心——心中の悩み。『韓非子』「外儲説右上」に「夫痤疽之痛也、非刺骨髄、則煩心不可支也」（夫れ痤疽の痛みや、骨髄を刺すに非ずば、則ち煩心支ふべからざらん）とある。

紫館——道観。ここでは宴の行われている仙居観をさす。「仙壇」注参照。

神襟——胸の思い。貴人に対していう。『文選』巻五十八・謝朓「斉敬皇后哀策文」に「睿問川流、神襟蘭郁」（睿問《えいもん》は川のごとく流れ、神襟は蘭のごとく郁《かぐは》し）とある。

乗列子之風——列子（列禦寇）が風に乗って歩いたという伝説を踏まえる。『荘子』「逍遙遊」に「夫列子御風而行。冷然善也。旬有五日而後反。彼於致福者未数数然也。此雖免乎行、猶有所待者也」（夫れ列子は風を御して行く。冷然として善し。旬有五日にして後に反《かへ》る。彼れ福を致す者において未だ数数然《さくさくぜん》たらず。此れ行くを免ると雖も、猶ほ待つ所有る者なり）とある。

溽候——湿度が高く蒸し暑い時候。「溽　ウルホス」（名義抄）。

褰——かかげる。『礼記』「曲礼」に「暑毋褰裳」（暑きのあまり裳を褰ぐるなかれ）とあり、鄭玄注に「褰、袪」（褰は、袪《かか》ぐるなり）とある。

烕劉昆之火――後漢の劉昆が火災を止めたという故事をふまえる。劉昆は『後漢書』巻七十九上「儒林伝」に「光武聞之、即除為江陵令。時県連年火災。昆輒向火叩頭、多能降雨止風」（光武之を聞き、即ち除して江陵令と為す。時に県連年火災あり。昆輒ち火に向ひて叩頭し、多く能く雨を降らし風を止む）とある。「烕」は「滅」に同じ。滅ぼすの意。『詩』「小雅・正月」に「赫赫宗周、褒姒烕之」（赫赫たる宗周、褒姒《はうじ》之を烕《ほろ》ぼす）とあり、鄭玄注に「烕、滅」（烕は、滅なり）とある。

瓊圃――神仙の遊ぶ美しい園。仙境。今いる所をいう。

漏――漏刻。水時計。

銀宮――道観。王勃たちが今いる仙居観をいう。『事物異名録』巻二十七「道院」に「…銀宮…、白六帖皆道観也」（…銀宮…、白六帖に皆道観なり）とある。

氛――気。香気。草木の香り。

銅章――銅製の官印。郡県の長官の役職をいう。

媿――恥じる。「媿」は「愧」に同じ。

瑶席――玉のしきもの。ここでは仙居観での宴席をいう。『楚辞』「九歌・東皇太一」に「瑶席兮玉瑱、盍将把兮瓊芳」（瑶の席に玉の瑱、盍《な》んぞ瓊芳を把《と》らざる）とある。

忘言――言葉を忘れる。〔一〕12に既出。

恵化――恵を施して教化すること。『三国志』「魏志・盧毓伝」に「遷安平、広平太守、所在有恵化」（安平、広平の太守に遷《うつ》り、在る所恵化有り）とある。

傍流――あふれ流れること。『三国志』「魏志・管寧伝」に「潜化傍流、暢於殊俗」（潜化傍《あふ》れ流れ、殊俗に暢《いた》る）とある。

慙――恥じる。「慙　ハツ」（名義抄）。

響応――呼びかけに応えてすばやく行動する。『文選』巻五十一・賈誼「過秦論」に「天下雲集而響応、贏糧而景従」（天下は雲のごとく集り響《ひび》きのごとく応じ、糧《かて》を贏《にな》ひて景《かげ》のごとく従ふ）とある。

浅才――浅学非才。

幽讃――神明の助けを受けること。幽賛。『易』「説卦伝」に「昔者聖人之作易也、幽讃於神明而生蓍」（昔者《むかし》聖人の易を作るや、神明を幽讃して蓍《し》を生ず）とある。「蓍」は、めどぎ、筮竹。

明祇――神明。

分謗――他人に対する謗りを分けて引き受けること。『春秋左氏伝』「宣公十二年」に「随季曰、楚師方壮。若萃於我、吾師必尽。不如収而去之。分謗生民、不亦可乎」（随季曰く、楚師の方《まさ》に壮《さかん》なり。若《も》し我に萃《あつ》まらば、吾が師必ず尽きん。収めて之を去るに如かず。謗りを分かち民を生かさんは、亦た可ならずや）とある。

当仁――仁を行う。『論語』「衛霊公」に「当仁、不譲於師」（仁に当りては、師にも譲らず）とある。

同塵――ともにする。『老子』に「和其光、同其塵」（其の光を和《やはら》げ、其の塵に同《どう》ず）とある。

介福――大きな幸福。『詩』「小雅・信南山」に「報以介福、万寿無疆」（報《むく》ゆるに介福を以てし、万寿疆《かぎり》無し）とある。

（辻　憲男）

1 〔十九〕張八宅別序
2 僕嘗覽前古之致、撫高人之迹。悼夫烟霞遠尚、猶嬰俗
3 網之悲、山水幽情、無救窮途之哭。仰嵇風範、俯阮胸懷①。
4 此僕所以未盡於嵇康、不平於阮籍者也。則知聚散
5 恒事、憂歡共惑、人非庶蒙、道在江湖。何必復心語默之
6 間、握手去留之際、然後得爲君子哉。請持罇共樂平
7 生。排旅思而銜盃、捨離襟而命筆。俾夫賈生可作、承
8 風於達觀之郷、莊叟有知、求我於忘言之地◎。人分一
9 字、四韻成篇。

【校　異】

①胸―匈

【訓　読】

張八宅にて別るる序

僕嘗《かつ》て前古の致《むね》を覧《み》、高人の迹を撫す。悼ましきかも、烟霞の遠く尚《たか》きも、猶《な》ほ俗網の悲しみを嬰《かがふ》り、山水の幽情も、窮途の哭を救ふ無し。嵇の風範を仰ぎ、阮の胸懐に俯すも、此れ僕未だ嵇康に尽《ことごと》くせず、阮籍に不平なる所以《ゆゑん》の者なり。

則ち聚散は恒の事にして、憂歓共に惑ひ、人は庶蒙に非ずして、道は江湖に在るを知る。何ぞ必ずしも心を語

黙の間に復《かさ》ね、手を去留の際に握《と》り、然る後君子為《た》るを得むや。
請ふ、罇を持して共に平生を楽しまむ。旅思を排して盃を銜み、離襟を捨てて、筆に命ぜよ。夫《か》の賈生をして作るべからしめば、風を達観の郷に承け、荘叟をして知る有らしめば、我を忘言の地に求めむ。人ごとに一字を分かち、四韻にて篇を成さむ。

【通　釈】

張八の邸宅でお別れする序

私は昔の優れた人々の詩や文章を鑑賞し、また昔の高潔にして高踏的な文人達（主には竹林の七賢等を指すか）の優れた業績にも触れてきた。悼ましいことに、烟霞が遠く高く懸かる美しい景色も、浮世のしがらみの悲しさに捉えられ、自然の風雅なおもむきも、行き詰まる嘆きを救ってくれるわけではない。私は嵇康を模範とする事に心掛け、阮籍を師と仰いで来たのであるが、しかし今はまだまだ嵇康の生き方に全面的に傾倒しているわけではないし、また阮籍の生き方についてはまだわだかまりを拭いきれないでいるのである。

私は、この世での離合集散は常にあることであるし、憂いも喜びも共に惑いでしかないし、また世人は無知蒙昧であるというわけではなく、道はそうした庶民の生きる世間にこそあるのであるという事も心得てはいる。しかし一体どうして出処進退に同じ考えを持ち、手を握って分かれる時の微妙な感情を経験し別れに際して手を取り合わなければ、君子たり得ないとされるのであろうか。（そうでなくとも、我われは十分君子足りうるのである。）

さあ、酒樽を前に置いて、昔のようにみんなで楽しくやろうではないか。旅に出る思いは打ちやり、別離の情は打ち捨てて、盃を酌み交わし、筆を握ろうではないか。

もし今賈生が作るとしたら、其の詩風は達観の境地を表わすであろうし、またもし荘周が知ったならば、恐らく互いに忘言の境地にいる者達として我われを求めることであろう。さて、一人一人韻字を割り当て、四韻で一篇の詩を作ろうではないか。

【語　釈】

張八――「張」は姓、「八」は排行であるが、「張八」は未詳。

前古――昔、往古の意。『文心雕龍』「銘箴」に「可謂追清風於前古、攀辛甲於後代者也」（清風を前古に追ひ、辛甲を後代に攀る者と謂ふべきなり）とある。

致――おもむき。「致　ヨシ、ムネ」（名義抄）。『晋書』巻五十六「孫綽伝」に「高情遠致」とある。

高人――徳が高い人。『文選』巻六十・任昉「斉竟陵文宣王行状」に「高人何点、躡屩於鍾阿、徴士劉虯、献書於衡嶽」（高人何点《かてん》、屩《くつ》を鍾阿《しょうあ》に躡《ふ》み、徴士劉虯《りゅうきゅう》、書を衡嶽より献ず）とある。

遠尚――遠く高い。『文選』巻五十九・任昉「劉先生夫人墓誌」に「籍甚二門、風流遠尚」（籍甚なる二門、風流遠く尚《たか》し）とある。

嬰――懸《か》けるの意、『荀子』「富国」に「是猶使処女嬰宝珠」（是猶《これなほ》処女をして宝珠を嬰《か》け使むるがごとし）とあり、注に「嬰、繋於頚也」（嬰は頚《くび》に繋《かく》るなり）とある。また「嬰　カカル」（名義抄）。

俗網――俗世間のしがらみのこと。晋の傅咸「儀鳳賦」に、「穢惟塵之粉濁兮、患俗網之易嬰」（惟塵の粉濁を穢し、俗網の嬰り易きを患ふ）とある。また陸機「赴洛道中詩」に「世網嬰我身」（世網我が身に嬰る）とあり、この「世網」というのは「俗網」と同じ意であろう。また『文選』巻二十二・謝霊雲『登池上楼』に「潜虯媚幽姿、飛鴻響遠音」（潜虯は幽なる姿を媚《うつく》しくし、飛鴻は遠き音を響かす）とあり、李善注に「虯以深潜而保真、鴻以高飛字遠害、今已嬰俗網、故有愧虯鴻也」（虯は深く潜るを以て真を保ち、鴻は高く飛ぶを以て害を遠ざく、今已に俗網に嬰る、故に虯鴻に愧《は》づる有るなり）と「嬰俗網」の語が見える。また〔二十九〕にも「夫以中牟馴雉、猶嬰触網之悲」（夫れ以て中牟に雉を馴らし、猶ほ触網の悲に嬰る）と「嬰」の語や「触網之悲」の語が見える。よって、「猶嬰俗網之悲」とは、「俗世間のしがらみから生じる悲しみに纏わり着かれ」の意味であろう。これは、王勃の尊敬する嵆康が、その友人である呂安と共に讒言にあい、時の文帝によって結局二人とも処刑されてしまったという「悲しみ」を裏に踏まえているのであろう。

幽情――静かにして風雅な心情。『文選』巻一・班固「西都賦」に「願賓攄懐旧之蓄念、発思古之幽情」（願はくは賓、旧を懐ふの蓄念を攄《の》べ、古を思ふの幽情を発したまへ）とある。

窮途之哭――前途に行き詰まる嘆き。『晋書』巻四十九「阮籍伝」に「籍時率意独駕。不由徑路、車跡所窮、輒痛哭而反」（籍時《とき》に率《にはか》に独り駕せんと意《おも》ふ。徑路に由らずして、車跡の窮する所、輒《すなは》ち痛哭して反《かへ》る）とあり、また「滕王閣序」にも、「阮籍猖狂、豈效窮途之哭」（正倉院本では「窮之塗哭」に作る）（阮籍は猖狂なり、豈に窮途の哭に效《なら》はんや）とある。〔一〕13「窮途」注参照。

嵆風範――嵆康の作品の持つ優れた模範となる作風。「嵆」は嵆康。「風範」は『世説新語』「容止」に「元規爾時風範不得不小頽」（元規、爾《そ》の時の風範、小しく頽《くづ》れざるを得ざりしならん）とある。

俯――一般には顔を伏せる事であるが、ここでは顔を伏せて敬服すること。

阮胸懐――阮籍の胸懐、阮籍の作風の底にある心。「阮」は阮籍。「胸懐」は、胸中の思い。王充『論衡』「別通篇」に「故夫大人之胸懐非一、才高知大、故其于道術、無所不包」（故に夫れ大人の胸懐は一に非ざるも、才高く知大なれば、故《もと》より其の道術において包《か》ねざる所無し）とある。

聚散――離合集散する事。『荘子』「則陽」に、「安危相易、禍福相生、緩急相摩、聚散以成」（安危相ひ易《かは》り、禍福相ひ生じ、緩急相ひ摩《ま》し、聚散以って成す）とある。

庶蒙――この語の適当な用例は管見では見出し得ないが、「庶」は、『晋書』巻九十「良吏・呉隠之伝」に「勤苦同于貧庶」（勤苦は貧庶に同じ）とあり、「庶民」の意味。また「蒙」は、無知蒙昧、あるいは童蒙の「蒙」である。つまり幼き者、愚かなる者の意味である。『易』に、「童蒙求我」（童蒙我を求む）とあり、また『文選』巻十四・班固『幽通賦』に、「咨孤蒙之眇眇兮、将圯絶而罔階」（咨《ああ》、孤蒙《こもう》の眇眇《べうべう》たる、将《まさ》に圯《やぶ》り絶《た》ちて階《のぼ》ること罔《な》からんとす）とある。つまり「庶蒙」はここでは無知蒙昧なる庶民の意である。

復心――去る者と留まる者との二人の心を一つにする。「復」は重ねるの意、『集韻』に「復、重也」（復は重なり）とある。

語黙――語ることと黙ること。『易』「繋辞伝上」に「君子之道、或出、或処、或黙、或語」（君子の道は、或は出で、或は処し、或は黙し、或は語るなり）とある。ひいては出処進退の意。陶淵明「命子詩」に「時有語黙、運因隆窊」（時に語黙有り、運は隆窊《りゅうわ》に因る）とある。

罇――瓦器としての樽。

平生――かつて、昔。『論語』「憲問」に「久要不忘平生之言、亦可為成人矣」（久要は平生の言を忘れず、亦た以て成人と為すべし）とある。

旅思――旅中のわびしい思い、旅愁。『文選』巻二十七・謝朓「之宣城出新林浦向版橋詩」に「旅思倦揺揺、孤游昔已屡」（旅思倦《う》みて揺揺《えうえう》たり、孤游昔より已に屡《しばしば》たり）とある。また王勃「羈遊餞別詩」にも「寧覚山川遠、悠悠旅思難」（寧しろ山川の遠きを覚《さと》りて、悠悠たる旅思も難し）とある。

離襟――人と別れるという寂しい、あるいは悲しい思い。〔十七〕8に既出。

俾夫――「俾」は使役を表す助字で、「使」などと使い方は同じである。「夫」は発語。「俾夫」の語は〔二十九〕にも「俾夫一同詩酒、不撓於牽糸」（夫れ一たび詩酒を同じくし、牽糸に撓まらざら俾《し》めよ）とある。

賈生――漢の賈誼のこと、賈誼の作品としては『文選』に「鵩鳥賦」「弔屈原文」等がとられている。

達観――喜怒哀楽の感情から離れて、全てのことをある種の悟りの境地から眺めること。『文選』巻十三・賈誼「鵩鳥賦」に「達人大観兮物無不可」（達人は大観し、物として可ならざるは無し）とある。

荘叟――荘周（荘子）のこと。

忘言――言葉を忘れる。『荘子・外物』に「言者所以在意、得意而忘言」（言は意在る所以なり、意を得て言を忘る）とある。また『晋書』巻四十三「山濤伝」に「（山濤）少有器量、介然不群。…与嵇康・呂安善。後遇阮籍、為竹林之遊、著忘言之契」（（山濤）少《わか》くして器量有り、介然として群れず。…嵇康・呂安と善し。後に阮籍と遇ひて、竹林の遊を為し、忘言の契りに著《つ》く）とある。

【考　説】

一、嵇康と呂安が、非常に仲が善く、「毎一相思、千里命駕」の間柄であった事は『世説新語』「簡傲」にも見える（十八5「遠契」注参照）。『晋書』巻四十九「嵇康列伝」によれば、「後安為兄所枉訴、以事繋獄、辞相証引、遂復収康（後安兄の枉訴する所となり、事を以て獄に繋がる、辞相証引して、遂に復た康も収《と》らはる）」ということがあったという。また後に潁川の貴公子鍾会に恨まれ、文帝に讒言されて、二人とも「害」されたという。つまり処刑されたのであった。嵇康は「早孤、有奇才、遠邁不群・・・恬静寡欲・・・学不師受、博覧不該通、長好老荘」であり、文才にも極めて秀でていたため、王勃は嵇康をこよなく尊敬していたのであった。しかしこの詩序を見ると、嵇康や阮籍に対して手放しで敬服していたわけではないような口吻が見て取れる点は興味深い。

二、一行目末尾の「猶嬰俗網之悲」について、「嬰」の目的語は他文の例から考えて、「俗網」であるのが最も適当で、意味から言っても、「俗網に嬰《かか》る悲しみ」と解するのが最も妥当あると思える。しかしこの句は、二行目中程の、

「無救窮途之哭」と対を成しており、後者を「窮途を救ふの哭」とはどうしても解すことが出来ない為、前者の方も、「俗網之悲」までを目的語とせざるを得なかったのである。
三、四行目末尾の、「何必復心」から五行目「然後得為君子哉」間での文意が解し難いのと、それと前文とのつながりが、意味的に判然としない。御教示を冀う。

（高橋　庸一郎）

〔二十〕九月九日採石館宴序

孔文擧洛京名士、長懷司隷之門、王仲宣山陽俊人、直至中郎之席。叙風雲於一面、坐林苑於三秋。白露下而呉江寒、蒼烟平而楚山晩。時惟九月、節實重陽。琳瑯謝安邑之賓、罇酒値臨邛之令。琴歌代起、舞詠齊飛。俗物去而竹林清、高人聚而蘭筵肅。河陽採犢、光浮一縣之花、彭澤仙杯、影浮三旬之菊。儼徂鑣於別館、偃去棹於離洲。思駐日於魯陽之庭、願廻波於屈平之浦。俯烟霞而道意、捨窮達而論心。萬里浮遊、佳辰有數、百年飄忽、芳期詎幾。請飛雄藻、共寫高懷。收翰苑之膏腴、裂詞場之要害。一言同賦、四韻倶成。使古人恨不見吾徒、無使吾徒不見故人也。

【訓読】

九月九日に採石の館に宴する序

孔文挙は洛京の名士にして、長く司隷の門を懐ひ、王仲宣は山陽の俊人にして、直《ただ》に中郎の席に至る。風雲を一面に叙べ、林苑に三秋に坐せむとす。

白露下りて呉江寒く、蒼烟平ぎて楚山晩《く》る。時に惟れ九月、節は実に重陽。琳郎は安邑の賓に謝し、罇酒は臨《りん》邛《きょう》の令に値《あ》ふ。

琴歌代《か》はりて起こり、舞詠斉しく飛ぶ。俗物去りて竹林清く、高人聚まりて蘭筵粛《しづ》けし。河陽の採犢、光は一県の花を浮かべ、彭沢の仙杯、影は三旬の菊を浮かぶ。

儼《しづ》かに鑣《くつわ》をして別館に徂《ゆ》かしめ、偃《やすら》かに棹を離洲に去らしめむ。日を魯陽の庭に駐めむことを思ひ、波を屈平の浦に廻らさむことを願ふ。烟霞に俯して意を道《い》ひ、窮達を捨てて心を論ぜむ。万里浮遊して、佳辰数《かぎり》有り、百年飄忽として、芳期詎幾《いくばく》ぞ。

請ふらくは雄藻を飛ばし、共に高懐を写さむことを。翰苑の膏腴を収め、詞場の要害を裂かむ。一言同じく賦し、四韻倶に成さむ。古人をして吾が徒を見ざるを恨ましめ、吾が徒をして故人を見ざらしむること無かれ。

【通　釈】

九月九日に、採石の館で宴をする序

孔文挙は洛陽の名士であって、司隷校尉であった李元を訪ねようと長く思い続け、王仲宣は山陽の俊人であって、まっすぐに左中郎将の蔡邕のそばに至ったものである。（われわれもこうして長い間の思いがかなってただにここに馳せ参じ、）行き来する風雲についてつぶさに詩に表し、また林苑に座して秋の季節を味わおうとしている。

白露が下りて呉江は寒くなり、蒼いもやがたなびいて楚の山は晩れてゆく。時は折しも九月であり、節はちょうど重陽である。今ここに集った珠玉のごときすばらしい人々は、安邑に客となったかの節操の士、閔貢に比べられるほどであり、樽酒の豊かさは、かの司馬相如とともに臨邛の令、王吉が卓王孫らに招かれた場合に匹敵している。

琴歌が代わる代わる起こり、舞詠がいっせいにはなやかに行われている。俗人はここにはおらず、竹林は清らかであり、高い精神の人々が集まってすばらしいこの宴の席はいかにも静かである。かつて河陽の県令となったかの潘岳の採犢（不明）のごとく、光の中に一県の花が浮かびあがり、かの彭沢の県令となった陶潜が九月九日に菊の薗の中で酒を飲んだという、その世俗を逃れた杯のごとく、影は三十日間咲く菊を浮かびあがらせている。しずしずと馬の轡をとって別館に行かせ、ゆったりと船の棹をあやつって離洲を去らせよう。われらの思いは、かの魯陽公のように夕日を招き返して庭に駐めようとするほどであり、われらの願いは、かの屈原が放たれた浦に波を廻らそうとするほどである。さあ、山水を友としてわれらの意志を述べ、貧窮や栄達などという俗事は捨ててともに真心を論じようではないか。万里を旅しても、佳い時はそうあるものでなく、また百年はまたたくまに過ぎ去って、良い出会いなどいくらもあるものか。

さあ皆さん、たがいに雄編を成し、共に気高い心を言葉にしるそう。文苑の肥沃をわがものとし、文壇などしのいでしまおう。一篇の詩をともに賦して、四韻の詩を皆で作ろう。もって昔の人々にわれらの詩作の隆盛を見ないことを残念がらせ、われらもまた昔の人々の風雅に酔おうではないか。

【語　釈】

採石——地名。「采石」とも作る。『元和郡県図志』巻二十八「江南道・宣州」に「采石戍、在県西北三十五里。西接烏江、北連建業、城在牛渚山上、与和州横江渡相対」（采石戍、県西北三十五里に在り。西は烏江に接し、北は建業に連なり、城は牛渚山上に在り、和州横江の渡と相ひ対す）とある。

孔文挙——後漢の孔融。

長懐司隷之門——孔融が十歳のとき、当時都で時めいていた司隷校尉、李元礼を親戚だと言って訪ね、いぶかる元礼に、「わが先祖孔子はあなたの先祖老子を先生としていたからわれわれは代々のよしみがある」と堂々と述べ、一座の人々を驚嘆させた故事をさす。『世説新語』「言語」に「孔文挙年十歳、随父到洛。時李元礼有盛名、為司隷校尉。詣門者皆儁才清称、及中表親戚乃通。文挙至門、謂吏曰、我是李府君親。既通、前坐。元礼問曰、君与僕有何親。対曰、昔先君仲尼与君先人伯陽、有師資之尊。是僕与君奕世為通好也。元礼及賓客莫不奇之」（孔文挙年十歳にして、父に随ひて洛に到る。時に李元礼盛名有りて、司隷校尉たり。門に詣《いた》る者は皆儁才《しゅんさい》清称、及び中表の親戚なれば乃ち通ず。文挙門に至るや、吏に謂ひて曰く、我は是《これ》李府君の親なりと。既に通じ、前《すす》みて坐す。元礼問ひて曰く、君と僕と何の親か有ると。対へて曰く、昔先君仲尼、君の先人伯陽と、師資の尊有り。是僕と君と奕世《えきせい》通好を為すなりと。元礼及び賓客、之を奇とせざるは莫し）とある。「司隷」は司隷校尉。漢の武帝の時代に置かれた官名。後漢時代は河南・洛陽を治め、百官の犯罪を取り締まった。

王仲宣――魏の王粲《おうさん》。

山陽――王粲の出身地。『三国志』巻二十一「王粲伝」に「王粲、字仲宣、山陽高平人也」（王粲、字は仲宣、山陽高平の人なり）とある。

直至中郎之席――王粲がまだ幼い時、当時名士であった左中郎将蔡邕を直接訪問し、蔡邕もまた王粲の才能を認め、倒屣して迎えた故事をさす。『三国志』巻二十一「王粲伝」に「献帝西遷、粲徙長安。左中郎将蔡邕見而奇之。時邕才学顕著、常車騎填巷、賓客盈坐。聞粲在門、倒屣迎之。粲至、年既幼弱、容状短小、一座尽驚。邕曰、此王公孫也。有異才、吾不如也。吾家書籍文章、尽当与之」（献帝西に遷り、粲長安に徙《うつ》る。左中郎将蔡邕見て之を奇とす。時に邕才学顕著にして、常に車騎巷に填《み》ち、賓客坐に盈つ。粲の門に在るを聞くや、倒屣して之を迎ふ。粲至るに、年既に幼弱、容状短小にして、一座尽く驚く。邕曰く、此れ王公の孫なり。異才有り、吾れ如かざるなり。吾が家の書籍文章は、尽く当に之に与へんと）とある。

三秋――三秋には三義あり、①は孟（初）・仲（中）・季（晩）、つまり七・八・九の三ヶ月の意、②は秋の最後、すなわち晩秋の意、③は『毛詩』「王風・采葛」の「一日不見、如三秋兮」（一日見《あ》はざれば、三秋の如し）の秋で、秋の季節は三ヶ月あるので、三秋は九ヶ月、または三度の秋で三年の意とする三義であるが、ここは第一義。

呉江――川の名。太湖から長江河口に向かって流れる川の一つ。

楚山――楚の地方の山。『文選』巻二十七・謝朓「休沐重還道中」に「雲端楚山見、林表呉岫微」（雲端に楚山見え、林表に呉岫《しう》微かなり）とある。

重陽――九月九日の節句。

琳郎――「琳琅」に同じ。珠玉の名。ここではすばらしい人物のたとえ。『世説新語』「容止」に「有人詣王太尉遇安豊・大将軍・丞相在坐、往別屋見季胤・平子。還語人曰、今日之行、触目見琳琅珠玉」（人有り、王太尉に詣りて安豊・大将軍・丞相の坐に在るに遇ひ、別屋に往きて季胤・平子を見る。還《かへ》りて人に語りて曰く、今日の行、触目、琳琅珠玉を見たりと）とある。

謝――あいさつする。あるいは、代わる意か。『荘子』「秋水」に「何少何多、是謂謝施。无一而行、与道参差」（何をか少とし何をか多とせん、是を謝施《しゃし》と謂ふ。而《なんじ》の行を一にすることなかれ、道と参差《しんし》せん）とあり、『釈文』に「謝、代也」とある。

安邑之賓――安邑に客居した後漢の閔貢《びんこう》（字仲叔）をさす。貧しいままに安邑に客居した閔貢は安邑の令に肉を恵まれたが、それを良しとせず、安邑を去った。『後漢書』巻八十三「周黄憲列伝序」に「太原閔仲叔、…客居安邑。老病家貧、不能得肉、日買猪肝一片。屠者或不肯与。安邑令聞勅吏常給焉。仲叔怪而問之。知乃歎曰、閔仲叔豈以口腹累安邑。即遂去」（太原閔仲叔、…安邑に客居す。老いて病み家貧にして、肉を得る能はず、日ごとに猪の肝一片を買ふ。屠者或は与ふるを肯ぜず。安邑の令聞きて吏に勅して常に給せしむ。仲叔怪しみて之を問ふ。知りて乃ち歎じて曰く、閔仲叔豈に口腹を以て安邑を累はさんやと。即ち遂に去る）とある。

罇酒――たる酒。〔七〕9に既出。

臨邛之令――漢代の臨邛の令、王吉をさす。司馬相如が王吉の客となった時、富人の卓王孫と程鄭《ていてい》に共に招かれ、盛大に酒をふるまわれたという。『史記』巻百十七「司馬相如列伝」に「素与臨邛令王吉相善。於是相如往、舎都亭。臨邛中多富人。而卓王孫家僮八百人、程鄭亦数百人。二人乃相謂曰、令有貴客。為具召之、并召令。令既至卓氏。客以百数。至日中謁司馬長卿。長卿謝病不能往。臨邛令不敢嘗食、自往迎相如。相如不得已彊往。一座尽傾。酒酣、臨邛令前奏琴曰、竊聞長卿好之。願以自娯。相如辞謝、為鼓一再行」（素より臨邛の令王吉と相ひ善し。是に於て相如往《ゆ》き、都亭に舎《やど》る。臨邛中富人多し。而して卓王孫は家僮八百人、程鄭も亦た数百人。二人乃ち相謂《あひかた》りて曰く、令に貴客有り。為に具して之を召し、并せて令を召さんと。令既に卓氏に至る。客百を以て数ふ。日中に至りて司馬長卿に謁す。長卿病して往く能はざるを謝す。臨邛の令敢へて食を嘗めず、自ら往きて相如を迎ふ。相如已むを得ずして彊《し》ひて往く。一座尽く傾く。酒酣にして、臨邛令の前に琴を奏して曰く、窃かに聞く、長卿之を好むと。願はくは以て自ら娯しみたまへと。相如辞謝して、為に一再行を鼓く）とある。

俗物――俗人。『晋書』巻四十三「王戎伝」に「戎毎与阮籍為竹林之游。戎嘗後至。籍曰、俗物已復来敗人意。戎笑曰、卿輩意亦復易敗耳」（戎毎に阮籍と竹林の游を為す。戎嘗て後れて至る。籍曰く、俗物已に復た来たりて人意を敗ると。戎笑ひて曰く、卿の輩の意もまた敗れ易きのみと）とある。

高人――心を高く持ち、仕えない人。『文選』巻六十・任昉「斉竟陵文宣王行状」に「高人何点躡屩於鐘阿、徴士劉虬献書於衡岳」（高人何点は屩《わらぐつ》を鐘阿に躡《ふ》み、徴士劉虬は書を衡岳に献る）とあり、「済注」に「何点皆当時賢人、隠居者也」（何点皆当時の賢人、隠居せる者なり）という。

蘭筵――すばらしい宴の意か。謝霊運「曇隆法師誄」に「如彼蘭筵、風遇気越、如彼大倪、雲被光発」（彼の蘭筵の如く、風遇ひ気越え、彼の天倪の如く、雲被ひ光発す）とある。

粛――「粛　シヅカニ」（名義抄）。

河陽採櫝、光浮一縣之花――晋の潘岳が河陽県の県令となり、そこに桃李の花を植え、時の人が「河陽は一県の花」と評判した故事をふまえる。『白孔六帖』巻七十七「県令」に「潘岳為河陽令樹桃李花、人号河陽一県花」（潘岳河陽の令と為り桃李の花を樹う。人、河陽一県の花と号す）とある。また、庾信「枯樹賦」に「若非金谷満園樹、即是河陽一県花」（若し金谷満園の樹にあらざれば、即ち是れ河陽一県の花）とある。ただし「採櫝」の意味は不明。「仙杯」の対。誤字があるか。あるいは「採犠」（酒樽）または「彩犠」（美しい酒樽）か。このあたり、〔二十九〕9・10に「彭澤陶潜之菊、影泛仙樽、河陽潘岳之花、光懸妙札」（彭澤陶潜の菊、影は仙樽に泛び、河陽潘岳の花、光は妙札に懸く）と類似の行文がある。

彭沢仙杯、影浮三旬之菊――彭沢の県令となった晋の陶潜が、九月九日に酒を送られて菊畑で飲んだ故事をふまえていう。〔五〕14に既出。

徂――行く。「徂　ユク」（名義抄）。

別館――他の館《やかた》。『文選』巻一・班固「両都賦」に「離宮別館三十六所、神池霊沼往々而在」（離宮、別館三十六所、神池霊沼往々《ところどころ》にして在り）とある。

駐日於魯陽之庭――楚の魯陽公が戦いのさなか、日暮れになって太陽を招き返した故事をふまえる。『淮南子』「覧冥訓」に「魯陽公与韓構難。戦酣日暮。援戈而撝之、日為之反三舎」（魯陽公韓と難を構ふ。戦酣にして日暮る。戈を援きて之を撝《さしまね》けば、日之が為に反《かへ》ること三舎なり）とある。

廻波於屈平之浦――屈原が追放されて湘江の浦に遊び、漁父の篇を作り、ついに汨羅に身を投じた故事をふまえる。『楚辞』巻七に「屈原既放、游於江潭、行吟沢畔」（屈原既に放たれ、江潭に游び、行《ゆきゆき》て沢畔に吟ず）とある。

窮達――困窮と栄達。『文選』巻十一・王粲「登楼賦」に「人情同於懐土兮。豈窮達而異心」（人情土を懐しむに同じ。豈に窮達するも心を異にせんや）とある。

佳辰――よい時。〔三十八〕5・6に「佳辰可遇、属楼雉之中天、良願果諧、偶琴樽之暇日」（佳辰遇ふべく、楼雉の中天に属き、良願果して諧《かな》ひ、琴樽の暇日に遇ふ）とある。また〔三十一〕3・4にも『豈非以琴樽遠契、必兆朕於佳晨、風月高情、毎留連於勝地』（豈に琴樽の遠契は、必ず佳晨に兆朕《きざ》し、風月の高情は、毎《つね》に勝地に留連《とどま》るにあらずや）とあり、『王子安集』（「越州秋日宴山亭序」。〔三十一〕に同じ）は「佳晨」を「佳辰」に作る。これらの「佳辰」は早い時期の語例か。

飄忽――たちまち。『文選』巻十六・陸機「歎逝賦」に「時飄忽其不再、老晼晩其将及」（時飄忽として其れ再びあらず、老晼晩として其れ将に及ぼさんとす）とあり、「良注」に「飄忽、疾貌」という。

詎幾――いくばく。『文選』巻十六・陸機「歎逝賦」に「彌年時、其詎幾。夫何往而不残」（年時を彌《を》ふること其れ詎幾ぞ。夫れ何くに往くとして残《そこ》なはざらん）とあり、「向注」に「詎幾、無多也」とある。

雄藻――立派な詩文。王勃「与契苾将軍書」に「是以子期幽思感叔夜之（「而」か）形言、伯喈雄藻、待林宗而無愧」（是を以て子期思を幽にして、叔夜を感じて言に形し、伯喈藻を雄にして、林宗を待ちて愧づることなし）とある。

高懐――高尚な思い。荀済「贈陰梁州詩」に「高懐不可忘、剣意何能已」（高懐忘るべからず、剣意何ぞ能く已めんや）とある。

翰苑――文学の園。

膏腴――文辞の美しいことを土地の肥沃にたとえていう。『抱朴子』「辞義」に「夫梓豫山積、非班巧不能成機巧。衆書無限、非英才不能収膏腴」（夫《そ》れ梓豫は山積すれば、班巧に非ざれば機巧を成すこと能はず。衆書無限なれば、英才に非ざれば膏腴を収むること能はず）とある。

詞場――詩文を作る場所や仲間。〔十八〕5に既出。

要害――地勢が険しく狭く、守るによく攻めるに難しい所。『文選』巻四・左思「蜀都賦」に「外負銅梁宕渠、内函要害於膏腴」（外には銅梁を宕渠《とうきょ》に負ひ、内には要害を膏腴に函《ふく》めり）とあり、「劉注」に「要害、険隘地也」という。

ここでは文壇の中心人物をいう。

（神野　富一）

〔二十一〕衛大宅宴序

蓋聞鳳渚參雲、限松楹於紫甸、龍津抵霧、睽茵①席於丹巖。然則杏圃揚徽、漁叟請緇②帷之賞、榴溪泛酌、野人輕錦陪之榮。豈如傲影南欞、拓桂山而構宇、翔魂北阜、俯蘭沼而披筵。日絢三珠、遠挩龜瑠之浦、風吟百籟、遙分鶴鳴③之巖。秀驛追風、傃蘭除而蹀影、鮮罇候景、闢羅幌而交懽。葉岫籠煙、彩綴九衢之幄④、花源泛日、香浮四照之蹊。于時紫緯澄春、青鍾戒序。颸鮮颷於泉薄、暖韶晷於巖阡。素蝶翻容、轉雲姿於舞席、紫鶯抽韻、赴塵影於歌軒。既而香⑤樹迎曛、連霞掩照、興盡呉山之賞、情高晉澤之遊。作者七人、其詞云爾。

【校　異】
①茵—菌　②緇—緒　③鳴—なし　④帷—握　⑤香—杳

【訓　読】
衛大の宅に宴する序
蓋し聞く、鳳渚に雲《くも》参《さん》ずれば、松楹を紫甸に限り、龍津に霧《きり》抵《み》てば、茵席を丹巌に睽《てむ》くと。然れば則ち杏圃に黴を揚げ、漁叟は緇《し》帷《ゐ》の賞を請ひ、榴溪に酌を泛べ、野人は錦陪の栄を軽ろんず。豈に影を南欞に傲《ほしひまま》にし、桂山を拓《ひら》きて宇を構《かま》へ、魂を北皐に翔《か》けしめ、蘭沼に俯《うつむ》きて筵を披《ひろ》ぐるに如かむ。

日は三珠を絢《あやど》り、遠く亀瑠の浦を抗《のぞ》き、風は百籟を吟じ、遥かに鶴鳴の巌に分かつ。秀駅は風を追ひ、蘭除に傃《むか》ひて影を蹀《ふ》み、鮮鑣景《かげ》を候《はか》り、羅幌を闢《ひら》きて歓を交ふ。葉岫は煙《もや》を籠《たれこ》め、彩《いろどり》は九衢の幄を綴《つら》ね、花源は日を泛《うか》べ、香は四照の蹊《みち》に浮べり。

時に紫緯澄春、青鍾序を戒む。鮮飈《せんぺう》を泉薄に颺《ひるかへ》し、韶晷を巖阡に曖《ほのぐら》くす。素蝶は容を翻し、雲姿を舞席に転《まろば》し、紫鶯は韻《こえ》を抽《ひ》きて、塵影を歌軒に赴かす。既にして香樹は曛《ひぐれ》を迎へ、連霞は照《かかやき》を掩《おほ》へり。興は呉山の賞を尽くし、情は晋沢の遊より高し。作者七人、其の詞に尓《しか》云ふ。

【通　釈】

衛大の家で酒宴する序

聞くところによると、至徳の人に雲がかかると、その人の住む邸宅は都から郊外に追いやられ、声望のある人の周りに霧が立ちこめると、宴席の敷物は赤い岩から見えなくなるという。だからこそ、樹木の鬱蒼と茂った林で琴を弾いていた孔子に、漁師は求めに応じ教えを授けたし、石榴の生い茂る谷川に酌を浮かべて曲水の宴をしても、野人は錦帳の宴に同席することを栄誉とは思わなかったのである。どうして南向きの窓から景色を楽しみ、桂山を切り開いて家を建て、思いを北の丘に馳せ、水辺の蘭を眺めて筵を広げるのに比べられようか。

陽光は三珠樹をも輝かせるばかりにきらめき、遠く亀瑠の浦を視界から消し、風は様々な音をたて、遥か鶴鳴の山にあたって分かれる。美しい馬が風を追って駆け、こちらの席に向いて舞を舞い、酒樽に影が差し、絹の幔幕を開いて共に楽しむ。翠の山に靄が立ちこめ、その美しい模様は珍しい草を描いた幔幕を連ねたようであり、花の咲く所に陽があたり、輝く美しい花は小道に香りを漂わせている。

今や季節は春、五律は春の青鐘にあたる。気持ちの良い風が泉の辺の草むらに吹き、崖の小道ははっきり見えない。白い蝶がひらひらと、舞の席に飛んできて自分も舞い踊り、鴬も長く鳴いて歌声の響く軒先までやってきた。もう香樹にも黄昏がせまり、夕焼けも次第に暗くなってきた。今日は王羲之の会稽山の麓で開いた蘭亭の集いのようにとても素晴らしかったし、晋の石崇の梓沢金国園での遊びよりも心楽しかった。詩を作る者七人。以上のように述べる。

【語　釈】

蓋聞――聞くところによると。文の出だしに置いて、広く事物を叙述するのに用いられる。『文鏡秘府論』「句端」に「発端置辞、汎叙事物也」（発端に辞を置き、汎《ひろ》く事物を叙するなり）とある。

鳳渚――鳳凰の飛ぶ渚。至徳の人に喩える。『淮南子』「覧冥訓」に「鳳凰之翔至徳也、…澶回蒙汜渚…」（鳳凰の至徳に翔《かけ》るや、…蒙汜《もうし》の渚に澶回《てんくわい》し…）とあるのに基づく。

参――集まる。

限――かぎる、へだてる。

楹――堂屋のはしら。『左伝』「荘公二十三年」に「秋、丹桓宮之楹」（秋、桓宮の楹を丹《あか》にす）とあり、杜預注に「楹、柱也」とある。ここではその様な柱の並ぶ建物をいう。

紫甸――靄のかかる郊外。「甸」は、郊外。『初学記』巻三十に引く『相鶴経』に「聖人在位、則与鳳凰翔于甸」（聖人位に在ませば、則ち鳳凰と甸に翔《か》ける）とある。

龍津――「龍門」に同じ。人望の高い人物をいう。〔五〕8に既出。

抵――満ちる。「抵　ミツ」（名義抄）。

睽――目をそむける。見えなくなる。離れる。

茵席――敷物。『文選』巻十七・傅毅「舞賦」に「陳茵席而設坐兮、溢金罍而列玉觴」（茵席を陳ねて坐を設け、金罍を溢《みた》して玉觴を列《つら》ぬ）とある。正倉院本原文で「茵」を「菌」に作るは誤り。

丹巌――赤い岩。宋之問「太平公主山池賦」に「高閣翔雲、丹巖吐緑」（高閣に雲翔《と》び、丹巖は緑を吐く）とある。

杏圃――杏壇に同じ。孔子が樹木の鬱蒼と茂った林を通りかかり、杏の木が生えた所で休憩し琴を弾いていたところ、一人の年老いた漁師が近づいてきて、琴の音に耳を傾けた。一曲を弾き終えると漁師は孔子の弟子を呼び、弾いているのは何者かと尋ね、弟子があれは孔子で、天下国家を利するために諸国を回っていると答えた。漁師は去り際に孔子を批判する言葉を吐き、弟子がそのことを孔子に告げると孔子は聖人と考え、漁師を追いかけて教えを請うたという『荘子』「漁父篇」を踏まえる。「孔子遊乎緇帷之林、休坐乎杏壇之上。弟子読書、孔子絃歌鼓琴。奏曲未半、有魚父者、下船而来。…曲終而招子貢子路、二人俱対」（孔子緇帷の林に遊び、杏壇の上に休坐す。弟子書を読み、孔子絃歌して琴を鼓す。曲を奏すること未だ半ならざるに、魚父なる者有り、船を下りて来る。…曲終りて子貢子路を招き、二人倶に対す）とある。

揚徽――琴を弾く。徽は琴の弦。後に弦を支える柱、「ことじ」の意へと変わる。

漁叟――年老いた漁師。

緇帷――元は黒い帷《とばり》の意であるが、ここでは樹木が茂った林をいう。正倉院本原文に「緇」を「緒」に作るは誤り。「杏圃」の注参照。

榴溪――石榴《ざくろ》が生い茂る谷川。

泛酌――酒杯を川の流れに浮かべる。「酌」は、さかづき。古代、三月三日に行われた習俗。

野人――在野の人。『文選』巻十三・潘岳「秋興賦序」に「僕野人也。偃息不過茅屋茂林之下、談話不過農夫田父之客」（僕野人なり。偃息すること茅屋茂林の下に過ぎず、談話すること農夫田父の客に過ぎず）とある。

錦陪之栄――錦帳の宴に陪席するという栄誉。『礼記』「玉藻」に「凡尊必上玄酒。唯君面尊、唯饗野人皆酒」（凡そ尊は必ず玄酒を上にす。唯だ君のみ尊に面し、唯だ野人を饗するには皆な酒をもってす）とある「饗」を指す。

豈如――どうして較べられようか。『文鏡秘府論』「句端」に「豈類、詎似、豈如、未若、右並論此物勝於彼也」（豈に類せんや、詎ぞ似んや、豈に如かんや、未だ若かず、右並びに此の物の彼に勝るを論ずるなり）とある。『文選』巻二十六・范雲「古意贈王中書」に「豈如鷦鷯者、一粒有余貲」（豈に鷦鷯者の、一粒の余貲有るに如かん）とある。

慠――「傲」に同じで、ほしいままにする。くつろぐ。

南欞――南向きの窓。「欞」は、れんじまど。『文選』巻四十五・陶淵明「帰去来辞」に「倚南窓以寄慠、審容膝之易安」（南窓に倚りて以て慠《がう》を寄せ、膝を容るるの安んじ易きを審《つまび》らかにす）とあるのに基づく。

桂山――広東省にある山の名。ここでは単に、桂、すなわち金木犀の生えている山をいうか。

構宇――家を建てる。『文選』巻六十・任昉「斉竟陵文宣王行状」に「依林構宇、傍巌拓架」（林に依りて宇を構へ、巌に傍して架を拓く）とある。

翔魂北皐――思いを北の丘に馳せる。『文選』巻三十三・「楚辞・招魂」に「魂兮帰来、北方不可以止些。増氷峨峨、飛雪千里些」（魂よ帰り来たれ、北方は以て止まるべからず。増氷峨峨《がが》として、飛雪千里なり）とあるのに基づく。「翔魂」は、思いを馳せる。「北皐」は、北にある山。『文選』巻一・班固「両都賦」に「於是睎秦嶺、睋北皐、挟灃灞、拠龍首」（是に於て秦嶺を睎《のぞ》み、北皐を睋《み》、灃灞を挟《さしはさ》みて、龍首に拠る）とある。

蘭沼――香草の揺れる沼。『文選』巻三十三「楚辞・招魂」に「谿谷径復、流潺湲些。光風転蕙、氾崇蘭些」（谿谷は径復《けいふく》し、流れて潺湲《せんくわん》たり。光風は蕙《けい》を転《ゆるが》せて、氾《はん》として蘭を崇《みた》す）とあるのを踏まえる。その李善注に「氾、汎汎、揺動貌也」（汜、汎汎、揺れ動く貌なり）とある。
披筵――むしろを広げる。
絢――陽射しが当たって輝く。
三珠――伝説中の珍しい木、三珠樹のこと。『山海経』「海外南経」に「三珠樹在厭火北、生赤水上。其為樹如柏、葉皆為珠」（三珠樹は厭火の北に在り、赤水の上《ほとり》に生ず。其の樹たるや柏の如く、葉皆な珠と為る）とある。また、「王勔、王勮、王勃」の兄弟三人を指すこともある。
挩――除く。
亀瑠――未詳。
百籟――風が吹くことによって生じる様々な自然の音。『文選』巻二十九・張協「雑詩其六」に「凄風為我嘯、百籟坐自吟」（凄風は我が為に嘯《うそぶ》き、百籟坐《そぞろ》に自ら吟《うた》ふ）とある。
鶴鳴――正倉院本では「鶴」の次の字を欠く。ここでは「鳴」の字を補った。「鶴鳴」は『易』「中孚」に「鶴鳴在陰、其子和之」（鶴鳴陰に在り、其の子之に和す）にあるのに基づき、在野の有徳の人をいうが、ここでは、『後漢書』巻一百五「劉焉伝」に「（張魯）祖父陵、順帝時客蜀、学道鶴鳴山中」（（張魯の）祖父陵、順帝の時蜀に客《たび》し、道を鶴鳴山中に学ぶ）とある鶴鳴山をいうか。
秀駅――美しい馬。「駅」は、駅亭のはや馬。
追風――風のように早く駆ける馬。『六臣注文選』巻四十六・王融「三月三日曲水詩序」に「絶景追風之騎」（絶景、追風の騎）とあり、張銑注に「絶景追風之騎、良馬也」（絶景、追風の騎とは、良馬なり）とある。なお『李善注文選』では「追風」を「遺風」に作る。
傃――向かう。〔十一〕9に既出。

蘭除――「除」は「篨」に通じ、竹を編んだむしろ。「蘭」は美称。

蹀影――「蹀」は踏む。「蹀影」は馬が自分の影を踏むように踊ることをいうか。『旧唐書』巻二十八「音楽志一」に「日旰、即内閑厩引蹀馬三十匹、為傾杯楽曲。奮首鼓尾、縦横応節」（日旰《く》るるや、即ち内閑厩より蹀馬三十匹を引き、傾杯楽曲を為す。首を奮ひ尾を鼓《う》ち、縦横に節に応ず）とあるように、馬による踊りの演目があった。

鮮罇――新酒を入れた酒樽。

候景――日影を測る。すなわち、時が過ぎる。

羅幌――薄絹の垂れ幕。『玉台新詠』巻四・鮑照「代京洛篇詩」に「珠簾無隔露、羅幌不勝風」（珠簾露を隔つる無く、羅幌風に勝へず）とある。

交懽――よしみを結ぶ。「懽」は「歓」に同じ。

葉岫――青葉の繁る峰。「岫」は山。

籠煙――靄が立ちこめる。

綴――連ねる。『文選』巻二・張衡「西京賦」に「左有崤函重険、桃林之塞、綴以二華」（左《ひだり》に崤函の重険、桃林の塞有り、綴《てい》するに二華を以てす）とあり、李善注に賈逵の『国語』の注を引いて「綴、連也」（綴は、連ぬるなり）とある。

九衢――「九衢」は、都にある九つの大路をいうが、ここではその大路が四方に延びているように枝分かれしている草の枝をいう。『山海経』「中山経」に「又東五十里、曰少室之山。百草木成囷。其上有木焉、其名曰帝休。葉状如楊、其枝五衢、黄華黒実、服者不怒」（又た東五十里を、少室の山と曰ふ。百草木囷を成す。其の上に木有り、其の名を帝休と曰ふ。葉の状は楊の如くにして、其の枝は五衢、黄の華に黒き実、服する者は怒らず）とあり、「其枝五衢」の郭璞注に「言樹枝交錯、相重五出、有象衢路也。離騒曰、靡萍九衢」（樹枝交錯し、相ひ重なりて五出し、衢路に象《に》る有るを言ふなり。離騒に曰く、靡萍九衢と）とある。この「九衢」は後出の「四照」とともに草花の茂る形容に用いられ、『文選』にも用例が見える。『文選』巻五十九・王巾「頭陀寺碑文」に「九衢草千計、四照花万品」（九衢の草は千計、四照の花は万品）とある。

幄――とばり。

花源――花の咲いている所。一説に桃花源の略ともいう。

四照――四方を照らすように赤く咲く花。『山海経』「南山経」に「其首曰招揺之山、…有木焉。其状如穀而黒理、其華四照。其名曰迷穀。佩之不迷」（其の首を招揺の山と曰ふ。…木有り。其の状穀の如くにして黒き理あり、其の華四照す。其の名を迷穀と曰ふ。之を佩ぶれば迷はず）とあり、「其華四照」の郭璞注に「言有光燄、若木華赤、其光照地、亦此類也」（光燄有るを言ふ、若木の華《はな》赤く、其の光地を照らす、亦た此の類なり）とある。「九衢」の注も参照。

紫緯――「緯」は、金、木、水、火、土の五星をいう。ここから、星の運行、さらには季節の巡りへと意味がつながる。「紫」は美称。『文選』巻四十六・顔延之「三月三日曲水詩序」に「晷緯昭応、山瀆効霊」（晷緯は昭応《せうおう》して、山瀆《さんとく》は霊を效《いた》す）とあり、李善注に「緯、五星也」とある。

青鍾――五鍾の一つで、東方を表す青鍾大音のこと。「青」は季節としては春に配される。『管子』「五行」に「昔黄帝以其緩急作五声、以政五鍾、令其五鍾。一曰青鍾大音、…五声既調、然後作立五行以正天時、五官以正人位」（昔黄帝其の緩急を以て五声を作り、以て五鍾を政し、其の五鍾に令《な》づく。一に曰く、青鍾は大音、…五声既に調ひ、然る後に五行を以て天時を正し、五官を以て人位を正すを作立す）とある。

戒序――「序」は、季節の順序。「戒」は、至る。「戒序」は、季節の移り変わりを整える。前注に引く管子の「正天時」に相当する。

颸――風が吹く。

鮮飈――清新なる風。「飈」は「飆」に同じ。『文選』巻三十一・江淹「雑体詩・效許詢自序詩」に「曲櫺激鮮飆、石室有幽響」（曲櫺《きよくれい》に鮮飆《せんべう》激しく、石室に幽響《いうきやう》有り）とあり、呂向注に「鮮飆、鮮潔之風」（鮮飆は、鮮潔の風なり）とある。また王勃の「梓州郪県兜率寺浮図碑」にも「陰室中開、鮮飆自激」（陰室中開き、鮮飆自ら激し）と用いられている。

泉薄――泉の辺の草むら。「薄」は、草むら。〔四〕10に既出。

曖――薄暗くてはっきりしない様。「曖　クラシ」（名義抄）。

韶晷――春の陽射し。

巖阡――崖の小道。

素蝶――白い蝶。

雲姿――白い姿。

舞席――舞を舞うときに敷く敷物。陳・徐陵の「走筆戯書応令詩」に「舞席秋来巻、歌筵無数塵」（舞席は秋来たりて巻かれ、歌筵には無数の塵あり）とある。王勃の「九成宮頌」にも「風闈夕敞、携少女於歌筵、月幌霄朧、下姮娥於舞席」（風ふく闈は夕に敞《ひら》く、少女を歌筵に携え、月さす幌は霄に朧《おぼろ》、姮娥を舞席に下す）との用例が見られる。

紫鶯――紫色の鶯。

抽韻――声や音を延ばす。ここでは鶯が鳴くことを指す。

塵影――小さなかげ。王褒「長安道」に「樹陰連袖色、塵影雑衣風」（樹陰に袖色を連ね、塵影は衣風に雑じる）とある。

歌軒――歌声の響く軒先。

香樹――香りのよい木。『列仙伝』巻下「園客」に「一旦有五色蛾、止其香樹末」（一旦五色の蛾有り、其の香樹の末に止る）とある。

曛――夕日、たそがれ。「曛　ヒクレ」（名義抄）。

連霞――夕焼け。

掩照——光をおおう。即ち、暗くなる。
呉山之賞——王羲之らが蘭亭で開いた宴会を指す。
晋沢之遊——石崇が梓沢で開いた宴会を指す。

（山川　英彦）

〔二十二〕樂五席宴羣公序

樂五官情懸水鏡、落雲英①於高穹、諸公等利斷秋金、嘯風煙於勝友。竝以蘭才仙府、乘閑追俠窟之遊、寓宿靈臺、酤酒狎爐家之賞。加以曹公展跡、毗魯化於惟桑、周生辭袟、悵秦歌於素木。蹔搜疇養、仍抒新知、促高讌而欣故人、欽下車而仰明訓。于時凝光寫愛、落霽生寒、雪卷飛雲、池涵折駿。酒②酣發③於濡首、勝氣逸於同心。既開作者之筵、請襲詩人之軌。各題四韻、共用一言。成者先書記。我今日云爾。

①英―ナシ　②酒―ナシ　③於―ナシ

【訓　読】

楽五の席に羣公と宴《うたげ》する序

楽五官、情は水鏡を懸《かか》げ、雲英を高穹より落つるがごとく、諸公等、利は秋金を断じ、風煙を勝友に嘯《うそぶ》くがごとし。並に蘭才仙府を以て、閑に乗じて侠窟の遊を追ひ、霊台に寓宿し、酒を酤《か》ひて炉家の賞に狎《な》る。加以《しかのみならず》曹公跡を展《の》べ、魯化を惟桑に毗《ちかづ》く。周生袟《ちつ》を辞し、秦歌を素木に悵《いた》む。蹔《しばし》疇養を捜《もと》め、仍て新知を抒《の》べ、高讌を促して故人を欣《よろこ》ばせ、欽《つつ》しみて下車して明訓を仰ぐ。

時に光凝《こ》りて愛を写《のぞ》き、霽《は》れ落《はじ》めて寒を生ず。雪は飛雲に巻《ま》き、池は折駿を涵《い》る。酒酣《たけなは》にして濡首を発し、勝気同心に逸《はし》る。既に作者の筵を開けし、請ふらくは詩人の軌《あと》を襲《おそ》はむことを。各四韻を題し、共に一言を用ひむ。成れる者は先に書記せよ。我は今日尓《しか》云ふ。

【通　釈】

楽五君が主催する席に皆と宴を催す序

楽君の心は水のごとき鏡をかかげたように澄み切って邪心なく、あたかも大空から甘露を降らすかのよう。ここに集われた方々の友情は、黄金をも断ち切るほど堅く、その境地を良友に語りかけている。みな優れた才能、聡明な心を備えておられ、余暇にこうして遊覧して楽しんでおられる。人気のないところに宿を取り、酒を買い求めてくつろいで飲んでおられる。それに、曹公は先人の教えを広め、ご自宅で孔子の教化を身近に行っておられるし、周君は官を辞し、歌を雪の積もる木々が見えるところで哀しげに歌っている。しばらくは昔なじみを捜し、またしきりに新しい友人と話をし、このすばらしい宴席はますます盛り上がり、古くからの友人たちも喜び、恭しく高説に耳を傾けている。

今、あたりは陽が射して明るくなり、雪もやみ寒さが厳しくなってきた。雪は流れる雲から降り注ぎ、池の水面に落ちて消えていく。宴もたけなわとなり、もう酒は十分にいただいた。はやる気持ちが皆にあふれている。こうして文学を愛する者が集って宴会が開かれたわけであるから、古の詩人の習慣に倣おうではないか。各人が韻字を選び、八句の詩を作ろう。先に書き上げた者から順に書き記していこう。と、今日私はこのように述べる。

【語　釈】

楽五官――「楽」は姓、「五」は排行、「官」は官職にある人に付す敬称。伝未詳。

水鏡――水と鏡。物事をありのままに映し出す無私の存在。『三国志』巻四十「李厳伝」注に「夫水至平而邪者取法、鏡至明而醜者亡怒。水鏡之所以能窮物而無怨者、以其無私也」（夫れ水の至平なるも邪なる者法を取り、鏡の至明なるも醜き者怒ること亡《な》し。水鏡の能く物を窮むも怨み無き所以《ゆゑん》は、其の無私を以てなり）とある。ただここでの「水」は「鏡」の修飾語と考えられる。

雲英――対となる「嘯風煙於勝友」から考えて、「雲」の前後に一字脱落があるはず。「落」「高穹」とあるところから「雲英」と推定した。大空から降る甘露のこと。

高穹――大空をいう。

利断秋金――友情が堅いことをいう。〔一〕10に「断金」と出る。「秋金」は、単に「金」というに同じ。『漢書』巻二十七「五行志」に「兌在西方、為秋為金」（兌は西方にあり、秋たり金たり）とある。

嘯――詠《うた》う。『文選』巻二十二・左思「招隠詩」に「山水有清音、何事待嘯歌」（山水に清音有り、何ぞ事として嘯歌《せうか》を待たん）とあり、李善注に『詩』「召南・江有汜」に「其嘯也歌」（其の嘯《うそぶ》くや歌《うた》ふ）とあるのを引く。

風煙――風ともや。『文選』巻三十・謝朓「和王著作八公山詩」に「風煙四時犯、霜雨朝夜沐」（風煙は四時に犯し、霜雨は朝夜に沐《ぬら》せり）とある。

勝友――良き友。〔二十六〕7にも見える。

蘭才――優秀な才能。

仙府――立派な邸宅。ただこれでは文意が通じない。「府」は「腑」にも通用されるので、胸の内、心の意味に解する。

乗閑――暇を利用して。「承間」に同じ。『楚辞章句』巻十六・劉向「九嘆」に「願承間兮自恃」（願はくは間《ひま》を承けて自ら恃《たの》まんことを）とあり、章句に「承君間暇」（君の間暇を承け）とある。

追俠窟之遊――遊覧する。『文選』巻三十・郭璞「遊仙詩」に「京華遊俠窟、山林隠遯棲」（京華は遊俠の窟、山林は隠遯の棲《すみか》）とあるのを踏まえる。

寓宿――宿る。

霊台――辺鄙な寂しい場所をいう。『後漢書』巻七十一「第五倫伝」注に『三輔決録注』を引き、「頡、字子陵。…洛陽無主人、郷里無田宅。客止霊台中、或十日不炊」（頡《けつ》、字は子陵。…洛陽に主人無く、郷里に田宅無し。霊台中に客止し、或は十日炊《かし》がず）とあるのに基づく。

酤酒――酒を買う、酒を売るの両義があるが、ここでは酒を買う。『史記』巻百十七「司馬相如伝」に「相如与倶之臨邛、尽売其車騎、買一酒舎酤酒而令文君当鑪」（相如与《とも》に倶《とも》に臨邛《りんきょう》に之《ゆ》き、尽く其の車騎を売り、一酒舎を買ひて酒を酤《う》り文君をして鑪に当たらしむ）とある。司馬相如は酒を売り、ここは意味が異なるが、この件を踏まえると考える。

狎炉家之賞――酒屋で酒を買い求めてくつろいで飲む。「炉」は「鑪」に同じ。「炉家」は酒屋をいう。

曹公――未詳。

展跡――先人の教えを広める。

毗――近づく。王勃「広州宝荘厳寺舎利塔碑」にも「謳歌有覇道之余、毗俗得華風之雑」（歌を謳ひて覇道の余有り、俗に毗《ちかづ》きて華風の雑を得）とある。

魯化――孔子の教化をいう。「化」は、教え。孔子が魯の出身であったことからいう。

惟桑――「維桑」とも書く。『詩』「小雅・小弁」に「維桑与梓、必恭敬止」（維れ桑と梓、必ず止《これ》を恭敬す）とあり、両親が残してくれたものの意から、家を指すようになった。

周生——未詳。

辞袟——「袟」は「秩」に同じ。「辞秩」とは官職を辞すること。

悵——うらむ、いたむの意。

秦歌——薛譚が秦青に歌を学び、彼が帰郷しようとした際に秦青が餞《はなむけ》に歌を歌い、その歌声は木まで振るわせたという故事を踏まえるか。『列子』「湯問」に「薛譚学謳於秦青。…秦青…餞於郊衢、撫節悲歌。声振林木、響遏行雲」（薛譚謳《うた》を秦青に学ぶ。…秦青…郊衢に餞し、節を撫して悲歌す。声は林木を振るはせ、響は行雲を遏《とど》む）とある。

素木——普通は塗りや装飾を施していない白木の器をいうが、ここでは周囲の雪の降り積もった木々をいうか。

疇養——「疇」は、むかしの意。次句の「新知」の対であるから、「養」は名詞で、自分を育ててくれた人をいうか。

新知——新しい友人。『玉台新詠』巻六・呉均「擬古詩之四」に「故友一如此、新知詎憶人」（故友一《いつ》に此の如し、新知詎《なん》ぞ人を憶《おも》はんや）とある。

高讌——立派な宴会。

下車——車から下りること。官吏が赴任することを指すこともある。

明訓——教え。『文選』巻十六・潘岳「寡婦賦」に「遵義方之明訓兮、憲女史之典戒」（義方の明訓に遵《したが》ひ、女史の典戒に憲《のっと》る）とある。

凝光——光が集まる、明るくなる。

写愛——「写」は、除く。『詩』「邶風・泉水」に「駕言出遊、以写我憂」（駕して言《ここ》に出で遊び、以て我が憂《うれひ》を写《のぞ》かん）とあり、毛伝に「写、除也」とある。「愛」は「曖」に通じ、暗いさま。「写曖」は、暗きを除く、すなわち、明るくなるの意。

落霽——晴れてくる。「落」は、始まる。『詩』「周頌・訪落」に「訪予落止、率時昭考」（予《わ》が落《はじめ》を訪《はか》り、時《こ》の昭考に率《したが》ふ）とあり、毛伝に「落、始」とある。

飛雲——空を流れる雲。

涵——入る。「涵　イル」（名義抄）。

折駿——池に落ちてくる雪片。「折」には「融ける」の意味があり、「駿」は早い。「折駿」で、融けるのが早い、すぐに融ける。つまり雪をいう。

酒酣発於濡首——次句との対から考えて二字脱落していると考えられる。「濡首」の上に「於」を補うのは容易である。次句の「逸」との対になるのは「発」であろうことから、もう一字は「酣」の上に「酒」を補った。

濡首——首まで濡らす。節度無く酒を飲み、正体不明になったさまをいう。『易』「未済」に「上九、有孚于飲酒、無咎。濡其首、有孚失是。象曰、飲酒濡首、亦不知節也」（上九、飲酒に孚《まこと》有り、咎《とが》無し。其の首を濡らすは、孚有ること是《ここ》に失はる。象に曰く、酒を飲みて首を濡らすは、亦た節を知らざるなり）とあるのに基づく。

勝気——優れた気質。『芸文類聚』巻四十九・梁簡文帝「庶子王規墓誌銘」に「勝気無儔、高塵誰偶」（勝気儔《たぐひ》無く、高塵誰か偶《なら》ばん）とある。

逸——はしる。あふれる。

同心——友人。『文選』巻二十九「古詩十九首」に「同心而離居、憂傷以終老」（心を同じくして離れ居《す》む、憂傷して以て老を終へんとす）とあり、向注に「同心、謂友人也」（同心は、友人を謂ふなり）とある。また〔一〕10「断金」注参照。

襲詩人之軌——古の詩人の習慣に倣う。「襲」は、継ぐの意で、「襲軌」で先人の跡を継ぐ。『文選』巻三十七・劉琨「勧進表」に「三葉重光、四聖継軌」（三葉光を重ね、四聖軌《あと》を継ぐ）とある。具体的には王羲之らの滕王閣の集いを念頭に置くと考えられる。

（佐藤　晴彦）

〔二十三〕楊五席宴序

蓋聞、勝賞不留、神交罕遇。白雲忽去、青天無極。故有百年風月、浪形丘壑之間、四海山川、投跡江湖之外。豈若情高物表、樂在人間。遠方一面、新知千里。清言滿席、復存王粲之門、濁酒盈罇、即坐陳蕃之榻。何必星槎獨放、泝蒼渚而驚魂、烟竇忘歸、俯丹霄而練魄。差斯而已哉。盍各賦詩、共旌友會、云爾。

【訓読】

楊五の席に宴する序

蓋し聞く、勝賞留まらず、神交罕《まれ》に遇ふと。白雲忽ちに去り、青天極《きはま》り無し。故に百年の風月も形を丘壑《きうがく》の間に浪《みだ》り、四海の山川も跡を江湖の外に投ずる有り。豈に、情の物表より高く、楽の人間《じんかん》に在るに若《し》かむや。遠方の一面、新知の千里。清言は席に満ちて、復《ま》た王粲の門に存し、濁酒は罇に盈《み》ちて、即ち陳蕃の榻《しぢ》に坐す。何ぞ必ずしも星槎独り放《はな》たれ、蒼渚を泝《さかのぼ》りて魂を驚かし、烟竇《えんとう》帰るを忘れ、丹霄《たんせう》に俯して魄を練らむや。差《ああ》、斯くして已みなむ。盍《なむ》ぞ各《おのおの》詩を賦し、旌を共にし友と会さざる。云ふこと尓《しか》り。

【通釈】

楊五の席で宴する詩の序

勝景を賞ずる思いはつきず、不思議な縁での交りはまれにしかない、と聞いている。大空を流れる白雲は忽ちにとび去り、青天ははてしもなく広い。それ故に百年も続く自然の美しい風景も、その形を丘や谷の間に気ままにみだしてしまい、四方の山や川もそのすがたを世間の外に消してしまうことがあるのだ。（それらは）どうして、人の情は世間の俗事よりも高く、楽しみは人間世界に在るということに及ぼうか（及びはすまい）。

遠方からの出席者の顔、新たに知り合った千里の彼方からの人。清らかな談笑は席に満ち、あの王粲が来客を喜び、あわてて履物をさかさまに履いて出迎えたという故事のような喜び迎えられた門があり、濁酒は樽にみちて、あの陳蕃が徐稚を迎えて榻を特設したという故事のようなあついもてなしがある。どうして必ずしも筏に乗って一人で織女星や牽牛星を訪ねて蒼い渚をさかのぼった古人のように魂を驚かせたり、雲霧にとざされた岩洞で家に帰るのを忘れて赤い夕焼け雲に俯した古人のように魄を練ったりする必要があろうか。

ああ、このようにして、この宴を了《お》えようぞ。どうして各自詩を作り、同じ志の下にこの宴席の友とならないでおれようぞ。と以上のごとく述べる。

【語　釈】

楊五――「楊」は姓、「五」は輩行と考えられるが、その人物については未詳。

蓋聞――〔二十二〕2に既出。発語辞。「～と聞いている」の意。わが上代の例としては『万葉集』巻五「日本挽歌」前詞（謀、あるいは墓誌とみるべきもの、――山上憶良作）に「蓋聞、四生起滅、方夢皆空」（蓋し聞く、四生に起滅するは、夢の皆空しきに方《たぐら》ぶ）とあり（神亀五年〔七二八〕七月廿一日作）、他にも例は多い。

勝賞――勝景を賞《め》でること。

神交――心からの交友。また不可思議な機縁による交り。〔二〕14に既出。

風月——清風と明月。自然の美しい景色。風光。
浪——「みだる」と動詞に訓む。ほしいままにふるまう、みだりにふるまう。
丘壑——丘と谷。山水。〔十六〕3に既出。世俗をはなれた隠者の住む処の意に用いたか。
四海——東西南北の海。天下。〔一〕2に既出。
江湖——長江と洞庭湖。
物表——世俗の外。物外。「物」はものごと、世事、俗事。『文選』巻四十三・孔稚珪「北山移文」に「若其亭亭物表、皎皎霞外、芥千金而不盼、屣万乗其如脱、聞鳳吹於洛浦、値薪歌於延瀬、固亦有焉」（其の物表に亭亭として、霞外に皎皎たり、千金を芥《あくた》にして盼《かへりみ》ず、万乗を屣《くつ》にして其れ脱するが如く、鳳吹《ほうすい》を洛浦に聞き、薪歌《しんか》に延瀬に値《あ》へるが若きは、固《もと》より亦た有り）とある。
王粲之門——「王粲」は三国魏の詩人、建安七子の一。字は仲宣。乱を荊州に避け、「王粲登楼」の故事のもととなった「登楼賦」を作り、また蔡邕を迎えるために急ぎ屣を倒《さか》しまに履いたという「倒屣迎賓」の故事で有名。ここは有名な詩人王粲の門下。王粲の邸宅の意。
陳蕃之榻——陳蕃が賓客を迎えたような席。後漢陳蕃が賢人で徳行高い徐稚を招いた時、特別の榻《しじ》（こしかけ）を準備し、徐稚が帰るとその榻を懸けて収めたという故事（「陳蕃懸榻」）による。
星槎独放——星の天河に槎《いかだ》に乗ってひとりで出かける意。『芸文類聚』巻八「海水」の条に「博物志曰、旧説天河与海通。近世有居海渚者。年年八月有浮槎来過。甚大往反不失期。此人乃多賚粮乗槎去。忽忽不覚昼夜。奄至一処、有城郭屋舎。望室中、多見織婦。見一丈夫。牽牛渚次飲之。此人問此為何処。答曰、問厳君平。此人還問君平。君平曰、某年某月、有客星犯牛斗、即此人乎」（博物志に曰く、旧説に天河と海と通ぜり。近世に海渚に居る者有り。年年の八月に槎《いかだ》を浮けて来り過《よぎ》る有り。甚だ大にして往反に期を失はず。此人乃ち多く粮を賚《もたら》し槎に乗りて去る。忽忽として昼夜を覚えず。奄に一処に至る、城郭屋舎有り。室中を望むに、多く織婦を見る。一丈夫を見る。牛を渚に牽き次ぎて之を飲《みづか》ふ。此の人問ふ、此は何れの処とか為すと。答へて曰く、厳君平に問へと。此の人還りて君平に問ふ。君平曰く、某年某月、客星の牛斗を犯す有り、即ち此の人かと）（巻九十四「牛」の条にも同文を引くが小異があり、「即此人到天河也」とする）とあり、これに基づく。

烟賨忘帰――「烟賨」は雲霧の岩洞をめぐること、「忘帰」は何かに夢中になって家に帰るのを忘れること。この一句『楚辞』「河伯」の「登崑崙兮四望、心飛揚兮浩蕩。日将暮兮悵忘帰」（崑崙に登りて四望すれば、心飛揚して浩蕩たり。日将に暮れんとして悵として帰るを忘る）とあるのに基づくか。

丹霄――夕焼けなどで赤く染まった空。

差斯――「差」は「嗟」として、「嗟《ああ》、斯くて」ととる。別に、「斯《これ》を差して」、とも訓めるか。また原本の文字を、羅氏は「若斯」とする。「若レ斯」とすれば「斯《か》くの若《ごと》くにして」と訓むことになる。

共旌――はたを共にする。同じ宴席に集う意。「旌」はからうしの尾や五色の羽毛で竿頭を飾ったはた。

友会――志を同じくする友と会う。『論語』「顔淵」に「曾子曰、君子以文会友、以友輔仁」（曾子曰く、君子は文を以て友を会し、友を以て仁を輔く）とあるのに基づく。

【考　説】

本序には具体的な宴席の状況や、周囲の景物の描出なく、従ってその季節などもはっきりしない。また「楊五」なる人物をはじめとして、出席者なども不明。この序の成立時期（宴の催された年月）も、その場所も推定不可能。現存する王勃詩中にこの時の作と思われるものも見出すことができない。詩人序作者として高名であった王勃の、やとわれての作であろう。

（蔵中　進）

〔二十四〕與員四等宴序

自嵆阮寂寥、尹班超忽、高筵不嗣、中宵誰①賞。故今惜芳辰者、停鶴軫於風衢、懷幽契②者、佇鸞觴於月徑。已矣哉、林壑遂喪、烟霞少對。良會不恒、神交復幾。請沃③非常之思、倶宣絶代之遊、託同志於百齡、求知己於千載。道之存矣、無乃然乎。人賦一言、倶裁四韻。

【校異】

①誰—詞　②契—ナシ　③沃—抜

【訓読】

員四等《ら》と宴する序

嵆・阮寂寥し、尹・班超忽せしより、高筵嗣《つ》がず、中宵誰か賞せむ。故に今し芳辰を惜しむ者は、鶴軫《かくしん》を風衢《ふうく》に停《とど》め、幽契《いうけい》を懐《なつか》しむ者は、鸞觴《らんしょう》を月径《げっけい》に佇《ま》つ。已《や》みぬるかも、林壑《りんがく》遂に喪《ほろ》び、烟霞少《やくやく》に対ふ。良会は恒にあらず、神交も復幾《またいくばく》ぞ。請《こ》はくは、非常の思を沃《そそ》き、倶に絶代の遊を宣《の》べ、同志を百齢に託し、知己を千載に求めむことを。道の存するや、乃ち然《しか》ること無けむ。人ごとに一言を賦し、倶に四韻を裁《つく》らむ。

【通釈】

員四らと宴をする詩の序

親交のあった嵇康と阮籍の交りもさびしく静かな過去のものとなり、仲の良かった尹敏と班彪の交りもはるかな昔日のこととなってから、親友同志の立派な宴もすたれ、夜半の会を一体誰が楽しもうぞ。そこで今このよい時を惜しむ人たちは、乗り物を風のかよいぢにとどめ、ゆかしい友情をなつかしむ人たちは、立派な酒盃を手にして月のかよいぢにまつのである。ああ、なべてものは過ぎ去り、山林の奥深い谷間はなくなり、山水の美しい景色に向かうこともなくなってきた。今日のようなすばらしい会合は常にはなく、心からの交友もまたどれほどあろうぞ。どうぞ、この常にはない思いを吐露し、みんなで遠い昔に行われていた遊宴の楽しさをのべ、友人の長寿を祝し、われらを知ってくれる人を千年の後に求めよう。友情の道の存するかぎり、このような宴が無くなるであろうか、そのようなことはあるまい。各人一首の四韻詩（律詩）を作ろうではないか。

【語　釈】

員四——初唐詩人員半千のこと、「四」は輩行。『旧唐書』「文苑伝」に「本名余慶、晋州臨汾人。少与斉州人何彦先同師事学士王義方、義方嘉重之。嘗謂之曰、五百年一賢、足下当之矣。因改名半千。上元初、応入科挙、授武陟尉」（本名は余慶、晋州臨汾の人。少くして斉州の人何彦先と同じく学士王義方に師事し、義方嘉みして重んず。嘗て之に謂ひて曰く、五百年の一賢、足下は之に当れりと。因りて名を半千に改む。上元（六七四～六七五）の初め、応じて科挙に入り、武陟尉を授けらる）とあり、『全唐詩』に三首を残す。また初唐四傑の駱賓王にも「叙寄員半千詩」と「答員半千書」があり、彼らと交友関係があった。

嵇阮——竹林の七賢の嵇康（二二三～二六二）と阮籍（二一〇～二六三）。『世説新語』「任誕」に「陳留阮籍、譙国嵇康、河内山涛、三人年皆相比、康年少亜之。預此契者、沛国劉伶、陳留阮咸、河内向秀、琅邪王戎。七人常集于竹林之下、肆意酣暢。故世謂竹林七賢」（陳留の阮籍、譙国の嵇康、河内の山涛、三人年皆な相ひ比すも、康年少にして之に亜《つ》ぐ。

此の契に預る者は、沛国の劉伶、陳留の阮咸、河内の向秀、琅邪の王戎なり。七人常に竹林の下に集ひ、肆意酣暢す。故に世に竹林の七賢と謂ふ）とあり、『初学記』「交友」に「神交　冥契。袁宏山濤別伝曰、陳留阮籍、譙国嵆康、並高才遠識、少有悟。其契者、濤初不識、一与相遇、便為神交」（神交　冥契。袁宏の山濤別伝に曰く、陳留の阮籍、譙国の嵆康、並びに高才遠識にして、少《わか》くして悟有り。其の契は、濤初め識らず、一たび与《とも》に相ひ遇ひて、便ち神交を為す）とある。

寂寥――さびしく静かなさま。ここは嵆阮の交りもさびしく静かな過去のものとなった意。

尹班――親交を結んだ尹敏と班彪のこと。『初学記』「交友」に「尹班、荀李。東観漢記曰、尹敏字幼季、与班彪相厚。毎相与談、常対案不食、昼即至冥、夜即徹明」（尹班、荀李。東観漢記に曰く、尹敏、字は幼季、班彪と相ひ厚し。毎《つね》に相ひ与《とも》に談じ、常に案に対ひて食はず、昼は即ち冥に至り、夜は即ち明に徹す）とある。

超忽――はるかに遠いさま。『文選』巻五十九・王巾「頭陀寺碑文」に「東望平皐、千里超忽」（東のかた平皐を望めば、千里超忽たり）とある。ここは尹・班の親交も遠い昔のこととなった意。

賞――楽しむ。『文選』巻四十三・孔稚珪「北山移文」に「山阿寂寥、千載誰賞」（山阿寂寥たり、千載誰か賞せん）とある。

鶴軫――立派な車。「軫」は車の下台となる材、とこぎ。「鶴」は美称。

風衢――風のかよひぢ。「衢」はちまた、四辻。

鸞觴――「觴」は角製の酒盃。「鸞」は美称。『文選』巻二十九・嵆康「雑詩」に「鸞觴酌醴、神鼎烹魚」（鸞觴《らんしやう》に醴《れい》を酌《く》み、神鼎に魚を烹《に》る）とある。

月径――「径」はこみち、月の通るみち。

林壑――山林の奥深い谷間。〔十一〕7に既出。

烟霞――山水の良い景色。〔一〕3に既出。

神交――友人同志の心からの交り。本詩序「嵆阮」注参照。〔二〕14にも既出。

絶代――遠い昔をいう。『爾雅注序』に「総絶代之離詞、弁同実之珠号者也」（絶代の離詞を総べ、同実の珠号を弁ずる者なり）とあり、邢昺疏に「絶代謂遠代也」（絶代は遠代を謂ふなり）とある。あるいは、世に並ぶもののないほどすぐれていること、すなわち、絶世の意か。

（蔵中　進）

〔二十五〕登綿州西北樓走筆詩序

山川暇日、樓雉中天。白雲引領、蒼波極目。視烟霞之浩曠、覺城肆之喧①卑。促蘿薜於玄門、降虹蜺於紫府、取樂罇酒、相忘江漢。思題勝引、式序幽筵。爰命下才、固其宜矣。人探一字、四韻成篇、云爾。

【校　異】

①喧—喧

【訓　読】

綿州の西北楼に登りて筆を走らす詩の序

山川に日を暇《か》り、楼雉《ろうち》天に中《あ》たる。白雲は領を引き、蒼波は目を極《きは》む。烟霞の浩曠なるを視《み》、城肆の喧卑なるを覚《おぼ》ゆ。蘿薜《らへい》を玄門に促《うなが》し、虹蜺を紫府に降す。楽しみを樽酒に取り、江漢を相ひ忘る。

勝引に題せむと思ひ、式《もち》て幽筵に序す。爰《ここ》に下才に命ずるは、固より其れ宜しきなり。人ごとに一字を探《さぐ》り、四韻にして篇を成さむと、尓《しか》云ふ。

【通　釈】

綿州の西北楼に登り筆を走らせる序

山川に休暇を得て（城楼に登ると）、城楼の牆壁は天空に聳えている。白雲は頚《くび》を伸ばして眺め、蒼い波は見渡す限り続いている。山水の景色の広大なさまを見るにつけ、町中の騒がしさと卑しさを感じる。かずらが北門に迫り、虹が町の上に懸かっている。酒を飲んで楽しみ、浮き世の憂さを忘れよう。

良き友の詩に題しようと思い、奥ゆかしい宴席で序を作ろうとする。そこで小生に命じられたが、喜んで引き受けさせていただこう。各人それぞれ一字を探し、四韻で篇を成すことにしよう。

【語　釈】

綿州——州名。隋、置く。今の四川省綿陽県。『元和郡県図志』巻三十三に「剣南道。綿州、…隋開皇五年改潼州為綿州。因綿水為名也。大業三年改為金山郡。武徳元年復為綿州」（剣南道、綿州、…隋開皇五年潼州を改めて綿州と為す。綿水に因りて名と為すなり。大業三年改めて金山郡と為す。武徳元年復して綿州と為す）とある。

走筆——筆を走らせる。急いで詩文を作る。『玉台新詠』巻八に徐陵の「走筆戯書応令」と題する詩を収める。

山川——その土地の自然の景色。山水。

暇日——休暇をもらう。また、休暇。『文選』巻十一・王粲「登楼賦」に「登茲楼以四望兮、聊暇日以銷憂」（茲の楼に登り以て四望し、聊《いささ》か日を暇《か》りて以て憂ひを銷《け》さん）とある。

楼雉——城楼の牆壁。『文選』巻三十・謝朓「和王著作八公山詩」に「出没眺楼雉、遠近送春目」（出没して楼雉を眺め、遠近春目を送る）とある。

中天——天まで上る。また、大空。『列子』「周穆王」に「王執化人之袪、騰而上者、中天廼止」（王化人の袪《そで》を執り、騰りて上り、天に中《あた》りて廼ち止む）とある。

引領——首を伸ばして遠くを眺め望む。『孟子』「梁恵王上」に「天下之民、皆引領而望之也」（天下の民、皆領を引きて之を望む）とある。

蒼波――蒼い波。『芸文類聚』巻三十・梁簡文帝「与蕭臨川書」に「白雲在天、蒼波無極」（白雲天に在り、蒼波極まる無し）とある。

烟霞――煙と霞。もやかすみ。また、山水の景色をいう。〔四〕3に既出。

極目――視力の及ぶ限り遠くを見る。見渡す限り。『文選』巻十一・王粲「登楼賦」に「平原遠而極目兮、蔽荊山之高岑」（平原遠くして目を極むれば、荊山の高岑に蔽はる）とある。

浩曠――広大なさま。〔十二〕6に既出。

城肆――城壁のある町。市街地。『文選』巻二十二・謝琨「游西池詩」に「逍遥越城肆、願言屢経過」（逍遥して城肆を越《わた》り、願《おも》ひて言《ここ》に屢《しば》しば経過す）とある。

喧卑――騒がしく賤しい。『文選』巻十四・鮑照「舞鶴賦」に「去帝郷之岑寂、帰人寰之喧卑」（帝郷の岑寂を去り、人寰の喧卑に帰す）とある。

蘿薜――かずら。女蘿（つたかずら）と薜茘（まさきのかずら）。また、かずらで織った布。隠者の衣服を指す。また転じて、隠者の住居を指す。〔四〕4「薜蘿」注参照。

玄門――町の北門をいう。「玄」は方角としては北を意味する。『玉台新詠』巻三・王鑒「七夕観織女詩」に「赫奕玄門開、飛閣鬱嵯峨」（赫奕たる玄門開き、飛閣は鬱として嵯峨たり）とある。

虹蜺――虹も蜺《げい》も、にじをいう。『文選』巻十九・宋玉「高唐賦」に「仰視山顛、粛何千千、炫燿虹蜺」（仰《あふ》いで山顛を視れば、粛《ととの》ひて何ぞ千千たる、炫燿《げんえう》すること虹蜺のごとし）とある。

紫府――道教で天上の仙人の住居をいう。葛洪『抱朴子』「祛惑」に「及至天上、先過紫府、金牀玉几、晃晃昱昱、真貴処也」（天上に至るに及び、先ず紫府を過ぐれば、金牀玉几、晃晃昱昱として、真に貴き処なり）とある。ここでは王勃が滞在している町の美称。

江漢――長江と漢水の二つの川、またこの二つの川に挟まれた地方をいう。〔十〕5に既出。

勝引――優れた良き友をいう。「引」は進むの意味で、おのれの徳を進める友をいう。『文選』巻二十二・殷仲文「南州桓公九井作詩」に「広筵散汎愛、逸爵紆勝引」（広筵に汎愛を散じ、逸爵は勝引に紆《めぐ》る）とあり、李善注に「勝引、勝友也。引猶進、良友所以進己、故通呼曰勝引」（勝引は、勝れたる友なり。引は猶は進むのごとし、良友は己を進むる所以なり、故に通じて呼びて勝引と曰ふ）とある。

式――用いる。『詩』「小雅・小苑」に「教誨爾子、式穀似之」（爾《なんぢ》が子を教誨するに、穀を式《もち》て之に似せしめん）とあり、鄭箋に「式、用、穀、善也」（式は用、穀は善なり）とある。「式序」の例としてはいささか「序」の字義が異なるが、『詩』「周頌・時邁」に「明昭有周、式序在位」（明昭なるかな有周、式て在位を序す）とある。

罇酒――さけ。樽酒。〔十二〕4に既出。

下才――謙遜の自称。下材。

幽筵――奥ゆかしい宴会の席。

（原田　松三郎）

〔二十六〕秋日登洪府滕王閣餞別序

豫章故郡、洪都新府。星分翼軫、鎭接衡廬。襟三江而帶五湖、控蠻荊而引甌越。物華天寶、龍光射牛斗之墟、人傑地靈、徐孺下陳蕃之榻。雄州霧列、俊宷星馳。臺隍枕夷夏之交、賓主盡東南之美。都督閻公之雅望、棨戟遙臨、宇文新州之懿範、襜帷蹔駐。十旬①休沐、勝友如雲、千里逢迎、高朋滿席。騰蛟起鳳、孟學士之詞府、紫電青霜、王將軍之武庫。家君作宰、路出名區、童子何知、躬逢勝餞②。時惟九月、序屬三秋。潦水盡而寒潭清、烟光凝而暮山紫。儼驂騑於上路、訪風景於崇阿。臨帝子之長洲、得天人之舊館。曾臺嬌翠、上出重霄、飛閣翔丹、下臨無地。鶴汀鳧渚、窮嶋嶼之縈廻、桂殿蘭宮、即崗巒之體勢。披繡闥、俯琱甍、山原曠其盈視、川澤呼其駭矚。閭閻撲地、鍾鳴鼎食之家、舸艦弥津、青雀黄龍之舳。虹銷雨霽、彩徹區明。落霞與孤鶩③齊飛、秋水共長天一色。漁舟唱晩、響窮彭蠡④之濱。鴈陣驚寒、聲斷衡陽之浦。遙襟⑤甫暢、逸興遄飛、爽籟發而清風起、纖歌凝而白雲遏。睢園緑竹、氣浮彭澤之罇、鄴水朱華、光照臨川之筆。四美具、二難幷。寫睇眄於中天◎、極娯遊於暇日◎。空高地◎迥、覺宇宙之無窮、興盡悲來、識盈虛之有數。望長安於日◎下、指呉會於雲⑥間、地◎勢極而南溟深、天◎柱高而北辰遠。關山難越、誰非失路之人。溝水相逢、盡是他鄕之客。懷帝閽而不見、奉宣室而何年◎。嗟乎、大運不齊、命塗多緒。馮唐易老、李廣難封。屈賈誼於長沙、非無聖王。竄梁鴻於海曲、豈乏⑦明時。所賴君子安排、達人知命。老當益壯、寧移白首之心。窮當益堅、不墜青雲之望。酌貪泉而競爽、處涸轍而相驩。北海雖遙、扶搖可接。東隅已逝、桑楡非晩。孟嘗高潔、空餘報國之情、阮籍⑧猖狂、豈效窮塗⑨之哭。勃五尺微命、一介書生。無路請纓、等終軍之妙日◎、有懷投筆、愛宗慤⑩之長風。捨簪笏於百齡、奉晨昏於萬里。非謝家之寶樹、接孟氏之芳隣。他日◎趨庭、叨陪鯉對。今茲捧袂、喜託龍門。楊意不逢、撫陵雲而自惜、鍾期既遇、奏流水而何慙。嗚呼、勝地◎不常、盛筵難再。蘭亭已矣、梓澤丘墟。臨水贈言、幸承恩於偉餞。登高能賦、是所望於羣公。敢竭鄙懷、恭疏短引。一言均賦、八韻俱成、云爾。

【校　異】

①旬—甸　②餞—践　③鶩—霧　④蠡—蝝　⑤襟—矜　⑥雲—ナシ　⑦之—之　⑧籍—藉　⑨塗之—之塗　⑩愨—㱿

【訓　読】

秋の日、洪府の滕王閣に登り別れに餞《はなむけ》さるの序

　豫章の故郡は、洪都の新府なり。星は翼軫《よくしん》を分かち、鎮は衡廬に接す。三江を襟とし五湖を帯とし、蛮荊を控へて甌越を引く。物華は天宝にして、龍光牛斗の墟を射、人傑は地霊にして、徐孺に陳蕃の榻《たふ》を下す。雄州霧のごとく列《つらな》り、俊采《しゅんさい》星のごとく馳《は》す。台隍は夷夏の交に枕《のぞ》み、賓主は東南の美を尽す。都督閻公《えんこう》の雅望、棨戟《けいげき》遥《はるか》に臨み、宇文新州の懿範《いはん》、襜帷《せんゐ》暫《しまらく》く駐《とどま》る。十旬の休沐に、勝友雲の如く、千里逢迎し、高朋席に満つ。騰蛟起鳳《とうかうきほう》、孟学士の詞府、紫電青霜、王将軍の武庫なり。家君宰と作り、路《みち》名区に出づ。童子何ぞ知らむ、躬《みづか》ら勝餞に逢はむとは。

　時は惟《こ》れ九月、序は三秋に属す。潦水《らうすい》尽きて寒潭は清く、烟光凝《こ》りて暮山紫なり。騑驂《ひさん》を上路に儼《ととの》へ、風景を崇阿《すうあ》に訪《おとな》へば、帝子の長洲に臨み、天人の旧館を得。曽台は翠《みどり》を矯《あざむ》きて、上は重霄より出で、飛閣は丹《に》を翔ばして、下は無地に臨めり。鶴汀鳧渚、島嶼の縈廻を窮め、桂殿蘭宮、崗巒の体勢に即く。繍闥を披き、琱甍に俯《うつむ》けば、山原は其の盈視を曠くし、川沢は其の駭矚を呼ぶ。閭閻地を撲《つく》す、鐘鳴鼎食の家、舸艦津に弥《わた》る、青雀黄龍の舳。虹銷《き》え雨霽《は》れ、彩は徹《とほ》り区《く》明らかなり。落霞は孤鶩《ぼく》と斉しく飛び、秋水は長天と一色なり。漁舟晩を唱ひ、響は彭蠡の浜に窮す。雁陣寒を驚かし、声は衡陽の浦に断《た》ゆ。遥襟甫《はじめ》て暢《の》び、逸興遄《すみやか》に飛び、爽籟発して清風起り、繊歌凝《こ》りて白雲遏《とど》む。睢園《すいゑん》緑竹、気は彭沢の樽を浮《しの》ぎ、鄴水朱華、光は臨川の筆より照《かかや》く。四美具《そな》はり、二難并《へい》

す。睇眄《ていべん》を中天に写《しゃ》し、娯遊を暇日に極《きは》む。

空高く地迥《はる》かにして、宇宙の窮《きはま》り無きを覚え、興尽き悲び来りて、盈虚の数《さだめ》有るを識る。長安を日下に望み、呉会を雲の間《あひま》に指せば、地勢極りて南溟深く、天柱高くして北辰遠し。関山越え難く、誰か失路の人ならざらむ。溝水に相ひ逢ふは、尽く是れ他郷の客なり。帝閽を懐《おも》へど見えず、宣室に奉ぜんこと何れの年か。嗟乎《ああ》、大運斉《ひと》しからず、命途緒多し。

馮唐は老い易く、李広は封ぜられ難し。賈誼を長沙に屈せしは、聖王無きに非ず。梁鴻を海曲に竄《ざん》せしは、豈に明時を乏《か》かむや。頼む所は君子の安排、達人の知命なり。老いては当に益ます壮んなるべく、寧《なむ》ぞ白首の心を移さむや。窮しては当に益《ます》ます堅《かた》かるべく、青雲の望みを墜《おと》さず。貪泉を酌みて爽を競ひ、涸轍に処すとも相ひ歓《よろこ》ばむ。北海遥かなりと雖も、扶揺接すべし。東隅已に逝けども、桑楡晩《おそ》きに非ず。孟嘗の高潔、空しく報国の情を余《あま》し、阮籍の猖狂、豈に窮途の哭に効《なら》はむや。

勃は五尺の微命、一介の書生なり。纓を請ふに路無く、終軍の妙日に等しく、筆を投ぜむを懐ふこと有りて、宗愨《そうかく》の長風を愛《お》しむ。簪笏を百齢に捨て、晨昏を万里に奉ぜむ。謝家の宝樹に非ざるも、孟氏の芳隣を接す。他日庭に趨《はし》りて、叨《みだ》りに鯉対に陪せむ。今茲《ここ》に袂を捧げて、龍門に託するを喜ぶ。楊意逢はざれば、陵雲を撫して自ら惜しみ、鍾期既に遇ふ、流水を奏して何ぞ慙《は》ぢむ。嗚呼《ああ》、勝地常ならず、盛筵再びし難し。蘭亭は已みぬ、梓沢は丘墟となりぬ。水に臨みて言を贈り、幸ひに恩を偉餞に承く。高に登りて能く賦すは、是れ羣公に望む所なり。敢て鄙懐を竭《つく》して、恭《うやうや》しく短引を疏《しる》す。一言もて均しく賦して、八韻倶に成さむ、と尓《しか》云ふ。

【通　釈】

秋の日、洪府の滕王閣に登り開かれた餞別の宴の序漢代豫章郡の治所は、今新たに設けられた洪州都督府の所在地である。星座二十八宿では翼《よく》（たすき）・軫《しん》（みつうち）の分野にあり、鎮めとなる山である衡山・廬山に続いている。三江が衣の襟のように取り巻き、五湖が帯のように取り囲んでいる。未開の荊の地を治め、越国東部の地を招引する要衝の地である。この土地の物産の素晴らしいことはあたかも天上の宝物のようであり、この豫章の地で宝剣が放った光輝は天の牽牛北斗二星の区域を直射したといわれ、傑出した人物は山川の優れた霊気を受けて現れるものであり、南昌の高士徐稺《じょち》は普段は賓客を迎えることのない豫章の太守陳蕃から礼遇せられたのである。この洪州の付近には大きな町が数多くあり、俊英な官僚が数多く仕事をしており、この洪州の城郭は荊楚と華夏の交わる地に臨み、賓客も主人もともに勝れた人物ばかりである。高い人望のある都督閻公の前駆《さきがけ》の飾り戟が遥か遠方からやって来る。徳望ある嶺南道新州の長官宇文氏の御簾車が暫く止めて置かれる。十日に一度の休みの日に立派な友人たちが大勢集い、また千里の道をはるばるやって来た客を出迎えもてなし、高貴なる客人たちで座が一杯である。董仲舒が蛟龍を夢見て春秋繁露の詞句を作り、揚雄が鳳凰を夢見て太玄経を著したような優れた詞文の才をお持ちの孟学士も来られ、呉大帝の宝剣紫電や漢の高祖が白蛇を斬ったという名剣青霜を収めた武器庫を有する王将軍も列席しておられる。父福時《ふくじ》が左遷されて交趾《こうし》県令となり、（そこへ行く）途中この名勝の地洪州を通りかかった。未熟な私がこの盛大な送別の宴に出席できるとは思いもよらないことだった。

時節はまさに九月、四季の順でいえば晩秋である。雨後の溜まり水も消え、寒々とした淵の水は澄みきっている。濃いもやがかかり暮れなずむ山々はぼんやり紫色に浮かんでいる。路上で馬車の左右の副え馬を厳かに整え、高い丘からあたりの景色を探し求めると、その昔呉王闔閭が遊猟した長洲苑のような庭園が目の前に広がり、仙人が住むかと思われるほどの、漢の文帝の子梁孝王になぞらえられる滕王元嬰の建てた滕王閣が見える。楼閣は木々の緑よりも色鮮やかで、空に高く聳え、高殿はその赤い色が空中に鮮やかで、下を見ても地面が見えないほどである。鶴の舞う中州、鳬《かも》の遊ぶ岸辺、島々はことごとく滕王閣のまわりをめぐるようにして浮かび、桂の木で作られた御殿や木蘭で拵えられた宮殿は、山や岡のように起伏している。美しく飾られた門を開き、紋様を施した甍を見下ろすと、みはるかす山や原野は果てしなくその思いのままの眺望を広げ、点在する川や沼沢はその驚きをもって見るよう呼びかけているようである。村里に人家がいっぱいに立ち並び、楽器を鳴らしごちそうの入った鼎《かなえ》を並べて大家族で食事をするほどの権勢のある家も多い。様々な船が渡し場に満ちあふれ、その中には美しく飾った船も多い。虹が消え雨があがると、太陽の光がつき透って大空いっぱいに明るく輝き、落日に映える雲が仲間のいない野鴨と一緒に飛んで行き、秋の川の流れが大空と一色になっている。漁《すなど》りする舟から日暮れを歌う声は鄱陽《はよう》湖の岸辺に消えてゆき、南に飛んでいく雁の群が秋の寒々とした空気を震わせて鳴き、その声は衡陽の側を流れる川のほとりに消えていく。はるかな胸の思いはようやくのびのびとし、飄々と世俗を超越した興趣がふと涌きあがってくる。さわやかな簫の音が響き、気持ちのよい風が吹き渡り、か細い歌声が声を長くのばして歌うと空を流れる白雲も聞き惚れて止まってしまう。この緑したたる梁孝王の兔園にまごうばかりの竹林に集まった賓客たちの酒宴の様は、彭沢での陶淵明の飲みっぷりをも凌ぎ、魏の武帝、文帝が率いた鄴の建安の七子らにも比べられるこの宴席に連なる文士たちの才能は、及ぶ者がないと称された謝霊運よりも輝いている。その謝霊運のあげた良い季節、美しい景色、友人、楽しみの四つが揃い、得がたいりっぱな主賓が集い、大空を眺めて思う存分この休日を楽しむ。

天空は高く大地ははるかで、空間時間の窮まりないことがわかる。興趣が尽きると悲哀の気持ちが湧いてきて、月に満ち欠けがあるのと同じように、人の世の盛衰、時代の興亡には定めがあることが分かる。ここは眺望がよく、晋の明帝が幼時に父元帝に話したように長安の都を太陽の下に望み、陸雲が荀隠に自己紹介したように雲の間に指させば、大地の尽きるところには南海の深い淵があり、西北には崑崙山の天柱が高く聳えており、その彼方には北極星が見える。関所のある国境の山は越えるのが難しく、誰もがみな道に迷った旅人なのである。長安の都を東西に流れる御溝の水のように、巡り逢うのも悉く異郷の旅人である。あの屈原のように天帝の門番のことを思っても見えず、天子のおわす未央宮にお仕えすることができるのは何時の日のことであろうか。嘆かわしいことだ。天の与え給う境遇は斉一ではなく、運命の道筋は人それぞれ様々である。

漢の文・景二帝に仕えた馮唐も武帝の時代には老いて仕えることができず、匈奴を討伐した李広も万戸侯にはなれなかった。賈誼が長沙に左遷されたのは、聖明な君主がいなかったからではない。梁鴻が斉魯の海辺に隠れ逃れたのは、決して明るい政治が行われない時代だったからではない。立派な君子のように事態の推移にまかせてそれに甘んじ、事理に通じた達人のように自身の運命を知っていることが大切である。馬援が言ったように、年老いてもますます意気は壮んなるべきなのであって、どうして常人のように白髪の年齢になったからといって、年老いた心情に推移してしまうことがありえようか。貧乏になっても、意志をますます堅固にすれば、修徳盛名の望みを失うようなこともない。貪泉の水を酌み飲んでも清操を守って世に知られ、水の乾きかかった車輪の跡の水たまりにいる鮒のような困窮した境遇にあっても歓びあおう。北海が遥か遠くとも大鵬のように吹き上げる旋風に乗って到達することができるし、若い時代は過ぎ去ってしまっても、太陽が沈んで（人生が終わって）しまったわけではない。私は後漢の孟嘗のように、高潔な人間であるのに役人として重用されず、国のために尽くそうとする思いを叶えることができないでいるが、阮籍のように礼俗に拘らず奔放不羈で、突然出かけて道に行き詰まったからと声を挙げて泣くような真似をどうしてしようか。

私王勃は五尺の童子のごときであり、一介の書生の身である。終軍が南越王を説得しようとした年齢になりはしたが、終軍のように手柄をたてるために長いひもを請おうにも手立てがない。万里の波濤に超える思いを抱きつつ、若い宗慤のように意気壮んに文筆を投げ捨てて封侯のことに励もうと思う。かんざしや笏に代表される官吏への途は一生涯捨てて、父を尋ねて万里の彼方へ行き孝養を尽くそう。謝安が謝一家の宝樹と言ったような才能はないが、孟子が母の三遷の教えによって良き隣人を持ったように良き隣人に恵まれている。何時の日にか、孔鯉が自分の家の庭で父孔子から学問の方法を教えられたように、私もあやかって父の教えを受けるようになりたい。今はここで威儀を正して、李膺のような人物に拝謁し、この登竜門のようなこの会に参上できたことを喜んでいる。司馬相如も武帝に推薦してくれた楊得意のような人に会うことがなければ、大人賦のような名文を作っても認めてくれる人のいないことを残念に思ったであろうし、琴の名手李伯牙は聞き上手の鍾子期に出会い、名曲流水を奏でて才能を認めてもらったのだから、どうして残念がることがあったであろうか。ああ、景勝の地もいつまでも変わらないわけではないし、盛大な宴席を再び催すことは難しい。王羲之の蘭亭の集いもすでに昔のこととなり、石崇の梓沢金谷園も今は廃墟となってしまった。長江の流れに臨んで声をかけていただき、幸いにも立派な餞別の宴に列なる恩恵を承けることとなった。高い所に登って詩を作る能力のあるものは大夫となることができるというが、これこそ列席の皆さんにたいして望む所である。失礼を顧みず懐《おも》いを尽くし、謹んでつたない序文を書き記した。一韻でもって皆ともに詩を作り、八句の詩をともに作ろうではないか、とかく申す。

【語　釈】

秋日登洪府滕王閣餞別序――四部叢刊本『王子安集』は「滕王閣詩序」とするが、『文苑英華』巻百八十一、『初唐四傑集』は正倉院本に同じ。王勃が「滕王閣序」を著した年齢については唐末の王定保の『唐摭言《とうせきげん》』巻五に「王勃著滕王閣序。時年十四。都督閻公不之信。勃雖在座、而閻公意属子壻孟学士者為之、已宿構矣。及以紙筆巡譲賓客、勃不辞譲。公大怒、払衣而起、専令人伺其下筆」（王勃滕王閣序を著す。時に年十四。都督閻公之を信ぜず。勃座に在ると雖も、而も閻公の意は子壻孟学士なる者に属して之を為さしめんとし、已に宿《つと》に構ぜり。紙筆を以て賓客に巡り譲らしむるに及び、勃辞し譲らず。公大いに怒り、衣を払ひて起ち、専ら人をして其の筆を下すを伺はしむ）とあるのに拠って十四歳説が流布したが、元・辛文房の『唐才子伝』には、「父福時坐是左遷交趾令。勃往省観、途過南昌。時都督閻公新修滕王閣成。九月九日大会賓客、将令其婿作記以誇盛事」（父福時是《これ》に坐して交趾令に左遷せらる。勃往きて省観せんとし、途に南昌を過《よぎ》る。時に都督閻公新《あらた》に滕王閣を修して成る。九月九日大いに賓客を会《つど》へ、将に其の婿をして記を作らしめて以て盛事を誇《ほこ》らんとす）とある。父福時の左遷の年は『旧唐書』巻百九十の王勃伝によれば上元二年（六七五）、勃二十六歳の時のことである。滕王閣は、唐の滕王元嬰が洪州都督であった時に建てた。後に同じく洪州都督となった閻伯璵《えんはくよ》が重修し、その時に賓客を招いて宴を設け、客に命じて序を作らせたところ年少の王勃がたちどころに書き上げたと伝えられる。

豫章故郡、洪都新府――「豫章」は漢代の郡名。「洪都」は洪州都督府を指す。『旧唐書』巻四十「地理志」江南西道、洪州上都督府の鍾陵に「漢南昌県、豫章郡所治也。隋改為豫章県、置洪州。煬帝復為豫章郡。宝応元年六月、以犯代宗諱、改以鍾陵。取地名」（漢の南昌県、豫章郡の治する所なり。隋改めて豫章県と為し、洪州を置く。煬帝復《また》豫章郡と為す。宝応元年六月、代宗の諱を犯すを以て、改めて鍾陵と為す。地名を取るなり）とある。

翼軫――古代中国では天を東（蒼龍）・西（白虎）・南（朱雀）・北（玄武）の四宮に分かち、さらにそれぞれを七宿に、全天を二十八宿に分割し、地上と対応させた。『文選』巻六・左思「魏都賦」に「列宿分其野、荒裔帯其隅」（列宿其の野を分かち、荒裔《くわうえい》其の隅を帯ぶ）とある。「翼」（和名たすき）、「軫」（和名みつうち、またはみつかげ）は二十八宿の名であり、地上の楚の地方に相当する。『越絶書』巻十二「記軍気」に「楚故治郢、今南郡、南陽、汝南、淮陽、六安、九江、廬江、豫章、長沙、翼軫也」（楚の故治郢《えい》は、今の南郡、南陽、汝南、淮陽、六安、九江、廬江、豫章、長沙にして、翼軫なり）と見える。

鎮接衡廬――古代中国では、たとえば『書』「禹貢」では各地を冀、兗、青、徐、揚、荊、豫、梁、雍の九州に分かち、それぞれにその土地を鎮める山が存在すると考え、その山を山鎮と称した。『周礼』「夏官・職方氏」に「乃弁九州之国…正南曰荊州、其山鎮曰衡山」（乃ち九州の国を弁じて…正南を荊州と曰ひ、其の山鎮を衡山と曰ふ）とある。また『芸文類聚』巻七「山部上」に見える梁元帝「廬山碑序」に「廬山者亦南国之徳鎮」（廬山は亦た南国の徳鎮なり）とある。

襟――衣の襟が頚《くび》を取り巻くように洪都を取り巻いていることをいう。『戦国策』「秦策」に、楚人黄歇が秦昭王に説いた言として「王襟以山東之険、帯以河曲之利、韓必為関中之候」（王襟とするに山東の険を以てし、帯とするに河曲の利を以てせば、韓必ず関中の候為らん）とあり、鮑彪注に「蔽障如襟、囲繞如帯」（蔽ひ障ぎること襟の如く、囲み繞《めぐ》ること帯の如し）と見える。

三江――「三江」については諸説ある。『史記』巻二「夏本紀」の「三江既入、震沢致定」（三江既に入り、震沢定まるを致す）の正義に引く『呉地記』には「松江東北行七十里、得三江口。東北入海為婁江、東南入海為東江、並松江為三江」（松江東北に七十里行き、三江口を得。東北して海に入るを婁江と為し、東南して海に入るを東江と為し、松江を并せて三江と為す）とあり、松江・東江・婁江をいうとする。

帯――帯が人の腰の周りを取り囲むように洪都の周りを取り囲んでいることをいう。前掲「襟」の注参照。

五湖――「五湖」についても諸説があるが、前掲の『史記』正義には「五湖者、菱湖、游湖、莫湖、貢湖、胥湖、皆太湖東岸五湾為五湖」（五湖は菱湖、游湖、莫湖、貢湖、胥湖なり、皆太湖の東岸の五湾を五湖と為す）とある。

蛮荊――古来未開の荊の地であった湖北湖南を指す。『文選』巻五・左思「呉都賦」に「包括于越、跨躡蛮荊。婺女寄其曜、翼軫寓其精」（于越を包み括《くく》り、蛮荊を跨《また》ぎ躡《ふ》む。婺女《ぶぢょ》其の曜《かがや》きを寄せ、翼軫其の精を寓《やど》す）とあり、その劉淵林注に「荊蛮、呉所得荊州四郡、零陵、桂陽、長沙、武陵」（荊蛮は、呉の得る所の荊州の四郡、零陵、桂陽、長沙、武陵なり）とある。

甌越――古代越国東部の浙江の地を言う。『文選』巻二十・謝霊運「隣里相送方山詩」に「祗役出皇邑、相期憩甌越」（役《つとめ》を祗《つつし》みて皇邑を出で、相ひ期《のぞ》みて甌越に憩《いこ》はんとす）とあり、李善注に「史記曰、東越王揺都東甌。時俗号東甌王。徐広曰、今之永寧也」（史記に曰く、東越王揺東甌に都す。時の俗東甌王と号す。徐広曰く、今の永寧なりと）とある。

物華――物産の立派であること。

天宝――天上の宝。

龍光射牛斗之墟――「龍光」は、龍泉という名の古代の名剣から発する光。「牛」は牽牛星、「斗」は北斗星をいう。「墟」は、位置、場所。故事は〔八〕5「剣気」注参照。

人傑――傑出した人物。

地霊――その土地の山川の優れた気。『韓詩外伝』巻八に「惟鳳為能通天祉、応地霊、律五音、覧九徳」（惟だ鳳のみ能く天祉に通じ、地霊に応じ、五音を律し、九徳を覧ることを為す）とある。

徐孺下陳蕃之榻――豫章太守陳蕃が高士徐穉のみを礼遇した故事。〔二十三〕6に既出。

雄州――大きな町。何遜「与建安王謝秀才牋」に「夫選重雄州、望隆観国」（夫れ選は雄州を重んじ、望は観国を隆《たふと》ぶ）とある。

霧列――霧が立ちこめるが如くに密集している様。

俊寀――優れた役人。「俊」は才知が優れていること。「寀」は『爾雅』「釈詁」に「寀、僚、官也」とある。

星馳――忙しく駆け回ること。葛洪『抱朴子』「安貧」に「駑蹇星馳以兼路、豺狼奮口而交争」（駑蹇は星に馳せて以て路を兼ね、豺狼は口を奮ひて交《こもご》も争ふ）とある。

台隍――城郭。「台」は城壁、「隍」は空堀《からぼり》。崔豹『古今注』「都邑」に「封疆画界者封土為台、以標識疆境也」（疆を封じ界を画する者は封土を台と為し、以て疆境を標識するなり）、「城門皆築為之、累土曰台。故亦謂之台門也」（城門は皆築きて之を為し、土を累《つみかさ》ねて台と曰ふ。故に亦た之を台門と謂ふなり）とあり、また「隍者城池之無水者也」（隍は城池の水無き者なり）とある。

枕――臨む。『漢書』巻六十四上「厳助伝」に「会稽東接於海、南近諸越、北枕大江」（会稽は東は海に接し、南は諸越に近く、北は大江に枕《のぞ》む）とあり、顔師古注に「枕、臨也」とある。

夷夏――周辺他民族と中国。『周書』巻三十「于翼伝」に「翼又推誠布信、事存寛簡。夷夏感悦、比之大小馮君焉」（翼又た誠を推し信を布き、事は寛簡を存す。夷夏感悦し、之に比して馮君を大小す）とある。

東南之美――中国東南の地の立派なもの。元は竹を指していうが、ここでは人物を指していう。〔三〕6に既出。また『世説新語』「言語」に「会稽賀生、体識清遠、言行以礼。不徒東南之美、実為海内之秀」（会稽の賀生、体識清遠にして、言行は礼を以てす。徒《ただ》に東南の美なるのみならず、実《まこと》に海内の秀為《た》り）とある。

都督閻公――「都督」は軍の総司令官。後に節度使と称されるようになった。具体的に誰を指すかは未詳。閻伯璵に擬する説があるが、いずれの資料に基づくか不明である。閻伯璵のことは『唐会要』巻五十七「翰林院」に「其後有韓雄、閻伯璵、孟匡朝、陳兼、蒋鎮、李白等」（其の後韓雄、閻伯璵、孟匡朝、陳兼、蒋鎮、李白等有り）とあり、『全唐文』巻三百九十五の小伝に「開元時、官華州鄭県尉。天宝中遷吏部郎中、出為袁州刺史、歴撫州、徴拝戸部侍郎。未至卒」（開元の時、官は華州鄭県の尉。天宝中吏部郎中に遷り、出でて袁州刺史と為り、撫州を歴し、徴されて戸部侍郎を拝す。未だ至らずして卒す）とあって王勃より時代が少し降る。この外に『説郛』、『唐語林』などにも閻伯璵に関する記事が見えるがいずれも滕王閣重修には言及されていない。

雅望――高い名声。『世説新語』「容止」に「魏王雅望非常。然床頭捉刀人、此乃英雄」（魏王の雅望は常に非ず。然れども床頭に刀を捉る人は、此れ乃ち英雄なり）とある。

棨戟――高位高官の行列の先駆《さきがけ》が持つ儀仗用の装飾を施した戟《ほこ》。崔豹『古今注』「輿服」に「棨戟、殳遺象也。

詩所謂伯也。執殳為王前駆。殳前駆之器也。以木為之。後世滋偽無復典刑、以赤油韜之、亦謂之油戟、亦謂之棨戟。王公以下通用之以前駆」（棨戟、殳の遺象なり。詩の所謂《いわゆる》伯なり。殳を執りて王の前駆と為す。殳は前駆の器なり。木を以て之を為《つく》る。後世滋《ますま》す偽りて典刑を復する無し、赤油を以て之を韜《つつ》む、亦た之を油戟と謂ひ、亦た之を棨戟と謂ふ。王公以下通じて之を用ひ以て前駆とす）とある。

宇文新州――「宇文」は複姓。「新州」は任地をいうのであり、新任の長官の意ではない。「新州」は『旧唐書』巻四十一「地理志・嶺南道」に「隋信安郡之新興県、武徳四年、平蕭銑置新州。天宝元年、改為新興郡。乾元元年、復為新州」（隋信安郡の新興県、武徳四年、蕭銑を平らげて新州を置く。天宝元年、改めて新興郡と為す。乾元元年、復して新州と為す）とある。ここの「宇文」氏が誰を指すかは未詳。

懿範――りっぱな徳望。陸雲「贈顧驃騎詩・有皇」に「思我懿範、万民来服」（我が懿範を思ひ、万民来り服す）とある。

襜帷――車の周りの帷《とばり》。ここでは帷を巡らした車をいう。『後漢書』巻二十六「蔡茂伝」に「（顕宗）勅行部去襜帷、使百姓見其容服、以章有徳」（（顕宗）行部に勅して襜帷を去らしめ、百姓をして其の容服を見せしめ、以て徳有るを章《あきら》かにす）とある。

十旬休沐――十日に一日の休暇をいう〔十三〕4に既出。

勝友――良き友。〔二十二〕3に既出。

如雲――数多いことの例え。『毛詩』「鄭風・出其東門」に「出其東門、有女如雲」（其の東門を出づれば、女有り雲の如し）とあり、毛伝に「如雲、衆多也」とある。

千里――千里もの遠くからやって来た客。

逢迎――出迎えもてなすこと。『戦国策』「燕策」に「太子跪而逢迎、却行為道、跪而払席」（太子跪《ひざまづ》きて逢ひ迎へ、却《しぞ》き行きて道《みちび》きを為し、跪きて席を払ふ）とある。

高朋――高貴なる客人。
騰蛟――董仲舒が蛟龍を夢見て『春秋繁露』を作ったという故事に基づき、優れた詞藻の持ち主をいう。『西京雑記』巻二に「董仲舒夢蛟龍入懐、乃作春秋繁露詞」（董仲舒蛟龍の懐に入るを夢み、乃ち春秋繁露の詞を作る）とある。
起鳳――揚雄が鳳を夢見て『太玄経』を著したという故事に基づき、優れた文才の持ち主をいう。『西京雑記』巻二に「雄著太玄経、夢吐鳳凰、集玄之上、頃而滅」（雄太玄経を著すに、鳳凰を吐きて、玄の上に集い、頃《しばらく》して滅《き》ゆるを夢む）とある。
孟学士――「学士」は官名で、詔勅などの起草を担当した。ここの孟学士が誰であるかは未詳。『唐摭言』にいう「孟学士」とする説もあるが、『唐摭言』の記事はこの時の王勃の年齢を十四歳とするなど、信憑性を欠くと考えられており、「滕王閣詩序」の「孟学士」が『唐摭言』に見える「孟学士」であるとは俄には断じがたい。前掲「都督閻公」注参照。
詞府――美しい詩文の蔵。転じて、詩文の才、詞藻。王僧孺「従子永寧令謙誄」（『文苑英華』巻八百四十二）に「容与学丘、徘徊詞府、青紫已拾、大夫斯取」（容与として丘を学び、詞府を徘徊し、青紫已に拾ひ、大夫斯れ取る）とある。
紫電――古代、呉国の宝剣の名。崔豹『古今注』「輿服」に「呉大帝有宝刀三、宝剣六。宝剣六、一曰白蛇、二曰紫電、三曰辟邪、四曰流星、五曰青冥、六曰百里」（呉の大帝宝刀三、宝剣六を有す。宝剣六とは、一に白蛇と曰ひ、二に紫電と曰ひ、三に辟邪と曰ひ、四に流星と曰ひ、五に青冥と曰ひ、六に百里と曰ふ）とある。
青霜――「紫電」の対であることから剣名であろうと考えられるが未詳。あるいは『西京雑記』巻一に「高祖斬白蛇剣、…十二年加一磨瑩、刃上常若霜雪」（高祖白蛇を斬るの剣、…十二年に一磨瑩《まえい》を加ふ、刃上常に霜雪の若し）とあるものか。
王将軍之武庫――「王将軍」は未詳。『太平御覧』巻二百九十九に見える魚豢『三国典略』に「…蕭明（与）王僧弁書曰、霜戈電戟、無非武庫之兵、龍申犀渠、皆是雲台之仗」（…蕭明の王僧弁（に与ふる）の書に曰く、霜戈電戟は、武庫の兵に非ざるは無く、龍申犀渠は、皆是れ雲台の仗なりと）とあるのに拠り、「王将軍」は梁の征東大将軍として侯景の乱を討伐した王僧弁（『梁書』巻四十五）のこととする説もある。

家君――父親をいう。『易』「家人」に「家人有厳君焉、父母之謂也」（家人に厳君有りとは、父母の謂ひなり）とあるのに基づく。王勃の父、福畤を指す。「家君」の用例としては『世説新語』「徳行」に「客有問陳季方。足下家君太丘、有何功徳、而荷天下重名。季方曰、吾家君譬如桂樹生泰山之阿。上有万仞之高、下有不測之深」（客に陳季方に問ふ有り。足下の家君太丘は、何なる功徳有りて、天下の重名を荷ふやと。季方曰く、吾が家君は譬へば桂樹の泰山の阿《くま》に生《お》ふるが如し。上には万仞の高き有り、下には不測の深き有りと）とあり、前の「家君」は他人の父親に対する尊称であり、後の「家君」は自分の父親に対する謙称である。

宰――ここでは地方長官の意味。具体的には交趾県令を指す。

名区――有名な土地。『文選』巻五十九・王巾「頭陀寺碑文」に「惟此名区、禅慧攸託、倚拠崇巖、臨睨通壑」（惟れ此の名区は、禅慧の託する攸《ところ》、崇巖《そうがん》に倚拠し、通壑《つうがく》に臨睨《りんげい》す）とある。

童子――子供をいう。ここでは謙称として王勃自身を指す。『儀礼』「喪服」の「童子唯当室緦」（童子唯だ室に当りて緦《ふく》す）の注に「童子未冠之称也」（童子は未だ冠せざるの称なり）とあり、その疏に「童子未冠之称者、謂十九已下」（童子は未だ冠せざるの称とは、十九已下を謂ふ）とあるが、「童子何知」の例としては『春秋左氏伝』「成公十六年」に晋の范文士燮が自分の子の范保に話した言葉として「国之存亡天也、童子何知焉」（国の存亡は天なり、童子何ぞ知らんや）とあり、「童子」は子供の意であって、作者王勃の年齢を推定する根拠になるものではない。

躬――自分を言う。

勝餞――盛大な送別の宴。

序――季節をいう。『文選』巻三十一・江淹「雑体詩・張黄門協」に「有弇興春節、愁霖貫秋序」（弇《くもわ》き有《た》つこと春節に興《はじま》り、愁《うれは》しき霖《ながあめ》は秋序を貫《つらぬ》く）とある。

三秋――晩秋。〔二十〕3の注参照。

潦水――雨が降った後のたまり水。『墨子』「非楽上」に「非直掊潦水、折壊垣而為之也」（直《ただ》潦水を掊《と》り、壊垣を折《こぼ》ちて之を為すのみに非ず）とある。

寒潭――寒々とした淵の水。『文選』巻二十・謝霊雲「九日従宋公戯馬台集送孔令詩」に「凄凄陽卉腓、皎皎寒潭絜」（凄凄として陽卉《なつくさ》腓《か》れ、皎皎として寒《つめた》き潭《ふち》絜《きよ》し）とある。

烟光――雲や霧をいう。

儼――整える。

騑驂――四頭だてで左右の外側にいる馬。『文選』巻二十・曹植「応詔詩」に「騑驂倦路、再寝再興」（騑驂路に倦《う》み、再び寝《い》ね再び興《お》く）とあり、李善注に「韓詩曰、両驂雁行、薛君曰、両驂、左右騑驂」（韓詩に曰く、両驂雁行すと。薛君曰く、両驂とは、左右の騑驂なりと）とある。

上路――道をいう。『文選』巻三十九・枚乗「上書重諫呉王」に「游曲台、臨上路、不如朝夕之池」（曲台に游び、上路に臨むも、朝夕《てうせき》の池に如かず）とあり、李善注に「曲台、長安台、臨道上也」（曲台は、長安台なり、道上に臨めり）とある。

崇阿――高い丘。謝万「蘭亭詩」に「肆眺崇阿、寓目高林」（眺めを崇阿に肆《ほしいまま》にし、目を高林に寓《よ》す）とある。

帝子――皇帝の子。ここでは滕王元嬰を指す。滕王元嬰については『旧唐書』巻六十四に「高祖第二十二子也。貞観十三年受封。十五年、授金州刺史。…永徽三年遷蘇州刺史。尋転洪州都督。又数犯憲章、削邑戸及親事帳内之半。…後起授寿州刺史、転隆州刺史。…文明元年薨」（高祖の第二十二子なり。貞観十三年封を受く。十五年、金州刺史を授けらる。…永徽三年蘇州刺史に遷る。尋《つい》で洪州都督に転ず。又た数《しばし》ば憲章を犯し、邑戸及び親事帳内の半を削らる。…後に起ちて寿州刺史を授けられ、隆州刺史に転ず。…文明元年薨ず）と経歴が記されているが、彼は洪州在任中に滕王閣を建てたばかりではなく、『方輿勝覧』などによれば、隆州（後に玄宗の諱を避けて閬《ろう》州と改めた）に隆苑（後に閬苑）を造園し、玉台観を修築し滕王亭を建てている。杜甫に「玉台観詩」二首、「滕王亭」二首があって、この観内の有様を描いている。滕王がなぜこのような造園や壮麗な建築物に熱意を持ったのかというと、それは同じく疎外された漢の王族梁孝王を模したものと考えられる。滕王自身は意識していなかったにしても、当時の人、少なくとも「滕王閣詩序」の作者王勃は滕王に梁孝王をなぞらえていた。漢の文帝と竇皇后の子で、同母兄景帝の弟である梁孝王の伝は『漢書』巻四十七に「孝王、太皇少子。愛之、賞賜不可勝道。於是孝王築東苑。方三百余里、広睢陽城七十里。大治宮室、為復道。自宮連属於平台三十余里」（孝王は、太皇の少子なり。之を愛《いつく》しみ、賞賜道《い》ふに勝《た》ふべからず。是に於て孝王東苑を築く。方三百余里にして、睢陽《すいやう》城を広くすること七十里。大いに宮室を治め、復道を為《つく》る。宮自《よ》り平台に連ね属《つづ》くこと三十余里）とあり、ついで天子の旌旗を賜って千乗万騎を従え、外出する時には先払いを立てて人を戒めるなど、天子に擬らえたと記している。また『西京雑記』巻二に「梁孝王好営宮室苑囿之楽。作曜華之宮、築兎園。園中有百霊山。山有膚寸石、落猿巌、棲龍岫。又有鴈池、池間有鶴州鳧渚。其諸宮観相連延、亘数十里。奇果異樹、瑰禽怪獣畢備。王日与宮人賓客弋釣其中」（梁の孝王、宮室苑囿を営むの楽を好む。曜華の宮を作り、兎園を築く。園中に百霊山有り。山に膚寸石、落猿巌、棲龍岫有り。又た鴈池有り、池間に鶴州、鳧渚有り。其の諸宮観相ひ連り延びて、数十里に亘《わた》る。奇《くす》しき果《このみ》、異《めづら》しき樹、瑰《めづら》しき禽《とり》、怪《あや》しき獣《けもの》畢《ことごと》く備はる。王日に宮人賓客と其の中に弋釣《よくてふ》す）とあり、その有様が偲ばれる。

長洲――庭園の名。呉王闔閭が游猟したと伝えられる。『呉越春秋』巻四「闔閭内伝」に「（闔閭）射於鷗陂、馳於游台、興楽石城、走犬長洲」（闔閭）鴎陂に射、游台に馳せ、楽を石城に興《おこ》し、犬を長洲に走らしむ）とある。前掲「上路」の注に見える枚乗「上書重諫呉王」に「修治上林、雑以離宮、積聚玩好、圏守禽獣、不如長洲之苑」（上林を修治し、雑《まじ》ふるに離宮を以てし、玩好を積み聚め、禽獣を圏《かこ》ひ守るも、長洲の苑に如かず）とあり、李善注に「服虔曰、呉苑也。韋昭曰、長洲在呉東」（服虔曰く、呉の苑なりと。韋昭曰く、長洲は呉の東に在りと）とある。

天人――仙人をいう。葛洪『神仙伝』に「忽有天人下。千乗万騎、金車羽蓋、驂龍駕虎、不可勝数」（忽として天人の下る有り。千乗万騎、金車羽蓋、龍に驂じ虎に駕すこと、勝《あ》げて数ふ可からず）とある。

旧館――昔の建物。『文選』巻四十六・任昉「王文憲集序」に「出入礼闈、朝夕旧館」（礼闈《れいい》に出入《しゅつにゅう》し、旧館《きうくわん》に朝夕《てうせき》す）とある。

曽台――何層にも重なった高殿。「層台」に同じ。『説文通訓定声』「升部・曽」に「叚借為層、楚辞招魂、曽台累榭、注、重也」とあるが、李善注本、集注本、『楚辞章句』、『楚辞補註』はいずれも「層台」に作る。『文選』巻三十・陸機「擬古詩第八」に「飛閣纓虹帯、曽台冒雲冠」（飛閣は虹の帯を纓《めぐら》して、曽台は雲の冠を冒《かぶ》れり）とある。なお「曽台矯翠」以下の四句は『文選』巻五十九・王巾「頭陀寺碑文」の「層軒延袤、上出雲霓、飛閣逶迤、下臨無地」（層軒は延び袤《ひろが》りて、上は雲霓《にじ》に出で、飛閣は逶迤《ゐい》として、下は無地に臨めり）とあるのに基づく。

矯――あざむく。「矯　アザムク」（名義抄）。

重霄――高い空。『文選』巻五・左思「呉都賦」に「仮道於豊隆、披重霄而高狩」（道を豊隆に仮《か》り、重霄《ちようせう》を披きて高く狩る）とある。

飛閣――高殿をいう。「曽台」の注を参照。

翔丹――建物の赤い部分を指す。

無地――高くて見下ろしても地面が見えないことをいう。前掲の王巾「頭陀寺碑文」の張銑注に「言閣高下臨、見地若無也」（闇高くして下に臨めば、地を見るに無きが若きを言ふなり）とある。

鶴汀、鳧渚――鶴の舞う中州と鳧《かも》の遊ぶ波打ち際。『西京雑記』巻二に「池間有鶴州、鳧渚」（池間に鶴州、鳧渚有り）とあるのによる。

島嶼――島々。「嶼」は小島を言う。

縈回――周囲を取り巻くこと。応瑒「馳射賦」に「爾乃縈回盤厲、按節和旋」（爾して乃ち盤厲を縈回し、節を按じて和して旋《めぐ》る）とある。

桂殿――建物の美称。桂は常緑の香木の総称。『芸文類聚』巻七十六・庾信「奉和同泰寺浮屠詩」に「天香下桂殿、仙梵入伊笙」（天香は桂殿に下り、仙梵は伊笙に入る）とある。

蘭宮――建物の美称。この「蘭」は香木の一種である木蘭をいう。『楚辞』「九歌・湘夫人」に「桂棟兮蘭橑」（桂の棟《むなぎ》、蘭の橑《たるき》）とあり、朱熹集注に「蘭、木蘭也」とある。「蘭宮」は、『初学記』巻三・庾信「春賦」に「出麗華之金屋、下飛燕之蘭宮」（麗華の金屋を出で、飛燕の蘭宮を下る）とある。

崗巒――「岡巒」に同じ。岡と山。〔十二〕5に既出。

体勢――様子。『文選』巻一・班固「西都賦」に「覧山川之体勢、観三軍之殺獲」（山川の体勢を覧《み》、三軍の殺獲を観る）とある。

繍闥――美しく飾られた小門。「繍」は刺繍の意味であるが、ここでは美しく装飾が施されていることをいう。江淹「丹砂可学賦」に「幻蓮華於繍闥、化蒲桃於錦屏」（蓮華を繍闥に幻《めぐら》み、蒲桃を錦屏に化《めか》す）とある。

琱甍――紋様を彫り込んだ棟瓦。「琱」は「彫」に同じ。

山原――山や原野。『初学記』巻十四・陸機「感丘賦」に「随陰陽以融冶、託山原以為疇」（陰陽に随ひて以て融冶し、山原に託して以て疇《たぐひ》と為す）とある。

曠――むなしくする。

盈視――王勃以前には「盈視」という語はないが、「盈矚」という語はあり、「視」も「矚」も見るの義であることから、「盈視」は「盈矚」と同義と考えられる。「盈矚」は、眼前に広がり存分に眺めること。この「盈視」なる語は、『文選』巻十九・宋玉「神女賦」に「視之盈目、孰者克尚」（之を視れば目に盈《み》つ、孰者《たれ》か克《よ》く尚《くは》へん）とあるのに基づくか。

川沢――川や沢。『毛詩』「大雅・韓奕」に「孔楽韓土、川沢訏訏」（孔《はなは》だ楽しき韓の土、川沢訏訏《くく》たり）とある。

駭矚――驚き見る。『宋書』巻五十六「孔琳之伝」に「日陳於前、則驚心駭矚」（日に前に陳ぶれば、則ち心に驚きて駭矚す）とある。

閭閻――村里。『文選』巻一・班固「西都賦」に「内則街衢洞達、閭閻且千」（内には則ち街衢洞達《がいくどうたつ》し、閭閻且《りょえんまさ》に千ならんとす）とある。

撲地――数多くあること。『文選』巻十一・鮑昭「蕪城賦」に「廛閈撲地、歌吹沸天」（廛閈《てんかん》地を撲《つく》し、歌吹天に沸《わ》く）とある。

鍾鳴鼎食――「鍾」は「鐘」に同じで、楽器のこと。「鼎」はごちそうをいう。食事の時に楽器を打ち鳴らし、ごちそうの入った鼎を並べて食事をする。富貴の家の豪奢な生活をいう。『遊仙窟』に「鳴鐘鼎食、積代衣纓」（鐘《カネ》ヲ鳴《ナラ》シテ鼎《カナヘ》ニ食《ハ》ム、代《ヨ》ヲ積テ衣纓セリ）とあり、注に「左伝云、宗左師毎食撃鐘。家語曰、子路南遊於楚、積粟万鍾、列鼎而食」（左伝に云ふ、宗の左師毎食《まいしょく》鐘を撃つと。家語に曰く、子路楚に南遊し、粟万鍾を積み、鼎を列べて食ふと）とある。

舸艦――「舸」は大きな舟、「艦」は戦《いく》さ船。「舸艦」で、さまざまな船。『梁書』巻四十五「王僧弁伝」に「午後賊退、乃更起長柵繞城、大列舸艦、以楼船攻水城西南角」（午後賊退き、乃ち更に長き柵を起てて城に繞《めぐ》らし、大いに舸艦を列《なら》べ、楼船を以て水城の西南角を攻む）とある。

弥――わたる。一杯である。

青雀黄龍――「青雀」、「黄龍」、いずれも船をいう。「青雀」は、『穆天子伝』巻五に「天子乗鳥舟龍、浮于大沼」（天子鳥舟龍に乗り、大沼に浮ぶ）とあり、郭璞注に「龍下有舟字、舟皆以龍鳥為形制。今呉之青雀舫、此其遺制者也」（龍下舟字有るべし、舟皆龍鳥を以て形制と為す。今呉の青雀舫、此れ其の遺制なる者なり）とある。『方言』巻九の「鷁首」の郭璞注にも「鷁、鳥名也。今江東貴人船前作青雀。是其像也」（鷁、鳥の名なり。今江東の貴人の船前に青雀を作る。是れ其の像なり）とあって、後世船のことを青雀と呼ぶようになったのはこれに基づく。「黄龍」は船の中でも大きいものを指す。『隋書』巻四十八「楊素伝」に「素居永安、造大艦。名曰五牙。…次曰黄龍、置兵百人。自余平乗、舴艋等各有差」（素永安に居り、大艦を造る。名づけて五牙と曰ふ。…次を黄龍と曰ひ、兵百人を置く。自余平乗、舴艋《さくまう》等 各《おのおの》差有り）とある。

舳――ここでは船をいう。

銷――消える。「銷　キユ」（名義抄）。

霽――晴れる。〔五〕13に既出。

彩徹――空気が澄みきって遠くまで見えること。「彩」は、ひかり。「徹」は、とおる。

区明――輪郭がはっきりしていること。「区」は、さかい。

落霞――夕焼け雲。『芸文類聚』巻六十三・梁簡文帝「登城詩」に「落霞乍続断、晩浪時迴復」（落霞乍《たちま》ち続断し、晩浪時に迴復す）とある。

鶩――鴨。

秋水――秋の川の流れ。『荘子』「秋水」に「秋水時至、百川灌河」（秋水時に至り、百川河に灌ぐ）とある。但し『荘子』では雨後の増水した黄河の流れをいう。

長天――はてしなく広い空。
一色――同じ色。庾信「三月三日花林園馬射賦序」に「落花与芝蓋同飛、楊柳共春旗一色」（落花は芝蓋と同《とも》に飛び、楊柳は春旗と一色たり）とある。
漁舟――漁船。劉孝威「登覆舟山望湖北詩」に「荇蒲浮新葉、漁舟繞落花」（荇蒲は新葉を浮かべ、漁舟は落花を繞《めぐ》る）とある。
彭蠡――江西省北部にある鄱陽《はよう》湖をいう。『尚書』「禹貢」に「彭蠡既豬、陽鳥攸居」（彭蠡既に豬《ちょ》し、陽鳥の居る攸《ところ》）とあり、蔡伝に「彭蠡、鄱陽湖背也」（彭蠡は、鄱陽湖の背なり）とある。
雁陣――列を成して飛ぶ雁の群。「雁行」に同じ。
驚寒――寒さに驚く。『芸文類聚』巻八十九に引く陰鏗「賦得夾池竹詩」に「夾池一叢竹、垂翠不驚寒」（夾池に一叢の竹あり、翠を垂れて寒さに驚かず）とある。
衡陽――地名。衡山の南に位置することから「衡陽」と呼ばれる。『元和郡県図志』巻二十九「江南道」に「衡陽県、本漢酃県地、天宝初更名衡陽郡、県仍属焉。県城東傍湘江、北背烝水」（衡陽県、本《もと》漢の酃《れい》県の地、天宝の初め名を衡陽郡に更《か》へ、県仍ほ属す。県城の東は湘江に傍《そ》ひ、北は烝水を背にす）とある。
遥襟――遥かな思い。「襟」は「衿」とも書かれ、王勃詩序の中ではいずれかに固定しているわけではなく、両字とも同義で使用されていて区別はない。正倉院本が「矜」に作るのは、字形の類似によって「衿」が「矜」に誤写されたものであろう。
逸興――世俗を超越した興趣。『芸文類聚』巻一・湛方生「風賦」に「軒濠梁之逸興、暢方外之冥適」（濠梁の逸興を軒《よろこ》び、方外の冥適を暢ぶ）とある。
遄――すみやかに。

爽籟――さわやかな簫の音。『文選』巻二十二・殷仲文「南州桓公九井作詩」に「爽籟警幽律、哀壑叩虚牝」（爽《さう》籟《らい》は幽《さび》しき律《しらべ》を警《おこ》し、哀壑《あいがく》に虚《うつろ》なる牝《すきま》を叩《たた》く）とある。

清風――気持ちのよい風。『文選』巻四十二・魏文帝「与朝歌令呉質書」に「清風夜起、悲笳微吟」（清風夜起りて、悲笳微に吟ず）とある。

繊歌――か細い歌声。

凝――声を引き延ばして歌うこと。『文選』巻二十八・謝朓「鼓吹曲」に「凝笳翼高蓋、畳鼓送華輈」（笳《あしぶえ》を凝《こ》らして高蓋《かうがい》を翼《おく》り、鼓を畳ねて華輈《くわちう》を送る）とあり、李善注に「徐引声、謂之凝」（徐《ゆるや》かに声を引く、之を凝と謂ふ）とある。

白雲遏――白雲が止まる。〔四〕14に既出。

睢園――梁孝王の造った庭園の兔苑のこと。「帝子」の注参照。

緑竹――睢園に竹が植えられていたことは『水経注』巻二十四「睢水」に「又東南流、歴千竹圃、水次緑竹蔭渚。菁菁実望、世人言梁王竹園」（又た東南に流れ、千竹圃を歴《へ》、水は緑竹の蔭の渚に次《やど》る。菁菁として望に実《み》ち、世人は梁王の竹園なりと言ふ）とあることから明らかである。

気――勢い、趣。

浮――過ぎる、越える。

彭沢――「彭沢」は今の江西省にあった県名であるが、ここでは陶淵明が彭沢県の県令となったことに因んで陶淵明を指す。『晋書』巻九十四「隠逸・陶潜伝」に「以親老家貧、起為州祭酒、不堪吏職、少日自解帰。…復為鎮軍、建威参軍。謂親朋曰、聊欲絃歌、以為三径之資、可乎。執事者聞之、以為彭沢令」（親老い家貧しきを以て、起《たち》て州祭酒と為るも、吏職に堪へず、少日にして自ら解《とき》て帰る。…復た鎮軍、建威参軍と為る。親朋に謂ひて曰く、聊か絃歌して、以て三径の資と為さんと欲す、可ならん乎《か》と。事を執る者之を聞き、以て彭沢令と為す）とある。〔五〕14「横琴対酒、陶潜彭沢之遊」の注も参照。
樽――樽は酒を容れるものであることから酒量の意となる。
鄴水――水名としては確認できず、三国魏の都であった鄴を指すものと考えられる。
朱華――赤い蓮の花。『文選』巻二十・曹植「公讌詩」に「秋蘭被長坂、朱華冒緑池」（秋蘭は長き坂に被《かがふ》り、朱華は緑の池を冒《おほ》ふ）とある。
臨川――謝霊運をいう。彼が臨川内史に任命されたことに因む。『宋書』巻六十七「謝霊運伝」に「少好学、博覧群書。文章之美、江左莫逮。…太祖以為臨川内史、加秩中二千石」（少くして学を好み、群書を博覧す。文章の美、江左に逮《およ》ぶもの莫し。…太祖以て臨川内史と為し、秩中二千石を加ふ）とある。
筆――韻文に対する散文をいう。劉勰『文心雕龍』巻九「総術」に「今之常言、有文有筆。以為無韻者筆也、有韻者文也」（今の常言に、文有り筆有り。以為《おも》へらく韻無き者は筆なり、韻有る者は文なり）とある。
四美――四つの美《うるは》しきもの。良辰、美景、賞心、楽事をいう。〔一〕3「賞心之事」注参照。
二難――賢主と嘉賓をいう。
写――そそぐ。
睇眄――本来的には横目で見ることであるが、ここでは見るの意。『文選』巻三十四・曹植「七啓」に「紅顔宜笑、睇眄流光」（紅顔笑ふに宜しく、睇眄《ていべん》光を流す）とあり、李周翰注に「睇眄、皆視也」とある。
中天――大空。〔二十五〕2に既出。
娯遊――楽しみ遊ぶこと。『文選』巻一・班固「西都賦」に「爾乃盛娯遊之壮観、奮泰武乎上囿」（爾《しか》して乃ち娯遊の壮《さかり》なる観《なが》めを盛にし、泰武を上囿に奮ふ）とある。
暇日――休み。〔二十五〕2に既出。

空高地迥――天は高く、地は遠くまで続いている。「迥」は、遥かに遠いこと。
宇宙――「宇」は空間的ひろがり、「宙」は時間的ひろがりをいう。『淮南子』「原道訓」に「横四維而含陰陽、紘宇宙而章三光」（四維に横たはりて陰陽を含み、宇宙を紘《くわう》して三光を章《あきら》かにす）とあり、その高誘注に「四方上下曰宇、古往今来曰宙」（四方上下を宇と曰ひ、古往今来を宙と曰ふ）とある。
無窮――終わりがないこと。
興尽――興味がなくなる。『世説新語』「任誕」に「吾本乗興而行、興尽而返」（吾れ本《もと》興に乗じて行き、興尽きて返る）とある。
盈虚――「盈」は満ちること、「虚」は欠けること。『易』「豊卦」に「日中則昃、月盈則食。天地盈虚、与時消息」（日中《ひちゅう》すれば則ち昃《かたむ》き、月盈《み》つれば則ち食《か》く。天地の盈虚、時と消息す）とある。
有数――「数」は、定め。「有数」で、定められていること。
望長安於日下――長安を太陽の下に眺める。『世説新語』「夙恵」に「晋明帝数歳、坐元帝膝上、有人従長安来。…（元帝）因問明帝、汝意謂長安何如日遠。答曰、日遠、不聞人従日辺来、居然可知。元帝異之。明日集群臣宴会、告以此意、更重問之。乃答曰、日近。元帝失色曰、爾何故異昨日之言邪。答曰、挙目見日、不見長安」（晋明帝数歳にして、元帝の膝上に坐せしとき、人有り長安より来る。…（元帝）因て明帝に問ふ、汝が意に謂へらく、長安は日の遠きに何如《いかん》。答へて曰く、日遠し、人の日辺より来たるを聞かず、居然として知るべしと。元帝之を異とす。明日群臣を集めて宴会し、告ぐるに此の意を以てし、更に重ねて之を問ふ。乃ち答へて曰く、日近しと。元帝色を失ひて曰く、爾《なむち》何の故に昨日の言と異なるやと。答へて曰く、目を挙《あぐ》れば日を見るも、長安を見ずと）とある。「日下」は通常は都をいうが、ここでは単に太陽の下の意。
呉会――呉の都。

雲間――雲の間。『世説新語』「排調」に「荀鳴鶴、陸子龍二人未相識、倶会張茂先坐。張令共語、以其並有大才、可勿作常語。陸挙手曰、雲間陸子龍。荀答曰、日下荀鳴鶴」（荀鳴鶴、陸子龍の二人未だ相ひ識らず、倶に張茂先の坐に会ふ。張共に語らしめ、其の並びに大才有るを以て、常の語を作すこと勿かる可からしむ。陸手を挙げて曰く、雲間の陸子龍と。荀答へて曰く、日下の荀鳴鶴と）とあるのに基づく。なお正倉院本は「雲」の字がないが、本稿では補った。

地勢――本来は、土地の状態の意であるが、ここでは、土地、大地の意。

南溟――「南冥」に同じ。南方の大海。『荘子』「逍遥遊」に「是鳥也、海運則将徙於南冥。南冥者、天池也」（是の鳥や、海運《うご》けば則ち将に南冥に徙《うつ》らんとす。南冥とは、天池なり）とある。

天柱――天を支えていると伝えられる柱。『史記』巻三十「三皇本紀」に「天柱折、地維缺」（天柱折れて、地維缺《か》く）とある。また『芸文類聚』巻七に引く『神異経』に「崑崙有銅柱焉。其高入天。所謂天柱也。囲三千里、円周如削」（崑崙に銅柱有り。其の高みは天に入る。所謂《いはゆ》る天柱なり。囲三千里、円周削るが如し）とある。

北辰――北極星をいう。『爾雅』「釈天」に「北極、謂之北辰」（北極、之を北辰と謂ふ）とある。

関山――関所が設けられている国境の山。蔡琰「胡笳十八拍」に「関山阻修兮行路難」（関山は阻《だ》て修《はるか》にして行路難し）とある。

失路――道に迷う。『楚辞』「九章」に「欲横奔而失路兮、蓋堅志而不忍」（横《はしき》ままに奔りて路を失はんと欲すれども、蓋し堅志にして忍びず）とある。なお「失路」の上の「非」字、他本は「悲」に作る。「非」は「悲」の省文の可能性があるが、本稿では「非」のままで解釈した。

溝水――堀の水。〔1〕13に既出。

他郷――異郷。『玉台新詠』「引馬長城窟行」に「遠道不可思、宿昔夢見之。夢見在我旁、忽覚在他郷」（遠き道思ふべからず、宿昔夢に之を見る。夢に見れば我が旁《かたはら》に在り、忽《たちま》ち覚《さ》むれば他郷に在り）とある。

帝閽――天帝の門番をいう。『楚辞』「離騒」に「吾令帝閽開関兮、倚閶闔而望予」（吾帝閽《ていこん》をして関を開かしむるに、閶闔《しょうかふ》に倚《よ》りて予《われ》を望む）とあり、朱熹注に「帝謂天帝也。閽謂主以昏閉門之隷也」（帝は天帝を謂ふなり。閽は昏を以て門を閉《とざ》すを主《つかさ》どる隷《しもべ》を謂ふなり）とある。

宣室――漢王朝の宮殿の名。『文選』巻一・張衡「西都賦」に「清涼、宣温、神仙、長年」とあり、李善注に「三輔黄図曰、未央宮有清涼殿、宣室殿中温室殿…」（三輔黄図に曰く、未央宮に清涼殿、宣室殿中に温室殿…有りと）とある。

嗟乎――ああ。嘆き悲しむ声。

大運――天から与えられた運、天命。『文選』巻十一・何晏「景福殿賦」に「且許昌者、乃大運之攸戻、図讖之所旌」（且つ許昌は、乃ち大運の戻《とどま》る攸《ところ》、図讖《としん》の旌《あらは》せる所なり）とある。

命塗――「命途」に同じ。天から与えられた人生の道。

多緒――様々である。梁・武帝「申飭選人表」に「且夫譜諜訛誤、詐偽多緒。人物雅俗、莫敢留心」（且つ夫れ譜諜は訛誤し、詐偽緒多し。人物の雅俗、敢て心に留むる莫かれ）とある。

馮唐――漢代の功臣。『史記』巻百十二「馮唐伝」に「武帝立、求賢良。挙馮唐、唐時年九十余、不能復為官。乃以唐子馮遂為郎」（武帝の立つや、賢良を求む。馮唐を挙ぐるも、唐時に年九十余、復た官と為ること能はず。乃ち唐の子馮遂を以て郎と為す）とある。

李広――漢代の将軍。匈奴征伐に功績があった。『史記』巻百九「李将軍列伝」に「広嘗与望気王朔燕語。朔曰、将軍自念、豈嘗有所恨乎。広曰、吾嘗為隴西守、羌嘗反。吾誘而降、降者八百余人。吾詐而同日殺之。至今大恨、独此耳。朔曰、此乃将軍所以不得侯者也」（広嘗て望気の王朔と燕語す。朔曰く、将軍自ら念ひて、豈嘗《あにかつ》て恨む所有りやと。広曰く、吾嘗て隴西の守と為りしとき、羌嘗て反す。吾誘ひて降らしむ。降りし者八百余人。吾詐りて同日に之を殺せり。今に至りても大に恨むは、独り此のみと。朔曰く、此乃ち将軍の侯を得ざる所以の者なりと）とある。

賈誼――前漢の文人。賦や文章に優れていた。『史記』巻八十四「屈原賈誼列伝」に「於是天子後亦疏之、不用其議。乃以賈生為長沙王太傅」（是《ここ》に於て天子後に亦た之を疏《うと》み、其の議を用ひず。乃ち賈生を以て長沙王の太傅と為せり）とある。

聖王――聖明な君主。『文選』巻四十八・司馬相如「封禅文」に「聖王之徳、兢兢翼翼」（聖王の徳は、兢兢翼翼たり）とある。

梁鴻――後漢の人。『後漢書』巻八十三「逸民伝」に「梁鴻、字伯鸞、扶風平陵人也。因東出関。過京師、作五噫之歌。粛宗聞而非之、求鴻不得。有頃、又去適呉。遂至呉、依大家皐伯通居廡下、為人賃舂」（梁鴻、字は伯鸞、扶風平陵の人なり。因りて東のかた関を出づ。京師を過りて、五噫の歌を作る。粛宗聞きて之を非とし、鴻を求むれども得ず。頃《しばらく》有りて、又た去りて呉に適《おもぶ》けり。遂に呉に至り、大家の皐伯通に依りて廡下に居り、人の為に賃舂《ちんしょう》す）とある。

海曲――海辺の入り組んだ所。『文選』巻二十八・陸機「斉謳行」に「営丘負海曲、沃野爽且平」（営丘は海曲を負ひ、沃野爽にして且つ平らなり）とある。

明時――明君の治める時代。『文選』巻三十七・曹植「求自試表」に「志欲自效於明時、立功於聖世」（志を自ら明時に效《いた》し、功《いさほ》を聖世に立てんと欲す）とある。

安排――ものの移り変わりに安んじる。『荘子』「大宗師」に「安排而去化、乃入於寥天一」（排《とも》にうつるに安んじて化を去《わす》るれば、乃ち寥《しづ》かなる天の一つなるに入る）とあるのに基づく。用例としては、『文選』巻二十二・謝霊運「晩出西射堂詩」に「撫鏡華緇鬢、攬帯緩促衿。安排徒空言、幽独頼鳴琴」（鏡を撫《と》れば緇《くろ》き鬢《かみ》も華《しら》み、帯を攬《と》れば促《つづま》れる衿《えり》も緩《ゆる》し。安排は徒《いたづ》らに空しき言《ことば》、幽独《いうどく》鳴琴に頼る）とある。

達人――事理に通じている人。『文選』巻十三・賈誼「鵩鳥賦」に「小智自私兮賤彼貴我、達人大観兮物無不可」（小智は自ら私し、彼を賤しみ我を貴しとす、達人は大観し、物として可ならざるは無し）とある。

知命――天命を知っていること。『易』「繋辞上」に「楽天知命、故不憂」（天を楽しみ命《さだめ》を知る、故に憂へず）とある。

老当益壮――年老いてもますます意気盛んで無ければならない。この語は『後漢書』巻二十四「馬援伝」に「常謂賓客曰、丈夫為志、窮当益堅、老当益壮」（常に賓客に謂ひて曰く、丈夫の志を為すや、窮しては当に益々堅かるべく、老いては当に益々壮たるべし）とあるのに基づく。

白首――しらが頭。『文選』巻二十三・謝恵連「秋懐詩」に「各勉玄髪歓、無貽白首歎」（各《おのおの》玄《くろ》き髪の歓しみに勉《つと》め、白き首《かしら》の歎《なげ》きを貽《のこ》す無《な》かれ）とあり、呂延齊注に「白首、衰老貌」（白首は衰老の貌）とある。

窮当益堅――困窮してもいっそう志を堅固にしなければならない。「老当益壮」の注参照。

青雲――高い徳をいう。『史記』巻六十一「伯夷列伝」に「閭巷之人、欲砥行立名者、非附青雲之士、悪能施于後世哉」（閭巷の人、行ひを砥《みが》き名を立てんと欲する者、青雲の士に附くに非れば、悪《いづく》ぞ能く後世に施さんや）とあり、『文選』巻二十二「反招隠詩」の注に引く『琴操』に「吾志在青雲、何乃劣為九州伍長乎」（吾が志は青雲に在り、何ぞ乃ち劣りて九州の伍長に為らんや）とある。

貪泉――その水を飲むと貪欲になると伝えられる泉。『晋書』巻九十「良吏伝・呉隠之伝」に「呉隠之、字処黙。…隆安中、以隠之為龍驤将軍、広州刺史、仮節。…未至州二十里、有水曰貪泉。飲者懐無厭之欲。乃至泉所、酌而飲之。因賦詩曰、古人云此水、一歃懐千金、試使夷斉飲、終当不易心。及在州、清操踰厲」（呉隠之、字は処黙。…隆安中、隠之を以て龍驤将軍、広州刺史、仮節と為す。…未だ州に至らざること二十里、水有りて貪泉と曰ふ。飲む者は厭《あ》くこと無き欲を懐《いだ》く。乃ち泉所に至り、酌みて之を飲む。因て詩を賦して曰く、古人此の水を云ふに、一たび歃《すす》れば千金を懐《おも》ふと、試みに夷斉をして飲ましむるも、終《つひ》に当に心を易《か》へざるべしと。州に在るに及び、清操踰々《ますます》厲《はげ》し）とあるのに基づく。

競爽――爽快さを競う。『文選』巻四十六・任昉「王文憲集序」に「雖張曹争論於漢朝、荀摯競爽於晋世、無以抑摸淵旨、取則後昆」（張曹は漢朝に争論し、荀摯は晋世に競爽すと雖も、以て摸《のり》を仰ぐの淵旨、則《のり》を取るの後昆無し）とある。

涸轍――乾きかけた車輪の跡のたまり水にいる鮒。困窮した境遇にいることの喩え。『荘子』「外物篇」の、貧乏な荘周が穀物を借りに行き、ある人が三百金を貸そうと言ったので憤然として述べた車轍中の鮒魚の話による。

扶揺――つむじ風をいう。『荘子』「逍遥遊」に「鵬之徙南冥也、水撃三千里、搏扶揺而上者九万里、去以六月息者也」（鵬の南冥に徙《うつ》るや、水に撃つこと三千里、扶揺に搏《はばた》きて上ること九万里、去るに六月の息《かぜ》を以てする者なり）とあるのに基づく。その注に「司馬云、上行風、謂之扶揺。爾雅云、扶揺謂之飈。郭璞云、暴風下上也」（司馬云ふ、上り行く風、之を扶揺と謂ふ。爾雅に云ふ、扶揺之を飈と謂ふと。郭璞云ふ、暴風の下り上るなりと）とある。

東隅――もとは東方をいうが、東方は太陽が昇る方角であることから、ものの始め、ひいては若い頃を指す。『後漢書』巻十七「馮異伝」に載せる光武帝の璽書に「赤眉破平、士吏労苦。始雖垂翅回谿、終能奮翼黽池。可謂失之東隅、収之桑楡。方論功賞、以答大勲」（赤眉破れ平ぐも、士吏労苦す。始め翅を回谿に垂ると雖も、終《つひ》に能く翼を黽池に奮へり。之を東隅に失ひ、之を桑楡に収むと謂ふ可し。方《まさ》に功賞を論《あげつ》らひ、以て大勲に答へん）とあるのに基づく。

桑楡――もとは桑と楡、夕暮れをいうが、ここでは老年をいう。前注参照。また『文選』巻二十四・曹植「贈白馬王彪詩」に「年在桑楡間、影響不能追」（年《よはひ》は桑楡の間に在り、影響《かげひびき》のごと追ふ能はず）とあり、李善注に「日在桑楡、以喩人之将老」（日桑楡に在りとは、以て人の将に老いなんとするに喩ふ）とある。

孟嘗高潔――『後漢書』巻七十六「循吏伝・孟嘗伝」に「孟嘗、字伯周。…遷合浦太守。郡不産穀実、而海出珠宝。与交趾比境、常通商販、貿糴糧食。先時宰守並多貪穢、詭人採求、不知紀極。珠遂漸徙交趾郡界。於是行旅不至、人物無資、貧者餓死於道。嘗到官、革易前敝、求民病利。曽未踰歳、去珠復還、百姓皆反其業、商貨流通。称為神明」（孟嘗、字は伯周。…合浦太守に遷る。郡は穀実を産せず、而して海に珠宝を出だす。交趾と境を比《なら》べ、常に通じて商販し、貿《かへ》て糧食を糴《か》ふ。先の時の宰守並びに多くは貪穢にして、人を詭《せ》めて採求せしめ、紀極を知らず。珠遂に漸に交趾郡界に徙《うつ》る。是に於て行旅至らず、人物資無く、貧者道に餓死す。嘗官に到り、前敝を革《あらた》め易へ、民に病利を求む。曽《すなは》ち未だ歳を踰へざるに、去れる珠復た還り、百姓皆な其の業に反《かへ》り、商貨流通す。称して神明と為す）とあるのに基づく。孟嘗が重用されなかったことは同伝に「尚書同郡楊喬上書薦嘗曰、…且年歳有訖、桑楡行尽。而忠貞之節、永謝聖時。嘗竟不見用」（尚書同郡楊喬書を上りて嘗を薦めて曰く、…且つ年歳訖《をは》り有り、桑楡行《ゆ》く尽きなんとす。而して忠貞の節は、永く聖時に謝すと。嘗竟《つひ》に用ひられず）とあることより判る。

報国——国のために尽くす。馬融『忠経』「報国章」に「為人臣者、官於君。先後光慶、皆君之徳。不思報国、豈忠也哉」（人臣たる者は君に官す。先後の光慶は、皆な君の徳なり。国に報ゆるを思はざるは、豈に忠ならんや）とある。

猖狂——思慮分別のないこと。『荘子』「山木篇」に「不知義之所適、不知礼之所将。猖狂妄行、乃蹈乎大方」（義の適《かな》ふ所を知らず、礼の将《おこな》ふ所を知らず。猖狂妄行して、乃ち大方を蹈《ふ》む）とある。

窮途之哭——阮籍が突然外出し、道が行き詰まると泣いたという次の故事に基づく。『晋書』巻四十九「阮籍伝」に「時率意独駕、不由径路。車迹所窮、輒慟哭而反」（時に率意に独り駕し、径路に由らず。車迹の窮まる所にして、輒《すなは》ち慟哭して反《かへ》る）とある。このほか阮籍が常軌を逸していたことは同伝に「傲然独得、任性不羈」（傲然として独り得、性に任せて不羈なり）とか「不拘礼教」（礼教に拘らず）とあることより判る。なお正倉院本では「窮途之哭」を「窮之途哭」につくるが、他本に従い「窮途之哭」とした。〔十九〕3には「窮途之哭」と出る。

五尺——子供をいう。『孟子』「滕文公」に「雖使五尺之童適市、莫之或欺」（五尺の童をして市に適《ゆ》かしむと雖も、之を欺くもの或《あ》る莫《な》し）とある。

微命——取るに足りない命。『文選』巻十三・禰衡「鸚鵡賦」に「託軽鄙之微命、委陋賤之薄躯」（軽鄙の微命を託し、陋賎の薄躯を委《ゆだ》ぬ）とある。

一介——つまらないもの。『呉越春秋』「句践入臣外伝」に「（呉）王顧謂太宰嚭曰、彼越王者一節之人、范蠡一介之士」（（呉）王顧て太宰の嚭《ひ》に謂て曰く、彼の越王は一節の人、范蠡は一介の士なり）とある。

書生——学問をしている人。

請纓――「纓」はひも。ひもを賜るよう願うこと。次注参照。
終軍――漢の武帝の功臣の一人。『漢書』巻六十四「終軍伝」に「終軍、字子雲、済南人也。…南越与漢和親。乃遣軍使南越、説其王、欲令入朝、比内諸侯。軍自請、願受長纓、必羈南越王而致之闕下。…軍死時年二十余、故世謂之終童」（終軍、字は子雲、済南の人なり。…南越漢と和親せんとす。乃ち軍を遣はして南越に使ひせしめ、其の王を説きて、入朝せしめ、内諸侯に比《なぞ》らへんと欲す。軍自ら請ふ、願はくは長纓を受け、必ず南越王を羈《しば》りて之を闕下に致さんと。…軍死せし時年二十余、故に世之を終童と謂ふ）とある。
妙日――年若いこと。妙年に同じ。『文選』巻三十七・曹植「求自試表」に「終軍以妙年使越、欲得長纓占其王、羈致北闕」（終軍は妙年を以て越に使ひし、長纓を得て其の王を占め、北闕に羈致せんと欲す）とある。
投筆――筆を投げ捨て軍功を挙げたいと願うこと。『後漢書』巻四十七「班超伝」に「家貧、常為官傭書以供養、久労苦。嘗輟業投筆歎曰、大丈夫無它志略、猶当效傅介子、張騫立功異域、以取封侯。安能久事筆研間乎。左右皆笑之。超曰、小子安知壮士志哉」（家貧しく、常に官の為に傭書して以て供養し、久しく労苦す。嘗て業を輟《や》め筆を投じて歎きて曰く、大丈夫にして它の志略無くば、猶ほ当に傅介子、張騫に效《なら》ひて功を異域に立て、以て封侯を取らん。安《いづくん》ぞ能く久しく筆研の間に事《つか》へんやと。左右皆な之を笑ふ。超曰く、小子安《いづく》んぞ壮士の志を知らんやと）とある故事に基づく。
宗愨――劉宋、南陽の人。『宋書』巻七十六「宗愨伝」に「宗愨、字元幹、南陽人也。叔父炳高尚不仕。愨年少時、炳問其志。愨曰、願乗長風破万里浪。炳曰、汝不富貴、即破我家矣」（宗愨、字は元幹、南陽の人なり。叔父炳高尚にして仕へず。愨年少なる時、炳其の志を問ふ。愨曰、願はくは長風に乗りて万里の浪を破らんと。炳曰く、汝富貴ならず、即ち我が家を破らんと）とある。なお正倉院本では「愨」の下部の「心」を欠く。
長風――遠くまで吹いていく風。長風に乗るとは、大業を成就することをいう。前注参照。
簪笏――かんざしと手に持つ笏。梁簡文帝「馬宝頌」に「玉輿雲罕、照日充庭、羽林中権、分階列校、簪笏成行、貂纓在席」（玉輿は雲罕に、日に照りて庭に充ち、羽林は中権に、階を分ちて校に列び、簪笏は行を成し、貂纓は席に在り）とある。

百齢——百歳の年齢。『後漢書』巻二十八「馮衍伝」に「今百齢之期、未有能至。老壮之間、相去幾何」（今百齢の期、未だ能く至る有らず。老壮の間、相ひ去ること幾何《いくばく》ぞ）とある。

晨昏——「昏定晨省」の略、朝夕に父母の世話をすること。『礼記』「曲礼」に「凡為人子之礼、冬温而夏清、昏定晨省」（凡そ人の子たるの礼、冬は温《あたた》かにして夏は清《すず》しくす、昏《くれ》に定めて晨《あした》に省《かへり》みる）とある。

謝家之宝樹——謝家の宝とする才能ある人をいう。『世説新語』「言語」に「謝太傅（安）問諸子姪、子弟亦何預人事、而正欲使其佳。諸人莫有言者。車騎（謝玄）答曰、譬如芝蘭玉樹、欲使其生於階庭耳」（謝太傅（安）諸子姪に問ふ、子弟亦た何してか人事に預かりて、正に其れを佳《よ》から使めんと欲するやと。諸人言ふこと有る者莫《な》し。車騎（謝玄）答へて曰く、譬《たとふ》れば芝蘭玉樹の如く、其れをして階庭に生ぜ使めんと欲するのみと）とあるのに基づく。

孟氏之芳隣——孟子の母が三度家を換え、良き隣人を得たという故事に基づく。劉向『古列女伝』に「鄒孟軻之母、号孟母。其舎近墓。孟子之少也、嬉遊為墓間之事、踊躍築埋。孟母曰、此非吾所以居処子。乃去舎市傍。其嬉戯為賈人衒売之事。孟母又曰、此非吾所以居処子。復徙舎学宮之傍。其嬉遊乃設俎豆、揖譲進退。孟母曰、真可以居吾子矣。遂居之」（鄒の孟軻の母、孟母と号す。其の舎墓に近し。孟子の少かりしとき、嬉び遊ぶに墓間の事を為し、踊躍して築埋のことをす。孟母曰く、此れ吾れが子を居処する所以に非ずと。乃ち去りて市の傍に舎す。其の嬉び戯るるに賈人衒売の事を為す。孟母又た曰く、此れ吾れが子を居処する所以に非ずと。復た徙りて学宮の傍に舎す。其の嬉び遊ぶに乃ち俎豆を設け、揖譲進退す。孟母曰く、真に以て吾が子を居くべしと。遂に之に居れり）とある。

他日——将来。

趨庭——子が家庭で父から教えを受けること。「趨」は、走る。「鯉対」の注参照。

叨——ありがたく。

鯉対――孔子の子、孔鯉が庭を通り過ぎたときに孔子から学問の教えを受けたと言う故事を踏まえる。『論語』「季子」に「嘗独立、鯉趨而過庭。曰、学詩乎。対曰、未也。不学詩、無以言。鯉退而学詩」（嘗て独り立てり、鯉趨《はし》りて庭を過ぐ。曰く、詩を学びたるかと。対へて曰く、未だしと。詩を学ばずば、以て言ふ無しと。鯉退きて詩を学ぶ）とある。

捧袂――袂をからげる。急ぐ様子。

龍門――いわゆる登龍門のこと。〔五〕8「龍津」注参照。

楊意――司馬相如を武帝に推薦した楊得意のこと。『史記』巻百十七「司馬相如伝」に「蜀人楊得意為狗監侍上。上読子虚賦而善之曰、朕独不得与此人同時哉。得意曰、臣邑人司馬相如自言為此賦。上驚乃召問相如」（蜀人楊得意狗監と為り上に侍す。上子虚賦を読みて之を善しとして曰く、朕独り此の人と同時なるを得ざるやと。得意曰く、臣が邑人司馬相如なるもの自ら此の賦を為すと言ふと。上驚き乃ち召して相如に問ふ）とある。

陵雲――天に昇ることをいう。『漢書』巻八十七「揚雄伝」に「往時武帝好神仙。相如上大人賦、欲以風、帝反縹縹有陵雲志」（往時武帝神仙を好めり。相如大人賦を上《たてまつ》り、以て風せんと欲するに、帝反りて縹縹として陵雲の志有り）とある。

鍾期――鍾子期のこと。〔十二〕15に既出。

流水――〔十二〕15「鍾期」注参照。

蘭亭――王羲之が序を書いた亭の名。〔一〕7「王逸少之修竹茂林」注参照。

梓沢――金谷に在った石崇の別館の名。〔二〕4「流水長堤、石季倫河陽之梓沢」注参照。

贈言――言葉を送り励ます。〔七〕14に既出。

登高能賦――高い所に登って詞を作る。『漢書』巻三十「芸文志」に伝を引いて「不歌而誦、謂之賦。登高能賦、可以為大夫」（歌はずして誦す、之を賦と謂ふ。高きに登りて賦を能くするもの、以て大夫と為るべし）とある。

（長田　夏樹）

〔二十七〕送劼赴太學序

今之遊太學者多矣。咸一切欲速。百端進①取。故夫膚受末學者、因利乘便。經明行脩者。名存實②爽。至於振骨鯁。立風標。服聖賢之言。懷遠大之學。蓋有之矣、我未之見也。可不深慕哉。且吾家以儒術輔仁。述作存者八代矣。未有不久於其道。而求苟出者也。故能主經陳訓。削書定禮。揚魁梧之風。樹清白之業。使吾徒子孫有所取也。大雅不云乎、無念爾祖。易不云乎、幹父之蠱③。書不云乎、友于兄弟。詩不云乎、求其友生。四者備矣。加之。執德弘。信道篤。心則口誦。廢④食忘寢、渙然有所成。豎然有所杖。然後可以託教義。編人倫。彰風聲。議出處。若意不感慨。行不悼絶。輕進苟動。見利忘義。雖獲一階、履半級、數何足恃哉。終見棄於高人。自溺於下流矣。吾被服家業。霑濡庭訓。切瑳琢磨。戰兢惕勵者。廿餘載◎矣。幸以薄技。獲躅戎役。嘗恥道未成而受禄。恨不得如古之君子卌强而仕也。房族多孤。饘粥不繼。迫⑤父兄之命。睹飢寒之切。解巾捧檄。扶老携幼。今既至此矣。不蠶而衣。不耕而食。吾何德以當之哉。至於竭小人

20 之心。申猶子之道。飲食衣服。晨昏左右。庶幾乎。
21 令汝無反顧之憂也。行矣自愛。遊必有方。離別咫尺。
22 未足耿耿。嗟乎。不有居者。誰展色養之心。不有行
23 者。孰振揚名之業。籩⑥豆有践。水菽盡心。盍各賦
24 詩。叙離道意、云爾。

【校　異】

①進―庭　②實―寶　③蠱―蟲　④廢―癈　⑤迫―白　⑤籩―邊

【訓　読】

劫《かつ》の太学へ赴くを送る序

今の太学に遊ぶ者多し。咸《みな》一切速やかならむと欲し、百端進み取らむとす。故に夫《か》の膚受末学の者は、利に因り便に乗り、経明らかに行ひ修めたる者は、名存《あ》るも実爽《たが》へり。骨鯁を振ひて風標を立て、聖賢の言に服して、遠大の挙を懐《おも》ふに至りては、蓋《けだ》し之《これ》有《あ》らむや、我れ未だ之を見ざるなり。深く慕はざるべけむや。且つ吾が家儒術を以て仁を輔《たす》け、述作の存する者八代なり。未だ其の道に久しからずして、苟《いやしく》も出づるを求むる者有らざりき。

故に能く経を主《つかさ》り訓を陳べ、書を削り礼を定め、魁梧《かいご》の風を揚げ、清白の業を樹《た》て、吾が徒子孫をして取る所を有らしむ。大雅に云はずや、爾《なむぢ》の祖を念ふ無からむやと。易に云はずや、父の蠱《やぶれ》を幹《ただ》すと。書に云はずや、兄弟に友《いう》にと。詩に云はずや、其の友生を求むと。四つの者備はれり。加之《しかのみならず》、徳を執《と》ること弘く、道を信ずること篤く、心は則《のつ》とり口は誦じ、食を廃し寝を忘れなば、渙然《くわんぜん》として成る所有り、竪然《じゅぜん》として杖《たよ》る所有らむ。然る後

以て教義に託し、人倫を編《あ》み、風声を彰《あきら》かにし、出処を議すべし。若し意《おも》ひても感慨せず、行ひても卓越せず、軽しく進み苟《いやしく》も動き、利を見て義を忘れなば、一階を獲《え》、半級を履《ふ》むと雖も、数《しばしば》何ぞ恃《たの》むに足らむや。終《つい》に高き人に棄てられ、自ら下流に溺れむ。吾れ家業に被服し、庭訓《ていきん》に霑濡《てんじゅ》し、切瑳琢磨し、戦兢惕勵《せんきょうてきれい》すること廿余載なり。幸ひにして薄技を以て、戎役を覬《のぞ》かるるを獲《う》るも、嘗て道《みち》未だ成らずして禄を受くるを恥ぢ、古の君子の如く四十強にして仕ふるを得ざるを恨めり。房族多くは孤にして、饘粥《せんしゅく》継《つ》がず、父兄の命に迫り、飢寒の切なるを睹《み》、巾を解き檄《げき》を捧げ、老を扶《たす》け幼を携《たづさ》へ、今既にして此に至る。蚕せずして衣《き》、耕さずして食《く》はば、吾何の徳ありて以てこれに当らむや。小人の心を竭《つ》くし、猶子の道を申ぶるに至りては、飲食衣服、晨昏に左右せむ。庶幾《ねが》はくは汝をして反顧の憂を無からしめむことを。行け、自愛せよ、遊ぶこと必ず方有り、離別すること咫尺《しせき》にして、未だ耿耿なるに足らず。嗟乎《ああ》、居る者有らずば、誰か色養の心を展《の》べむ。行く者有らずば、孰《たれ》か揚名の業を振はむ。籩豆《へんとう》践《せん》たる有り、水菽《すいしゅく》心を尽さむ。盍ぞ各おの詩を賦し、離を叙べ意《い》を道はざる、と尓《しか》云ふ。

【通　釈】

劼の太学へ赴くを送る序

今日、太学に遊学する者は多い。誰でもみな全てを速成させたいと思い、何でもかでも進んで求めようとする。それ故その学問のうわべだけ学ぼうとする者は、利便に走り、経書に通じて徳行を修める者は、名は後世に残るが、その実体はない。信念を曲げず、品格を樹立し、聖人賢人の言葉に心服し、遠大な展望を思いいだく者になると、かの論語の言葉ではないが、果たしているだろうか。私はまだこういう人を見たことがない。そうした人を深く慕わずにはおれない。そのうえ、わが家は、儒学でもって仁政を補佐し、先人の教えを祖述し著作することと八代になる。まだその道を求めて浅いのに、みだりに世の中に出たいと求める者はいなかった。

そこで経書を整理し、解釈を施し、書経、礼記を削定し、すぐれた風教をかかげ、清廉な学業を立て、わが門人子孫に得るところ有らしめたのである。「大雅」にいうではないか、「汝の祖先を忘れてはいけない」と。『易』にいうではないか、「父の過ちを正す」と。『書』にいうではないか、「兄弟と仲良く」と。『詩』にいうではないか、「その友達を求める」と。この四つのすべては備わっている。それのみならず、徳をしっかり守ること広く、道を信じること厚く、心で諳《そら》んじ声に出して読み、食を廃し寝を忘れてこれつとめれば、たちまち学問が身につき、拠り所となるものがしっかりとなるだろう。その後、教義に託して、人の道を順序づけて並べ、よい風俗を明かにして、出処進退を議論することができる。もし思いが振るいたたず、行いが優れず、軽挙妄動して、利に走り義を忘れたならば、ささやかな官位に就き得たとしても、往々にして何のあてにもできないのだ。ついに高雅な人に見捨てられ、自ら俗流に甘んじることになるのである。私は身をもって家学を行い、家庭の教育に浴し、互いに研鑽しあい、恐れつつしむこと二十余年である。幸いにして取るに足らない才能でもって、兵役を免れることができたが、学問を窮めずして俸禄を受け取ることを恥じとし、古の君子の如く四十歳から仕官したいのにそうできないのを残念に思う。親族も多くは身寄りがなく、お粥をすることも続かず、年寄りが生命をおびやかされ、飢えと寒さの厳しいのを見て、頭巾を脱ぎ、檄を捧げ持って仕官し、老人を助け、幼児を携え、今ここにこうしているのである。これまでは蚕を飼わずして衣服を着、耕作に従事せずして食べ物を食してきたが、私はそれに対してどのような徳で報いればいいのだろうか。私というつまらぬ人間の真心を尽くし、子として私が孝養を尽くすについては、飲食衣服など、朝晩にお世話しよう。お前に後顧の憂いをないようにしてやりたい。行きなさい、そして自愛しなさい。この旅は目的地がはっきりしているし、別れといっても僅かの距離なのだから、心配してくよくよすることはない。ああ、家に留まる者がいなかったら、誰が親孝行を尽くすだろう。行く者がいなかったら、誰が家名を揚げる仕事を振るい起こすだろう。礼儀に違うことなく、貧しい暮らしながらも父母に孝養を尽くそう。各人が詩を作り離別の情を述べ（劼に対する）思いを語ろう。と以上のごとく述べる。

【語釈】

劼——王勃の弟の王劼をいう。『新唐書』巻二百一「文芸伝上・王勃伝」に「助、劼、又以文顕、劼早卒」（助、劼、又た文を以て顕はる、劼早く卒す）とある。

太学——中国の古代に都に設置された最高学府。『大唐六典』巻二十一に「隋初、置太学博士四人。仁寿元年、罷国子、唯立太学、置博士五人。従五品。大業三年、減置二人、降為従六品。皇朝増置三人」（隋初、太学博士四人を置く。仁寿元年、国子を罷《や》め、唯だ太学を立て、博士五人を置く。従五品なり。大業三年、減らして二人を置き、降して従六品と為す。皇朝増して三人を置く）とある。

欲速——早く成果を挙げたいと思う。『論語』「子路」に「欲速則不達」（速からんと欲すれば則ち達せず）とある。

百端——いろいろな種類。あらゆるもの。『史記』巻百二十八「亀策列伝」に「博開芸能之路、悉延百端之学」（博《ひろ》く芸能の路を開き、悉く百端の学を延ぶ）とある。

進取——進んで求める。『論語』「子路」に「狂者進取、狷者有所不為也」（狂者は進んで取り、狷者は為さざる所あり）とある。

膚受末学——学問を根本から学ばないで、そのうわべだけを学ぶこと。『文選』巻三・張衡「東京賦」に「若客所謂末学膚受、貴耳而賤目也」（客の若きは謂ふ所の末学膚受にして、耳を貴びて目を賤しむ者なり）とある。

経明行脩——学問を身につけ、行いも立派なこと。「経明行修」とも作る。『後漢書』巻四十六「寇恂伝」に「恂経明行脩、名重朝廷、所得秩奉、厚施朋友、故人及従吏士」（恂経明行脩して、名《な》朝廷に重く、得る所の秩奉、厚く朋友、故人及び従吏士に施す）とある。

名存実爽——名は残るが、実体は滅びる。「名存」は、『文選』巻九・曹大家「東征賦」に「唯令徳為不朽兮、身既没而名存」（唯だ令徳は不朽を為し、身は既に没するも名は存す）とある。「実爽」は「名与実爽」と、評判と名声が一致しないという意味で使用されることが多い。王勃「卓彼我系」にも「名存実爽、負信愆義」（名存るも実爽へ、信に負《そむ》き義を愆《あやま》る）とある。

骨鯁——剛直のたとえ。信念を曲げないこと。「鯁」は喉につかえる魚の骨。『史記』巻三十一「呉太伯世家」に「方今呉外困於楚、而内空無骨鯁之臣、是無奈我何」（方今、呉は外は楚に困し、内は空しく鯁骨の臣無し、是れ我を奈何ともする無し）とある。

風標——風度、風貌。『文選』巻五十九・沈約「斉故安陸昭王碑文」に「風標秀挙、清暉映世」（風標秀挙《ふうへうしうきょ》し、清暉《せいき》は世に映《かがや》く）とある。

遠大——高遠で大きい。また、そのような志。『芸文類聚』巻六・謝朓「為王敬則謝会稽太守啓」に「臣本布衣、不謀遠大」（臣本《もと》布衣にして、遠大を謀らず）とある。

蓋有之矣——あるいは有るかも知れないが、私はまだ見たことがない。『論語』「里仁」に「蓋有之矣、我未之見也」（蓋しこれ有らん。我未だこれを見ざるなり）とあるのをそのまま引く。

輔仁——仁の徳を輔《たす》ける。『論語』「顔淵」に「曾子曰、君子以文会友、以友輔仁」（曾子曰く、君子は文を以て友を会し、友を以て仁を輔《たす》く）とある。

述作——古のことに基づいて述べる。『論語』「述而」に「述而不作、信而好古、窃比於我老彭」（述べて作らず、信じて古を好み、窃かに我が老彭に比す）とある。

八代——王渙（四十二世）から王勃（四十九世）に至る八代をいう。すなわち、渙—虬—彦—一—隆—通（祖父）—福時（父）—勃である。

久於其道――その道を求めて久しい。『易』「恒」に「恒亨、無咎、利貞、久於其道也」（恒は亨《とほ》る、咎無し、貞《ただ》しきに利あるは、其の道に久しければなり）とある。

苟出――みだりに仕官しようとする。『文選』巻四十七・夏侯湛「東方朔画賛」に「苟出不可以直道也」（苟も出づるも以て道を直《なほ》くすべからず）とある。

陳訓――教えを陳《の》べ訓《さと》す。劉勰『文心彫龍』「序志」に「蓋周書論辞、貴呼体要、尼父陳訓、悪呼異端」（蓋し周書の辞を論ずるや、体要を貴び、尼父の陳べ訓ずや、異端を悪《にく》む）とある。

魁梧――大きくてたくましい。また魁吾、魁俉にも作る。『史記』巻五十五「留侯世家論」に「余以為其人計魁梧奇偉、至見其図、状貌如婦人好女」（余以為《おも》へらく、其の人の計に魁梧奇偉なりと、其の図を見るに至り、状貌は婦人好女の如し）とある。

清白――品行が純潔で、汚点の無いさまをいう。『文選』巻三十二・屈原「楚辞・離騒」に「伏清白以死直兮、固前聖之所厚」（清白に伏して以て直に死するは、固《まこと》に前聖の厚しとする所なり）とある。

無念爾祖――祖先のことを忘れてはいけない。『詩』「大雅・文王」に「王之藎臣、無念爾祖」（王の藎臣《じんしん》、爾の祖を念《おも》ふこと無けんや）とある。

幹父之蠱――父の過ちを正す。『易』「蠱」に「幹父之蠱、有子考無咎」（父の蠱を幹《かん》す、子有れば考咎無し）とある。

友于兄弟――兄弟と仲良くすること。『書』「君陳」に「惟孝、友于兄弟、克施有政」（惟《こ》れ孝なれば、兄弟に友《いう》に、克《よ》く有政に施す）とある。

求其友生――その友達を求める。『詩』「小雅・常棣」に「雖有兄弟、不如友生」（兄弟有りと雖も、友生に如かず）とあり、同じく「小雅・伐木」に「求其友声」、「不求友生」の語句はあるが、この「求其友生」の語句はない。

廃食忘寝――食べることを止め、寝ることを忘れる。ある事柄に熱中することにたとえる。「廃寝忘食」ともいう。

顔之推『顔氏家訓』「勉学」に「元帝在江荊間、復所愛習、召置学生、親為教授、廃寝忘食、以夜継朝」（元帝江荊の間に在りて、愛習する所を復し、学生を召し置き、親しく教授を為し、寝るを廃し食を忘れ、夜を以て朝に継げり）とある。

渙然——解け散るさま。がらりと変わるさま。『文選』巻四十五・杜預「春秋左伝序」に「渙然冰釈、怡然理順」（渙然《くわんぜん》として冰のごとくに釈け、怡然として理は順ふ）とある。

竪然——ひとり抜きんでるさま。「竪」は「豎」とも。

風声——風格と声望。ひとがら。『書』「畢命」に「彰善癉悪、樹之風声」（善を彰《あら》はし悪を癉《や》ましめ、之《これ》が風声を樹《た》たしめん）とあり、孔安国伝に「明其為善、病其為悪、立其善風、揚其善声」（其の善を為すを明らかにし、其の悪を為すを病ましめ、其の善風を立て、其の善声を揚ぐ）とある。

出処——出仕して官職に就くことと退いて家に処ること。〔四〕3に既出。

軽進苟動——「軽進」「苟動」、いずれも、よく考えずに行動すること。「軽進」は『文選』巻四十四・陳琳「為袁紹檄豫州」に「愚佻短略、軽進易退、傷夷折衄、数喪師徒」（愚佻《ぐてう》短略、軽進易退するに至ては、傷夷折衄《せつじく》して、数《しば》しば師徒を喪ふ）とある。また「苟動」は『礼記』「祭統」に「手足不苟動、必依於礼」（手足苟《いやしく》も動かず、必ず礼に依る）とあるのに基づく。

見利忘義——利益に目がくらんで道義を忘れる。『漢書』巻四十一「樊酈滕灌傅靳周伝賛」に「当孝文時、天下以酈寄為売友。夫売友者、謂見利忘義也」（孝文の時に当たり、天下酈寄を以て売友と為す。夫れ売友とは、利を見て義を忘るを謂ふなり）とある。

一階、半級——ささやかな官職。『顔氏家訓』「勉学篇」に「或因家世余緒、得一階半級、便謂為足、全忘修学」（或いは家世の余緒に因り、一階半級を得ば、便ち足れりと為すと謂ひ、全く修学を忘る）とある。

下流——低い地位。下位。『論語』「陽貨」に「悪居下流而謗上者」（下流に居て上を謗《そし》る者を悪《にく》む）とある。

被服——身に受ける。身をもって行う。『文選』巻三十二・屈原「離騒」に「激身被服彊圉兮、縦欲而不忍」（激《がう》身彊圉《きやうぎよ》を被服し、欲を縦《ほしきまま》にして忍びず）とある。

霑濡——恩沢に浴する。『文選』巻五十一・王褒「四子講徳論」に「令百姓偏暁聖徳、莫不霑濡」（百姓をして偏《あまね》く聖徳を暁《さと》らしめ、霑濡《てんじゅ》せざるは莫し）とある。

庭訓——家庭での教育。『晋書』巻八十二「孫盛伝」に「雖子孫班白、而庭訓愈峻」（子孫班白《はんぱく》と雖も、而して庭訓愈《ますます》峻《きび》し）とある。〔二十六〕32「鯉対」注参照。

切瑳琢磨——休まず努力して自分を研くこと。『詩』「衛風・淇奥」に「如切如瑳、如琢如磨」（切するが如く磋するが如く、琢するが如く磨するが如し）とあるのに基づく。

戦兢——恐れ慎むさま。『後漢書』巻十「皇后紀上・和熹鄧皇后」に「恭粛小心、動有法度、承事陰后、夙夜戦兢」（恭粛にして小心、動《つね》に法度有り、陰后に承《うやうや》しく事《つか》へて、夙夜戦兢たり）とある。

惕勵——おそれあやぶむ。修養の十分でないことを恐れて、身を修めること。「勵」は「厲」に同じ。『易』「乾」に「君子終日乾乾、夕惕若、厲无咎」（君子終日乾乾し、夕べまで惕若《てきじやく》たり、厲《あやふ》けれども咎《とが》无《な》し）とあるのに基づく。

薄技——取るに足りない才能。『文選』巻四十一・司馬遷「報任少卿書」に「主上幸以先人之故、使得奏薄伎、出入周衛之中」（主上幸ひにして先人の故を以て、薄伎を奏して周衛の中に出入するを得しむ）とある。「薄伎」は「薄技」に同じ。

蠲——除く。「蠲　ノゾク」（名義抄）。

戎役——兵役、軍務。

冊強而仕——四十歳で仕官する。「冊」は四十。『礼記』「曲礼」に「四十曰強、而仕」（四十を強と曰ふ、而して仕ふ）とあるのに基づく。

房族――同一祖先の親族。

饘粥――かゆ。「饘」は、濃いかゆをいい、「粥」は薄いかゆをいう。

解巾――庶民のかぶる頭巾を解き去る。転じて、官職に就くこと。『後漢書』巻五十六・「韋彪伝」に「詔書逼切、不得已解巾之郡」（詔書逼切たり、已むを得ずして巾を解き郡に之《ゆ》く）とあり、李賢注に「巾、幅巾也。既服冠冕、故解幅巾」（巾は、幅巾なり。既に冠冕を服したり、故に幅巾を解く）とある。

捧檄――檄（任官の呼び出し状）を捧げ持つ。転じて、官職に就くこと。『後漢書』巻三十九「劉平等伝序」に「廬江毛義少節、家貧、以孝行称。南陽人張奉慕其名、往候之。坐定而府檄適至、以義守令。義奉檄而入、喜動顔色。奉者志尚士也。心賤之、自恨来、固辞而去。及義母死、去官行服。数辟公府、為県令、進退必以礼。後挙賢良、公車徴、遂不至。張奉歎曰、賢者固不可測。往日之喜、乃為親屈也。斯蓋所謂家貧親老、不択官而仕者也」（廬江の毛義少節は、家貧しきも、孝行を以て称せらる。南陽の人張奉其《そ》の名を慕い、往きて之を候《とぶら》ふ。坐定りて府の檄適《たまたま》至り、義を以て守令たらしむ。義檄を奉じて入り、喜び顔色を動かす。奉は志尚《なほ》き士なり。心に之を賤しみ、自ら来たるを恨み、固く辞して去る。義の母の死するに及び、官を去りて服を行ふ。数《しばしば》公府に辟《め》され、県令と為るに、進退必ず礼を以てす。後《のち》に賢良に挙げられ、公車にて徴《め》さるるも、遂に至らず。張奉歎じて曰く、賢者は固《まこと》に測るべからざるなり。往日の喜びは、乃ち親の為に屈すればなり。斯れ蓋し謂はゆる家貧しく親老ひて、官を択ばずして仕ふる者なりと）とある毛義の故事に基づく。『文選』巻五十七・顔延年「陶徴士誄」にも「遠惟田生致親之議、追悟毛子捧檄之懐」（遠く田生の親に致すの議を惟《おも》ひ、追ひて毛子の檄を捧ぐるの懐《おも》ひを悟る）とある。

扶老携幼――年寄りを助け幼児をひきつれる。『戦国策』「斉策」に「孟嘗君就国於薛未至百里、民扶老携幼、迎君道中」（孟嘗君国に就き薛《せつ》に於て未だ百里に至らざるに、民老を扶け幼を携へ、君を道中に迎ふ）とある。

不蚕而衣、不耕而食――養蚕に従わずして衣服を着、耕作に従わずして食べ物を食うこと。直接生産に従事せず、その生産物のみ享受すること。『荘子』「雑篇・盗跖」に「不耕而食、不織而衣」（耕さずして食ひ、織らずして衣る）とある。

猶子——もとは甥を指す。『礼記』「檀弓」に「喪服、兄弟之子猶子也」（喪服は、兄弟の子は猶ほ子のごとし）とあるのに基づく。ここでは自分の謙称。

左右——助けること。補佐すること。『易』「泰」に「輔相天地之宜、以左右民」（天地の宜を輔相し、以て民を左右す）とあり、その孔穎達疏に「左右、助也。以助養其人也」（左右は、助なり。以て其の人を助け養ふなり）とある。

反顧之憂——「反顧」は振り返り見ること。『文選』巻三十二・屈原「離騒」に「忽反顧以流涕兮、哀高丘之無女」（忽として反顧して以て涕《なみだ》を流し、高丘の女無きを哀しむ）とある。転じて、自分がいなくなった後のことを心配する。

自愛——自らその身を愛すること。『文選』巻四十一・魏文帝「与朝歌令呉質書」に「行矣、自愛」（行け、自愛せよ）とある。

遊必有方——旅をするにも必ず行き先がある。『論語』「里仁」に「父母在、不遠遊。遊必有方」（父母在《い》ませば、遠く遊ばず。遊ぶこと必ず方有り）とあるのに基づく。

咫尺——非常に短い距離をいう。『左伝』「喜公九年」に「天威不違顔咫尺」（天威顔《かんばせ》を違《さ》ること咫尺ならず）とある。

耿耿——心配事が多く、心がいらだつこと。『詩経』「邶風・柏舟」に「耿耿不寐、如有隠憂」（耿耿として寐《いね》ず、隠憂有るがごとし）とある。

不有居者…、不有行者、…——『左伝』「喜公二十八年」に「不有居者、誰守社稷。不有行者、誰扞牧圉」（居る者有らずば、誰か社稷を守らん。行く者有らずば、誰か牧圉《ぼくぎょ》を扞《ふせ》がん）とある。

色養——親の顔色を見て、その心にかなうように孝養すること。また、常に顔色を和らげて親に孝養を尽くすこと。『世説新語』「徳行」に「事親尽色養之孝」（親に事へ色養の孝を尽くす）とある。語は、『論語』「為政」に「子夏問孝、子曰、色難」（子夏孝を問う、子曰く、色難し）とあるのに基づく。

揚名――家名を揚げる。『孝経』「開宗明義」に「立身行道、揚名於後世、以顕父母、孝之終也」（身を立て道を行ひ、名を後世に揚げ、以て父母を顕《あら》はすは、孝の終はりなり）とある。

籩豆有践――「籩豆」は祭祀や宴会に用いる器の名。「籩」は竹製で乾燥したものを、「豆」は木製で水分のあるものを盛る。『論語』「泰伯」に「籩豆之事、則有司存」（籩豆の事は、有司存せり）とある。「籩豆有践」は礼儀にかなうこと。『詩経』「豳風・伐柯」に、「我覯之子、籩豆有践」（我《われ》之《こ》の子を覯《み》るに、籩豆践たる有り）とある。

水菽尽心――「菽」は、豆の総称。水と豆との貧しい暮らしをしながらも、親に孝養を尽くすこと。「菽水」に同じ。『礼記』「檀弓」下に「啜菽飲水尽其歓、斯之謂孝」（菽を啜り水を飲み其の歓を尽くし、斯れ之を孝と謂ふ）とある。

（原田　松三郎）

〔二十八〕秋夜於綿州羣官席別薛昇華序

夫神明所貴者道也、天地所寶者才也。故雖陰陽同功、宇宙戮力、山川崩騰以作氣、星象磊落以降精、終不能五百年而生兩賢也。故曰、才難、不其然乎。今之羣公竝授奇彩、各杖異氣。或江海其量、或林泉其識、或簪裾其迹、或雲漢其志。不可多得也、今竝集此矣。豈英靈之道長、而造化之功倍乎。然僕①之區區、常②以爲人生百年、逝如一瞬。非不知風月不足懷也、琴罇不足戀也、事有切而未能忘、情有深而未能遣。故僕於羣公、相知非不深也、相期非不厚也。然義有四海之重、而無同方之戚、交有一面之深、而非累葉之契。故與夫昇華者、不其異乎。嗟乎③、積潘楊之遠好、同河汾之靈液、自置良友、相依窮路。是月秋也、于時夕也。他郷秋而白露寒、故人去而青山斷、不其悲乎、盍各賦詩、云爾。

【校　異】

①僕—漢　②常—當　③乎—ナシ

【訓　読】

秋の夜、綿州の羣官の席に薛昇華と別るる序

夫れ神明の貴しとする所は道なり、天地の宝とする所は才なり。故に陰陽功を同じくし、宇宙力を戮《あ》はせ、山川崩騰して以て気を作《おこ》し、星象磊落《らいらく》して以て精を降《くだ》すと雖ども、終《つひ》に五百年にして両賢を生む能はざるなり。故に曰く、才は難《かた》し、其れ然らざるかと。

今の羣公並びに奇彩を授けられ、各《おのおの》異気に杖《よ》る。或いは江海其れ量とし、或いは林泉其れ識とし、或いは簪裾其れ迹とし、或いは雲漢其れ志とす。多く得べからざるも、今並びに此《ここ》に集《つど》へり。豈に英霊の道長じ、造化の功倍せむや。

然るに僕の区区《くく》なるや、常に以為《おも》へらく、人生百年、逝くこと一瞬の如しと。風月の懐《わも》ふに足らず、琴樽の恋ふるに足らざるを知らざるにあらざるも、事に切にして未だ忘る能はざる有り、情に深くして未だ遣《や》る能はざる有り。故に僕の羣公におけるや、相《あ》ひ知ること深からざるにあらず、相ひ期《ちぎ》ること厚《あつ》からざるにあらざるなり。

然るに義に四海の重き有るも同方の戚は無く、交りに一面の深き有るも累葉《るいえふ》の契にはあらず。故《ことさら》に夫《か》の昇華なるものとは其れ異ならざるか。嗟乎《ああ》、潘楊の遠好を積み、河汾の霊液を同じくし、自ら良友を置き、窮路に相ひ依れり。

是の月や秋なり、于時《この》や夕なり。他郷秋《あき》にして白露寒く、故人去りて青山断つ、其れ悲しからずや、盍《なむ》ぞ各《おのおの》詩を賦さざる、と尓《しか》云ふ。

【通　釈】

秋の夜、綿州の役人達が集う席で薛昇華と別れる序

そもそも神明が貴ぶものは道であり、天地が宝として大切にするものは人才である。このため、陰陽の気がその働きを同じくし、宇宙のすべてが力を合わせて優れた人材を生むように努め、山川が崩れ立ってその気を奮い起こし、星が天をめぐり精を地上に降して優れた人材を生みだそうとしても、結局は賢人が五百年の間に二人とこの世に生まれることはない。このためにこそ孔子は、「人材は得難いものである、そうではないか。」と言われたのである。

今、この席の皆さんはいずれもすぐれた才能を授けられ、それぞれ凡人とは異なる気を受けておられる。江海のような大きな度量を持った人もおれば、林泉を愛して隠遁している人もおり、高官になった人もおれば、周宣王のように天下のために尽くそうとする人もおられる。このような人が大勢集うことはそうざらにはないはずであるが、今ここに集まっておられる。これこそなんと、すぐれた人がますます勢いを得、造化神の働きが旧に倍するからであろうか。

しかし私は狭い心の持ち主であることから、人生百年といっても、過ぎゆくこと一瞬のようだ、と思えてならない。清風や明月といったものは追い求める値打ちもなく、音楽や酒といったものは心引かれるほどのものではないことを知らないわけではないが、胸に迫ってまだ忘れられないことがあり、心に深くわだかまって晴らすことができない気持ちがあるので、追い求め、心引かれるのだ。そこで私と皆さんとは、深く知り合った仲であり、厚い友情で結ばれているのである。

人の守るべき道には天下の人はみな兄弟であって友情を大切にしなければならないのであるが、血のつながりのある者同士ほど志や行いが同じということはなく、一度会っただけで深い友情が生まれることもあることはあるが、それは代々続く友情とは違う。私と昇華とはまさにこういう（代々続く）交わりなのである。ああ、私と薛昇華は、潘岳と楊綏のように代々よしみを重ね、河汾の酒を酌み交わし、良い友人となり、困ったときには助け合ってきた。

　今月はもう秋で、今は夕暮れである。異郷はもう秋で露がおりて寒いのに、やがて友人は去り、山並に隔てられてしまう。なんと悲しいことではないか。どうしてこの悲しい気持ちをそれぞれが詩に詠わないでおれようか、と以上のように述べる。

【語　釈】

綿州――地名。〔二十五〕1に既出。

薛昇華――唐の薛曜のこと。〔十五〕8に既出。

同功――働きを同じくする。『易』「繫辞伝」に「二与四同功而異位。其善不同」（二と四とは功を同じうして位を異にす。其の善は同じからず）とある。

戮力――力を合わせる。「戮　アハス」（名義抄）。『尚書』「湯誥」に「聿求元聖、与之戮力、以与爾有衆請命」（聿《つひ》に元聖を求め、之と力を戮《あは》せ、以て爾有衆の与《ため》に命を請ふ）とある。

崩騰――崩れ立つ。『抱朴子』「外篇・刺驕」に「何有便当崩騰、競逐彼闒茸之徒、以取容於若曹邪」（何ぞ便当に崩騰し、競ひて彼の闒茸《たふじょう》の徒を逐ひ、以て容を若曹に取る有らんや）とある。〔二〕9に既出。

星象――星。『文選』巻三十六・王融「永明十一年策秀才文」に「上叶星象、下符川嶽」（上は星象に叶《かな》ひ、下は川嶽に符す）とある。

作気――気をおこす。『説文解字』に「雲、山川気」（雲は山川の気）とあり、山川から雲がおこると考えられていたことが窺える。

磊落――転がること。ここでは天上の星宿の移動をいう。『文心雕龍』「練字」に「善酌字者、参伍単複、磊落如珠矣」（善く字を酌む者は、単複を参伍し、磊落たること珠の如し）とある。

降精――陰陽の気を降らせること。『荘子』「天下」に「神何由降、明何由出」（神は何に由りてか降り、明は何に由りてか出づ）とあり、郭象注に「神明由事感而後降出」（神明は事に由りて感じ而して後《のち》降出す）とある。また『抱朴子』「内篇・弁問」に『玉鈐経《ぎょくけんきょう》』を引いて「人之吉凶制、在結胎受気之日。皆上得列宿之精」（人の吉凶の制は、結胎受気の日に在り。皆上《かみ》は列宿の精を得）とあり、人の運命は星宿により定められたと考えられていたことがわかる。

不能五百年而生両賢――五百年の間に賢人が二人とこの世に生まれることはない。『孟子』「公孫丑」に「五百年必有王者興。其間必有名世者」（五百年にして必ず王者の興る有り。其の間には必ず世に名ある者有り）とあるのに基づく。また『旧唐書』巻百九十「文苑伝・員半千伝」に「員半千、本名余慶。…（王）義方嘉重之、嘗謂之曰、五百年一賢、足下当之矣。因改名半千」（員半千は、本と余慶と名づく。…（王）義方、之を嘉重し、嘗て之に謂て曰く、五百年に一賢のみ、足下之に当たれりと。因《より》て改めて半千と名づく）と、『孟子』に基づく逸話がみえる。〔二十四〕1「員四」注参照。

才難、不其然乎――『論語』「泰伯」に「舜有臣五人、而天下治。武王曰、予有乱臣十人。孔子曰、才難、不其然乎」（舜に臣五人有り、而して天下治まる。武王曰く、予に乱臣十人有り。孔子曰く、才難し、其れ然らざるか）とあるのを引用したもの。

奇彩――「奇才」に同じで、すぐれた才能をいう。

異気――常人とは異なる気。『文選』巻五十三・嵆康「養生論」に「似特受異気、禀之自然。非積学所能致也」（特《た》だ異気を受け、之を自然に禀《う》くるに似たり。積学の能く致す所にあらざるなり）とある。

江海其量――大きな度量を持つこと。「江海」は大きな度量をいう。『文選』巻五十八・王倹「褚淵碑文」に「観海斉量、登嶽均厚」（海を観て量を斉《ひと》しうし、嶽に登りて厚きを均《ひと》しうす）とあるのに基づく。

林泉其識――隠遁すること。「林泉」は、「林」と「泉」の意から転じて隠遁の地をいう。〔三〕3に既出。

簪裾其迹――高官になることをいう。「簪裾」は、かんざしと衣のすそ。転じて、高官の服装、また高官をいう。「迹」は、たずねるの意。「迹　タヅヌ」（名義抄）。

雲漢其志――天下のために尽くそうとする。「雲漢」は『詩経』「大雅」の篇名。周の宣王が天下のために自然災害を除こうとしたことを讃える。『詩』「大雅・雲漢序」に「雲漢、仍叔美宣王也。宣王…遇災而懼、側身修行、欲銷去之。天下喜於王化復行、百姓見憂。故作是詩也」（雲漢は、仍叔、宣王を美するなり。宣王…災に遇ひて懼《おそ》れ、身を側《そば》めて行ひを修め、之を銷《け》し去らんと欲す。天下に王化復《また》行はれ、百姓憂へ見《ら》るるを喜ぶ。故に是の詩を作る）とあるのに拠る。

英霊――すぐれた霊気が集まって生まれた人。すぐれた人。

道長――道が伸びる。盛んになる。『易』「泰・彖伝」に「泰、小往大来。吉亨。…君子道長、小人道消也」（泰は、小往《ゆ》き大来る。吉にして亨《とほ》る。…君子道長《みちちやう》じ、小人道消《せう》するなり）とあるのに基づく。

造化――万物を創造する神。『文選』巻三十五・張協「七命」に「功与造化争流、徳与二儀比大」（功は造化と流を争ひ、徳は二儀と大を比ぶ）とある。

功倍――働きが倍になる。『孟子』「公孫丑」に「当今之時、万乗之国行仁政、民之悦之、猶解倒懸也。故事半古之人、功必倍之」（今の時に当りて、万乗の国、仁政を行はば、民の之を悦ぶこと、猶ほ倒懸を解かるるがごとし。故に事は古の人に半ばにして、功は必ず之に倍せん）とあるのに基づく。

区区――つまらない心。自分の心を謙遜していう。『文選』巻四十八・班固「典引」に『不勝区区、竊作典引一篇」（区区に勝へずして、竊《ひそか》に典引一篇を作る）とある。

人生百年――「百年」は、人生の最大限をいう。『列子』「楊朱」に「百年、寿之大斉。得百年者千無一也」（百年は寿の大斉なり。百年を得る者は千に一もなし）とある。

遺情——気晴らしする。『文選』巻二十三・任昉「出郡伝舎哭范僕射」に「将乖不忍別、欲以遺離情」（将に乖《わか》れんとして別るに忍びず、以て離情を遺らんと欲す）とある。

四海——天下。〔一〕2に既出。

同方——志や行いを同じくする。『礼記』「儒行」に「儒有合志同方、営道同術」（儒に志を合はせ方を同じうし、道を営み術を同じうする有り）とあり、鄭玄注に「同方同術、等志行也」（同方同術は、志行を等しくするなり）とある。

一面——一度会う。『世説新語』「賢媛」に「山公与嵆阮一面、契若金蘭」（山公、嵆阮と一たび面《あ》ひ、契りは金蘭の若《ごと》し）とある。

累葉——代々。『文選』巻五・左思「呉都賦」に「雖累葉百畳、而富彊相継」（累葉百畳《るゐえふひやくでふ》すといへども、富彊相ひ継ぐ）とあり、李善注に「葉、猶世也」（葉は、猶《なほ》世のごとし）とある。考説参照。

潘楊遠好——代々よしみを重ねていること。「潘」は潘岳、「楊」は楊綏を指す。『文選』巻五十六・潘岳「楊仲武誄序」に「楊綏、字仲武、滎陽苑陵人也。…既藉三葉世親之恩、而子之姑、余之伉儷焉」（楊綏、字は仲武、滎陽苑陵の人なり。…既に三葉世親の恩を藉り、子の姑は、余の伉儷なり）とあり、呂延済注に「三葉、謂曾祖領軍格及祖粛侯父康侯也」（三葉は、曾祖領軍格及び祖粛侯、父康侯を謂ふ）とある。

河汾之霊液——「河汾」は黄河と汾水の間の地をいい、「河汾之霊液」とはここでは河汾の地に産する酒をいう。本来は『文選』巻十八・潘岳「笙賦」に「河汾之宝、有曲沃之懸匏。鄒魯之珍、有汶陽之孤篠焉。若乃綿蔓紛敷之麗、浸潤霊液之滋、隅隈夷険之勢、禽鳥翔集之嬉、固衆作者之所詳、余可得而略之也」（河汾の宝に、曲沃の懸匏有り。鄒魯《すうろ》の珍に、汶陽《もんやう》の孤篠《こせう》有り。乃ち綿蔓紛敷《めんまんふんぷ》の麗、浸潤霊液の滋《じ》、隅隈夷険《ぐうわいいけん》の勢ひ、禽鳥翔集《きんてうしやうしふ》の嬉《たはむ》れの若きは、固より衆くの作者の詳《つまび》らかにする所なれば、余は得て之を略すべきなり）とあるがごとく、笙の材料である懸匏（柄のあるひさご）を潤す露を指したが、ここでは王勃と薛昇華の二人がともに河汾の地に生まれ、そこの霊液（ここでは酒）を酌み交わしたことをいう。またこの二人が河汾の地の出身であることは前注に引く『旧唐書』「薛収伝」および『旧唐書』「王勃伝」の記事から明かである。

良友——仲の良い友人。『文選』巻二十九「蘇武詩・第四」に「俯観江漢流、仰視浮雲翔。良友遠離別、各在天一方」(俯して観る江漢の流れ、仰ぎて視る浮雲の翔。良友遠く離別し、各《おのおの》天の一方に在り)とある。

于——この。「于　コノ」(名義抄)。

白露——葉におりたつゆ。〔二〕15に既出。

【考　説】

王勃と薛昇華の関係について、『旧唐書』巻七三「薛収伝」に、「薛収、…蒲州汾陰人、…蒲州通守堯君素潜知収謀、乃遣人迎収所生母王氏置城内、収乃還城」(薛収は、…蒲州汾陰の人なり、…蒲州通守堯君素潜《ひそか》に収の謀を知り、乃ち人を遣りて収の生む所の母王氏を迎へて城内に置かしむ、収乃ち城に還る)と、薛収の母が王氏の出であることが記されている。この王氏が王勃の一族とは軽々に断言はできないが、薛収は薛昇華の祖父であることから、王勃が自分と昇華との関係を潘岳と楊綏に擬したものと考えられる。また『旧唐書』巻百九十上「王勃伝」に「王勃、絳州龍門人、祖通…義寧元年卒、門人薛収等相与議、諡曰文中子」(王勃は、絳州龍門の人なり、祖の通…義寧元年に卒す、門人薛収等相ひ与《とも》に議《はか》り、諡《おくりな》して文中子と曰ふ)とあることから、祖父同士が師弟の関係にあったことが判明し、あるいはこの関係を指していったものかもしれない。

またこの詩序に該当すると考えられる詩としては次の二首が挙げられる。

別薛華　　　薛華と別る

送送多窮路、
遑遑独問津。
悲涼千里道、
悽断百年身。
心事同漂泊、
生涯共苦辛。
無論去与住、
倶是夢中人。

送送　窮路多し、
遑遑として独り津を問ふ。
悲涼たる千里の道、
悽断たる百年の身。
心事同じく漂泊し、
生涯共に苦辛す。
去くと住《とど》まるとを論ぜず、
倶に是れ夢中の人。

重別薛華

明月沈珠浦、
秋風濯錦川。
楼台臨絶岸、
洲渚亘長天。
旅泊成千里、
栖遑共百年。
窮途惟有涙、
還望独潸然。

重ねて薛華と別る

明月は珠浦に沈み、
秋風は錦川を濯《あら》ふ。
楼台は絶岸に臨み、
洲渚は長天に亘る。
旅泊は千里を成し、
栖遑は百年を共にす。
窮途　惟だ涙有るのみ、
還望　独り潸然《さんぜん》たり。

第一首の詩題は『全唐詩』および四部叢刊本『王子安集』では「別薛華」とするが、『文苑英華』では「秋日別薛昇華」としている。また第二首は『全唐詩』と四部叢刊本『王子安集』では「重別薛華」と題するが、この詩も『文苑英華』では「別薛昇華」と題しており、いずれの詩が該当するのか、あるいはいずれの詩も該当するのかは定かでない。

（山川　英彦）

1 〔二十九〕宇文德陽宅秋夜山亭宴序

2 若夫龍津宴喜、◎地切登仙、鳳閣虛玄、門稱好事。亦有依

3 山臨水、長想巨源、秋風明月◎、每思玄度。未有能◎星馳一

4 介、留興緒於芳亭、雲委八行、抒①勞思於綵筆。遂

5 令啓②瑤緘者、攀勝集而長懷、披瓊③翰者、仰高筵而

6 不暇。王子猷之獨興、不覺浮舟、嵇叔夜之相知、欣④然命駕。琴樽重賞、始詣臨邛、口腹良遊、未辭安邑。
乃知兩

7 鄉投分、林泉可攘袂而遊、千里同心、煙霞可傳檄而

8 定。友人河南宇文嶠、清虛君子。中山郎餘令、風流名士。或三

9 秋舊契、闢林院而開衿、或一面新交、叙風雲而倒屣。彭澤

10 陶潛之菊、影泛仙罇、河陽潘岳之花、光懸妙札。巖巖思

11 壁⑤、家藏虹岫之珍、淼淼言河、各控驪泉之寶。禺同金碧、

12 暫照詞場、巴漢英靈、俄潛翰苑。亹亹焉、蕭蕭焉。信

13 ◎天下之奇託也。于時白藏開序、青腰御律、金⑥風高而

14 林野⑦動、秋露下而江山靜。琴亭酒榭、磊落乘烟、竹徑

15 松扉、參差向月◎。魚鱗積磴、還昇蘭樓之峯、鴈翼分

16 橋、即暎芙蓉之水。亦有紅蘋緑荇、亘渚連翹、玉⑧帶瑤華、分

17 楹間植、池簾夕敞、香牽十步之風、岫幌宵褰、影

18 襲三危之露。縱沖衿於俗表、留逸契於人間、東

山之賞在焉、南磵之情不遠。夫以中牟馴雉、猶嬰觸網之悲、單父歌魚、罕悟忘筌之迹。兼而美者、其在茲乎。人賦一言、倶裁八韻。俾夫一同詩酒、不撓於牽絲、千載巖泉、無慙於景燭、云爾。

【校　異】

①抒―杼　②啓―聲　③翰―幹　④欣然以下の二十字、他本に拠って補った。⑤壁―璧　⑥金―ナシ
⑦動―ナシ　⑧玉帶瑤――ナシ

【訓　読】

宇文徳陽の宅に秋夜山亭に宴する序

若し夫れ龍津の宴喜は、地登仙に切《ちか》く、鳳閣の虚玄は、門好事を称す。亦た有り、山に依り水に臨めば、長《つね》に巨源を想ひ、秋風明月のときには、毎《つね》に玄度を思ふ。未だ能くすること有らず、星のごとく一介を馳せ、興緒を芳亭に留め、雲のごとく八行に委《つ》み、労思を綵筆に抒《の》ぶることを。遂に瑶緘を啓《ひら》く者をして、勝集に攀《よ》ぢむとして長《つね》に懐《おも》はしめ、瓊翰を披く者をして、高筵を仰がむとして暇あらざらしむ。王子猷の独り興ありて、覚えず舟を浮かべ、嵇叔夜の相知るひと、欣然として駕を命ず。琴樽重く賞し、始めて臨邛に詣《いた》り、口腹良遊するも、未だ安邑を辞せず。乃ち知る両郷の投分、林泉に袂《たもと》を攘《はら》ひて遊ぶべし、千里の同心、煙霞に檄を伝えて定むべし、と。

友人河南の宇文嶠は、清虚の君子なり。中山の郎余令は、風流の名士なり。或いは三秋の旧契にして、林院を闢《ひら》きて開衿し、或いは一面の新交にして、風雲を叙して倒屣す。彭沢陶潜の菊、影仙罇に泛《うか》び、河陽潘岳の花、

光妙札に懸かる。巖巖なる思ひ壁のごとく、家ごとに虹岫の珍を蔵し、淼淼なる言は河のごとく、各驪泉の宝を控《ひか》ふ。禺同の金碧、暫《しばら》く詞場を照らすも、巴漢の英霊、俄《にはか》に翰苑に潜《ひそ》めり。亹亹《びび》なり、藹藹なり。信《まこと》に天下の奇託なり。

時に白蔵は序を開き、青腰は律を御す、金風高くして林野動き、秋露下りて江山静けし。琴亭酒榭、磊落として烟を乗せ、竹径松扉、参差として月に向ふ。魚鱗は磴に積み、還た蘭楼の峯に昇り、鴈翼は橋に分かれ、即ち芙蓉の水に暎ず。亦た有り、紅蘋緑荇、渚に亘りて連なりて翹《しげ》り、玉帯瑶華、楹に分けて間《まじ》へ植う、池簾夕に敞《ひら》けば、香は牽《ひ》く十歩の風、岫幌宵に褰《かか》げば、影は襲《およ》ぶ三危の露。沖衿を俗表に縦《はな》ち、逸契を人間に留むも、東山の賞焉《ここ》に在り、南礀の情遠からず。夫れ以て中牟に雉を馴らし、猶ほ触網の悲に嬰《かか》り、単父《ぜんぽ》に魚を歌ひ、罕《まれ》に忘筌の迹を悟るがごとし。兼ねて美なるは、其れ茲《ここ》に在る乎《か》。人ごとに一言を賦し、倶に八韻を裁《つく》らむ。夫《か》の一同の詩酒をして、牽絲に撓《みだ》れず、千載の巌泉のごとくし、景燭に慙づること無からしめよ、と云ふこと尓《しか》り。

【通　釈】

宇文徳陽の邸宅で秋の夜、山亭にて宴会する序

かつて李膺が龍津で催した宴のように今宵の宴には、郭林宗が登仙した地のように多くの人が集い、揚雄が太玄経を著した天禄閣のようなこの部屋に、門に教えを請う人々がやってきた。山水の景色を眺めていると、いつも山涛を思い出すし、秋風の吹く明月を見ると、そのたびに許詢を思うものである。これまで急ぎの使いを遣り、興趣を山亭に残そうとし、あちこちに手紙を送り、筆を執って思いを述べようとする者はなかった。そこで手紙を読む者は勝宴に集《つど》いたいものとつねに考え、手紙を見る者は高宴に連なりたいものといつも思っていた。（そこで私も）王徽之がひとり興に乗って小船で出かけ、嵆康が友人を思い出すと欣然として乗り物の用意を命じた

ようにここに駆けつけた。音楽や酒を十分に楽しみ、王吉に招かれた司馬相如のような気分になり、腹一杯にご馳走をいただいても、まだ閔貢のように辞去はしない。そして別の土地にいても意気投合すれば、自然のなかで精一杯遊び、千里も離れていても同じ気持ちであれば、この景色を触れ文を回してでも我ものとすべきであることがわかる。

友人の河南の宇文嶠はこだわりのない人物である。中山（定州）の郎余令は風流を解することで名を知られた人物である。昔からの友人であり、扉を開けたとたん打ち解けて語り合う人もいれば、初対面で志を述べて受け入れられる人もいる。陶潜が愛した菊の花が酒杯に浮かび、潘岳が植えさせた桃のような美しい花が〇〇に照り映えている。抜きんでた思いは貴重な宝を内に秘めるが如く、滔滔とよどみない言葉は泉の如く湧き出る。禺同山にある金馬碧雞から、しばらくこの山亭に光が射していたが、（日が暮れて）ここに集う人々は、たちまち暗闇の中に身を潜めてしまった。時は過ぎ去り、あたりはひっそりとしている。実に天下の想いを寄せるべきすばらしい所である。

季節は秋、青腰の女神が霜雪を掌るころとなり、秋風が吹き渡って草木はなびき、露が降りて山野はひっそりとしている。琴の音が聞こえる亭や酒宴が開かれている樹に高々と靄が立ちこめ、竹林の小径や松の木々に月明かりが影を落としている。屋根の向こうには石畳が続き、更に庭園の高殿の後ろにある峰にまで伸びており、並び飛ぶ雁は橋のたもとで分かれて休み、蓮の浮かぶ水面に影を映している。赤や緑の水草が水際に連なり茂り、白く美しい花が柱の向こうのあちこちに植えられている。池を見渡す窓の御簾を夕暮れに掲げると、爽やかな風に香りがそよぎ、山側の窓を宵闇に開くと、漏れ出た光りが葉に降りた露を照らす。胸の内に俗世のことを思い、友情が俗世に残っているとはいうものの、俗世から離れて暮らす楽しみというものは確かにあり、南澗に隠遁したいという気持ちが消えることはない。魯恭が行ったような仁政が行われていても、なお俗世間のしがらみから逃れることはできず、宓子賎が布いたような仁政が行われていても、それを実現させた功績を悟ることはめったにない。それを兼ね備えたすばらしいことがここで行われている。一人ずつ八韻の詩を作ろうではないか。皆で作った詩や酌み交わした酒が仕官することに心惑わされることなく、千年も湧き出る泉のように長く伝えられ、明るく輝くあかりにも恥じないように。と以上のごとく述べる。

【語　釈】

宇文徳陽――文中の宇文嶠をさす。「徳陽」は県名。『元和郡県志』巻三十一に「剣南道、漢州、徳陽県、本漢緜竹県地」（剣南道、漢州、徳陽県、本《もと》漢の緜竹県の地なり）とある。史書で確認することはできないが、宇文嶠が徳陽県の県令（県知事）を勤めたためにこのように称する。

若夫――〔三〕2に既出。

龍津――地名。一名龍門。また登龍門をいう。〔五〕8に既出。ここでは李膺の如く人望の高い立派な人物の意。

宴喜――燕喜。宴楽。『詩』「小雅・六月」に「吉甫燕喜、既多受祉」（吉甫燕喜し、既に多く祉を受く）とあり、鄭箋に「天子以燕礼楽之、則歓喜矣」（天子燕礼を以て之を楽しませば、則ち歓喜するなり）とある。

切――「切　チカシ」（名義抄）。

登仙――仙人になること。『文選』巻五十五・劉峻「広絶交論」に「公卿貴其籍甚、搢紳羨其登仙」（公卿は其の籍甚を貴《たふと》び、搢紳は其の登仙を羨《うら》やむ）とあり、李善注に「後漢書曰、郭泰、字林宗。博通墳籍、善談論。游洛陽、後帰郷。諸儒送之、与李膺同舟而済。衆賓望之、以為神仙」（後漢書に曰く、郭泰、字は林宗。墳籍に博通し、談論を善くす。洛陽に游び、後に郷に帰る。諸儒之を送るに、李膺と舟を同じくして済《わた》る。衆賓之を望み、以て神仙と為す）とある。ここでは多くの人が集うことをいう。

鳳閣――揚雄が『太玄経』を著した天禄閣をいう。『西京雑記』巻二に「揚雄著太玄経。夢叶鳳皇。集玄之上、頃而滅」（揚雄太玄経を著す。夢に鳳皇を吐く。玄の上に集まり、頃《しばらく》ありて滅す）とある。

虚玄――揚雄の『太玄経』を指す。

門称好事――多くの人が教えを請いに集まること。『漢書』巻八十七下「揚雄伝」に「家素貧、嗜酒、人希至其門。時有好事者、載酒肴、従遊学」（家素《もと》より貧しく、酒を嗜み、人其の門に至ること希なり。時に好事者あり、酒肴を載せ、従《つ》きて遊学す）とある故事に基づく。

依山臨水、長想巨源――「巨源」は山涛の字。〔一〕17に既出。『世説新語』「賞誉」に「見山巨源、如登山臨下、幽然深遠」（山巨源を見るに、山に登りて下を臨むが如く、幽然として深遠なり）とある故事をふまえる。

長――常に。「長　ツネ」（名義抄）。

秋風明月、毎思玄度――「玄度」は許詢の字。〔一〕7に既出。『世説新語』「言語」に「劉尹云、清風朗月、輒思玄度」（劉尹云ふ、清風朗月には、輒ち玄度を思ふ）とある。

星馳――星が天を駆け回るように急ぐこと。〔二十六〕4に既出。

一介――使者をいう。『左伝』「襄公八年」に「知武子使行人子員対之曰、君有楚命、亦使一介行李、告於寡君、而即安於楚」（知武子行人子員をして之に対へしめて曰く、君に楚の命有り、亦た一介の行李をして、寡君に告げしめずして、安きに楚に即くと）とあり、杜預注に「一介、独使也」（一介は、独使なり）とある。『文選』巻四十一・孔融「論盛孝章書」に「公誠能馳一介之使、加咫尺之書、則孝章可致、友道可弘矣」（公誠に能く一介の使ひを馳せ、咫尺の書を加へなば、則ち孝章致すべく、友道弘むべし）とある。

雲委――雲が積み重なる。数が多いことをいう。『文選』巻五十・沈約「宋書謝霊運伝論」に「雖比響聯辞、波属雲委、莫不寄言上徳、託意玄珠」（比響聯辞、波のごとく属き雲のごとく委むと雖も、言を上徳に寄せ、意を玄珠に託せざるは莫し）

とあり、李善注に「仲長統昌言曰、妙句雲布。孝経鉤命決曰、雲委霧散、殊錯沈浮」（仲長統昌言に曰く、妙句は雲のごとく布《し》くと。孝経鉤命決に曰く、雲のごとく委みて霧のごとく散じ、殊《はな》れ錯《まじ》り沈み浮く）とある。

八行――書簡をいう。『後漢書』巻二十三「竇章伝」に「（竇）章、字伯向。少好学、有文章。与馬融、崔媛同好、更相推薦」（（竇）章、字は伯向。少《わか》くして学を好み、文章有り。馬融、崔媛と好みを同じくし、更《こもご》も相ひ推薦す）とあり、李賢注に「融集与竇伯向書曰、孟陵奴来、賜書。見手跡、歓喜何量。見於面也。書雖両紙、紙八行、行七字、七八五十六字、百一十二言耳」（融集竇伯向に与ふる書に曰く、孟陵の奴来り、書を賜はる。手跡を見て、歓喜すること何ぞ量らん。面《おもて》に見《あら》はるるなり。書は両紙と雖も、紙ごとに八行、行ごとに七字、七八五十六字、百一十二言のみ）とある故事に基づく。

抒――述べる。「抒　ノブ」（名義抄）。

労思――心配する。『玉台新詠』巻八・劉孝威「雑詩」に「城南稍有期、想子亦労思」（城南稍《やうや》く期有り、想ふ子も亦た思ひを労せんことを）とある。

綵筆――美しく飾った筆。

啓――開く。正倉院本は「啓」を「聲」に作る。下の「披」と対になるので、「聲」は「啓」の誤りであろう。

瑶緘――他人の手紙に対する美称。

勝集――立派な集まり。〔十八〕4に既出。

瓊翰――他人の手紙に対する美称。正倉院本は「翰」を「幹」に作る。誤写であろう。

高筵――高宴。立派な宴席。

王子猷之独興、不覚浮舟――「王子猷」は王徽之。王羲之の子。『世説新語』「任誕」に「王子猷居山陰、夜大雪。…忽憶戴安道。時戴在剡即便夜乗小船就之、経宿方至、造門不前而返。人問其故。王曰、吾本乗興而行、興尽

而返、何必見戴」（王子猷山陰に居り、夜大いに雪ふる。…忽《たちま》ち戴安道を憶ふ。時に戴剡《せん》に在り、即使《すなは》ち夜小船に乗りて之に就き、経宿して方《はじめ》て至る、門に造《いた》りて前《すす》まずして返る。人其の故を問ふ。王曰く、吾れ本《もと》興に乗じて行き、興尽きて返る、何ぞ必ずしも戴を見んや）とある故事をふまえる。

嵇叔夜之相知、欣然命駕——正倉院本には「欣然命駕」以下「未辞安邑」までの二十字がない。一行分を書き落としたものと認め、『文苑英華』によって補った。「嵇叔夜」は嵇康。『世説新語』「簡傲」に「嵇康与呂安善。毎一相思、千里命駕」（嵇康呂安と善し。一たび相ひ思ふ毎《ごと》に、千里駕を命ず）とある故事をふまえる。また「相知」は『楚辞』「九歌・少司命」に「悲莫悲兮生別離、楽莫楽兮新相知」（悲しみは生別離よりも悲しきは莫く、楽しみは新相知よりも楽しきは莫し）とある。

琴樽重賞、始詣臨邛——「臨邛」は漢代の臨邛の令、王吉をさす。司馬相如が王吉の客となった時、富人の卓王孫と程鄭《ていてい》に共に招かれ、盛大に酒をふるまわれたという。〔二十〕5に既出。

口腹良遊、未辞安邑——「安邑」は地名。貧しいままに安邑に客居した閔貢は安邑の令に肉を恵まれたが、それを良しとせず、安邑を去ったという。〔二十〕4に既出。

乃知——『文鏡秘府論』「句端」に「乃知、方知…右並取下言、証成於上也。謂上所叙義、必待此後語、始得証成也」（乃ち知る、方めて知る…右並びに下言を取りて、成を上に証するなり。謂ふこころは上に叙ぶる所の義は、必ず此の後語を待ちて、始めて成ると証するを得るなり）とある。

両郷——別々の地に分かれていること。

投分——気が合うこと。『文選』巻二十・潘岳「金谷集作詩」に「投分寄石友、白首同所帰」（分を投じて石友に寄す、白首まで帰する所を同じうせん）とある。

林泉——林と泉のある景勝の地。また、隠遁の地。〔三〕3に既出。

攘袂——腕まくりする。奮起するさま。沈約「高士賛序」に「攘袂而議進取」（袂を攘《はら》ひて進取を議す）とある。
千里同心——千里も離れていても心を一つにする。本序「嵆叔夜之相知、欣然命駕」の注参照。
煙霞——もやとかすみ。転じて、山水の景色をいう。〔一〕3に既出。
伝檄——檄文（触れ文）を回す。『史記』巻八十九「張耳陳余列伝」に「燕趙城可毋戦而降也。此臣之所謂伝檄而千里定者矣」（燕趙の城戦《たた》かふなくして降すべからん。此れ臣の所謂《いはゆる》檄を伝へて千里定まるものなり）とある。
河南宇文嶠——「河南」は県名。宇文嶠の本籍地。『元和郡県志』巻五に「河南道、河南府、河南県、本漢旧県」（河南道、河南府、河南県、本《もと》漢の旧県なり）とある。宇文嶠の名は『旧唐書』巻百五「宇文融伝」に「父嶠、莱州長史」と、『新唐書』巻七十一下「宰相世系表一下」に宇文融の父として「嶠、莱州長史」と、『元和姓纂』巻六に「節生嶠、莱州刺史」と見えるだけで、詳しい伝記は不明。〔十七〕「餞宇文明府序」に「巨山」とよばれている人物。
清虚——さっぱりとした性格をいう。
中山郎余令——「中山」は地名。『元和郡県図志』巻十八「定州、…戦国時為中山国。…管県十、安喜、新楽…」（定州、…戦国時中山国と為る。…管県十、安喜、新楽…）とある。戦国時代に中山国であったことから「中山」を用いたもの。「郎余令」に関しては『旧唐書』巻百八十九「儒学伝」に「郎余令、定州新楽人也。…少以博学知名、挙進士。初授霍王元軌府参軍、…転幽州録事参軍、…累転著作佐郎。撰隋書未成、会病卒」（郎余令、定州新楽の人なり。…少くして博学を以て名を知られ、進士に挙げらる。初め霍王元軌府参軍を授けられ、…幽州録事参軍に転ず、…累ねて著作佐郎に転ず。隋書を撰して未だ成らずして、会《たまたま》病みて卒す）とある。著に『孝子後伝』『冥報拾遺』がある。また盧照林「楽府雑詩序」に「中山郎余令、雅好著書、時称博物。探亡篇於古壁、徴逸簡於道人」（中山郎余令、雅《はなは》だ著書を好み、時に博物と称す。亡篇を古壁に探《もと》め、逸簡を道人に徴す）とある。
風流名士——『世説新語』「傷逝」に「衛洗馬当改葬。此君風流名士、海内所瞻、可脩薄祭、以敦旧好」（衛洗馬

当に改葬すべし。此の君は風流の名士、海内の瞻《み》るところ、薄祭を脩めて、以て旧好を敦くすべし）とある。

三秋――三年をいう。〔二十〕3の注参照。

旧契――昔からの友情。

闢――開く。「闢　ヒラク」（名義抄）。

林院――文字通りには林の中の寺院であるが、ここでは王勃たちがいる建物をいう。

開衿――胸襟を開くこと。

一面――一度会うこと。『文選』巻四十七・衛宏「三国名臣序賛」に「公瑾英達朗心独見。披草求君、定交一面」（公瑾は英達にして、朗心は独り見《あらは》る。草を披きて君を求め、交りを一面に定む）とある。

新交――新しい交友。本序「嵆叔夜之相知、欣然命駕」注参照。

風雲――遠大な志をいう。『文選』巻五十九・沈約「斉故安陸昭王碑文」に「気蘊風雲、身負日月」（気は風雲を蘊《あつ》め、身は日月を負《お》ふ）とある。

倒屣――「屣」ははきもの。「倒屣」は履き物を逆に履いて客を出迎える。歓迎するさまをいう。『魏志』「王粲伝」に「王粲、字仲宣。山陽高平人。…蔡邕見而奇之。…聞粲在門、倒屣迎之。粲至、年既幼弱、容状短小。一坐尽驚。邕曰、此王公孫也、有異才、吾不如也。吾家書籍文章、尽当与之」（王粲、字は仲宣。山陽高平の人なり。…蔡邕見て之を奇とす。…粲の門に在るを聞き、屣を倒《さかしま》にして之を迎ふ。粲至り、年既に幼弱にして、容状短小なり。一坐尽く驚く。…邕曰く、此は王公が孫なり、異才有り、吾は如《し》かざるなり。吾が家の書籍文章は、尽く当に之に与ふべし）とある故事をふまえる。〔二十〕2にもこの故事による語句がある。

彭沢陶潜之菊――彭沢の令であった陶淵明が愛した菊の花。〔五〕14・〔二十〕7に既出。

仙罇――酒杯。「仙」は美称。

河陽潘岳之花――河陽の令であった潘岳が県内に植えさせたといわれる桃の花。〔二十〕6に既出。
妙札――文字通りには、優れた文章。後考に俟つ。
巌巌思壁――抜きんでた思い。「巌巌」は岩が積み重なり、高く険しいさま。転じて、衆人より抜きん出る様。『詩』「小雅・節南山」に「節彼南山、維石巌巌」（節たる彼の南山、維《こ》れ石巌巌たり）とあり、毛伝に「巌巌、積石貌」（巌巌は、積石の貌なり）とある。故事は〔十七〕4に既出。
虹岫之珍――山中の岩穴にあるという貴重な宝玉。「岫」は山中の岩穴。『爾雅』「釈山」に「山有穴為岫」（山、穴有るを岫と為す）とある。またこの一句は、『文選』巻十七・陸機「文賦」に「石韞玉而山輝、水懐珠而川媚」（石は玉を韞《つつ》みて山は輝き、水は球を懐《いだ》きて川は媚《こ》ぶ）とあるのをふまえる。
淼淼言河――滔滔とよどみない言葉。「淼淼」は「渺渺」。広々として限りない。『世説新語』「賞誉」に「王大尉云、郭子玄語議如懸河瀉水、注而不竭」（王大尉云ふ、郭子玄の語議は懸河の水を瀉《そそ》ぐが如く、注《そそ》ぐも竭《つ》きず）とあるのに基づく。
驪泉之宝――深淵に棲む驪龍のあごの下にあるという貴重な真珠。故事は〔二〕17~18の「鍛野老之真珠」の注参照。なお「泉」字は、唐の高祖李淵の名を諱んで代えたもの。
禺同金碧――「禺同」は山名。「金碧」は金馬と碧雞の二神をいう。『漢書』巻二十八上「地理志上」の「越巂郡、青蛉（県）」の応劭注に「禺同山有金馬碧雞」（禺同山に金馬碧雞有り）とある。また『漢書』巻二十五「郊祀志」にも「或曰、益州有金馬碧雞之神、可醮祭而致」（或るひと曰く、益州に金馬碧雞の神有り、醮祭して致すべし）とあり、如淳注に「金形似馬、碧形似雞」（金は形馬に似、碧は形雞に似る）とある。また『文選』巻四・左思「蜀都賦」に「金馬騁光而絶景、碧雞儵忽而曜儀」（金馬は光を騁《は》せて景《かげ》を絶《た》ち、碧雞は儵忽《しゅくこつ》として儀を曜《かがやか》す）とある。
蹔――しばらく。「暫」に同じ。「蹔　シバラク」（名義抄）。
詞場――詩文を作る場所や仲間。〔十八〕5に既出。

巴漢――巴郡と漢中の地。
英霊――すぐれた人物をいう。〔二十八〕7に既出。「巴漢英霊」とはこの場に集う人々をいう。
翰苑――文学の園。
亹亹――時の過ぎゆくさま。『文選』巻十五・張衡「思玄賦」に「時亹亹而代序兮」（時亹亹として代序す）とあり、李善注に「亹亹、進貌」（亹亹は、進む貌なり）とある。
蕭蕭――ひっそりとしているさま。〔七〕11に既出。
奇託――心や身を寄せる。「奇」は「寄」の省字。〔十二〕5に既出。
白蔵――秋。秋は五色で白を配し、収蔵の季にあたる。『爾雅』「釈天」に「春為青陽、夏為朱明、秋為白藏、冬為玄英」（春を青陽とし、夏を朱明とし、秋を白蔵とし、冬を玄英とす）とあり、注に「気白而収蔵」（気白くして収蔵す）とある。
開序――季節が始まる、「序」は季節。〔十一〕7に既出。
青腰――青女に同じ。霜雪を掌る女神。『淮南子』「天文訓」に「至秋三月、…青女乃出、以降霜雪」（秋三月に至り、…青女乃ち出でて、以て霜雪を降らす）とあり、高誘注に「青女天神、青霄玉女、主霜雪也」（青女は天神、青霄の玉女なり、霜雪を主《つかさど》る）とある。この高誘注の「青霄」、『天中記』『錦繡万花谷』などでは「青腰」に作る。
御律――季節を掌る。「律」は季節。
金風高而林野動――正倉院本には「金」・「動」の二字がない。対句は「秋露下而江山静」であるから、脱落と見て他本によって補った。「金風」は、秋風。
磊落――高大なさま。『文選』巻十二・郭璞『江賦』に「衡霍磊落以連鎮」（衡霍は磊落として以て鎮を連ぬ）とあり、李周翰注に「山高大貌」（山の高大なる貌）とある。
松扉――扉の如くに行く手を遮る松。

参差——入りまじる様。

魚鱗——屋根をいう。「鱗」は瓦をいう。『楚辞』「九歌・河伯」に「魚鱗屋而龍堂」（魚鱗の屋、龍の堂）とあり、王逸注に「以魚鱗蓋屋」（魚鱗を以て屋を蓋ふ）とある。

磴——石畳。

薗楼——庭園の高殿。「園楼」に同じ。『芸文類聚』巻三十二・劉孝綽「春宵詩」に「月帯園楼影、風飄花樹香」（月は園楼の影を帯び、風は花樹の香りを飄はす）とある。

暎——うつる。「映」に同じ。

芙蓉之水——蓮の花の咲く水面。『文選』巻三・張衡「東京賦」に「芙蓉覆水、秋蘭被涯」（芙蓉は水を覆《おほ》ひ、秋蘭は涯《きし》に被《かうむ》る）とある。

紅蘋緑荇——赤や緑の浮き草。「蘋」「荇」ともに水草。

翹——茂る。『文選』巻十六・陸機「歎逝賦」に「歩寒林以悽惻、翫春翹而有思」（寒林を歩みて以て悽惻《せいそく》し、春翹《しゅんげう》を翫《もてあそ》びて思ひ有り）とあり、李善注に「翹、茂盛貌」（翹は、茂盛のさまなり）とある。

玉帯瑤華——正倉院本には「玉帯瑤」の三字がない。他本に拠り補った。「玉帯」「瑤華」は白く美しい花。一説に、「玉帯」はしゃくやく、「瑤華」は麻の花をいうとする。『楚辞』「九歌・大司命」に「折疏麻兮瑤華、将以遺兮離居」（疏麻の瑤華を折りて、将に以て離居に遺《おく》らんとす）とある。

楹——柱。「楹　ハシラ」（名義抄）。

敞——開く。〔十四〕3に既出。

香牽十歩之風——さわやかな風。『説苑』「説叢」に「十歩之沢、必有香草、十室之邑、必有忠士」（十歩の沢、必ず香草有り、十室の邑、必ず忠士有り）とあるのに基づく。

岫幌——山の方を向いた窓をいう。『文選』巻四十三・孔稚珪「北山移文」に「宜扃岫幌掩雲関、斂軽霧藏鳴湍、截来轅於谷口、杜妄轡於郊端」（宜しく岫幌を扃《とざ》し雲関を掩《おほ》ひ、軽霧を斂《をさ》め鳴湍を蔵《をさ》め、来轅を谷口に截《き》り、妄轡を郊端に杜《ふさ》ぐべし）とあり、済注に「岫幌、山窓也」（岫幌は、山の窓なり）とある。

褰——開く。「褰　カカク」（名義抄）。

襲——押し寄せてくる。「襲　オヨフ」（名義抄）。

三危——西の果てにある山の名。『呂氏春秋』「本味篇」に「水之美者、三危之露、崑崙之井」（水の美《うま》き者は、三危の露、崑崙の井）とあり、高誘注に「三危、西極山名」（三危は、西極の山の名なり）とある。

沖衿——こだわりのない胸のうち。〔二〕10に既出。

俗表——俗世。『晋書』巻九十四「戴逵伝」に「戴逵希心俗表、不嬰世務」（戴逵心を俗表に希《ねが》ふも、世務に嬰らず）とある。〔十九〕2「嬰」・「俗網」の注を参照。

逸契——美しい友情。「契」は友情。

人間——俗世。陶淵明「桃花源記」に「遂与外人間隔」（遂に外の人間と隔てらる）とある。

東山之賞——俗世間から離れて暮らす楽しみ。「東山」は会稽にある山の名。『世説新語』「棲逸」に「阮光禄在東山、蕭然無事、常内足於懐」（阮光禄東山に在り、蕭然として事無し、常に内懐《うちくわい》に足る）とあり、劉峻注に「阮裕別伝曰、裕居会稽剡山、志存肥遁」（阮裕別伝に曰く、裕会稽の剡《せん》山に居り、志は肥遁に存すと）とある。

南磵——南の谷川。「南澗」に同じ。〔二〕13に既出。

中牟馴雉——仁政が行われることをいう。「中牟」は地名。『後漢書』巻二十五「魯恭伝」に「拝中牟令。建康七年、郡国螟傷稼。犬牙縁界不入中牟。河南尹袁安聞之、疑其不実、使仁恕掾肥親往廉之。恭随行阡陌、倶坐桑下。有雉過止其傍。傍有童児。親曰、児何不捕之。児言、雉方将雛。親瞿然而起、与恭訣曰、所以来者欲察君之政

迹耳。今虫不犯境、此一異也。化及鳥獣、此二異也。豎子有仁心、此三異也」（中牟の令に拝せらる。建康七年、郡国に螟ありて稼を傷《そこな》ふ。犬牙の縁界も中牟に入らず。河南の尹《ゐん》袁安之を聞き、其の実ならざるを疑ひ、仁恕の掾肥親をして往きて之を廉《ただ》さしむ。恭阡陌を随行し、倶に桑下に坐す。雉有り過ぎて其の傍に止まる。傍に童児有り。親曰く、児何ぞ之を捕らざる、と。児言ふ、雉方《まさ》に雛を将ゐる、と。親瞿然《くぜん》として起ち、恭と訣《わか》れて曰く、来る所以は君の政迹を察《み》んと欲ふのみ。今虫《むし》境を犯さず、此れ一の異なり。化鳥獣に及ぶ、此れ二の異なり。豎子に仁心有り、此れ三の異なり、と）とある。

嬰触網之悲――俗世間のしがらみにまとわりつかれる。〔十九〕2の「嬰」・「俗網」の注を参照。

単父歌魚――仁政をいう。「単父」は「亶父」とも。『呂氏春秋』「具備」に見える「宓子賎治亶父。三年、巫馬旗短褐衣弊裘而往観化於亶父。見夜漁者、得則舎之。巫馬旗問焉。曰、漁為得也。今子得而舎之、何也。対曰、宓子不欲人之取小魚也。所舎者小魚也。巫馬旗帰告孔子曰、宓子之徳至矣。使民闇行若有厳刑於旁」（宓子賎亶父を治む。…三年、巫馬旗短褐に弊裘を衣《き》て往きて化を亶父に観る。夜漁する者、得れば則ち之を舎《す》つるを見る。巫馬旗問ふ。曰く、漁は得る為《ため》なり。今子得るも之を舎つ、何すればなり、と。対へて曰く、宓子人の小魚を取るを欲せざればなり。舎つる所の者は小魚なり、と。巫馬旗帰りて孔子に告げて曰く、宓子の徳至れり。民をして闇行すること旁に厳刑有るが若くなり、と）という故事をふまえる。

忘筌――目的を達成してしまうと道具・手段が遺棄されること。『荘子』「外物」に「筌者所以在魚、得魚而忘筌。蹄者所以在兎、得兎而忘蹄。言者所以在意、得意而忘言。吾安得夫忘言之人而与之言哉」（筌は魚に在《あ》る所以《ゆえん》、魚を得て筌を忘る。蹄は兎に在る所以、兎を得て蹄を忘る。言は意に在る所以、意を得て言を忘す。吾れ安《いづく》にか夫《か》の忘言の人を得て之《これ》と言はんや）とある。なお他本は「悟忘筌之迹」を「継鳴琴之趣」に作り、続く十六字を欠く。

撓――乱す。迷う。「撓　ミダル」（名義抄）。

牽絲――初めて仕官すること。『文選』巻二十六・謝霊運「初去郡詩」に「牽絲及元興、解亀在景平」（絲《し》を牽《ひ》けるは元興に及《あた》りしも、亀《き》を解《と》くは景平に在《あ》り）とあり、李善注に「牽絲、初仕」（牽絲、初めて仕《つか》ふるなり）とある。

巖泉――岩の間から流れる水。また隠者の世界をいう。『芸文類聚』巻三十六・周明帝「贈頤韋居士詩」に「嶺松千仞直、巖泉百丈飛」（嶺松は千仞に直《きりた》ち、巖泉は百丈に飛ぶ）とある。

景燭――明るく照らすあかり。『文選』巻六十・任昉「斉竟陵文宣王行状」に「於時景燭雲火、風馳羽檄、謀出股肱、任切書記」（時に景のごとく雲火を燭し、風のごとく羽檄を馳せ、謀は股肱より出で、任は書記に切なり）とある。

（辻　憲男）

〔三十〕 晩秋遊武擔山寺序

若夫武丘仙鎭、呉王殉侈之墟、驪嶠崇基、秦帝昇遐之宅。雖珠①襦玉匣、下賁窮泉、而廣岫長林、終成勝境、亦有霍將軍之大隧、迴寫祁②連、樗里子之孤墳、竟開長樂、豈如武擔靈岳、開明故地、蜀夫人之葬迹、任文公之死所。崗③巒隱隱、化爲闍崛之山、松柏蒼蒼、即入祇園之樹。引星垣於沓嶂、下布金沙、栖日觀於長崖、傍臨石鏡。瑤泉玉甃、尚控銀江、寶刹香壇、猶分鋭闕。琱瓏接④映、臺疑夢渚之雲、璧題相暉、殿寫長門之月。⑤美人虹影、下綴虬蟠⑥、少女風吟、遙喧鳳鐸。羣公以玉津豐暇、傣林蟄而延情、錦署多閑、想巖泉而結興。於是披桂幌、歷松扉、梵筵霞屬、禪扃烟斂。鶏林駿賞、蕭蕭⑦鷲嶺之居、鹿苑仙談、亹亹龍宮之偈。于時金方啓序、玉律驚秋、朔風四面、寒雲千里。曾軒瞰迴、齊萬物於三休、綺席乘虚、窮九晐⑧於一息。碧鶏靈宇、山川極望、石兕長江、河洲在目。龍鑣⑨翠轄、駢闐⑩上路之遊、列樹崇闉、磊落名都之氣。眇眇焉、洋洋焉、信三蜀之奇觀也。昔者登高能賦、勝事仍存、登岳長謠、清標未

20 遠。敢攀成列、下揆幽衿。庶旌西土之遊、遠嗣
21 東平之唱、云爾。

【校　異】

①珠襦―殊　②祁―祇　③崗―尚　④接映、臺疑―陜疑　⑤月―星（原字は則天文字）　⑥蟠―幡　⑦蕭蕭―簫簫　⑧晐―該　⑨鑣―驄　⑩闐―闇

【訓　読】

晩秋武担山の寺に遊びし序

若し夫れ、武丘の仙鎮は呉王殉侈の墟《をか》にして、驪嶠の崇基は秦帝昇遐の宅なり。珠襦玉匣、下に窮泉を賁《かざ》り、広岫長林、終《つ》ひに勝境を成し、亦た霍《かく》将軍の大隧は、迥《はる》かに祁《き》連《れん》を写し、樗《ちよ》里《り》子《し》の孤墳は、竟《つ》ひに長楽を開く有ると雖も、豈に、武担の霊岳、開明の故地にして、蜀夫人の葬迹、任文公の死所なるにしかめや。崗巒隠隠として、化して闍崛《しやくつ》の山と為り、松柏蒼蒼として、即ち祇園《ぎをん》の樹に入る。星垣を沓嶂《たふしやう》に引き、下には金沙を布き、日観を長崖に栖《やすまし》め、傍には石鏡を臨む。瑶泉の玉甃は、尚ほ銀江を控き、宝刹の香壇は、猶ほ鋭闕を分つ。琱瓏接し映え、台は夢渚の雲かと疑ひ、璧題相ひ暉《かがや》き、殿は長門の月を写す。美人虹の影は、下りて虬蟠を綴り、少女の風は吟じ、遥かに鳳鐸を喧《さわ》がす。

羣公玉津の豊暇を以て、林壑に傃《むか》ひて、情を延べ、錦署は閑を多くし、巌泉を想ひて、興を結ぶ。是に於て、桂幌を披き、松扉を歴れば、梵筵は霞みて属《つづ》き、禅扃《ぜんけい》は烟《けぶ》りに敞《ひら》く。鶏林に駿賞すれば、蕭蕭たる鷲嶺の居、鹿苑に仙談すれば、亹亹《びび》たる龍宮の偈。

時に、金方序を啓き、玉律秋に驚く。朔風四面として、寒雲千里たり。曽（層《かさな》）れる軒より迥《はる》けきを瞰《ながめ》ては、万物を三休に斉しくし、綺の席より虚《そら》に乗りては、九畡を一息に窮《うかが》はむ。碧鶏の霊宇は、山川望を極め、石兕の長江は、河洲目に在り。

龍鑣翠轄、騈闐たる上路の遊、列樹崇闉《すういん》、磊落たる名都の氣。眇眇たり、洋洋たりて、信《まこと》に三蜀の奇観なり。昔者《むかし》、高きに登りて能く賦す、勝事仍ほ存し、岳に登りて長く謡《うた》ひし、清標未だ遠からず。敢えて成列に攀《よ》ぢ、下りて幽衿を揆《はか》らむ。庶《ねが》はくは西土の遊を旌《あら》はし、遠く東平の唱《うた》を嗣《つ》がむと爾《しか》云ふ。

【通　釈】

晩秋、武担山の寺に遊んだときの序

そもそも武丘の山里は、呉王が贅沢な暮らしをして滅び去ったところであり、驪山の高い嶺は、始皇帝の死後の住居である。美しい玉などで作られた葬飾品が墳墓を飾り、山の大きな洞穴やそれを取り巻く立派な森林こそが、景勝の地をなしており、また霍去病《かくきょへい》の墳墓は祁連山を象《かたど》り、樗里子の弧墳は、後に長楽宮を造営するきっかけとなったというが、しかしそれらは、ここ武担の霊山、開明の故地が、蜀夫人の葬跡や、任文公の死所であることに及びはしない。山々はぼんやりとして、あたかもお釈迦様が住んでいたという闍那崛《じゃなくつ》山のようであり、蒼々と繁った松柏は鬱蒼として、まるでそのまま祇園《ぎおん》の林にわけいるようである。重なり合って立つ嶺に星が懸かり、その下は金沙を敷きちりばめたように金色に輝き、高くそびえる崖に、日観峰のごとき峰に太陽が沈み、そばには明鏡のような大岩がそびえる。美しい泉の側に敷き詰められた玉の石畳は、銀色に輝いて流れる彼方の江にまで連なり、美しい寺廟の建物の前には高い門がそそり立っている。立派な彫刻が互いに映え競って美しく、高殿には雲夢高唐の台の巫山の女神のような雲が垂れかかり、各殿の屋根は照り輝いて、高い門の上に掛かる月を映している。美しい虹の影が蛟龍のように纏わり付き、そよ風が吹いて風鐸を遥かに鳴り響かせている。
ここに集う若い貴人達は、ここ玉津の休日には、林や山に向かってのんびりくつろぎ、役所が閑なときには、大岩や泉水に興趣を抱くのである。そこで木犀の林を抜け、松の林を通っていくと、霞の中にお堂が連なり、門が靄の中に開いている。境内を散策すれば、ひっそりと静まり返って、かの鷲嶺のようなたたずまいであり、鹿苑のような場所で世俗を離れた話題に興じていると、僧侶たちの読経の声が聞こえてくる。
季節は秋が始まったばかり、季節を知らせる玉の笛も秋の到来に驚く。北風が四方に起こり、寒雲は千里の彼方に連なっている。重なり合った軒から遥か遠くを見れば、万物が楚王の作った嶂華の台から見るようにすべて見え、それはまた綺の席《むしろ》から大空に駆け上がり、全世界を眺めつくすようなものである。碧鶏の神が祭られた建物からは、山川が一望の下に眺められ、石兕が鎮《まも》る長江（のほとり）からは、河の中洲がすぐ目の前に眺められる。
車馬の行き交う大通りの賑わいや、立ち並ぶ立派な高殿、高く聳える城門に、広々とした名都の雰囲気は、果てしなくどこまでも広がり、これこそまさしく蜀地の優れた眺めである。高きに登って詩を賦すという昔からの行事は今なおお行われているし、山に登って大声で謡うというよき慣わしも、さほど昔のことではない。敢えて先輩方の優れた作品に並ぶべく、自分の思いを表したいものである。この蜀地での楽しい交遊を謳《うた》いあげ、遥か昔の東平国の唱《うた》を継ごうではないか。

【語　釈】

武担山――山名。蜀都（現在の成都）北方約八キロメートル付近にある山。『元和郡県志』巻三十二に「成都県、武担山在県北百二十歩」（成都県、武担山県の北百二十歩に在り）とある。

武丘――蘇州の虎丘をいう。唐代の太祖の諱を避けて「武丘」と改めた。唐・陸広微『呉地記』に「虎丘山、避唐太祖諱、改為武丘。…在呉県西北九里二百歩。闔閭葬此山中」（虎丘山、唐太祖の諱を避け、改めて武丘と為す。…呉県の西北九里二百歩に在り。闔閭、此の山中に葬らる）とある。

仙鎮――名山をいう。

殉侈――驕り高ぶって身を滅ぼす。「侈」はおごり。『説文』に「侈、奢也」とある。

驪嶠――驪山をいう。「嶠」は高い山、また山が高い事をあらわす。『爾雅』「釈山」に「山鋭而高曰嶠」（山鋭くして高きを嶠と曰ふ）とある。始皇帝の陵墓のあるところ。『史記』巻六「始皇本紀」に「葬始皇驪山」（始皇を驪山に葬る）とある。

崇基――山をいう。『文選』巻二十二・沈約「鐘山詩応西陽王教詩」に「君王挺逸趣、羽旆臨崇基」（君王逸趣を挺《ぬきん》で、羽旆《うはい》崇基に臨《のぞ》めり）とあり、李善注に「崇基、山也」とある。

昇遐――天子の死をいう。『文選』巻十・潘岳「西征賦」に「武皇忽其升遐」（武皇忽として其れ升遐す）とある。

珠襦玉匣――死者の身体を覆う葬飾品。「珠襦」は死者の上半身を覆う玉鏤で作られた帷子。「玉匣」は下半身を覆う箱状のもの。『文選』巻三十八・任昉「為范始興作求立太宰碑表」に「珠襦玉匣、遽飾幽泉」（珠襦玉匣、遽《には》かに幽泉を飾る）とあり、李善注に「西京雑記曰、漢帝及諸侯王送死、皆珠襦玉匣。匣形如鎧甲、連以金縷、皆縷為蛟龍鸞鳳亀龍之形、所謂交龍玉匣」（西京雑記に曰く、漢帝及び諸侯王の死を送るに、皆珠襦玉匣をもってす。匣の形は鎧甲の如くし、連ぬるに金縷を以てす、皆縷《ちりば》めて蛟龍鸞鳳亀龍の形を為す、所謂《いはゆる》交龍の玉匣なり）とある。

賁――かざる。『説文』に「賁、飾也」とある。

窮泉――九泉。墓中を指す。『文選』巻五十七・潘岳「哀永逝文」に「委蘭房兮繁華、襲窮泉兮朽壌」（蘭房を繁華に委《す》て、窮泉に朽壌に襲《かへ》る）とある。

岫――山洞。岩穴。『爾雅』「釈山」に「山有穴爲岫」（山に穴有るを岫と為す）とある。ここでは墓穴の意味。

長林――広大な樹林。『文選』巻四十三・嵆康「与山巨源絶交書」に「逾思長林、而志在豊草也」（逾《いよいよ》長林を思ひて、志は豊草に在るなり）とある。

霍将軍――漢の驃騎将軍霍去病《かくきょへい》のこと。『史記』巻百十一「驃騎列伝」に「元狩二年春、以冠軍侯去病為驃騎将軍」（元狩二年春、冠軍侯去病を以て驃騎将軍と為す）とある。

大隧――「隧」は墓道。ここでは「大隧」で、墓そのものを指す。

祁連――中国西方にある山の名。『史記』巻百十一「驃騎列伝」に「驃騎将軍自四年軍後三年、元狩六年而卒、天子悼之、発属国玄甲軍、陳自長安至茂陵、為冢象祁連山」（驃騎将軍四年の軍自《よ》り後三年、元狩六年にして卒す。天子之を悼み、属国の玄甲軍を発して、陳《なら》べて長安自り茂陵に至らしめ、冢を為り祁蓮山に象《かたど》らしむ）とある。

樗里子――漢の功臣樗疾《ちょしつ》のこと。『史記』巻七十一「樗里子列伝」に「樗里子者、名疾、秦恵王之弟也。与恵王異母、母、韓女也。樗里子滑稽多智。秦人号曰知嚢」（樗里子は、名は疾、秦恵王の弟なり。恵王とは異母、母は、韓の女なり。樗里子滑稽にして多智なり。秦人号して知嚢と曰ふ）とある。

孤墳竟開長楽――後に樗里子の墓の傍に漢の宮殿が造営されたことをさす。「長楽」は漢の宮殿名。『史記』巻七十一「樗里子列伝」に「昭王七年、樗里子卒。葬于渭南章台之東。曰、後百歳、是当有天子之宮夾我墓。樗里子疾室在於昭王廟西渭南陰郷樗里。故俗謂之樗里子、至漢興、長楽宮在其東、未央宮在其西、武庫正直其墓」（昭王の七年、樗里子卒す。渭南の章台の東に葬る。曰く、後《のち》百歳にして、是れ当に天子の宮有りて我が墓を夾《はさ》むべしと。樗里子疾の室は昭王廟の西、渭南の陰郷の樗里に在り。故に俗に之を樗里子と謂ふ、漢の興るに至り、長楽宮其の東に在り、未央宮其の西に在り、武庫正に其の墓に直《あた》る）とある。

開明故地――蜀の開明王が都を成都に移したことをいう。『華陽国志』巻三「蜀志」に「開明王自夢郭移、乃徙治成都」（開明王郭の移るを夢みて自り、乃ち治を成都に徙《うつ》す）とある。

蜀夫人之葬迹――蜀王の妃が武担山に葬られたことをさす。『華陽国志』巻三「蜀志」に「周顕王之世…武都有一丈夫。化為女子。美而艶。蓋山精也。蜀王納為妃、不習水土、欲去。王必留之、乃為東平之歌以楽之。無幾、物故。蜀王哀之、乃遣五丁之武都担土、為妃作冢。蓋地数畝、高七丈。上有石鏡。今成都北角武担是也」（周顕王の世に…武都に一丈夫有り。化して女子と為る。美にして艶なり。蓋し山の精ならん。蜀王納《い》れて妃と為すも、水土に習はず、去らんと欲す。王必ず之を留めんとして、乃ち東平の歌を為し以て之を楽しましむ。幾《いくばく》も無くして、物故す。蜀王之を哀しみ、乃ち五丁を遣して武都に之《ゆ》き土を担ぎて、妃の為に冢を作らしむ。地を蓋《おほ》ふこと数畝、高さ七丈。上に石鏡有り。今の成都の北角の武担是《これ》なり）とある。

任文公之死所――「任文公」は後漢の人。占術を得意とした。ここは任文公が自分の死を予知したことをいう。『華陽国志』巻三「蜀志」に「公孫述時、蜀武担石折。故治中従事任文公歎曰、噫、西方智士死。吾其応之。歳中卒」（公孫述の時、蜀の武担の石折《を》る。故《もと》の治中従事任文公歎きて曰く、噫《ああ》、西方の智士死せんとす。吾れ其れ之に応ずべしと。歳中に卒す）とある。

崗巒――山をいう。「崗」は「岡」に同じ。『文選』巻二・張衡「西京賦」に「華岳峨峨、岡巒参差」（華岳峨峨として、岡巒参差たり）とある。

隠隠――はっきり見えない様。鮑照「還都道中詩」に「隠隠日没岫、瑟瑟風発谷」（隠隠として日岫《ひくき》に没し、瑟瑟として風《かぜ》谷に発す）とある。

闍崛之山――釈迦が『法華経』を説いた所という闍那崛《じゃなくつ》山のこと。霊鷲山ともいう。

祇園之樹――祇園に植えられた樹。「祇園」は「祇樹給孤独園《ぎじゅぎっこどくおん》」の簡称。インドの仏教聖地の一つ。伝える所では、釈迦が道を悟った後、憍薩羅国の給孤独長者が大量の黄金を使って舎衛《しゃえ》城の南に祇陀太子の園地を設置し、精舎を建て、釈迦に説法する事を請うた。祇陀《ぎだ》太子も園内の樹木を奉献したという。故に二人の名を以て命名した。王勃『益州徳陽県善寂寺碑』にも「祇園興板蕩之悲、沙界積淪胥之痛」（祇園は板蕩の悲しびを興《お》こし、沙界は淪胥の痛みを積む）とある。

星垣——古代天文学上の星座の分区。太微垣、紫微垣、天布垣を三垣とする。ここでは空に懸かる星をいう。

沓嶂——重なりあってそびえる峰峰。「沓」は、重なる。「嶂」は「障」に同じく、険しい山。『文選』巻二十七・丘遅「旦発魚浦潭詩」に「櫂歌発中流、鳴鞞響沓障」（櫂歌中流に発《おこ》り、鳴鞞《めいへい》沓障に響く）とある。

下布金沙——池に金砂が敷かれている極楽をいう。『阿弥陀経』に「極楽国土、有七宝池。八功徳水、充満其中。池底純以金沙布地」（極楽国土に、七宝の池有り。八功徳《くどく》の水、其の中に充満せり。池の底純《もは》らに以て金沙を地に布《し》けり）とあるのに基づく。

日観——泰山の東南にある峰の名。『水経注』巻二十四「屈従県西南流」に「応劭漢官儀云、泰山東南山頂名曰日観。日観者、鶏一鳴時、見日始欲出、長三丈許、故以名焉」（応劭漢官儀に云ふ、泰山の東南の山頂を名づけて日観と曰ふ。日観は、鶏一たび鳴きし時、日の始めて出でんと欲すを見る、長さ三丈許《ばかり》なり、故に以て名づくるなりと）とある。また泰山の名ともなっている。『文選』巻二十二・顔延之「車駕幸京口侍遊蒜山作詩」にも「元天高北列、日観臨東溟」（元天は北の列に高く、日観は東の溟《うみ》に臨めり）とある。

長崖——高くそびえる崖。〔十三〕13に既出。

石鏡——前掲「蜀夫人」の注に引く『華陽国志』に見える。

玉甃——石畳。「甃」は、しきがわら。『芸文類聚』巻九「井」・江逌「井賦」に「穿重壌之十仞兮、搆玉甃之百節」（重壌を十仞穿《うが》ち、玉甃を百節搆《かま》ふ）とある。

宝刹——寺院。『芸文類聚』巻七十七・沈約「内典序」に「霊姿炫日、宝刹臨雲」（霊姿は日に炫《かがや》き、宝刹は雲に臨む）とある。

香檀——仏殿のこと。

鋭闕——高くそびえる門。「闕」は門をいう。『淮南子』「天文訓」に「天阿者群神之闕也」（天阿は群神の闕なり）とあり、高誘注に「闕、猶門也」（闕は、猶ほ門のごとし）とある。

琱瓏——「琱」は、ほりきざむこと。「瓏」は光の美しい様を表し、「琱瓏」で、美しい彫刻の意味。

夢渚之雲——「夢渚」は雲夢の沢をいう。李白「留別曹南群官之江南」詩に「朝雲落夢渚、瑶草空高唐」とあり、王琦注に、「夢渚、即雲夢之渚也」とある。「夢渚之雲」とは『文選』巻十九・宋玉「高唐賦序」に「昔者楚襄王、与宋玉遊雲夢之台。望高唐之観、其上独有雲気、崒兮直上、忽兮改容、須臾之間、変化無窮。王問玉曰、此何之気也。玉対曰、所謂朝雲者也。王曰、何謂朝雲。玉曰、昔者先王嘗遊高唐、怠而昼寝、夢見一婦人。曰、妾巫山女也。為高唐之客。聞君遊高唐、願薦枕席。王因幸之。去而辞曰、妾在巫山之陽、高丘之阻。旦為朝雲、暮為行雲、朝朝暮暮、陽台之下、旦朝視之如言。故為立廟、号曰朝雲」（昔者《むかし》楚の襄王、宋玉と雲夢の台に遊ぶ。高唐の観を望むに、其の上に独《ひと》り雲気有り。崒《たか》く直に上り、忽《たちま》ち容を改め、須臾の間に、変化して窮まり無し。王玉に問ひて曰く、此《こ》れ何の気ぞやと。玉対へて曰く、所謂《いはゆる》朝雲という者なりと。王曰く、何をか朝雲と謂ふと。玉曰く、昔者先王嘗て高唐に遊び、怠《おこた》りて昼寝《い》ね、夢に一婦人を見る。曰、妾は巫山の女なり。高唐の客為《た》り。君高唐に遊ぶを聞き、願はくは枕席を薦めんと。王因て之を幸す。去るに辞して曰く、妾は巫山の陽、高丘の阻に在り。旦に朝雲と為り、暮に行雲と為り、朝朝暮暮、陽台の下にありと、旦朝に之を視るに言の如し。故に為《ため》に廟を立て、号して朝雲と曰ふと）とあるを踏まえる。

璧題——玉で飾った垂木の先端。「璧」は玉に同じ。『文選』巻四・左思「蜀都賦」に「金浦交映、玉題相暉」（金浦交《こもご》も映《かがや》き、玉題相ひ暉《かがや》く）とある。また『淮南子』巻八「本經訓」に「橑檐榱題、雕琢刻鏤喬枝菱阿芙蓉芰荷」（橑檐榱題《らうえんすいてい》、喬枝菱阿芙蓉芰荷《けうしりょうあふようきか》を雕琢刻鏤《てうたくこくろう》す）とあり、高誘注に「題、頭也」（題は頭《さき》なり）とある。ここでは屋根をいう。

長門之月——長門宮に懸かる月。「長門」は宮殿の名。『文選』巻十六・司馬相如「長門賦」に「懸名月以自照兮、徂清夜洞房」（明月懸《か》かりて以て自《おのづか》ら照らし、清夜に洞房に徂《ゆ》く）とある。この賦は、武帝の陳皇后が寵を失って長門に居る時の皇后の悲愁を賦したものである。

美人虹影――『爾雅・釈天』に「螮蝀虹也」（螮蝀《ていとう》は虹なり）とあり、郭璞注に「俗名謂美人虹」（俗に名づけて美人虹と謂ふ）とある。

虬蟠――木が曲がりくねって纏わりあっているさま。『文選』巻五・左思「呉都賦」に「輪囷虬蟠」（輪囷《りんきん》として虬《みづち》のごとくに蟠《わだかま》る）とあり、李善注に「虬蟠、謂樹如龍蛇之盤屈」（虬蟠は、樹の龍蛇の盤屈するが如きを謂ふ）とある。

少女風――雨が降る前に吹く微風。『魏書』巻二十九「管輅伝」に引く「管輅別傳」に「輅与倪清河相見、既刻雨期、倪猶未信。…（略）言、樹上已有少女微風、樹間又有陰鳥和鳴」（輅、倪清河と相ひ見ゆ、既に雨期を刻す、倪猶ほ未だ信ぜず。…（略）言ふ、樹上に已に少女の微風有り、樹間に又た陰鳥の和して鳴く有りと）とある。

鳳鐸――鳳凰の模様で飾った大鈴。

玉津――璧玉津のことか。『文選』巻四・左思「蜀都賦」に「西踰金隄、東越玉津」（西のかた金隄を踰え、東のかた玉津を越ゆ）とあり、注に「璧玉津在犍為之東北、当成都之東也」（璧玉津犍為の東北に在り、成都の東に当たるなり）とある。

傃――向かう。〔十一〕9に既出。

林壑――山林渓谷。〔十一〕7に既出。

延情――気持ちをゆったりさせる。くつろぐ。〔十三〕4に既出。

錦署――役所をいう。

巌泉――岩の間から流れ出る水。〔二十九〕22に既出。

結興――興が湧く。

桂幌――とばりの如くに生える木犀。
松扉――扉の如くに行く手を遮る松。
梵筵――仏教の道場。沈約「棲禅精舎銘」に「往辞妙幄、今承梵筵」（往《むかし》妙幄に辞し、今《いま》梵筵に承く）とある。
禅扃――仏寺の門。
敞――開く。〔十四〕3に既出。
鶏林――仏寺をいう。
駿賞――十分に楽しむ。「駿」は、おおいに。「駿　オホキニ」（名義抄）。
蕭蕭――ものさびしいさま。〔七〕11に既出。正倉院本「簫簫」に作るが改めた。
鷲嶺――霊鷲山。上文「闍那崛山」注参照。
鹿苑――釈迦が悟りを開いた鹿野苑のこと。
亹亹――時の過ぎゆくさま。〔二十九〕12に既出。また『文選』巻三十一・江淹「雑体詩・孫廷尉」に「亹亹玄思清、胸中去機巧」（亹亹として玄思清《きよ》く、胸中機巧を去る）とある。
龍宮――仏寺をいう。王勃たちのいるところ。
偈――仏典で詩句の形式をとる言葉。ここでは僧侶たちの読経の声をいう。
金方――五行説で秋をいう。〔二十二〕2「利断秋金」注参照。
序――季節。〔十二〕7に既出。
玉律――玉の笛。「律」は、音階の基準となる笛。『文選』巻三十一・江淹「雑体詩・袁大尉」に「吡謡響玉律、邑頌被丹絃」（吡謡《ばうえう》玉律に響き、邑頌《いうしょう》丹絃に被る）とある。またこの笛は季節の変化を窺い知るのにも用いる。ここから暦の意味にも用いられる。

朔風――北風。寒風をいう『文選』巻二十九・曹植「朔方詩」に「仰彼朔風、用懐魏都」（彼の朔風を仰ぎ、用て魏都を懐《おも》ふ）とある。

寒雲――寒空に漂う雲。〔九〕6に既出。

曽軒――幾重にも重なる軒《のき》。「層」は、かさなる。「層　カサヌ」（名義抄）。

三休――高い所。台などの高い事を表す。三度休んで登るような高い所の意。賈誼『新書』「退譲」に「翟王使使至楚。楚王欲誇之、故饗客於章華之台上。上者三休而乃至其上」（翟王使を使はし楚に至らしむ。楚王之に誇らんと欲し、故に客を章華の台の上に饗す。上る者、三たび休みて乃ち其の上に至る）とある。

綺席――綾絹の席《むしろ》。『文選』巻三十一・江淹「雑体詩・休上人」に「膏鑪絶沈燎、綺席生浮埃」（膏鑪《かうろ》沈燎《ちんれう》を絶ち、綺席浮埃《ふあい》を生ず）とあり、李善注に「西京雑記、鄒陽酒賦曰、綃綺為席」（西京雑記、鄒陽の酒賦に曰く、綃綺席と為す）とある。

乗虚――大空に駆け上がる。『文選』巻十一・何晏「景福殿賦」に「飛閣干雲、浮階乗虚」（飛閣雲を干《をか》し、浮階虚《そら》に乗る）とある。

九畡――中央の八極に至る所。『国語』「鄭語」に「王者居九畡之田、収経入以食兆民」（王者は九畡の田に居り、経入を収めて以て兆民を食《やしな》ふ）とあり、韋昭注に「九畡、九州極数」（九畡は、九州の極数なり）とある。『文選』巻四十八・司馬相如「封禅文」にも「上暢九垓、下泝八埏」（上は九垓に暢《の》び、下は八埏に泝《さかのぼ》る）とある。ここでは全世界をいう。

一息――一呼吸。一息《ひといき》。『文選』巻四十七・王褒「聖主特賢臣頌」に「周流八極、万里一息」（八極に周流するも、万里一息なり）とある。

碧鶏――神の名。〔二十九〕11「禺同金碧」注参照。

極望——見渡す限り。『文選』巻三十四・枚乗「七発」に「梧桐并閭、極望成林」（梧桐と并閭は、望む極り林を成す）とある。

石兕——姿が犀牛に似た巨石。長江の神を鎮めるために李冰が作らせた。『華陽国志』巻三「蜀志」に「周滅後、秦孝文王以李冰為蜀守。…（冰）作石犀五頭、以厭水精」（周滅びて後《のち》、秦の孝文王李冰を以て蜀守と為す。…（冰）石犀五頭を作り、以て水精を厭《しづ》む）とある。

龍鑣——馬をいう。「鑣」は「轡」に同じで、くつわ。『芸文類聚』巻四・謝朓「七夕賦」に「龍鑣蹀兮玉鑾整、睠星河兮不可留」（龍鑣蹀《はし》りて玉鑾整《そろ》ひ、星河を睠《かへり》みるも留むべからず）とある。

轄——くさび、車輪と車軸を繋いで止めるもの。

駢闐——人馬の盛んに群行すること。『文選』巻十・潘岳「西征賦」に「華夷士女、駢闐逼側」（華夷の士女、駢闐逼側す）とある。

上路——道をいう。〔二十六〕10に既出。

崇闉——高い門、城門。「闉」は、『説文』に「城内重門也」（城内の重門なり）とある。

磊落——高大なさま。〔二十九〕14に既出。

眇眇——果てしなく遠いさま。『文選』巻十五・張衡「思玄賦」に「雲菲菲兮繞余輪、風眇眇兮震余旟」（雲は菲菲として余が輪を繞《めぐ》り、風は眇眇として余が旟《はた》を震《ふる》はす）とあり、旧注に「眇眇、遠貌」（眇眇は遠き貌）とある。

洋洋——広々としているさま。『文選』巻十五・張衡「思玄賦」に「瞻崑崙之巍巍兮、臨縈河之洋洋」（崑崙の巍巍たるを瞻《み》、縈河の洋洋たるに臨む）とあり、李善注に『詩』「衛風・碩人」の「河水洋洋、北流活活」（河水洋洋として、北に流れて活活たり）の毛伝に「洋洋、盛大也」（洋洋は盛大なり）とあるのを引く。

三蜀——漢初に蜀を分けて、広漢郡を置き、武帝の時に又分けて犍爲郡を置いた。合わせて三蜀という。〔十〕

6に既出。

登高能賦――高い所に登って詞を作る。〔二十六〕35に既出。

清標――優れている事。『南斉書』巻五十五「杜栖伝」に見える周顒の書に「賢子学業清標、後来之秀」（賢子は学業清標にして、後来の秀なり）とある。

成列――先人たちの列を成す優れた作品。

揆――はかる。『漢書』巻五十六・「董仲舒伝」に「孔子作春秋、上揆之天道、下質諸人情」（孔子春秋を作り、上は之を天道に揆り、下は諸《これ》を人情に質す）とある。

西土――蜀の地をいう。『文選』巻三十八・桓温「薦譙元彦表」に「方之於秀、殆無以過。于今西土、以為美談」（之を秀に方《くら》ぶれば、殆ど以て過ぐる無し。今に于て西土、以て美談と為す）とあり、張銑注に「西土、蜀也」とある。

東平――本序「蜀夫人之墓迹」注参照。

【考説】

9行目の二句正倉院本は明らかに、「琱瓏陜疑夢渚之雲」となっているが、これでは意味が解しがたい。清の蔣清翊の『王子安集註』では、「琱櫳接映、台凝夢渚之雲」（琱櫳接し映え、台は夢渚の雲に凝る）としている。しかしこれもいささか解しにくい。また一九九〇年に山西人民出版社から刊行された何林天校注本では、「彫瓏接映、台凝夢渚之雲」（彫瓏は接し映え、台は夢渚の雲に凝る）と改められている。これを生かして、ここでは本文の如く改めて解した。

（高橋　庸一郎）

〔三十二〕新都縣楊乹嘉池亭夜宴序

昔王子敬瑯瑘名士、長懷習氏①之園、阮嗣宗陳留逸人、直至山陽之座。豈非②琴罇遠契、必兆朕於佳晨、風月高情、每留連於勝地。則知東扉可望、林泉生謝客之文、南國多才、江山助屈平之氣。況乎揚子雲之舊地、巖壑依然、密子賤之芳③猷、絃歌在屬。紅蘭翠菊、俯暎沙亭、黛柏蒼松、環臨玉嶼。參差夕樹、烟侵橘柚④之園、的歷秋荷、月照芙蓉之水。既而星移漢轉、露下風高。銀燭淹華、瑤觴佇興。一時仙遇、方深擯俗之懷、五際雕文、請勒緣情之作。人分一字、四韻成篇。

【校　異】

①氏—武　②非—非以　③芳—労　④柚—捕

【訓　読】

新都県の楊乾嘉の池亭に夜宴する序

昔、王子敬は瑯瑘《らうや》の名士にして、長く習氏の園を懐《おも》ひ、阮嗣宗《げんしそう》は陳留の逸人にして、直《ただ》に山陽の座に至る。豈に琴罇の遠契は必ず佳晨に兆朕《きざ》し、風月の高情は、毎《つね》に勝地に留連《とど》まるにあらずや。則ち東扉望むべくして、林泉謝客の文を生じ、南国才多くして、江山屈平の気を助くるを知る。況や揚子雲の旧地にして、巌壑依然とし、宓子賎《みっしせん》の芳猷ありて、絃歌属《つづ》く在るにおきてをや。

　紅蘭翠菊、俯して沙亭に暎《は》え、黛柏《たいはく》蒼松、環《めぐ》りて玉嶼《ぎょくしょ》に臨む。参差《しんし》なる夕樹、烟は橘柚《きついう》の園を侵し、的歴なる秋荷、月は芙蓉の水を照らす。既にして星移り漢転じ、露下りて風高《たか》し。銀燭華を淹《おほ》ひ、瑤觴興を佇《とど》む。一時の仙遇、方に俗を擯《しりぞ》くの懐を深め、五際の雕文、請ふらくは情に縁る作を勒《しる》さむことを。人ごとに一字を分かち、四韻にて篇を成さむ。

【通　釈】

新都県の楊乾嘉の池亭に夜宴をする折の序

　その昔、瑯琊の名士であったかの王子敬は、長く習氏の園を懐かしんだものであり、また陳留の逸者であったかの阮嗣宗は、直接嵆康のいる山陽の居所に至ったものである。彼らの場合のように、琴酒の遠い契りは必ず良い時にきざすものであり、風月に寄せるけだかい心は、いつも景勝の地に留連《とど》まるものである。東の扉を眺望すべくして、林や泉はかの謝霊運のすぐれた文章を生み、江漢の間の南国は才が輩出して、江や山はかの屈原の気概を助けるのを知る。ましてやここは揚子雲の故地で巌《いわお》と谷はもとのままであり、またかの宓子賎のすぐれた行いのゆかりで、今もその絃歌がありつづけている。

　紅い蘭や翠の菊がうつむいて沙亭に映え、黛色の栢や蒼い松が池を取り巻いて美しい小島に臨んでいる。夕日に映える樹々がふぞろいに並び、夕霧は橘や柚子の園のあたりまでたなびき、秋のハスの葉はあざやかに、月はハスの花生うる池水を照らしている。時を経《へ》、星が移り天の川が位置を変え、露が下りて風が強まってきた。明るい灯火は花を浮かびあがらせ、玉の杯はなお興を佇《とど》めている。われらのしばしの清らかな邂逅のこの時、俗を排して雅趣を深め、調和した彩ある表現によって、願わくば交情に寄せる作を成そうではないか。さあ、人ごとに一字を分け、四韻の篇を成してください。

【語　釈】

新都県――四川省成都県の東北にある県。この題、『文苑英華』以下の諸本は皆、「越州秋日宴山亭序」とする。越州は浙江省紹興県、隋代には会稽郡ともいった。

楊乹嘉――人名。未詳。「乹」は「乾」に同じ、〔二〕10に既出。

池亭――池のほとりのあずまや。〔四〕4に既出。

王子敬――晋の王献之。会稽の人。

瑯揶――「琅邪」に同じ。郡名。江蘇省東海県の治。蔣清翊注に「按王献之琅邪臨沂人」（按ずるに王献之は琅邪臨《りん》沂《ぎ》の人なり）とする。「臨沂」は江蘇省江寧県の東北の地で、晋代、南琅邪郡の治。「臨沂県」は『元和郡県志』に「本漢旧県也。属東海郡。東沂水故名之。後漢改属瑯揶国。晋属瑯揶郡。高斉省。隋開皇末復置属沂州」（本漢の旧県なり。東海郡に属す。東に沂水ある故に之を名とす。後漢改めて瑯揶国に属す。晋、瑯揶郡に属す。高斉省く。隋の開皇末、復た置きて沂州に属す）とある。

習氏之園――『晋書』巻八十「王献之伝」には王献之が呉都の顧辟彊の名園を訪れたことが見えるが、「習氏の園」との関係は不明。『晋書』巻四十三「山簡伝」に、山簡が征南将軍として襄陽を鎮めた時、「諸習氏、荊土豪族、有佳園池。簡毎出嬉遊、多之池上、置酒輒酔。名之曰高陽池」（諸の習氏、荊土の豪族、佳しき園池有り。簡毎に出でて嬉遊し、多く池上に之《ゆ》き、置酒して輒ち酔ふ。之を名づけて高陽池と曰ふ）とあり、蔣清翊注は「文似誤合二事為一」（文は誤まりて二事を合わせて一と為すに似たり）と、王献之の故事と山簡の故事を誤って混同したとしている。山簡と高陽池のことは『世説新語』「任誕」にも見える。また習氏の庭園と山簡のつながりは『方輿勝覧』巻三十二「襄陽府」の「習家池」の項にも見える。すなわち、『襄陽記』を引いて、「峴山南有習郁大魚池、依范蠡養魚法、当中築一釣台。将亡、勅其児曰、必葬我近魚池。山季倫毎臨此、必大酔而帰」（峴山の南に習郁の大魚池有りて、范蠡の養魚の法に依り、中に当りて一釣台を築く。将に亡ぜんとするとき、其の児に勅して曰く、必ず我を葬ること、魚池に近くせよと。山季倫毎《つね》に此に臨み、必ず大酔して帰る）とある。山季倫は山簡のこと。しかし、ここは必ずしも「文似誤合二事為一」と考える必要はなく、王献之が習氏の名園を懐かしんだと行文そのままに解したい。なお、ここの「王子敬は瑯瑘の名士にして、長く習氏の園を懐《おも》ひ、阮嗣宗は陳留の逸人にして、直に山陽の座に至る」という構文と似た構文が、〔二十〕2・3に「孔文挙は洛京の名士にして、長く司隷の門を懐ひ、王仲宣は山陽の俊人にして、直に中郎の席に至る」と見える。

阮嗣宗――魏の阮籍。竹林の七賢の一人。

陳留――河南省陳留県の地か。『晋書』巻四十九・阮籍伝に「阮籍、字嗣宗、陳留尉氏人也」（阮籍、字は嗣宗、陳留尉氏の人なり）とある。

逸人――世を逃れた人。〔五〕11に既出。

山陽之座――「山陽」は江蘇省淮安県の南の地。淮南。『文選』巻十六・向秀「思旧賦」に「済黄河以汎舟兮、経山陽之旧居」（黄河を済るに汎舟を以てし、山陽の旧居を経）とある。阮嗣宗が山陽に赴いたことは伝に見えないが、嗣宗と親しかった嵇康の寓居が山陽にあった。

琴罇――琴と酒樽。〔一〕3に既出。『晋書』巻四十九・「阮籍伝」に「籍又能為青白眼。見礼俗之士、以白眼対之。及嵇喜来弔、籍作白眼、喜不懌而退。喜弟康聞之、乃齎酒挟琴造焉。籍大悦、乃見青眼」（籍又能く青白眼を為す。

礼俗の士を見るに、白眼を以て之に対す。嵆喜の来弔するに及びて、籍白眼を作す。喜懌ばずして退く。喜の弟康之を聞き、乃ち酒を齎《も》ち琴を挟みて造《いた》る。籍大いに悦び、乃ち青眼にて見る）とあり、ここの「琴樽の遠契」はこの阮籍と嵆康の故事をふまえた表現か。

兆朕――ものごとがきざすこと。『文選』巻六・左思「魏都賦」に「兆朕振古、萌柢疇昔」（振古に兆朕し、萌柢《ほうてい》に疇昔《ちうせき》す）とあり、李善注に「許慎曰、朕、兆也」という。

佳晨――良い時。「晨」は「辰」に同じ。「佳辰」は〔二十〕9に既出。

高情――気高い心。〔十八〕5に既出。

留連――とどまる。『玉台新詠』巻九・魏文帝「楽府燕歌行」に、「仰看星月観雲間。飛鶬晨鳴声可憐。留連顧懐不能存」（仰ぎて星月を看て雲間を観る。飛鶬《ひさう》晨に鳴く声憐むべし。留連顧懐存する能はず）とある。また『懐風藻』・犬上王「遊覧山水」にも、「留連仁智間、縦賞如談倫」（留連す仁智の間、縦賞談倫の如し）とある。

勝地――景色のすぐれた土地。〔十二〕5に既出。

東扉――東方の扉。『文選』巻二十二・謝霊運「石壁精舎還湖中詩」に「披払趨南逕、愉悦偃東扉」（披払して南逕に趨《はし》り、愉悦して東扉に偃《ふ》す）とあり、張銑注に「南逕東扉、即所居也」（南逕東扉は、即ち居る所なり）とある。「東扉」はこの故事をふまえる。なお、他本でこの「東扉」を「東山」としている異同につき、道坂昭廣「テキストとしての正倉院蔵『王勃詩序』」（『アジア遊学』九三、二〇〇六年十一月）に言及があり、正倉院本の「東扉」の本文価値を認めている。

謝客之文――謝客は謝霊運のこと。謝霊運が十五歳の頃まで銭唐の杜家に治養され、客児と呼ばれたところからいう。鍾嶸『詩品』に「初、銭唐杜明師夜夢東南有人来入其館、是夕、即霊運生於会稽。旬日而謝玄亡。其家以孫難、送霊運於治養之。十五方還都。故名客児」（初め、銭唐の杜明師、夜東南に人有りて来たりて其の館に入るを夢む。

是の夕、即ち霊運会稽に生まる。旬日にして謝玄亡す。其家孫の難きを以て、霊運を送りて之を治養す。十五にして方に都に還る。故に客児と名づく）とある。また謝霊運が有名な文章家であったことについて、『宋書』巻六十七「謝霊運伝」に「霊運少好学、博覧群書。文章之美、江左莫逮」（霊運少くして学を好み、群書を博覧す。文章の美、江左に逮《およ》ぶもの莫し）という。「傍山帯江、尽幽居之美」（宋書）という会稽の山居に住み、「山居賦」を残した。

南国――長江と漢水の間の地域をさす。『詩』「小雅・四月」に「滔滔江漢、南国之紀」（滔滔たる江漢は南国の紀）とある。

江山助屈平之気――「屈平の気」は屈原の気概。「屈平」は〔十六〕5に既出。『文心雕龍』「物色篇」に「然屈平所以能洞監風騒之情者、抑亦江山之助乎」（然らば屈平の能く風騒の情を洞監する所以の者は、抑も亦た江山の助けあればか）とある。

揚子雲――揚雄のこと。漢の蜀郡成都の人。

巌壑――いわおと谷。

密子賎――宓不斉のこと。正倉院本は「宓」を「密」に作る。〔五〕10「密子賎之調風」注参照。

芳猷――すぐれた行い。『文選』巻二十・顔延之「応召讌曲水作詩」に「柔中淵映、芳猷蘭秘」（柔中は淵のごとく映《うつ》り、芳猷は蘭のごとく秘す）とあり、その呂向注に「其道如蘭之芳香、而積於身秘積」（其の道は蘭の芳香の如くして、身に秘積を積む）とある。

絃歌――琴の伴奏でうたう歌。〔五〕10に既出。

橘柚――蜜柑と柚子《ゆず》。『尚書』「禹貢」に「厥篚織貝、厥包橘柚、錫貢」（厥の篚《かたみ》は織貝、厥の包は橘柚、錫貢）とあり、その孔穎達疏に「正義曰、実相以橘柚二果。其種本別。以実相比、則柚大橘小。故小曰橘、大曰柚」（正義曰く、実の相は橘柚を以て二果とす。其の種は本別なり。実の相を以て比ぶるに、則ち柚は大、橘は小なり。故に小なるを橘と曰ひ、大なるを柚と曰ふ）という。「橘柚之園」は、橘や柚の植えてある園林。『史記』巻六十九「蘇秦伝」に「斉必致魚塩之海、楚必致橘柚之園」（斉は必ず魚塩の海を致し、楚は必ず橘柚の園を致さん）とある。王勃が蜀遊歴二年目の咸亨二年（六七一）に作ったとおぼしい「綿州北亭群公宴序」にも、「傍鄰蒼野、霜封橘柚之園」（傍鄰は蒼野にして、霜《しも》橘柚の園を封ず）とみえる。正倉院本は「柚」を「捕」に作るが、改めた。

的歴――あざやかなさま。「的皪」に同じ。『文選』巻六・左思「魏都賦」に「丹藕凌波而的皪」（丹き藕《はちす》は波を凌ぎて的皪たり）とあり、ここの「的歴なる秋荷」と似た表現。その李善注に「的皪光明也」（的皪は光明なり）とある。

秋荷――秋のはちす。謝朓「後斎迴望詩」に「夏木転成帷、秋荷漸如蓋」（夏木は転《うたた》帷《とばり》を成し、秋荷は漸に蓋《かさ》の如し）とある。

芙蓉――はちすの花。〔二十九〕16に既出。

銀燭――明るいともしび。王褒「日出東南隅行」に「銀燭附弾映雞羽、黄金歩搖動襜褕」（銀燭の附弾は雞羽を映し、黄金の歩搖は襜褕《せんゆ》を動かす）とある。

瑤觴――玉杯。〔十三〕12に既出。

仙遇――清らかな出会い。

擯――すてる。しりぞける。「擯　ハラフ、スツ、シリゾク」（名義抄）。

五際――『詩経』の詩を五つに分け、五倫または十二支中の五支に配したもの。『漢書』四十五・「翼奉伝」に「詩有五際」とあり、その応邵注に「君臣・父子・兄弟・夫婦・朋友也」とあり、また孟康注に「詩内伝曰、五際、卯・酉・午・戌・亥也」とある。

雕文――彫刻した文様。『玉台新詠』巻一・「古詩八首」・「其六」に「雕文各異類、離婁自相連」（雕文各《おのおの》類を異にし、離婁《りろう》として自ら相ひ連なる）とある。ここは彩ある表現の意。

勒――きざむ。しるす。「勒　シルス」（名義抄）。

【考　説】

正倉院本と他本で題が違うが、詩序の内容から、正倉院本のように「新都県」での作とすべきか。まず、宴を行った場所を「揚子雲の旧地」というのは蜀の成都またはその近くをさす。「入蜀紀行詩序」によれば、王勃は総章二年（六六九）五月、長安を出発して蜀に入り、その秋、時に新都県の尉であった盧照鄰とも会い、ともに玄武山に登って詩作をなすなどしている。この「新都県の揚乾嘉の池亭の夜宴」には、盧照鄰も加わっていたかもしれない。また、本詩序と王勃が蜀遊歴二年目の咸亨二年（六七一）に作ったとおぼしい「綿州北亭群公宴序」を比べてみると、「橘柚之園」「芙蓉之水」「五際」の語を共有して、行文もまた似るところがあり、関連が思われる。

（神野　富一）

〔三十二〕至眞觀夜宴序

若夫玉臺金闕、玄都紫府、曠哉邈乎。非流俗所詣、而羣英在焉。廼相與造□處之宮、遊□萍之野。棄置煩雜、栖遲道性、陶然不知宇宙之爲大也。豈直坐談風月◎、行樂琴樽而已哉。仰觀千載◎、亦各一時。

【訓　読】

至真観に夜に宴するの序

若《も》し夫《そ》れ玉台金闕、玄都紫府は、曠《ひろ》きかな邈《はる》かなるかな。流俗の詣《いた》る所に非らず、而して羣英在《い》ます。廼《すなは》ち相与《とも》に□処の宮に造《いた》り、□萍の野に遊ばむ。煩雑を棄置し、道性に棲遅せば、陶然として宇宙の大為るを知らず。豈《あ》に直《た》だ坐《すぞろ》に風月を談じ、琴樽を行楽《たのし》むのみならむ。仰ぎ観れば千載も、亦各《またおのおの》の一時なるのみ。

【通　釈】

至真観にて夜に宴会する序

天帝や神仙がお住みになっている宮殿は広々としており遙か彼方にまで続いている。俗世の凡人が行ける所ではなく、立派な人々がいるのである。そこで連れだって□□の宮殿に行き、□□の野に遊ぼう。煩わしいことを放り出し、欲を出さずのんびり暮らせば、陶然としてこの宇宙の大なることも忘れてしまう。どうしてただとりとめもなく美しい景色の話をしたり、音楽や酒を楽しんだりするだけが楽しみであろうか。これまでを振り返ってみれば、（今は）得難い好機なのだから。

【語　釈】

至真観——道観名と考えられるが未詳。

若夫——〔三〕2に既出。

玉台、金闕、玄都、紫府——いずれも伝説で天帝や仙人の住むとされるところ。「玉台」は、『漢書』巻二十二「礼楽志」に「游閶闔、観玉台」（閶闔に游び、玉台を観る）とあり、顔師古注に応劭を引き「玉台、上帝之所居」（玉台は、上帝の居《い》ます所なり）とある。「金闕」は、『神異経』「西北荒経」に「西北荒中有両金闕、高百丈」（西北荒中に両金闕有り、高さ百丈なり）とある。「玄都」は、『海内十洲記』「玄州」に「上有大玄都、仙伯真公所治」（上に大玄都有り、仙伯真公の治むる所なり）とある。「紫府」は、〔二十五〕3に既出。

曠——広い。「曠　ヒロシ」（名義抄）。

邈——はるか遠いさま。「邈　ハルカナリ」（名義抄）。

流俗——俗世間の凡人。『漢書』巻六十二「司馬遷伝」に「僕之先人非有剖符丹書之功、文史星暦近乎卜祝之間、固主上所戯弄、倡優畜之、流俗之所軽也」（僕の先人は剖符丹書の功有るに非ず、文史星暦は卜祝の間に近く、固《もと》より主上の戯弄するところにして、倡優之を畜《やしな》ふは、流俗の軽んずる所なり）とある。

詣——いたる。「詣　イタル」（名義抄）。

群英——多くの立派な人々。陶淵明「詠荊軻詩」に「飲餞易水上、四座列群英」（易水《えきすゐ》の上《ほとり》に飲餞し、四座に群英を列《つら》ぬ）とある。

造処之宮——「造」は、いたる。「処之宮」は意味をなさず「処」の前後に一字欠字があると考えられるが、待後考。

遊萍之野——原文は「遊」と「萍」の間に一字を欠く。「萍」は、浮き草と解されるのが通例であるが、「萍之野」とあることからこの「萍」は「苹」に同じで、よもぎと解する。『詩』「小雅・鹿鳴」に「呦呦鹿鳴、食野之苹」（呦呦《いういう》として鹿は鳴き、野の苹を食《は》む）とある。とすれば欠字は「緑」か。待後考。

棄置——放り出す、ほったらかしにする。丘遅「答徐侍中為人贈婦詩」に「糟糠且棄置、蓬首乱如麻」（糟糠すら且つ棄置す、蓬首は乱れて麻の如し）とある。

煩雑——込み入っていて煩わしい。『漢書』巻八十八「儒林伝・孟喜伝」に「孟卿以礼経多、春秋煩雑、乃使喜従田王孫受易」（孟卿礼経の多く、春秋の煩雑なるを以て、乃ち喜をして田王孫に従ひ易を受けしむ）とある。

棲遅——のんびり暮らす。『詩』「陳風・衡門」に「衡門之下、可以棲遅」（衡門の下《もと》、以て棲遅《せいち》すべし）とあり、毛伝に「棲遅、游息也」とある。

道性——無欲をいう。『文選』巻五十七・顔延之「陶徴士誄」に「隠約就閑、遷延辞聘、非直也明、是惟道性」（隠約して閑に就き、遷延して聘を辞す、直《ただ》に明らかなるのみに非ず、是惟れ道性なり）とあり、李善注に『淮南子』高誘注を引き、「道性、無欲」（道性は、無欲なり）とある。

陶然——酔ってうっとりするさま。陶淵明「時運詩」に「邈邈遐景、載欣載矚、称心而言、人亦易足、揮茲一觴、陶然自楽」（邈邈《ばくばく》たる遐景《かけい》、載《すなは》ち欣《よろこ》び載《すなは》ち矚《み》る、心に称《かな》へば言ふ、人亦た足《た》り易しと、茲《こ》の一觴を揮《ふる》ひ、陶然として自ら楽しむ）とある。

豈直——どうして〜だけであろうか。『文鏡秘府論』「句端」に「引取彼物為此類、謂若已叙此事、又引彼与此相類者、云豈唯彼如然也」（彼の物を引き取りて此の類と為す、謂ふこころは若し已に此の事を叙べて、又た彼の此と相ひ類する者を引き、豈に彼のみ然るが如くならんやと云ふなり）とある。『文選』巻四十六・任昉「王文憲集序」に「皇朝軫慟、儲鉉傷情、有識銜悲、行路掩泣、豈直春者不相、工女寝機而已哉」（皇朝軫慟《しんどう》し、儲鉉《ちょげん》情を傷《いた》ましめ、有識悲しみを銜《ふく》み、行路泣《なみだ》を掩《おほ》ふ、豈に直《た》だ舂《うすつ》く者の相《さう》せず、工女の機《はた》を寝《や》むのみならんや）とある。

坐――何となく。

風月――涼やかな風と明るい月。美しい景色をいう。『宋書』巻八十「始平孝敬王子鸞伝」に見える「擬漢武李夫人賦」に「徙倚雲日、裴回風月」（雲日に徙倚《しい》し、風月に裴回《はいくわい》す）とある。

行楽――楽しむ。『文選』巻四十一・楊惲「報孫会宗書」に「人生行楽耳、須富貴何時」（人生行楽せんのみ、富貴を須《ま》つも何れの時ぞ）とある。

琴樽――音楽と酒。謝朓「和宋記室省中詩」に「無歎阻琴樽、相従伊水側」（琴樽に阻《へだ》たるを歎く無かれ、伊水の側に相ひ従はん）とある。

仰観――仰ぎ見る。『易』「繋辞」に「仰以観於天文、俯以察於地理」（仰《あふ》ぎて以て天文を観《み》、俯《うつぶ》きて以て地理を察す）とある。ここでは過去を振り返ること。

千載一時――好機の得難いことをいう。千載一遇に同じ。袁宏『後漢紀』巻二十二「桓帝紀ト」に「為仁者博施兼愛、崇善済物、得其志而中心傾之、然忘己以為千載一時也」（仁を為す者は博く兼愛を施し、善を崇《あが》め物を済《すく》ひ、其の志を得て中心より之を傾く、然して己《おのれ》を忘れ以て千載の一時と為すなり）とある。

【考　説】

他の序文に比して末尾の「各人が詩を作ろうではないか」と呼びかける常套句を欠く。また詩序の構成も他の詩序の多くが、全体が三段或いは四段から構成されるのに対し、この詩序は序段のみであり、末尾に相当量の欠文がある可能性が高い。

（山川　英彦）

〔三十三〕 遊廟山序

吾之有生也廿載◎矣。雅厭城闕、酷嗜江海、常覽仙經、博渉道記。①知軒冕可以理隔、鸞鳳可以術待、而事親多衣食之虞、登朝有聲利之迫。②清識滯於煩城、仙骨摧於俗境。嗚呼阮籍③意疎、嵆康體放、有自來矣。常恐運從風火、身非金石、遂令林壑道喪、烟霞版蕩。此僕所以懷泉塗而惴恐、臨山河而歎息者也。粤④以勝友良暇、相與遊於玄武西之廟山、蓋蜀都之靈峯也。山東有道君⑤廟、古老相傳名焉。爾其丹壑⑥叢倚、玄崖糺合。俯臨萬仭、平視千里。乘杳冥之絶境、屬芬華⑦之暮節。玉房跨霄而懸居、金臺出雲而高峙。亦有野獸羣狎、山鶯互囀。崇松將巨柏爭陰、積籟與幽湍合響。眇眇焉、迢迢焉。王孫可以不歸、羽人可以長往。其玄都紫微之事耶。方欲斂手鍾鼎、息肩巖石、絶視聽於寰⑧中、置形骸於度外。其不然乎。時預乎斯者、濟陰鹿弘胤、⑨安陽邵令遠耳。蓋詩言志⑩、不以韻數⑪裁焉。

【校　異】

①知―和　②清―請　③籍―藉　④粤―奥　⑤君―居　⑥壑―壁　⑦華―蕪　⑧寰中置形骸―ナシ　⑨安陽―陽安　⑩志―也　⑪裁―哉

【訓　読】

廟山に遊ぶ序

　吾の生有るや廿載になりぬ。雅《もと》より城闕を厭《いと》ひ、酷《はなは》だ江海を嗜み、常に仙経を覧《み》、博《ひろ》く道記に渉《わた》る。知りぬ、軒冕《けんべん》は理を以て隔つべく、鸞鳳は術を以て待すべし、而して親に事《つか》ふるは衣食の虞《うれ》ひ多く、朝に登るは声利の迫るありと。清識は煩城に滞り、仙骨は俗境に摧《くだ》かる。嗚呼《ああ》、阮籍の意踈にして、嵆康の体放なること、自来有り。常に恐る、運は風火に従ひ、身は金石に非ざれば、遂に林壑《りんがく》をして道喪《うしな》はしめ、烟霞をして版蕩《けんたう》せしむることを。此れ僕の泉塗を懐《おも》ひて惴恐《ずいきょう》し、山河に臨みて歎息する所以《ゆゑん》の者なり。

　粤《ここ》に勝友、良暇を以ち、相《あ》ひ与《とも》に玄武の西の廟山に遊ぶ、蓋《けだ》し蜀都の霊峯なり。山の東に道君廟有り、古老名を相《あ》ひ伝ふ。尔《そ》れ其の丹壑は叢倚し、玄崖は糺合す。万仞を俯臨し、千里を平視す。杳冥《えうめい》の絶境に乗《ふみい》り、芬華《ふんくわ》の暮節に属す。玉房は霄《そら》を跨《また》ぎて懸居し、金台は雲を出て高峙す。亦た野獣の羣れて狎《ちか》づき、山鶯の互ひに囀《さへづ》る有り。崇松将《と》巨柏は陰を争ひ、積籟与《と》幽湍は響を合はす。眇眇なり、迢迢なり。王孫は以て帰らざるべし、羽人は以て長く往くべし。其れ玄都紫微の事なるや。方に鍾鼎に斂手して、巌石に息肩せむと欲すれば、視聴を寰中に絶《つく》し、形骸を度外に置かむ。其れ然らざるか。時に斯《そ》れに預《あづ》かる者、済陰の鹿弘胤、安陽の邵令遠のみ。蓋《けだ》し詩は志を言ふ、韻数を以ては裁《つく》らず。

【通　釈】

廟山に遊んだ時の序

私はこの世に生を受けて以来二十年になる。もともと都《みやこ》の生活を嫌い、山河をこよなく愛し、常々道教の経典を読み、あれこれと道教の書物をあさり歩いてきた。そこから道理からして役人などにはなるものではなく、優れた賢者は方策を講じてでももてなすべきであり、親に仕えるには衣食の心配をしなければならないことが多く、宮仕えをすれば名声や利害によって苛《さいな》まれることがあるとわかった。優れた見識を持っていても、煩悩の虜になり、立派な資質を備えていても俗世間によって打ち砕かれてしまう。ああ、阮籍が放縦であり、嵆康が自由奔放であったのも、もともとそうであったのだ。運命ははかなく、我が身は金石のように強固なものではないことから、林や谷の自然の楽しみを失い、靄《もや》にかすむ美しい景色の中に遊び眺めることができなくなることを常に心配している。これが私が黄泉路を心に思っては恐れおののき、山河を目の前にしてはため息をついている理由なのだ。

折しも立派な友人、良き暇に恵まれ、連れだって玄武山の西にある廟山に遊びに来た。ここは蜀の霊峰として知られる。山の東には道君廟があり、古老がその名を伝えている。なるほど赤い谷に幾重にも重なり合い、黒い崖が連なり、下を望み見れば万仞の深さであり、遠くを見やればはるか千里の彼方までも眺めることができる。果てしなく続くこの人跡希な地に足を踏み入れたのは、時あたかも花の咲きみだれる重陽の節。道君廟の建物は大空に高く建ち、美しい台《うてな》が雲より高く聳えている。また獣が群れをなして身を寄せあい、山鳶が囀りあっている。聳える松は柏の巨木と木陰の大きさを競い合い、風の音は早瀬を流れる水の音とともに響きあっている。目の前の景色は渺々として果てしなく広がり、どこまでも続いている。その昔、王孫が旅に出て帰らず、仙人が出かけたまま戻ることがなかったのも無理はない。それは神仙の世界のことだけであろうか。さあ豪奢な生活をやめ、大自然の中で巨大な岩石のもとで憩おうと思うならば、思う存分この世界を眺め、聴き、俗世間のことなど忘れてしまおう。そうではないだろうか。今ここに共にいるのは、済陰の鹿弘胤と安陽の邵令遠だけである。詩とは心情を詠うもの、韻の数（句数）にとらわれずに（詩を）作ろうではないか。

【語　釈】

廟山――四川省蓬渓県にある山の名。王勃「遊廟山賦序」に「玄武山、西有廟山、東有道君廟」（玄武山、西に廟山有り、東に道君廟有り）とあり、また『太平寰宇記』巻八十七に「在長江県南十里、孤峰峻秀、下臨江島。唐乾元元年、勅置南龍台観」（長江県の南十里に在り、孤峰峻秀、下に江島に臨む。唐乾元元年、勅して南龍台観を置く）とある。

雅――もともと。『史記』巻八「高祖本紀」に「雍歯雅不欲属沛公」（雍《よう》歯《し》雅《もと》より沛公に属すを欲せず）とあり、集解に服虔注を引いて「雅、故也」（雅、故《もと》よりなり）とある。

城闕――本来は城の望楼の意味であるが、ここでは「都」さらには「都での勤めや生活」を指す。

仙経――ひろく道教の経典を指す。『抱朴子』「弁問」に「仙経以為、諸得仙者、皆其受命、偶値神仙之気、自然所稟」（仙経以為《おもへ》らく、諸の仙を得し者、皆其の命を受くるに、偶《たま》たま神仙の気に値《あた》り、自然に稟《う》けし所のものなり）とある。

道記――道教の書籍を指す。徐陵「山斎詩」に「焼香披道記、懸鏡厭山神」（香を焼き道記を披らき、鏡を懸け山神を厭《はら》ふ）とある。

軒冕――古くは大夫以上の車と冠を指す。そこから高位高官を得ることをいうようになった。『荘子』「繕性」に「古之所謂得志者、非軒冕謂也。謂其無以益其楽而已矣」（古の所謂《いはゆる》志を得る者は、軒冕の謂《い》ひに非ざるなり。其の以て其の楽しみを益すること無きを謂ふのみ）とある。

鸞凰――文字どおりは鸞と鳳凰という神鳥を指す。そこから賢者の比喩としても使われる。『楚辞』「惜誓」に「独不見夫鸞凰之高翔兮、乃集大皇之壄」（独り夫《か》の鸞凰の高翔するを見ざるや、乃ち大皇の壄《の》に集まれり）とある。

術――方法、方策。
登朝――朝廷に登用されること。『漢書』巻百「序伝下」に「賈生嬌嬌、弱冠登朝」（賈生嬌嬌とするも、弱冠にして登朝す）とある。
声利――名声と利益。「名利」に同じ。『文選』巻二十一・鮑照「詠史」に「五都矜財雄、三川養声利」（五都に財雄を矜りて、三川に声利を養ふ）とある。
清識――卓越した物の見方をいう。『後漢書』巻九十二「鍾皓伝」に「荀君清識難尚、鍾君至徳可師」（荀君の清識尚《たふと》び難く、鍾君の至徳師とすべし）とある。
煩城――煩悩の境地をいう。
仙骨――仙人となる資質をいう。『神仙伝』巻八「墨子」に「子有仙骨、又聡明。得此便成。不復須師」（子、仙骨有り、又た聡明なり。此を得れば便ち成らん。復た師を須《もち》ひず）とある。
俗境――俗世間。
意疎、体放――王績「答刺史杜之松書」に「下走意疎体放」（下走は意疎にして体放たれ）とあり、康金声・夏連保の注（『王績集編年校注』１９９２　山西人民出版社）に「心意疎懶、行為曠放」とある。これに拠れば「意疎」は、放縦である、「体放」は、自由奔放である、という意味になる。
有自来――これまで長く行われてきたということ。『左伝』「昭公元年」に「叔出季処、有自来矣」（叔出《い》で季処《を》ること、自《よ》りて来たる有り）とあり、杜預注に「季孫守国、叔孫出使、所従来久」（季孫国を守り、叔孫使に出《い》づること、従《よ》りて来たる所久し）とある。
風火――一瞬吹くつむじ風やたちまち消えてしまう火花のようなはかないもののたとえ。『文選』巻二十六・潘岳「河陽県作」に「人生天地間、百歳孰能要、熲如槁石火、瞥若截道飆」（人、天地の間に生くる、百歳孰《たれ》か能く要《もと》めん、頬《ひか》ること石を槁《う》つ火の如く、瞥《ほの》かなること道を截《わた》る飆《かぜ》の若し）とある。

金石——強固で壊れないものの例え。『文選』巻二十九「古詩十九首之十一」に「人生非金石、豈能長寿考」（人生　金石に非ず、豈《あ》に能《よ》く長《なが》く寿考《じゆかう》ならんや）とある。

道喪——人の踏み行うべき道が失われること。『荘子』「繕性」に「世喪道矣、道喪世矣、世与道交相喪也」（世は道を喪《うしな》ひ、道は世を喪《うしな》ひ、世と道と交《こも》ごも相《あ》ひ喪《うしな》へり）とある。

版蕩——動乱によって世の中が不安定なことを形容する。『詩』「大雅・板」に「凡伯刺厲王也」（凡伯、厲王を刺《そし》るなり）とあり、同じく「大雅・蕩」に「召穆公傷周室大壊也。厲王無道、天下蕩蕩、無綱紀文章、故作是詩也」（召の穆公、周室の大壊を傷《いた》むなり。厲王無道、天下蕩蕩として、綱紀文章無し、故に是の詩を作るなり）とあることに基づいて「版蕩」の語ができた。また『文選』巻三十・謝霊運「王粲詩」に「幽厲昔崩乱、桓霊今板蕩」（幽《いう》と厲《れい》とは昔に崩乱《ほうらん》し、桓《くわん》と霊《れい》とは今に板蕩《はんたう》せり）とある。「版」は「板」に同じ。

泉塗——「泉途」とも書く。地下、黄泉の国。『文選』巻五十七・謝荘「宋孝武宣貴妃誄」に「皇帝痛掖殿之既閴、悼泉途之已宮」（皇帝は掖殿の既に閴《しづ》かなるを痛み、泉途の已に宮なるを悼む）とある。

惴恐——「惴」も「恐」も怖れること。『史記』巻七「項羽本紀」に「楚戦士無不一以当十。楚兵呼声動天、諸侯軍無不人人惴恐」（楚の戦士、一以て十に当たらざる無し。楚兵の呼声、天を動かすや、諸侯の軍、人人惴恐《ずゐきょう》せざるは無し）とある。

粤——発語のことば。「粤　ココニ」（名義抄）。

勝友——優れたる友人。〔二十二〕3に既出。

良暇——良い暇《やすみ》。

玄武——山名。〔十二〕2に既出。

尓其――連接を示す語。「さてこちらのほうは」。

丹壑――赤い色の谷。〔十二〕6に「丹崿万尋、碧潭千仭」とある。この「丹壑」と同様の意であろう。

叢倚――多くのものが互いにひしめきあっていることを形容する。『文選』巻八・司馬相如「上林賦」に「攅立叢倚、連巻欐佹」（攅《あつま》り立《た》ち叢《むらが》り倚《よ》り、連巻欐佹す）とある。

玄崖――「丹壑」の対であるから、「玄《くろ》い崖」ということであろう。

糺合――集まること。「糺」は「糾」に同じ。『左伝』「僖公二十四年」に「召穆公思周徳之不類、故糾合宗族於成周而作詩」（召の穆公　周徳の類《よ》からざるを思ふ、故に宗族を成周に糾合《きうがふ》して詩を作る）とある。

平視――普通「目をそらさず直視する」という意味に使われる。しかしここでは、〔二〕「山亭興序」の「漢家二百年之都郭、宮殿平看」（漢家二百年の都郭、宮殿は平らに看）の「平看」と同じく、視線を上下することなく、自然なままで見るということである。

乗――足を踏み入れること。

杳冥――果てしなく続く様。『水経注』「膠水篇」に「北眺巨海、杳冥無際」（北に巨海を眺むれば、杳冥として際無し）とある。

絶境――外から隔絶された所。陶淵明「桃花源記」に「自云、先世避秦時乱、率妻子邑人来此絶境、不復出焉、遂与外人間絶」（自ら云ふ、先世に秦時の乱を避け、妻子邑人を率ゐて此の絶境に来たり、復び焉《ここ》より出でず、遂に外人と間絶すと）とある。

属――その時にあたる。『顔氏家訓』「終制篇」に「先夫人棄背之時、属世荒饉、家塗空迫、兄弟幼弱、棺器率薄、蔵内無塼」（先夫人棄背《きはい》の時、世荒饉に属し、家塗空迫し、兄弟幼弱なれば、棺器率薄《そつはく》にして、蔵内に塼《せん》無し）とある。

芬華――（多くの花が咲き）華やかな様。『史記』巻六十八「商君伝」に「有功者顕栄、無功者雖富、無所芬華」（功

有る者は栄を顕はし、功無き者は富むと雖も、芬華《ふんくわ》する所なからしむる）とある

暮節――重陽節をいう。『文選』巻二十・謝霊運「九日従宋公戯馬台集送孔令詩」に「良辰感聖心、雲旗興暮節」（良辰は聖心を感ぜしめ、雲旗は暮節に興る）とあり、劉良注に「良辰謂九月九日」（良辰は九月九日を謂ふ）とある。

玉房――玉で飾ったような美しい家。『文選』巻六十・陸機「陳法服於帷座、陪窈窕於玉房」（法服を帷座《ゐざ》に陳《なら》べ、窈窕《えうてう》を玉房に陪《はべ》らしむ）とある。ここでは道君廟の建物を指す。

跨霄――王勃以外に用例を見いだし得ないが、「霄」に「天空」の意があることから、「跨霄」は「大空に跨るが如く高々と」の意であろう。

懸居――高い所にある。『文選』巻十一・孫綽「游天台山賦」に「双闕雲竦以夾路、瓊台中天而懸居」（双闕　雲に竦《そばだ》ちて以て路を夾《はさ》み、瓊台《けいだい》　天に中《ちゅう》して懸居す）とある。

金台――美しく飾った高殿。〔十三〕7に既出。

高峙――高くそびえ立つこと。『文選』巻十六・潘岳「閑居賦」に「浮梁黝以径度、霊台傑其高峙」（浮梁《ふりやう》　黝《いう》として以て径《ただち》に度《わた》り、霊台　傑《けつ》として其れ高く峙《た》つ）とある。

群狎――多くのものが群れをなし集まること。「狎」については、『文選』巻十七・傅毅「舞賦」に「車騎並狎、巃嵸逼迫」（車騎は並び狎《ちかづ》き、巃嵸《ろうしょう》として逼迫す）とあり、李善注に「狎、謂多而相排也」（狎、多くして相ひ排《なら》ぶを謂ふ）とある。

囀――鳥がさえずること。

眇眇――果てしなく広がる様。〔三十〕18に既出。

迢迢――道や川などがどこまでも果てしなく続く様。潘岳「内顧詩其一」に「慢慢三千里、迢迢遠行客」（慢慢三千里、迢迢たり遠行の客）とある。

王孫——王族の子孫。〔一〕4「王孫之春草」注参照。

羽人——神話中の飛仙を指す。『楚辞』「遠遊」に「仍羽人於丹丘兮、留不死之旧郷」（羽人に丹丘に仍《よ》り、不死の旧郷に留まる）とあり、王逸注に「山海経言、有羽人之国、不死之民、或曰、人得道、身生毛羽也」（山海経に言ふ、羽人の国、不死の民有りと。或曰く、人道を得ば、身に毛羽を生ずと）とあり、さらに興洪祖補注に「羽人、飛仙人也」（羽人は、飛仙人なり）とある。

長往——世を捨て隠遁することを言う。『文選』巻十・潘岳「西征賦」に「悟山潜之逸士、卓長往而不反」（山潜の逸士の、卓として長く往きて反《かへ》らざるを悟る）とある。

玄都——伝説中の神仙が住むところ。〔三十二〕2に既出。

紫微——天帝の住むところ。『文選』巻二十五・傅咸「贈何劭王済詩」に「日月光太清、列宿曜紫微」（日月は太清を光《かか》やかせ、列宿は紫微を曜《かか》やかす）とあり、向注に「紫微、天帝宮也」（紫微は、天帝の宮なり）とある。

斂手——手を収める。やめる。『史記』巻七十八「春申君列伝」に「秦楚合而為一、以臨韓、韓必斂手」（秦楚合して一と為し、以て韓に臨めば、韓必ず手を斂《おさ》めん）とある。

鍾鼎——「鍾鳴鼎食」の略。豪奢な生活をいう。〔二十六〕15に既出。

息肩——（肩の荷を降ろして）休むこと。『左伝』「襄公二年」に「鄭成公疾、子駟請息肩於晋」（鄭の成公疾《や》む、子駟、肩を晋に息めんことを請ふ）とある。

絶——尽くす。『文選』巻二十七・鮑照「還都道中詩」に「絶目尽平原、時見遠煙浮」（目を絶《つ》くして平原を尽くし、時に遠くに煙の浮《のぼ》るを見る）とあり、李善注に「絶、猶尽也」とある。

視聴——目と耳。またその働き。王羲之「蘭亭序」に「所以遊目騁懐、足以極視聴之娯」（目を遊ばしめ懐《おも》ひを騁《は》す所以《ゆえん》、以て視聴の娯《たのし》みを極むるに足れり）とある。

寰中――眼前の山水の景色をいう。

形骸――からだ。ここでは俗世間をいう。『荘子』「徳充符」に「今子与我遊於形骸之内、而子索我於形骸之外、不亦過乎」（今子と我と形骸の内に遊びて、子、我を形骸の外に索《もと》むるは、亦た過《あやま》たずや）とある。

度外――考慮に入れないこと。『後漢書』巻四十三「隗囂伝」に「（帝）乃謂諸将曰、且当置此両子於度外耳」（（帝）乃ち諸将に謂て曰く、且《しば》し当《まさ》に此の両子を度外に置かん）とある。

鹿弘胤――未詳。

邵令遠――邵大震のこと。令遠は字。『唐詩紀事本末』に「邵大震、字令遠、安陽人、与干勃同時、詩一首」とある。

詩言志――詩とは心情をことばに表したものである。『詩』「大序」に「詩者志之所也、在心為志、発言為詩」（詩は志の之《ゆ》く所なり、心に在るを志と為し、言に発するを詩と為す）とあるのに基づく。

（佐藤　晴彦）

〔三十四〕秋晩入洛於畢公宅別道王宴序

下官才不曠俗、識不動時、充帝王之萬姓、預乹坤◎之一物。早師周孔、偶愛神宗、晩讀老莊、重諧眞性。進非干物、自疎朝市之機①、退不邀榮、誰識王侯之貴。散琴樽於北阜、喜耕鑿於東陂。野客披荷、暫辭幽磵、山人賣藥、忽至神州。驚帝室之威靈、偉皇居之壯麗。朝遊魏闕、見軒冕於南宮、暮宿靈臺、聞絃歌於北里。郊情獨放、已厭人間、野性時馴、少留都下。道王以天◎孫之重、分曲阜之新基、畢公以帝出之榮、擁平陽之舊館。迹塵鍾鼎、思在江湖。屈榮命於中朝、接風期於下走。緑縢②朱黻、且混羅裳、列榭崇軒、坐均蓬戸。賓主由其莫辨、語黙於是同歸。終大王之樂善、備將軍之挹客。是◎日也、雲繁雨驟、氣爽風馳。高秋九月◎、王畿千里、重扃向術、似元禮之龍門、甲第分衢、有當時之驛騎。英王入座、醴酒還陳、高士臨筵、樵蘇不爨。是非雙遣、自然天◎地◎之間。

榮賤兩亡、何必山林之下。玄談清論、泉石縱横、雄筆壯詞、烟霞狼藉。既而神融象外、宴洽[3]寰中。白露下而南亭虚、蒼烟生而北林晩。鶡[4]鴟始望、未及牲牢[5]、麋鹿長懷、敢忘林藪。先生負局、惓城市之塵埃。遊子横琴、憶汀[6]洲之杜若。况手[7]迹不偕遂、時不再來。屬宸駕之方旋、値羣公之畢從。洛城風景、此會無期、戚里笙竽、浮驩易盡。仰雲霞而道意、捨塵事而論心。夏仲御之浮舟、願乘春水、張季鷹[8]之命駕、思動[9]秋風。策藜杖而非遙、整柴[10]車而有日。◎青溪數曲、幽人長往、白雲萬里、帝郷難見。安貞抱樸、已甘心於下走、全忠履道、是所望於羣公。儻心迹尅諧、去留咸遂。廟堂多暇、返身滄海之隅、軒冕可辭、廻首箕山之路。追赤松而内及、泛黄菊而相從。雖源水桃花、時時失[11]路、而幽山桂樹、往往逢人。庶公子之來遊、幸王孫之必至。茅君待客、自有金壇、王烈迎賓、還開石架。唯恐一丘風月◎、侶山水而窮年◎、三徑蓬蒿、待公卿而未日。◎對光陰之易晩、惜雲霧之難披。羣公葉縣鳧飛、入朝廷

39 而不出。下走遼川鶴去、謝魏闕而依然。敢
40 抒⑫重衿、爰蹠短引。式命離前之筆、思存
41 別後之資。凡我故人、其詞云爾。

【校 異】

①機—譏 ②縢—藤 ③洽—液 ④鷄—鶏 ⑤牢—窂 ⑥汀洲—嵩山 ⑦手—乎 ⑧鷹—膺 ⑨動秋風—秋風動
⑩柴—紫 ⑪失—央 ⑫抒—杼

【訓 読】

秋晩入洛し、畢公の宅にして道王に別るる宴の序

下官、才、俗に曠《あきら》かならず、識、時を動かさず、帝王の万姓に充《あた》り、乾坤の一物に預れり。早《あした》に周孔を師とし、偶《たまたま》神宗を愛し、晩《ゆふべ》に老荘を読み、重ねて真性に諧《かな》ふ。進みて物を干《もと》むるに非ず、自ら朝市の機に疎《うと》み、退きて栄を邀《むか》へず、誰か王侯の貴を識らむ。琴罇を北阜に散らし、耕鑿を東陂に喜ぶ。野客、荷を抜きて、暫く幽磵を辞し、山人薬を売りて、忽ち神州に至る。帝室の威霊に驚き、皇居の壮麗を偉とす。朝《あした》に魏闕に遊びて、軒冕を南宮に見、暮《ゆふべ》に霊台に宿りて、絃歌を北里に聞く。郊情、独《ひと》り放ちて、已に人間を厭《いと》ひ、野性、時に馴《しば》れて、少し都下に留《とどま》る。

道王、天孫の重を以て、曲阜の新基を分ち、畢公、帝出の栄を以て、平陽の旧館を擁す。迹は鍾鼎を塵《けが》し、思ひは江湖に在り。栄命を中朝に屈し、風期を下走《われ》に接す。緑縢《りょくとう》朱黻、且《しばら》く羅裳を混《まじ》へ、列榭崇軒、坐《すずろ》に蓬戸に均し。賓主、其に因りて弁《わか》つ莫《な》く、語黙、是に於て同じく帰す。大王の楽善を終《を》へ、将軍の挹客に備ふ。

是の日や、雲繁くして雨驟《は》せ、氣爽にして風馳《は》す。高秋九月、王畿千里、重扃術《けいみち》に向ひて、元礼の龍門に似《に》、甲第衢《みち》に分れて、当時の駅騎有り。英王入座して、醴酒還《また》陳《つら》ね、高士臨莚して、樵蘇爨《かしが》ず。是非雙《ふたつながら》に遣る、自然天地の間。栄賤両《ふたつながら》に亡《わす》る、何ぞ必ずしも山林の下のみならむ。玄談清論は、泉石に縦横に、雄筆壯詞は、烟霞に狼藉なり。既にして神は象外に融け、宴は寰中に洽《あまね》し。白露下りて南亭虚しく、蒼烟牛じて北林晩《くら》し。鶢鶋《ゑんきょ》始めて望みて、未だ牲牢に及《し》かず、麋鹿《びろく》長く懐《おも》ひて、敢へて林藪を忘れず。先生局を負ひて、城市の塵埃に倦《う》み、遊子琴を横たへて、汀洲の杜若を憶ふ。況《いは》むや手迹は偕《とも》に遂げず、時は再び来らざるをや。

宸駕の方《まさ》に旋《めぐ》るに属《つ》き、群公の畢《ことごと》く従ふに値《あ》ふ。洛城の風景、此の会期《えご》無く、戚里の筌竿、浮ける驩尽《つ》くること易し。雲霞を仰ぎて意を道《い》ひ、塵事を捨てて心を論《あげつら》ふ。夏仲御の浮舟、春水に乗らむを願ひ、張季鷹の命駕、秋風に動かむことを思ふ。藜《れい》杖を策《つゑつ》くは遙けきに非ず、柴車を整ふるは日有り。青渓数曲、幽人長《とこしえ》に往き、白雲万里、帝郷見難し。貞《ただ》しきに安んじて樸を抱くは、已に下走《われ》を甘心せしめ、忠を全《まった》うし道を履《ふ》むは、是《これ》群公に望む所なり。儻《も》し心迹尅《よ》く諧《かな》はば、去留咸《みな》遂げむ。廟堂暇《いとま》多くして、身を滄海の隅に返し、軒冕辞すべくして、首《かうべ》を箕山の路に廻す。赤松を追ひて内及し、黄菊を泛《う》けて相ひ従はむ。源水の桃花と雖《いふと》も、時時に路を失ひ、幽山の桂樹といふとも、往往に人に逢ふ。

公子の来遊を庶《ねが》ひ、王孫の必ず至るを幸《ねが》ふ。茅君客を待つに、自ら金壇有り、王烈賓を迎ふるに、還《また》石架を開く。唯《た》だ恐る、一丘の風月、山水を侶として年を窮め、三径の蓬蒿、公卿を待ちて未だ口ならざるを。光陰の晩《く》れ易きに対《むか》ひ、雲霧の披き難きを惜しむ。群公は葉県の梟《ふ》のごとく飛び、朝廷に入り出でず。下走は遼川の鶴のごとく去り、魏闕を謝して依然なり。敢へて重衿を抒べ、爰に短引を疏《ひら》かむ。式《もち》て離前の筆を命じ、思はくは別後の資を存《のこ》さむことを。凡我の故人、其の詞に云ふこと尓《しか》り。

【通　釈】

晩秋に入洛して、畢公宅で道王送別の宴に出席した時の詩序

私の才能は俗事に広くなく、知識も時代を動かす程のものではなく、帝王の一族としての王姓をうけて天地間の一人としてこの世に生れた。朝には周公・孔子を師として学び、たまたま神を信仰し、夕べには老子・荘子を読んで更に真の道理の諧調につとめた。進んで物を求めようとするのではなく、自ら朝廷や市場のような名利を争う場での知識を疏《うと》ましく思い、身を退いて栄達を拒んだ。一体誰が王侯は高貴であることを識ろうぞ。音楽や酒宴を北の丘に行い、田畑に耕作する喜びを東の堤で感じ、隠者の衣服の蓮の葉の衣を着たまま、しばらく隠者の住む谷間を辞し、山間の民が薬草を売りつつ、ひょっこり洛陽の都にやって来た。帝室のいかめしさに驚き、皇居の壮麗に感心した。朝には高大な宮城の門に遊んで貴人の姿を南宮に見、暮には霊台に宿泊して絃歌のさんざめきを北里に聞く。友人づきあいを一方的にいとわしんだが、野性のままに時の経過とともに馴れて、しばしの間洛陽都下に留っている。

道王は王家の子孫としての重い身分から曲阜の地に新しく封地を分けられ、畢公は帝室の一族の家柄で洛中の平陽の地に旧い邸宅を構えている。道王の残した豪華な跡は塵が積もり、道王の思いは広い世間にある。名誉ある命を朝廷からうける方であるのに、立派な態度で私に接してくださった。緑の香袋、朱の印綬をつけた貴人の中に、しばらく粗末な服の野人である私が混り、立派な貴人の邸宅の中のあばら屋のごとくである。客も主人も身分の高下によって差別することなく、語り合ったり黙したり、ここでは同じである。大王のごとく善行を楽しみ、将軍のごとく客をもてなすのである。

是の日は、雲厚く俄か雨が走り、秋気爽やかにして秋風が渡って行く。天高き九月、王城の地千里、ここ畢公の邸宅は高い門が道に面して、かの李元礼の「登龍門」のように人々が集い、立派な邸宅が街路に臨んで、かの

鄭当時の置いた駅馬のように車馬がひしめいている。英明な道王が着座するや美酒も宴席に運ばれ、高貴の人々が臨席して話に花が咲いた。是と非、二つながらの清談は天地自然の間をかけめぐり、名声と卑賎、二つながら忘れ去ってしまう。こうした語らいはどうして必ずしも山林の中だけのことであろうか。玄談、清論は庭の泉石の間をとび交い、立派な詩文は烟霞の中に散り乱れる。久しからずして形を超越したところに心を遊ばせ、宴は天下に徐々に拡がる。白い露が置いて南の亭には人気もなく、もやがかかって北の林はたそがれて来る。鶢鶋という海鳥は御馳走を与えられたが、それを食べることはなく、大鹿は長い間林や藪を思うが、敢えて俗世を忘れ去る。鏡磨きの負局先生が俗世の生活に倦み、遊子が琴を横たえて汀洲の杜若《かきつばた》を侍女に遣って湘夫人に想いを伝えんことを願ったように、わが想いを貴人に伝えんことを願う。――それらはかなわず、機会が再来することがあろうか。

　道王の乗物の旋《めぐ》るにつき従い、多数の公卿の扈従するにめぐり会う。洛陽の風景のこのような機会はまたとなく、天子と縁戚関係の人々の住むこの街の笙や竿の音楽や驩宴は束の間のこと。天の雲霞を仰ぎ心中を吐露し、世間の俗事を捨てて心中をあげつらう。あの夏仲御が春江に舟を浮かべて巧みに操ったように、舟を浮かべたく思い、またあの張季鷹が秋風に故郷の珍味を思い出して官途を捨てて、駕を命じたように駕に乗ることを願う。年老いて藜《あかざ》の杖をつくようになるのは遥か先のことではなく、柴の車を整えるにはまだ日数がある。青渓の数曲《まが》りごとに詩を作ったあの世捨て人も永遠に行ってしまい、白雲万里の彼方に行っても帝郷を見ることは難しい。静にして正、素朴にして物欲にとらわれない心は、早く私の心を感ぜしめ、心を正しく保ち道理をふみ行うことは群公に望む所である。もし心がよく思い通りにかなうなら、去る人（道王）も留る人（畢公ら）もみな満足であろう。世もよくおさまり、朝廷の勤務は暇も多く、身を青海原の一遇に返し、高位の官職も辞して許由、巣父のように箕山に身を隠し、仙人赤松子の後を追い求め、黄菊を泛かべた菊花酒に酔いたいもの。あの桃花源もよりよりに路を失い、深山の桂樹も時として人にめぐり逢うことだろう。
天子の子、王族の孫の来遊を願う。あの茅君が客をもてなして待って白鶴に乗って来た金壇の山は有り、王烈が客（稽康）を迎えて尋ねた石架の書を聞きに来てくれたらおもてなししよう。――ただ一丘の風月（自然）は、山水を侶として年古り、庭中の三径のよもぎは繁って、公卿の来る日を待ってまだその日に至っていないのを恐れる（心配する）ばかりだ。日かげの暮れ易く、雲霧の晴れ難いのを口惜しく思う。多数のあなた方はあの葉県の県令王喬のごとく鳧に乗って飛び、朝廷に入って出て来ない。私はあの遼川の鶴のごとく宮城の高い門を飛び去って野にあることもとのままである。あえて胸中の思いを抒《の》べ、ここに短引（楽府体の短詩）を抜き示そう。もって離別前の詩文の制作を命じ、ねがわくは離別後の思い出の資として後世に残さむことを。
平凡で愚かな昔なじみの私めの序として述べること以上のごとくである。

【語　釈】

畢公――蒋清翊『集註』に、「与契苾将軍書」に見える畢公を『新唐書』巻七十上「宗室世系表」の畢王璋の曾孫畢国公景淑とし、「殆其人矣」とする。畢王璋は太祖（太宗）第四子畢王房の子。なお、「与契苾将軍書」には、「…畢公逝矣。…僕与此公、早投交契、夷険之際、終始如一、常思並建忠孝之績、共申家国之讎。…知欲以此公碑誌、託之下走。…下走雖不敏、幸託深期。此而不為、誰当為者。…」（…畢公逝《ゆ》けり。…僕《われ》此の公と早《つと》に交契を投じ、夷険の際、終始一の如くにして、常に並《とも》に忠孝の績を建て、共に家国の讎を申《の》べんと思ひき。…此の公の碑を以て誌さんと欲するを知り、之を下走《われ》に託せり。…下走《われ》不敏なりと雖ども、幸ひに深期を託せらる。此にして為《な》さずは、誰か当に為すべき者ぞ。…）とあり、王勃は若年から畢公と交り、その没時には碑誌制作を託せられたことがわかる。
道王――『旧唐書』巻六十四「高祖二十二子伝」に、「道王元慶高祖第十六子也。武徳六年封漢王、八年封陳王。

貞観九年拝趙州刺史、賜実封八百戸。十年改封道王、授与州刺史。二十三年加実封満千戸。永徽四年歴滑州刺史。元慶事母甚謹。及母薨、又請躬脩墳墓。優詔不許。麟徳元年薨。（下略）」（道王元慶は高祖の第十六子なり。武徳六年（六二三）漢王に封ぜられ、八年（六二五）陳王に封ぜらる。貞観九年（六三五）趙州刺史を拝し、実封八百戸を賜ふ。十年（六三六）改めて道王に封ぜられ、与州刺史を授けらる。二十三年（六四九）実封満千戸を加へらる。永徽四年（六五三）滑州刺史を歴《ふ》。元慶、母に事《つか》へて甚だ謹《つつし》む。母の薨ずるに及び、又躬《みづか》ら墳墓を脩せんことを請ふ。優詔して許さず。麟徳元年（六六四）薨ず。（下略））とあり、また『唐会要』巻五「諸王」に、「高祖二十王…道王元慶謚号…歴趙与滑徐沁衛州刺史。皆以政聞…」（高祖二十王…道王元慶謚号…趙・与・滑・徐・沁・衛州の刺史を歴《ふ》。皆、政を以て聞ゆ。…）とある。これによると本序は麟徳元年（六六四）以前の作と考えられ、この年、王勃は十五歳、前年に対策高第、この年授朝散郎（王勃年譜）。王勃若年の作と考えられる。

曠――日が広く照りわたり明らかなこと。あきらか、また「広」に通じて、ひろい。

充帝王之万姓――『新唐書』「宰相世系表」に、「王氏出自姫姓。周霊王太子晋、以直諌廃為庶人」（王氏は姫姓自り出《い》づ。周の霊王の太子晋、直諌を以て廃して庶人と為《す》）とあり、王勃の家系が、古く周太子晋に出て、帝王の家系に連なることをいう。蔣清翊の『集註』「王氏世系」によれば、王勃は四十九世となる。

預乹坤之一物――天地の間に生れ出た一箇のもの、人間をさす。「乹」は「乾」に同じ。〔二〕10に既出。

早師周孔――若い時から周公（周武帝の弟で、周王朝の文物制度を定めた。孔子はこの時代を理想としてあがめ、周公を聖人とした）と孔子を師として学んだ。『英華』巻七百三十四は「周礼」に作り、『蔣註』も「周礼」とするが、原本「周孔」で周公・孔子の学、即ち儒学と解す。

偶愛神宗――『蔣註』は「儒宗」とするが、これが対句は「重諧真性」とあり、原本の「神宗」がよい。たまたま神聖、神秘な本源を愛好した。

晩読老荘──「早師周孔」の対、年とってから老子、荘子の書を読んだ。

重諧真性──真性はものごとのほんとうの性質。『蒋註』は「動諧真性」とするが、「偶愛神宗」の対で、重ねてものごとの真実の性に調和したと解す。

干──もとめる。

朝市之機──出世しようとしたり利益を得ようとする事についての知識。「機」は正倉院本では「譏」に作るが改めた。「朝市」は『文選』巻四・左思「蜀都賦」に「焉独三川為世朝市」（焉《いづく》んぞ独り三川のみ世の朝市為らん）とあり、李善注に『戦国策』「秦策」を引き「臣聞、争名者於朝、争利者於市。今三川周室、天下之市朝也」（臣聞く、名を争ふ者は朝に於てし、利を争ふ者は市に於てす。今三川周室は、天下の市朝なり）とある。

邀栄──栄達を求める。「邀」は求める。「徼」とも。『文選』巻三十八・任昉「為斉明帝譲宣城郡公第一表」に「寧容復徼栄於家恥、宴安於国危」（寧《いづく》んぞ復《ま》た栄を家恥に徼《もと》め、国危に宴安す容《べ》けんやと）とあり、李善注に「晋中興書曰、卞壺表曰、豈敢干禄位、以徼時栄乎」（晋中興書に曰く、卞壺の表に曰く、豈に敢て禄位を干《もと》め、以て時栄を徼《もと》めんやと）とある。

野客──仕官していない人、在野の人。張籍「和左司元郎中秋居詩」に「野客留方去、山童取薬帰」（野客留まりて去らんとするに方《あた》り、山童薬を取りて帰る）とあり、王勃の「贈李十四四首之二」にも「野客思茅宇、山人愛竹林」（野客は茅宇を思ひ、山人は竹林を愛す）とある。

披荷──蓮の葉で作った粗末な衣服を着る。隠者の服装。〔十六〕5「製芰」注参照。

幽磵──ひそかに流れる谷川。「磵」は「澗」に同じ。たに、たにみず、また谷川。『文選』巻二十九「古詩十九首其三」に「青青陵上柏、磊磊磵中石」（青青たる陵上の柏、磊磊たる磵中の石）の「磵」を六臣注本では「澗」に作り、『爾雅』「釈山」に「山夾水澗」（山夾の水は澗《かん》なり）とある。

山人売薬――山野にのがれた逸民が薬草をとって生活すること。『後漢書』巻八十三「逸民伝・韓康」に「家世著姓。常采薬名山、売於長安市。口不二価、三十余年」（家は世《よよ》に姓もて著《あらは》る。常に薬を名山に采《と》り、長安の市に売る。口に二価せずして三十余年）とあるのに基づく。また「山人」は、『文選』巻四十三・孔稚珪「北山移文」に「蕙帳空兮夜鵠怨、山人去兮暁猨驚」（蕙帳空《むな》しうして夜鵠怨み、山人去りて暁猨驚く）とある。

神州――中国の自称。ここは唐都（東都）洛陽をさす。『史記』巻七十四「孟子荀卿伝」に「中国名曰赤県神州」（中国の名、赤県《しやくけん》神州と曰ふ）とある。

帝室――天帝の居室。『文選』巻十一・王逸「魯霊光殿賦」に「状若積石之鏘鏘、又似乎帝室之威神」（状は積石の鏘鏘《さうさう》たるが若く、又た帝室の威神に似たり）とあり、李善注に「帝室、天帝之室」（帝室は、天帝の室なり）とある。

威霊――威厳。『文選』巻十一・何晏「景福殿賦」に「不壮不麗、不足以一民而重威霊」（壮ならず麗ならざれば、以て民を一にして威霊を重くするに足らず）とある。

魏闕――高大な門、宮城の門。もと国家の法令をかけた門。『芸文類聚』巻六十二「闕」に「周官曰、太宰以正月、懸治法於象魏」（周官に曰く、太宰《たいさい》、正月を以て、治法を象魏《しやうぎ》に懸《か》くと）（この象魏は宮城の門）とある。

軒冕――「軒」は大夫以上の乗用車、「冕」は大夫以上が礼式に用いるかんむり。ここは朝廷に仕える高貴の人々。晋・張華「祖堂趙王応詔詩」に「軒冕峨峨、冠蓋習習」（軒冕峨峨《けんべんがが》たり、冠蓋習習《くわんがいしふしふ》たり）とある。〔三十三〕3に既出。

霊台――「台」は高く上が平らな地。又見晴しのよい高い建物。「霊台」は高楼の名。〔二十二〕4に既出。

北里――北の町。『文選』巻二十一・左思「詠史之四」に「南隣撃鐘磬、北里吹笙竽」（南隣に鐘磬を撃ち、北里に笙竽を吹く）とある。

郊情――「郊」は「交」に通用、『文苑英華』は「交情」とする。友人間の親しい感情、友情。『漢書』巻五十「鄭当時伝」に「一死一生、廼知交情、一貧一富、廼知交態、一貴一賎、交情廼見」（一死一生、廼《すなは》ち交情を知り、一貧一富、廼ち交態を知り、一貫一賤、交情廼ち見ゆ）とある。

厭人間——世間の人と交るのをいとう。世の中がいやになる。

天孫之重——道王は唐高祖の第十六子であったので「天孫」と称した。

分曲阜之新基——「曲阜」は魯の地（山東省）、孔子の出身地。道王が曲阜にかかわりをもったことはその伝（『旧唐書』巻六十四「高祖二十二子伝」）には見えないが、この句によると、曲阜に封ぜられて新政を施したことが知られる。

帝出之栄——『蒋註』は「帝室之華」に作る。前出のように畢公は太宗の第四子畢王房の玄孫とすれば、唐帝一族の栄族となる。（但し、畢王房の玄孫では時代的に合わない。本序の畢公は唐帝一族中に他に求めるべきであろう）。

平陽之旧舘——平陽は洛陽市中の地名であろうが、未詳。

鍾鼎——鐘とかなえ（三足の祭祀用の青銅器）。古代これに銘文を刻した。ここの「迹塵鍾鼎」は、道王の功績を鍾鼎に銘文として残した意か。〔二十六〕15「鍾鳴鼎食」注も参照。

屈栄命於中朝——栄命（名誉ある朝命）を中朝（朝廷内）で身を屈して奉る。

風期——立派な態度、気品。『世説新語』「言語」の「支道林常養数匹馬」（支道林常に数匹の馬を養ふ）の条の劉峻注に引く『高逸沙門伝』に「（支遁）少而任心独往、風期高亮」（（支遁）少《わか》くして心に任せて独往し、風期高亮たり）とある。

下走——自己の謙称。わたくしめ。〔二〕14に既出。

緑縢——緑色の香嚢。「縢」は、袋。転じて、それを身に帯びた貴人。『後漢書』巻百九「儒林伝序」に「其縑帛図書、大則連為帷蓋、小則制為縢嚢」（其の縑帛図書、大なれば則ち連ねて帷蓋とし、小なれば則ち制して縢嚢とす）とあり、李賢注に「縢亦幐也」（縢は亦た幐なり）とある。

朱黻——朱色の印綬。転じて、それを身につけた貴人。「黻」は印につける紐。『文選』巻三十一・江淹「雑体詩・

謝光禄」に「雲装信解黻、煙駕可辞金」（雲装信《まこと》に黻《ふつ》を解かん、煙駕金を辞すべし）とあり、李善注に「蒼頡篇曰、紱、綬也、黻与紱通」（蒼頡篇に曰く、紱は、綬なりと、黻は紱と通ず）とある。

羅裳――「羅」は「蘿」に同じく、つた、かずらの類。「羅裳」で、つたなどのような粗末な衣裳をつけた人、身分の卑しい人。

列榭崇軒――「榭」はたかどの、「軒」は貴人の乗る車。列なるたかどの、高大な乗車で、貴人の意。

蓬戸――よもぎを編んで作った戸、貧しく賤しい身分の意。『世説新語』「言語」に「竺法深在簡文帝坐。劉尹問、道人何以遊朱門。答曰、君自見其朱門、貧道如游蓬戸」（竺法深簡文帝の坐に在り。劉尹問ふ、道人何を以て朱門に遊ぶやと。答へて曰く、君は自《みづか》ら其の朱門を見るも、貧道は蓬戸に遊ぶが如しと）とある。

語黙――話したり黙ったりする。『易』「繋辞伝」に「君子之道、或出或処、或黙或語」（君子の道は、或いは出《い》で或いは処《を》る、或いは黙《もだ》し或いは語る）とある。

楽善――善をなすことを楽しむ。『芸文類聚』巻四十六・沈炯「大尉始興昭烈王碑」に「東平之楽善、陳思之藻麗」（東平の善を楽しび、陳思の藻や麗《うるは》し）とある。また『文選』巻三十八・任昉「為范始興作求立太宰碑表」にも「事止楽善、亦無得而称焉」（事は楽善に止まるも、亦た得て称する無し）とあり、李善注に『東観漢記』を引き「上嘗問東平王蒼曰、在家何業最楽。蒼対曰、為善最楽。上嗟嘆之」（上嘗て平王蒼に問ひて曰く、家に在りて何の業か最も楽しと。蒼対へて曰く、善を為すこと最も楽しと。上之《これ》を嗟嘆す）とある。

招客――客を招く。

是日也――王羲之「蘭亭集序」に「…是日也、天朗気清…」とあり、ここから段落が改まり、当日の宴席の様子を描出する。この構文によるもの多く、わが国にも例えば、『万葉集』巻十七、三九六一、左注に「…仍設詩酒之宴、弾糸飲楽。是日也、白雪忽降、積地尺余…」（…仍《すなは》ち詩酒の宴を設《まう》け、弾糸飲楽す。是の日や白雪忽ちに降り、地《つち》に積むこと尺余なりき…）などがある。

王畿千里――王城周辺四方千里の地域、畿内。『周礼』「職方氏」に「乃弁九服之邦国、方千里曰王畿」（乃ち九服の邦国を弁じ、方千里を王畿と曰ふ）とある。わが国の例に『懐風藻』藤原宇合「暮春曲宴南池」詩序に「夫王畿千里之間、誰得勝地。帝京三春之内、幾知行楽」（夫《そ》れ王畿千里の間、誰か勝地を得ん。帝京三春の内、幾《いくたり》か行楽《かうらく》を知らん）とある。

重扃――重々しく立派な門戸。「扃」は門をとざす横木、かんぬき。何孫「霖雨不晴懐郡中遊聚詩」に「臥聞復雷響、坐視重扃秘」（臥しては復雷の響を聞き、坐しては重扃の秘を視る）とある。

向術――路に面していること。術は家々をつなぐ小路。『文選』巻四・左思「蜀都賦」に「亦有甲第、当衢向術」（亦甲第《かふだい》有り、衢《みち》に当り術《みち》に向ふ）とあり、李善注に「術、道也」とある。

元礼之龍門――李膺、字は元礼の門下に人々が集ってくること。『世説新語』「徳行」に「李元礼風格秀整、高自標持、欲以天下名教是非為己任。後進之士、有升其堂者、皆以為登龍門」（李元礼、風格秀整にして、高く自ら標持し、天下の名教の是非を以て己が任に非《あらざ》らんことを欲す。後進の士、其の堂に升る者有らば、皆以て登龍門と為す）とある。

甲第分衢――「甲第」は立派な邸宅。「衢」は道の集まる中心地、大通り。立派な邸宅が大通りに軒をつらねているさま。前掲「向術」の注を参照。

当時之駅騎――鄭当時の家に馬がひしめき集っていること。『漢書』巻五十「鄭当時伝」に「鄭当時、字荘、陳人也。…声聞梁楚間。孝景時、為太子舎人、毎五日洗沐、常置駅馬長安諸郊、請謝賓客夜以継日、至明旦、常恐不徧…」（鄭当時、字は荘、陳の人なり。…声梁楚の間に聞ゆ。孝景の時、太子舎人と為り、五日毎《ごと》に洗沐し、常に駅馬を長安諸郊に置き、請ひて賓客の夜を以て日に継ぎ、明旦に至るを謝し、常に不徧を恐る。…）とある。またわが『懐風藻』にも刀利宣令「賀五八年」詩に「下宴当時宅、披雲楽広天」（宴を下す当時が宅、雲を披《ひら》く楽広が天）とある。

英王――道王を指す。

醴酒――あまざけ。

樵蘇不爨――「樵蘇」はたきぎを拾うことと草刈りをすること。「爨」はかしぐ、飯を炊くこと。英王・高士が席につき、話に花が咲いたの意。『文選』巻四十二・応璩「与侍郎曹長思書」に「樵蘇不爨、清談而已」（樵蘇《せうそ》して爨がず、清談するのみ）とあり、その李善注に「…漢書広武君李左車説成安君曰、樵蘇後爨、師不宿飽。晋灼曰、樵取薪也、蘇取草也」（…漢書、広武君・李左車、成安君に説きて曰く、樵蘇して後に爨ぐ、師宿飽《しゅくはう》せざれと。晋灼曰く、樵は薪を取るなり、蘇は草を取るなりと）とあるのをふまえ、清談することをいう。

是非雙遣――是と非の双方を（天地自然の間に）放ちやる。『蒋註』本は「遺」に作る。『荘子』「斉物」に「是以聖人和之以是非、而休乎天鈞、是之謂両行」（是《ここ》を以て聖人之《これ》を和するに是非《ぜひ》を以てし、天鈞に休む、是《これ》を之れ両《ふた》つながら行《おこな》はると謂ふ）とある。

栄賤両亡――栄と賤の両方とも忘れ去る。「亡」は「忘」に通用。『蒋註』本は「忘」に作る。「両忘」は『荘子』「大宗師」に「与其誉堯而非桀也、不如両忘而化其道」（其の堯《げう》を誉めて桀《けつ》を非《そし》るよりは、両《ふたつ》ながら忘れて其の道に化《くわ》するに如かず）とある。『懐風藻』下野朝臣虫麻呂の「秋日於長王宅宴新羅客」詩の序にここから学んで「物我両忘、自抜宇宙之表。枯栄双遣、何必竹林之間」（物我両《ふたつ》ながらに忘れ、自らに宇宙の表に抜《ぬ》きいづ。枯栄双《ふたつ》ながらに遣《や》り、何ぞ必ずしも竹林の間のみならんや）とある。

玄談清論――奥深い、世俗をはなれた談論。庾信「周車騎将軍賀婁公神道碑」に「禅河清談、秋水高談」（禅河に清談し、秋水に高談す）とある。

雄筆――立派な詩文。

烟霞狼藉――『蒋註』本「狼藉」を「照灼」に作る。ここは「泉石縦横」と対をなすので「狼藉」をとる。かかっているもやがちりぢりに乱れ散ること。なお、「泉石…烟霞…」の対は、『芸文類聚』巻三十七「隠逸下」孔稚珪「褚先生百玉碑」に「泉石依情、煙霞入抱」（泉石は情《こころ》に依り、煙霞は抱《ふところ》に入る）とある。

神融象外――「神」は心、「象外」は『文選』巻十一・孫綽「遊天台山賦」に「散以象外之説」（散ずるに象外の説を以てし）とあり、その李善注に「象外謂道也。周易曰、象者像也」（象外は道を謂ふなり。周易に曰く、象は像なりと）とあり、道理、のり。道理を超越したところに心を遊ばせる意。『蒋註』本は「融」を「馳」に作る。

宴洽寰中――「洽」は正倉院本「液」、『英華』他に従って「洽」とする。あるいは「浹」の誤写か。

白露下而南亭虚、蒼烟生而北林晩――この両句も前引『懐風藻』の下毛野朝臣虫麻呂の詩序に「白露下而南亭粛、蒼烟生以北林靄」（白露下りて南亭粛たり、蒼烟生じて北林靄《あい》たり」）と用いられている。

鶢鶋始望、未及牲牢――「鶢鶋」（爰居）は大きな海鳥。『爾雅』「釈鳥」に「爰居雑県」（爰居、雑県）とあり、その郭璞注に「国語曰、海鳥爰居。漢元帝時琅邪有大鳥、如馬駒、時人謂之爰居」（国語に曰く、海鳥は爰居なりと。漢元帝の時、琅邪に大鳥有り、馬駒《うま》の如し。時人之を爰居と謂ふと）とある。「牲牢」は「太牢」に同じで、ごちそう。『荘子』「至楽」に、「昔者海鳥止於魯郊、魯侯御而觴之於廟、奏九韶以為楽、具太牢以為膳。鳥乃眩視憂悲、不敢食一臠、不敢飲一杯、三日而死」（昔者《むかし》、海鳥魯の郊に止《とど》まる。魯侯御《ぎょ》して之を廟に觴《しゃう》し、九韶《きうせう》を奏して以て楽と為し、太牢《たいらう》を具《そな》へて以て膳と為す。鳥乃ち眩視《げんし》し憂悲して、敢《あへ》て一臠《いちれん》を食はず、敢て一杯を飲まず、三日にして死せり）とあり、野生の海鳥（鶢鶋）にごちそう（太牢）を与えても食わずに死ぬことに、野人を廟堂に迎えて歓待してもなじまぬことにたとえた。

麋鹿長懐、敢忘林藪――「麋」はおおじか、となかい。おおじかやしかが人に飼養されて長く野生の地を懐っているが、やがてその林藪（野生の地）を忘れることを、野人が官途についても長く在野の頃のことを懐っているが、やがてそれを忘れ去ることにたとえた。『文選』巻四十三・嵆康「与山巨源絶交書」に「此由禽鹿少見馴育、則服従教制、長而見羈、則狂顧頓纓、赴蹈湯火、雖飾以金鑣、饗以嘉肴、逾思長林、而志在豊草也」（此れ由《な》ほ禽鹿の少くして馴育せらるれば、則ち教制に服従し、長じて羈《つな》がるれば、則ち狂顧して纓を頓《す》て、湯火に赴き蹈《ふ》むがごとし、飾るに金鑣《きんへう》を以てし、饗するに嘉肴《かかう》を以てすと雖も、逾《ます》ます長林を思ひて、志は豊草に在るなり）とあるのに基づく。

先生負局――『列仙伝』に「負局先生、不知何許人也。語似燕代間人。常負磨鏡局、徇呉市中、衒磨鏡一銭、因磨之、輒問主人得無有疾苦者、若有、輒出紫丸薬以与之、得者莫不愈」（負局先生は、何許《いづこ》の人なるかを知らざるなり。語は燕代の間の人に似たり。常に磨鏡の局を負ひ、呉の市中を徇《めぐ》り、磨鏡を一銭に衒《う》り、因りて之を磨き、輒《すなは》ち主人に疾苦有る者無きを得んかと問ふ。若し有らば、輒ち紫の丸薬を出して以て之に与ふるに、得る者愈《い》えざるなし）とあり、この負局先生をさす。ここは王勃自身のことをたとえていう。

倦城市之塵埃――「倦」はうむ、あきる。『蒋註』本は「惓」に作る。城市中の俗塵の中での生活にあきる。

遊子横琴――「遊子」はたびびと。『芸文類聚』巻二七・後漢班彪の「北征賦」に「遊子悲其故郷兮」（遊子、其の故郷を悲しぶ）とあり、ここは旅中の王勃自身をいう。「横琴」は、琴を横たえて弾ずる、琴をひく。

憶汀洲之杜若――正倉院本「嵩山」に作るが、『英華』に「汀州」、『四傑』本・蒋本「汀洲」とあり、「汀洲」に改める。『駢字類編』巻百九十八「杜若」条にも本序を引いて、「先生負局、倦城市之塵埃、游子横琴、憶汀州之――」とある。「杜若」はあやめ科の水辺植物、かきつばた。『楚辞』「九歌」に「搴汀洲兮杜若、将以遺兮遠者」（汀洲に杜若を搴《と》り、将《まさ》に以て遠者に遺《おく》らんとす）とあり、その王逸注に「汀、平也。遠者謂高賢隠士也。言已雖欲之九夷絶域之外、猶求高賢之士。平洲香草、以遺之与共修道徳也」（汀は平なり。遠者は高賢隠士を謂ふなり。言《いふこころ》は已に之を九夷絶域の外に欲すと雖《いへど》も、猶高賢の士求むるがごとし。平洲の香草、以て之を遺《おく》り与共《とも》に道徳を修むるなり）とあり、これによる。水辺の香草杜若を遺ってともに道を修めんことを願った『楚辞』の心を憶う意。

宸駕――「宸」は天子に関する語の上にそえる接頭辞、天子の乗物。

方旋――「方」はまさに、ならんで、の意の助字、「旋」はめぐる。

畢従――「畢」はおわり、ついに、ことごとく、「畢従」は群臣がことごとく天子の駕に従うこと。

戚里――天子の姻戚を住ませた町。『漢書』巻四十六「万石君奮伝」に「徙其家長安中戚里」（其の家を長安中の戚里に徙《うつ》す）とあり、顔師古注に「於上有姻戚者、則皆居之、故名其里為戚里」（上に姻戚有らば則ち皆之に居る、故に其の里を名づけて戚里と為す）とある。ここは長安の街ではなく、前句の「洛城」に対せしめて洛陽をいったもの。王勃「春思賦」にも「戚里繁珠翠、中朝繁綺羅」（戚里に珠翠繁く、中朝に綺羅繁し）とある。

笙竽――三十六管、十九管の竹製の笛、ここは音楽の意。『文選』巻二十一・左思「詠史詩」に「南鄰撃鐘磬、北里吹笙竽」（南鄰は鐘磬を撃ち、北里は笙竽を吹く）とある。

浮驩――「驩」は「歓」に通用、蔣本「歓」。とりとめもない楽しみ。

夏仲御之浮舟――『晋書』巻九十四「夏統伝」に「夏統、字仲御、会稽永興人也。幼孤貧、養親以孝、聞睦於兄弟。…其母病篤、乃詣洛市薬。会三月上巳、洛中王公已下、並至浮橋。士女駢填、車服燭路。統時在船中、曝所市薬。諸貴人車乗来者如雲。統並不之顧。太尉賈充怪而問之。統初不応答。重問之。徐答曰、会稽夏仲御也。…又問卿居海浜、頗能随水戯乎。答曰可。統乃操柂正櫓、折旋中流。初作鯔鯸躍、後作鯆鯙引、飛鷁首掇獣尾、奮長梢而船直逝者三焉。於是風波振駭、雲霧杳冥。俄而白魚跳入船者有八九。観者皆悚遽。充心尤異之」（夏統字は仲御、会稽の永興の人なり。幼くして孤貧、親を養ふに孝を以てし、兄弟に睦《むつ》ぶと聞こゆ。…其の母病篤し、乃ち洛に詣《いた》り薬を市《か》ふ。会《たまたま》、三月上巳にして、洛中の王公已下、並《とも》に浮橋に至る。士女駢填《へんてん》し、車服路に燭《ひとも》す。統時に船中に在り、市《か》へる薬を曝《さら》す。諸貴人の車乗の来ること雲の如し。統並びに之を顧《かへりみ》ず。太尉賈充怪しみて之に問ふ。統初め応答せず。重ねて之に問ふ。徐《おもむ》ろに答へて曰く、会稽の夏仲御なりと。…又た問ふ、卿海浜に居れり、頗《すこぶ》る能く水に随ひて戯《たはむ》るかと。答へて曰く、可なりと。統乃ち柂を操り櫓を正し、中流に折旋す。初《はじめ》に鯔鯸と作《な》りて躍り、後に鯆鯙と作《な》りて引き、鷁首《げきしゅ》に飛び、獣尾に掇み、長梢《ちょうせう》を奮ひて船直《ただ》に逝くこと三たび。是に於て風波振駭《しんがい》し、雲霧杳冥《えうめい》たり。俄かにして白魚跳びて船に入るもの八九有り。観る者皆悚遽《しょうきょ》す。充、心に尤も之を異とす）とあり、この故事による。ここは、あの夏仲御が巧みに春水に船を操ったように、春水に舟を浮べることを願う意か。

張季鷹之命駕――秋風とともに故郷の美肴を思い出し、官を辞して帰郷した張季鷹のように帰郷を思う意。『世説新語』「識鑒」第七の十に「張季鷹辟斉王東曹掾、在洛見秋風起、因思呉中菰菜・蓴羹・鱸魚膾曰、人生貴得適意尓。何能羈宦数千里、以要名爵。遂命駕便帰。俄而斉王敗。時人皆謂為見機」（張季鷹、斉王の東曹掾に辟《め》され、洛に在りて秋風の起《おこ》るを見、因りて呉中の菰《こ》の菜《さい》・蓴の羹《あつもの》・鱸魚《ろぎょ》の膾《なます》を思ひて曰く、人生意に適《かな》ふを貴ぶのみ。何ぞ能く数千里に羈宦《きかん》して、以て名爵《めいしゃく》を要《もと》めんや、と。遂に駕を命じて便ち帰る。俄かにして斉王敗る。時人皆謂ひて機を見ると為せり）とあり、この故事による。

策藜杖――藜《あかざ》で作った老人用の杖をつく。王維「菩提寺禁口号示裴迪詩」に「悠然策藜杖、帰向桃花源」（悠然として藜杖《れいじやう》を策《つゑつ》き、桃花源に帰り向ふ）とある。

整柴車――粗末な車を整える。「柴車」は粗末な車。『文選』巻三十一・江淹「雑体詩・陶徴君潜」に「日暮巾柴車、路闇光已夕」（日暮て柴車に巾《おほ》すれば、路闇《みちくら》くして光《ひかり》已に夕《くれ》なり）とある。正倉院本は、「整」の字を俗字体に、「柴車」を「紫車」に作る。

青渓数曲――郗僧施《ちそうし》が青渓で詩を作ったという故事を踏まえる。『芸文類聚』巻九「谿」に「俗説曰、郗僧施青渓中汎、到一曲之処、輒作詩一篇。謝益寿見詩笑曰、青渓之曲、復何窮尽」（俗説に曰く、郗僧施、青渓中に汎《うか》び、一曲の処に到れば、輒ち詩一篇を作る。謝益寿、詩を見て笑ひて曰く、青渓の曲、復何ぞ窮《きはま》り尽《つ》きんと）とある。

幽人――世を避けて隠れ住んでいる人、静かに暮している人。『易』「履」に「履道坦坦、幽人貞吉」（道を履《ふ》むこと坦坦《たんたん》たり、幽人貞《いうじんただ》しくして吉《きつ》なり）とある。

長往――世を捨て隠遁することを言う。〔三十三〕14に既出。

白雲万里、帝郷難見――『荘子』「天地」に「乗彼白雲、至於帝郷」（彼の白雲に乗じて、帝郷に至る）とある。
安貞――正しい道理をふみ行う。『易』「訟」「九四、不克訟。復即命、渝安貞、吉」（九四、訟に克《か》たず。復《かへ》りて命に即《つ》き、渝《かは》りて貞に安んずれば、吉なり）とある。
抱樸――『老子』に「故令有所属。見素抱樸、少私寡欲」（故に属する所有らしめん。素《そ》を見《あらは》し、樸《ぼく》を抱き、私を少《すくな》くし、欲を寡《すくな》くす）とあり、これにもとづく句であろうが、本文中での承接関係がはっきりしない。安にして正、素朴にして物欲にわずらわされない心の意か。何にも煩わされることがない。
甘心――心を満足させる。『史記』巻二十八「封禅書」に「莫不甘心焉」（甘心《かんしん》せざる莫し）とあり、その索隠に「謂心甘羨也」（心の甘羨《かんせん》を謂ふなり）とある。
全忠――真心を尽くす。『後漢書』巻七十二「東平憲王蒼伝論」に「遠隙以全忠、釈累以成孝、夫豈憲王之志哉」（隙を遠ざけて以て忠を全くし、累を釈てて以て孝を成す、夫れ豈に憲王の志ならんか）とある。
履道――道を行く。『易』「履」に「履道坦坦」（道を履むこと坦坦たり）とある。ここでは正しい道を行く。
去留――『文選』巻十八・嵆康「琴賦」に「斉万物兮超自得、委性命兮任去留」（万物を斉しくして超として自得し、性命を委ねて去留に任す）とある。「琴賦」では「自然のなりゆき」の意であるが、ここでは去る人、止まる人の意。
箕山――堯帝の時、許由と巣父が世俗的名誉をいとい身をかくしたという山。『呂氏春秋』「求人」篇に「堯朝許由於沛沢之中曰、…請属天下於夫子。許由辞。…遂之箕山之下、潁水之陽、耕而食。終身無経天下之色」（堯朝の許由、沛沢の中にして曰く、…請《こは》くは天下を夫子に属《つ》けんことをと。許由辞す。…遂に箕山《きざん》の下、潁水《えいすい》の陽に之《ゆ》き、耕して食《くら》ふ。終身天下の色を経《ふ》ること無し）とあり、高誘注に「箕山在潁川陽城之西。水北曰陽也」（箕山は潁川の陽城の西に在り。水の北を陽と曰ふなり）とある。
赤松――古代の伝説上の仙人。『史記』「留侯世家」に「願棄人間事、従赤松子遊耳」（願《ねが》はくは人間《じんかん》の事を棄て、赤松子に従ひて遊ばんのみ）とある。

泛黄菊――『西京雑記』巻三に「九月九日、佩茱萸、食蓬餌、飲菊花酒、令人長寿。菊花舒時、并采茎葉、雑黍米醸之、至来年九月九日、始熟、就飲焉。故謂之菊花酒」（九月九日、茱萸を佩《お》び、蓬餌《ほうじ》を食《くら》ひ、菊花酒を飲まば、人をして長寿ならしむ。菊花舒《の》ぶる時は、并せて茎葉を采り、黍米《しょまい》に雑《まじ》へて之を醸《かも》し、来年九月九日に至りて、始めて熟さば、就《すなは》ち飲む。故に之を菊花酒と謂ふ）とあり、また『芸文類聚』巻八十一に「礼記曰、季秋之月、菊有黄花。…風俗通曰、南陽酈県有甘谷。谷水甘美。云其山上大有菊水。従山上流下、得其滋液。谷中有三十余家、不復穿井、悉飲此水。上寿百二三十、中百余、下七八十者、名之大夭。菊華軽身益気故也。司空王暢太尉劉寛、大尉袁隗、為南陽太守、聞有此事、令酈県月送水二十斛、用之飲食。諸侯多患風眩皆得瘳」（礼記に曰く、季秋の月、菊に黄花有りと。…風俗通に曰く、南陽酈県に甘谷有り。谷水甘美なり。其の山上に大いに菊水有りと云ふ。山上より流下し、其の滋液を得《う》。谷中に三十余家有り、復《また》井を穿《うが》たず、悉く此の水を飲む。上は寿百二三十、中も百余、下の七八十なる者、之を大夭《だいえう》と名づく。菊華、身を軽くし、気を益す故なり。司空王暢太尉劉寛、大尉袁隗、南陽の太守と為り、此の事有るを聞き、酈県をして月に水二十斛を送らしめ、之を用《も》て飲食す。諸侯の多く風眩《ふうげん》を患《わずら》ふもの皆瘳ゆることを得たりと）とあり、これらの故事による。

源水桃花――陶潜の「桃花源記」による。

幽山桂樹――山中に茂る桂の木。『文選』巻三十三・劉安「招隠士」に「桂樹叢生兮、山之幽。偃蹇連巻兮、枝相繚」（桂樹は叢生したり、山の幽。偃蹇連巻《えんけんれんけん》して、枝《えだ》相ひ繚《まつは》る）とあり、これによる。

茅君待客、自有金壇――『真誥』巻十一に「茅君伝曰、句曲山洞、周一百五十里、秦時名為句金之壇。漢時三茅君得道来治此山」（茅君伝《ぼうくんでん》に曰く、句曲《こうきょく》せる山洞、周は一百五十里、秦の時名づけて句金《こうきん》の壇《だん》と為す。漢の時三茅君道を得て来り此の山を治む）とあり、このような故事による。

王烈迎賓、還開石架――『神仙伝』巻六に「王烈、字長休、邯鄲人。入河東抱犢山中、見一石室。室中有石架、

架上有素書両巻。烈取読、莫識其文字。不敢取去、郤著架上。暗書得数十字形体。以示稽康。康尽識其字。烈喜乃与康共往読之至。其道径、了了分明、比及又失其石室所在」（王烈、字は長休、邯鄲の人なり。河東の抱犢山中に入り、一石室を見る。室中に石架有り、架上に素書両巻有り。烈取りて読むも、其の文字を識る莫し。敢て取り去らずして、郤《かへ》りて架上に著《お》く。暗書して数十字の形体を得たり。以て稽康に示す。康尽《ことごと》く其の字を識る。烈喜びて乃ち康と共に往きて之を読まんとして至る。其の道径《みち》、了了分明にして、及ぶ比《ころ》に又た其の石室の所在を失へり）とあり、この故事による。また、王勃「観内懐仙詩」にも「玉架残書隠、金壇旧跡迷」（玉架の残書隠《かく》れ、金壇の旧跡迷《まよ》ふ）とある。

一丘――『漢書』巻百上「叙伝」の「漁釣於一壑、則万物不奸其志、栖遅於一丘、則天下不易其楽」（一壑《がく》に漁釣《ぎょてう》すれば、則ち万物其の志を奸《をか》さず、一丘に栖遅《せいち》すれば、則ち天下其の楽《らく》を易《か》へず）にもとづく表現。

三径蓬蒿――隠遁者の住居の三つの小道。「蓬蒿」はよもぎ。『文選』巻四十五・陶淵明「帰去来辞」に「三逕就荒、松菊猶存」（三逕荒に就くも、松菊猶存す）とあり、その李善注に「三輔決録曰、蔣詡、字元卿、舎中三逕、唯羊仲求仲従之遊。皆挫廉逃名不出」（三輔決録に曰く、蔣詡、字は元卿、舎中に三逕あり、唯だ羊仲・求仲之に従ひて遊ぶ。皆廉《れん》を挫《くじ》き名を逃《のが》れて出でずと）とある。「逕」は「径」に通用。

雲霧之難披――『世説新語』「賞誉」に「衛伯玉為尚書令、見楽広与中朝名士談議、…命子弟造之曰、此人、人之水鏡也。見之若披雲霧睹青天」（衛伯玉尚書令為《た》り、楽広が中朝の名士と談議するを見《み》、…子弟に命じて之に造《いた》らしめて曰く、此人は、人の水鏡なり。之を見れば雲霧を披《ひら》きて青天を睹《み》るが若しと）とあるのに基づく。

葉縣鳧飛――『風俗通』巻二「葉令祠」に「俗説、孝明帝時、尚書郎河東王喬、遷為葉令。喬有神術。毎月朔望、詣台朝。帝怪其数而無車騎、密令太史候望。言其臨至時、常有双鳧、従南飛来。因伏伺、見鳧挙羅、但得一双舄耳。使尚方識視、四年中所賜尚書官属履也」（俗説に、孝明帝の時、尚書郎河東の王喬、遷《うつ》りて葉令と為る。喬、神術有り。毎月の朔と望に台朝に詣《いた》る。帝、其の数《しばしば》にして車騎無きを怪しみ、密《ひそ》かに太史をして候望《うかが》はしむ。言《いは》く、其の至る時に臨みて、常に双鳧《さうふ》の南より飛び来る有りと。因りて伏して伺ひ、鳧を見るや羅《あみ》を挙ぐるに、但一双の舄《せき》を得るのみ。尚方をして識視せしむるに、四年中に尚書の官属に賜はれる履《くつ》なりきと）（『芸文類聚』巻九十一「鴨」条にも本文少異あれど同文見ゆ）とある故事に基づく。

なお、『蒙求』にも「王喬双鳧」がある。

遼川鶴去――『芸文類聚』巻九十「白鶴」条に「続捜神記曰、遼東城門有華表柱。忽有一白鶴集。徘徊空中。言曰、有鳥有鳥丁令威。去家千歳、今来帰。城郭如故、人民非。何不学仙去。空伴冢累累。遂上冲天」（続捜神記に曰く、遼東の城門に華表の柱有り。忽ち一白鶴の集《つど》へる有り。空中に徘徊す。言《ここ》に曰く、鳥有り、鳥有り、令威に丁《あた》る。家を去りて千歳、今来り帰る。城郭は故《もと》の如きも人民は非。何ぞ仙の去れるを学ばざる。空しく冢《つか》を伴《ともな》ひて累累《るいるい》と。遂に上りて天に冲《あが》ると）とあり、この故事に基づく。また王勃「八仙逕」詩にも「代北鸞驂至、遼西鶴騎旋」（代北の鸞《らん》・驂《さん》至り、遼西の鶴・騎旋《めぐ》る）とある。

（蔵中　進）

〔三十五〕別盧主簿序

林慮盧主簿、清士也。達乎藝、明乎道。銓柱下之文、駁河上之義、撮①其綱紀、成其卷軸。吾儕服其②精博、時議稱其典要。可謂賢人師古、老子不死矣。夫靈芝既秀、蘭蕙同薫、仙鳳于飛、鵷鸞舞翼。何則、物類之相感也。況乎同德比義、目擊道存。此僕所以望風投款、披襟請益、展轉於寤寐、慇懃於左右。詩不云乎、中③心藏之、何日◎忘之。然變動不居、聚散恒理。琴罇暫會、山川有別。惟高明之捧檄、屬吾人之解帶、王事靡盬、良時易失。盍陳雅志、各叙幽懷。人賦一言、同疏四韻、云爾。

【校　異】

①撮―掫　②第四・五・六行闕、他本により補った。　③中―忠

【訓　読】

盧主簿に別るる序

林慮の盧主簿は、清士なり。芸に達し、道に明らかなり。柱下の文を銓《はか》り、河上の義を駁《たに》し、其の綱紀を撮《と》り、其の巻軸を成す。吾が儕《ともがら》其の精博に服し、時議其の典要を称す。賢人は古を師とし、老子死せずと謂ふべきなり。夫れ霊芝既に秀《ひい》づれば、蘭と蕙は薫りを同じくし、仙鳳于《ここ》に飛べば、鵷と鸞は翼を舞はしむ。何となれば則ち、物類の相ひ感ずればなり。況むや徳を同じくし義を比《たぐ》へ、目撃して道存するをや。此れ僕の風を望みて款を投じ、襟を披《ひら》きて益を請ひ、寤寐に展転し、左右に慇懃たる所以なり。詩に云はざるか、中心之《これ》を蔵す、何の日にか之を忘れむ、と。然るに変動して居らず、聚りて散ずるは恒なる理なり。琴罇に暫く会するも、山川に別れ有り。惟《これ》高明之《これ》捧檄し、属《たまたま》吾人之《これ》解帯す、王事は盬《もろ》きこと靡《な》く、良時は失ひ易し。盍《なん》ぞ雅志を陳べ、各《おのおの》幽懐を叙せざる。人ごとに一言を賦し、同じく四韻を疏《しる》さむ、と尓《しか》云ふ。

【通　釈】

盧主簿とお別れする序

林慮県の盧主簿は、清廉なる人物である。学問に通じており、道理に明るく、老子の文章を調べ、河上公の作った注を改め、重要な部分を選び取って書物として完成させた。私たちはその博学精通ぶりに感服し、世間の評判もその簡要にして法度に則っていることを称賛している。まさしく賢人は、すなわち盧主簿は古を師としており、これで老子も滅び去ることはないと言えよう。

そもそも霊芝の花が咲くと、蘭や蕙も同様に芳しい薫りを漂わせ、美しい鳳が飛べば、鵷や鸞も舞うが如くに飛ぶものである。どうしてかというと、万物すべて同類は互いに感応しあうものだからである。ましてや、徳義を同じくする、一見しただけで道が身に備わっていることがわかる人であれば、互いに引き合い集まることは言うまでもない。これが私が遥か遠くから思い慕い、胸襟を開いて教えを請い、寝ても覚めても思い悩み、周りの人たちに鄭重にする理由である。詩に、心の中に立派な君子のことを思い、忘れることはない、と言う。とはいうものの、絶えず動いて止まることはなく、集まってもまた別れ行くのは人の世の恒である。音楽や酒を楽しんでしばらくの間こうしてお会いしても、美しい山川の景色のもとにお別れすることになるのである。

あなたは遠くに赴任されることになり、偶々私も出仕している身である。公務は差し迫っておろそかにはできず、お会いできる良い機会というものはすぐに終わってしまう。どうして普段胸中に抱いていることを述べ、それぞれ心中の想いを傾けないでおれようか。一人ずつ詩を作り、同じく四韻の詩を記そう、と申す。

【語　釈】

主簿――官名。唐代各役所にもうけられ、記録や文書をつかさどった。『大唐六典』「御史台」に「主簿、掌印及受事発辰、句検稽失、兼知府厨及黄巻」（主簿、印及び受事発辰、句検稽失を掌り、兼て府厨及び黄巻を知す）とある。

盧主簿なる人物については未詳。

林慮――県名。『元和郡県図志』巻第十六に「林慮県、本漢隆慮県、属河内郡、以隆慮山在北、因以為名。後避殤帝諱、改曰林慮。…周武帝置林慮郡、隋開皇三年罷郡、県属相州。武徳二年又置巌州、五年廃、県又属相州」（林慮県、本《もと》漢の隆慮県、河内郡に属す、隆慮山の北に在るを以て、因て以て名と為す。後殤帝の諱を避け、改めて林慮と曰ふ。…周武帝林慮郡を置き、隋の開皇三年郡を罷め、県は相州に属す。武徳二年又巌州を置き、五年廃す、県又た相州に属す）とある。

清士――清廉なる人。『史記』巻六十一「伯夷列伝」に「挙世混濁、清士乃見」（世を挙げて混濁なれば、清士乃ち見《あら》はる」）とある。

達――通暁する。『論語』「郷党篇」に「康子饋薬、拝而受之曰、丘未達、不敢嘗」（康子薬を饋《おく》る、拝して之を受けて曰く、丘未だ達せず、敢て嘗《な》めずと）とあり、劉宝楠正義に「達、猶暁也」とある。

芸――学問。礼楽射御書数の六芸をいう。『論語』「述而篇」に「子曰、志於道、拠於徳、依於仁、游於芸」（子曰く、道に志し、徳に拠り、仁に依り、芸に游ぶ）とあり、何晏集解に「芸、六芸也」とある。

道――道理。『礼記』「学記」に「教人不尽其材」（人に教ふるに其の材を尽くさず）とあり、鄭玄注に「材、道也」とし、孔穎達正義に「鄭恐材是材芸、故以材為道、道謂道理、言教人道理」（鄭は材は是れ材芸なるを恐れ、故に材を以て道と為す、道とは道理を謂ふ、言ふこころは人に道理を教ふるなり）とある。

銓――はかる。調べる。『論衡』「自紀篇」に「賢聖銓材之所宜、故文能為深浅之差」（賢聖材の宜しき所を銓《はか》る、故に文能く深浅の差を為す）とある。

柱下――「柱下史」の略。柱下史は、老子を指す。周の柱下史であったという伝説による。『史記』巻六十三「老子伝」に「周守蔵室之史也」（周の蔵室を守る史なり）とあり、司馬貞索隠に「按蔵室史、周蔵書室之史也、又張蒼伝、老子為柱下史、蓋即蔵室之柱下、因以為官名」（按ずるに蔵室の史は、周の蔵書室の史なり、又張蒼伝に、老子柱下の史たり、蓋し即ち蔵室の柱下にして、因て以て官名と為すなり）とある。

駁――ただす。反論して他人の意見を否定する。王充の『論衡』「譴告篇」に「以善駁悪、以悪懼善、告人之理、勧励為善之道也」（善を以て悪を駁し、悪を以て善を懼《おそ》れしむるは、人に告ぐるの理にして、善を為すを勧励するの道なり）とある。

河上――「河上公」の略。河上公は漢代の人で、老子の注を作ったとされる。『神仙伝』巻三に「河上公者、莫知其姓字。漢文帝時、公結草為庵于河之浜。…公乃授素書二巻与帝曰、…余注此経以来、一千七百余年」（河上公は、其の姓字を知らず。漢の文帝の時、公草を結びて庵を河の浜に為《つく》る。公乃ち素書二巻を授け帝に与へて曰く、…余《よ》此の経を注して以来、一千七百余年なり）とあり、河上公が老子の注を作ったことが見える。

撮――とる、選び取る。『史記』巻百三十「大史公自序」に「采儒墨之善、撮名法之要」（儒墨の善を采り、名法の要を撮る）とある。

綱紀――要点。『荀子』「勧学篇」に「礼者、法之大分、類之綱紀也」（礼は法の大分にして、類の綱紀なり）とある。

巻軸――巻物。また昔は書物が巻物の形であったことから、書物。『南斉書』巻三十九「陸澄伝」に「僕年少来無事、唯以読書為業、且年已倍令君、令君少便鞅掌王務、雖復一覧便諳、然見巻軸未必多僕」（僕年少来より事《つか》ふること無く、唯だ読書を以て業と為す、且つ年は已に令君に倍たり、令君少《わか》くして便ち王務に鞅掌す、一覧して便ち諳《そらん》ずといへども、然るに巻軸を見ること未だ必ずしも僕より多からず）とある。

吾儕――われら。「儕」は、ともがらの意。『左伝』宣公十一年に「吾儕小人、所謂取諸其懐而与之」（吾儕小人の、謂はゆる諸《これ》を其の懐より取りて之を与ふなり）とある。

精博――学問に詳しく広く通じている。『晋書』巻九十一「儒林伝・杜夷伝」に「処士杜夷…才学精博、道行優備」（処士杜夷…才学は精博にして、道行は優備なり）とある。

時議――世間の評判。『史記』巻百二十「鄭当時伝」に「以武安侯魏其時議貶秩為詹事、遷為大農令」（武安侯魏其《ぎき》の時議を以て秩を貶して詹事と為り、遷りて大農令を為る）とある。

典要――簡要にして法度にのっとっていること。『三国志』「魏志」巻十「荀彧伝」の裴松之注に引く張璠『漢紀』に「（荀悦）被詔刪漢書作漢紀三十篇、因事以明臧否、致有典要、其書大行于世」（（荀悦）詔を被ふり漢書を刪りて漢紀三十篇を作る、事に因りて以て臧否を明らかにし、典要有るを致す、其の書大《おほ》いに世に行はる）とある。

賢人――才徳を備えた人。『易』「繋辞上」に「有親則可久、有功則可大、可久則賢人之徳、可大則賢人之業」（親《しん》有れば則ち久しかるべく、功有れば則ち大なるべし、久しかるべきは則ち賢人の徳、大なるべきは則ち賢人の業なり）とある。

師古――古の制度や学問にのっとる。『尚書』「説命《えつめい》」に「事不師古、以克永世、匪説攸聞」（事の古を師とせずして、以て克《よ》く世を永くするは、説《えつ》の聞く攸《ところ》に匪《あら》ず）とあるのに基づく。

霊芝――伝説中の仙草。『文選』巻二・張衡「西京賦」に「浸石菌於重涯、濯霊芝以朱柯」（石菌を重涯に浸し、霊芝を朱柯に濯《すす》く）とあり、薛綜注に「石菌、霊芝、皆海中神山所有神草名、仙之所食者」（石菌、霊芝は、皆《とも》に海中の神山に有る所の神草の名、仙の食する所の者なり）とある。傑出した人物のたとえにも用いる。

秀――花が咲く。『文選』巻四十五・漢武帝「秋風辞」に「蘭有秀兮菊有芳」（蘭に秀でたる有り、菊に芳しき有り）とある。

蘭蕙――蘭も蕙も香草。また、立派な人物のたとえ。『文選』巻七・司馬相如「子虚賦」に「下靡蘭蕙、上払羽蓋」（下は蘭蕙を靡《な》で、上は羽蓋を払ふ）とある。〔十〕11に既出。

仙鳳――おおとりをいう。帝王の公主にもたとえる。

于飛――鳥などが飛ぶこと。『詩経』「大雅・巻阿」に「鳳凰于飛、翽翽其羽」（鳳凰于《ここ》に飛ぶ、翽翽《かいかい》たる其の羽）とあるのに基づく。

鵷鸞――「鵷」も「鸞」も鳳凰の仲間。「鵷」は、鴛に同じ。

舞翼――舞うがごとくに翼を振るい鳥が飛ぶこと。『漢魏六朝百三名家集』所収『張司空集』に、張華の作とする「払舞歌・白鳩歌」に「翔庭舞翼、以応仁乾」（庭を翔《か》け翼を舞はしめ、以て仁乾に応ず）とある。

何則――どうしてかというと。

物類――同類。漢・東方朔「七諫・哀命」に「音声之相和兮、物類之相感也」（音声の相ひ和し、物類の相ひ感ずるなり）とあり、王逸注に「言鳥獣相呼、雲龍相感、無不応其類而従其耦也」（鳥獣相ひ呼ばはり、雲龍相ひ感じ、其の類に応じて其の耦《ともがら》に従はざるなきを言ふ）とある。

相感――あい感じる。前注参照。また『易』「繫辞下」に「往者屈也、来者信也、屈信相感而利生焉」（往くとは屈するなり、来《きた》るとは信《の》ぶるなり、屈信相ひ感じて利生ず）とある。

況乎――まして。

同徳――徳を同じくする。『尚書』「泰誓上」に「同力度徳、同徳度義」（力を同じくすれば徳を度《はか》り、徳を同じくすれば義を度《はか》る）とあるのに基づく。

比義――正しいものに従う。『論語』「里仁篇」に「子曰、君子之於天下也、無適也、無莫也、義之与比」（子曰く、君子の天下に於けるや、適《よ》きも無く、莫《あ》しきも無し、義にのみ之与《これとも》に比《した》しむ）とあるのに基づく。

目撃道存――一見しただけで道が備わっていることが分かる。〔十三〕15「道存」注参照。

望風――遥かに思い慕う。『文選』巻四十一・李陵「答蘇武書」に「遠託異国、昔人所悲、望風懐想、能不依依」（遠く異国に託するは、昔人の悲しむ所なり、風を望みて想を懐き、能く依依たらざらんや）とあり、李周翰注に「望風、謂望遠也」（風を望むとは、遠きを望むを謂ふなり）とある。

投款――「款」は、まこと。「投款」は、誠意をもって人に接すること。『南斉書』巻二十七「劉懐珍伝」に「我布衣時、懐珍便推懐投款、況在今日、寧当有異」（我布衣たりし時、懐珍便ち懐を推し款を投ず、況や今日に在りては、寧《いづ》くんぞ当に異有らん）とある。

披襟――心を開く。胸にこだわりのないこと。『晋書』巻六十九「周顗《しゅうぎ》伝」に「伯仁総角於東宮相遇、一面披襟、便許之三事、何図不幸自貽王法」（伯仁とは総角《あげまき》にして東宮に相ひ遇ふ、一面して襟を披き、便ち之に三事を許す、何ぞ不幸を図りて自ら王法を貽《おく》らん）とある。〔八〕6に既出。

請益――もとは先生に再度講義を求めること。また、単に教えを請うこと。『礼記』「曲礼上」に「請業則起、請益則起」（業を請へば則ち起ち、益を請へば則ち起つ）とあり、鄭玄注に「益謂受説不了、欲師更明説之」（益とは、説を受くるも了せず、師に更に明かに之を説くを欲するを謂ふ）とあるのに基づく。

展転於寤寐――寝ても覚めても思い悩む。「展転」は「輾転」に同じ。『詩経』「周南・関雎」に「求之不得、寤寐思服、悠哉悠哉、輾転反側」（之を求めて得ざれば、寤寐思服す、悠なるかな悠なるかな、輾転反側す）とあるのに基づく。

慇懃――鄭重にする。ねんごろに接する。「殷勤」に同じ。『芸文類聚』巻五十一に見える曹操「請追贈郭嘉封表」に「誠賢君殷勤於清良、聖祖敦篤於明勲也」（誠に賢君は清良に殷勤にして、聖祖は明勲に敦篤たり）とある。〔八〕7に既出。

左右――そば、かたわら。『詩経』「大雅・文王」に「文王陟降、在帝左右」（文王陟降して、帝の左右に在り）とあり、朱熹『詩集伝』に「左右、旁側也」（左右は、旁側なり）とある。〔十七〕2に既出。

中心蔵之、何日忘之――『詩経』「小雅・隰桑」の末二句。「中」の字、正倉院本では「忠」に作る。『詩経』に基づいて「中」に改める。

変動不居――絶えず変動して止まることのないこと。『易』「繋辞下」に「易之為書也不可遠、為道也屡遷、変動不居、周流六虚」（易の書たるや遠くすべからず、道たるや屡《しばしば》遷る、変動して居らず、六虚に周流す）とあるのに基づく。

聚散――集まることと別れること。〔十九〕4に既出。

恒理――世の常。

琴罇――音楽と酒。〔三〕11に既出。

高明――立派な人。ここでは「あなた」の意味。『漢書』巻七十八「蕭望之伝」に「是以天下之士延頸企踵、争願自効、以輔高明」（是を以て天下の士は頸を延べ踵を企《た》て、争ひて自ら効《なら》ひ、以て高明を輔けんことを願ふ）とある。

捧檄――老いた親のために志を曲げて官職に就くこと。〔二十七〕18に既出。ここでは単に官職に就くこと。

属――たまたま。『国語』「魯語上」に「吾属欲美之」（吾れ属《たまたま》之《これ》を美しくせんと欲す）とあり、杜預注に「属、適也」とある。

吾人――わたし。『文選』巻十・潘岳「西征賦」に「陋吾人之拘攣、飄萍浮而蓬転」（吾人の拘攣し、飄として萍のごとく浮びて蓬のごとく転ずるを陋《いやし》む）とある。

解帯――出仕することをいう。『後漢書』巻三十九「周磐伝」に「居貧養母、倹薄不充、嘗誦詩、至汝墳之卒章、慨然而歎、乃解韋帯、就孝廉之挙」（貧に居りて母を養ふに、倹薄にして充《み》ちず、嘗て詩を誦し、汝墳の卒章に至りて、慨然として歎じ、乃ち韋帯を解き、孝廉の挙に就く）とあり、李賢注に「以韋皮為帯、未仕之服也、求仕則服革帯、故解之」（韋皮を以て帯と為すは、未だ仕へざるの服なり、仕を求むれば則ち革帯を服す、故に之を解くなり）とある。一説に、くつろぐこと。

王事靡盬――王室に対する務めはしっかりしなければならない。『詩経』「唐風・鴇羽」に「王事靡盬、不能蓺稲梁、父母何嘗」（王事盬《もろ》きこと靡《な》し、稲梁を蓺《う》うる能はず、父母何をか嘗めん）とある。

良時――お会いできるよい機会。『文選』巻二十九・李陵「与蘇武詩」第一首に「良時不再至、離別在須臾」（良時再び至らず、離別須臾に在り）とある。

易失――失いやすい。『史記』巻九十二「淮陰侯伝」に「時者難得而易失也」（時は得難くして失ひ易きなり）とある。

雅志――平素から抱いている立派な思い。『三国志』「魏志・高貴郷公髦紀」に「関内侯王祥、履仁秉義、雅志淳固」（関内侯王祥は、仁を履《ふ》み義を秉《と》り、雅志淳固たり）とある。

幽懐――心中の想い。『水経注』「廬江水」に引く呉孟の詩に「仰矚列仙館、俯察王神宅、曠載暢幽懐、傾蓋付三益」（仰ぎては列仙の館を矚《なが》め、俯しては王神の宅を察す、曠載幽懐を暢べ、蓋を傾けて三益に付す）とある。

疏――記す。分けて書く。『漢書』巻六十「杜周伝」に「前主所是著為律、後主所是疏為令」（前主の是とする所を著して律と為し、後主の是とする所を疏《しる》して令と為す）とあり、顔師古注に「疏、謂分条也」（疏は、条に分かつを謂ふなり）とある。

【考　説】

現存する王勃の詩の中に「別盧主簿」と題する詩が一首ある。ただ「別盧主簿」と題するのは『文苑英華』の注だけで、『全唐詩』と『蒋本』は「送盧主簿」と題する。

窮途非所恨、　途に窮まるは恨む所に非ず、
虚室自相依。　虚室自ら相ひ依る。
城闕居年満、　城闕居して年満るも、
琴尊俗事稀。　琴尊の俗事稀なり。
開襟方未已、　襟を開きて方に已まず、
分袂忽多違。　袂を分たば忽として違ふこと多し。
東巖富松竹、　東巖は松竹に富み、
歳暮幸同帰。　歳暮に幸はくは同じく帰らん。

また本詩序には三行分の欠落がある。他本によって当該部分を補うことができるが、この欠落部分の断片が正倉院で発見され、平成七年の正倉院展で展示され、展観目録にも掲載された。目録には次のようにある。

…近時正倉院事務所の努力によって、庫内から欠失部分の断片数十片が発見され、旧状に復元されて本年初めて展示されることとなった。破片と言えども大切に保存が計られてきた正倉院宝物ならではの復元作業である。

復元された部分で解読できる文字は多くはないが、それでも欠落部分の第一行目の「其・可謂賢」、二行目の「既」などは明瞭に読み取ることができ、他の伝本の誤りなきことを確認することができる。

（長田　夏樹）

〔三十六〕秋日楚州郝司戸宅遇餞霍使君序

上元二載、高秋八月。人多汴北、地實淮南。海氣近而蒼山陰、天光秋而白雲晩。川塗所亘、郢路極於崤潼、風壤所交、荊門洎於呉越。憑勝地、列雄州。城池當要害之衝、寮①寀盡鵷鸞之選。昌亭旅食、悲下走之窮愁、山曲淹留、屬羣公之宴喜。披鶴霧、陟龍門。故人握手、新知滿目。欽霍公之盛德、果遇攀輪、慕郝氏之高風、還逢解榻。接衣簪於座右、駐旌棨於城隅。臨風雲而解帶、眄江山以揮涕。巖楹左峙、俯映玄潭、野徑斜開、傍連翠渚。青蘋布葉、亂荷芰而動秋風、朱草垂榮、雜②芝蘭而涵曉液。觴仙舟於石岸、薦綺席於沙濱③。朋友盛而芳樽滿、林塘清而上筵肅。琴歌代起、俎豆駢羅。烟霞充耳目之翫、魚鳥盡江湖之賞。情槃樂極、日暮途遙。思染翰以淩雲、願麾戈以留景。嗟乎、素交爲重、覺老幼之同歸、朱紱儻來、豈④榮枯⑤

20 之足道。且欣風物、共悦濠梁。齊天地於
21 一指、混飛沈於一貫。嗟乎、此驩難再、殷勤北
22 海之筵、相見何時、惆悵南溟之路。請揚文
23 筆⑥、共記⑦良遊。人賦一言、倶成四韻、云爾。

【校異】

①寮—蕃　②雜—離　③濱—賓　④豈—なし　⑤枯—林　⑥筆—律　⑦記—兆

【訓読】

秋日楚州の郝司戸《かくしこ》の宅に霍使君《かくしくん》を餞《おく》るに遇ひし序

上元二載、高秋八月。人汴北《べんほく》に多く、地淮南《わいなん》に実《み》つ。海気近くして蒼山《さうざん》陰《かげ》り、天光秋にして白雲晩《く》る。川の途の亘《わた》る所にして、郢路《えいろ》崤潼《かうとう》に極まり、風壌の交はる所にして、荊門呉越に洎《およ》ぶ。勝地に馮《よ》り雄州を列《つら》ぬ。城池は要害の衝に当たり、寮寀《れうさい》は鵷鸞《ゑんらん》の選を尽くす。

昌亭に旅食し、下走の窮愁を悲しみ、山曲に淹留し、羣公の宴喜に属《つら》なる。鶴霧を披《ひら》き、龍門に陟《のぼ》る。故人握手し、新知満目す。霍公の盛徳を欽《つつし》みて、果たして輪に攀《よ》づるに遇ひ、郝氏の高風を慕ひて、還《かへ》りて榻《たふ》を解くに逢ふ。衣簪を座右に接《とど》め、旌棨《せいけい》を城隅に駐《とど》む。風雲に臨みて帯を解き、江山を眄《み》て以て涕を揮《ふる》ふ。

巌楹左に峙《そばだ》ち、俯して玄潭に映じ、野径斜《ななめ》に開き、傍に翠渚を連ぬ。青蘋葉を布き、荷《か》芰を乱して秋風に動き、朱草栄《はな》を垂れ、芝蘭を雑《まじ》へて暁液に滴《ひた》る。仙舟を石岸に艤《よそほ》ひ、綺席を沙浜に薦《し》けり。朋友《ほういう》盛《さかり》にして芳樽満ち、林塘清くして上筵粛たり。琴歌代《かは》りて起こり、俎豆《そとう》駢《なら》びて羅《つら》ぬ。烟霞耳目の翫《もてあそび》に充《み》ち、魚鳥江湖の賞を尽くす。

情槃楽しみ極まるも、日暮れて途遥《みちはる》かなり。翰を染め以て雲を凌《しの》がむと思ひ、戈《か》を麾《さしまね》き以て景《かげ》を留めむと願ふ。嗟乎《ああ》、素交《そかう》重きと為し、老幼の帰を同じくするを覚《おぼ》ゆ、朱紱《しゅふつ》儻《たま》たま来《きた》るも、豈に栄枯の道《い》ふに足らむや。且《まさ》に風物を欣《よろこ》び、共に濠梁を悦《よろこ》ばむ。天地を一指に斉しくし、飛沈を一貫に混《まじ》へむ。嗟乎《ああ》、此の歓び再びし難く、北海の筵に殷勤《したし》まむや、相ひ見《まみ》ゆるは何の時ぞ、南溟の路に惆悵《ちうちやう》たらむや。請《ねが》はくは文筆を揚げ、共に良遊を記さむことを。人ごとに一言を賦して、倶に四韻を成さむと尓云《しかい》ふ。

【通　釈】

秋の日に楚州の郝司戸の邸宅で霍使君を送る宴に遇いし序

上元二年（六七五年）の空が高く晴れ渡った秋八月。才子は汴北に多く、土地は淮南が肥沃であるという。海辺に近く靄がたちこめ木々の茂った山は黒く陰《かげ》っており、日の光は秋であるので（にぶく）白雲が薄暗くなっている。この楚州の地は、川の辺の道がめぐっているところで、郢への道が嶓山・潼水までも続き、各地の風俗が入り交じりっているところで、荊門山が呉越にまで続いている。形勝の地であることから、大きな州県が列なっている。堀を巡らしたこの都城は要衝の地であり、役人たちは賢人の中から選び抜かれた人物ばかりである。

韓信が南昌亭に寄宿していた時のように私も困窮に悲しみ、山の隅《くま》のこの地に久しく逗留し、諸兄の宴会の楽しみに列席させていただいた。白い霧を払って、龍門ともいうべき郝司戸の邸宅を訪れた。昔からの友人は互いに手を握《と》り、新しい友人もたくさんいらっしゃる。霍公の大きな徳を敬って、果たして多くの人が集っているし、郝氏の高尚な人柄を慕って、また鄭重にもてなされた。堅苦しい官服を脱いで傍らに置き、旗さしものを町の片隅に立てた。風や雲に親しみさわやかにくつろぎ、河や山をながめては別れを惜しみ涙をぬぐう。

岩の柱は左に高くそば立ち、おおいかぶさるように深い潭に映り、野の小道は斜めに延び、そばには翠《みどり》の渚が連なっている。青い浮き草は葉を布きつらね、蓮と菱が入り乱れて秋風に揺れ動き、朱色の草は花を垂らし、芝草・蘭草に雑じって朝露にぬれている。舟が石の岸に用意され、絹の敷物が砂浜の上に薦《し》きつめられている。友人が数多く集まり、美酒の入った酒器は満ちており、林や塘《つつみ》はすがすがしく、立派な宴会は厳粛な空気に包まれている。琴の音と歌声がかわるがわる起こり、ご馳走を盛った器が並び連なっている。山水の景色は十分に耳目を楽しませ、魚・鳥は十分に河や湖の景色を楽しませてくれる。こうして心から存分に楽しんだが、この先も私の旅はまだまだ続く。筆を執って最高の文章を書こうと思うが、（日が暮れようとしているので）魯の陽公の故事にならって戈を振って時間を止めたいものだ。

ああ、平素の交わりは重要であり、結局は老人も幼子も帰する所は同じだとわかった。什官の話が偶々《たまたま》あったとしても、出世するしないは重要なことではない。風景を楽しみ、この水辺での宴を共に楽しもう。この天の下のどこにいても同じなのであり、栄枯盛衰も結局は同じ事なのである。ああ、このような機会はもう二度とないであろうから、（北海の宰相になった孔融のように）この宴を思う存分に楽しもう。次に遇えるのは何時の事か分からないため、先の道のりのことを考えて嘆いておれようか。どうか筆をとって、共に楽しい遊びを記そうではないか。さあ、各人が一首ずつ作り、ともに四韻の詩を作ろう。

【語　釈】

楚州――唐の州名。『新唐書』巻二十「地理志三」に「淮南道、楚州、武徳四年、臧君相帰附、立為東楚州。八年、廃西楚州、以盱眙来属、仍去東字。天宝元年、改為淮陰郡。乾元元年、復為楚州」（淮南道、楚州武徳四年（六二一）、臧君相ひ帰附し、立てて東楚州と為す。…八年（六二五）、西楚州を廃し、盱眙《くい》を以て来属せしめ、仍《よ》りて東字を去る。天宝元年（七四二）、改めて淮陰郡と為す。乾元元年（七五八）、復して楚州と為す）とある。

司戸――官名。司戸参軍の略称。民戸を司る。「郝司戸」は未詳。

使君――州郡の長官の尊称。「霍使君」は未詳。

上元――唐の高宗の年号。六七四―六七六。

汴北――汴河の北。

淮南――淮水以南、長江以北の地。

海気――海や川の霧。『漢書』巻六「武帝紀」に「朕巡荊揚、輯江淮物、会大海気、以合泰山」（朕荊揚を巡り、江淮の物を輯《あつ》め、大海の気を会《あつ》め、以て泰山に合す）とある。

蒼山――樹木の茂った山。

川塗所亘――川沿いの道が長く続くこと。『文選』巻四・左思「蜀都賦」に、「経塗所亘、五千余里」（経塗《みち》の亘《わた》る所、五千余里なり）とある。

郢路――郢への路。「郢」は、春秋時代の地名で、楚国の都城。『楚辞』「九章」に、「惟郢路之遼遠兮、江与夏之不可渉」（惟《こ》れ郢路の遼遠《れうゑん》にして、江と夏とを渉《わた》るべからず）とある。

崤潼――崤山と潼水。崤山は、河南省洛寧県の西北にある。潼水は、幾つかあるが、ここでは陝西省潼関県の西にある潼水をいう。

風壌――風土に同じ。ある地方に特有の自然環境と風俗習慣を指す。駱賓王「与親情書」に「風壌一殊、山河万里」（風壌一に殊にして、山河万里なり）とある。

荊門――山名。現在の湖北省宜都県の西北にあり、長江の南岸で、江を隔てて虎牙山と対峙する。古より巴蜀荊呉の間の要塞となる。『文選』巻十二・郭璞「江賦」に「荊門闕竦而磐礴」（荊門 闕《けつ》のごとく竦《そばだ》ちて磐礴《はんはく》たり）とあり、李善注に「盛弘之荊州記曰、郡西泝江六十里、南岸有山、名曰荊門、北岸有山、名曰虎牙、二山相対、楚之西寨也」（盛弘之荊州記に曰く、郡西に江を泝《さかのぼ》ること六十里、南岸に山有り、名づけて荊門と曰ふ、北岸に山有り、名づけて虎牙と曰ふ、二山相ひ対《むか》ひ、楚の西の寨なり）とある。

泊——及ぶ、到る。「泊　オヨフ」（名義抄）。『荘子』「寓言」に「吾及親仕、三釜而心楽。後仕、三千鍾、而不泊、吾心悲」（吾れ親に及びて仕《つか》ふるや、三釜にして心楽《たの》しめり。後に仕ふるや、三千鍾なるも泊《およ》ばず、吾が心悲しめり）とある。

馮——拠る、基づく。「憑」に同じ。『史記』巻四十四「魏世家」に「中旗馮琴而対曰…」（中旗琴に馮《よ》り対《こた》へて曰く…）と同様の用法がみられる。

勝地——地勢が険しい要害の地。形勝の地。〔十一〕5に既出。

雄州——土地が広く、物産が豊かで、人口が多く、重要な位置を占めている州。〔二十六〕4に既出。

寮寀——また「寮采」に作り、官舎をいう。転じて「官職」の意味。『文選』巻二十四・張華「答何劭其二」に「自昔同寮寀、於今比園廬」（昔自《よ》り寮寀を同じくし、今に於いては園廬を比《なら》べたり）とある。

鵷鸞——ともに伝説上の鳳凰の類の瑞鳥をいい、賢者の譬え。「鵷」は「鴛」に通ず。葛洪『抱朴子』「逸民」に「夫鋭志於雛鼠者、不識騶虞之用心、盛務於庭粒者、安知鴛鸞之遠指」（夫れ志を雛鼠に鋭くする者は、騶虞之の心を識らず、務を庭粒に盛んにする者は、安んぞ鴛鸞の遠指を知らん）とある。

昌亭旅食——韓信が南昌の亭長の処に寄食したことを指す。人の下に居候するをいう。『史記』巻九十二「淮陰侯列伝」に「淮陰侯韓信者…常数従其下郷南昌亭長寄食」（淮陰侯韓信は…常に数《しばし》ば其の下郷の南昌の亭長に従ひて寄食す）とある故事に基づく。

下走——自分の謙称。〔二〕14に既出。

窮愁——貧苦に愁い苦しむ。『史記』巻七十六「平原君虞卿列伝論」に、「然虞卿非窮愁、亦不能著書以自見於後世云」（然れども虞卿　窮愁に非ずんば、亦た書を著《あら》はし自からを後世に見《あら》はしむること能はずと云ふ）とある。

山曲——山の地勢が湾曲し隠れる処。
淹留——逗留すること。〔五〕11に既出。
陟——のぼる。『詩』「周南・巻耳」に「陟彼崔嵬、我馬虺隤」（彼の崔嵬に陟《のぼ》れば、我が馬は虺隤《くわいたい》たり）とあり、毛伝に「陟、升也」（陟は、升《のぼ》るなり）とある。
龍門——登龍門。〔五〕8「龍津」注参照。
攀輪——徳を慕い集まること。去ろうとする第五倫の車に彼の徳を慕う民が止めようとして集まった故事に基づく。『東観漢記』「第五倫伝」に「（第五倫）作会稽郡。…為事徴、百姓攀轅扣馬呼曰、舎我何之」（（第五倫）会稽郡と作る。…事の為に徴され、百姓轅に攀《よ》ぢり馬を扣《ひか》へて呼ばはりて曰く、我を舎《す》てて何《いづく》に之《ゆ》くやと）とある。
高風——立派な人格。『文選』巻四十七・夏侯湛「東方朔画賛序」に「覲先生之県邑、想先生之高風」（先生の県邑を覲《み》、先生の高風を想《おも》ふ）とある。
解榻——懸けてあった椅子を下ろして有徳の人に勧めること。故事は〔二十三〕6参照。
衣簪——「衣冠簪纓」の略で、いずれも官吏の身に付けるものである事から、官吏を指す。
旌棨——旌旗（旗の総称）と棨戟（木製の儀式用のほこ）。『文選』巻三十・謝朓「始出尚書省詩」に「趨事辞宮闕、載筆陪旌棨」（事に趨《はし》らんとして宮闕を辞し、筆を載《の》せて旌棨《せいけい》に陪《ばい》す）とある。
城隅——城壁の角にある物見櫓。転じて人気のない寂しいところ。『詩経』「邶風・静女」に「静女其姝、俟我於城隅」（静女の其れ姝《うつく》しきが、我を城隅に俟《ま》つ）とある。
解帯——帯を解く。くつろぐことをいう。『文選』巻二十二・沈約「游沈道士館」に「開衿濯寒水、解帯臨清風」（衿《えり》を開きて寒《すず》しき水に濯《あら》ひ、帯を解きて清《すず》しき風に臨む）とあるのに基づく。
眄——横目で見る。『文選』巻二十一・左思「詠史詩」に「左眄澄江湘、右盼定羌胡」（左眄《さべん》して江湘《かうしやう》を澄まし、右盼《いうはん》して羌胡《きゃうこ》を定《さだ》めん）とある。

江山――山川の景色。『世説新語』「言語」に「袁彦伯為謝安南司馬、都下諸人送至瀬郷。将別、既自悽惘、歎曰、江山遼落、居然有万里之勢」（袁彦伯　謝安南の司馬と為り、都下の諸人送りて瀬郷に至る。将《まさ》に別れんとするに、既に自ら悽惘《せいばう》たり。歎じて曰く、江山遼落、居然として万里の勢有り）とある故事を踏まえる。

揮涕――涙をぬぐうこと。『孔子家語』「曲礼子夏問」に「二三婦人之欲供先祀者、請無瘠色、無揮涕、無哀容」（二三の婦人の先祀に供せんと欲するに、瘠色無く、涕を揮ふ無く、哀容無きことを請ふ）とあり、王肅注に「揮涕、不哭、流涕以手揮之」（揮涕、哭せず、涕流るに手を以て之《これ》を揮ふ）とある。

巌楹――岩の柱。楹は、家屋の前部の柱をいう。

峙――そばだつ。山が高くそびえ立つ。『文選』巻六・左思「魏都賦」に「飛陛方輦而径西、三台列峙以崢嶸」（飛陛輦《ひへいれん》を方《なら》べて西に径《わた》り、三台列《つら》なり峙《そばだ》ち以て崢嶸《さうくわう》たり）とある。

玄潭――黒ぐろと深く水をたたえた潭。玄は、赤黒い色、ひろく黒色を指す。「玄　クロシ」（名義抄）。

野径――野の小道。『文選』巻二十二・沈約「宿東園詩」に「野径既盤紆、荒阡亦交互」（野径は既に盤紆《はんう》たり、荒《くわう》阡《せん》も亦た交互す）とある。〔五〕13に既出。

青蘋――うきくさ。萍の大きいもの。『文選』巻十三・宋玉「風賦」に「夫風生於地、起於青蘋之末」（夫《そ》れ風は地より生まれ、青蘋の末より起こる）とある。〔十二〕4に既出。

荷芰――蓮《はす》とひし。『文選』巻二十六・陸厥「奉答内兄希叔詩」に「鳧鵠嘯儔侶、荷芰始参差」（鳧《けり》と鵠《くぐひ》とは儔侶《ちうりよ》に嘯《うそぶ》き、荷《はす》と芰《ひし》とは始めて参差《しんし》たり）とある。

朱草――赤色の草。瑞草の一つ。『白虎通』「封禅」に「朱草者、赤草也、可以染絳、別尊卑也」（朱草は、赤き草なり、以て絳《あか》に染むべし、尊卑を別にするなり）とある。

栄――はな。草の花。『爾雅』「釈草」に「木謂之華、草謂之栄」（木之を華と謂ひ、草之を栄と謂ふ）とある。

芝蘭――霊芝と蘭。ともに香草の名。〔八〕3に既出。

涵――ひたす。徐々にしみ込む。潤す。

暁液――朝露のこと。他本は「晩液」に作る。

艤――舟を用意する。〔十〕7に既出。

仙舟――舟の美称。〔四〕6に既出。

綺席――あやぎぬの敷物。『文選』巻三十一・江淹「雑体詩・休上人」に、「膏鑪絶沈燎、綺席生浮埃」（膏鑪《かうろ》沈燎《ちんれう》を絶ち、綺席浮埃《ふあい》を生ず）とある。〔三十〕15に既出。

沙浜――砂浜。

朋友――友人。『文選』巻二十四・曹植「贈丁翼詩」に「我豈狎異人、朋友与我倶」（我豈に異人に狎れんや、朋友は我と倶にあり）とある。

芳樽――立派な酒器。転じて美酒をいう。『晋書』巻四十九「阮籍等伝論」に「嵆阮竹林之会、劉畢芳樽之友」（嵆阮は竹林の会、劉畢は芳樽の友）とある。芳尊、芳罇ともいう。

林塘――林とつつみ。『芸文類聚』巻二十九・劉孝綽「侍宴餞庾於陵応詔詩」に「是日青春献、林塘多秀色」（是の日青春献、林塘　秀色多し）とある。

上筵――立派な宴席。『芸文類聚』巻二十九・沈約「侍宴謝朏宅餞東帰応詔詩」に「飲和陪下席、論道光上筵」（飲和して下席に陪《そ》ひ、道を論じて上筵を光《かかや》かしむ）とある。

琴歌――琴の音《ね》と歌。『文選』巻四十三・孔稚珪「北山移文」に「琴歌既断、酒賦無続」（琴歌既に断《た》へ、酒賦続《つ》ぐ無し）とある。〔二十〕5に既出。

俎豆――「俎」は平台、「豆」はたかつき。いずれも祭りの供物を盛る器。転じて、ご馳走をいう。『論語』「衛霊公」に「孔子対曰、俎豆之事、則嘗聞之矣、軍旅之事、未之学也」（孔子対《こた》へて曰く、俎豆の事は則ち嘗てこれを聞けり、軍旅の事は、未だこれを学ばざるなり）とある。

駢羅――ならびつらなる。〔十三〕12に既出。

烟霞――もやかすみの類。〔一〕3に既出。

翫――もてあそび。玩に同じ。

情槃――こころ楽しむ。「槃」は「盤」に同じ。〔十一〕16に既出。

楽極――楽しみ極まる。『文選』巻二・張衡「西京賦」に「盤楽極、悵懐萃」（盤楽極《はんらくきは》まり、悵懐萃《ちやうくわいあつ》まる）とある。

日暮途遥――日が暮れてしまったのに、目的地までの道のりはまだ遥に遠い。『史記』巻百十二「伍子胥伝」に、「吾日暮途遠、吾故倒行而逆施之」（吾《われ》日暮れて途遠《みちとほ》し、吾故《ゆゑ》に倒行して之を逆施《ぎやくし》す）とある。

染翰――筆を墨に染める。転じて字を書くこと。『文選』巻十三・潘岳「秋興賦」に「於是染翰操紙、慨然而賦」（是に於て翰《ふで》を染め紙を操《と》り、慨然《がいぜん》として賦《ふ》す）とある。

凌雲――「凌」は「凌」に通ず。「凌雲」は、雲を凌いで高く聳えることから、浮世を超越する意となる。『文選』巻十六・江淹「別賦」に「賦有凌雲之称、弁有雕竜之声」（賦に凌雲《りよううん》の称有り、弁に雕竜《てうりよう》の声有り）とある。

麾戈――戈を振るう。転じて、時間を止めること。〔二十〕8「駐日於魯陽之庭」の注を参照。

留景――景《かげ》を留める。すなわち、時間を止める。「景」は、「影」に同じ。「日影」から、ここでは「日」そのものを指す。

素交――年来の交わり。また、正しい交わりをいう。『文選』巻五十五・劉孝標「広絶交論」に「斯賢達之素交、歴万古而一遇」（斯《こ》れ賢達の素交《そかう》は、万古を歴《へ》て一たび遇《あ》ふ）とあり、その李善注に「素、雅素也」（素は、雅素なり）

とある。

同帰――結局同じところに帰る。転じて、同じである。『易』「繋辞」に「天下同帰而殊塗」（天下帰《き》を同じうして塗《みち》を殊《こと》にす）とあるのに基づく。

朱紱――朱色の印綬。「朱」は天子の色。転じて、天子からの出仕を促す書状をいう。『文選』巻二十・曹植「責躬詩」に「赫赫天子、恩不遺物、冠我玄冕、要我朱紱」（赫赫《かくかく》たる天子、恩は物を遺《わす》れず、我に玄冕《げんべん》を冠《かざ》さしめ、我に朱紱を要《お》ばしむ）とある。また『易』「困卦」に「困于酒食、朱紱方来」（酒食《しゅし》に困《くる》しむ、朱紱方《まさ》に来たらんとす）とある。〔三十四〕13「朱紱」注参照。

儻来――たまたま来る。『荘子』「繕性」に「今之所謂得志者、軒冕之謂也、軒冕在身、非性命也、物之儻来、寄也」（今の謂はゆる志を得るとは、軒冕の謂ひなり、軒冕の身に在るとは、性命に非ざるなり、物の儻《たま》たま来たりて、寄るなり）とある。

風物――景色、風景、景物をいう。陶淵明「遊斜川詩序」に「天気澄和、風物閒美」（天気澄和にして、風物閒美なり）とある。

濠梁――川の畔《ほとり》での宴をいう。「濠梁」は濠水の橋。『荘子』「秋水」に「荘子与恵子遊於濠梁之上」（荘子　恵子と濠梁の上《ほと》りに遊ぶ）とある。ここでいう「梁」は、飛び石の渡り場。

一指――同じである。『荘子』「斉物論」に、「天地一指也、万物一馬也」（天地も一指なり、万物も一馬なり）とあるのに基づく。

飛沈――栄枯盛衰。『後漢書』巻九十七「党錮伝・李膺」に「願怡神無事、偃息衡門、任其飛沈、与時抑揚」（願はくは神を無事に怡《たの》しましめ、衡門に偃息し、其の飛沈に任せ、時と与《とも》に抑揚せられんことを）とある。

一貫――一貫したもの。『荘子』「徳充符」に「老聃曰、胡不直使彼以死生為一条、以可不可為一貫者、解其桎梏」（老聃《ろうたん》曰く、胡《なん》ぞ直に彼の死生を以て一条と為し、可不可を以て一貫と為す者をして、其の桎梏を解かしめざる）とある。

殷勤――「慇懃」に同じ。ねんごろにする。〔八〕7に既出。

北海之筵――北海（今の山東省）の宴。北海の宰相であった孔融の故事に基づく。『後漢書』巻百「孔融伝」に「常歎曰、坐上客常満、尊中酒不空、無吾憂」（常に歎きて曰く、坐上に客常《つね》に満てり、尊中の酒空《むなし》からずんば、吾が憂ひ無けんと）とある。

惆悵――失望して嘆くさま。陶淵明「帰去来辞」に「奚惆悵而独悲」（奚《なん》ぞ惆悵《ちうちやう》として独《ひと》り悲しまん）とある。

南溟之路――南海へと続く道。旅程の遙かなことをいう。「南溟」は南方にあるという大海。「南冥」に同じ。『荘子』「逍遥遊」に「是鳥也、海運則将徙於南冥、南冥者天池也」（是の鳥や、海の運《うご》くとき則ち将《まさ》に南冥に徙《うつ》らんとす、南冥とは天池なり）とある。〔二十六〕22に既出。

良遊――楽しい遊び。〔十〕6に既出。

（原田　松三郎）

〔三十七〕江寧縣白下驛呉少府見餞序

蔣山南指、長江①北派。伍胥②用而三呉盛、孫權因而九州裂。遺墟舊壤、百萬戸之王城、武據龍盤、三百年之帝國。闕③連石塞、地實金陵。覇氣盡而江山空、皇風清而市朝一。昔時地險、爲建鄴之雄都、今日天平、即江寧之小邑。呉生俊彩、甫佐亭鮮、我輩良遊、方馳去鷁。梁伯鸞之遠逝、自有長謠、閔仲叔之遐征、仍④逢厚禮。臨別浦、枕離亭。陣雲四面、洪濤千里。簾帷後闢、竹樹晦而秋煙生、棟宇前臨、波潮驚而朔風動。嗣宗高嘯、緑軫方調⑤。文擧清談、芳樽自滿。想衣冠於舊國、更値三秋、憶風景於新亭、俄傷萬古。情槃興洽、樂極悲來。愴零雨於中軒、動流波於下席。嗟乎、九江爲別、帝里隔於雲端、五嶺方踰、交州在於天際。方嚴去軸、且對窮塗、白露下而蒼山空、他郷悲而故人別。請開文囿、共寫憂源。人賦一言、倶題四韻、云爾。

【校　異】

①江—洲　②伍—五　③闕—闗　④仍—欣　⑤調—積

【訓　読】

江寧県白下駅に呉少府に餞《はなむけ》さるの序

蒋山は南を指し、長江は北に派《なが》る。伍胥用ひられて三呉盛《さか》りにして、孫権因《よ》りて九州裂《さ》けり。遺墟旧壌は、百万戸の王城にして、虎（武）據龍盤は、三百年の帝国なり。闕は石塞に連なり、地は金陵に実《いた》る。覇気は尽きて江山空しく、皇風は清《きよら》かにして市朝一《いつ》なり。昔時は地険《けは》しくして、建鄴の雄都と為り、今日は天平にして、即ち江寧の小邑なり。

呉生は俊彩にして、甫《はじ》めて亭鮮を佐《たす》け、我輩は良遊して、方《まさ》に去鷁《きよげき》を馳《お》はむとす。梁伯鸞の遠逝、自ら長謡すること有り、閔仲叔の遐征、仍《よ》りて厚礼に逢《あ》ふ。別浦に臨み、離亭に枕《のぞ》む。陣雲は四面にして、洪濤は千里なり。簾帷後《うしろ》は闢《ひら》け、竹樹晦《くら》くして秋煙生じ、棟宇前《まへ》に臨み、波潮驚きて朔風動く。嗣宗高嘯して、緑軫方《まさ》に調《しら》ぶ。文挙清談して、芳樽自《おのづか》ら満つ。衣冠を旧国に想へば、更に三秋に値《あ》ひ、風景を新亭に憶へば、俄に万古を傷む。情は槃《たの》しみ興は洽《あまね》きも、楽しみ極まれば悲しみ来る。零雨を中軒に愴《いた》み、流波を下席に動かす。

嗟乎《ああ》、九江に別れを為さむとすれば、帝里は雲端に隔たり、五嶺を方《まさ》に踰《こ》へむとすれば、交州は天際に在り。方《まさ》に去軸を厳《ととの》へ、且《まさ》に窮途に対《むか》はむとするに、白露下りて蒼山空しく、他郷に悲しみて故人別かれむとす。請《こ》はくは、文囿《ぶんいう》を開きて、共に憂源を写《のぞ》かむことを。人ごとに一言を賦し、倶《とも》に四韻を題さむ、と云ふこと尓《しか》り。

【通　釈】

江寧県の白下の駅にて呉少府に餞《はなむけ》の宴をして頂いた序

ここから眺めると蒋山は南を向き、長江は北に流れている。伍子胥が重用されて呉の国は隆盛を極め、孫権が三呉の地に赴いて都を定め中国は三分されることとなった。今は廃虚となった旧城は、昔は百万戸の人口を擁する王城であったし、虎がうずくまり龍がとぐろを巻いたような険要な地形のこの土地は呉から陳まで三百年にわたって天子が治める国であった。双闕の峰が昔の石頭城に造られた砦まで続いており、地は金陵にまで続いている。覇者の気は失われて険要なる江山は空しく存在するのみであり、天子の教えのような風はすがすがしく、市井の人も朝廷に仕える人も同じように太平の世を楽しんでいる。昔時、土地が険しかったことから建業という雄大な都邑であったが、今日は天下太平で、江寧県の小さな村里である。

呉少府は英俊なる役人であるからこそ、王朝の政治を助け、私は楽しい遊びが終わると、船で去り行かねばならない。梁鴻は故郷から遠くに旅し、途中で有名な五噫歌を作り、閔貢は故郷を離れて客居している時、故郷にいるときに周党に助けられたのと同様にやはりその安邑の県令から手厚くもてなされた。いま私達は別れの舟が泊まる浦を見おろし、そこの離別を惜しむための亭のそばにいる。四方には雲が厚く立ちこめ、大波は千里にも連なっている。とばりの外は広々としており、竹や樹木が茂って薄暗くなったところにもやが立ちこめ、建物の前には波が沸き立ち冷たい北風が吹いている。誰かが阮籍のように口笛をふき、琴の音がそれに調子を合わせて奏でられている。孔融のように満座に話しに花が咲き、美酒もたっぷりとあって尽きることはない。

むかし都で役人をしていたころを思っているとまた三年が過ぎ去り、別れを惜しむこの亭で周囲の景色の移り変わりを憶うと、急に遠い昔の事が思い出されて悲しくなる。心楽しく興趣は尽きなくても、楽しみが極まれば一転して悲しくなるものである。回廊の窓にこぬか雨が降るのを物悲しく眺め、同座の人の顔を見る。

ああ、九江に別れを告げようとすると、天子の在《おは》す都は遥か雲の彼方にあり、五嶺の関を越えようとすると、交州の地は地平線の彼方である。乗り物の用意をし、これから辛い旅路につこうとするのに、あたりには露がおりて周りの青々とした山もひっそりとしており、異郷の地で悲しい思いを抱いて友人と別れることとなった。さあ、胸中の文林を開いて共に思いの丈《たけ》を述べよう。各人が一言詩を賦して、ともに四韻の詩を書こうではないか。

【語　釈】

江寧――県名。今の南京市。呉の孫権が都を置き、以後宋・斉・梁・陳の都。古名は金陵。『元和郡県志』巻二十五に、「江南道、潤州、上元県、東北至州一百八十里。本金陵地、秦始皇時、望気者云、五百年後、金陵有都邑之気。故秦始皇東遊以厭之、改其地曰秣陵。及孫権之称号、自謂当之。…貞観九年、改白下為江寧。…上元二年、仍改江寧為上元県」（江南道、潤州、上元県、東北に州に至ること一百八十里。本《もと》金陵の地なり、秦始皇の時、気を望む者云ふ、五百年後、金陵に都邑の気有りと。故に秦始皇東遊して以て之を厭《しづ》め、其の地を改めて秣陵と曰ふ。孫権の称号するに及び、自ら之に当ると謂ふ。…貞観九年、白下を改めて江寧と為す。…上元二年、仍りて江寧を改めて上元県と為す）とある。

白下――「江寧」の注に見えるように、もとは県名であったが「江寧」と改められ、「白下」の名は駅名として残った。

駅――宿場。人・馬・車などを用意し交通・通信の便をはかった所。もとは宿場から宿場へ乗り継ぐ速馬をいったが、のちには宿場そのものを「駅」というようになった。

呉少府――「少府」は県尉の別称。県ごとに置かれ、警察のことを司った。「呉少府」は伝未詳。

蒋山――上元県の東北にあった山の名。『元和郡県志』巻二十五に「上元県、鍾山、在県東北十八里、古金陵山也。呉大帝時、蒋子文発神異於此、封之為蒋侯、改山曰蒋山」（上元県、鍾山、県の東北十八里に在り、古の金陵山なり。呉の大帝の時、蒋子文神異を此に発す、之を封じて蒋侯と為し、山を改めて蒋山と曰ふ）とある。今は紫金山という。

南指――南を向く。『芸文類聚』巻六十六に引く「江表伝」に「曹公与孫権書云、近者奉辞伐罪、旌麾南指」（曹公孫権に書を与へて云く、近者《いま》辞を奉じて罪を伐《う》たんとし、旌麾《せいき》南を指《む》く）とある。

長江――正倉院本は「江」を「洲」に作る。「長州」は春秋時代に今の蘇州市の西南、太湖の北に造られた苑の名。王勃たちがいる白下駅からは離れており目にすることはできないため、白下駅の西を流れる長江が適当と考え、「洲」を「江」に改めた。

北派――北に流れる。「派」は流れる。『初学記』巻六「総載水」に「水別流曰派」（水の別れて流るを派と曰ふ）とある。現在も長江は南京市の西で中洲で流れが二分され北へ流れている。

伍胥――春秋時代の楚の伍員《ごうん》、字は子胥のこと。父と兄を楚の平王に殺されたので呉に逃げ、のち呉王とともに楚を破り、平王の墓を暴いて死体を鞭打ち仇を討った。『史記』巻六十六「伍子胥列伝」に「伍子胥者、楚人也、名員、員父曰伍奢、員兄曰伍尚。…楚並殺奢与尚也。（子胥）至於呉、五年而楚平王卒。闔廬既立、得志、乃召伍員以為行人、而与謀国事。…当是時、呉以伍子胥、孫武之謀、西破彊楚、北威斉晋、南服越人」（伍子胥は、楚の人なり、名は員、員の父は伍奢と曰ひ、員の兄は伍尚と曰へり。…楚並びに奢と尚を殺す。（子胥）呉に至り、五年にして楚の平王卒す。闔廬既に立ち、志を得、乃ち伍員を召して以て行人と為し、与に国事を謀る。…是の時に当り、呉、伍子胥、孫武の謀を以て、西に彊楚を破り、北に斉晋を威《おび》やかし、南に越人を服せしむ）とある。

三呉――地名。呉興、呉郡、会稽の地をいう。『水経注』巻四十に「永建中、陽羨、周嘉上書、以県遠、赴会至難、求得分置。遂以浙江西為呉、以東為会稽。漢高祖十二年、一呉也。後分為三、世号三呉。呉興、呉郡、会稽其一焉」（永建中、陽羨、周嘉上書して、県の遠くして、赴会至難なるを以て、分置するを得を求む。遂に浙江の西を以て呉と為し、東を以て会稽と為す。漢高祖の十二年、呉を一にす。後に分けて三と為し、世に三呉と号す。呉興、呉郡、会稽、其の一なり）とある。

孫権――字は仲謀。呉の国を建て建業（今の南京市）に都を置いた。

因――拠る、利用する。『孟子』「離婁」に「為高必因丘陵、為下必因川沢」（高きを為《つく》るには必ず丘陵に因《よ》り、下《ひく》きを為《つく》るには必ず川沢に因《よ》る）とある。

九州――古代中国では全国を九つの州に分けた。よって「九州」とは中国全土をいう。『楚辞』「離騒」に「思九州之博大兮、豈惟是其有女」（思ふに九州の博大なる、豈に惟是《ただここ》にのみ其れ女《ぢょ》有らん）とある。「孫権因《よ》りて九州裂す」とは『三国志』「呉志・呉主伝」に「黄龍元年六月、蜀遣衛尉陳震慶権践位。権乃参分天下、…造為盟曰、…至令九州幅裂、普天無統、民神痛怨、靡所戻止」（黄龍元年六月、蜀衛尉陳震を遣はして権の位を践むを慶がしむ。権乃ち天下を参分し、…造りて盟を為して曰く、…九州をして幅裂し、普天をして統無く、民神をして痛く怨み、戻止する所靡《な》からしむに至る）とあるように、孫権が呉の建業を都として天下を三分したことをいう。

遺墟――廃墟。

旧壌――昔の領地。王粲「初征賦」に「行中国之旧壌、実吾願之所依」（中国の旧壌に行くは、実《まこと》に吾が願ひの依る所なり）とある。

百万戸之王城――百万戸もの人口を擁する国の都。百万戸は実数ではなく、後出の「三百年之帝国」の対として考えるべきであろう。

虎據龍盤――もとは虎がうずくまり龍がとぐろを巻く形をいう。転じて、地勢の険要なることをいう。正倉院本は「武據龍盤」に作るが、「武」は、唐の高祖李淵の祖父の名である「虎」を忌んで改めたものであって、誤写ではない。正倉院本が唐代写本の直接の流れを汲むものであることの証佐である。また「據」は「踞」と、「盤」は「蟠」とも作る。金陵、すなわち後の建康の荒廃を詠った庾信「哀江南賦」に「昔之虎據龍蟠、加以黄旗紫気、莫不随狐兎而窟穴、与風塵而殄悴」（昔の虎據龍蟠は、加ふるに黄旗紫気を以てすも、狐兎に随ひて窟穴し、風塵と与に殄悴せざるは莫《な》し）とある。また後掲の「石塞」の注参照。

三百年之帝国――孫権が江寧に都を建ててから同じく都としていた陳が隋に滅ぼされるまでの約三百年の間、ここを都とした王朝が続いたことをいう。

闕――正倉院本は「闗」に作るが、いま他本によって「闕」に改める。ここでいう「闕」とは『元和郡県志』にいう「双闕」のこと。『元和郡県志』巻二十五に「牛頭山、在県南四十里、山有二峰、東西相対、名為双闕」（牛頭山、県の南四十里に在り、山に二峯有りて、東西相ひ対ふ、名づけて双闕と為す）とある。

石塞――石造りのとりで。『元和郡県志』巻二十五に「石頭城、在県西四里、即楚之金陵城也、呉改為石頭城、建安十六年、呉大帝修築、以貯財宝軍器、有戍、…諸葛亮云、鍾山龍盤、石城虎踞、言其形之険固也」（石頭城は、県の西四里に在り、即ち楚の金陵城なり、呉改めて石頭城と為す、建安十六年、呉の大帝修築して、以て財宝軍器を貯ふ、戍有り、…諸葛亮云ふ、鍾山は龍の盤《わだかま》るがごとく、石城は虎の踞《うづくま》るがごとしと、其の形の険固なるを言ふなり）とあるが、この戍を「石塞」といったのであろう。

実――「至」に通じて、到るの意。『礼記』「雑記」に「訃於士、亦曰、吾子之外私寡大夫某不禄、使某実」（士に訃ぐるにも、亦曰く、吾子の外私寡大夫の某不禄せり、某をして実《いた》らしむと）とあり、鄭玄注に「実、当為至」（実、至と為すべし）とある。

金陵――南京の旧名。「江寧」の注に引く『元和郡県志』を参照。

覇気――覇者の気。

皇風――もとの意味は、天子の教え。『文選』巻一・班固「東都賦」に「揚緝熙、宣皇風」（緝熙《しふき》を揚げ、皇風を宣《の》ぶ）とあり、劉良注に「揚光明之徳、布天子之風」（光明の徳を揚げ、天子の風を布く）とある。ここでは転じて、太平の世に吹く風の意として用いる。

市朝――市井と朝廷。『文選』巻二十八・陸機「門有車馬客行」に「市朝互遷易、城闕或丘荒」（市朝互ひに遷易し、城闕或ひは丘荒となれり）とある。

建鄴――地名。「建業」に同じ。呉の孫権が都とした。もと「秣陵」といったが建安中に「建業」と改めた。『三国志』「呉志・呉主伝」に「黄龍元年秋九月、（孫）権遷都建業」（黄龍元年秋九月、（孫）権都《みやこ》を建業に遷す）とある。

雄都――雄大な都邑。王勃「夏日登韓城門楼寓望遠序」にも「秦塞雄都、今日列山河之郡」（秦塞雄都、今日は山河を列するの郡なり）とある。

天平――「天平地成」（地平天成ともいう）の略。もとは禹の治水が成功し、天地が宜しきを得たことをいう。『左伝』「僖公二十四年」に「夏書曰、地平天成、称也」（夏書に曰く、地平らかにして天成る、称《かな》ふなりと）とあり、杜預注に「地平其化、天成其施、上下相称為宜」（地其の化を平らかにし、天其の施を成さしむ、上下相ひ称《かな》ふを宜《よし》と為す）とある。ここでは転じて、天下太平なることをいう。

呉生――呉少府をいう。

俊彩――優れた役人。〔二十六〕4に既出。

甫――はじめて。『漢書』巻七五「翼奉伝」に「天下甫二世耳、然周公猶作詩書深戒成王、以恐失天下」（天下甫《はじ》めて二世なるのみ、然るに周公猶《な》ほ詩書を作りて深く成王を戒しめ、以て天下を失ふを恐る）とあり、顔師古注に「甫、始也」とある。

佐――助ける。『周礼』「肆師」に「以佐大宗伯」（以て大宗伯を佐く）とあり、鄭玄注に「佐、助也」とある。

亨鮮――「亨」は「烹」の古字で、煮る。『易』「鼎」に「以木巽火、亨飪也」（木を以て火に巽《い》れ、亨飪《はうじん》するなり）とあり、陸徳明釈文に「亨、煮也」とある。また「鮮」は、魚の意。『老子』に「治大国若烹小鮮」（大国を治むるは小鮮を烹るが若し）とあり、河上公章句に「鮮、魚、烹小魚、不去腸、不去鱗、不敢撓、恐其糜也、治国煩則下乱」（鮮は魚なり、小魚を烹るに、腸を去らず、鱗を去らず、敢へて撓《みだ》さず、其の糜《くづ》るるを恐るるなり、国を治めて煩しくば則ち下乱るるなり）

とある。老子では国を治めることを魚を煮ることに喩えているが、王勃もここでは「亨鮮」を「国を治める」意に用いる。

良遊——楽しい遊び。〔十〕6に既出。

馳——追う。『漢書』巻五十四「李広伝」に「広乃従百騎往馳三人」（広乃ち百騎を従へ往きて三人を馳《お》ふ）とあり、顔師古注に「疾馳而逐之」（疾《と》く馳《は》せて之を逐《お》ふ）とある。

鷁——もともと水鳥の名であるが、古代にはこの水鳥の姿を船首に描いたことから、ここでは船を指す。『文選』巻八・司馬相如「上林賦」に「西馳宣曲、濯鷁牛首」（西のかた宣曲に馳せ、鷁を牛首に濯《さ》す）とあり、『漢書』に見える同賦の顔師古注に「濯、所以刺船也、鷁、即鷁首之舟也」（濯は以て船を刺す所なり、鷁は即ち鷁首の舟なり）とある。

梁伯鸞——梁鴻、字は伯鸞、後漢、扶風の人。梁鴻は故郷を離れて遠くへ出かけ、その途中に都に立ち寄った時に歌を作った。その歌を聞いた粛宗に召されたが行かず、斉魯の間に住み、さらに呉の地に去った。『文選』巻十三・趙至「与嵆茂斉書」に「梁生適越、登岳長謡」（梁生越に適《ゆ》き、岳《やま》に登りて長謡す）とある。

遠逝——遠くへ出かけること。『楚辞』「離騒」に「勉遠逝而無孤疑兮、孰求美而釈女」（勉めて遠く逝《き》りて孤疑《こぎ》する無かれ、孰《たれ》か美を求めて女《なんぢ》を釈《す》てんや）とあるのに基づく。ここでは梁鴻が故郷を出て都へ行き、最後には呉の地まで行ったことをいう。

長謡——梁鴻が都洛陽を通ったときに「五噫歌《ごいのうた》」を作ったことを指す。その詩は以下の通り。

陟彼北芒兮、噫、　彼の北芒に陟《のぼ》り、噫《ああ》、
顧瞻帝京兮、噫、　帝京を顧瞻すれば、噫、
宮闕崔巍兮、噫、　宮闕崔巍たり、噫、

民之劬労兮、噫、　民の劬労《くろう》せる、噫、
遼遼未央兮、噫。　遼遼として未だ央《つ》きず、噫。

閔仲叔之遐征、仍逢厚礼——閔貢、字は仲叔、後漢、太原の人。『後漢書』巻四十三「閔貢伝」によれば、閔貢は故郷にいる時、貧しくて周党から援助を受けたことがある。のち故郷を離れて安邑に客居していた時、貧しくて豚の肝すら買い求めることができないことがあり、安邑の県令が秘かに必ず買えるように手配した。閔貢はこれを知り、安邑を去った。

遐征——遠くに旅すること。『文選』巻四十・繁欽「与魏文帝牋」に「詠北狄之遐征、奏胡馬之長思」（北狄の遐征を詠《うた》ひ、胡馬の長思を奏す）とある。

厚礼——手厚い礼遇。『史記』巻三十二「斉太公世家」に「桓公厚礼、以為大夫、任政」（桓公礼を厚くし、以て大夫と為し、政を任ず）とある。

別浦——送別の宴が開かれている水辺。「浦」は水辺をいう。『芸文類聚』巻二十九・王融「奉辞鎮西応教詩」に「風旗縈別浦、霜琯迥遙州」（風は旗を別浦に縈《めぐ》らし、霜は琯《ふえ》を遙州に迥《はげ》しくす）とある。

枕——のぞむ。『漢書』巻六十四「厳助伝」に「会稽東接於海、南近諸越、北枕大江」（会稽の東は海に接し、南は諸越に近く、北は大江に枕《のぞ》む）とあり、顔師古注に「枕、臨也」（枕は臨むなり）とある。

離亭——旅立つ人と別れを惜しむために郊外に建てられた建物。『芸文類聚』巻二十九・陰鏗「江津送劉光禄不及詩」に「泊処空余鳥、離亭已散人」（泊処空しく鳥を余すのみ、離亭已に人を散ず）とある。

陣雲——戦陣のように重なりあい、厚く立ちこめた雲。『史記』巻二十七「天官書」に「陣雲如立垣、杼雲類杼」（陣雲は垣を立つるが如く、杼雲《ちょううん》は杼に類す）とある。

洪濤——大波。『文選』巻二・張衡「西京賦」に「長風激於別隯、起洪濤而揚波」（長風別隯《べつたう》に激し、洪濤を起こして波を揚ぐ）とある。

簾帷――とばり。『玉台新詠』巻六・何思澄「奉和湘東王教班婕妤詩」に「虚殿簾帷静、閑階花蕊香」（虚殿に簾帷静かにして、閑階に花蕊香《かを》る）とある。

闢――広々としている。『文選』巻十・潘岳「西征賦」に「蹈秦郊而始闢、豁爽塏以宏壮」（秦郊を蹈《ふ》みて始めて闢《ひら》け、爽塏を豁《ほがら》かにして以て宏壮なり）とある。

晦――暗い。『詩』「鄭風・風雨」に「風雨如晦、鶏鳴不已」（風雨晦《やみ》の如し、鶏鳴已《や》まず）とあり、毛伝に「晦、昏也」（晦は昏《くら》し）とある。

秋煙――秋に立ちこめるもや。江淹の「泣賦」に「直視百里、処処秋烟」（百里を直視すれば、処処に秋烟あり）とある。

棟宇――建物の棟木と軒。転じて建物そのものを指す。『文選』巻十一・王逸「魯霊光殿賦」に「神霊扶其棟宇、歴千載而彌堅」（神霊其の棟宇を扶《たす》け、千載を歴《ふ》るも彌《ますま》す堅《かた》し）とある。

波潮――なみ。『芸文類聚』巻九十七・徐陵「謝東宮賚蛤蜊啓」に「望楼闕之気、得波潮之下」（楼闕の気を望むに、波潮の下に得《う》）とある。

驚――わきたつ。『広雅』「釈言」に「驚、起也」とある。

朔風――北風。『文選』巻二十九・曹植「朔風詩」に「仰彼朔風、用懐魏都」（彼の朔風を仰ぎ、用て魏都を懐《おも》ふ）とある。

嗣宗――阮籍の字。三国、魏の人。竹林の七賢の一人。『晋書』巻四十九「阮籍伝」に「嗜酒能嘯、善弾琴」（酒を嗜《この》み能く嘯《うそぶ》き、琴を弾くを善くす）とある。

高嘯――「嘯」は口をすぼめて長く息をはくこと。前注のように阮籍はこれが得意であった。ここでは口笛を吹くこと。

緑軫――「軫」は、ことじ。ここでは琴そのものを指す。『魏書』巻百九「楽志」に「中絃須施軫如琴、以軫調声、令与黄鍾一管相合」（中絃は須べからく軫を施すこと琴の如くにし、軫を以て声を調《ととの》へ、黄鍾の一管と相ひ合はしむべし）とある。

調——音楽を演奏する。『礼記』「月令」に「仲夏之月、…調竽笙篪簧」（仲夏の月、…竽《う》笙《しやう》篪《ち》簧《くわう》を調《しら》ぶ）とあり、鄭玄注に「調者、治其器物、習其事之言」（調は、其の器物を治め、其の事を習ふの言なり）とある。正倉院本は「積」に作るが改めた。

文挙——後漢の孔融の字。『後漢書』巻七十「孔融伝」に「性寛容少忌、好士、喜誘益後進、及退閑職、賓客日盈其門、常歎曰、坐上客恒満、尊中酒不空、吾無憂矣」（性寛容にして忌むこと少く、士を好み、後進を誘益するを喜《この》む、閑職に退くに及ぶも、賓客日《ひ》に其の門に盈《み》つ、常に歎じて曰く、坐上に客恒《つね》に満つ、尊中に酒空《むな》しからず、吾れ憂ひ無きなり）とある。次句の「芳樽自満」はこの故事に基づく。

清談——俗世間を離れた清雅な話。『文選』巻二十三・劉楨「贈五官中郎将詩其二」に「清談同日夕、情眄叙憂勤」（清談して日夕を同じくし、情眄《じやうべん》して憂勤を叙ぶ）とある。

芳樽——もとは美しい酒器をいうが、ここでは借りて美酒のこと。〔三十六〕15に既出。

衣冠——もとは役人が朝参するときに身につけた衣服と冠をいうが、ここでは役人そのものを指す。『漢書』巻九十二「游侠伝」に「（陳遵）請求不敢逆、所到、衣冠懐之、唯恐在後」（（陳遵）請ひ求めらるも敢へて逆はず、到る所、衣冠之を懐ひ、唯だ後に在るを恐る）とある。

旧国——昔の都。『荘子』「則陽」に「旧国旧都、望之暢然」（旧国旧都、之を望まば暢然たり）とある。

三秋——三年をいう。『詩』「王風・采葛」に「一日不見、如三秋兮」（一日見《あ》はざれば、三秋の如し）とある。ただこの「三秋」を九ヶ月とする説もある。

風景、新亭——「風景」は、周囲の景色。「新亭」は、呉の時代に建てられた亭。『世説新語』「言語」に「過江諸人、毎至美日、輒相邀出新亭、藉卉飲宴。周侯中坐而歎曰、風景不殊、正自有山河之異。皆相視流涙」（過江の諸人、美日に至る毎に、輒《すなは》ち相ひ邀《むか》へて新亭に出で、卉《くさ》を藉《し》きて飲宴す。周侯中坐にして歎じて曰く、風景殊《こと》ならざれども、正に自《おのづか》ら山河の異なる有り、と。皆相ひ視て涙を流す）とあり、劉峻の注に『丹陽記』を引いて「新亭、呉旧立、先基崩淪、隆安中、丹陽尹司馬恢之徙創今地」（新亭、呉旧《もと》立つるなり、先基は崩淪し、隆安中、丹陽の尹司馬恢之徙《うつ》して今の地に創る）とある。

傷――いたむ、悲しむ。『詩』「周南・巻耳」に「我姑酌彼兕觥、維以不永傷」（我れ姑《しばら》く彼の兕觥《じくわう》に酌《く》み、維《こ》れ以て永く傷まざらん）とある。

万古――遠い昔。『宋書』巻八十一「顧覬之伝」に「理定於万古之前、事徴於千代之外」（理は万古の前に定まり、事は千代の外に徴す）とある。

情槃興洽――心たのしみ、何事にも興趣を覚える。槃は盤に通じて、楽しむ意。〔十二〕16に既出。「洽」は、「三月三日曲水詩」にあるように、あまねし、と訓む。

楽極悲来――楽しみが極まれば悲しくなってくる。『史記』巻百二十六「滑稽列伝」に「酒極則乱、楽極則悲」（酒極まれば則ち乱れ、楽極まれば則ち悲し）とある。

零雨――こさめ。『詩経』「豳風・東山」に「我来自東、零雨其濛」（我東より来たれば、零雨其れ濛《もう》たり）とある。

中軒――窓のある長い廊下。〔十七〕5に既出。

流波――もとは流れる水をいうが、ここでは流し目のこと。『文選』巻十九・宋玉「神女賦」に「若流波之将瀾」（流波の将《まさ》に瀾《なみ》だたんとするが若し）とあり、李善注に「流波、目視貌。言挙目延視、精若水波将成瀾也」（流波、目視する貌。目を挙げて延視し、精《ひとみ》は水波の将に瀾《なみ》を成さんとするが若きを言ふ）とある。

下席――下座。ここでは同座の人々。『芸文類聚』巻二十九・沈約「侍宴謝朏宅餞東帰応詔詩」に「飲和陪下席、論道光上筵」（飲み和して下席に陪し、道を論じて上筵を光《かかや》かす）とある。

九江――九つの河が流れている地域。九つの河については諸説があるが、長江に注ぐ河をいうと考えられる。あるいは隋が置いた九江郡をいうか。いずれにせよ王勃たちがいる江寧の地から交州までの途中の地を指すと考えられる。

為別――別れること。『後漢書』巻八十二下「費長房伝」に「楼下有少酒、与卿為別」（楼下に少《わづ》かばかりの酒有り、卿と別れを為さん）とある。

帝里――都。『晋書』巻六十五「王導伝」に「建康、古之金陵、旧為帝里」（建康は、古の金陵にして、旧《もと》は帝里なり）とある。

雲端――雲のはし。『文選』巻二十七・謝朓「休沐重還道中詩」に「雲端楚山見、林表呉岫微」（雲の端に楚山見《あらは》れ、林の表《そと》に呉岫《ごしう》微《かす》かなり）とある。

五嶺――交州との境にあった五つの山。漢代にはこの地に戍（辺境守備隊）が置かれていて、後代には関が設けられた。『史記』巻八十九「張耳陳余列伝」に「北有長城之役、南有五嶺之戍」（北には長城の役有り、南には五嶺の戍有り）とあり、集解に『漢書音義』を引いて「嶺有五、因以為名、在交趾堺中也」（嶺五有り、因て以て名と為す、交趾の堺中に在り）とある。五嶺の個々の名は『史記索隠』に『裴氏広州記』を引いて「大庾、始安、臨賀、桂陽、掲陽、斯五嶺」（大庾、始安、臨賀、桂陽、掲陽、斯《すなは》ち五嶺なり）とある。

交州――地名。今のベトナム北部の地。時代により名称は幾度か変遷したが、『元和郡県図志』巻三十八に「建安八年、張津為刺史、士燮為太守、共表請立為州、自此始称交州焉、武徳四年、又改為交州総管府」（建安八年、張津刺史と為り、士燮太守と為り、共に表し立てて州と為すを請ふ、此より始めて交州と称す、武徳四年、又改めて交州総管府と為す）とある。

天際――天の果て。『芸文類聚』巻六・揚雄「交州箴」に「交州荒裔、水与天際」（交州は荒裔《くわうえい》にして、水と天と際《まじ》はる）

とある。

厳――整える、用意する。特に旅の仕度をすることをいう。『文選』巻二十二・鮑昭「行薬至城東橋詩」に「厳車臨迥陌、延瞰歴城闉」（車を厳《ととの》へて迥陌《くわいはく》に臨み、延《とほ》く瞰《み》て城闉《じやういん》を歴《へ》たり）とある。

去軸――旅人の乗る車。「軸」は本来は車輪を支える横木の意であるが、ここでは車そのものをいう。

窮塗――もとは行き詰まりの道、転じて、苦しい境遇をいう。「塗」は「途」に同じ。〔一〕13に既出。

白露――つゆ。〔一〕15に既出。

蒼山――青々とした山。『文選』巻二十六・顔延之「和謝監霊雲詩」に「弔屈汀洲浦、謁帝蒼山渓」（屈を汀洲の浦に弔ひ、帝に蒼山の渓に謁す）とある。

他郷――故郷から離れた土地。〔一〕10に既出。

故人――昔からの友人。『荘子』「山木」に「夫子出於山、舎於故人之家」（夫子山を出で、故人の家に舎《やど》る）とある。

文囿――文章を集めたもの。ここでは具体的なものではなく、胸中に蓄えられた素養をいう。『文選序』に「歴観文囿、泛覧辞林」（歴《あまね》く文囿を観、泛《ひろ》く辞林を覧る）とある。

写――胸中の思いをはきだすこと。『詩』「邶風・泉水」に「駕言出遊、以写我憂」（駕して言《ここ》に出で遊び、以て我が憂《うれひ》を写《のぞ》かん）とあり、毛伝に「写、除也」とある。

憂源――憂いの大本。『芸文類聚』巻五十六・范雲「州名詩」に「徐歩遵広隰、冀以写憂源」（徐に歩みて広隰を遵《ゆ》き、以て憂源を写《のぞ》かんことを冀《ねが》ふ）とある。

題――詩文を作ること。

【考　説】

文苑英華本・初唐四傑本・四部叢刊本いずれも序題を「江寧呉少府宅餞宴序」に作る。序中に「五嶺方踰、交州在於天際」とあり、王勃が父を訪ねて交州へ行く途中と考えられることから、王勃が送られるとする正倉院本の序題が正しいと考える。

（山川　英彦）

〔三十八〕秋日登冶城北樓望白下序

僕不才、懷古人之士也。峴山南望、恨元凱之塗窮、禹穴東尋、悲子長之興狹。徘徊野澤、散誕陂湖、思假俊翮而遊五都、願乘長風而眺萬里。佳辰可遇、屬樓雉之中天、良願果諧、偶琴樽之暇日。携勝友、陟崇隅、白雲展面、青山在目。南馳漲海、北控淮潮。楚山紛列、呉江浩[1]曠。川原何有、紫蓋黄旗之舊墟、城闕何年、晉宋齊梁之故跡。時非國是、物在人亡。灌莽積而蒼烟平、風濤險而翠霞晚。關山牢[2]落、壯宇宙之時康、井邑蕭條、覺衣冠之氣盡。秋深望徹、景極情盤。俯萬古於三休、窮九垓於一息。思欲校良遊於日下、買逸氣於雲端、引江山使就目、驅烟霞以縱賞。生涯詎幾、此念何期。灑絶翰而臨清風、留芳罇而待明月。倶題四韻、不亦可乎、人賦一言、其詞云爾。

【校　異】

①浩―皓　②牢―窂

【訓　読】

秋日、冶城の北楼に登り白下を望む序

僕不才なれども、古人を懐《おも》ふ士なり。峴山南に望めば、元凱の塗《みち》の窮《きはま》れるを恨み、禹穴東《ひむがし》に尋《たづ》ねては、子長の興の狭まれるを悲しぶ。野沢に徘徊し、陂湖に散誕すれば、俊翮を仮りて五都に遊ばむことを思ひ、長風に乗りて万里を眺めむことを願ふ。

佳辰可《よ》く遇ひ、楼雉の中天に属《つら》なり、良願果して諧《かな》ひ、琴樽の暇日に偶《あ》ふ。勝友と携はり、崇隅に陟《のぼ》れば、白雲展面し、青山目に在《あ》り。南に馳《は》す漲海、北に控《ひか》ふる淮潮。楚山紛《みだ》れ列《つら》なり、呉江浩曠なり。川原何《なに》か有らむ、紫蓋黄旗の旧墟あり、城闕何れの年ぞ、晋宋斉梁の故跡なり。時は非《ひ》なれど国は是《ぜ》なり、物仕れど人亡《な》し。灌莽積みて蒼烟平らかに、風濤険しくして翠霞晩《くら》し。関山牢落として、宇宙の時康《やす》らかなるを壮《さか》りにし、井邑蕭条として、衣冠の気尽《つ》くるを覚ゆ。秋深くして望徹《あき》らかに、景極《きは》まりて情盤《たの》し。万古を三休に俯し、九垓を一息に窮む。思ひ欲《ねが》はくは、良遊を日下に校《かむが》へ、逸気を雲端に賈《か》ひ、江山を引きて目に就《つ》かしめ、烟霞を駆《か》りて以て縦賞せむことを。

生涯詎幾《いくばく》ぞ、此の念《おも》ひ何れの期《とき》か。絶翰を灑《ひた》して清風に臨み、芳罇を留《とど》めて明を待たむ。倶《とも》に四韻に題す、亦可からずや、人ごとに一言を賦さむ、其の詞に尓《しか》云ふ。

【通　釈】

秋日、冶城の北楼に登って白下を望み見る序

　わたくし、もとより才もないけれども、古人を慕わしく思うところの者である。かつては南に峴山を望んでは杜預の道が失われているのを残念に思い、東に禹穴を尋ねては司馬遷の感興が忘れられているのを悲しく思った。また野沢に徘徊し、湖沼に逍遥するにつけても、もしよく飛べる翼が手に入ったらあちこちの都会を遊覧したいと思い、また大風に乗って飛んで行って遥か万里の彼方を眺めたいと願った。

　今日の佳き日にめぐり会い、城楼の牆壁が中天に聳え立つ所で、かねてからの願いかなって、琴と酒を楽しむ良い機会がやって来た。良き友と手を取り合い、北隅の高楼に登れば、眼前に白雲が拡がり、青山が目に入る。南には満水の海があり、北には淮水の潮流がある。楚の国の山がまじり連なり、呉の国の大河は広々と遥かに流れる。その平原に何があるかと言えば、呉以来の帝王たちの旧跡があり、城闕はいつの時代かと言えば、晋・宋・斉・梁の王朝の故跡である。今の時は古代ではないが、国土は昔のままにあり、遺跡遺物は残っているが、古人はみな亡び去った。野原が重なり青いもや平らかに、風波は激しく緑の霧が暗く立ちこめている。関山はひっそりと、宇宙は今最も安康な時を迎え、郷村はもの寂しく、ふと宮仕えのことなど忘れてしまう。秋深く眺望はくっきりと、景色はすばらしく心楽しむ。高所から見おろすと悠久の時が一目のうちにあり、天地の果てまで一気に見渡せる。どうか、このような遊覧を都で行い、すぐれた気性を雲の上に貰い受け、江山を引き寄せて目にし、煙霞を駆り立てて自在に楽しむことができますように。

　人の生涯はどれほどのものだろう、またこの思いはいつ叶うのだろうか。筆を湿らせて清風に臨み、美酒を据えて明月を待つとしよう。めいめいが一首ずつ、ともに四韻の詩を作ろうではないか、その詩序は以上かくのごとし。

【語　釈】

冶城——地名。今の江蘇省江寧県の西。『大清一統志』巻五十一に黄元之『金陵記』を引き「冶城、即今府治西北朝天宮、楊呉之紫極宮、宋之天慶観也」とある。『世説新語』「言語」に「王右軍与謝太傅共登冶城。謝悠然遠想、有高世之志」（王右軍（羲之）、謝太傅（安）と共に冶城に登る。謝悠然として遠くに想ひ、高世の志有り）とある。

白下——県名。江蘇省江寧県の西北。白石陂ともいう。いまの南京市。〔三十七〕1の『江寧』注参照。

不才——才のないこと。『左伝』「成公三年」に「臣不才、不勝其任」（臣不才にして、其の任に勝へず）とある。

峴山——湖北省襄陽県の南にあった山の名。『元和郡県志』巻二十一「襄州・襄陽県」に「峴山、在県東南九里。山東臨漢水、古今大路」（峴山、県東南九里に在り。山東は漢水に臨み、古今の大路なり）とある。晋の襄陽の太守・羊祜が登って置酒吟詠した。羊祜の没後、後人が碑を建てて偲び、杜預が訪れて堕涙碑と名づけた。『晋書』巻三十四「羊祜伝」に「祜楽山水、毎風景、必造峴山、置酒言詠、終日不倦」（祜山水を楽しみ、風景毎に、必ず峴山に造き、置酒言詠し、終日倦まず）とある。

元凱——晋の杜預のあざな。『晋書』巻三十四「杜預伝」に「杜預、字元凱」（杜預、字は元凱）とある。

禹穴——禹王の遺跡。〔一〕9に既出。

子長之興狭——子長は司馬遷のあざな。裴駰『史記集解序』の注に「司馬遷、字子長」とある。

散誕——自由に逍遥すること。陶弘景「題所居壁詩」に「夷甫任散誕、平叔坐談空」（夷甫散誕に任せ、平叔坐談空し）とある。

陂湖——陂沢。沼沢。

五都——各地にある五つの都市。『文選』巻十九・宋玉「登徒子好色賦」に「臣少曽遠游、周覧九土、足歴五都」（臣少《わか》くして曽て遠く遊び、周く九土を覧《み》、足五都を歴《ふ》）とあり、李善注に「五都、五方之都」（五都は、五方の都なり）とある。
俊翮――立派なつばさ。「翮」は鳥のつばさ。「俊」は「儁」に同じ。『芸文類聚』巻九十に引く湛方生「弔鶴文」に「資沖天之儁翮、曽不殊於鳥雀」（沖天の儁翮を資《と》るも、曽《すなは》ち鳥雀に殊《こと》ならず）とある。
乗長風而眺萬里――遠くまで吹いて行く大風に乗って、万里のかなたを眺める。〔二十六〕30「宗慤」「長風」の注参照。
佳辰――よい時。〔二十〕9に既出。
属楼雉之中天――城楼の牆壁が中天に聳え立つこと。「楼雉」は城楼の牆壁。〔二十五〕2に既出。
暇日――休み。〔二十五〕2に既出。
白雲展面、青山在目――眼前に白雲が拡がり、青山が目に入る。〔二十五〕2にも「白雲引領、蒼波極目」と類似の行文がある。
漲海――南海。『文選』巻十一・鮑照「蕪城賦」に「南馳蒼梧漲海、北走紫塞鴈門」（南のかた蒼梧漲海に馳せ、北のかた紫塞鴈門に走る）とある。
淮潮――淮水。
楚山――楚地方の山々。顔延之「北使洛詩」に「振楫発呉州、秣馬陵楚山」（楫を振り呉州を発す、馬に秣《まぐさ》かふに楚山を陵《しの》ぐ）とある。〔二十〕4に既出、
紛列――まじり連なる。「紛　マカフ、ミタル、マシハル」（名義抄）。
呉江――呉地方の大河。〔二十〕3に既出。
紫蓋黄旗之旧墟――紫蓋・黄旗は、斗宿と牛宿の間の雲気。帝王の出る瑞祥とされた。『宋書』巻二十七「符瑞志」に「漢世術士言、黄旗紫蓋、見於斗牛之間、江東有天子気」（漢の世の術士言ふ、黄旗紫蓋、斗牛の間に見《あら》はるは、

江東に天子の気あるなりと）とある。王勃「常州刺史平原郡開国公行状」に「龍驤鳳起、霸図存玉塁之雲、紫蓋黄旗、王迹著金陵之野」（龍驤鳳起、霸図玉塁の雲に存し、紫蓋黄旗、王迹金陵の野に著《あら》はる）とある。同じく「九成宮頌」にも「黄麾紫蓋、雑精気而西浮」（黄麾紫蓋、精気を雑へて西に浮く）とある。

晋宋斉梁之故跡――晋が建康に都を置いたのは三一八年。宋の建国は四二〇年。斉の建国は四七九年。梁の建国は五〇二年。

時非国是――時は異にしても、国土は変わらずにある。

物在人亡――物はそのままであるが、人間はみな亡びた。『芸文類聚』巻二十一・陸機「与弟詩其九」に「我履其房、物存人亡」（我其の房を履むに、物存するも人亡し）とある。

灌莽――野原。草木が叢生しているところ。「莾」は「莽」に同じ。『文選』巻十一・鮑照「蕪城賦」に「灌莽杳而無際、叢薄　紛其相依」（灌莽杳として際無く、叢薄紛として其れ相ひ依る）とある。王勃「九成宮頌」にも「灌莽生塵、隕飛霜於勁鏃」（灌莽塵を生じ、飛霜を勁鏃に隕《お》つ）とある。

牢落――寂しいさま。『文選』巻十七・陸機「文賦」に「心牢落而無偶、意徘徊而不能揥」（心牢落して偶《とも》無《な》く、意徘徊して揥《と》る能はず）とあり、李善注に「牢落、猶遼也」（牢落は遼の猶《ごと》し）とある。

井邑――郷村。周代、九夫の耕す土地方一里を「井」とし、四井を「邑」とした。『周礼』「地官・小司徒」に「九夫為井、四井為邑」（九夫を井と為し、四井を邑と為す）とある。

蕭条――心細くもの寂しい。〔十五〕5に既出。

覚衣冠之気尽――役人としての務めを忘れる。「衣冠」は〔三十七〕13に既出。

望徹――眺望が透徹している。「徹　アキラカ」（名義抄）。

景極――景色がこのうえなく美しい。

情盤――楽しむ。「盤　タノシ」（名義抄）。〔十一〕16に既出。

万古――万代。

三休――三回休んで登るほど高い。〔三十〕15に既出。

九垓――天のはて、地のはて。全世界。〔三十〕16に既出。

良遊――楽しい遊び。〔十〕6に既出。

日下――都をいう。〔二十六〕21「望長安於日下」の注参照。

逸気――すぐれた気性。『文選』巻四十二・魏文帝王「与呉質書」に「公幹有逸気、但未遒耳」（公幹逸気有り、但未だ遒《しう》ならざるのみ）とある。

雲端――雲の上。『文選』巻十・陸機「擬西北有高楼詩」に「綺窓出塵冥、飛陛躡雲端」（綺窓は塵冥を出で、飛陛は雲端を躡む）とあり、張銑注に「雲端、雲上也」（雲端は、雲の上なり）とある。

縦賞――思う存分に楽しむ。「縦　ホシイママニ」「賞　オモシロフ、モテアソフ、ヨロコヒ」（名義抄）。梁元帝「答広信侯書」に「縦賞山中、游心人外」（山中に縦賞し、心を人外に游ばしむ）とある。

詎幾――いくばく。多くないこと。〔二十〕10に既出。

灑――ひたす。「灑　ヒタス」（名義抄）。

絶翰――すぐれた筆。「絶　スクレタリ」（名義抄）。

倶題四韻…人賦一言其詞云尒――〔三十七〕「江寧縣白下驛呉少府見餞序」の結びにも「人賦一言、倶題四韻、云尒」とあった。

（辻　憲男）

〔三十九〕冬◎日送儲三宴序

儲學士東南之美、江漢之靈、淩翰圃而横飛、入詞場而獨步。風期暗合、即爲生死之交、道德懸符、唯恨相知之晚。下官太玄尚白、其心如丹、將忠信待賓朋、用烟霞以付朝夕。自非琴書好事、文筆深知、口若雌黄、人同水鏡。亦未與談今古、盡胸懷。對山川之風日、蕩羇旅之愁思。此若邂逅相適我願耳。罇酒不空、吾無憂矣。方欣握手、遽慘分岐。覺歳寒之相催、悲聚散之無定。是時也、池亭積雪、草樹凝寒。見鴻鴈之南飛、愴呉人之北走。客中送客、誰堪別後之心。一觴一詠、聊縱離前之賞。聞諸仁者、贈子以言。盍各賦詩、倶裁四韻。

【訓　読】

冬の日儲三を送る宴の序

儲学士は東南の美、江漢の霊、翰圃を凌ぎて横飛し、詞場に入りて独歩す。風期暗《ひそ》かに合ひて、即ち生死の交りを為し、道徳懸《とほ》く符《あ》ひて、唯だ相ひ知るの晩《おそ》きを恨む。下官太玄は尚《な》ほ白《しろ》きも、其の心は丹の如く、忠信を将《も》て賓朋を待ち、烟霞を用て以て朝夕に付かむ。自《おの》づから琴書事を好み、文筆深く知り、口は雌黄の若くにして、人は水鏡に同じにあらず。亦た未だ与に今古を談じ胸懐を尽くし、山川の風日に対ひ、羇旅の愁思を蕩《あら》はず。此の若き邂逅は我が願ひに相ひ適《かな》ふのみ。罇酒空《むな》しからざれば、吾れ憂ひ無し。方《いま》し欣《よろこ》びて手を握るも、遽《にはか》なる分岐を惨《いた》む。歳寒の相ひ催すを覚え、聚散の定め無きを悲しむ。

是の時や、池亭雪を積み、草樹寒きに凝《こ》る。鴻雁の南に飛ぶを見、呉人北に走《ゆ》くを愴む。客中客を送るは、誰か別後の心に堪へむ。一觴一詠して、聊《いささ》か離前の賞を縦《ほしき》ままにせむ。聞くならく諸《もろ》もろの仁者は、子に贈るに言を以てすと。盍んぞ各おの詩を賦して、倶に四韻を裁《つく》らざる。

【通　釈】

冬の日に、儲三を送る宴での序

　儲学士は優れた人物であり、ここに集う人々の中で、最も傑出した人物であり、誇りでもある。詞壇文苑に、文筆を揮って縦横に活躍し、並ぶ者がない。お互いに気心が知れあって、生死を倶にしても悔いることの無い友人となったが、儲三さんの優れた生き方は遠く離れていても心から尊敬し、もっと早くから友人になっておけば良かったと悔やまれるばかりである。私はまだ虚無恬淡の境地には達してはいないが、純粋な心は熱く燃えており、心から賓客友人をもてなし、山水の美しい景色のもと朝な夕なにお側にお仕えしたいものだ。私自身は、音楽や書物をひたすら愛するというような好事家で、詩文についてよく知っており、詩文の方面で人様の文章を直したり、人様の模範となるような人間でもない。まだお互いに古今の事どもを語り合ったり、胸の思いを語り尽くし、ともに山や川の自然に身をゆだね、旅の侘しい思いを洗い流すということもなかった。この度の思いがけない出会いは、全く私の願いにかなったものである。樽の中のお酒が空でさえなければ、私には何の憂いも無い。今喜んで手を握り合ったかと思えば、もうお別れということになってしまうというのを、痛ましく思う。冬の寒さが私たちの別れを急がせているかのように感じられる。まことに人の出会いというものは定め無きものと悲しくなる。

今ふと気が付いてみると、池の中にある亭には雪が積もり、草木は寒さに凍えている。雁が南に飛んでいくのが見える。こうした中を、呉の人である儲三さんが北に向かって行ってしまわれるのは、私にとってまことに傷ましいことだ。わが身が旅人でありながら、旅人を送り出すというのは、別れた後の寂しさに耐えられないほどだ。だから今ここで一杯飲んでは一つの詩を作り、別れの前の、限りない楽しみとしようではないか。聞くところでは、多くの人徳ある人々は、別れに際し、その人に別れの言葉をささげるものであるということだ。さあ、我われも四韻を使って、ここに皆で詩を作ろうではないか。

【語　釈】

儲三――「儲」は姓、「三」は排行。〔四十一〕にも見える。「儲三」なる人物は不明。

東南之美――優れた人物をいう。〔二十六〕5に既出。

江漢之霊――「江漢」は長江と漢水。王勃たちがいる蜀の地をいう。「江漢之霊」は優れた人物を指し、具体的にはその場にいる人々をいう。『文選』巻四・左思「蜀都賦」に「江漢炳霊、世載其英」（江漢炳霊《へいれい》にして、世《よ》よ其の英を載す）とある。王勃二十歳の時、長安を離れて蜀に赴くにあたり、楊炯は、「王勃集序」で「遠游江漢、登降岷峨、観精気之会昌、玩霊奇之肸蠁。考文章之迹、徴造化之程」（遠く江漢に游び、岷峨を登りて降り、精気の会昌を観《み》、霊奇の肸蠁《きつきやう》を玩び、文章の迹を考へ、造化の程を徴す）と言う。また〔十五〕にも「暮江浩曠、晴山紛積。

喜鵁鸞之楼曜、逢江漢之多材」（暮江は浩曠として、晴山は紛積たり。鵁鸞の楼の曜《かがや》けるを喜び、江漢の多材に逢ふ）と類似の表現がある。

翰圃——翰苑、翰林などと同じ。詞壇文苑のこと。

横飛——横に飛ぶ。縦横に交わり飛ぶこと。『文選』巻二十三・劉楨「贈五官中郎将四首之四」に「君侯多壮思、文雅縦横飛」（君侯壮思多く、文雅縦横に飛ぶ）とある。

詞場——詩文を作る場所や仲間。翰圃等と同じ。〔十八〕5に既出。

独歩——並ぶ者がないことをいう。『後漢書』巻百三「逸民伝・戴良伝」に「我若仲尼長東魯、大禹出西羌、独歩天下」（我は仲尼の東魯に長じ、大禹の西羌に出るが若《ごと》く、天下に独歩す）とある。

風期——立派な態度、気品。「風」は気立て、気質のこと。〔三十四〕13に既出。

生死之交——変わらぬ友情を云う。『文選』巻二十三・任昉「出郡伝舎哭范僕射詩」に「結懽三十載、生死一交情」（懽《よろこび》を結ぶこと三十載、生死にも交情を一《いつ》にせり）とある。『史記』巻百二十「汲鄭伝論賛」の「一死一生、乃知交情」（一死一生、乃ち交情を知る）に基づく。

道徳——人の行うべき道。生き方。『礼記』「曲礼」に「道徳仁義、非礼不成」（道徳仁義、礼に非ざれば成らず）とある。

懸符——遠く離れていても同じである。「懸」は、隔てる、遠い、遥かの意。「懸　ハルカナリ　トヲシ」（名義抄）。
また「符」は、合うの意。「符　カナフ」（名義抄）。

下官——自分の謙称。『王勃詩序』には、九例見ることが出来る。

太玄——虚無恬淡の道をいう。「泰玄」に同じ。『文選』巻二十四・嵆康「贈秀才入軍詩之四」に「俯仰自得、游心泰玄」（俯《ふ》し仰《あふ》ぎて自得し、心を泰玄に遊ばしむ）とあり、李善注に「楚辞曰、漠虚静以恬愉兮、澹無為而自得、泰玄謂道也」（楚辞に曰く、漠として虚静なるは恬愉を以てす、澹として無為なるも自得す、泰玄は道を謂ふなりと）とある。

其心如丹――心が丹の如しとは赤心、すなわち、真心をいう。『文選』巻二十一・郭璞「遊仙詩之五」に「悲来惻丹心、零涙縁纓流」（悲しみ来りて丹心を惻《いた》ましめ、零《お》つる涙纓《ひも》に縁《よ》りて流る）とある。

忠信――真心。『論語』「学而」に「主忠信、無友不如己者」（忠信を主とし、己に如かざる者を友とするなかれ）とある。

賓朋――賓客友人。

烟霞――もやと霞。美しい景色。〔一〕3に既出。

朝夕――朝な夕なに。『文選』巻五十九・沈約「斉故安陸昭王碑文」に「公陪奉朝夕、従容左右」（公は朝夕に陪奉《ばいほう》し、左右に従容《しょうよう》す）とある。

琴書――音楽や書物。『文選』巻四十五・石崇「思帰引序」に「出則以游目弋釣為事、入則有琴書之娯」（出づれば則ち目を弋釣《よくてう》に游ばしむるを以て事と為し、入れば則ち琴書の娯《たのしみ》有り）とある。

好事――好むこと。『文心雕龍』「書記」に「休璉好事、留意詞翰、抑其次也」（休璉の事を好むや、意を詞翰に留め、抑《そも》そも其の次なり）とある。

雌黄――硫黄と砒素が混合して出来ている黄土。古代、文字を抹消するために使われたために、「雌黄を加える」として、添削する意味に使われた。『文選』巻五十五・劉峻「広絶交論」に「雌黄出其脣吻、朱紫由其月旦」（雌黄は其の脣吻《しんぷん》より出で、朱紫は其の月旦に由《よ》る）とある。また『本草』には、薬用としての解説がある。

水鏡――道徳上の鏡となすに足る人を言う。『芸文類聚』巻四十五・孫綽『丞相王導碑文』に「信人倫之水鏡、道徳之標準也」（信《まこと》に人倫の水鏡、道徳の標準なり）とある。

風日――風と日の光。陶潜「五柳先生伝」に「環堵蕭然、不蔽風日」（環堵《かんと》蕭然として、風日を蔽《おほ》はず）とある。

蕩――洗う、洗い流す。〔十二〕7に既出。

羇旅――旅、旅人。『文選』巻二十三・阮籍「詠懐詩之十二」に「羇旅無疇匹、俛仰懐哀傷」（羇旅にして疇匹《ちうひつ》無く、俛仰《ふぎやう》して哀傷を懐《いだ》く）とある。
愁思――寂しい気持ち。『文選』巻二十九「古詩十九首之十九」に「出戸独彷徨、愁思当告誰」（戸を出でて独り彷徨するも、愁思当《はた》誰にか告げん）とある。
邂逅――偶然の出会い。『玉台新詠』巻一・張衡「同声歌」に「邂逅承際会、得充君後房」（邂逅際会《かいこうさいくわい》を承《う》け、君が後房に充《あ》てらるるを得たり）とある。
分岐――別れ。別れる。〔九〕6に既出。
歳寒――寒い季節。冬。
催――せかせる、せきたてる。「催　モヨヲス」（名義抄）。
聚散――人の離合集散。出会い。〔十九〕4に既出。
凝寒――厳しい寒さ。『文選』巻二十三・劉楨「贈従弟詩之二」に「豈不罹凝寒、松柏有本性」（豈に凝しき寒さに罹《あ》はざらんや、松柏本性を有《たも》てり）とある。
鴻雁之南飛――かりが南に飛ぶ。『文選』巻十三・潘岳「秋興賦」に「蝉嘒嘒而寒吟兮、雁飄飄而南飛」（蝉は嘒嘒《けいけい》として寒く吟じ、雁は飄飄《へうへう》として南に飛ぶ）とある。
愴――傷む。悲しむ。
呉人――儲三を指す。
客中――旅の途中。旅のさなか。
贈言――言葉を送って励ます。〔七〕14に既出。

（高橋　庸一郎）

〔四十〕初春於權大宅宴序

早春上月、連襟扼腕。梅柳變而新歳芳、道術齊而故人聚。羈心易斷、惜風景於他郷、勝①友難遭、盡歡娯於此席。權大官骨稽名士、倜儻高才。慱我以文章、期我以久要。大夫之風雲暗相許、國士之懷抱深相知。大開琴酒之筵、遠命珪璋之客。則有僧中龍象、支道林之聰明、物外英奇、劉眞長之體道。張生博物、仁遠乎哉、楊子草玄、吾知之矣。臨春風而對春□、接蘭友而坐蘭堂。散孤憤於談叢、寄窮愁於天漢。情飛調逸、樂極興酣。方欲粉飾襟神、激揚視聽。翫山川之物色、賞區宇之烟霞。文不在茲、請命蛟龍之筆、詩以言志、可飛白鳳之詞。凡我友人、皆成四韻。

【校　異】

①勝―滕

【訓　読】

初春権大《ごんだい》の宅に宴する序

早春の上月、襟を連ね腕を扼《やく》す。梅柳変じて新歳芳しく、道術斉ひて故人聚まる。羇心《きしん》断ち易くして、風景を他郷に惜しみ、勝友遭ひ難くして、歓娯を此の席に尽くす。

権大官は骨稽の名士、倜儻《てきたう》の高才。我を博《はく》すに文章を以てし、我に期すに久要を以てす。大夫の風雲は暗に相ひ許し、国士の懐抱は深く相ひ知る。大きに琴酒の筵を開き、遠く珪璋の客を命ず。則ち僧中の龍象は支道林の聡明、物外の英奇は劉真長の体道有り。張生の博物は仁遠きか、楊子の草せし玄は吾之を知れり。

春風に臨みて春□に対し、蘭友に接して蘭堂に坐す。孤憤を談叢に散じ、窮愁を天漢に寄す。情飛びて調べは逸《はや》り、楽しみ極まりて興酣《たけなは》なり。

方に襟神を粉飾し、視聴を激揚せむとす。山川の物色を翫《もてあそ》び、区宇の烟霞を賞《め》でむ。文は茲《ここ》に在らずして、蛟龍の筆を命ずるを請ひ、詩は言志を以て、白鳳の詞を飛ばすべし。凡そ我が友人、皆四韻を成せ。

【通　釈】

初春に権大官の宅で宴をしたときの序

早春の月初めに、親しく互いに襟を連ね腕を組み合う。梅や柳はうす緑に変わって新年は芳しく、世の道義や治術はあるべきに行われて旧友たちが聚まった。つらい旅ごころはおさめやすいもので、こうしてともに他郷の風景を賞で、良い友は遭い難いもので、ともに楽しみをこの席に尽くすのである。

権大官は智恵豊かな名士であり、衆にすぐれた高才の持ち主。私の文章を世に広めてくださり、古い約束どおりに私に期待してくださっている。権大官と私は、大夫たる才気の豪邁というものを互いに暗に認め合い、国士たる見識というものを互いに深く知りあっている。権大官は大いに琴酒の宴を開かれ、遠くから立派な客を招かれた。すなわち（この人々はといえば）僧中で学徳すぐれた僧侶はかの支道林のように聡明であり、俗世間を逃れた隠士はかの劉真長のように道を実践していらっしゃる。かの張華の『博物誌』はすばらしいとしても仁からは遠かったのではないか、かの楊雄の『太玄経』は私も知るところである。

われらはこうして心地よい春風に臨んで春□に対し、立派な友に接して美しい堂に坐している。世に容れられない憤りを尽きぬ清談に散じ、激しい憂いを天の川に寄せている。今や心は昂ぶって琴の調べは逸り、楽しみは極まって興は最高潮である。

さあ今こそ思いを飾り、見聞きするところを揚言したいものだ。山川の景物を楽しみ、天下の烟霞を賞でようではないか。文は卑近に低徊することなく、（権大官には）蛟龍のごとく天がけって文章を成せとの仰せを請い、詩は言志によって夢に白鳳を吐いた楊雄のごとく、奇なる詩句を飛ばそう。さあ我が友人たらよ、皆四韻を成そうではないか。

【語　釈】

権大――「大」は排行、権家の長男。後に「権大官」と出る。この「大」が排行であることは『王子安集註』五八頁参照。姓に排行を繋げていうことが初唐にはしばしば行われたことを、「張二官」「宋五官」「白七官」「楊八官」「尹大官」「閻五官」「李六郎」など初唐詩人の例を挙げていう。ここの「権大官」は誰か不明だが、後の内容からすると王勃のパトロンの一人だったか。

上月――上弦の月。ここは月初めをいうか。

扼腕――意気込んで腕を組む。『文選』巻十三・謝恵連「雪賦」に「歌卒、王迺尋繹吟翫、撫覧扼腕」（歌卒はりて、王迺《すなは》ち尋繹《じんえき》吟翫し、撫覧扼腕す）とある。ここは仲間同士が互いに腕を組み合うことをいい、「連襟」とともに親しさを表わした。

道術――道義と治術。『文選』巻二十九・張衡「四愁詩」に「思以道術相報貽於時君」（道術を以て時君に相ひ報ひ貽《のこ》さんことを思ふ）とある。

羇心――旅ごころ。『文選』二十六・謝霊運「七里瀬詩」に「羇心積秋晨、晨積展遊眺」（羇心は秋晨に積もり、晨に積もるを遊眺に展ぶ）とある。

勝友――正倉院本の「滕」は「勝」の誤り。「勝友」はすぐれた友。〔二十二〕3などに既出。

骨稽――「滑稽」に同じ。「骨」は「滑」の省文。弁才があること。『史記』巻七十一「樗里子列伝」に「樗里子滑稽多智。秦人号曰智嚢」（樗里子滑稽にして多智なり。秦人号して智嚢と曰ふ）とある。

倜儻――衆に抜きん出てすぐれていること。『文選』巻四十七・夏侯湛「東方朔画賛」に「倜儻博物触類多能」（博物に倜儻して類に触れて能多し）とあり、翰注に「倜儻謂奇才也」（倜儻は奇才を謂ふなり）という。

愽我以文章――「愽」は「博」の通用字。「愽博　上通下正」（干禄字書）。「ヒロシ、カフ、ウツ、ツク」（名義抄）。『論語』「子罕」に「顔淵喟然嘆曰…博我以文、約我以礼」（顔淵喟然《きぜん》として嘆じて曰く…我を博《ひろ》むるに文を以てし、我を約するに礼を以てす）とあり、これによる。王勃は自分と権大官との関係を顔淵と孔子との関係に擬していっている。「我を愽すに文章を以てし」は、ここでは権大官が王勃に本詩序を作ることを勧めたことをいうか。

久要――古い約束。『論語』「憲問」に「久要、不忘平生之言、亦可以為成人矣」（久要、平生の言を忘れざる、亦以て成人と為すべし）とあり、孔注に「久要旧約也」という。『文選』巻二十七・曹植「箜篌引」に「久要不可忘、薄終義所尤」（久要忘るべからず、終りに薄きは義の尤むる所）とあり、李善注に『論語』「憲問」の例を引く。

風雲――才気の豪邁なことのたとえ。〔二十〕3などに既出。

国士――国の中で才すぐれた人物。『史記』巻八十六「刺客列伝・予譲」に「予譲曰、臣事范・中行氏。范・中行氏皆国士遇我。我故国士報之」（予譲曰く、臣范・中行氏に事ふ。范・中行氏は皆、国士として我を遇す。我故に国士として之に報ふと）とある。

懐抱――心中の考え。〔三〕14などに既出。

珪璋――礼式の時、飾りに用いる玉。転じて、人品の高いことのたとえ。〔五〕8に既出。

龍象――学徳すぐれた僧侶。『続高僧伝』巻十三「唐京師大荘厳寺釈慧因伝」に「隋仁寿三年起禅定寺。捜揚宇内、遠招名徳。因是法門龍象乃応斯会」（隋仁寿三年禅定寺を起こす。宇内を捜揚して、遠く名徳を招く。是に因りて法門の龍象乃ち斯の会に応ず）とある。ここに僧侶がいわれるのは、この宴に僧侶が参席していたゆえか。

支道林之聡明――「支道林」は晋の高僧、支遁。「道林」は字。『梁高僧伝』巻四に伝がある。「幼有神理、聡明秀徹」（幼なきより神理有り、聡明にして秀徹）であったという。

物外――俗世間の外。『文選』巻十五・張衡「帰田賦」に「苟縦心於物外、安知栄辱之所如」（苟くも心を物外に縦《はな》たば、安《いづく》んぞ栄辱の如《ゆ》く所を知らん）とある。

英奇――すぐれ、変わっていること。〔二〕7に既出。

劉真長――晋の劉惔《えん》。「真長」は字。『晋書』巻七十五に伝がある。晋の簡文帝のもとで丹楊尹となった。

体道――道を体して君子たること、またそれゆえに世に重んじられる人。『荘子』巻二十二「外篇・知北遊篇」に「夫体道者、天下之君子所繫焉」（夫れ体道は、天下の君子の繫がる所なり）とあり、注に「言体道者、人之宗主也」（体道と言ふは、人の宗主なり）という。劉惔の伝に、「尤好老荘、任自然趣」（尤も老荘を好み、自然の趣に任す）とある。

張生博物――「張生」は晋の張華（字は茂先）、「博物」は張華の著した『博物志』。『晋書』巻九十一「儒林」に「茂先以博物参朝政」（茂先は博物を以て朝政に参ず）とある。

仁遠乎哉――「乎哉」は嗟嘆の意（『文語解』）。

楊子草玄――「楊子」は漢の楊雄（字は子雲）、「草玄」は楊雄が著した『太玄経』。『太玄経』は易経をまねて作られたもの。書名の「玄」は天地万物の起源。『漢書』巻八十七下「揚雄伝」に「哀帝時…時雄方草太玄、有以自守泊如也」（哀帝の時…時に雄方に太玄を草し、以て自ら守りて泊如なること有り）とある。

春□――ここは対の関係から一字脱字とみられる。

蘭友――立派な友だち。

蘭堂――美しい堂。

孤憤――ひとり忠を尽くしても世に容れられない憤り。『史記』巻六十三「老荘申韓列伝」に、韓非がしばしば書を以て韓王を諫めたが用いられず、「故作孤憤、五蠹、内外儲、説林、説難、十余万言」（故に孤憤、五蠹、内外儲、説林、説難十余万言を作る）と、『孤憤』など多くの書篇を作ったのは有名な故事。索隠に「孤憤、憤孤直不容於時也」（孤憤は、孤り直にして時に容れられざるを憤るなり）とある。

談叢――話題が豊富で尽きないこと。『梁書』巻八「昭明太子」に「或擅談叢、或称文囿」（或いは談叢を擅《ほしいまま》にし、或いは文囿を称す）とある。

窮愁――はなはだしい愁い。〔三十六〕7に既出。

襟神――「神襟」の誤りか。「神襟」は胸のうち。〔十八〕8に既出。

物色――四季の風物、景色。『文選』巻十三に「物色」編があり、李善注に「四時所観之物色而為之賦。又云、有物有文曰色。風雖無正色、然亦有声」（四時観る所の物色にして之を賦に為る。又た云はく、物有りて文有るを色と曰ふ。

風正色無しと雖も、然れども亦た声有り）という。

区宇――天下。『文選』巻二十・沈約「応詔、楽遊苑餞呂僧珍詩」に「愍茲区宇内、魚鳥失飛沈」（愍れむべし、茲の区宇の内、魚鳥も飛沈を失へるを）とある。

蛟龍之筆――「蛟龍」はうろこのある龍。〔二二〕16に既出。「蛟龍之筆」は、蛟龍のごとく天がけって気宇壮大な文章を作ることをいうか。

白鳳之詞――「白鳳」は白い鳳凰。『大漢和辞典』には、「吐白鳳」を「詞賦がますます奇になる前兆」として、『故事成語考』の「揚雄夢吐白鳳、詞賦愈奇」を挙げる。『西京雑記』巻二に「揚雄読書。有人語之曰、無為自苦。玄故難伝。忽然不見。雄著太玄経。夢吐鳳凰集玄之上。頃而滅」（揚雄書を読む。人有りて之に語りて曰く、自ら苦しみを為す無かれ。玄故に伝え難しと。忽然として見えず。雄太玄経を著す。夢に鳳凰を吐きて玄の上に集ふ。頃くして滅す）とある。『太平広記』巻一百六十一に引く『西京雑記』には「鳳凰」を「白鳳凰」に作る。「白鳳之詞」は揚雄のごとき奇なる詩句の意か。〔四十一〕12にも「吐鳳」と見える。

【考　説】

東野治之氏の指摘によるが（「王勃集と平城宮木簡」、「万葉」八八号、一九七五年六月、後、同氏『正倉院文書と木簡の研究』に所収）、平城宮跡出土の木簡の削屑に、本詩序の3行目から5行目にかけての中の字を写した、次のように読める三つの断片がある。

①斷惜風景於他　②惜風景於　③骨稽權大骨稽

①②は同じ部分、③は原文「權大官骨稽名士」の部分の「骨稽」「權大」の文字を習書している。「稽」は「秋」の下に「旨」を書いたような字体。出土場所やその状況から天平十七年（七四五）～十九年頃の書写とみられる

という。『王勃詩序』が日本伝来後、貴族階級のみならず下級官人層にも受容されていた一面が知られる。

（神野　富一）

〔四十二〕春日送呂三儲學士序

宇宙之風月曠矣。川岳之煙雲多矣。其有徒開七竅、枉滯百年。棄光景若埃塵、賤琴書同糞土、言不及義、動非合禮。若使周孔爲文章之[1]法吏、比屋可以行誅、嵇阮爲林壑之士師、破家不容其罪。至若神高方外、志大寰中、詩酒以洗滌胸襟、池亭以導揚耳目、超然自足、散若有餘。義合則交踈而吐誠、言忘則道存而目擊。二三君子、當仁不讓。竝高情朗俊、逸調踈閑、杞梓森羅、琳瑯疊彩。崩雲垂露之健筆、呑蛟吐鳳之奇文。顏謝可以執鞭、應徐自然銜璧。下官栖遑失路、懷抱沈愁、蹔辭野鶴之羣、來廁眞龍之友。不期而會、甘申覊旅之心、握手言離、更切依然之思。于時風雨如晦、花柳含春、雕梁看紫燕雙飛、喬木聽黄鶯雜囀。殷憂別思、畹晩年光。時不再來、須探一字。

【校　異】

①法―徳

【訓　読】

春日呂三儲学士を送る序

宇宙の風月は曠《ひろ》し。川岳の煙雲は多し。其れ徒《ただ》に七竅を開き、枉《ま》げて百年に滞るもの有り。光景を棄つること埃塵の若くし、琴書を賤しむこと糞土に同《ひと》しくし、言は義に及ばず、動は礼に合ふに非ず。若使《もし》周孔文章の法吏たれば、屋を比《なら》べて以て誅《つみ》を行ふべく、嵇阮林壑の士師たれば、家を破りて其の罪を容《ゆる》さざらむ。

神は方外より高く、志は寰中より大きく、詩酒は以て胸襟を洗滌し、池亭は以て耳目を導揚するが若きに至りては、超然として自足し、散若として余り有り。義合へば則ち交はり踈《うと》けれども誠を吐き、言忘るれば則ち道存して目撃す。

二三の君子は、仁に当りて譲らず。並《ならび》に高情朗俊にして、逸調踈閑なり、杞梓森羅、琳瑯畳彩なり。崩雲垂露の健筆、呑蛟吐鳳の奇文。顔謝以て鞭を執るべく、応徐自然《おのづから》に壁を銜《ふく》む。下官栖遑として路を失ひ、沈愁を懐抱し、蹔く野鶴の羣を辞すも、来りて真龍の友に廁《まじ》はる。期《はか》らずして会ひ、甘《あま》く羇旅の心を申《の》べ、手を握《と》りて離《わか》れを言ひ、更に依然の思ひを切にす。

時に風雨晦《くらやみ》の如く、花柳春を含み、雕梁に紫燕の双《なら》び飛ぶを看《み》、喬木に黄鴬の雑《まじ》り囀《さひづ》るを聴く。殷憂なる別思、晼晩なる年光。時は再び来らず、須らく一字を探《さぐ》るべし。

【通　釈】

春の日に呂三と儲学士を送別する序

天空の風月は広大で、川岳には煙雲が厚く垂れ込めている。さて、われわれ人間にはいたずらに七穴の顔を持ってこの世に生まれ、空しく暮らしている者がいる。美しい風景を塵埃のように見過ごし、音楽や詩文を糞土のように見下し、言葉は仁義にかなわず、行動は礼儀に合わない。もし周公旦や孔子が文化を掌る役人であったなら、一人残らず罰を受けるだろうし、嵇康や阮籍が林谷の役人であったなら、誰一人として罪を許されないだろう。

精神は方外よりも高潔で、志はこの天下よりも遠大であり、詩酒によって胸の内を洗いすすぎ、池亭に遊んで耳目を高揚させるならば、超然として満ち足りた心境になり、十分にゆったりとした気持ちになる。道義が正しければ親しい仲でなくとも真心が通じるもの、言葉を忘れるほど楽しいときでも人の道は目の当たりに存在するものである。

ここに集う二三の君子は仁を行うこと人後に落ちない。みな詩情あきらかにすぐれ、調子はのどかに、すぐれた才能の持ち主ばかり。まさに崩雲垂露の勇壮な筆遣い、呑蛟吐鳳の非凡な文才の持ち主。かの顔延之や謝霊運ですらもおそばに侍り仕え、応瑒や徐幹ですらも、自ら自分の才能の及ばないことを認めるであろう。私はあちこち彷徨《さまよ》って志を得ず、深い憂いを抱き、しばらく優れた人たちの元を去ることにしたが、ここにやってきて誠に立派な人と友人になることができた。思わぬ出会いに思う存分に旅中の気持ちを聞いてもらい、手を取って暇乞いをすると、よりいっそう慕わしく思われる。

風雨が激しくなってあたりは暗く、花や柳は春めき、軒先高くつばめが並び飛ぶのを眺め、高い木にうぐいすが鳴くのが聞こえる。別離の悲しみを胸に抱き、春の日は暮れていく。時は二度と帰ってこない、韻字を決め詩を作ろうではないか。

【語釈】

呂三儲学士――「呂三」は呂姓で輩行の第三番目の人。「儲学士」は〔三十九〕序題の「儲三」と同じ人か。その本文にも「儲学士」とある。

曠――広い。「曠　ヒロシ」（名義抄）。

川岳――山と川。『文選』巻三十一・江淹「顔特進侍宴詩」に「気生川岳陰、煙滅淮海見」（気生じて川岳陰《くら》く、煙滅《き》えて淮海見《あらは》る）とある。

煙雲――もや。

七竅――顔にある七つの穴。両目・両耳・鼻・口。七穴とも。『荘子』「応帝王」に「人皆有七竅、以視聴食息」（人皆な七竅有り、以て視聴《みき》き食《くら》ひ息をす）とある。

百年――人間の寿命をいう。〔四〕2に既出。

埃塵――ちりあくた。塵埃におなじ。

賎琴書同糞土――音楽や書物を糞土のごとくに見下す。「糞土」は価値のないものをいう。『史記』巻百二十九「貨殖列伝」に「貴出如糞土、賎取如珠玉」（貴きは出すこと糞土の如くし、賎きは取ること珠玉の如くす）とある。「琴書」は〔三十九〕6に既出。

周孔――周公旦と孔子。〔三十四〕3に既出。

文章――文化、すなわち、人が生活していく上で中心となるものを指す。『論語』「泰伯」に「煥乎其有文章」（煥乎《くわんこ》として其れ文章有り）とある。

法吏――獄吏、役人。『文選』巻四十一・司馬遷「報任少卿書」に「身非木石、独与法吏為伍、深幽囹圄之中」（身

は木石に非ざるに、独り法吏と伍を為し、深く囹圄の中に幽せらる）とある。

比屋之誅――軒並みすべて殺すこと。『論衡』「率性」に「堯舜之民、可比屋而封、桀紂之民、可比屋而誅」（堯舜の民、屋を比べて封ずべく、桀紂の民、屋を比べて誅すべし）とある。

嵇阮――嵇康と阮籍。ともに竹林の七賢の一人で、自然を愛した。

士師――司法官。『周礼』「秋官・小司寇」に「士師之職、掌国之五禁之法、以左右刑罰」（士師の職は、国の五禁の法を掌り、以て刑罰を左右《たす》く）とある。

破家――家を滅ぼす。『史記』巻八十四「屈原賈生列伝」に「亡国破家相随属」（国を亡ぼし家を破るは相ひ随属す）とある。

方外――区画の外、世俗を超越した世界。〔二〕6に既出。『文選』巻三十四・曹植「七啓」に「雍容暇豫、娯志方外」（雍容《ようよう》暇豫《かよ》して、志を方外に娯《たのし》まん）とある。

寰中――天下をいう。〔二〕6に既出。

洗滌――洗い清める。『文選』巻十二・木華「海賦」に「嘘噏百川、洗滌淮漢」（百川を嘘噏《きょかん》し、淮漢を洗滌す）とある。

導揚――導き明らかにする。『文選』巻三十五・潘勗「冊魏公九錫文」に「奉答天命、導揚弘烈」（天命に奉答し、弘烈を導揚す）とある。

超然――俗世間から離れているさま。〔十三〕16に既出。

散若――心伸びやかであること。『文選』巻十二・「江賦」に「集若霞布、散如雲豁」（集まれば霞の敷くが若く、散ずれば雲の豁《ほがら》かなるが如し）とある。

交疎而吐誠――親しい間柄ではないが誠意あることをいう。『世説新語』「規箴」に「交疎而吐誠、今人以為難」（交はり疎《うと》くして誠を吐くは、今人以て難《かた》しと為す）とある。

道存而目撃――一見しただけで道が備わっていることが分かる。〔十三〕15、〔三十五〕7に既出。

当仁不譲――仁を行うこと人後に落ちない。〔十八〕12「当仁」の注参照。

高情――詩情。〔十八〕5に既出。

朗俊――上品で優れていること。陸機「愍懐太子誄」に「茂徳克広、仁姿朗俊」（茂徳克広にして、仁姿朗俊なり）とある。

逸調――美しい調べ。陶弘景「才英頌」に「子紘有逸調、空談無与言」（子紘に逸調有り、空談に与言無し）とある。

踈閑――物静かなさま。

杞梓――おうちとあずさ。良材。優れた人材をいう。『左伝』「襄公二十六年」に「晋卿不如楚。其大夫則賢。皆卿材也。如杞梓皮革自楚往也」（晋の卿は楚に如かず。其の大夫は則ち賢なり。皆な卿の材なり。杞梓皮革の楚より往くが如きなり）とあるのに基づく。

森羅――数多く集まり並ぶこと。

琳瑯――優れた人材をいう。〔三〕6に既出、

畳彩――数多く集まること。「畳」は、重なる。

崩雲――崩れ乱れる雲。『文選』巻十二・木華「海賦」に「崩雲屑雨、浤浤汩汩」（崩雲のごとく屑雨のごとく、浤浤《くわうくわう》汩汩《いついつ》）とある。次句の「垂露」とともに書体の優れることをいうか。

垂露――未詳。書体をいうか。

呑蛟――「吐鳳」の対であり、同様の意味と考えられるが未詳。「呑龍舟」という表現があり、雄大なさまをいうが、これに当たるか。

吐鳳――立派な文章を書くことに喩える。『西京雑記』巻二に「雄著太玄経、夢吐鳳凰、集玄之上、頃而滅」（揚太玄経を著すに、鳳凰を吐き、玄の上に集ひ、頃くして滅《き》ゆを夢む）とあるのに基づく。〔四十〕15にも「可飛白鳳之詞」（白鳳の詞を飛ばすべし）と見える。

顔謝――顔延之と謝霊運。ともに六朝宋代の代表的な詩人。『文選』巻五十・沈約「宋書謝霊運伝論」に「爰逮宋代、顔謝騰声」（爰《ここ》に宋代に逮《およ》び、顔謝声を騰《あ》ぐ）と並称されている。

執鞭――文字通りには馬車を操る御者をいうが、転じて人に仕えることをいう。『論語』「述而」に「子曰、富而可求也、雖執鞭之士吾亦為之」（子曰く、富にして求むべくんば、執鞭の士と雖も吾亦た之を為さん）とあるのに基づく。

応徐――応瑒と徐幹。ともに魏の建安七士の一人。

銜璧――璧を口に含む。璧を進物にして降伏するしるしとする。『左伝』「僖公六年」に「許男面縛銜璧」（許男は面縛して璧を銜《ふく》む）とあり、杜預注に「以璧為贄、手縛故銜之」（璧を以て贄《し》と為し、手縛らるるが故に之を銜《ふく》む）とある。

栖遑――慌ただしいさま。「棲遑」に同じ。『文選』巻五十五・陸機「演連珠」に「徳表生民、不能救棲遑之辱」（徳、生民に表たるも、棲遑の辱を救ふ能はず）とある。

失路――志を得ないこと。『文選』巻四十五・揚雄「解嘲」に「当路者升青雲、失路者委溝渠」（路に当たる者は青雲に升《のぼ》り、路を失ふ者は溝渠に委《す》てらる）とある。

沈愁――深い憂い。

野鶴――人物のひとり優れたさま。『世説新語』「容止」に「嵆延祖卓卓、如野鶴之在雞群」（嵆延祖は卓卓として、野鶴の雞群に在るが如し）とある。

厠――交わる。「厠　マジハル」（名義抄）。

真龍――本物の立派な人物。『文選』巻三十六・任昉「天監三年策秀才文」に「朕傾心駿骨、非懼真龍」（朕心を駿骨に傾くるは、真の龍を懼《おそ》るるに非らず）とある。

甘――心から、十分に。

羇旅――旅、旅人。〔三十九〕8に既出。

依然――恋い慕うこと。『文選』巻十六・江淹「別賦」に「惟世間兮重別、謝主人兮依然」（惟《こ》れ世間の別れを重んずる、主人に謝すること依然たり）とある。

風雨如晦――風雨が激しくあたりが暗いことをいう。『詩』「鄭風・風雨」に「風雨如晦、鶏鳴不已」（風雨にして晦《くら》し、鶏鳴は已《や》まず）とあるのをそのまま引く。「晦」は暗い。「晦　クラシ」（名義抄）。

雕梁――彫刻を施した梁《はり》。

双飛――つがいで並び飛ぶことをいう。『文選』巻二十九「古詩」に「思為双飛鷰、銜泥巣君屋」（思ふ　双飛の鷰と為り、泥を銜んで君が屋に巣《すく》はんと）とある。

喬木――高い木。『文選』巻十六・江淹「別賦」に「視喬木兮故里、決北梁兮永辞」（喬木を故里に視《み》、北梁に決《わか》れて永く辞す）とある。

殷憂――深い憂い。深く憂う。『文選』巻十六・陸機「歎逝賦」に「在殷憂而弗違、夫何云乎識道」（殷憂に在りて違《さ》らざるは、夫れ何ぞ道を識ると云はんや）とある。

畹晩――日が暮れるさま。『文選』巻十六・陸機「歎逝賦」に「時飄忽其不再、老畹晩其将及」（時は飄忽《へうこつ》として其れ再《ふたた》びせず、老いは畹晩として其れ将《まさ》に及ばんとす）とある。

年光――春の光。『芸文類聚』巻五十・梁元帝「別荊州吏民詩」に「年光徧原隰、春色満汀洲」（年光は原隰に徧《あまね》く、春色は汀洲に満つ）とある。

（辻　憲男）

漢字索引編

正倉院本王勃詩序漢字索引

凡　例

1．この索引は『正倉院本王勃詩序』の本文のすべての漢字につき、その漢字を含む一句を該字の字音によって五十音順（現代仮名遣）に排列したものである。ただし同じ漢字が同一行同一句に複数回現れた場合は重掲していない。

1．字音は主として漢音でとった。

1．標出漢字の字体については、本文編の「凡例」に倣う。

1．字音が同じ場合は、画数順に排列した。ただあまり厳格にはなっていない。また部首の画数も漢字によって異なることがある。

1．標出漢字の所在は、本文に付した詩序の番号と行数の番号によって示した。
　　例：4-8　は4番目の詩序の8行目の意味である。

（作成　山川英彦）

ア
阿　訪風景於崇阿　26-11
アイ
哀　潘子陳哀感之辰　6-8
埃　惓城市之塵埃　34-24
棄光景若埃塵　41-3
愛　孟嘗君之愛客　5-9
愛林泉之道長　5-16
心乎愛矣　14-6
于時凝光寫愛　22-7
愛宗慤之長風　26-30
行矣自愛　27-21
偶愛神宗　34-3
曖　曖留碁於巖阡　21-9
靄　脩篁結靄　13-14
アク
悪　下官之悪俗　17-4
幄　彩綴九衢之幄　21-7
握　此時握手　6-11
握手去留之際　19-6
故人握手　36-8
方欣握手　39-10
握手言離　41-15
アツ
遏　纖歌凝而白雲遏　26-18
壓　磊落壓乹坤之氣　2-10
アン
安　安知四海之交　1-2
倶安名利之場　4-7
倚伏安能測　6-7
用宴安於別後　6-12
累安邑之餘風　14-3
琳瑯謝安邑之賓　20-4
望長安於日下　26-21
所賴君子安排　26-25
未辭安邑　29-6
安陽邵令遠耳　33-17
安貞抱樸　34-30
案　玉案金盤　2-16
暗　藤蘿暗而山門古　5-14
風期暗合　39-3
大夫之風雲暗相許　40-6
黯　黯然寂然　7-12
霧黯他鄉　10-14
イ
已　其可默已　8-7
高懷已暢　11-18
差斯而已哉　23-7
已矣哉　24-3
東隅已逝　26-27
蘭亭已矣　26-34
行樂琴樽而已哉　32-5
已厭人間　34-9
已甘心於下走　34-30
以　加以惠而好我　1-8
以爲天地之奧區　2-23
以爲帝王之神麗　2-24
披白雲以開筵　3-5
以宇宙爲城池　4-2
加以今之視昔　4-15
以傾懷抱　4-17
將以釋慰於行前　6-11
遂以離亭仙宅　7-6
終以悽愴　7-7
加以煙雲異狀　7-10
摠萬國以來王　9-2
司馬少以陽池可作　10-9
下官以溝水難留　10-10
以農桑爲業　11-3
粤以上巳芳節　11-5
輒以先成爲次　11-21
方欲以林壑爲天屬　12-7

以琴罇爲日用　12-8
羣公以十旬芳暇　13-4
下官以千里薄遊　13-5
邵少鹿少以休沐乘春　14-2
下走以旅遊多暇　14-2
以清湛幽凝鎭靜流俗　16-2
於是間以投壺　16-6
雜以妙論　16-6
以黼藻幽尋之致焉　16-7
豈非仙表足以感神　17-3
貞姿可以鎭物　17-3
楊法師以烟霞勝集　18-4
下官以書札小能　18-5
以威劉昆之火　18-9
此僕所以未盡於嵇康　19-4
竝以蘭才仙府　22-3
加以曹公展跡　22-4
且吾家以儒術輔仁　27-5
然後可以託教義，　27-11
幸以薄技　27-15
吾何德以當之哉　27-19
山川崩騰以作氣　28-3
星象磊落以降精　28-3
常以爲人生百年　28-8
夫以中牟馴雉　29-19
羣公以玉津豐暇　30-11
知軒冕可以理隔　33-3
鸞鳳可以術待　33-3
此僕所以懷泉塗而惴恐　33-7
粤以勝友良暇　33-8
王孫可以不歸　33-14
羽人可以長往　33-14
不以韻數裁焉　33-17
道王以天孫之重　34-10
畢公以帝出之榮　34-11
此僕所以望風投款　35-7
眄江山以揮涕　36-11
思染翰以淩雲　36-18
願麾戈以留景　36-18
驅烟霞以縱賞　38-15
用烟霞以付朝夕　39-6
贈子以言　39-14
悖我以文章　40-5
期我以久要　40-6
詩以言志　40-15
比屋可以行誅　41-5
詩酒以洗滌胸襟　41-7
池亭以導揚耳目　41-8
顏謝可以執鞭　41-12
夷　王夷甫之瑤林瓊樹　2-10
獨肆馮夷之賞　10-2
臺隍枕夷夏之交　26-5
衣　不蠶而衣　27-19
飲食衣服　27-20
而事親多衣食之虞　33-4
接衣簪於座右　36-10
想衣冠於舊國　37-13
覺衣冠之氣盡　38-12
矣　人之情矣　3-13
將行矣夫　7-2
去矣遠矣　7-12
而託形於宇宙者幸矣　11-4
則造化之生我得矣　11-5
太平之縱我多矣　11-5
數百年矣　12-2
道之存矣　13-16
心乎愛矣　14-6
仰高風而杼軸者多矣　15-3
已矣哉　24-3
道之存矣　24-6
固其宜矣　25-5
蘭亭已矣　26-34

今之遊太學者多矣　27-2
蓋有之矣　27-5
述作存者八代矣　27-6
四者備矣　27-10
自溺於下流矣　27-14
廿餘載矣　27-15
今旣至此矣　27-18
行矣自愛　27-21
今竝集此矣　28-7
吾之有生也廿載矣　33-2
有自來矣　33-6
老子不死矣　35-5
吾無憂矣　39-9
吾知之矣　40-10
宇宙之風月曠矣　41-2
川岳之煙雲多矣　41-2
依　旣而依稀舊識　3-7
里閈依然　5-6
相依窮路　28-13
亦有依山臨水　29-2
巖壑依然　31-6
謝魏闕而依然　34-39
更切依然之思　41-15
委　或下宛委而觀禹穴　1-9
則徽陰委積　7-10
集百川而委輸　9-2
指金臺而委輸 13-7
雲委八行　29-4
怡　神怡吏隱之間　10-5
威　驚帝室之威靈　34-7
洧　亦有拔蘭花於溱洧　10-3
韋　梓潼縣令韋君　16-2
倚　倚伏安能測　6-7
爾其丹壑叢倚　33-10
帷　翠幙玄帷　11-12
漁叟請緇帷之賞　21-3
襜帷蹔駐　26-6
簾帷後闢　37-10
惟　恭惟南北　7-6
時惟九月　20-4
毗魯化於惟桑　22-5
時惟九月　26-9
惟高明之捧檄　35-10
異　不異昌蒲之水　2-15
出處異途　4-3
昇降之儀有異　6-5
雲異色而傷遠離　6-9
異望香山　7-6
加以煙雲異狀　7-10
雖傷異國之懷　14-4
各杖異氣　28-5
不其異乎　28-12
移　陵谷終移　13-3
寧移白首之心　26-26
旣而星移漢轉　31-9
偉　幸承恩於偉餞　26-35
偉皇居之壯麗　34-7
渭　清渭澄澄　2-24
爲　琴樽爲得意之親　1-3
四皓爲方外之臣　1-6
龍蛇爲得性之場　2-2
以爲天地之奧區　2-23
以爲帝王之神麗　2-24
以宇宙爲城池　4-2
用林泉爲窟宅　4-2
旣而上屬無爲之道　4-8
言爲兩絶　8-2
以農桑爲業　11-3
輒以先成爲次　11-21
方欲以林壑爲天屬　12-7
以琴罇爲日用　12-8
澹洲爲獨往之賓　13-2

然後得爲君子哉　19-6
常以爲人生百年　28-8
化爲闍崛之山　30-6
陶然不知宇宙之爲大也　32-5
素交爲重　36-19
爲建鄴之雄都　37-6
九江爲別　37-16
即爲生死之交　39-3
若使周孔爲文章之法吏　41-5
嵆阮爲林壑之士師　41-5
意　琴樽爲得意之親　1-3
俯烟霞而道意　20-9
楊意不逢　26-32
若意不感慨　27-12
叙離道意　27-24
嗚呼阮籍意踈　33-5
仰雲霞而道意　34-28
慰　時慰相思　1-7
將以釋慰於行前　6-11
遺　成古人之遺跡也　12-3
遺墟舊壤　37-3
緯　于時紫緯澄春　21-8
謂　嘗謂連城無他鄉之別　1-10
所謂鸞翔鳳舉　7-7
謂作參分　8-2
不謂同舟共濟　9-5
可謂賢人師古　35-4
彜　式稽彜典　18-3
懿　宇文新州之懿範　26-6
イキ
域　西域之風謠在即　2-20
停歡妙域　18-7
イチ
一　幸屬一人作寰中之主　1-6
各賦一言　1-20
一十九年　2-8
風流第一　2-9
張平子奮一代宏才　2-23
雖語嘿非一　3-3
人賦一言　3-13
一字用探　6-12
一則顯光輝於楚甸　7-5
一則奮明略於趙郊　7-5
各贈一言　7-14
人探一字　8-7
人探一字　9-10
未有一同高選　10-5
人賦一言　10-17
一言均賦　11-20
人賦一言　13-17
人賦一言　14-7
人分一字　18-12
人分一字　19-8
叙風雲於一面　20-3
光浮一縣之花　20-6
一言同賦　20-11
共用一言　22-9
遠方一面　23-4
人賦一言　24-6
人探一字　25-5
秋水共長天一色　26-16
一介書生　26-29
一言均賦　26-36
咸一切欲速　27-2
雖獲一階　27-13
逝如一瞬　28-8
交有一面之深　28-11
未有能星馳一介　29-3
或一面新交　29-9
人賦一言　29-21
俾夫一同詩酒　29-21
窮九畡於一息　30-16

一時仙遇　31-10
人分一字　31-11
亦各一時　32-6
預乹坤之一物　34-3
唯恐一丘風月　34-36
人賦一言　35-12
齊天地於一指　36-21
混飛沈於一貫　36-21
人賦一言　36-23
皇風清而市朝一　37-6
人賦一言　37-19
窮九垓於一息　38-14
人賦一言　38-17
一觴一詠　39-13
須探一字　41-18

イツ

逸　王逸少之脩竹茂林　1-7
雄談逸辯　2-11
王逸少之池亭　4-4
青溪逸人　5-11
仰沖天之逸翮　6-6
勝氣逸於同心　22-8
逸興遄飛　26-18
留逸契於人間　29-18
阮嗣宗陳留逸人　31-3
賈逸氣於雲端　38-14
情飛調逸　40-12
逸調踈閑　41-10

イン

尹　尹班超忽　24-2
引　引秋陰於爽籟　6-10
引蘭酌之鸚杯　8-5
榜謳齊引　11-13
桃花引騎　13-5
引鮫人於洞穴　13-9
白雲引領　25-2
思題勝引　25-4
控蠻荊而引甌越　26-3
恭踈短引　26-36
引星垣於沓嶂　30-7
爰踈短引　34-40
引江山使就目　38-15
因　因利乘便　27-3
孫權因而九州裂　37-3
咽　咽溜清冷　9-7
姻　道合姻連　6-3
茵　睽茵席於丹巖　21-2
胤　濟陰鹿弘胤　33-17
殷　殷勤北海之筵　36-21
殷憂別思　41-17
院　闢林院而開衿　29-9
員　與員四等宴序　24-1
淫　浸淫滴瀝　12-2
陰　王右軍山陰之蘭亭　2-3
白露下而光陰晚　3-9
況乎山陰舊地　4-4
重集華陰之市　5-12
引秋陰於爽籟　6-10
則黴陰委積　7-10
始命山陰之筆　11-19
且盡山陰之樂　12-9
則呂望坐茅於磻磎之陰　16-5
故雖陰陽同功　28-2
崇松將巨柏爭陰　33-13
濟陰鹿弘胤　33-17
對光陰之易晚　34-37
海氣近而蒼山陰　36-3
慇　暢慇懃之所懷　8-7
慇懃於左右　35-8
飲　飲食衣服　27-20
隱　隱士山前　1-4
隱士相逢　2-15

朱城隱隱　2-24
猶停隱遁之賓　4-5
神怡吏隱之間　10-5
崗巒隱隱　30-6
蔭　蔭松披薜　1-3
闉　列樹崇闉　30-17
韻　倶題六韻　1-20
四韻成作　6-12
倶裁四韻　7-14
四韻裁成　8-7
四韻成篇　9-10
同裁四韻　10-17
六韻齊疏　11-20
四韻成作　13-17
倶四韻　14-7
七韻成篇　18-12
四韻成篇　19-9
四韻倶成　20-11
紫鸞抽韻　21-10
各題四韻　22-9
倶裁四韻　24-6
四韻成篇　25-5
八韻倶成　26-36
倶裁八韻　29-21
四韻成篇　31-12
不以韻數裁焉　33-17
同疏四韻　35-13
倶成四韻　36-23
倶題四韻　37-19
倶題四韻　38-17
倶裁四韻　39-15
皆成四韻　40-16

ウ

于　于時歲遊青道　5-12
于時寒雲悽愴　9-6
于時序躔青律　11-7
于時平皐春返　13-12
預于斯者若干人爾　16-7
于時氣踈瓊圃　18-9
于時紫緯澄春　21-8
于時凝光寫愛　22-7
友于兄弟　27-9
于時夕也　28-13
于時白藏開序　29-13
于時金方啓序　30-14
仙鳳于飛　35-6
于時風雨如晦　41-15
宇　神崖智宇　2-9
鑽宇宙而頓風雲　2-25
以宇宙爲城池　4-2
而託形於宇宙者幸矣　11-3
餞宇文明府序　17-1
拓桂山而構宇　21-5
宇文新州之懿範　26-6
覺宇宙之無窮　26-20
宇宙戮力　28-3
宇文德陽宅秋夜山亭宴序　29-1
友人河南宇文嶠　29-8
碧鷄靈宇　30-16
陶然不知宇宙之爲大也　32-4
棟宇前臨　37-11
壯宇宙之時康　38-11
賞區宇之烟霞　40-14
宇宙之風月曠矣　41-2
羽　羽蓋參差　4-7
羽翼於此背飛　7-6
泛羽翮於三江　9-4
羽人可以長往　33-14
雨　潤褰恒雨　18-3
雲飛雨驟　18-6
虹銷雨霽　26-15
雲繁雨驟　34-16

愴零雨於中軒　37-15
于時風雨如晦　41-16
竽　戚里笙竽　34-27
禹　或下宛委而觀禹穴　1-9
禹穴東尋　38-3
ウツ
鬱　能無鬱悒　9-9
懷良辰而鬱鬱　15-3
ウン
云　赤熛云謝　6-7
云爾　14-7
其詞云爾　21-12
我今日云爾　22-10
云爾　23-8
云爾　25-5
云爾　26-36
大雅不云乎　27-8
易不云乎　27-9
書不云乎　27-9
詩不云乎　27-9
云爾　27-24
云爾　28-14
云爾　29-22
云爾　30-21
其詞云爾　34-41
詩不云乎　35-9
云爾　35-13
云爾　36-23
云爾　37-19
其詞云爾　38-18
運　運逼朱明　11-7
大運不齊　26-24
常恐運從風火　33-6
雲　松柏風雲之氣狀　1-10
斷浮雲於南北　1-13
鑽宇宙而頓風雲　2-25
披白雲以開筵　3-5
片片仙雲　4-10
白雲將紅塵競落　4-14
揚子雲之書臺　5-6
雲異色而傷遠離　6-9
加以煙雲異狀　7-10
重展披雲　8-3
于時寒雲悽愴　9-6
既而雲生岐路　10-13
風雲蕩其懷抱　11-7
玄雲白雪之琴　11-15
仰雲霞而自負　11-18
紐泉雲之絶綵　14-6
瞻大雲而變色　15-7
詞峯與夏雲爭長　17-7
雲飛雨驟　18-6
叙風雲於一面　20-3
蓋聞鳳渚參雲　21-2
轉雲姿於舞席　21-9
落雲英於高穹　22-2
雪卷飛雲　22-7
白雲忽去　23-2
白雲引領　25-2
勝友如雲　26-7
纖歌凝而白雲遏　26-18
指呉會於雲間　26-21
不墜青雲之望　26-26
撫陵雲而自惜　26-33
或雲漢其志　28-6
雲委八行　29-4
叙風雲而倒屣　29-9
臺疑夢渚之雲　30-9
寒雲千里　30-15
況乎揚子雲之舊地　31-6
金臺出雲而高峙　33-12
雲繁雨驟　34-16

仰雲霞而道意　34-27
白雲萬里　34-29
惜雲霧之難披　34-38
天光秋而白雲晩　36-3
臨風雲而解帶　36-11
思染翰以淩雲　36-18
陣雲四面　37-10
帝里隔於雲端　37-16
白雲展面　38-7
賈逸氣於雲端　38-14
大夫之風雲暗相許　40-6
川岳之煙雲多矣　41-2
崩雲垂露之健筆　41-11

エイ

永　王勃於越州永興縣李明府送蕭三還
齊州序　1-1
永興新交　4-4
永淳二年　4-9
英　漢代英奇　2-7
雖英靈不嗣　5-7
肅肅英賢　5-12
群英在席　15-5
糞蘭英　18-6
落雲英於高穹　22-2
豈英靈之道長　28-7
巴漢英靈　29-12
而羣英在焉　32-3
英土人座　34-18
物外英奇　40-9
映　坰壠接映　30-9
俯映玄潭　36-12
盈　上客盈門　15-4
濁酒盈罇　23-5
山原曠其盈視　26-14
識盈虚之有數　26-21
郢　郢路極於峭潼　36-3
暎　夫五城高暎　5-2
下瑛茱萸之網　13-10
即暎芙蓉之水　29-16
俯暎沙亭　31-7
詠　詠蘇武之秋風　1-4
披襟朗詠　11-17
舞詠齊飛　20-5
一觴一詠　39-13
楹　限松楹於紫甸　21-2
分楹間植　29-17
巖楹左峙　36-11
裔　仙舟容裔　4-6
榮　成榮厚禄　7-4
野人輕錦陪之榮　21-4
退不邀榮　34-5
畢公以帝出之榮　34-11
屈榮命於中朝　34-12
榮賤兩亡　34-20
朱草垂榮　36-13
豈榮枯之足道　36-19
鋭　猶分鋭闕　30-9
影　花萼由其拱影　7-7
傣遲風而弄影　11-9
下拂西津之影　13-14
影浮三旬之菊　20-7
豈如慠影南櫺　21-4
傣蘭除而蹀影　21-6
赴壓影於歌軒　21-10
影泛仙罇　29-10
影襲三危之露　29-17
美人虹影　30-10
潁　潁川人物　2-6
還起潁川之駕　5-12
縈　荒壑前縈　12-6
素鱮縈鱗　13-11
窮島嶼之縈廻　26-13

衛　衛大宅宴序　21-1
嬰　猶嬰俗網之悲　19-2
猶嬰觸網之悲　29-19
瀛　覺瀛洲方丈　16-6
纓　無路請纓　26-29

エキ

亦　亦當將軍塞上　1-4
亦歸余於西北　4-18
亦有拔蘭花於溱洧　10-3
亦有銀釣犯浪　11-14
亦猶今之視昔　11-20
亦無乏焉　12-4
亦有嘉餚旨酒　16-6
亦有助於明祇　18-11
亦有依山臨水　29-2
亦有紅蘋緑荇　29-16
亦有霍將軍之大隧　30-4
亦各一時　32-6
亦有野獸羣狎　33-12
不亦可乎　38-17
亦未與談今古　39-7
易　他鄉易感　4-14
故人易失　10-15
九隴縣令河東柳易　18-3
馮唐易老　26-24
易不云乎　27-9
浮驪易盡　34-27
對光陰之易晩　34-37
良時易失　35-12
羇心易斷　40-3
益　老當益壯　26-26
窮當益堅　26-26
披襟請益　35-8
液　求玉液於蓬萊之府　2-17
佇降玄虬之液　18-4
同河汾之靈液　28-13
雜芝蘭而涵曉液　36-14
驛　秀驛追風　21-6
有當時之驛騎　34-18
江寧縣白下驛呉少府見餞序　37-1

エツ

日　故日　28-4
悦　共悦濠梁　36-20
粤　粤以上巳芳節　11-5
粤以勝友良暇　33-8
越　王勃於越州永興縣李明府送蕭三還齊州序　1-1
或登呉會而聽越吟　1-9
控蠻荊而引甌越　26-3
關山難越　26-22
荊門洎於呉越　36-4

エン

宛　或下宛委而觀禹穴　1-9
延　候風景而延情　13-4
俵林壑而延情　30-11
垣　引星垣於沓嶂　30-7
爰　白道爰開　6-8
爰昇白鹿之峯　18-3
爰命下才　25-4
爰跣短引　34-40
苑　坐林苑於三秋　20-3
收翰苑之膏腴　20-10
俄濳翰苑　29-12
鹿苑仙談　30-13
怨　怨別怨兮傷去人　9-7
宴　屢陪驪宴　1-8
秋日宴山庭序　3-1
用宴安於別後　6-11
秋晩什邡西池宴餞九隴柳明府序　10-1
聖泉宴序　12-1

江浦觀魚宴序　13-1
與邵鹿官宴序　14-1
仲家園宴序　15-1
夏日仙居觀宴序　18-1
列宴仙壇　18-7
九月九日採石館宴序　20-1
衛大宅宴序　21-1
樂五席宴羣公序　22-1
楊五席宴序　23-1
與員四等宴序　24-1
宇文德陽宅秋夜山亭宴序　29-1
若夫龍津宴喜　29-2
新都縣楊乹嘉池亭夜宴序　31-1
至眞觀夜宴序　32-1
秋晚入洛於畢公宅別道王宴序　34-1
宴洽寰中　34-21
屬羣公之宴喜　36-7
冬日送儲三宴序　39-1
初春於權大宅宴序　40-1

烟　烟霞是賞心之事　1-3
起烟霧而當軒　2-26
莫不擁冠蓋於烟霞　4-3
烟霞猶在　5-7
烟霞舉而原野晴　10-11
烟霞受制於吾徒也　15-9
烟霞用足　17-6
楊法師以烟霞勝集　18-4
悼夫烟霞遠尚　19-2
蒼烟平而楚山晚　20-4
俯烟霞而道意　20-8
烟賓忘歸　23-6
烟霞少對　24-4
視烟霞之浩曠　25-2
烟光凝而暮山紫　26-10
磊落乘烟　29-14
禪扃烟斂　30-13
烟侵橘柚之園　31-8
烟霞版蕩　33-7
烟霞狼藉　34-21
蒼烟生而北林晚　34-22
烟霞充耳目之翫　36-16
灌莽積而蒼烟平　38-10
驅烟霞以縱賞　38-15
用烟霞以付朝夕　39-5
賞區宇之烟霞　40-14

偃　莫不偃仰於熏風　9-3
況廼偃泊山水　11-4
偃去棹於離洲　20-7

掩　連霞掩照　21-11

淹　奉淹留於芳閣　5-11
景促時淹　11-16
淹留勝地　12-5
時淹景遽　13-12
銀燭淹華　31-10
山曲淹留　36-7

焉　何山川之壯麗焉　5-7
有聖泉焉　12-2
亦無乏焉　12-4
以黼藻幽尋之致焉　16-7
亹亹焉　29-12
蕭蕭焉　29-12
東山之賞在焉　29-19
眇眇焉　30-18
洋洋焉　30-18
而羣英在焉　32-3
古老相傳名焉　33-10
眇眇焉　33-14
迢迢焉　33-14
不以韻數裁焉　33-18

晼　晼晚年光　41-18

園　遁迹於丘園者　3-2

仲統芳園　4-12
仲家園宴序　15-1
仲長統之園林　15-4
睢園緑竹　26-18
即入祇園之樹　30-7
長懷習氏之園　31-2
烟侵橘柚之園　31-9
煙　加以煙雲異狀　7-10
風煙冥寞　9-8
山煙送晩　11-16
斜連北渚之煙　13-14
僕不幸在流俗而嗜煙霞　15-2
葉岫籠煙　21-7
嘯風煙於勝友　22-3
煙霞可傳檄而定　29-7
竹樹晦而秋煙生　37-11
川岳之煙雲多矣　41-2
筵　披白雲以開筵　3-5
列芳筵　4-12
高人聚而蘭筵肅　20-6
俯蘭沼而披筵　21-5
旣開作者之筵　22-8
高筵不嗣　24-2
式序幽筵　25-4
盛筵難再　26-34
仰高筵而不暇　29-5
梵筵霞屬　30-12
高士臨筵　34-19
林塘清而上筵肅　36-15
殷勤北海之筵　36-22
大開琴酒之筵　40-7
遠　臨遠登高　1-3
人高調遠　2-20
出瓊林而望遠　2-21
遠辭濠上　3-4
遠近生林薄　4-10
雲異色而傷遠離　6-9
去矣遠矣　7-12
川長道遠　8-2
又柳明府遠赴豐城　8-5
江湖思遠　12-5
波流未遠　13-4
諧遠契於詞場　18-5
神襟獨遠　18-8
悼夫烟霞遠尚　19-2
遠挩龜璫之浦　21-5
遠方一面　23-4
天柱高而北辰遠　26-22
懷遠大之擧　27-4
積潘楊之遠好　28-12
南磵之情不遠　29-19
清標未遠　30-20
遠嗣東平之唱　30-20
豈非琴罇遠契　31-3
安陽邵令遠耳　33-17
梁伯鸞之遠逝　37-8
遠命珪璋之客　40-7
仁遠乎哉　40-10
猒　雅猒城闕　33-2
已猒人間　34-9
緑　請勒緑情之作　31-11
燕　溪横燕尾　2-17
燕國書生　5-15
早燕歸鴻　11-9
雕梁看紫燕雙飛　41-16
閻　都督閻公之雅望　26-5
閭閻撲地　26-14
藺　還昇藺樓之峯　29-15
鵷　喜鴛鸞之樓曜　15-6
鵷鸞舞翼　35-6
寮宷盡鵷鸞之選　36-6
鵾　鵾鵾始望　34-23

讌　遇會高郵之讌　8-5
上巳浮江讌序　11-1
促高讌而欣故人　22-6

オ

於　王勃於越州永興縣李明府送蕭三還齊州序　1-1
契生平於張范之年　1-11
齊物我於惠莊之歲　1-11
斷浮雲於南北　1-13
況乎泣窮途於白首　1-13
歎岐路於他鄉　1-14
輕脱屣於西陽　2-13
重横琴於南澗　2-13
開壯志於高明　2-14
得神交於下走　2-14
徵石髓於蛟龍之穴　2-16
求玉液於蓬萊之府　2-17
若夫爭名於朝廷者　3-2
遁迹於丘園者　3-2
丈夫不縱志於生平　3-12
何屈節於名利　3-13
訪懷抱於茲日　3-14
莫不擁冠蓋於烟霞　4-3
披薜蘿於山水　4-4
於是携旨酒　4-12
先祓禊於長洲　4-13
却申交於促席　4-13
自悽恨於茲晨　4-15
更歡娯於此日　4-15
則推我於東南　4-18
亦歸余於西北　4-18
倍騁望於春郊　5-11
奉淹留於芳閣　5-11
況在於人　6-3
澄晩氣於幽巖　6-10
引秋陰於爽籟　6-10
將以釋慰於行前　6-11
用宴安於別後　6-12
咸軫思於去留　7-2
有懷情於憂喜　7-2
一則顯光輝於楚甸　7-5
一則奮明略於趙郊　7-5
羽翼於此背飛　7-6
菊散芳於樽酒　7-9
蘭吐氣於仁賢　7-9
喜莫喜於此時　8-4
樂莫樂於茲日　8-4
衝劍氣於牛斗　8-5
莫不偃仰於熏風調　9-3
沐浴於膏澤　9-3
冀搏風於萬里　9-4
泛羽翮於三江　9-4
亦有拔蘭花於溱洧　10-3
採蓮葉於湘湖　10-3
興偶於琴罇　10-4
事編於江漢　10-5
別錦帆於廻汀　10-7
艤瓊橈於曲嶼　10-7
具仙舟於南浦之前　10-9
攀桂席於西津之曲　10-10
轉離舟於複漵　10-14
嘶旅騎於巖坰　10-15
而託形於宇宙者幸矣　11-3
罇酒於其外　11-4
文墨於其間哉　11-5
於是儼松舲於石嶼　11-10
停桂檝於瑅潭　11-11
掛頳翼於文竿　11-14
躍青鱗於畫網　11-15
餞斜光於碧岫之前　11-17
佇明月於青溪之下　11-17
於是分桂檝　13-8

嘯漁子於平溪　13-9
引鮫人於洞穴　13-9
俾山川獲申於知己　15-8
烟霞受制於吾徒也　15-9
艤舟於江潭　16-3
則呂望坐茅於磻磎之陰　16-5
屈平製芰於涔陽之浦　16-5
於是間以投壺　16-6
接蜺裳於勝席　17-5
陪鶴轡於中軒　17-5
諧遠契於詞場　18-5
叙高情於祭牘　18-5
清祕想於丹田　18-8
滌煩心於紫館　18-8
信無慙於響應　18-11
亦有助於明祇　18-11
敢分謗於當仁　18-12
庶同塵於介福　18-12
此僕所以未盡於嵇康　19-4
不平於阮籍者也　19-4
承風於達觀之鄉　19-8
求我於忘言之地　19-8
叙風雲於一面　20-3
坐林苑於三秋　20-3
儼徂鑣於別館　20-7
偃去棹於離洲　20-7
思駐日於魯陽之庭　20-8
願廻波於屈平之浦　20-8
限松楹於紫甸　21-2
睽茵席於丹巖　21-3
颺鮮飈於泉薄　21-9
曖韶晷於巖阡　21-9
轉雲姿於舞席　21-10
赴塵影於歌軒　21-10
落雲英於高穹　22-2
嘯風煙於勝友　22-3
毗魯化於惟桑　22-5
悵秦歌於素木　22-5
酒酣發於濡首　22-8
勝氣逸於同心　22-8
停鶴軫於風衢　24-3
佇鸞觴於月徑　24-3
託同志於百齡　24-5
求知己於千載　24-6
促蘿薜於玄門　25-3
降虹蜺於紫府　25-3
儼騑驂於上路　26-10
訪風景於崇阿　26-11
窮睇眄於中天　26-20
極娯遊於暇日　26-20
望長安於日下　26-21
指呉會於雲間　26-21
屈賈誼於長沙　26-25
竄梁鴻於海曲　26-25
捨簪笏於百齡　26-30
奉晨昏於萬里　26-31
幸承恩於偉餞　26-35
是所望於羣公　26-35
至於振骨鯁　27-4
未有不久於其道　27-6
終見棄於高人　27-14
自溺於下流矣　27-14
至於竭小人之心　27-19
秋夜於綿州羣官席別薛昇華序　28-1
故僕於羣公　28-10
留興緒於芳亭　29-4
抒勞思於綵筆　29-4
縱沖衿於俗表　29-18
留逸契於人間　29-18
不撓於牽絲　29-21
無慙於景燭　29-22

引星垣於沓嶂　30-7
栖日觀於長崖　30-8
於是披桂幌　30-12
齊萬物於三休　30-15
窮九畡於一息　30-16
必兆朕於佳晨　31-4
每留連於勝地　31-4
清識滯於煩城　33-5
仙骨摧於俗境　33-5
相與遊於玄武西之廟山　33-8
絶視聽於寰中　33-16
置形骸於度外　33-16
秋晚入洛於畢公宅別道王宴序　34-1
散琴樽於北阜　34-5
喜耕鑿於東陂　34-6
見軒冕於南宮　34-8
聞絃歌於北里　34-9
屈榮命於中朝　34-12
接風期於下走　34-13
語黙於是同歸　34-14
已甘心於下走　34-30
是所望於羣公　34-31
展轉於寤寐　35-8
慇懃於左右　35-8
郢路極於崤潼　36-4
荊門泊於吳越　36-4
接衣簪於座右　36-10
駐旌棨於城隅　36-10
艤仙舟於石岸　36-11
薦綺席於沙濱　36-15
齊天地於一指　36-20
混飛沈於一貫　36-21
想衣冠於舊國　37-13
憶風景於新亭　37-14
愴零雨於中軒　37-15
動流波於下席　37-15
帝里隔於雲端　37-16
交州在於天際　37-17
俯萬古於三休　38-13
窮九垓於一息　38-13
思欲校良遊於日下　38-14
賈逸氣於雲端　38-14
初春於權大宅宴序　40-1
惜風景於他鄉　40-4
盡歡娛於此席　40-4
散孤憤於談叢　40-11
寄窮愁於天漢　40-12
嗚　嗚呼勝地不常　26-33
　嗚呼阮籍意踈　33-5

オウ

王　王勃於越州永興縣李明府送蕭三還齊州序　1-1
　歌王孫之春草　1-4
　故有梁孝王之下客　1-5
　王逸少之脩竹茂林　1-7
　王右軍山陰之蘭亭　2-3
　王夷甫之瑤林瓊樹　2-10
　溜王烈之香粳　2-18
　以爲帝王之神麗　2-24
　王逸少之池亭　4-4
　王孫春草　4-11
　王明府氣挺龍津　5-7
　秋日送王贊府兄弟赴任別序　7-1
　王贊府伯兄仲弟　7-3
　即三王之繼體　7-4
　摠萬國以來王　9-3
　昔者王烈登山　17-2
　王仲宣山陽俊人　20-2
　復存王粲之門　23-5
　秋日登洪府滕王閣餞別序　26-1

王將軍之武庫　26-8
非無聖王　26-25
王子猷之獨興　29-6
呉王殉侈之墟　30-2
昔王子敬瑯揶名士　31-2
王孫可以不歸　33-14
秋晩入洛於畢公宅別道王宴序　34-1
充帝王之萬姓　34-2
誰識王侯之貴　34-5
道王以天孫之重　34-10
終大王之樂善　34-15
王畿千里　34-16
英王入座　34-18
幸王孫之必至　34-35
王烈迎賓　34-35
王事靡鹽　35-11
百萬戸之王城　37-3
往　豈期我留子往　1-12
往往思仁　1-18
月來日往　6-10
不期往而復來　8-2
澹洲爲獨往之賓　13-2
羽人可以長往　33-14
幽人長往　34-29
往往逢人　34-34
枉　枉滯百年　41-3
奥　以爲天地之奥區　2-23
横　横溝水而東西　1-13
重横琴於南澗　2-13
溪横燕尾　2-17
洞口横開　2-19
大壑横溪　2-26
横琴對酒　5-14
綿玉甸而横流　13-7
泉石縱横　34-21
遊子横琴　34-24
淩翰圃而横飛　39-3
甌　控蠻荊而引甌越　26-3
應　同聲相應　10-10
信無慙於響應　18-11
應徐自然銜璧　41-12
謳　榜謳齊引　11-13
鶯　有餘鶯谷　4-11
丹鶯紫蝶　11-8
紫鶯抽韻　21-10
山鶯互囀　33-12
喬木聽黄鶯雜囀　41-17
鷗　行看鷗上　3-10
鸚　鸚鵡春泉　2-27
引蘭酌之鸚杯　8-6

オク
屋　比屋可以行誅　41-5
憶　憶汀洲之杜若　34-24
憶風景於新亭　37-13
オン
音　金石絲竹之音暉　1-9
珠履交音　5-10
恩　眇然有山林陂澤之恩　16-4
幸承恩於偉餞　26-35
カ
下　不遊天下者　1-2
故有梁孝王之下客　1-5
或下宛委而觀禹穴　1-9
白露下而江山晩　1-15
下官天性任眞　2-4
日下無雙　2-9
得神交於下走　2-14
白露下而光陰晩　3-9
使夫千載之下　3-14
觀夫天下四海　4-2

下栖玄邈之風　4-8
秀天下之珪璋　5-8
下官寒鄉劍士　5-15
地泉下流　6-5
背下土之淮湖　9-5
下明月之幽潭　10-7
下官以溝水難留　10-10
下長浦而方舟　11-6
佇明月於青溪之下　11-18
下官以千里薄遊　13-4
下瑛茱萸之網　13-10
下拂西津之影　13-14
下走以旅遊多暇　14-2
下官之惡俗　17-4
下官以書札小能　18-5
白露下而呉江寒　20-3
欽下車而仰明訓　22-6
爰命下才　25-4
徐孺下陳蕃之榻　26-4
下臨無地　26-12
望長安於日下　26-21
自溺於下流矣　27-14
信天下之奇託也　29-13
秋露下而江山靜　29-14
下賁窮泉　30-3
下布金沙　30-7
下綴虬蟠　30-10
下揆幽衿　30-20
露下風高　31-10
下官才不矚俗　34-2
少留都下　34-10
接風期於下走　34-13
何必山林之下　34-20
白露下而南亭虛　34-22
已甘心於下走　34-30
下走遼川鶴去　34-39
銓柱下之文　35-2
悲下走之窮愁　36-6
江寧縣白下驛呉少府見餞序　37-1
動流波於下席　37-15
白露下而蒼山空　37-17
秋日登冶城北樓望白下序　38-1
思欲校良遊於日下　38-14
下官太玄尚白　39-4
下官栖遑失路　41-13

化　賨明府□錦化之餘閑　10-8
則造化之生我得矣　11-5
雖惠化傍流　18-11
毗魯化於惟桑　22-5
而造化之功倍乎　28-7
化爲闍崛之山　30-6

戈　願麾戈以留景　36-18

加　加以惠而好我　1-8
加以今之視昔　4-15
加以煙雲異狀　7-10
加以曹公展跡　22-4
加之　27-10

火　以戚劉昆之火　18-9
常恐運從風火　33-6

可　未被可人之目　2-6
南方之物產可知　2-20
後會不可期　6-7
咸可賦詩　6-12
匪二陸之可嘉　7-3
其可默已　8-7
司馬少以陽池可作　10-9
乘査可興　10-15
而高範可追　13-4
言可傳乎　13-16
貞姿可以鎭物　17-3
俾夫賈生可作　19-7

扶搖可接　26-27
可不深慕哉　27-5
然後可以託教義　27-11
不可多得也　28-6
林泉可攘袂而遊　29-7
煙霞可傳檄而定　29-7
則知東扉可望　31-5
知軒冕可以理隔　33-3
鸞鳳可以術待　33-3
王孫可以不歸　33-14
羽人可以長往　33-14
軒冕可辭　34-32
可謂賢人師古　35-4
佳辰可遇　38-5
不亦可乎　38-17
可飛白鳳之詞　40-15
比屋可以行誅　41-5
顏謝可以執鞭　41-12
何　會當何日　1-17
何屈節於名利　3-12
羈客何情　4-15
何山川之壯麗焉　5-7
綿日月而何期　7-12
何暇邊城之思　14-5
何必復心語黙之間　19-5
何必星槎獨放　23-6
童子何知　26-9
奉宣室而何年　26-24
奏流水而何慙　26-33
數何足恃哉　27-13
吾何德以當之哉　27-19
何必山林之下　34-20
何則　35-6
何日忘之　35-9
相見何時　36-22
川原何有　38-8
城闕何年　38-9
此念何期　38-16
花　即是桃花之源　2-15
親風花而滿谷　2-27
野外蘆花　3-10
雜花爭發　4-10
花萼由其拚影　7-7
則花彩疊重　7-9
亦有拔蘭花於溱洧　10-3
落花盡而亭皐晚　11-8
桃花引騎　13-5
花明高牖　14-4
花深潤重　18-10
光浮一縣之花　20-6
花源泛日　21-8
河陽潘岳之花　29-10
雖源水桃花　34-33
花柳含春　41-16
佳　佳辰有數　20-9
必兆朕於佳晨　31-4
佳辰可遇　38-5
果　果遇攀輪　36-9
良願果諧　38-6
河　不涉河梁者　1-2
僕是南河之南　1-5
石季倫河陽之梓澤　2-4
山河坐見　2-22
滉瀁即天河之水　2-25
吐江河而懸日月　2-26
潘岳河陽之令　5-15
泝上京之河洛　9-5
共詞河而接浪　10-16
河洛有神仙之契　13-2
九隴縣令河東柳易　18-3
河陽採犢　20-6
同河汾之靈液　28-12

友人河南宇文嶠　29-8
河陽潘岳之花　29-10
淼淼言河　29-11
河洲在目　30-17
臨山河而歎息者也　33-8
駁河上之義　35-3
架　水架螺宮　5-5
還開石架　34-36
哥　舞闋哥終　18-6
夏　向時朱夏　3-8
夏日喜沈大虞三等重相遇序　8-1
詞峯與夏雲爭長　17-6
夏日仙居觀宴序　18-1
咸亨二年　18-2
臺隍枕夷夏之交　26-5
夏仲御之浮舟　34-28
家　有荀家兄弟之風　2-7
漢家二百年之都郭　2-21
由對仙家　3-7
家家竝翠　4-12
仲家園宴序　15-1
酤酒狎爐家之賞　22-4
家君作宰　26-8
鍾鳴鼎食之家　26-15
非謝家之寶樹　26-31
且吾家以儒術輔仁　27-5
吾被服家業　27-14
家藏虬岫之珍　29-11
破家不容其罪　41-6
荷　菌櫼荷裳　10-5
弱荷抽紫　11-10
的歷秋荷　31-9
野客披荷　34-6
亂荷芰而動秋風　36-13
華　況乎華陽舊壤　5-4
重集華陰之市　5-12
昇華之巖巖清峙　17-4
物華天寶　26-3
鄴水朱華　26-19
秋夜於綿州羣官席別薛昇華序　28-1
故與夫昇華者　28-12
玉帶瑤華　29-16
銀燭淹華　31-10
屬芬華之暮節　33-11
假　思假俊翮而遊五都　38-4
掛　掛幽人之明鏡　2-18
掛頳翼於文竿　11-14
掛鸞刀而雪泛　13-11
舸　舸艦弥津　26-15
過　尚有過逢之客　4-6
時之過也多緒　11-2
暇　柳明府籍銅章之暇景　10-8
羣公以十旬芳暇　13-4
下走以旅遊多暇　14-3
何暇邊城之思　14-5
山川暇日　25-2
極娛遊於暇日　26-20
仰高筵而不暇　29-6
羣公以玉津豐暇　30-11
粵以勝友良暇　33-8
廟堂多暇　34-31
偶琴樽之暇日　38-6
葭　蒼蒼葭菼　10-12
遐　東帝昇遐之宅　30-3
閔仲叔之遐征　37-9
嘉　匪二陸之可嘉　7-3
亦有嘉餚旨酒　16-7
新都縣楊乹嘉池亭夜宴序　31-1
歌　歌王孫之春草　1-4
清歌遶梁　4-14

絃歌在聽　5-10
共駐絃歌　10-11
琴歌代起　20-5
赴塵影於歌軒　21-10
悵秦歌於素木　22-5
纖歌凝而白雲遏　26-18
單父歌魚　29-20
絃歌在屬　31-7
聞絃歌於北里　34-9
琴歌代起　36-16
霞　烟霞是賞心之事　1-3
莫不擁冠蓋於烟霞　4-3
烟霞猶在　5-7
烟霞擧而原野晴　10-11
仰雲霞而自負　11-18
僕不幸在流俗而嗜煙霞　15-2
烟霞受制於吾徒也　15-9
烟霞用足　17-6
楊法師以烟霞勝集　18-4
悼夫烟霞遠尚　19-2
俯烟霞而道意　20-8
連霞掩照　21-11
烟霞少對　24-4
視烟霞之浩曠　25-2
落霞與孤鶩齊飛　26-16
煙霞可傳檄而定　29-7
梵筵霞屬　30-12
烟霞版蕩　33-7
烟霞狼藉　34-21
仰雲霞而道意　34-27
烟霞充耳目之翫　36-16
風濤險而翠霞晚　38-11
驅烟霞以縱賞　38-15
用烟霞以付朝夕　39-5
賞區宇之烟霞　40-14

ガ

我　加以惠而好我　1-8
齊物我於惠莊之歲　1-11
豈期我留子往　1-12
今我言離　1-16
物我不同　3-3
則我地之琳瑯　3-5
則推我於東南　4-18
我北君西　9-6
則造化之生我得矣　11-5
太平之縱我多矣　11-5
況我巨山之凛凛孤出　17-3
求我於忘言之地　19-8
我今日云爾　22-10
我未之見也　27-5
凡我故人　34-41
我輩良遊　37-7
此若邂逅相適我願耳　39-9
慱我以文章　40-5
期我以久要　40-6
凡我友人　40-15
臥　坐臥南廊　15-5
俄　俄涉素秋　3-8
俄濳翰苑　29-12
俄傷萬古　37-14
畫　躍青鱗於畫網　11-15
雅　雅智飄飄　1-9
儒雅風流　5-9
得逍遙之雅致　8-6
雅調高徽　9-3
盍申文雅　10-16
都督閻公之雅望　26-6
大雅不云乎　27-8
雅厭城闕　33-2
盍陳雅志　35-12
駕　還起穎川之駕　5-12

欣然命駕　29-6
屬宸駕之方旋　34-26
張季鷹之命駕　34-28

カイ

介　庶同塵於介福　18-12
一介書生　26-29
未有能星馳一介　29-4
戒　蓐收戒節　1-14
青鍾戒序　21-8
徊　徘徊去鶴　1-15
徘徊野澤　38-3
廻　雖三光廻薄　1-12
萬物廻薄　6-8
遲廻晩景　7-8
別錦帆於廻汀　10-7
歷廻溪　11-12
蹴浪奔廻　13-8
瞻列軮而廻鞭　18-7
願廻波於屈平之浦　20-8
窮島嶼之縈廻　26-13
廻首箕山之路　34-32
海　安知四海之交　1-2
四海之中　3-14
觀夫天下四海　4-2
若海上之査來　4-6
與筆海而連濤　10-16
超然四海之間　13-16
江海情多　17-6
四海山川　23-3
竄梁鴻於海曲　20-25
北海雖遙　26-27
或江海其量　28-5
然義有四海之重　28-10
酷嗜江海　33-2
返身滄海之隅　34-32
海氣近而蒼山陰　36-2
殷勤北海之筵　36-22
南馳漲海　38-7
皆　逍遙皆得性之場　3-3
處處皆青　4-11
皆成四韻　40-16
偕　況手迹不偕遂　34-25
晦　竹樹晦而秋煙生　37-11
于時風雨如晦　41-16
開　開壯志於高明　2-13
洞口横開　2-19
披白雲以開筵　3-5
三山洞開　5-2
山開鴈塔　5-5
白道爰開　6-8
心開目明　8-4
野昭開晴　11-16
開仲長之別館　14-2
開蘭砌而行吟　14-3
既開作者之筵　22-8
闢林院而開衿　29-9
于時白藏開序　29-13
竟開長樂　30-5
開明故地　30-5
還開石架　34-36
野徑斜開　36-12
請開文囿　37-18
大開琴酒之筵　40-7
其有徒開七竅　41-3
階　雖獲一階　27-13
會　或登吳會而聽越吟　1-8
會當何日　1-17
故蘭亭有昔時之會　3-12
豈復今時之會　4-17
使夫會稽竹箭　4-18
後會不可期　6-7
遇會高郵之讌　8-5

共旌友會　23-8
良會不恒　24-4
指呉會於雲間　26-21
此會無期　34-27
琴罇暫會　35-10
不期而會　41-14
解　解巾捧檄　27-18
屬吾人之解帶　35-11
還逢解榻　36-10
臨風雲而解帶　36-11
魁　揚魁梧之風　27-7
懷　訪懷抱於茲日　3-14
以傾懷抱　4-17
猶懷狂顧之心　6-2
有懷情於憂喜　7-2
攄懷款舊　8-4
暢慇懃之所懷　8-7
風雲蕩其懷抱　11-7
指林岸而長懷　11-11
高懷已暢　11-18
共寫高懷　12-10
雖傷異國之懷　14-4
懷良辰而鬱鬱　15-3
放懷叙志　15-8
遂長懷悠想　16-4
俯阮胸懷　19-3
長懷司隸之門　20-2
共寫高懷　20-10
懷幽契者　24-3
懷帝閽而不見　26-23
有懷投筆　26-30
敢竭鄙懷　26-36
懷遠大之擧　27-4
非不知風月不足懷也　28-8
攀勝集而長懷　29-5
長懷習氏之園　31-2
方深擯俗之懷　31-11
此僕所以懷泉塗而惴恐　33-7
囊鹿長懷　34-23
各叙幽懷　35-12
懷古人之士也　38-2
盡胸懷　39-8
國士之懷抱深相知　40-7
懷抱沈愁　41-13
諧　諧遠契於詞場　18-5
重諧眞性　34-4
儻心迹尅諧　34-31
良願果諧　38-6
邂　此若邂逅相適我願耳　39-9
ガイ
外　四皓爲方外之臣　1-6
野外紉蘭　1-18
野外蘆花　3-10
罇酒於其外　11-4
投跡江湖之外　23-4
置形骸於度外　33-16
既而神融象外　34-21
物外英奇　40-9
至若神高方外　41-7
垓　窮九垓於一息　38-13
害　裂詞場之要害　20-11
城池當要害之衝　36-5
豈　豈識別離之恨　1-2
豈期我留子往　1-12
他郷豈送歸之地　1-14
豈得無言　1-19
豈徒茂林脩竹　2-3
豈不然乎　3-13
豈復今時之會　4-16
夫豈然乎　14-6
豈知夫司馬卿之車騎　15-4
豈非仙表足以感神　17-2

豈如慠影南欞　21-4
豈若情高物表　23-4
豈乏明時　26-25
豈效窮塗之哭　26-28
豈英靈之道長　28-7
豈如武擔靈岳　30-5
豈非琴罇遠契　31-3
豈直坐談風月　32-5
豈榮枯之足道　36-19
涯　生涯詎幾　38-15
晐　窮九晐於一息　30-16
崖　神崖智宇　2-9
長崖霧息　13-13
栖日觀於長崖　30-8
玄崖糺合　33-10
蓋　將別蓋而同飛　1-15
則冠蓋相趨　3-2
申孔郯之傾蓋　3-8
莫不擁冠蓋於烟霞　4-3
羽蓋參差　4-7
遂得更申傾蓋　8-3
蓋同席者　15-7
蓋聞鳳渚參雲　21-2
蓋聞　23-2
蓋有之矣　27-4
蓋蜀都之靈峯也　33-9
蓋詩言志　33-17
紫盖黄旗之舊墟　38-8
凱　恨元凱之塗窮　38-2
慨　若意不感慨　27-12
駭　川澤呼其駭矚　26-14
骸　置形骸於度外　33-16

カク

各　各賦一言　1-20
各述其志　3-13
各得逍遙之地　4-8
各贈一言　7-13
盍各賦詩　15-8
各杖專門之氣　17-5
各題四韻　22-9
盍各賦詩　23-7
盍各賦詩　27-23
各杖異氣　28-5
盍各賦詩　28-14
各控驪泉之寶　29-11
亦各一時　32-6
各叙幽懷　35-12
盍各賦詩　39-14
郝　秋日楚州郝司戸宅遇餞霍使君序
36-1
慕郝氏之高風　36-9
核　核潰青田　2-20
隔　相與隔千里　6-6
知軒冕可以理隔　33-3
帝里隔於雲端　37-16
郭　漢家二百年之都郭　2-22
慤　愛宗慤之長風　26-30
閣　奉淹留於芳閣　5-11
秋日登洪府滕王閣餞別序　26-1
飛閣翔丹　26-12
鳳閣虛玄　29-2
獲　俾山川獲申於知己　15-8
雖獲一階　27-13
獲蠲戎役　27-16
翮　仰沖天之逸翮　6-6
泛羽翮於三江　9-4
思假俊翮而遊五都　38-4
霍　亦有霍將軍之大隧　30-4
秋日楚州郝司戸宅遇餞霍使君序
36-1
欽霍公之盛德　36-8
覺　覺瀛洲方丈　16-6

覺城肆之喧卑　25-3
覺宇宙之無窮　26-20
不覺浮舟　29-6
覺老幼之同歸　36-19
覺衣冠之氣盡　38-12
覺歳寒之相催　39-10
鶴　徘徊去鶴　1-15
似遼東之鶴舉　4-7
鶴顧鵬騫　7-8
聞唳鶴而驚魂　9-8
陪鶴轡於中軒　17-5
遙分鶴鳴之巖　21-6
停鶴軫於風衢　24-3
鶴汀鳬渚　26-12
下走遼川鶴去　34-39
披鶴霧　36-7
蹔辭野鶴之羣　41-14

ガク

岳　鳳皇神岳　2-26
潘岳河陽之令　5-15
河陽潘岳之花　29-10
豈如武擔靈岳　30-5
登岳長謠　30-19
川岳之煙雲多矣　41-2
崿　丹崿萬尋　12-6
蕚　花蕚由其折影　7-7
學　達學奇才　2-12
閭丘學士　9-3
孟學士之詞府　26-8
送劼赴太學序　27-1
今之遊太學者多矣　27-2
故夫膚受末學者　27-3
儲學士東南之美　39-2
春日送呂三儲學士序　41-1
壑　大壑横溪　2-26
夫鼇山巨壑　9-2
林壑清其顧眄　11-7
荒壑前縈　12-6
方欲以林壑爲天屬　12-7
縱觀丘壑　16-3
浪形丘壑之間　23-3
林壑遂喪　24-4
傃林壑而延情　30-11
巖壑依然　31-6
遂令林壑道喪　33-6
爾其丹壑叢倚　33-10
嵇阮爲林壑之士師　41-6

カツ

劼　送劼赴太學序　27-1
曷　玄魴曷尾　13-11
轄　瓊轄乘波　11-14
瓊轄銀鉤　13-10
龍鑣翠轄　30-17

カン

干　闌干象北斗之宮　2-24
預于斯者若干人爾　16-8
進非干物　34-4
甘　甘從草澤　1-18
已甘心於下走　34-30
甘申羇旅之心　41-15
坎　即坎壈之君子　2-5
罕　神交罕遇　23-2
罕悟忘筌之迹　29-20
官　下官天性任眞　2-4
下官寒鄉劍士　5-15
道泰官高　7-4
下官以溝水難留　10-10
下官以千里薄遊　13-5
與邵鹿官宴序　14-1
下官之惡俗　17-4
下官以書札小能　18-5
樂五官情懸水鏡　22-2

秋夜於綿州羣官席別薛昇華序　28-1
下官才不曠俗　34-2
下官太玄尚白　39-4
權大官骨稽名士　40-5
下官栖遑失路　41-13
冠　則冠蓋相趨　3-2
莫不擁冠蓋於烟霞　4-3
想衣冠於舊國　37-13
覺衣冠之氣盡　38-12
卷　雪卷飛雲　22-7
成其卷軸　35-3
咸　咸可賦詩　6-12
咸軫思於去留　7-2
咸亨二年　16-2
咸亨二年　18-2
咸一切欲速　27-2
去留咸遂　34-31
看　宮殿平看　2-22
行看鷗上　3-10
雕梁看紫燕雙飛　41-16
竿　掛頳翼於文竿　11-14
環臨翡翠之竿　13-10
涵　池涵折駿　22-7
雜芝蘭而涵曉液　36-14
貫　混飛沈於一貫　36-21
閈　里閈依然　5-6
寒　清風起而城闕寒　1-15
下官寒鄉劍士　5-15
涉歲寒而詎展　7-13
于時寒雲悽愴　9-6
連山寒色　10-14
白露下而呉江寒　20-3
落霽生寒　22-7
潦水盡而寒潭清　26-10
鴈陣驚寒　26-17
覩飢寒之切　27-18
他郷秋而白露寒　28-14
寒雲千里　30-15
覺歲寒之相催　39-10
草樹凝寒　39-12
敢　敢振文鋒　15-7
敢分謗於當仁　18-12
敢竭鄙懷　26-36
敢攀成列　30-20
敢忘林藪　34-23
敢抒重衿　34-39
款　款呉鄭之班荊　3-7
攄懷款舊　8-4
此僕所以望風投款　35-7
渙　渙然有所成　27-11
酣　酒酣發於濡首　22-8
樂極興酣　40-13
間　俱遊萬物之間　1-7
俯視人間　5-3
神怡吏隱之間　10-6
文墨於其間哉　11-5
蕭蕭乎人間之難遇也　12-7
瑤觴間動　13-12
超然四海之間　13-16
於是間以投壺　16-6
何必復心語默之間　19-6
浪形丘壑之間　23-3
樂在人間　23-4
指呉會於雲間　26-22
分楹間植　29-17
留逸契於人間　29-18
已厭人間　34-9
自然天地之間　34-19
閑　竇明府□錦化之餘閑　10-9
羣公九牘務閑　12-5
乘閑追俠窟之遊　22-3

錦署多閑　30-11
逸調疎閑　41-11
幹　幹父之蠱　27-9
感　宜陳感別之詞　1-20
他郷易感　4-14
潘子陳哀感之辰　6-8
豈非仙表足以感神　17-3
若意不感慨　27-12
物類之相感也　35-6
漢　廣漢巨川　2-2
漢代英奇　2-7
漢家二百年之都郭　2-21
長江與斜漢爭流　4-14
事編於江漢　10-5
逢江漢之多材　15-6
相忘江漢　25-4
或雲漢其志　28-6
巴漢英靈　29-12
旣而星移漢轉　31-9
江漢之靈　39-2
寄窮愁於天漢　40-12
銜　排旅思而銜盃　19-7
應徐自然銜璧　41-13
澗　重横琴於南澗　2-13
緘　遂令啓瑤緘者　29-5
寰　幸屬一人作寰中之主　1-6
絶視聽於寰中　33-16
宴洽寰中　34-22
志大寰中　41-7
翰　盍飄芳翰　14-5
收翰苑之膏腴　20-10
披瓊翰者　29-5
俄潛翰苑　29-12
思染翰以淩雲　36-18
灑絶翰而臨清風　38-16
淩翰圃而横飛　39-2
還　王勃於越州永興縣李明府送蕭三還齊州序　1-1
還如玉名之臺　5-5
還起潁川之駕　5-12
別而還敘　8-3
還尋源水之蹊　13-5
還昇蘭樓之峯　29-15
醴酒還陳　34-18
還開石架　34-36
還逢解榻　36-9
館　開仲長之別館　14-2
滌煩心於紫館　18-8
九月九日採石館宴序　20-1
儼徂鑣於別館　20-7
得天人之舊館　26-11
擁平陽之舊館　34-12
環　四序循環　1-12
環臨翡翠之竿　13-10
環臨玉嶼　31-8
瞰　曾軒瞰迥　30-15
磵　南磵之情不遠　29-19
暫辭幽磵　34-6
關　阻九關　6-7
靈關勝地　11-5
關山難越　26-22
關山牢落　38-11
懽　闞羅幌而交懽　21-7
灌　灌莽積而蒼烟平　38-10
艦　舸艦弥津　26-15
歡　竹林無今日之歡　3-12
更歡娯於此日　4-15
亡非昔日之歡　4-16
停歡妙域　18-7
憂歡共惑　19-5
盡歡娯於此席　40-4
觀　或下宛委而觀禹穴　1-9

觀夫天下四海　4-2
屬天地之貞觀　11-3
江浦觀魚宴序　13-1
縱觀丘壑　16-3
夏日仙居觀宴序　18-1
承風於達觀之鄉　19-8
栖日觀於長崖　30-7
信三蜀之奇觀也　30-18
至眞觀夜宴序　32-1
仰觀千載　32-6

驩　屢陪驩宴　1-8
追驩妙境　10-9
處涸轍而相驩　26-27
浮驩易盡　34-27
此驩難再　36-21

ガン

含　即事含毫　7-13
而馬肆含毫　17-7
花柳含春　41-16

岸　指林岸而長懷　11-11
砂堤石岸　12-3
艤仙舟於石岸　36-14

翫　烟霞充耳目之翫　36-16
翫山川之物色　40-13

鴈　山開鴈塔　5-5
鴻鴈起而汀洲夕　10-12
鴈陣驚寒　26-17
鴈翼分橋　29-15
見鴻鴈之南飛　39-12

顔　顔謝可以執鞭　41-12

願　願廻波於屈平之浦　20-8
願乘春水　34-28
願麾戈以留景　36-18
願乘長風而眺萬里　38-4
良願果諧　38-6
此若邂逅相適我願耳　39-9

巖　巖堅龍頭　2-17
澄晚氣於幽巖　6-10
嘶旅騎於巖坰　10-15
巖暄蕙密　11-9
乘巖泌涌　12-2
昇華之巖巖清峙　17-4
睽茵席於丹巖　21-3
遙分鶴鳴之巖　21-6
曖留畧於巖阡　21-9
巖巖思壁　29-10
千載巖泉　29-22
想巖泉而結興　30-11
巖壑依然　31-6
息肩巖石　33-15
巖楹左峙　36-11

キ

几　登鳳几而霜離　13-11

己　俾山川獲申於知己　15-9
求知己於千載　24-5

危　危嵓萬色　11-13
顧斜景而危心　15-6
影襲三危之露　29-18

岐　歎岐路於他鄉　1-14
分岐臨水　9-6
旣而雲生岐路　10-13
遽慘分岐　39-10

希　俱希拔俗之標　17-5

杞　杞梓森羅　41-11

祁　迥寫祁連　30-4

其　各述其志　3-13
花萼由其拆影　7-7
宜其奮藻　7-13
其可默已　8-7
罇酒於其外　11-4
文墨於其間哉　11-5
林壑清其顧眄　11-7

風雲蕩其懷抱　11-7
爾其崇灡帶地　13-6
思其人　16-4
其詞云爾　21-12
固其宜矣　25-5
山原曠其盈視　26-14
川澤呼其駭矚　26-14
未有不久於其道　27-6
求其友生　27-10
不其然乎　28-4
或江海其量　28-5
或林泉其識　28-5
或簪裾其迹　28-6
或雲漢其志　28-6
不其異乎　28-12
不其悲乎　28-14
其在茲乎　29-20
爾其丹壑叢倚　33-10
其玄都紫微之事耶　33-14
其不然乎　33-16
賓主由其莫辨　34-14
其詞云爾　34-41
撮㧐㧐其綱紀　35-3
成其卷軸　35-3
吾儕服其精博　35-4
時議稱其典要　35-4
其詞云爾　38-17
其心如丹　39-5
其有徒開七竅　41-2
破家不容其罪　41-6

奇　漢代英奇　2-7
達學奇才　2-12
百年奇表　2-13
寤寐奇託　12-5
今之羣公竝授奇彩　28-5
信天下之奇託也　29-13
信三蜀之奇觀也　30-18
物外英奇　40-9
呑蛟吐鳳之奇文　41-12

季　石季倫河陽之梓澤　2-4
張季鷹之命駕　34-28

芰　若乃青蘋緑芰　12-4
屈平製芰於湾陽之浦　16-5
亂荷芰而動秋風　36-13

洎　荊門洎於呉越　36-4

癸　六月癸巳　16-2

紀　龍集丹紀　18-2
撮㧐㧐其綱紀　35-3

軌　請襲詩人之軌　22-9

旣　子旣簫韶　1-19
旣酌傷離之酒　1-19
旣而依稀舊識　3-7
旣而上屬無爲之道　4-8
旣當此時　8-7
旣而雲生岐路　10-13
旣而情盤興遽　11-16
旣而崗巒却峙　12-5
旣而香樹迎曛　21-10
旣開作者之筵　22-8
鍾期旣遇　26-33
今旣至此矣　27-18
旣而星移漢轉　31-9
旣而神融象外　34-21
夫靈芝旣秀　35-5

氣　松柏風雲之氣狀　1-10
氣調不羈　2-6
磊落壓乹坤之氣　2-10
地爽氣清　2-20
王明府氣挺龍津　5-8
憐風月之氣高　5-16
澄晩氣於幽巌　6-10
蘭吐氣於仁賢　7-9

衝劍氣於牛斗　8-5
翻增氣哽　9-7
同氣相求　10-11
各杖專門之氣　17-6
于時氣踈瓊圃　18-9
勝氣逸於同心　22-8
氣浮彭澤之罇　26-19
山川崩騰以作氣　28-3
各杖異氣　28-5
磊落名都之氣　30-18
江山助屈平之氣　31-6
氣爽風馳　34-16
海氣近而蒼山陰　36-2
覇氣盡而江山空　37-5
覺衣冠之氣盡　38-12
賈逸氣於雲端　38-14
記　成者先書記　22-9
博涉道記　33-3
共記良遊　36-23
起　清風起而城闕寒　1-15
起烟霧而當軒　2-26
還起潁川之駕　5-12
鴻鴈起而汀洲夕　10-12
漁弄互起　11-13
琴歌代起　20-5
騰蛟起鳳　26-7
爽籟發而清風起　26-18
琴歌代起　36-16
飢　覩飢寒之切　27-18
基　驪嶠崇基　30-2
分曲阜之新基　34-11
寄　道寄虛舟　13-2
寄窮愁於天漢　40-12
喜　有懷情於憂喜　7-3
夏日喜沈大虞三等重相遇序　8-1
喜莫喜於此時　8-4
喜青天之在矚　10-13
喜鴛鸞之樓曜　15-6
喜託龍門　26-32
若夫龍津宴喜　29-2
喜耕鑿於東陂　34-6
屬羣公之宴喜　36-7
幾　幾度琴罇　3-10
芳期詎幾　20-10
神交復幾　24-4
庶幾乎　27-20
生涯詎幾　38-16
揮　眄江山以揮涕　36-11
揆　下揆幽衿　30-20
晷　候芳晷而騰姿　11-9
曖韶晷於巖阡　21-9
期　豈期我留子往　1-12
千里心期　2-14
後會不可期　6-7
綿日月而何期　7-12
不期往而復來　8-2
幽期難再　10-15
鍾期在聽　11-15
共抒幽期　11-20
芳期詎幾　20-9
鍾期既遇　26-33
相期非不厚也　28-10
接風期於下走　34-13
此會無期　34-27
此念何期　38-10
風期暗合　39-3
期我以久要　40-6
不期而會　41-14
稀　既而依稀舊識　3-7
貴　夫神明所貴者道也　28-2
誰識王侯之貴　34-5

媿　撫銅章而不媿　18-10
棄　終見棄於高人　27-14
　棄置煩雜　32-4
　棄光景若埃塵　41-3
暉　金石絲竹之音暉　1-9
　璧題相暉　30-9
旗　紫蓋黄旗之舊墟　38-8
箕　廻首箕山之路　34-32
綺　綺席乘虚　30-15
　薦綺席於沙濱　36-14
麾　願麾戈以留景　36-18
畿　秦氏卌郡之封畿　2-22
　王畿千里　34-16
輝　珠貝有藏輝之地　2-3
　崩騰觸日月之輝　2-9
　一則顯光輝於楚甸　7-5
冀　冀搏風於萬里　9-4
機　共抒情機　13-17
　靈機密邇　18-6
　自踈朝市之機　34-4
龜　遠挩龜瑙之浦　21-5
徽　則徽陰委積　7-10
　雅調高徽　9-4
　然則杏圃揚徽　21-3
歸　他郷豈送歸之地　1-14
　亦歸余於西北　4-18
　早燕歸鴻　11-9
　阮籍同歸　11-15
　赴泉石而如歸　11-18
　林野晴歸　13-13
　烟竇忘歸　23-7
　王孫可以不歸　33-14
　語默於是同歸　34-15
　覺老幼之同歸　36-19
騎　嘶旅騎於巖垌　10-15
　桃花引騎　13-5
　豈知夫司馬卿之車騎　15-4
　有當時之驛騎　34-18
羇　蕩羇旅之愁思　39-8
　羇心易斷　40-3
　甘申羇旅之心　41-15
覊　氣調不覊　2-6
　覊客何情　4-15
驥　或昂昂騁驥　4-7
ギ
技　幸以薄技　27-16
宜　宜陳感別之詞　1-20
　宜題姓字　4-17
　宜其奮藻　7-13
　固其宜矣　25-5
祇　亦有助於明祇　18-12
　即入祇園之樹　30-7
義　然後可以託教義　27-11
　見利忘義　27-13
　然義有四海之重　28-10
　駁河上之義　35-3
　況乎同德比義　35-7
　言不及義　41-4
　義合則交踈而吐誠　41-9
疑　楚客疑存　13-15
　臺疑夢渚之雲　30-9
儀　昇降之儀有異　6-5
誼　屈賈誼於長沙　26-25
魏　朝遊魏闕　34-8
　謝魏闕而依然　34-39
艤　艤瓊橈於曲嶼　10-7
　艤舟於江潭　16-3
　艤仙舟於石岸　36-14
議　議出處　27-12
　時議稱其典要　35-4
キク
菊　坐菊之賓　3-7

菊散芳於樽酒　7-9
影浮三旬之菊　20-7
彭澤陶潛之菊　29-10
紅蘭翠菊　31-7
泛黄菊而相從　34-33

キツ

橘　烟侵橘柚之園　31-8

キャク

却　却申交於促席　4-13
既而崗巒却峙　12-6

客　故有梁孝王之下客　1-5
又此夜乘査之客　3-6
尚有過逢之客　4-6
羈客何情　4-15
孟嘗君之愛客　5-9
長成楚客之詞　10-2
楚客疑存　13-15
上客盈門　15-4
盡是他鄉之客　26-23
林泉生謝客之文　31-5
野客披荷　34-6
備將軍之挹客　34-15
茅君待客　34-35
客中送客　39-12
客中送客　39-13
遠命珪璋之客　40-8

キュウ

九　一十九年　2-8
阻九關　6-7
秋晩什邡西池宴餞九隴柳明府序　10-1
羣公九牘務閑　12-4
九隴縣令河東柳易　18-3
九月九日採石館宴序　20-1
時惟九月　20-4
彩綴九衢之幄　21-7
時惟九月　26-9
窮九畡於一息　30-16
高秋九月　34-16
孫權因而九州裂　37-3
九江爲別　37-16
窮九垓於一息　38-13

久　未有不久於其道　27-6
期我以久要　40-6

及　未及牲牢　34-23
追赤松而内及　34-33
言不及義　41-4

丘　遁迹於丘園者　3-2
冬日送閭丘序　9-1
閭丘學士　9-3
縱觀丘壑　16-3
浪形丘壑之間　23-3
梓澤丘墟　26-34
若夫武丘仙鎭　30-2
唯恐一丘風月　34-36

休　邵少鹿少以休沐乘春　14-2
十旬休沐　26-7
齊萬物於三休　30-15
俯萬古於三休　38-13

朽　千載之不朽　13-16

求　求玉液於蓬萊之府　2-17
同氣相求　10-11
求我於忘言之地　19-8
求知己於千載　24-5
而求苟出者也　27-6
求其友生　27-10

糺　羣山紛糺　11-6
玄崖糺合　33-10

虬　佇降玄虬之液　18-4
下綴虬蟠　30-10

泣　況乎泣窮途於白首　1-13

穹　落雲英於高穹　22-2

級　履半級　27-13
宮　宮殿平看　2-22
闌干象北斗之宮　2-24
水架螺宮　5-5
漏静銀宮　18-10
桂殿蘭宮　26-13
亹亹龍宮之偈　30-14
廼相與造□處之宮　32-3
見軒冕於南宮　34-8
笈　負笈従師　2-8
躬　躬逢勝餞　26-9
救　無救窮途之哭　19-3
窮　況乎泣窮途於白首　1-13
蹇歩窮途　2-5
無救窮途之哭　19-3
捨窮達而論心　20-9
窮島嶼之縈廻　26-12
響窮彭蠡之濱　26-17
覺宇宙之無窮　26-20
窮當益堅　26-26
豈效窮塗之哭　26-29
相依窮路　28-13
下貢窮泉　30-3
窮九畡於一息　30-16
侶山水而窮年　34-36
悲下走之窮愁　36-7
且對窮塗　37-17
恨元凱之塗窮　38-3
窮九垓於一息　38-13
寄窮愁於天漢　40-12
舊　既而依稀舊識　3-7
況乎山陰舊地　4-4
況乎華陽舊壤　5-4
攄懷款舊　8-4
得天人之舊館　26-11
或三秋舊契　29-9
況乎揚子雲之舊地　31-6
擁平陽之舊館　34-11
遺墟舊壤　37-3
想衣冠於舊國　37-13
紫蓋黄旗之舊墟　38-9
ギュウ
牛　衝劍氣於牛斗　8-5
若赴黄牛之峽　13-8
龍光射牛斗之墟　26-3
キョ
去　樂去悲來　1-13
徘徊去鶴　1-15
去留之路不同　6-5
咸軫思於去留　7-2
去矣遠矣　7-12
怨別怨兮傷去人　9-8
握手去留之際　19-6
俗物去而竹林清　20-6
偃去棹於離洲　20-7
白雲忽去　23-2
故人去而青山斷　28-14
去留咸遂　34-31
下走遼川鶴去　34-39
方馳去鷁　37-8
方嚴去軸　37-17
巨　山巨源之風猷令望　1-17
廣漢巨川　2-3
同濟巨川　6-4
夫鼇山巨壑　9-2
巨浸浮天　13-7
況我巨山之凛凛孤出　17-3
長想巨源　29-3
崇松將巨柏爭陰　33-13
居　飛碧玉之仙居　5-2
居人苦遼落　7-12
夏日仙居觀宴序　18-1

不有居者　27-22
蕭蕭鷲嶺之居　30-13
玉房跨霄而懸居　33-12
偉皇居之壯麗　34-7
然變動不居　35-10

虚　道寄虚舟　13-2
識盈虚之有數　26-21
鳳閣虚玄　29-2
清虚君子　29-8
綺席乘虚　30-16
白露下而南亭虚　34-22

許　許玄度之清風朗月　1-7
許玄度之風月　4-5
大夫之風雲暗相許　40-6

詎　詎盡忘言之道　1-12
涉歲寒而詎展　7-13
芳期詎幾　20-10
生涯詎幾　38-15

裾　簪裾見屈　2-12
或簪裾其迹　28-6

墟　龍光射牛斗之墟　26-4
梓澤丘墟　26-34
呉王殉侈之墟　30-2
遺墟舊壤　37-3
紫蓋黄旗之舊墟　38-9

據　武據龍盤　37-4

遽　旣而情盤興遽　11-16
時淹景遽　13-12
遽慘分岐　39-10

擧　似遼東之鶴擧　4-7
名高鳳擧　5-8
命篇擧酌　6-12
所謂鸞翔鳳擧　7-7
擧目潸然　9-9
烟霞擧而原野晴　10-12
孔文擧洛京名士　20-2
懷遠大之擧　27-4
文擧清談　37-12

鶋　鶢鶋始望　34-23

ギョ

魚　江浦觀魚宴序　13-1
魚鱗積磴　29-15
單父歌魚　29-20
魚鳥盡江湖之賞　36-17

御　青腰御律　29-13
夏仲御之浮舟　34-28

キョウ

邛　罇酒値臨邛之令　20-5
始詣臨邛　29-6

共　共離舟而俱泛　1-16
共對離樽　6-11
不謂同舟共濟　9-5
共駐絃歌　10-10
共詞河而接浪　10-16
共抒幽期　11-20
共寫高懷　12-9
共抒情機　13-17
共寫良遊　14-5
言泉共秋水同流　17-6
共寫離襟　17-8
憂歡共惑　19-5
請持罇共樂平生　19-6
共寫高懷　20-10
共用一言　22-9
共旌友會　23-7
秋水共長天一色　26-16
共悦濠梁　36-20
共記良遊　36-23
共寫憂源　37-18

況　況乎泣窮途於白首　1-13
況乎山陰舊地　4-4
況乎華陽舊壤　5-4

況在於人　6-3
況廼偃泊山水　11-4
況我巨山之凛凛孤出　17-3
景況昭然　18-7
況乎揚子雲之舊地　31-6
況手迹不偕遂　34-25
況乎同德比義　35-6
杳　然則杳圃揚徽　21-3
狂　猶懷狂顧之心　6-2
阮籍猖狂　26-28
俠　乘閑追俠窟之遊　22-3
京　班孟堅騁兩京雄筆　2-23
泝上京之河洛　9-5
孔文擧洛京名士　20-2
峽　若赴黄牛之峽　13-8
狹　悲子長之興狹　38-3
恐　常恐運從風火　33-6
此僕所以懷泉塗而惴恐　33-7
唯恐一丘風月　34-36
恭　恭惟南北　7-6
恭疏短引　26-36
胸　抱塡胸之文籍　2-12
俯阮胸懷　19-3
盡胸懷　39-7
詩酒以洗滌胸襟　41-7
教　然後可以託教義　27-11
鄕　嘗謂連城無他鄕之別　1-10
歎岐路於他鄕　1-14
他鄕豈送歸之地　1-14
乃他鄕之竹箭　3-6
他鄕易感　4-14
下官寒鄕劍士　5-15
子則飄翔而入帝鄕　6-4
霧黯他鄕　10-14
承風於達觀之鄕　19-8
盡是他鄕之客　26-23
他鄕秋而白露寒　28-13
乃知兩鄕投分　29-7
帝鄕難見　34-29
他鄕悲而故人別　37-18
惜風景於他鄕　40-4
竟　竟寂寥而無睹　5-3
竟開長樂　30-5
卿　豈知夫司馬卿之車騎　15-4
待公卿而未日　34-37
喬　喬木聽黄鶯雜囀　41-17
强　恨不得如古之君子卌强而仕也　27-17
兢　戰兢惕勵者　27-15
境　追驩妙境　10-9
境内無事　16-3
終成勝境　30-4
仙骨摧於俗境　33-5
乘杳冥之絶境　33-11
嶠　友人河南宇文嶠　29-8
驪嶠崇基　30-2
橋　鴈翼分橋　29-16
興　王勃於越州永興縣李明府送蕭三還齊州序　1-1
山亭興序　2-1
山人對興　2-14
永興新交　4-4
興偶於琴罇　10-4
乘査可興　10-15
旣而情盤興遽　11-16
興促神融　13-12
興盡呉山之賞　21-11
逸興遄飛　26-18
興盡悲來　26-21
留興緒於芳亭　29-4
王子猷之獨興　29-6
想巖泉而結興　30-12

瑤觴佇興　31-10
情槃興洽　37-14
悲子長之興狹　38-3
樂極興酣　40-13
矯　曾臺矯翠　26-12
竅　其有徒開七竅　41-3
鏡　掛幽人之明鏡　2-18
來遊鏡中　3-5
如臨水鏡　8-3
樂五官情懸水鏡　22-2
傍臨石鏡　30-8
人同水鏡　39-7
競　白雲將紅塵競落　4-14
酌貪泉而競爽　26-27
響　當須振響　1-19
風雜響而飄別路　6-9
蕭蕭百籟之響　7-11
信無慙於響應　18-11
響窮彭蠡之濱　26-16
積籟與幽湍合響　33-13
驚　聞唳鶴而驚魂　9-8
香驚北渚之風　11-11
猶驚白鷺之濤　13-8
泝蒼渚而驚魂　23-6
鴈陣驚寒　26-17
玉律驚秋　30-14
驚帝室之威靈　34-7
波潮驚而朔風動　37-11

ギョウ

曉　雜芝蘭而涵曉流　36-14
業　以農桑爲業　11-3
樹清白之業　27-8
吾被服家業　27-14
孰振揚名之業　27-23
凝　以清湛幽凝鎮靜流俗　16-2
于時凝光寫愛　22-7
烟光凝而暮山紫　26-10
纖歌凝而白雲遏　26-18
草樹凝寒　39-12
鄴　鄴水朱華　26-19
爲建鄴之雄都　37-6
翹　亘渚連翹　29-16

キョク

曲　艤瓊橈於曲嶼　10-7
攀桂席於西津之曲　10-10
若乃尋曲岪　11-12
初傳曲洛之盃　11-19
竄梁鴻於海曲　26-25
分曲阜之新基　34-10
青溪數曲　34-29
山曲淹留　36-7
局　先生負局　34-24
極　歷秋風之極浦　10-6
吾之生也有極　11-2
出汀洲而極睇　11-11
俯汀洲而目極　13-15
周覽極睇　16-4
青天無極　23-3
蒼波極目　25-2
極娯遊於暇日　26-20
地勢極而南溟深　26-22
山川極望　30-16
郢路極於崤潼　36-4
情槃樂極　36-17
樂極悲來　37-14
景極情盤　38-13
樂極興酣　40-12

ギョク

玉　玉案金盤　2-16
求玉液於蓬萊之府　2-17
把玉策而登高　2-21
良談吐玉　4-13

飛碧玉之仙居　5-2
還如玉名之臺　5-5
玉俎駢芳　10-11
綿玉甸而橫流　13-7
玉俎駢羅　13-12
玉帶瑤華　29-16
雖珠襦玉匣　30-3
瑤泉玉甃　30-8
羣公以玉津豐暇　30-11
玉律驚秋　30-14
環臨玉嶼　31-8
若夫玉臺金闕　32-2
玉房跨霄而懸居　33-11

キン

巾　解巾捧檄　27-18
均　一言均賦　11-20
一言均賦　26-36
坐均蓬戸　34-14
近　遠近生林薄　4-10
海氣近而蒼山陰　36-3
欣　俱欣利涉　6-4
自欣蘭蕙　10-11
促高讌而欣故人　22-6
欣然命駕　29-6
且欣風物　36-20
方欣握手　39-10
金　金石絲竹之音暉　1-9
斷金有同好之親　1-10
玉案金盤　2-16
金風生而景物清　3-9
秀黃金之神闕　5-2
指金臺而委輸　13-7
諸公等利斷秋金　22-3
禺同金碧　29-11
青腰御律　29-13
下布金沙　30-7
于時金方啓序　30-14
若夫玉臺金闕　32-2
身非金石　33-6
金臺出雲而高峙　33-12
自有金壇　34-35
地實金陵　37-5
衿　廣度沖衿　2-10
闢林院而開衿　29-9
縱沖衿於俗表　29-18
下揆幽衿　30-20
敢抒重衿　34-40
菌　菌櫼荷裳　10-4
勤　殷勤北海之筵　36-21
欽　欽下車而仰明訓　22-6
欽霍公之盛德　36-8
琴　琴樽爲得意之親　1-3
重橫琴於南澗　2-13
幾度琴罇　3-11
琴臺遼落　4-5
橫琴對酒　5-14
興偶於琴罇　10-4
玄雲白雪之琴　11-15
以琴罇爲日用　12-8
琴歌代起　20-5
琴罇不足戀也　28-8
琴樽重賞　29-6
琴亭酒榭　29-14
豈非琴罇遠契　31-3
行樂琴樽而已哉　32-5
散琴樽於北阜　34-5
遊子橫琴　34-24
琴罇暫會　35-10
琴歌代起　36-16
偶琴樽之暇日　38-6
自非琴書好事　39-6
大開琴酒之筵　40-7

賤琴書同糞土　41-3
錦　別錦帆於廻汀　10-8
賓明府□錦化之餘閑　10-8
野人輕錦陪之榮　21-4
錦署多閑　30-11
懃　暢慇懃之所懷　8-7
慇懃於左右　35-8
襟　披襟避暑　8-6
方欲披襟朗詠　11-17
共寫離襟　17-8
神襟獨遠　18-8
捨離襟而命筆　19-7
襟三江而帶五湖　26-2
遙襟甫暢　26-17
披襟請益　35-8
連襟扼腕　40-2
方欲粉飾襟神　40-13
詩酒以洗滌胸襟　41-7

ギン

吟　或登呉會而聽越吟　1-9
散髮長吟　11-17
開蘭砌而行吟　14-3
風吟百籟　21-6
少女風吟　30-10
銀　亦有銀鈎犯浪　11-14
瓊轄銀鈎　13-10
漏靜銀宮　18-10
尚控銀江　30-8
銀燭淹華　31-10

ク

苦　居人苦遼落　7-12
區　以爲天地之奧區　2-23
路出名區　26-9
彩徹區明　26-16
然僕之區區　28-7
然僕之區區　28-8
賞區宇之烟霞　40-14
軀　嗟控地之微軀　6-6
驅　驅烟霞以縱賞　38-15
衢　長衢騁足　7-4
彩綴九衢之幄　21-7
停鶴軫於風衢　24-3
甲第分衢　34-17

グ

具　具仙舟於南浦之前　10-9
四美具　26-19
俱　俱遊萬物之間　1-6
共離舟而俱泛　1-16
俱題六韻　1-20
俱安名利之場　4-7
俱欣利涉　6-4
俱裁四韻　7-14
俱四韻　14-7
俱希拔俗之標　17-5
四韻俱成　20-11
俱宣絶代之遊　24-5
俱裁四韻　24-6
八韻俱成　26-36
俱裁八韻　29-21
俱成四韻　36-23
俱題四韻　37-19
俱題四韻　38-17
俱裁四韻　39-14
虞　秋日送沈大虞三人洛詩序　6-1
虞公沈子　6-3
夏日喜沈大虞三等重相遇序　8-1
而事親多衣食之虞　33-4

クウ

空　聞禮制而空存　5-3
景霽丹空　5-13
空林暮景　10-14

竹霧曛空　12-7
空高地迥　26-20
空餘報國之情　26-28
覇氣盡而江山空　37-5
白露下而蒼山空　37-18
罇酒不空　39-9

グウ

禺　禺同金碧　29-11
偶　興偶於琴罇　10-4
偶愛神宗　34-3
偶琴樽之暇日　38-6
寓　寓宿靈臺　22-4
遇　相遇三江之表　1-7
夏日喜沈大虞三等重相遇序　8-1
遇會高郵之讌　8-5
蕭蕭乎人間之難遇也　12-7
神交罕遇　23-2
鍾期既遇　26-33
一時仙遇　31-10
秋日楚州郝司戸宅遇餞霍使君序　36-1
果遇攀輪　36-9
佳辰可遇　38-5
隅　東隅已逝　26-27
返身滄海之隅　34-32
駐旌棨於城隅　36-11
陟崇隅　38-6

クツ

屈　簪裾見屈　2-12
何屈節於名利　3-12
屈平製芰於涔陽之浦　16-5
願廻波於屈平之浦　20-8
屈賈誼於長沙　26-24
江山助屈平之氣　31-5
屈榮命於中朝　34-12

崛　化爲闍崛之山　30-6
窟　用林泉爲窟宅　4-3
乘閑追俠窟之遊　22-3

クン

君　孟嘗君之上賓　1-5
即坎壈之君子　2-5
嚴君平之卜肆　5-6
孟嘗君之愛客　5-9
我北君西　9-6
梓潼縣令韋君　16-2
然後得爲君子哉　19-6
家君作宰　26-8
所頼君子安排　26-25
恨不得如古之君子卌强而仕也　27-17
清虚君子　29-8
山東有道君廟　33-9
茅君待客　34-35
秋日楚州郝司戸宅遇餞霍使君序　36-1
二三君子　41-10
訓　欽下車而仰明訓　22-7
故能主經陳訓　27-7
霑濡庭訓　27-15
薫　莫不偃仰於薫風　9-3
蘭蕙同薫　35-5
曛　竹霧曛空　12-7
既而香樹迎曛　21-11

グン

軍　亦當將軍塞上　1-4
王右軍山陰之蘭亭　2-3
王將軍之武庫　26-8
等終軍之妙日　26-30
亦有霍將軍之大隧　30-4
備將軍之挹客　34-15
郡　秦氏卌郡之封畿　2-22

豫章故郡 26-2
群 群英在席 15-4
羣 羣鳥亂飛 4-11
羣山紛糺 11-6
羣公九牘務閑 12-4
羣公以十旬芳暇 13-4
羣公之好善 17-4
樂五席宴羣公序 22-1
是所望於羣公 26-35
秋夜於綿州羣官席別薛昇華序 28-1
今之羣公竝授奇彩 28-4
故僕於羣公 28-10
羣公以玉津豐暇 30-11
而羣英在焉 32-3
亦有野獸羣狎 33-12
値羣公之畢從 34-26
是所望於羣公 34-31
羣公葉縣鳧飛 34-38
屬羣公之宴喜 36-7
暫辭野鶴之羣 41-14

ケイ

兮 怨別怨兮傷去人 9-7
悲莫悲兮愴離緒 9-8
兄 有荀家兄弟之風 2-7
秋日送王贊府兄弟赴任別序 7-1
王贊府伯兄仲弟 7-3
友于兄弟 27-9
迫父兄之命 27-17
形 而託形於宇宙者幸矣 11-3
浪形丘壑之間 23-3
置形骸於度外 33-16
坰 嘶旅騎於巖坰 10-15
勁 長松勁柏 2-25
契 契生平於張范之年 1-11
河洛有神仙之契 13-3
諧遠契於詞場 18-5
懷幽契者 24-3
而非累葉之契 28-11
或三秋舊契 29-9
留逸契於人間 29-18
豈非琴罇遠契 31-3
扃 禪扃烟斂 30-13
重扃向術 34-17
盻 林壑清其顧盻 11-7
徑 人非李徑 1-19
桃李明而野徑春 5-13
源水紅桃之徑 10-4
草齊幽徑 14-4
佇鸞觴於月徑 24-3
竹徑松扉 29-14
三徑蓬蒿 34-37
野徑斜開 36-12
逈 空高地逈 26-20
逈寫祁連 30-4
曾軒瞰逈 30-15
惠 加以惠而好我 1-8
齊物我於惠莊之歲 1-11
雖惠化傍流 18-11
桂 行當山中攀桂 1-18
亭皐丹桂之津 10-4
攀桂席於西津之曲 10-10
停桂檝於璟潭 11-10
紫桂蒼梧之酎 11-15
桂葉浮舟 13-6
於是分桂檝 13-9
拓桂山而構宇 21-4
桂殿蘭宮 26-13
於是披桂幌 30-12
而幽山桂樹 34-34
珪 秀天下之珪璋 5-8

遠命珪璋之客　40-7
荊　款呉鄭之班荊　3-8
控蠻荊而引甌越　26-3
荊門洎於呉越　36-4
啓　遂令啓瑤緘者　29-5
于時金方啓序　30-14
棨　棨戟遙臨　26-6
駐旌棨於城隅　36-10
嵆　嵆叔夜之潦倒麤疎　1-17
嵆叔夜之龍章鳳姿　2-11
振嵆阮之頽交　14-5
常恨林泉不比德而嵆阮不同時而處　15-2
嵆康入座　17-2
仰嵆風範　19-3
此僕所以未盡於嵆康　19-4
自嵆阮寂寥　24-2
嵆叔夜之相知　29-6
嵆康體放　33-5
嵆阮爲林壑之士師　41-5
敬　昔王子敬瑯琊名士　31-2
景　金風生而景物清　3-9
遲遲麗景　4-9
景霽丹空　5-13
景淨天高　6-10
遲廻晩景　7-9
柳明府籍銅章之暇景　10-8
空林暮景　10-14
景促時淹　11-16
候風景而延情　13-4
時淹景遽　13-12
顧斜景而危心　15-6
景況昭然　18-6
鮮繶候景　21-7
訪風景於崇阿　26-11
無慙於景燭　29-22
洛城風景　34-26
願麾戈以留景　36-18
憶風景於新亭　37-13
景極情盤　38-13
惜風景於他郷　40-3
棄光景若埃塵　41-3
傾　申孔郯之傾蓋　3-8
以傾懷抱　4-17
遂得更申傾蓋　8-3
携　携手同行　1-8
於是携旨酒　4-12
扶老携幼　27-18
携勝友　38-6
溪　溪横燕尾　2-17
大壑横溪　2-26
府青溪而命酌　3-5
青溪逸人　5-11
歴廻溪　11-12
佇明月於青溪之下　11-17
嘯漁子於平溪　13-9
榴溪泛酌　21-3
青溪數曲　34-29
經　動尚經年　1-16
經明行脩者　27-3
故能主經陳訓　27-7
常覽仙經　33-3
輕　輕脱屣於西陽　2-12
輕蕢秀而郊戍青　11-8
若夫辯輕連璽　13-2
野人輕錦陪之榮　21-4
輕進苟動　27-12
詣　始詣臨邛　29-6
非流俗所詣　32-3
睽　睽茵席於丹巖　21-2
磎　則呂望坐茅於磻磎之陰　16-5
禊　三月上巳祓禊序　4-1

先祓禊於長洲 4-13
稽 使夫會稽竹箭 4-18
斯則旁稽鳳册 5-3
式稽彝典 18-3
權大官骨稽名士 40-5
蕙 自欣蘭蕙 10-11
巖暄蕙密 11-9
羞蕙葉 18-6
蘭蕙同薫 35-5
蹊 非止桃蹊 4-11
還尋源水之蹊 13-6
香浮四照之蹊 21-8
瓊 王夷甫之瑤林瓊樹 2-10
出瓊林而望遠 2-21
艤瓊橈於曲嶼 10-7
瓊巵列湛 10-11
瓊轄乘波 11-14
瓊轄銀釣 13-10
于時氣踈瓊圃 18-9
披瓊翰者 29-5
繼 即三王之繼體 7-4
饘粥不繼 27-17
鷄 鷄林駿賞 30-13
碧鷄靈宇 30-16
ゲ
偈 亹亹龍宮之偈 30-14
ゲイ
迎 旣而香樹迎曛 21-11
千里逢迎 26-7
王烈迎賓 34-36
蜺 接蜺裳於勝席 17-4
降虹蜺於紫府 25-3
藝 達乎藝 35-2
ゲキ
戟 棨戟遙臨 26-6
激 飛湍驟激 13-8
激揚視聽 40-13
擊 目擊道存 35-7
言忘則道存而目擊 41-9
檄 解巾捧檄 27-18
煙霞可傳檄而定 29-7
惟高明之捧檄 35-11
鷁 方馳去鷁 37-8
ケツ
穴 或下宛委而觀禹穴 1-9
徵石髓於蛟龍之穴 2-16
引鮫人於洞穴 13-9
禹穴東尋 38-3
鞅 瞻列鞅而廻鞭 18-7
結 結網非遙 10-16
脩篁結靄 13-14
想巖泉而結興 30-12
傑 人傑地靈 26-4
竭 敢竭鄙懷 26-36
至於竭小人之心 27-19
潔 孟嘗高潔 26-28
闋 舞闋哥終 18-6
闕 清風起而城闕寒 1-15
秀黄金之神闕 5-2
龍堂貝闕 10-4
猶分鋭闕 30-9
若夫玉臺金闕 32-2
雅厭城闕 33-2
朝遊魏闕 34-8
謝魏闕而依然 34-39
闕連石塞 37-4
城闕何年 38-9
ゲツ
月 許玄度之清風朗月 1-7
崩騰觸日月之輝 2-9
吐江河而懸日月 2-26
少時風月 3-11

三月上巳祓禊序　4-1
許玄度之風月　4-5
暮春三月　4-9
憐風月之氣高　5-15
月來日往　6-10
緜日月而何期　7-12
下明月之幽潭　10-7
遨遊風月　11-4
佇明月於青溪之下　11-17
六月癸巳　16-2
四月孟夏　18-2
九月九日採石館宴序　20-1
時惟九月　20-4
故有百年風月　23-3
佇鸞觴於月徑　24-3
時惟九月　26-9
非不知風月不足懷也　28-8
是月秋也　28-13
秋風明月　29-3
參差向月　29-15
殿寫長門之月　30-10
風月高情　31-4
月照芙蓉之水　31-9
豈直坐談風月　32-5
高秋九月　34-16
唯恐一丘風月　34-36
高秋八月　36-2
留芳罇而待明月　38-17
早春上月　40-2
宇宙之風月曠矣　41-2

ケン

見　簪裾見屈　2-12
山河坐見　2-22
則林泉見託　3-3
使古人恨不見吾徒　20-11
無使吾徒不見故人也　20-12
懷帝閽而不見　26-23
我未之見也　27-5
見利忘義　27-13
終見棄於高人　27-14
見軒冕於南宮　34-8
帝鄉難見　34-30
相見何時　36-22
江寧縣白下驛呉少府見餞序　37-1
見鴻鴈之南飛　39-12

肩　息肩巖石　33-15

乹　磊落壓乹坤之氣　2-10
新都縣楊乹嘉池亭夜宴序　31-1
預乹坤之一物　34-3

畎　得畎畝相保　11-3

建　爲建鄴之雄都　37-6

姸　姸莊袨服　11-11

兼　兼而美者　29-20

峴　峴山南望　38-2

軒　起烟霧而當軒　2-27
陪鶴轡於中軒　17-5
赴塵影於歌軒　21-10
曾軒瞰迥　30-15
知軒冕可以理隔　33-3
見軒冕於南宮　34-8
列榭崇軒　34-14
軒冕可辭　34-32
愴零雨於中軒　37-15

健　崩雲垂露之健筆　41-11

惓　惓城市之塵埃　34-24

牽　藤牽赤絮　2-19
香牽十步之風　29-17
不撓於牽絲　29-22

喧　覺城肆之喧卑　25-3
遙喧鳳鐸　30-10

堅　巖堅龍頭　2-17

班孟堅騁兩京雄筆　2-22
窮當益堅　26-26
絢　日絢三珠　21-5
暄　巖暄蕙密　11-9
遣　情有深而未能遣　28-9
是非雙遣　34-19
劍　下官寒鄉劍士　5-15
衝劍氣於牛斗　8-5
巘　翠巘丹峯　11-13
縣　王勃於越州永興縣李明府送蕭三還齊州序　1-1
梓潼縣令韋君　16-2
九隴縣令河東柳易　18-3
光浮一縣之花　20-6
新都縣楊乹嘉池亭夜宴序　31-1
羣公葉縣鳧飛　34-38
江寧縣白下驛呉少府見餞序　37-1
褰　潤褰恒雨　18-3
滈候高褰　18-9
岫幌宵褰　29-17
賢　肅肅英賢　5-12
蘭吐氣於仁賢　7-9
服聖賢之言　27-4
終不能五百年而生兩賢也　28-4
可謂賢人師古　35-4
險　昔時地險　37-6
風濤險而翠霞晚　38-10
塤　如塤若篪　7-3
蹇　蹇步窮途　2-5
懸　吐江河而懸日月　2-26
樂五官情懸水鏡　22-2
光懸妙札　29-10
玉房跨霄而懸居　33-12
道德懸符　39-4
騫　鶴顧鵬騫　7-8
權　孫權因而九州裂　37-2
初春於權大宅宴序　40-1
權大官骨稽名士　40-4
蠲　獲蠲戎役　27-16
顯　一則顯光輝於楚甸　7-5
ゲン
元　似元禮之龍門　34-17
上元二載　36-2
恨元凱之塗窮　38-2
玄　許玄度之清風朗月　1-7
許玄度之風月　4-5
下栖玄邈之風　4-9
翠幙玄帷　11-12
玄雲白雪之琴　11-15
玄武山趾　12-2
玄魴曷尾　13-11
佇降玄虬之液　18-4
促蘿薜於玄門　25-3
鳳閣虛玄　29-2
每思玄度　29-3
玄都紫府　32-2
相與遊於玄武西之廟山　33-8
玄崖糺合　33-10
其玄都紫微之事耶　33-14
玄談清論　34-20
俯映玄潭　36-12
下官太玄尚白　39-5
楊子草玄　40-10
言　詎盡忘言之道　1-12
今我言離　1-16
豈得無言　1-19
各賦一言　1-20
直言敦朴　2-5
人賦一言　3-13
各贈一言　7-14
言為兩絶　8-2

人賦一言　10-17
一言均賦　11-20
言可傳乎　13-16
人賦一言　13-17
人賦一言　14-7
言泉共秋水同流　17-6
坐瑤席而忘言　18-11
求我於忘言之地　19-8
一言同賦　20-11
共用一言　22-9
清言滿席　23-5
人賦一言　24-6
臨水贈言　26-35
一言均賦　26-36
服聖賢之言　27-4
淼淼言河　29-11
人賦一言　29-21
蓋詩言志　33-17
人賦一言　35-12
人賦一言　36-23
人賦一言　37-19
人賦一言　38-17
贈子以言　39-14
詩以言志　40-15
言不及義　41-4
言忘則道存而目擊　41-9
握手言離　41-15

阮　阮籍同歸　11-15
振嵆阮之頽交　14-6
常恨林泉不比德而嵆阮不同時而處　15-2
俯阮胸懷　19-3
不平於阮籍者也　19-4
自嵆阮寂寥　24-2
阮籍猖狂　26-28
阮嗣宗陳留逸人　31-2
嗚呼阮籍意踈　33-5
嵆阮爲林壑之士師　41-5

限　限松楹於紫甸　21-2

原　出沒媚郊原　4-10
諸寮友等祖道秋原　7-8
烟霞擧而原野晴　10-12
山原曠其盈視　26-14
川原何有　38-8

袨　姸莊袨服　11-11

絃　絃歌在聽　5-10
共駐絃歌　10-11
清絃朗笛　16-7
絃歌在屬　31-7
聞絃歌於北里　34-9

源　山巨源之風猷令望　1-17
即是桃花之源　2-15
源水紅桃之徑　10-4
還尋源水之蹊　13-5
花源泛日　21-8
長想巨源　29-3
雖源水桃花　34-33
共寫憂源　37-19

嚴　滴嚴遵之芳乳　2-19
嚴君平之卜肆　5-6
方嚴去軸　37-17

儼　於是儼松舲於石嶼　11-10
儼徂鑣於別館　20-7
儼騑驂於上路　26-10

コ

戸　坐均蓬戸　34-14
秋日楚州郝司戸宅遇餞霍使君序　36-1
百萬戸之王城　37-3

乎　嗟乎　1-2
況乎泣窮途於白首　1-13
豈不然乎　3-13

況乎山陰舊地 4-4
能別不悲乎 4-17
況乎華陽舊壤 5-4
蕭蕭乎人間之難遇也 12-7
嗟乎 12-8
言可傳乎 13-16
心乎愛矣 14-6
夫豈然乎 14-6
無乃然乎 24-6
嗟乎 26-24
大雅不云乎 27-8
易不云乎 27-9
書不云乎 27-9
詩不云乎 27-9
庶幾乎 27-20
嗟乎 27-22
不其然乎 28-4
而造化之功倍乎 28-7
不其異乎 28-12
嗟乎 28-12
不其悲乎 28-14
其在茲乎 29-21
況乎揚子雲之舊地 31-6
曠哉邈乎 32-2
其不然乎 33-16
時預乎斯者 33-16
達乎藝 35-2
明乎道 35-2
況乎同德比義 35-6
詩不云乎 35-9
嗟乎 36-18
嗟乎 36-21
嗟乎 37-15
不亦可乎 38-17
仁遠乎哉 40-10

古 古人道別 1-16
藤蘿暗而山門古 5-14
成古人之遺跡也 12-3
古今同遊 12-8
僕嘗覽前古之致 19-2
使古人恨不見吾徒 20-11
恨不得如古之君子卌强而仕也
27-16
古老相傳名焉 33-9
可謂賢人師古 35-4
俄傷萬古 37-14
懷古人之士也 38-2
俯萬古於三休 38-13
亦未與談今古 39-7

呼 川澤呼其駭矚 26-14
嗚呼勝地不常 26-33
嗚呼阮籍意踈 33-5

固 固其宜矣 25-4

孤 聽孤鳴而動思 9-7
況我巨山之凛凛孤出 17-3
落霞與孤鶩齊飛 26-16
房族多孤 27-17
樗里子之孤墳 30-4
散孤憤於談叢 40-11

故 故有梁孝王之下客 1-5
故有李處士者 3-4
故蘭亭有昔時之會 3-11
故人易失 10-15
昔周川故事 11-19
無使吾徒不見故人也 20-12
促高讌而欣故人 22-6
故有百年風月 23-3
故今惜芳辰者 24-2
豫章故郡 26-2
故夫膚受末學者 27-2
故能主經陳訓 27-7
故雖陰陽同功 28-2

故日　28-4
故僕於羣公　28-10
故與夫昇華者　28-11
故人去而青山斷　28-14
開明故地　30-5
凡我故人　34-41
故人握手　36-8
他郷悲而故人別　37-18
晉宋齊梁之故跡　38-9
道術齊而故人聚　40-3
枯　豈榮枯之足道　36-19
庫　王將軍之武庫　26-8
壺　於是間以投壺　16-6
涸　處涸轍而相驩　26-27
湖　背下土之淮湖　9-5
採蓮葉於湘湖　10-3
江湖思遠　12-5
道在江湖　19-5
投跡江湖之外　23-3
襟三江而帶五湖　26-3
思在江湖　34-12
魚鳥盡江湖之賞　36-17
散誕陂湖　38-4
酤　酤酒狎爐家之賞　22-4
賈　俾夫賈生可作　19-7
屈賈誼於長沙　26-24
賈逸氣於雲端　38-14
跨　玉房跨霄而懸居　33-11
鹽　王事靡鹽　35-11
顧　猶懷狂顧之心　6-2
鶴顧鵬騫　7-8
林壑清其顧眄　11-7
顧斜景而危心　15-6
顧豐隆而轉軑　18-7
令汝無反顧之憂也　27-21
蠱　幹父之蠱　27-9

ゴ
五　夫五城高暎　5-2
樂五席宴羣公序　22-1
樂五官情懸水鏡　22-2
楊五席宴序　23-1
襟三江而帶五湖　26-3
勃五尺微命　26-29
終不能五百年而生兩賢也　28-4
五際雕文　31-11
五嶺方踰　37-16
思假俊翮而遊五都　38-4
互　漁弄互起　11-13
山鶯互囀　33-13
伍　伍胥用而三吳盛　37-2
后　若夫遭主后之聖明　11-2
吾　吾之生也有極　11-2
烟霞受制於吾徒也　15-9
使古人恨不見吾徒　20-11
無使吾徒不見故人也　20-11
且吾家以儒術輔仁　27-5
使吾徒子孫有所取也　27-8
吾被服家業　27-14
吾何德以當之哉　27-19
吾之有生也廿載矣　33-2
吾儕服其精博　35-3
屬吾人之解帶　35-11
吾無憂矣　39-9
吾知之矣　40-10
呉　或登呉會而聽越吟　1-8
款呉鄭之班荊　3-7
白露下而呉江寒　20-3
興盡呉山之賞　21-11
指呉會於雲間　26-21
呉王殉侈之墟　30-2
荊門洎於呉越　36-4
江寧縣白下驛呉少府見餞序

37-1
伍胥用而三呉盛　37-2
呉生俊彩　37-7
呉江浩曠　38-8
愴呉人之北走　39-12
後　後之視今　3-14
後之視今　4-16
後會不可期　6-7
用宴安於別後　6-12
俾後之視今　11-20
然後得爲君子哉　19-6
然後可以託教義　27-11
思存別後之資　34-41
簾帷後闢　37-10
誰堪別後之心　39-13
娯　更歡娯於此日　4-15
極娯遊於暇日　26-20
盡歡娯於此席　40-4
悟　罕悟忘筌之迹　29-20
梧　紫桂蒼梧之酎　11-15
揚魁梧之風　27-7
寤　寤寐奇託　12-5
展轉於寤寐　35-8
語　雖語嘿非一　3-3
何必復心語默之間　19-5
語默於是同歸　34-14

コウ

口　洞口横開　2-19
心則口誦　27-10
口腹良遊　29-6
口若雌黄　39-6
公　有弘農楊公者　2-8
虞公沈子　6-3
羣公九牘務閑　12-4
羣公以十旬芳暇　13-4
羣公之好善　17-4
樂五席宴羣公序　22-1
諸公等利斷秋金　22-2
加以曹公展跡　22-4
都督閻公之雅望　26-6
是所望於羣公　26-36
今之羣公竝授奇彩　28-5
故僕於羣公　28-10
任文公之死所　30-6
羣公以玉津豐暇　30-11
秋晩入洛於畢公宅別道王宴序
34-1
畢公以帝出之榮　34-11
値羣公之畢從　34-26
是所望於羣公　34-31
庶公子之來遊　34-34
待公卿而未日　34-37
羣公葉縣鳧飛　34-38
屬羣公之宴喜　36-7
欽霍公之盛德　36-8
孔　申孔鄒之傾蓋　3-8
孔文舉洛京名士　20-2
早師周孔　34-3
若使周孔爲文章之法吏　41-5
功　故雖陰陽同功　28-3
而造化之功倍乎　28-7
弘　有弘農楊公者　2-8
執德弘　27-10
濟陰鹿弘胤　33-17
甲　甲第分衢　34-17
交　安知四海之交　1-2
得神交於下走　2-14
樂莫新交　3-8
永興新交　4-5
却申交於促席　4-13
珠履交音　5-9
想濠水而神交　13-15

振嵆阮之頽交　14-6
闢羅幌而交幰　21-7
神交罕遇　23-2
神交復幾　24-4
臺隍枕夷夏之交　26-5
交有一面之深　28-11
或一面新交　29-9
風壤所交　36-4
素交爲重　36-18
交州在於天際　37-16
即爲生死之交　39-4
義合則交踈而吐誠　41-9
仰　仰沖天之逸翮　6-6
莫不偃仰於熏風　9-3
仰雲霞而自負　11-18
仰高風而杼軸者多矣　15-3
仰嵆風範　19-3
欽下車而仰明訓　22-6
仰高筵而不暇　29-5
仰觀千載　32-5
仰雲霞而道意　34-27
光　雖三光廻薄　1-11
白露下而光陰晩　3-9
一則顯光輝於楚甸　7-5
餞斜光於碧岫之前　11-17
左右生光　17-2
光浮一縣之花　20-6
于時凝光寫愛　22-7
龍光射牛斗之墟　26-3
烟光凝而暮山紫　26-10
光照臨川之筆　26-19
光懸妙札　29-10
對光陰之易晩　34-37
天光秋而白雲晩　36-3
棄光景若埃塵　41-3
晼晩年光　41-18
向　向時朱夏　3-8
參差向月　29-15
重扃向術　34-17
好　加以惠而好我　1-8
斷金有同好之親　1-11
羣公之好善　17-4
方趨好事之遊　17-7
積潘楊之遠好　28-12
門稱好事　29-2
自非琴書好事　39-6
江　相遇三江之表　1-7
白露下而江山晩　1-15
吐江河而懸日月　2-26
長江與斜漢爭流　4-13
泛羽翮於三江　9-4
若夫春江千里　10-2
事編於江漢　10-5
上巳浮江讌序　11-1
大江浩曠　11-6
江甸名流　11-19
江湖思遠　12-5
江浦觀魚宴序　13-1
即在江潭之上　13-6
暮江浩曠　15-5
逢江漢之多材　15-6
梓潼南江泛舟序　16-1
艤舟於江潭　16-3
江海情多　17-6
道在江湖　19-5
白露下而呉江寒　20-3
投跡江湖之外　23-3
相忘江漢　25-4
襟三江而帶五湖　26-2
或江海其量　28-5
秋露下而江山靜　29-14
尚控銀江　30-8

石兕長江　30-16
江山助屈平之氣　31-5
酷嗜江海　33-2
思在江湖　34-12
眄江山以揮涕　36-11
魚鳥盡江湖之賞　36-17
江寧縣白下驛呉少府見餞序　37-1
長江北派　37-2
覇氣盡而江山空　37-5
即江寧之小邑　37-7
九江爲別　37-16
呉江浩曠　38-8
引江山使就目　38-15
江漢之靈　39-2
行　携手同行　1-8
行當山中攀桂　1-18
行看鷗上　3-10
將以釋慰於行前　6-11
將行矣夫　7-2
行子傷慘悽　7-11
開蘭砌而行吟　14-3
經明行脩者　27-3
行不悼絶　27-12
行矣自愛　27-21
不有行者　27-22
雲委八行　29-4
行樂琴樽而已哉　32-5
比屋可以行誅　41-5
亨　咸亨二年　16-2
咸亨二年　18-2
甫佐亨鮮　37-7
匣　雖珠襦玉匣　30-3
孝　故有梁孝王之下客　1-5
宏　張平子奮一代宏才　2-23
更　更歡娯於此日　4-15
遂得更申傾蓋　8-3
更足心愁　9-6
更値三秋　37-13
更切依然之思　41-15
幸　幸屬一人作寰中之主　1-6
而託形於宇宙者幸矣　11-4
僕不幸在流俗而嗜煙霞　15-2
幸承恩於偉餞　26-35
幸以薄技　27-15
幸王孫之必至　34-35
昂　或昂昂騁驥　4-7
昊　少昊司辰　1-15
狎　酤酒狎爐家之賞　22-4
亦有野獸羣狎　33-12
侯　誰識王侯之貴　34-5
厚　成榮厚禄　7-5
相期非不厚也　28-10
仍逢厚禮　37-9
恒　潤褰恒雨　18-3
則知聚散恒事　19-5
良會不恒　24-4
聚散恒理　35-10
洪　秋日登洪府滕王閣餞別序　26-1
洪都新府　26-2
洪濤千里　37-10
洽　宴洽寰中　34-22
情槃興洽　37-14
皇　鳳皇神岳　2-26
偉皇居之壯麗　34-7
皇風清而市朝一　37-5
紅　白雲將紅塵競落　4-14
源水紅桃之徑　10-4
亦有紅蘋緑荇　29-16
紅蘭翠菊　31-7
苟　而求苟出者也　27-6
輕進苟動　27-13

荒　醲渚荒涼　4-6
凛凛四郊之荒　7-10
荒壑前縈　12-6
虹　降虹蜺於紫府　25-3
虹銷雨霽　26-15
家藏虹岫之珍　29-11
美人虹影　30-10
郊　出没媚郊原　4-10
倍騁望於春郊　5-11
一則奮明略於趙郊　7-5
凛凛四郊之荒　7-10
訪道隣郊　10-8
輕荑秀而郊戍青　11-8
郊情獨放　34-9
香　溜王烈之香粳　2-18
異望香山　7-6
香鶩北渚之風　11-11
香浮四照之蹊　21-8
旣而香樹迎曛　21-10
香牽十步之風　29-17
寶刹香壇　30-8
候　候芳晷而騰姿　11-8
候風景而延情　13-4
溽候高褰　18-9
鮮飈候景　21-7
哽　翻增氣哽　9-7
效　豈效窮塗之哭　26-29
校　思欲校良遊於日下　38-14
浩　大江浩曠　11-6
暮江浩曠　15-5
視烟霞之浩曠　25-2
呉江浩曠　38-8
盍　盍申文雅　10-16
盍遵清轍　11-19
盍題芳什　12-9
盍飄芳翰　14-5
盍各賦詩　15-8
盍各賦詩　23-7
盍各賦詩　27-23
盍各賦詩　28-14
盍陳雅志　35-12
盍各賦詩　39-14
耕　不耕而食　27-19
喜耕鑿於東陂　34-6
耿　未足耿耿　27-22
荇　亦有紅蘋緑荇　29-16
逅　此若邂逅相適我願耳　39-9
降　昇降之儀有異　6-5
佇降玄虬之液　18-4
降虹蜺於紫府　25-3
星象磊落以降精　28-3
高　臨遠登高　1-3
開壯志於高明　2-14
人高調遠　2-20
把玉策而登高　2-21
夫五城高暎　5-2
名高鳳擧　5-8
憐風月之氣高　5-16
景淨天高　6-10
道泰官高　7-4
遇會高郵之讌　8-5
雅調高徽　9-4
未有一同高選　10-5
高懷已暢　11-18
共寫高懷　12-9
而高範可追　13-3
花明高牖　14-4
仰高風而杼軸者多矣　15-3
高人薛曜等耳　15-7
叙高情於祭牘　18-5
溽候高褰　18-9
撫高人之迹　19-2

高人聚而蘭筵肅 20-6
共寫高懷 20-10
情高晉澤之遊 21-11
落雲英於高穹 22-2
促高讌而欣故人 22-6
豈若情高物表 23-4
高筵不嗣 24-2
高朋滿席 26-7
空高地迥 26-20
天柱高而北辰遠 26-22
孟嘗高潔 26-28
登高能賦 26-35
終見棄於高人 27-14
仰高筵而不暇 29-5
金風高而林野動 29-13
昔者登高能賦 30-19
風月高情 31-4
露下風高 31-10
金臺出雲而高峙 33-12
高秋九月 34-16
高士臨筵 34-18
惟高明之捧檄 35-11
高秋八月 36-2
慕郝氏之高風 36-9
嗣宗高嘯 37-12
倜儻高才 40-5
至若神高方外 41-7
竝高情朗俊 41-10

皐 亭皐丹桂之津 10-3
落花盡而亭皐晩 11-8
于時平皐春返 13-13

崗 危崗萬色 11-13
既而崗巒却峙 12-5
即崗巒之體勢 26-13
崗巒隱隱 30-6

崤 郢路極於崤潼 36-4

康 嵇康入座 17-2
此僕所以未盡於嵇康 19-4
嵇康體放 33-5
壯宇宙之時康 38-11

控 嗟控地之微軀 6-6
控蠻荊而引甌越 26-3
各控驪泉之寶 29-11
尚控銀江 30-8
北控淮潮 38-7

黄 秀黄金之神闕 5-2
若赴黄牛之峽 13-8
青雀黄龍之舳 26-15
泛黄菊而相從 34-33
紫蓋黄旗之舊墟 38-8
口若雌黄 39-7
喬木聽黄鶯雜囀 41-17

粳 溜王烈之香粳 2-18

皓 四皓爲方外之臣 1-6

蛟 徵石髓於蛟龍之穴 2-16
騰蛟起鳳 26-7
請命蛟龍之筆 40-15
呑蛟吐鳳之奇文 41-12

隍 臺隍枕夷夏之交 26-5

幌 闢羅幌而交懽 21-7
岫幌宵褰 29-17
於是披桂幌 30-12

溝 横溝水而東西 1-13
溝水東西 7-5
下官以溝水難留 10-10
溝水相逢 26-23

滉 滉瀁即天河之水 2-25

遑 下官栖遑失路 41-13

構 拓桂山而構宇 21-4

綱 撮掫掫其綱紀 35-3

膏 沐浴於膏澤 9-3
收翰苑之膏腴 20-10

蒿　三徑蓬蒿　34-37
廣　廣漢巨川　2-2
　廣度沖衿　2-9
　李廣難封　26-24
　而廣岫長林　30-3
篁　脩篁結靄　13-13
衡　鎭接衡廬　26-2
　聲斷衡陽之浦　26-17
餚　亦有嘉餚旨酒　16-7
鮫　引鮫人於洞穴　13-9
鴻　悽斷來鴻　1-16
　鴻鴈起而汀洲夕　10-12
　早燕歸鴻　11-9
　竄梁鴻於海曲　26-25
　見鴻鴈之南飛　39-12
鯁　至於振骨鯁　27-4
曠　大江浩曠　11-6
　暮江浩曠　15-5
　視烟霞之浩曠　25-2
　山原曠其盈視　26-14
　曠哉邈乎　32-2
　下官才不曠俗　34-2
　呉江浩曠　38-8
　宇宙之風月曠矣　41-2

ゴウ

合　道合姻連　6-3
　玄崖糺合　33-10
　積籟與幽湍合響　33-13
　風期暗合　39-3
　動非合禮　41-4
　義合則交踈而吐誠　41-9
毫　即事含毫　7-13
　而馬肆含毫　17-7
傲　豈如傲影南欞　21-4
遨　遨遊風月　11-4
濠　遠辭濠上　3-4
　想濠水而神交　13-15
　共悦濠梁　36-20
鼇　夫鼇山巨壑　9-2

コク

谷　親風花而滿谷　2-27
　有餘鶯谷　4-11
　陵谷終移　13-3
哭　無救窮途之哭　19-3
　豈效窮塗之哭　26-29
尅　儻心迹尅諧　34-31
國　燕國書生　5-15
　余乃漂泊而沈水國　6-5
　摠萬國以來王　9-2
　雖傷異國之懷　14-4
　空餘報國之情　26-28
　南國多才　31-5
　三百年之帝國　37-4
　想衣冠於舊國　37-13
　時非國是　38-9
　國士之懷抱深相知　40-6
酷　酷嗜江海　33-2

コツ

忽　百年飄忽　20-9
　白雲忽去　23-2
　尹班超忽　24-2
　忽至神州　34-7
笏　捨簪笏於百齡　26-30
骨　至於振骨鯁　27-4
　仙骨摧於俗境　33-5
　權大官骨稽名士　40-5

コン

今　今我言離　1-16
　今日東南　3-6
　竹林無今日之歡　3-12
　後之視今　3-14
　加以今之視昔　4-15

後之視今　4-16
豈復今時之會　4-16
俾後之視今　11-20
亦猶今之視昔　11-20
古今同遊　12-8
我今日云爾　22-10
故今惜芳辰者　24-2
今茲捧袂　26-32
今之遊太學者多矣　27-2
今既至此矣　27-18
今之羣公竝授奇彩　28-4
今竝集此矣　28-6
今日天平　37-6
亦未與談今古　39-7

昆　以威劉昆之火　18-9

坤　磊落壓乹坤之氣　2-10
預乹坤之一物　34-3

昏　奉晨昏於萬里　26-31
晨昏左右　27-20

恨　豈識別離之恨　1-3
自悽恨於茲晨　4-15
能無別恨者也　6-3
能無戀恨　7-8
常恨林泉不比德而嵇阮不同時而處　15-2
使古人恨不見吾徒　20-11
恨不得如古之君子卌强而仕也　27-16
恨元凱之塗窮　38-2
唯恨相知之晩　39-4

崑　崑阜琳琅　4-18

混　混同人野　2-11
且混羅裳　34-13
混飛沈於一貫　36-21

魂　聞唳鶴而驚魂　9-8
翔魂北阜　21-5
泝蒼渚而驚魂　23-6

閽　懷帝閽而不見　26-23

サ

左　左右生光　17-2
晨昏左右　27-20
慇懃於左右　35-8
巖楹左峙　36-11

佐　善佐朝廷　1-17
則有蜀城僚佐　5-10
甫佐亨鮮　37-7

沙　沙牀石嶼　13-10
屈賈誼於長沙　26-25
下布金沙　30-7
俯暎沙亭　31-7
薦綺席於沙濱　36-15

査　又此夜乘査之客　3-6
若海上之査來　4-6
乘査可興　10-15

砂　飛砂濺石　11-13
砂堤石岸　12-3

差　羽蓋參差　4-7
差斯而已哉　23-7
參差向月　29-15
參差夕樹　31-8

嗟　嗟乎　1-2
嗟控地之微軀　6-6
嗟乎　12-8
嗟乎　26-24
嗟乎　27-22
嗟乎　28-12
嗟乎　36-18
嗟乎　36-21
嗟乎　37-15

槎　何必星槎獨放　23-6

瑳　切瑳琢磨　27-15

ザ
坐　山河坐見　2-22
坐菊之賓　3-7
敞茅齋而坐嘯　14-3
坐臥南廊　15-5
則呂望坐茅於磻磎之陰　16-5
坐瑤席而忘言　18-10
坐林苑於三秋　20-3
即坐陳蕃之榻　23-6
豈直坐談風月　32-5
坐均蓬戸　34-14
接蘭友而坐蘭堂　40-11
座　嵇康入座　17-2
直至山陽之座　31-3
英王入座　34-18
接衣簪於座右　36-10
サイ
才　達學奇才　2-12
張平子奮一代宏才　2-23
美貌多才　5-14
而淺才幽讚　18-11
竝以蘭才仙府　22-3
爰命下才　25-4
天地所寶者才也　28-2
才難　28-4
南國多才　31-5
下官才不曠俗　34-2
僕不才　38-2
倜儻高才　40-5
再　幽期難再　10-15
盛筵難再　26-34
時不再來　34-25
此驩難再　36-21
時不再來　41-18
哉　文墨於其間哉　11-5
然後得爲君子哉　19-6
差斯而已哉　23-7
已矣哉　24-4
可不深慕哉　27-5
數何足恃哉　27-13
吾何德以當之哉　27-19
曠哉邈乎　32-2
行樂琴樽而已哉　32-5
仁遠乎哉　40-10
宰　明明上宰　5-12
家君作宰　26-9
柴　整柴車而有日　34-28
寀　俊寀星馳　26-4
寮寀盡鵷鸞之選　36-6
彩　則花彩疊重　7-9
彩綴南津之霧　11-12
彩綴九衢之幄　21-7
彩徹區明　26-15
今之羣公竝授奇彩　28-5
呉生俊彩　37-7
琳瑯疊彩　41-11
採　採蓮葉於湘湖　10-3
九月九日採石館宴序　20-1
河陽採犢　20-6
祭　叙高情於祭牘　18-5
裁　俱裁四韻　7-14
四韻裁成　8-7
同裁四韻　10-17
俱裁四韻　24-6
俱裁八韻　29-21
不以韻數裁焉　33-18
俱裁四韻　39-14
催　覺歲寒之相催　39-10
塞　亦當將軍塞上　1-4
闕連石塞　37-4
載　使夫千載之下　3-14
千載之不朽　13-16

雖揚庭載酒　17-7
求知己於千載　24-6
廿餘載矣　27-15
千載巖泉　29-22
仰觀千載　32-6
吾之有生也廿載矣　33-2
上元二載　36-2
歳　齊物我於惠莊之歳　1-11
于時歳遊青道　5-13
涉歳寒而詎展　7-13
覺歳寒之相催　39-10
梅柳變而新歳芳　40-2
摧　仙骨摧於俗境　33-5
綵　紐泉雲之絶綵　14-6
抒勞思於綵筆　29-4
際　道勝浮沈之際　10-6
握手去留之際　19-6
五際雕文　31-11
交州在於天際　37-17
儕　吾儕服其精博　35-3
濟　同濟巨川　6-4
不謂同舟共濟　9-5
濟陰鹿弘胤　33-16
齋　敞茅齋而坐嘯　14-3
灑　灑絶翰而臨清風　38-16
纔　纔聽鳴蟬　3-10

ザイ

在　子在北山之北　1-6
西域之風謠在耶　2-20
烟霞猶在　5-7
絃歌在聽　5-10
況在於人　6-3
喜青天之在矚　10-13
鍾期在聽　11-15
即在江潭之上　13-6
僕不幸在流俗而嗜煙霞　15-2
群英在席　15-5
森然在目　16-6
道在江湖　19-5
樂在人間　23-4
東山之賞在焉　29-19
其在茲乎　29-21
河洲在目　30-17
絃歌在屬　31-7
而羣英在焉　32-3
思在江湖　34-12
交州在於天際　37-17
青山在目　38-7
物在人亡　38-10
文不在茲　40-14
材　逢江漢之多材　15-6
罪　破家不容其罪　41-6

サク

作　幸屬一人作寰中之主　1-6
作人倫之師範　5-9
四韻成作　6-12
謂作參分　8-2
司馬少以陽池可作　10-9
四韻成作　13-17
俾夫賈生可作　19-7
作者七人　21-12
旣開作者之筵　22-8
家君作宰　26-8
述作存者八代矣　27-6
山川崩騰以作氣　28-3
請勒緣情之作　31-11
削　削書定禮　27-7
朔　朔風四面　30-14
波潮驚而朔風動　37-11
策　把玉策而登高　2-21
出重城而振策　11-6
策藜杖而非遙　34-28

鑿　喜耕鑿於東陂　34-6

サツ

册　斯則旁稽鳳册　5-3

札　下官以書札小能　18-5

光懸妙札　29-10

撮　撮振振其綱紀　35-3

ザツ

雜　雜花爭發　4-10

風雜響而飄別路　6-9

雜以妙論　16-6

棄置煩雜　32-4

雜芝蘭而涵曉液　36-13

喬木聽黃鶯雜囀　41-17

サン

三　王勃於越州永興縣李明府送蕭三還齊州序　1-1

相遇三江之表　1-7

雖三光廻薄　1-11

三月上巳祓禊序　4-1

暮春三月　4-9

三山洞開　5-2

秋日送沈大虞三入洛詩序　6-1

即三王之繼體　7-3

夏日喜沈大虞三等重相遇序　8-1

泛羽翮於三江　9-4

三蜀良遊　10-6

坐林苑於三秋　20-3

影浮三旬之菊　20-7

日絢三珠　21-5

襟三江而帶五湖　26-2

序屬三秋　26-9

或三秋舊契　29-8

影襲三危之露　29-18

齊萬物於三休　30-15

信三蜀之奇觀也　30-18

三徑蓬蒿　34-37

伍胥用而三呉盛　37-2

三百年之帝國　37-4

更値三秋　37-13

俯萬古於三休　38-13

冬日送儲三宴序　39-1

春日送呂三儲學士序　41-1

二三君子　41-10

山　隱士山前　1-4

子在北山之北　1-6

白露下而江山晚　1-15

山巨源之風猷令望　1-17

行當山中攀桂　1-18

山亭興序　2-1

仁者樂山　2-2

即深山大澤　2-2

王右軍山陰之蘭亭　2-3

而山水來遊　2-13

山人對興　2-14

山樽野酌　2-16

山腰半坼　2-18

山河坐見　2-22

秋日宴山庭序　3-1

披薜蘿於山水　4-4

況乎山陰舊地　4-4

三山洞開　5-2

山開鴈塔　5-5

何山川之壯麗焉　5-7

藤蘿暗而山門古　5-14

異望香山　7-6

夫鼇山巨壑　9-2

直指山陽　9-6

連山寒色　10-14

況廼偃泊山水　11-4

羣山紛糺　11-6

山煙送晚　11-16

始命山陰之筆　11-19
玄武山趾　12-2
且盡山陰之樂　12-9
歷山川而綴賞　13-5
山川長望　14-4
晴山紛積　15-5
俾山川獲申於知己　15-8
眇然有山林陂澤之恩　16-4
昔者王烈登山　17-2
況我巨山之凛凛孤出　17-3
歷禱名山　18-3
山水幽情　19-3
王仲宣山陽俊人　20-2
蒼烟平而楚山晚　20-4
拓桂山而構宇　21-4
興盡呉山之賞　21-11
四海山川　23-3
山川暇日　25-2
烟光凝而暮山紫　26-10
山原曠其盈視　26-14
關山難越　26-22
山川崩騰以作氣　28-3
故人去而青山斷　28-14
宇文德陽宅秋夜山亭宴序　29-1
亦有依山臨水　29-3
中山郎餘令　29-8
秋露下而江山靜　29-14
東山之賞在焉　29-19
晚秋遊武擔山寺序　30-1
化爲闊幅之山　30-6
山川極望　30-16
直至山陽之座　31-3
江山助屈平之氣　31-5
遊廟山序　33-1
臨山河而歎息者也　33-7
相與遊於玄武西之廟山　33-9
山東有道君廟　33-9
山鶯互囀　33-12
山人賣藥　34-6
何必山林之下　34-20
廻首箕山之路　34-32
而幽山桂樹　34-34
侶山水而窮年　34-36
山川有別　35-10
海氣近而蒼山陰　36-3
山曲淹留　36-7
眄江山以揮涕　36-11
蔣山南指　37-2
霸氣盡而江山空　37-5
白露下而蒼山空　37-18
峴山南望　38-2
青山在目　38-7
楚山紛列　38-8
關山牢落　38-11
引江山使就目　38-15
對山川之風日　39-8
翫山川之物色　40-13

參　羽蓋參差　4-7
　　謂作參分　8-2
　　蓋聞鳳渚參雲　21-2
　　參差向月　29-15
　　參差夕樹　31-8

慘　行子傷慘悽　7-11
　　遽慘分岐　39-10

產　南方之物產可知　2-19

散　天鳥散背飛　6-2
　　菊散芳於樽酒　7-9
　　散髮長吟　11-17
　　則知聚散恒事　19-4
　　散琴樽於北阜　34-5
　　聚散恒理　35-10
　　散誕陂湖　38-4

悲聚散之無定　39-11
散孤憤於談叢　40-11
散若有餘　41-8
粲　復存王粲之門　23-5
潸　擧目潸然　9-9
贊　秋日送王贊府兄弟赴任別序　7-1
王贊府伯兄仲弟　7-3
驂　儼騑驂於上路　26-10
讃　而淺才幽讃　18-11
蠶　不蠶而衣　27-19
鑽　鑽宇宙而頓風雲　2-25
爨　樵蘇不爨　34-19
ザン
慙　信無慙於響應　18-11
奏流水而何慙　26-33
無慙於景燭　29-22
暫　暫辭幽磵　34-6
琴罇暫會　35-10
竄　竄梁鴻於海曲　26-25
蹔　蹔捜疇養　22-5
襜帷蹔駐　26-6
蹔照詞場　29-12
蹔辭野鶴之羣　41-13
シ
士　隱士山前　1-4
隱士相逢　2-15
故有李處士者　3-4
下官寒鄉劍士　5-15
閭丘學士　9-3
孔文擧洛京名士　20-2
孟學士之詞府　26-8
風流名士　29-8
昔王子敬瑯琊名士　31-2
高士臨筵　34-18
清士也　35-2
懷古人之士也　38-2
儲學士東南之美　39-2
權大官骨稽名士　40-5
國士之懷抱深相知　40-6
春日送呂三儲學士序　41-1
嵇阮爲林壑之士師　41-6
子　子在北山之北　1-5
豈期我留子往　1-12
子旣簫韶　1-19
即坎壈之君子　2-6
張平子奮一代宏才　2-23
揚子雲之書臺　5-6
密子賤之調風　5-10
虞公沈子　6-3
子則飜翔而入帝鄉　6-4
潘子陳哀感之辰　6-8
行子傷慘悽　7-11
嘯漁子於平溪　13-9
如乘列子之風　18-9
然後得爲君子哉　19-6
童子何知　26-9
臨帝子之長洲　26-11
所賴君子安排　26-25
使吾徒子孫有所取也　27-8
恨不得如古之君子卌强而仕也　27-17
申猶子之道　27-20
王子猷之獨興　29-6
清虛君子　29-8
樗里子之孤墳　30-4
昔王子敬瑯琊名士　31-2
況乎揚子雲之舊地　31-6
密子賤之芳猷　31-7
遊子横琴　34-24
庶公子之來遊　34-34
老子不死矣　35-5

悲子長之輿狹 38-3
贈子以言 39-14
楊子草玄 40-10
二三君子 41-10
巳 三月上巳祓禊序 4-1
上巳浮江讌序 11-1
粤以上巳芳節 11-5
六月癸巳 16-2
之 安知四海之交 1-2
豈識別離之恨 1-2
琴樽爲得意之親 1-3
烟霞是賞心之事 1-4
詠蘇武之秋風 1-4
歌王孫之春草 1-4
故有梁孝王之下客 1-5
僕是南河之南 1-5
孟嘗君之上賓 1-5
子在北山之北 1-6
幸屬一人作寰中之主 1-6
四皓爲方外之臣 1-6
俱遊萬物之間 1-7
相遇三江之表 1-7
許玄度之清風朗月 1-7
王逸少之脩竹茂林 1-7
金石絲竹之音暉 1-9
松柏風雲之氣狀 1-10
嘗謂連城無他鄉之別 1-10
斷金有同好之親 1-11
契生平於張范之年 1-11
齊物我於惠莊之歲 1-11
未殫投分之情 1-12
詎盡忘言之道 1-12
白首非離別之秋 1-14
他鄉豈送歸之地 1-14
山巨源之風猷令望 1-17
嵇叔夜之潦倒麤踈 1-17
既酌傷離之酒 1-19
宜陳感別之詞 1-20
龍蛇爲得性之場 2-2
珠貝有藏輝之地 2-3
王右軍山陰之蘭亭 2-3
石季倫河陽之梓澤 2-4
乃眇小之丈夫 2-5
即坎壈之君子 2-5
不讀非道之書 2-6
未被可人之目 2-6
有荀家兄弟之風 2-7
守陳氏門宗之德 2-7
崩騰觸日月之輝 2-9
磊落壓乹坤之氣 2-10
王夷甫之瑤林瓊樹 2-10
嵇叔夜之龍章鳳姿 2-11
吐滿腹之精神 2-12
抱填胸之文籍 2-12
即是桃花之源 2-15
不異昌蒲之水 2-15
儌石髓於蛟龍之穴 2-16
求玉液於蓬萊之府 2-17
鍛野老之眞珠 2-18
掛幽人之明鏡 2-18
溜王烈之香粳 2-18
滴嚴遵之芳乳 2-19
南方之物產可知 2-19
西域之風謠在即 2-20
漢家二百年之都郭 2-21
秦氏卌郡之封畿 2-22
以爲天地之奥區 2-23
以爲帝王之神麗 2-24
闌干象北斗之宮 2-24
滉瀁即天河之水 2-25
逍遙皆得性之場 3-3
動息竝自然之地 3-4

則我地之琳瑯　3-6
乃他郷之竹箭　3-6
又此夜乘査之客　3-6
坐菊之賓　3-7
款呉鄭之班荊　3-8
申孔郯之傾蓋　3-8
數人之内　3-10
百年之中　3-11
故蘭亭有昔時之會　3-11
竹林無今日之歡　3-12
人之情矣　3-13
使夫千載之下　3-14
四海之中　3-14
後之視今　3-14
王逸少之池亭　4-4
許玄度之風月　4-5
猶停隱遁之賓　4-5
尚有過逢之客　4-6
若海上之査來　4-6
似遼東之鶴擧　4-7
倶安名利之場　4-8
各得逍遙之地　4-8
旣而上屬無爲之道　4-8
下栖玄邈之風　4-9
加以今之視昔　4-16
亡非昔日之歡　4-16
後之視今　4-16
豈復今時之會　4-16
人之情也　4-17
飛碧玉之仙居　5-2
秀黄金之神闕　5-2
還如玉名之臺　5-5
則似銅人之井　5-6
嚴君平之卜肆　5-6
揚子雲之書臺　5-6
何山川之壯麗焉　5-7
秀天下之珪璋　5-8
作人倫之師範　5-9
孟嘗君之愛客　5-9
密子賤之調風　5-10
還起穎川之駕　5-12
重集華陰之市　5-12
陶潛彭澤之遊　5-14
潘岳河陽之令　5-15
憐風月之氣高　5-16
愛林泉之道長　5-16
尚有悲鳴之思　6-2
猶懷狂顧之心　6-3
昇降之儀有異　6-5
去留之路不同　6-5
嗟控地之微軀　6-6
仰沖天之逸翮　6-6
潘子陳哀感之辰　6-8
宋生動悲傷之日　6-8
匪二陸之可嘉　7-3
即三王之繼體　7-4
凛凛四郊之荒　7-10
蕭蕭百籟之響　7-11
遇會高郵之讌　8-5
引蘭酌之鸚杯　8-6
得逍遙之雅致　8-6
暢慇懃之所懷　8-7
背下土之淮湖　9-5
泝上京之河洛　9-5
長成楚客之詞　10-2
獨肆馮夷之賞　10-3
亭皐丹桂之津　10-4
源水紅桃之徑　10-4
神怡吏隱之間　10-6
道勝浮沈之際　10-6
歴秋風之極浦　10-6
下明月之幽潭　10-7

柳明府籍銅章之暇景 10-8
竇明府□錦化之餘閑 10-8
具仙舟於南浦之前 10-9
攀桂席於西津之曲 10-10
傷白露之遷時 10-12
喜青天之在矚 10-13
吾之生也有極 11-2
時之過也多緒 11-2
若夫遭主后之聖明 11-2
屬天地之貞觀 11-3
則造化之生我得矣 11-5
太平之縱我多矣 11-5
香驚北渚之風 11-12
彩綴南津之霧 11-12
玄雲白雪之琴 11-15
紫桂蒼梧之酎 11-16
餞斜光於碧岫之前 11-17
佇明月於青溪之下 11-18
初傳曲洛之盃 11-19
始命山陰之筆 11-19
俾後之視今 11-20
亦猶今之視昔 11-20
成古人之遺跡也 12-3
蕭蕭乎人間之難遇也 12-7
方深川上之悲 12-8
且盡山陰之樂 12-9
滄洲爲獨往之賓 13-2
河洛有神仙之契 13-3
還尋源水之蹊 13-6
即在江潭之上 13-6
猶驚白鷺之濤 13-8
若赴黄牛之峽 13-8
環臨翡翠之竿 13-10
下瑛茱萸之網 13-10
斜連北渚之煙 13-14
下拂西津之影 13-14
道之存矣 13-16
超然四海之間 13-16
千載之不朽 13-16
開仲長之別館 14-2
累安邑之餘風 14-3
雖傷異國之懷 14-4
何暇邊城之思 14-5
振嵆阮之頽交 14-6
紐泉雲之絶綵 14-6
豈知夫司馬卿之車騎 15-4
仲長統之園林 15-4
喜鵷鸞之樓嚁 15-6
逢江漢之多材 15-6
眇然有山林陂澤之思 16-4
則呂望坐茅於磻磎之陰 16-5
屈平製芰於滂陽之浦 16-5
以黼藻幽尋之致焉 16-7
況我巨山之凛凛孤出 17-3
昇華之巖巖清峙 17-4
羣公之好善 17-4
下官之悪俗 17-4
倶希拔俗之標 17-5
各杖專門之氣 17-5
方趨好事之遊 17-7
請命昇遷之筆 17-8
爰昇白鹿之峯 18-4
佇降玄虬之液 18-4
如乘列子之風 18-9
以戚劉昆之火 18-9
僕嘗覽前古之致 19-2
撫高人之迹 19-2
猶嬰俗網之悲 19-3
無救窮途之哭 19-3
何必復心語默之間 19-5
握手去留之際 19-6
承風於達觀之郷 19-8

求我於忘言之地　19-8
長懷司隷之門　20-2
直至中郎之席　20-3
琳瑯謝安邑之賓　20-5
罇酒値臨邛之令　20-5
光浮一縣之花　20-6
影浮三旬之菊　20-7
思駐日於魯陽之庭　20-8
願廻波於屈平之浦　20-8
收翰苑之膏腴　20-10
裂詞場之要害　20-10
漁叟請緇帷之賞　21-3
野人輕錦陪之榮　21-4
遠挖龜璫之浦　21-5
遙分鶴鳴之巖　21-6
彩綴九衢之幄　21-7
香浮四照之蹊　21-8
興盡呉山之賞　21-11
情高晉澤之遊　21-11
乘閑追俠窟之遊　22-4
酤酒狎爐家之賞　22-4
既開作者之筵　22-8
請襲詩人之軌　22-9
浪形丘壑之間　23-3
投跡江湖之外　23-4
復存王粲之門　23-5
即坐陳蕃之榻　23-6
請沃非常之思　24-5
倶宣絶代之遊　24-5
道之存矣　24-6
視烟霞之浩曠　25-2
覺城肆之喧卑　25-3
龍光射牛斗之墟　26-4
徐孺下陳蕃之榻　26-4
臺隍枕夷夏之交　26-5
賓主盡東南之美　26-5
都督閻公之雅望　26-6
宇文新州之懿範　26-6
孟學士之詞府　26-8
王將軍之武庫　26-8
臨帝子之長洲　26-11
得天人之舊館　26-11
窮島嶼之縈廻　26-13
即崗巒之體勢　26-13
鍾鳴鼎食之家　26-15
青雀黄龍之舳　26-15
響窮彭蠡之濱　26-17
聲斷衡陽之浦　26-17
氣浮彭澤之罇　26-19
光照臨川之筆　26-19
覺宇宙之無窮　26-20
識盈虚之有數　26-21
誰非失路之人　26-23
盡是他郷之客　26-23
寧移白首之心　26-26
不墜青雲之望　26-26
空餘報國之情　26-28
豈效窮塗之哭　26-29
等終軍之妙日　26-30
愛宗慤之長風　26-30
非謝家之寶樹　26-31
接孟氏之芳隣　26-31
今之遊太學者多矣　27-2
服聖賢之言　27-4
懷遠大之擧　27-4
蓋有之矣　27-5
我未之見也　27-5
揚魁梧之風　27-7
樹清白之業　27-8
幹父之蠱　27-9
加之　27-10
恨不得如古之君子卌强而仕也

27-16
迫父兄之命　27-17
覩飢寒之切　27-18
吾何德以當之哉　27-19
至於竭小人之心　27-20
申猶子之道　27-20
令汝無反顧之憂也　27-21
誰展色養之心　27-22
孰振揚名之業　27-23
今之羣公竝授奇彩　28-4
豈英靈之道長　28-7
而造化之功倍乎　28-7
然僕之區區　28-7
然義有四海之重　28-11
而無同方之戚　28-11
交有一面之深　28-11
而非累葉之契　28-11
積潘楊之遠好　28-12
同河汾之靈液　28-12
王子猷之獨興　29-6
嵇叔夜之相知　29-6
彭澤陶潛之菊　29-10
河陽潘岳之花　29-10
家藏虹岫之珍　29-11
各控驪泉之寶　29-11
信天下之奇託也　29-13
還昇蘭樓之峯　29-15
即暎芙蓉之水　29-16
香牽十步之風　29-17
影襲三危之露　29-18
東山之賞在焉　29-19
南磵之情不遠　29-19
猶嬰觸網之悲　29-20
罕悟忘筌之迹　29-20
呉王殉侈之墟　30-2
秦帝昇遐之宅　30-3
亦有霍將軍之大隧　30-4
樗里子之孤墳　30-4
蜀夫人之葬迹　30-5
任文公之死所　30-6
化爲闍崛之山　30-6
即入祇園之樹　30-7
臺疑夢渚之雲　30-9
殿寫長門之月　30-10
蕭蕭鷲嶺之居　30-13
亹亹龍宮之偈　30-14
駢闐上路之遊　30-17
磊落名都之氣　30-18
信三蜀之奇觀也　30-18
庶旌西土之遊　30-20
遠嗣東平之唱　30-21
長懷習氏之園　31-2
直至山陽之座　31-3
林泉生謝客之文　31-5
江山助屈平之氣　31-6
況乎揚子雲之舊地　31-6
密子賤之芳猷　31-7
烟侵橘柚之園　31-9
月照芙蓉之水　31-9
方深擯俗之懷　31-11
請勒緣情之作　31-11
廼相與造□處之宮　32-3
遊□萍之野　32-4
吾之有生也廿載矣　33-2
而事親多衣食之虞　33-4
登朝有聲利之迫　33-4
相與遊於玄武西之廟山　33-8
蓋蜀都之靈峯也　33-9
乘杳冥之絶境　33-11
屬芬華之暮節　33-11
其玄都紫微之事耶　33-15
充帝王之萬姓　34-2

預乹坤之一物　34-3
自踈朝市之機　34-4
誰識王侯之貴　34-5
驚帝室之威靈　34-7
偉皇居之壯麗　34-8
道王以天孫之重　34-10
分曲阜之新基　34-11
畢公以帝出之榮　34-11
擁平陽之舊館　34-11
終大王之樂善　34-15
備將軍之挹客　34-15
似元禮之龍門　34-17
有當時之驛騎　34-18
自然天地之間　34-19
何必山林之下　34-20
惓城市之塵埃　34-24
憶汀洲之杜若　34-25
屬宸駕之方旋　34-26
値羣公之畢從　34-26
夏仲御之浮舟　34-28
張季鷹之命駕　34-28
返身滄海之隅　34-32
廻首箕山之路　34-32
庶公子之來遊　34-34
幸王孫之必至　34-35
對光陰之易晚　34-37
惜雲霧之難披　34-38
式命離前之筆　34-40
思存別後之資　34-41
銓柱下之文　35-2
駁河上之義　35-3
物類之相感也　35-6
中心藏之　35-9
何日忘之　35-9
惟高明之捧檄　35-11
屬吾人之解帶　35-11
城池當要害之衝　36-5
寮寀盡鵷鸞之選　36-6
悲下走之窮愁　36-6
屬羣公之宴喜　36-7
欽霍公之盛德　36-9
慕郝氏之高風　36-9
烟霞充耳目之翫　36-16
魚鳥盡江湖之賞　36-17
覺老幼之同歸　36-19
豈榮枯之足道　36-20
殷勤北海之筵　36-22
惆悵南溟之路　36-22
百萬戸之王城　37-3
三百年之帝國　37-4
爲建鄴之雄都　37-6
即江寧之小邑　37-7
梁伯鸞之遠逝　37-8
閔仲叔之遐征　37-9
懷古人之士也　38-2
恨元凱之塗窮　38-2
悲子長之興狹　38-3
屬樓雉之中天　38-5
偶琴樽之暇日　38-6
紫蓋黃旗之舊墟　38-8
晉宋齊梁之故跡　38-9
壯宇宙之時康　38-11
覺衣冠之氣盡　38-12
儲學士東南之美　39-2
江漢之靈　39-2
即爲生死之交　39-4
唯恨相知之晩　39-4
對山川之風日　39-8
蕩羇旅之愁思　39-8
覺歳寒之相催　39-10
悲聚散之無定　39-11
見鴻鴈之南飛　39-12

愴呉人之北走　39-12
誰堪別後之心　39-13
聊縱離前之賞　39-14
大夫之風雲暗相許　40-6
國士之懷抱深相知　40-6
大開琴酒之筵　40-7
遠命珪璋之客　40-8
支道林之聰明　40-8
劉眞長之體道　40-9
吾知之矣　40-10
翫山川之物色　40-14
賞區宇之烟霞　40-14
請命蛟龍之筆　40-15
可飛白鳳之詞　40-15
宇宙之風月曠矣　41-2
川岳之煙雲多矣　41-2
若使周孔爲文章之法吏　41-5
嵇阮爲林壑之士師　41-6
崩雲垂露之健筆　41-11
呑蛟吐鳳之奇文　41-12
蹔辭野鶴之羣　41-14
來廁眞龍之友　41-14
甘申覊旅之心　41-15
更切依然之思　41-15

支　支道林之聰明　40-8

止　非止桃蹊　4-10

氏　守陳氏門宗之德　2-7
秦氏卌郡之封畿　2-22
接孟氏之芳隣　26-31
長懷習氏之園　31-2
慕郝氏之高風　36-9

仕　恨不得如古之君子卌强而仕也　27-17

戺　瓊戺列湛　10-11

司　少昊司辰　1-15
司馬少以陽池可作　10-9
豈知夫司馬卿之車騎　15-4
長懷司隸之門　20-2
秋日楚州郝司戸宅遇餞霍使君序　36-1

史　文史足用　2-6

四　安知四海之交　1-2
四皓爲方外之臣　1-6
四序循環　1-12
四海之中　3-14
觀夫天下四海　4-2
峯巒四絕　5-5
四野蒼茫　6-9
四韻成作　6-12
凛凛四郊之荒　7-10
俱裁四韻　7-14
四韻裁成　8-7
四韻成篇　9-10
同裁四韻　10-17
超然四海之間　13-16
四韻成作　13-17
俱四韻　14-7
四月孟夏　18-2
四韻成篇　19-9
四韻俱成　20-11
香浮四照之蹊　21-8
各題四韻　22-9
四海山川　23-3
與員四等宴序　24-1
俱裁四韻　24-6
四韻成篇　25-5
四美具　26-19
四者備矣　27-10
然義有四海之重　28-10
朔風四面　30-14
四韻成篇　31-12
同疏四韻　35-13

俱成四韻　36-23
陣雲四面　37-10
俱題四韻　37-19
俱題四韻　38-17
俱裁四韻　39-15
皆成四韻　40-16
市　重集華陰之市　5-12
自踈朝市之機　34-4
惓城市之塵埃　34-24
皇風清而市朝一　37-5
此　當此時也　1-10
又此夜乘查之客　3-6
更歡娛於此日　4-15
此時握手　6-11
羽翼於此背飛　7-6
喜莫喜於此時　8-4
旣當此時　8-7
喜靑天之在矚　10-13
此僕所以未盡於嵇康　19-4
今旣至此矣　27-18
今竝集此矣　28-7
此僕所以懷泉塗而惴恐　33-7
此會無期　34-26
此僕所以望風投款　35-7
此驩難再　36-21
此念何期　38-16
此若邂逅相適我願耳　39-8
盡歡娛於此席　40-4
旨　於是携旨酒　4-12
亦有嘉餚旨酒　16-7
死　蒙莊不死　13-15
任文公之死所　30-6
老子不死矣　35-5
即爲生死之交　39-3
至　直至中郎之席　20-2
至於振骨鯁　27-4
今旣至此矣　27-18
至於竭小人之心　27-19
直至山陽之座　31-3
至眞觀夜宴序　32-1
忽至神州　34-7
幸王孫之必至　34-35
至若神高方外　41-6
志　開壯志於高明　2-14
丈夫不縱志於生平　3-12
各述其志　3-13
放懷叙志　15-8
託同志於百齡　24-5
或雲漢其志　28-6
蓋詩言志　33-17
盍陳雅志　35-12
詩以言志　40-15
志大寰中　41-7
芝　若涉芝蘭　8-3
夫靈芝旣秀　35-5
雜芝蘭而涵曉液　36-14
使　使夫千載之下　3-14
使夫會稽竹箭　4-17
使古人恨不見吾徒　20-11
無使吾徒不見故人也　20-11
使吾徒子孫有所取也　27-8
秋日楚州郝司戸宅遇餞霍使君序　36-1
引江山使就目　38-15
若使周孔爲文章之法吏　41-4
侈　呉王殉侈之墟　30-2
始　始命山陰之筆　11-19
始詣臨邛　29-6
鵾鷗始望　34-23
咫　離別咫尺　27-21
姿　嵇叔夜之龍章鳳姿　2-11
候芳晷而騰姿　11-9

貞姿可以鎭物 17-3
轉雲姿於舞席 21-10
思 時慰相思 1-7
往往思仁 1-18
尚有悲鳴之思 6-2
咸軫思於去留 7-2
聽孤鳴而動思 9-7
旅思遥亡 11-18
江湖思遠 12-5
何暇邊城之思 14-5
思傳勝踐 15-7
思其人 16-4
同抽藻思 17-8
排旅思而銜盃 19-7
思駐日於魯陽之庭 20-8
請沃非常之思 24-5
思題勝引 25-4
毎思玄度 29-3
抒勞思於綵筆 29-4
巖巖思壁 29-10
思在江湖 34-12
思動秋風 34-28
思存別後之資 34-40
思染翰以淩雲 36-18
思假俊翮而遊五都 38-4
思欲校良遊於日下 38-14
蕩羈旅之愁思 39-8
更切依然之思 41-15
殷憂別思 41-17
指 直指山陽 9-5
指林岸而長懷 11-11
指金臺而委輸 13-7
指呉會於雲間 26-21
齊天地於一指 36-21
蔣山南指 37-2
師 負笈從師 2-8
作人倫之師範 5-9
楊法師以烟霞勝集 18-4
早師周孔 34-3
可謂賢人師古 35-4
嵇阮爲林壑之士師 41-6
脂 赤石神脂 2-16
梓 石季倫河陽之梓澤 2-4
梓潼南江泛舟序 16-1
梓潼縣令韋君 16-2
梓澤丘墟 26-34
杞梓森羅 41-11
紫 丹鶯紫蝶 11-8
弱荷抽紫 11-10
紫桂蒼梧之酎 11-15
紫苔蒼蘚 12-4
滌煩心於紫館 18-8
限松楹於紫甸 21-2
于時紫緯澄春 21-8
紫鶯抽韻 21-10
降虹蜺於紫府 25-3
紫電青霜 26-8
烟光凝而暮山紫 26-10
玄都紫府 32-2
其玄都紫微之事耶 33-15
紫蓋黄旗之舊墟 38-8
雕梁看紫燕雙飛 41-16
視 後之視今 3-14
加以今之視昔 4-16
後之視今 4-16
俯視人間 5-3
俾後之視今 11-20
亦猶今之視昔 11-20
視烟霞之浩曠 25-2
山原曠其盈視 26-14
平視千里 33-10
絶視聽於寰中 33-16

激揚視聽　40-13
趾　玄武山趾　12-2
廁　來廁眞龍之友　41-14
斯　斯則旁稽鳳册　5-3
斯則龍堂貝闕　10-4
預于斯者若干人爾　16-7
差斯而已哉　23-7
時預乎斯者　33-16
絲　金石絲竹之音暉　1-9
不撓於牽絲　29-22
詞　宜陳感別之詞　1-20
文詞泉涌　5-8
清詞麗藻　9-4
長成楚客之詞　10-2
共詞河而接浪　10-16
詞峯與夏雲爭長　17-6
諧遠契於詞場　18-5
裂詞場之要害　20-10
其詞云爾　21-12
孟學士之詞府　26-8
蹔照詞場　29-12
雄筆壯詞　34-21
其詞云爾　34-41
其詞云爾　38-18
入詞場而獨步　39-3
可飛白鳳之詞　40-15
嗣　雖英靈不嗣　5-7
高筵不嗣　24-2
遠嗣東平之唱　30-20
阮嗣宗陳留逸人　31-2
嗣宗高嘯　37-12
嗜　僕不幸在流俗而嗜煙霞　15-2
酷嗜江海　33-2
肆　嚴君平之卜肆　5-6
獨肆馮夷之賞　10-2
而馬肆含毫　17-7
覺城肆之喧卑　25-3
詩　秋日送沈大虞三入洛詩序　6-1
咸可賦詩　6-12
盍各賦詩　15-8
請襲詩人之軌　22-9
盍各賦詩　23-7
登綿州西北樓走筆詩序　25-1
詩不云乎　27-9
盍各賦詩　27-24
盍各賦詩　28-14
俾夫一同詩酒　29-21
蓋詩言志　33-17
詩不云乎　35-8
盍各賦詩　39-14
詩以言志　40-15
詩酒以洗滌胸襟　41-7
資　思存別後之資　34-41
雌　口若雌黄　39-7
屣　輕脱屣於西陽　2-13
敘風雲而倒屣　29-9
漬　核漬青田　2-20
緇　漁叟請緇帷之賞　21-3
ジ
字　宜題姓字　4-17
一字用探　6-12
人探一字　8-7
人探一字　9-10
人分一字　18-12
人分一字　19-9
人探一字　25-5
人分一字　31-11
須探一字　41-18
寺　晚秋遊武擔山寺序　30-1
次　輒以先成爲次　11-21
而　加以惠而好我　1-8
或登吳會而聽越吟　1-8

或下宛委而觀禹穴　1-9
横溝水而東西　1-13
清風起而城闕寒　1-15
白露下而江山晩　1-15
將別蓋而同飛　1-15
共離舟而俱泛　1-16
而山水來遊　2-13
把玉策而登高　2-21
出瓊林而望遠　2-21
鑽宇宙而頓風雲　2-25
吐江河而懸日月　2-26
起烟霧而當軒　2-26
親風花而滿谷　2-27
府青溪而命酌　3-5
既而依稀舊識　3-7
金風生而景物清　3-9
白露下而光陰晩　3-9
既而上屬無爲之道　4-8
聞禮制而空存　5-3
竟寂寥而無睹　5-4
桃李明而野徑春　5-13
藤蘿暗而山門古　5-14
子則飄翔而入帝鄉　6-4
余乃漂泊而沈水國　6-5
雲異色而傷遠離　6-9
風雜響而飄別路　6-9
綿日月而何期　7-12
涉歳寒而詎展　7-13
不期往而復來　8-2
別而還叙　8-3
集百川而委輸　9-2
聽孤鳴而動思　9-7
聞唳鶴而驚魂　9-8
烟霞擧而原野晴　10-12
鴻鴈起而汀洲夕　10-12
既而雲生岐路　10-13
與筆海而連濤　10-16
共詞河而接浪　10-16
而託形於宇宙者幸矣　11-3
出重城而振策　11-6
下長浦而方舟　11-6
輕荑秀而郊戍青　11-8
落花盡而亭皐晩　11-8
候芳晷而騰姿　11-9
傃遲風而弄影　11-9
指林岸而長懷　11-11
出汀洲而極睇　11-11
既而情盤興遽　11-16
赴泉石而如歸　11-18
仰雲霞而自負　11-18
既而崗巒却峙　12-5
而高範可追　13-3
候風景而延情　13-4
歷山川而綴賞　13-5
綿玉甸而横流　13-7
指金臺而委輸　13-7
登鳳几而霜離　13-11
掛鸞刀而雪泛　13-11
俯汀洲而目極　13-15
想濠水而神交　13-15
開蘭砌而行吟　14-3
敞茅齋而坐嘯　14-3
僕不幸在流俗而嗜煙霞　15-2
常恨林泉不比德而嵇阮不同時而處
15-2
常恨林泉不比德而嵇阮不同時而處
15-3
懷良辰而鬱鬱　15-3
仰高風而杼軸者多矣　15-3
顧斜景而危心　15-6
瞻大雲而變色　15-7
而馬肆含毫　17-7

瞻列鞅而廻鞭　18-7
顧豊隆而轉軑　18-7
撫銅章而不媿　18-10
坐瑤席而忘言　18-10
而淺才幽讚　18-11
排旅思而銜盃　19-7
捨離襟而命筆　19-7
白露下而呉江寒　20-3
蒼烟平而楚山晩　20-4
俗物去而竹林清　20-6
高人聚而蘭筵肅　20-6
俯烟霞而道意　20-8
捨窮達而論心　20-9
拓桂山而構宇　21-4
俯蘭沼而披筵　21-5
傃蘭除而蹀影　21-6
闢羅幌而交懽　21-7
既而香樹迎曛　21-10
促高讌而欣故人　22-6
欽下車而仰明訓　22-6
泝蒼渚而驚魂　23-6
俯丹霄而練魄　23-7
差斯而已哉　23-7
襟三江而帶五湖　26-3
控蠻荊而引甌越　26-3
潦水盡而寒潭清　26-10
烟光凝而暮山紫　26-10
爽籟發而清風起　26-18
纖歌凝而白雲遏　26-18
地勢極而南溟深　26-22
天柱高而北辰遠　26-22
懷帝閽而不見　26-23
奉宣室而何年　26-24
酌貪泉而競爽　26-27
處涸轍而相驩　26-27
撫陵雲而自惜　26-33
奏流水而何慙　26-33
而求苟出者也　27-6
嘗恥道未成而受祿　27-16
恨不得如古之君子卌强而仕也
27-17
不蠶而衣　27-19
不耕而食　27-19
終不能五百年而生兩賢也　28-4
而造化之功倍乎　28-7
事有切而未能忘　28-9
情有深而未能遣　28-9
而無同方之戚　28-11
而非累葉之契　28-11
他鄉秋而白露寒　28-14
故人去而青山斷　28-14
攀勝集而長懷　29-5
仰高筵而不暇　29-5
林泉可攘袂而遊　29-7
煙霞可傳檄而定　29-7
闢林院而開衿　29-9
叙風雲而倒屣　29-9
金風高而林野動　29-13
秋露下而江山靜　29-14
兼而美者　29-20
而廣岫長林　30-3
傃林壑而延情　30-11
想巖泉而結興　30-12
既而星移漢轉　31-9
而羣英在焉　32-3
行樂琴樽而已哉　32-5
而事親多衣食之虞　33-4
此僕所以懷泉塗而惴恐　33-7
臨山河而歎息者也　33-8
玉房跨霄而懸居　33-12
金臺出雲而高峙　33-12
既而神融象外　34-21

白露下而南亭虛　34-22
蒼烟生而北林晚　34-22
仰雲霞而道意　34-27
捨塵事而論心　34-28
策藜杖而非遙　34-28
整柴車而有日　34-29
追赤松而內及　34-33
泛黃菊而相從　34-33
而幽山桂樹　34-34
侶山水而窮年　34-36
待公卿而未日　34-37
入朝廷而不出　34-39
謝魏闕而依然　34-39
海氣近而蒼山陰　36-3
天光秋而白雲晚　36-3
臨風雲而解帶　36-11
亂荷芰而動秋風　36-13
雜芝蘭而涵曉液　36-14
朋友盛而芳樽滿　36-15
林塘清而上筵肅　36-15
伍胥用而三呉盛　37-2
孫權因而九州裂　37-3
覇氣盡而江山空　37-5
皇風清而市朝一　37-5
竹樹晦而秋煙生　37-11
波潮驚而朔風動　37-11
白露下而蒼山空　37-18
他鄉悲而故人別　37-18
思假俊翮而遊五都　38-4
願乘長風而眺萬里　38-5
灌莽積而蒼烟平　38-10
風濤險而翠霞晚　38-11
灑絕翰而臨清風　38-16
留芳罇而待明月　38-17
凌翰圃而橫飛　39-2
入詞場而獨步　39-3
梅柳變而新歲芳　40-2
道術齊而故人聚　40-3
臨春風而對春□　40-10
接蘭友而坐蘭堂　40-11
義合則交踈而吐誠　41-9
言忘則道存而目擊　41-9
不期而會　41-14
耳　高人薛曜等耳　15-8
安陽邵令遠耳　33-17
烟霞充耳目之翫　36-16
此若邂逅相適我願耳　39-9
池亭以導揚耳目　41-8
自　動息竝自然之地　3-4
自悽恨於茲晨　4-15
自欣蘭蕙　10-11
仰雲霞而自負　11-18
自嵇阮寂寥　24-2
撫陵雲而自惜　26-33
自溺於下流矣　27-14
行矣自愛　27-21
自置良友　28-13
有自來矣　33-6
自踈朝市之機　34-4
自然天地之間　34-19
自有金壇　34-35
自有長謠　37-8
芳樽自滿　37-13
自非琴書好事　39-6
超然自足　41-8
應徐自然斛璧　41-13
似　似遼東之鶴擧　4-7
則似銅人之井　5-5
似元禮之龍門　34-17
事　烟霞是賞心之事　1-4
即事含毫　7-13
事編於江漢　10-5

昔周川故事　11-19
境内無事　16-3
方趨好事之遊　17-7
則知聚散恒事　19-5
事有切而未能忘　28-9
門稱好事　29-2
勝事仍存　30-19
而事親多衣食之虞　33-4
其玄都紫微之事耶　33-15
捨塵事而論心　34-28
王事靡鹽　35-11
自非琴書好事　39-6

兕　石兕長江　30-16

峙　旣而崗巒却峙　12-6
昇華之巖巖清峙　17-4
金臺出雲而高峙　33-12
巖楹左峙　36-12

恃　數何足恃哉　27-13

持　請持罇共樂平生　19-6

時　時慰相思　1-7
當此時也　1-10
時時佩德　1-18
昔時西北　3-5
向時朱夏　3-8
少時風月　3-11
故蘭亭有昔時之會　3-11
豈復今時之會　4-16
于時歲遊青道　5-13
是時也　6-7
此時握手　6-11
喜莫喜於此時　8-4
旣當此時　8-7
于時寒雲悽愴　9-6
傷白露之遷時　10-13
時之過也多緒　11-2
于時序躔青律　11-7
景促時淹　11-16
時淹景遽　13-12
于時平皐春返　13-12
常恨林泉不比德而嵇阮不同時而處
15-3
時屬陸冗　18-2
于時氣踈瓊圃　18-9
時惟九月　20-4
于時紫緯澄春　21-8
于時凝光寫愛　22-7
時惟九月　26-9
豈乏明時　26-25
于時夕也　28-13
于時白藏開序　29-13
于時金方啓序　30-14
一時仙遇　31-10
亦各一時　32-6
時預乎斯者　33-16
識不動時　34-2
野性時馴　34-10
有當時之驛騎　34-18
時不再來　34-25
時時失路　34-34
時議稱其典要　35-4
良時易失　35-12
相見何時　36-22
昔時地險　37-6
時非國是　38-9
壯宇宙之時康　38-11
是時也　39-11
于時風雨如晦　41-16
時不再來　41-18

茲　訪懷抱於茲日　3-14
自悽恨於茲晨　4-15
樂莫樂於茲日　8-4
今茲捧袂　26-32

其在茲乎　29-21
　文不在茲　40-14
滋　墅淑蘭滋　11-10
爾　爾其崇瀾帶地　13-6
　云爾　14-7
　預于斯者若干人爾　16-8
　其詞云爾　21-12
　我今日云爾　22-10
　云爾　23-8
　云爾　25-5
　云爾　26-36
　無念爾祖　27-8
　云爾　27-24
　云爾　28-14
　云爾　29-22
　云爾　30-21
　爾其丹壑叢倚　33-10
　其詞云爾　34-41
　云爾　35-13
　云爾　36-23
　云爾　37-19
　其詞云爾　38-18
邇　靈機密邇　18-6
璽　若夫辯輕連璽　13-2
辭　遠辭濠上　3-4
　周生辭袟　22-5
　未辭安邑　29-6
　暫辭幽磵　34-6
　軒冕可辭　34-32
　暫辭野鶴之羣　41-14

シキ

式　式序良遊　10-16
　式稽彝典　18-3
　式序幽筵　25-4
　式命離前之筆　34-40
識　豈識別離之恨　1-2
　既而依稀舊識　3-7
　識盈虚之有數　26-21
　或林泉其識　28-6
　清識滯於煩城　33-4
　識不動時　34-2
　誰識王侯之貴　34-5

ジク

舳　青雀黄龍之舳　26-15
軸　仰高風而杼軸者多矣　15-3
　成其卷軸　35-3
　方嚴去軸　37-17

シチ

七　七韻成篇　18-12
　作者七人　21-12
　其有徒開七竅　41-3

シツ

失　故人易失　10-15
　誰非失路之人　26-22
　時時失路　34-34
　良時易失　35-12
　下官栖遑失路　41-13
室　奉宣室而何年　26-23
　驚帝室之威靈　34-7
執　執德弘　27-10
　顏謝可以執鞭　41-12
質　拙容陋質　2-5

ジツ

日　曾當何日　1-17
　日下無雙　2-9
　崩騰觸日月之輝　2-9
　吐江河而懸日月　2-26
　秋日宴山庭序　3-1
　今日東南　3-6
　竹林無今日之歡　3-12
　訪懷抱於茲日　3-15
　更歡娱於此日　4-15

亡非昔日之歡　4-16
春日序　5-1
秋日送沈大虞三入洛詩序　6-1
宋生動悲傷之日　6-8
月來日往　6-10
秋日送王贊府兄弟赴任別序
7-1
綿日月而何期　7-12
夏日喜沈大虞三等重相遇序
8-1
樂莫樂於茲日　8-4
冬日送閭丘序　9-1
以琴罇爲日用　12-8
夏日仙居觀宴序　18-1
九月九日採石館宴序　20-1
思駐日於魯陽之庭　20-8
日絢三珠　21-5
花源泛日　21-8
我今日云爾　22-10
山川暇日　25-2
秋日登洪府滕王閣餞別序　26-1
極娯遊於暇日　26-20
望長安於日下　26-21
等終軍之妙日　26-30
他日趨庭　26-32
栖日觀於長崖　30-7
是日也　34-16
整柴車而有日　34-29
待公卿而未日　34-37
何日忘之　35-9
秋日楚州郝司戸宅遇餞霍使君序
36-1
日暮途遙　36-17
今日天平　37-6
秋日登冶城北樓望白下序　38-1
偶琴樽之暇日　38-6
思欲校良遊於日下　38-14
冬日送儲三宴序　39-1
對山川之風日　39-8
春日送呂三儲學士序　41-1
實　節實重陽　20-4
名存實爽　27-3
地實淮南　36-2
地實金陵　37-5
シャ
車　豈知夫司馬卿之車騎　15-4
欽下車而仰明訓　22-6
整柴車而有日　34-29
者　不遊天下者　1-2
不渉河梁者　1-2
仁者樂山　2-2
智者樂水　2-2
有弘農楊公者　2-8
若夫爭名於朝廷者　3-2
遁迹於丘園者　3-2
故有李處士者　3-4
能無別恨者也　6-3
夫別也者　7-2
而託形於宇宙者幸矣　11-4
雖復來者難誣　11-21
仰高風而杼軸者多矣　15-3
蓋同席者　15-7
預于斯者若干人爾　16-7
昔者王烈登山　17-2
不平於阮籍者也　19-4
作者七人　21-12
既開作者之筵　22-8
成者先書記　22-9
故今惜芳辰者　24-3
懷幽契者　24-3
今之遊太學者多矣　27-2
故夫膺受末學者　27-3

經明行脩者　27-3
述作存者八代矣　27-6
而求苟出者也　27-6
四者備矣　27-10
戰兢惕勵者　27-15
不有居者　27-22
不有行者　27-23
夫神明所貴者道也　28-2
天地所寶者才也　28-2
故與夫昇華者　28-12
遂令啓瑤緘者　29-5
披瓊翰者　29-5
兼而美者　29-20
昔者登高能賦　30-19
臨山河而歎息者也　33-8
時預乎斯者　33-16
聞諸仁者　39-14
射　龍光射牛斗之墟　26-3
捨　捨離襟而命筆　19-7
捨窮達而論心　20-9
捨簪笏於百齡　26-30
捨塵事而論心　34-28
斜　長江與斜漢爭流　4-13
餞斜光於碧岫之前　11-17
斜連北渚之煙　13-14
顧斜景而危心　15-6
野徑斜開　36-12
榭　琴亭酒榭　29-14
列榭崇軒　34-13
寫　共寫高懷　12-9
共寫良遊　14-5
共寫離襟　17-8
共寫高懷　20-10
于時凝光寫愛　22-7
寫睇眄於中天　26-19
迴寫祁連　30-4
殿寫長門之月　30-9
共寫憂源　37-18
謝　赤熛云謝　6-7
琳瑯謝安邑之賓　20-4
非謝家之寶樹　26-31
林泉生謝客之文　31-5
謝魏闕而依然　34-39
顏謝可以執鞭　41-12
ジャ
蛇　龍蛇爲得性之場　2-2
闍　化爲闍崛之山　30-6
シャク
尺　勃五尺微命　26-29
離別咫尺　27-21
酌　旣酌傷離之酒　1-19
山樽野酌　2-16
府青溪而命酌　3-5
命篇擧酌　6-12
引蘭酌之鸚杯　8-6
榴溪泛酌　21-4
酌貪泉而競爽　26-27
釋　將以釋慰於行前　6-11
ジャク
若　若夫爭名於朝廷者　3-2
若海上之査來　4-6
如壎若箎　7-3
若涉芝蘭　8-3
若大春江十里　10-2
若夫遭主后之聖明　11-2
若乃尋曲岪　11-12
若乃青蘋緑芰　12-3
若夫辯輕連璽　13-2
若赴黃牛之峽　13-8
預于斯者若干人爾　16-8
豈若情高物表　23-4
若意不感慨　27-12

若夫龍津宴喜　29-2
若夫武丘仙鎭　30-2
若夫玉臺金闕　32-2
憶汀洲之杜若　34-25
口若雌黄　39-7
此若邂逅相適我願耳　39-8
棄光景若埃塵　41-3
若使周孔爲文章之法吏　41-4
至若神高方外　41-6
散若有餘　41-8
弱　弱荷抽紫　11-10
雀　青雀黄龍之舳　26-15
シュ
手　携手同行　1-8
此時握手　6-11
握手去留之際　19-6
方欲斂手鍾鼎　33-15
況手迹不偕遂　34-25
故人握手　36-8
方欣握手　39-10
握手言離　41-15
主　幸屬一人作寰中之主　1-6
若夫遭主后之聖明　11-2
賓主盡東南之美　26-5
故能主經陳訓　27-7
賓主由其莫辨　34-14
別盧主簿序　35-1
林慮盧主簿　35-2
守　守陳氏門宗之德　2-7
朱　朱城隱隱　2-24
向時朱夏　3-8
運逼朱明　11-7
兎躔朱陸　18-2
鄴水朱華　26-19
緑縢朱黻　34-13
朱草垂榮　36-13
朱紱儻來　36-19
取　取樂罇酒　25-3
百端進取　27-2
使吾徒子孫有所取也　27-8
首　況乎泣窮途於白首　1-13
白首非離別之秋　1-14
酒酣發於濡首　22-8
寧移白首之心　26-26
廻首箕山之路　34-32
殊　雖朝野殊致　4-3
珠　珠貝有藏輝之地　2-3
鍛野老之眞珠　2-18
珠履交音　5-9
日絢三珠　21-5
雖珠襦玉匣　30-3
茱　下瑛茱萸之網　13-10
酒　旣酌傷離之酒　1-20
於是携旨酒　4-12
横琴對酒　5-14
菊散芳於樽酒　7-9
罇酒於其外　11-4
罇酒相逢　14-5
亦有嘉餚旨酒　16-7
雖揚庭載酒　17-7
罇酒値臨邛之令　20-5
酤酒狎爐家之賞　22-4
酒酣發於濡首　22-8
濁酒盈罇　23-5
取樂罇酒　25-4
琴亭酒榭　29-14
俾夫一同詩酒　29-21
醴酒還陳　34-18
罇酒不空　39-9
大開琴酒之筵　40-7
詩酒以洗滌胸襟　41-7
須　當須振響　1-19

須探一字 41-18

ジュ

戍 輕蒹秀而郊戍青 11-8

受 烟霞受制於吾徒也 15-9

故夫膚受末學者 27-3

嘗恥道未成而受禄 27-16

授 今之羣公竝授奇彩 28-5

竪 竪然有所杖 27-11

儒 儒雅風流 5-9

且吾家以儒術輔仁 27-5

樹 王夷甫之瑤林瓊樹 2-10

既而香樹迎曛 21-11

非謝家之寶樹 26-31

樹清白之業 27-7

即入祇園之樹 30-7

列樹崇闉 30-17

參差夕樹 31-8

而幽山桂樹 34-34

竹樹晦而秋煙生 37-10

草樹凝寒 39-11

孺 徐孺下陳蕃之榻 26-4

濡 酒酣發於濡首 22-8

霑濡庭訓 27-15

襦 雖珠襦玉匣 30-3

シュウ

卌 秦氏卌郡之封畿 2-22

恨不得如古之君子卌强而仕也

27-17

收 薵收戒節 1 14

收翰苑之膏腴 20-10

州 王勃於越州永興縣李明府送蕭三還

齊州序 1-1

登綿州西北樓走筆詩序 25-1

雄州霧列 26-4

宇文新州之懿範 26-6

秋夜於綿州羣官席別薛昇華序

28-1

忽至神州 34-7

秋日楚州郝司戸宅遇餞霍使君序

36-1

列雄州 36-5

孫權因而九州裂 37-3

交州在於天際 37-17

舟 共離舟而俱泛 1-16

仙舟容裔 4-6

對離舟 7-11

不謂同舟共濟 9-5

具仙舟於南浦之前 10-9

轉離舟於複溆 10-14

下長浦而方舟 11-6

道寄虚舟 13-2

桂葉浮舟 13-6

梓潼南江泛舟序 16-1

艤舟於江潭 16-3

漁舟唱晚 26-16

不覺浮舟 29-6

夏仲御之浮舟 34-28

艤仙舟於石岸 36-14

秀 秀黄金之神闕 5-2

秀天下之珪璋 5-8

輕蒹秀而郊戍青 11-8

秀驛追風 21-6

夫靈芝既秀 35-5

周 昔周川故事 11-19

周覽極睇 16-4

周生辭秩 22-5

早師周孔 34-3

若使周孔爲文章之法吏 41-4

宗 守陳氏門宗之德 2-7

愛宗愨之長風 26-30

阮嗣宗陳留逸人 31-2

偶愛神宗 34-3

嗣宗高嘯　37-12
岫　餞斜光於碧岫之前　11-17
葉岫籠煙　21-7
家藏虹岫之珍　29-11
岫幌宵褰　29-17
而廣岫長林　30-3
洲　先祓禊於長洲　4-13
鴻鴈起而汀洲夕　10-12
出汀洲而極睇　11-11
滄洲爲獨往之賓　13-2
俯汀洲而目極　13-15
覺瀛洲方丈　16-6
偃去棹於離洲　20-8
臨帝子之長洲　26-11
河洲在目　30-17
憶汀洲之杜若　34-25
秋　詠蘇武之秋風　1-4
白首非離別之秋　1-14
秋日宴山庭序　3-1
俄涉素秋　3-9
秋日送沈大虞三入洛詩序　6-1
引秋陰於爽籟　6-10
秋日送王贊府兄弟赴任別序
7-1
諸寮友等祖道秋原　7-8
秋晚什邡西池宴餞九隴柳明府序
10-1
秋水百川　10-2
歷秋風之極浦　10-6
言泉共秋水同流　17-6
坐林苑於三秋　20-3
諸公等利斷秋金　22-2
秋日登洪府滕王閣餞別序　26-1
序屬三秋　26-10
秋水共長天一色　26-16
秋夜於綿州羣官席別薛昇華序
28-1
是月秋也　28-13
他鄉秋而白露寒　28-13
宇文德陽宅秋夜山亭宴序　29-1
秋風明月　29-3
或三秋舊契　29-9
秋露下而江山靜　29-14
晚秋遊武擔山寺序　30-1
玉律驚秋　30-14
的歷秋荷　31-9
秋晚入洛於畢公宅別道王宴序
34-1
高秋九月　34-16
思動秋風　34-28
秋日楚州郝司戸宅遇餞霍使君序
36-1
高秋八月　36-2
天光秋而白雲晚　36-3
亂荷芰而動秋風　36-13
竹樹晦而秋煙生　37-11
更値三秋　37-13
秋日登冶城北樓望白下序　38-1
秋深望徹　38-12
終　終以悽愴　7-7
陵谷終移　13-3
舞闋哥終　18-6
等終軍之妙日　26-29
終見棄於高人　27-14
終不能五百年而生兩賢也　28-3
終成勝境　30-3
終大王之樂善　34-15
羞　羞蕙葉　18-5
習　長懷習氏之園　31-2
脩　王逸少之脩竹茂林　1-8
豈徒茂林脩竹　2-3
脩篁結靄　13-13

經明行脩者 27-3
就 引江山使就目 38-15
集 重集華陰之市 5-12
集百川而委輸 9-2
龍集丹紀 18-2
楊法師以烟霞勝集 18-4
今竝集此矣 28-7
攀勝集而長懷 29-5
愁 更足心愁 9-6
悲下走之窮愁 36-7
蕩羇旅之愁思 39-8
寄窮愁於天漢 40-12
懷抱沈愁 41-13
甃 瑤泉玉甃 30-8
聚 葉聚氛濃 18-10
則知聚散恒事 19-4
高人聚而蘭筵肅 20-6
聚散恒理 35-10
悲聚散之無定 39-11
道術齊而故人聚 40-3
檝 菌檝荷裳 10-5
停桂檝於琨潭 11-10
於是分桂檝 13-9
繡 披繡闥 26-13
襲 請襲詩人之軌 22-9
影襲三危之露 29-18
鷲 蕭蕭鷲嶺之居 30-13
驟 飛湍驟激 13-8
羞蕙葉 18 6
雲繁雨驟 34-16

ジュウ

十 一十九年 2-8
羣公以十旬芳暇 13-4
十旬休沐 26-7
香牽十步之風 29-17
什 秋晩什邡西池宴餞九隴柳明府序
10-1
盍題芳什 12-9
廿 廿餘載矣 27-15
吾之有生也廿載矣 33-2
充 充帝王之萬姓 34-2
烟霞充耳目之翫 36-16
戎 獲躅戎役 27-16
重 重横琴於南澗 2-13
重集華陰之市 5-12
則花彩疊重 7-9
夏日喜沈大虞三等重相遇序
8-1
重展披雲 8-3
出重城而振策 11-6
花深潤重 18-10
節實重陽 20-4
上出重霄 26-12
然義有四海之重 28-11
琴樽重賞 29-6
重諧眞性 34-4
道王以天孫之重 34-10
重扃向術 34-17
敢抒重衿 34-40
素交爲重 36-19
從 甘從草澤 1-18
負笈從師 2-8
常恐運從風火 33-6
値羣公之畢從 34-26
泛黄菊而相從 34-33
縱 丈夫不縱志於生平 3-12
太平之縱我多矣 11-5
縱觀丘壑 16-3
縱沖衿於俗表 29-18
泉石縱横 34-20
驅烟霞以縱賞 38-15
聊縱離前之賞 39-13

獸　獸分馳鶩　6-2
亦有野獸羣狎　33-12
シュク
叔　嵆叔夜之潦倒麤疎　1-17
嵆叔夜之龍章鳳姿　2-11
嵆叔夜之相知　29-6
閔仲叔之遐征　37-9
宿　寓宿靈臺　22-4
暮宿靈臺　34-8
淑　墅淑蘭滋　11-9
粥　饘粥不繼　27-17
菽　水菽盡心　27-23
肅　肅肅英賢　5-12
高人聚而蘭筵肅　20-6
林塘清而上筵肅　36-16
踧　踧浪奔廻　13-8
ジュク
孰　孰振揚名之業　27-23
シュツ
出　直出風塵　2-11
出瓊林而望遠　2-21
出處異途　4-3
出沒媚郊原　4-9
出重城而振策　11-6
出汀洲而極睇　11-11
況我巨山之凛凛孤出　17-3
路出名區　26-9
上出重霄　26-12
而求苟出者也　27-6
議出處　27-12
金臺出雲而高峙　33-12
畢公以帝出之榮　34-11
入朝廷而不出　34-39
ジュツ
述　各述其志　3-13
述作存者八代矣　27-6
術　且吾家以儒術輔仁　27-5
鸞鳳可以術待　33-3
重扃向術　34-17
道術齊而故人聚　40-3
シュン
俊　王仲宣山陽俊人　20-2
俊寀星馳　26-4
呉生俊彩　37-7
思假俊翮而遊五都　38-4
竝高情朗俊　41-10
春　歌王孫之春草　1-5
鸜鵒春泉　2-27
暮春三月　4-9
王孫春草　4-11
春日序　5-1
倍騁望於春郊　5-11
桃李明而野徑春　5-13
若夫春江千里　10-2
于時平皐春返　13-13
邵少鹿少以休沐乘春　14-2
于時紫緯澄春　21-8
願乘春水　34-28
初春於權大宅宴序　40-1
早春上月　40-2
臨春風而對春□　40-10
臨春風而對春□　40-11
春日送呂三儲學士序　41-1
花柳含春　41-16
駿　池涵折駿　22-8
鶏林駿賞　30-13
瞬　逝如一瞬　28-8
ジュン
旬　羣公以十旬芳暇　13-4
影浮三旬之菊　20-7
十旬休沐　26-7
殉　呉王殉侈之墟　30-2

荀　有荀家兄弟之風　2-7
淳　永淳二年　4-9
循　四序循環　1-12
馴　夫以中牟馴雉　29-19
　野性時馴　34-10
潤　潤褰恒雨　18-3
　花深潤重　18-10
遵　滴嚴遵之芳乳　2-19
　盍遵清轍　11-19

ショ

且　且盡山陰之樂　12-9
　且吾家以儒術輔仁　27-5
　且混羅裳　34-13
　且欣風物　36-20
　且對窮塗　37-17
初　初傳曲洛之盃　11-19
　初春於權大宅宴序　40-1
所　所謂鸞翔鳳舉　7-7
　暢慇懃之所懷　8-7
　此僕所以未盡於嵇康　19-4
　所賴君子安排　26-25
　是所望於羣公　26-35
　使吾徒子孫有所取也　27-8
　渙然有所成　27-11
　堅然有所杖　27-11
　夫神明所貴者道也　28-2
　天地所寶者才也　28-2
　任文公之死所　30-6
　非流俗所詣　32-3
　此僕所以懷泉塗而惴恐　33-7
　是所望於羣公　34-30
　此僕所以望風投款　35-7
　川塗所亘　36-3
　風壤所交　36-4
胥　伍胥用而三呉盛　37-2
書　不讀非道之書　2-6
　揚子雲之書臺　5-6
　燕國書生　5-15
　下官以書札小能　18-5
　成者先書記　22-9
　一介書生　26-29
　削書定禮　27-7
　書不云乎　27-9
　自非琴書好事　39-6
　賤琴書同糞土　41-4
庶　庶同塵於介福　18-12
　人非庶蒙　19-5
　庶幾乎　27-20
　庶旌西土之遊　30-20
　庶公子之來遊　34-34
處　故有李處士者　3-4
　出處異途　4-3
　處處皆青　4-11
　常恨林泉不比德而嵇阮不同時而處　15-3
　處涸轍而相驩　26-27
　議出處　27-12
　廼相與造□處之宮　32-3
渚　釀渚荒涼　4-6
　香驚北渚之風　11-12
　斜連北渚之煙　13-14
　蓋聞鳳渚參雲　21-2
　泝蒼渚而驚魂　23-6
　鶴汀梟渚　26-12
　亘渚連翹　29-16
　臺疑夢渚之雲　30-9
　傍連翠渚　36-12
暑　披襟避暑　8-6
署　錦署多閑　30-11
墅　墅淑蘭滋　11-9
緒　悲莫悲兮愴離緒　9-8
　時之過也多緒　11-2

命途多緒　26-24
留興緒於芳亭　29-4
諸　諸寮友等祖道秋原　7-8
諸公等利斷秋金　22-2
聞諸仁者　39-14
嶼　艤瓊橈於曲嶼　10-7
於是儼松舲於石嶼　11-10
沙牀石嶼　13-10
窮島嶼之縈廻　26-13
環臨玉嶼　31-8
鱮　素鱮縈鱗　13-11
ジョ
女　少女風吟　30-10
如　還如玉名之臺　5-5
如壎若篪　7-3
如臨水鏡　8-3
赴泉石而如歸　11-18
如乘列子之風　18-8
豈如傲影南櫺　21-4
勝友如雲　26-7
恨不得如古之君子卌强而仕也　27-16
逝如一瞬　28-8
豈如武擔靈岳　30-5
其心如丹　39-5
于時風雨如晦　41-16
汝　令汝無反顧之憂也　27-21
助　亦有助於明衹　18-11
江山助屈平之氣　31-5
序　王勃於越州永興縣李明府送蕭三還齊州序　1-1
四序循環　1-12
山亭興序　2-1
秋日宴山庭序　3-1
三月上巳祓禊序　4-1
春日序　5-1
秋日送沈大虞三入洛詩序　6-1
秋日送王贊府兄弟赴任別序　7-1
夏日喜沈大虞三等重相遇序　8-1
冬日送閭丘序　9-1
秋晚什邡西池宴餞九隴柳明府序　10-1
式序良遊　10-16
上巳浮江讌序　11-1
于時序躔青律　11-7
聖泉宴序　12-1
江浦觀魚宴序　13-1
與邵鹿官宴序　14-1
仲家園宴序　15-1
梓潼南江泛舟序　16-1
餞宇文明府序　17-1
夏日仙居觀宴序　18-1
張八宅別序　19-1
九月九日採石館宴序　20-1
衛大宅宴序　21-1
青鍾戒序　21-8
樂五席宴羣公序　22-1
楊五席宴序　23-1
與員四等宴序　24-1
登綿州西北樓走筆詩序　25-1
式序幽筵　25-4
秋日登洪府滕王閣餞別序　26-1
序屬三秋　26-9
送劼赴太學序　27-1
秋夜於綿州羣官席別薛昇華序　28-1
宇文德陽宅秋夜山亭宴序　29-1
于時白藏開序　29-13
晚秋遊武擔山寺序　30-1
于時金方啓序　30-14

新都縣楊乹嘉池亭夜宴序　31-1
至眞觀夜宴序　32-1
遊廟山序　33-1
秋晩入洛於畢公宅別道王宴序
34-1
別盧主簿序　35-1
秋日楚州郝司戸宅遇餞霍使君序
36-1
江寧縣白下驛呉少府見餞序
37-1
秋日登冶城北樓望白下序　38-1
冬日送儲三宴序　39-1
初春於權大宅宴序　40-1
春日送呂三儲學士序　41-1

抒　共抒幽期　11-20
共抒情機　13-17
仍抒新知　22-6
抒勞思於綵筆　29-4
敢抒重衿　34-40

叙　別而還叙　8-3
放懷叙志　15-8
叙高情於祭牘　18-5
叙風雲於一面　20-3
叙離道意　27-24
叙風雲而倒屣　29-9
各叙幽懷　35-12

徐　徐孺下陳蕃之榻　26-4
應徐自然銜璧　41-13

除　俵蘭除而踝影　21-6

絮　藤牽赤絮　2-19

漵　轉離舟於複漵　10-14

ショウ

小　乃眇小之丈夫　2-5
下官以書札小能　18-5
至於竭小人之心　27-19
即江寧之小邑　37-7

少　王逸少之脩竹茂林　1-7
少昊司辰　1-15
少時風月　3-11
王逸少之池亭　4-4
司馬少以陽池可作　10-9
少長齊遊　12-9
邵少鹿少以休沐乘春　14-2
烟霞少對　24-4
少女風吟　30-10
少留都下　34-10
江寧縣白下驛呉少府見餞序
37-1

尚　動尚經年　1-16
尚臨清賞　3-7
尚有過逢之客　4-6
尚有悲鳴之思　6-2
悼夫烟霞遠尚　19-2
尚控銀江　30-8
下官太玄尚白　39-5

承　承風於達觀之郷　19-7
幸承恩於偉餞　26-35

昇　昇降之儀有異　6-5
昇華之巖巖清峙　17-3
請命昇遷之筆　17-8
爰昇白鹿之峯　18-4
秋夜於綿州羣官席別薛昇華序
28-1
故輿夫昇華者　28-12
還昇菌樓之峯　29-15
槖市昇遐之宅　30-3

昌　不異昌蒲之水　2-15
昌亭旅食　36-6

松　蔭松披薜　1-3
松柏風雲之氣狀　1-10
長松勁柏　2-25
於是儼松舲於石嶼　11-10

松風唱晚　12-6
限松楹於紫甸　21-2
竹徑松扉　29-15
松柏蒼蒼　30-6
歷松扉　30-12
黛柏蒼松　31-8
崇松將巨柏爭陰　33-13
追赤松而內及　34-33
沼　俯蘭沼而披筵　21-5
沭　沙沭石嶼　13-10
邵　與邵鹿官宴序　14-1
邵少鹿少以休沐乘春　14-2
安陽邵令遠耳　33-17
昭　野昭開晴　11-16
景況昭然　18-7
宵　中宵誰賞　24-2
岫幌宵褰　29-17
涉　不涉河梁者　1-2
俄涉素秋　3-9
倶欣利涉　6-4
涉歲寒而詎展　7-13
若涉芝蘭　8-3
博涉道記　33-3
將　亦當將軍塞上　1-4
將別蓋而同飛　1-15
白雲將紅塵競落　4-14
將以釋慰於行前　6-11
將行矣夫　7-2
王將軍之武庫　26-8
亦有霍將軍之大隧　30-4
崇松將巨柏爭陰　33-13
備將軍之挹客　34-15
將忠信待賓朋　39-5
唱　松風唱晚　12-6
漁舟唱晚　26-16
遠嗣東平之唱　30-21
猖　阮籍猖狂　26-28
章　嵇叔夜之龍章鳳姿　2-11
柳明府籍銅章之暇景　10-8
撫銅章而不媿　18-10
豫章故郡　26-2
愽我以文章　40-5
若使周孔爲文章之法吏　41-5
笙　戚里笙竽　34-27
逍　逍遙皆得性之場　3-3
各得逍遙之地　4-8
得逍遙之雅致　8-6
勝　道勝浮沈之際　10-6
靈關勝地　11-5
淹留勝地　12-5
雖復勝遊長逝　13-3
思傳勝踐　15-7
接蜺裳於勝席　17-5
楊法師以烟霞勝集　18-4
嘯風煙於勝友　22-3
勝氣逸於同心　22-8
勝賞不留　23-2
思題勝引　25-4
勝友如雲　26-7
躬逢勝餞　26-9
嗚呼勝地不常　26-34
攀勝集而長懷　29-5
終成勝境　30-4
勝事仍存　30-19
每留連於勝地　31-4
粤以勝友良暇　33-8
馮勝地　36-5
携勝友　38-6
勝友難遭　40-4
敞　敞茅齋而坐嘯　14-3
池簾夕敞　29-17
禪扃烟敞　30-13

湘　採蓮葉於湘湖　10-3

翔　子則飜翔而入帝郷　6-4
所謂鸞翔鳳舉　7-7
翔魂北阜　21-5
飛閣翔丹　26-12

象　闌干象北斗之宮　2-24
星象磊落以降精　28-3
既而神融象外　34-21
則有僧中龍象　40-8

傷　既酌傷離之酒　1-19
宋生動悲傷之日　6-8
雲異色而傷遠離　6-9
行子傷慘悽　7-11
怨別怨兮傷去人　9-7
傷白露之遷時　10-12
雖傷異國之懷　14-4
俄傷萬古　37-14

照　香浮四照之蹊　21-8
連霞掩照　21-11
光照臨川之筆　26-19
蹔照詞場　29-12
月照芙蓉之水　31-9

嘗　孟嘗君之上賓　1-5
嘗謂連城無他郷之別　1-10
孟嘗君之愛客　5-9
僕嘗覽前古之致　19-2
孟嘗高潔　26-28
嘗恥道未成而受祿　27-10

嶂　引星垣於沓嶂　30-7

彰　彰風聲　27-12

稱　門稱好事　29-2
時議稱其典要　35-4

裳　菌檝荷裳　10-5
接蜺裳於勝席　17-4
且混羅裳　34-13

誦　心則口誦　27-10

韶　子旣簫韶　1-19
曖韶晷於巖阡　21-9

璋　秀天下之珪璋　5-8
遠命珪璋之客　40-7

蔣　蔣山南指　37-2

衝　衝劍氣於牛斗　8-5
城池當要害之衝　36-5

賞　烟霞是賞心之事　1-3
尚臨清賞　3-7
獨肆馮夷之賞　10-3
歷山川而綴賞　13-5
漁叟請緇帷之賞　21-3
興盡呉山之賞　21-11
酤酒狎爐家之賞　22-4
勝賞不留　23-2
中宵誰賞　24-2
琴樽重賞　29-6
東山之賞在焉　29-19
鷄林駿賞　30-13
魚鳥盡江湖之賞　36-17
驅烟霞以縱賞　38-15
聊縱離前之賞　39-14
賞區宇之烟霞　40-14

銷　虹銷雨霽　26-15

霄　俯丹霄而練魄　23-7
上出重霄　26-12
玉房跨霄而懸居　33-11

嘯　嘯漁子於平溪　13-9
敞茅齋而坐嘯　14-3
嘯風煙於勝友　22-3
嗣宗高嘯　37-12

樵　樵蘇不爨　34-19

蕭　王勃於越州永興縣李明府送蕭三還齊州序　1-1
蕭蕭百籟之響　7-11
蕭蕭乎人間之難遇也　12-7

蕭條東野　15-5
蕭蕭焉　29-12
蕭蕭鷲嶺之居　30-13
井邑蕭條　38-12
鍾　鍾期在聽　11-15
青鍾戒序　21-8
鍾鳴鼎食之家　26-15
鍾期旣遇　26-33
方欲斂手鍾鼎　33-15
迹塵鍾鼎　34-12
觴　瑤觴間動　13-12
佇鸞觴於月徑　24-3
瑤觴佇興　31-10
一觴一詠　39-13
簫　子旣簫韶　1-19

ジョウ

上　亦當將軍塞上　1-4
孟嘗君之上賓　1-5
遠辭濠上　3-4
行看鷗上　3-10
三月上巳祓禊序　4-1
若海上之査來　4-6
旣而上屬無爲之道　4-8
明明上宰　5-11
泝上京之河洛　9-5
上巳浮江讌序　11-1
粤以上巳芳節　11-5
方深川上之悲　12-8
即在江潭之上　13-6
上客盈門　15-4
儼騑驂於上路　26-10
上出重霄　26-12
騈闐上路之遊　30-17
駿河上之義　35-3
上元二載　36-2
林塘清而上筵肅　36-15
早春上月　40-2
丈　乃眇小之丈夫　2-5
丈夫不縱志於生平　3-12
覺瀛洲方丈　16-6
仍　仍抒新知　22-6
勝事仍存　30-19
仍逢厚禮　37-9
冗　時屬陸冗　18-2
杖　各杖專門之氣　17-5
堅然有所杖　27-11
各杖異氣　28-5
策藜杖而非遙　34-28
狀　松柏風雲之氣狀　1-10
加以煙雲異狀　7-10
城　嘗謂連城無他鄉之別　1-10
清風起而城闕寒　1-15
朱城隱隱　2-24
以宇宙爲城池　4-2
夫五城高暎　5-2
城邑千仭　5-4
則有蜀城僚佐　5-10
又柳明府遠赴豐城　8-5
出重城而振策　11-6
何暇邊城之思　14-5
覺城肆之喧卑　25-3
雅厭城闕　33-2
清識滯於煩城　33-5
惓城市之塵埃　34-24
洛城風景　34-26
城池當要害之衝　36-5
駐旌棨於城隅　36-11
百萬戸之王城　37-3
秋日登冶城北樓望白下序　38-1
城闕何年　38-9
乘　又此夜乘査之客　3-6
乘査可興　10-15

瓊轄乘波　11-14
乘巖泌涌　12-2
邵少鹿少以休沐乘春　14-2
如乘列子之風　18-8
乘閑追俠窟之遊　22-3
因利乘便　27-3
磊落乘烟　29-14
綺席乘虛　30-15
乘杳冥之絶境　33-11
願乘春水　34-28
願乘長風而眺萬里　38-4
淨　景淨天高　6-10
常　常恨林泉不比德而嵆阮不同時而處　15-2
請沃非常之恩　24-5
嗚呼勝地不常　26-34
常以爲人生百年　28-8
常覽仙經　33-2
常恐運從風火　33-6
情　未殫投分之情　1-12
人之情矣　3-13
羈客何情　4-15
人之情也　4-17
有懷情於憂喜　7-2
旣而情盤興遽　11-16
候風景而延情　13-4
共抒情機　13-17
江海情多　17-6
叙高情於祭牘　18-5
山水幽情　19-3
情高晉澤之遊　21-11
樂五官情懸水鏡　22-2
豈若情高物表　23-4
空餘報國之情　26-28
情有深而未能遣　28-9
南磵之情不遠　29-19
傃林壑而延情　30-11
風月高情　31-4
請勒緣情之作　31-11
郊情獨放　34-9
情槃樂極　36-17
情槃興洽　37-14
景極情盤　38-13
情飛調逸　40-12
竝高情朗俊　41-10
條　蕭條東野　15-5
井邑蕭條　38-12
場　龍蛇爲得性之場　2-2
逍遙皆得性之場　3-3
俱安名利之場　4-8
諧遠契於詞場　18-5
裂詞場之要害　20-10
蹔照詞場　29-12
入詞場而獨步　39-3
壤　況乎華陽舊壤　5-4
風壤所交　36-4
遺墟舊壤　37-3
攘　林泉可攘袂而遊　29-7
疊　則花彩疊重　7-9
琳瑯疊彩　41-11
讓　當仁不讓　41-10
釀　釀渚荒涼　4-6

ショク

色　雲異色而傷遠離　6-9
連山寒色　10-14
危岡萬色　11-14
瞻大雲而變色　15-7
林泉動色　17-2
秋水共長天一色　26-16
誰展色養之心　27-22
翫山川之物色　40-14
食　鍾鳴鼎食之家　26-15

廢食忘寢　27-11
不耕而食　27-19
飲食衣服　27-20
而事親多衣食之虞　33-4
昌亭旅食　36-6
植　分楹間植　29-17
飾　方欲粉飾襟神　40-13
蜀　則有蜀城僚佐　5-10
三蜀良遊　10-6
蜀夫人之葬迹　30-5
信三蜀之奇觀也　30-18
蓋蜀都之靈峯也　33-9
燭　無慙於景燭　29-22
銀燭淹華　31-10
觸　崩騰觸日月之輝　2-9
猶嬰觸網之悲　29-20
矚　喜青天之在矚　10-13
川澤呼其駭矚　26-14

ジョク

溽　溽候高褰　18-9
蓐　蓐收戒節　1-14

シン

心　烟霞是賞心之事　1-4
千里心期　2-14
猶懷狂顧之心　6-3
心開目明　8-4
更足心愁　9-6
心乎愛矣　14-6
顧斜景而危心　15-6
滌煩心於紫館　18-8
何必復心語默之間　19-5
捨窮達而論心　20-9
勝氣逸於同心　22-8
寧移白首之心　26-26
心則口誦　27-10
至於竭小人之心　27-20
誰展色養之心　27-22
水菽盡心　27-23
千里同心　29-7
捨塵事而論心　34-28
已甘心於下走　34-30
儻心迹尅諧　34-31
中心藏之　35-9
其心如丹　39-5
誰堪別後之心　39-13
羇心易斷　40-3
甘申羈旅之心　41-15
申　申孔鄭之傾蓋　3-8
却申交於促席　4-13
遂得更申傾蓋　8-3
盍申文雅　10-16
俾山川獲申於知己　15-8
申猶子之道　27-20
甘申羇旅之心　41-15
臣　四皓爲方外之臣　1-6
身　身非金石　33-6
返身滄海之隅　34-32
辰　少昊司辰　1-15
潘子陳哀感之辰　6-8
懷良辰而鬱鬱　15-3
佳辰有數　20-9
故今惜芳辰者　24-3
天柱高而北辰遠　26-22
佳辰可遇　38-5
信　信無慙於響應　18-11
信道篤　27-10
信天下之奇託也　29-12
信三蜀之奇觀也　30-18
將忠信待賓朋　39-5
侵　烟侵橘柚之園　31-8
津　王明府氣挺龍津　5-8
亭皐丹桂之津　10-4

攀桂席於西津之曲　10-10
彩綴南津之霧　11-12
下拂西津之影　13-14
龍津抵霧　21-2
舸艦弥津　26-15
若夫龍津宴喜　29-2
羣公以玉津豐暇　30-11
神　神崖智宇　2-9
吐滿腹之精神　2-12
得神交於下走　2-14
赤石神脂　2-16
以爲帝王之神麗　2-24
鳳皇神岳　2-26
秀黄金之神闕　5-2
神怡吏隱之間　10-5
河洛有神仙之契　13-3
興促神融　13-12
想濠水而神交　13-15
豈非仙表足以感神　17-3
神襟獨遠　18-8
神交罕遇　23-2
神交復幾　24-4
夫神明所貴者道也　28-2
偶愛神宗　34-3
忽至神州　34-7
既而神融象外　34-21
方欲粉飾襟神　40-13
卒若神高方外　41-6
宸　屬宸駕之方旋　34-26
振　當須振響　1-19
出重城而振策　11-6
振嵆阮之頽交　14-5
敢振文鋒　15-7
至於振骨鯁　27-4
孰振揚名之業　27-23
晉　情高晉澤之遊　21-11
晉宋齊梁之故跡　38-9
浸　浸淫滴瀝　12-2
巨浸浮天　13-7
涔　屈平製芰於涔陽之浦　16-5
眞　下官天性任眞　2-4
鍛野老之眞珠　2-18
至眞觀夜宴序　32-1
重諧眞性　34-4
劉眞長之體道　40-9
來廟眞龍之友　41-14
秦　秦氏卌郡之封畿　2-22
悵秦歌於素木　22-5
秦帝昇遐之宅　30-2
晨　自悽恨於茲晨　4-15
奉晨昏於萬里　26-31
晨昏左右　27-20
必兆朕於佳晨　31-4
深　即深山大澤　2-2
方深川上之悲　12-8
花深潤重　18-10
地勢極而南溟深　26-22
可不深慕哉　27-5
情有深而未能遣　28-9
相知非不深也　28-10
交有一面之深　28-11
方深擯俗之懷　31-10
秋深望徹　38-12
文筆深知　39-6
國士之懷抱深相知　40-7
進　百端進取　27-2
輕進苟動　27-13
進非干物　34-4
森　森然在目　16-6
杞梓森羅　41-11
軫　咸軫思於去留　7-2
停鶴軫於風衢　24-3

星分翼軫　26-2
緑軫方調　37-12
新　樂莫新交　3-8
永興新交　4-5
仍抒新知　22-6
新知千里　23-4
洪都新府　26-2
宇文新州之懿範　26-6
或一面新交　29-9
新都縣楊乹嘉池亭夜宴序　31-1
分曲阜之新基　34-11
新知滿目　36-8
憶風景於新亭　37-14
梅柳變而新歳芳　40-2
溱　亦有拔蘭花於溱洧　10-3
寢　廢食忘寢　27-11
親　琴樽爲得意之親　1-3
斷金有同好之親　1-11
親風花而滿谷　2-27
而事親多衣食之虞　33-4
簪　簪裾見屈　2-12
捨簪笏於百齡　26-30
或簪裾其迹　28-6
接衣簪於座右　36-10

ジン

人　幸屬一人作寰中之主　1-6
古人道別　1-16
人非李徑　1-19
未被可人之目　2-6
潁川人物　2-7
混同人野　2-11
山人對興　2-14
掛幽人之明鏡　2-18
人高調遠　2-20
數人之内　3-10
人之情矣　3-13
人賦一言　3-13
人生百年　4-2
人之情也　4-17
俯視人間　5-3
則似銅人之井　5-5
作人倫之師範　5-9
青溪逸人　5-11
況在於人　6-3
居人苦遼落　7-12
人探一字　8-7
怨別怨兮傷去人　9-8
人探一字　9-9
故人易失　10-15
人賦一言　10-17
成古人之遺跡也　12-3
蕭蕭乎人間之難遇也　12-7
引鮫人於洞穴　13-9
人賦一言　13-17
人賦一言　14-6
高人薛曜等耳　15-8
思其人　16-4
預于斯者若干人爾　16-8
人分一字　18-12
撫高人之迹　19-2
人非庶蒙　19-5
人分一字　19-8
王仲宣山陽俊人　20-2
高人聚而蘭筵肅　20-6
使古人恨不見吾徒　20-11
無使吾徒不見故人也　20-12
野人輕錦陪之榮　21-4
作者七人　21-12
促高讌而欣故人　22-6
請襲詩人之軌　22-9
樂在人間　23-4
人賦一言　24-6

人探一字　25-5
人傑地靈　26-4
得天人之舊館　26-11
誰非失路之人　26-23
達人知命　26-26
編人倫　27-12
終見棄於高人　27-14
至於竭小人之心　27-19
常以爲人生百年　28-8
故人去而青山斷　28-14
友人河南宇文嶠　29-8
留逸契於人間　29-18
人賦一言　29-21
蜀夫人之葬迹　30-5
美人虹影　30-10
阮嗣宗陳留逸人　31-3
人分一字　31-11
羽人可以長往　33-14
山人賣藥　34-6
已厭人間　34-9
幽人長往　34-29
往往逢人　34-34
凡我故人　34-41
可謂賢人師古　35-4
屬吾人之解帶　35-11
人賦一言　35-12
人多汴北　36-2
故人握手　36-8
人賦一言　36-23
他郷悲而故人別　37-18
人賦一言　37-19
懷古人之士也　38-2
物在人亡　38-10
人賦一言　38-17
人同水鏡　39-7
愴呉人之北走　39-12
道術齊而故人聚　40-3
凡我友人　40-16

仁　往往思仁　1-18
仁者樂山　2-2
蘭吐氣於仁賢　7-9
敢分謗於當仁　18-12
且吾家以儒術輔仁　27-6
聞諸仁者　39-14
仁遠乎哉　40-9
當仁不讓　41-10

仞　城邑千仞　5-4
碧潭千仞　12-6
俯臨萬仞　33-10

陣　鴈陣驚寒　26-17
陣雲四面　37-10

紉　野外紉蘭　1-18

尋　若乃尋曲岪　11-12
丹崿萬尋　12-6
還尋源水之蹊　13-5
以黼藻幽尋之致焉　16-7
禹穴東尋　38-3

塵　直出風塵　2-11
白雲將紅塵競落　4-14
庶同塵於介福　18-12
赴塵影於歌軒　21-10
迹塵鍾鼎　34-12
惓城市之塵埃　34-24
捨塵事而論心　34-28
棄光景若埃塵　41-3

盡　詎盡忘言之道　1-12
落花盡而亭皐晩　11-8
且盡山陰之樂　12-9
此僕所以未盡於嵆康　19-4
興盡呉山之賞　21-11
賓主盡東南之美　26-5
潦水盡而寒潭清　26-10

興盡悲來　26-21
盡是他鄕之客　26-23
水菽盡心　27-23
浮驪易盡　34-27
賚宋盡鵷鸞之選　36-6
魚鳥盡江湖之賞　36-17
覇氣盡而江山空　37-5
覺衣冠之氣盡　38-12
盡胸懷　39-7
盡歡娛於此席　40-4

スイ

水　横溝水而東西　1-13
智者樂水　2-2
流水長堤　2-4
而山水來遊　2-13
不異昌蒲之水　2-15
滉瀁即天河之水　2-25
披薜蘿於山水　4-4
水架螺宮　5-5
余乃漂泊而沈水國　6-5
溝水東西　7-5
如臨水鏡　8-3
對水臨亭　8-6
分岐臨水　9-6
秋水百川　10-2
源水紅桃之徑　10-4
下官以溝水難留　10-10
況廼偃泊山水　11-4
還尋源水之蹊　13-6
想濠水而神交　13-15
言泉共秋水同流　17-6
山水幽情　19-3
樂五官情懸水鏡　22-2
潦水盡而寒潭清　26-10
秋水共長天一色　26-16
鄴水朱華　26-19
溝水相逢　26-23
奏流水而何慙　26-33
臨水贈言　26-35
水菽盡心　27-23
亦有依山臨水　29-3
即暎芙蓉之水　29-16
月照芙蓉之水　31-9
願乘春水　34-28
雖源水桃花　34-33
侶山水而窮年　34-36
人同水鏡　39-7

垂　垂柳低風　13-14
朱草垂榮　36-13
崩雲垂露之健筆　41-11

衰　草木變衰　7-11

推　則推我於東南　4-18

萃　拔萃揚眉　7-4

遂　遂以離亭仙宅　7-6
遂得更申傾蓋　8-3
遂長懷悠想　16-4
林壑遂喪　24-4
遂令啓瑤緘者　29-4
遂令林壑道喪　33-6
況手迹不偕遂　34-25
去留咸遂　34-31

睢　睢園綠竹　26-18

翠　家家竝翠　4-12
翠幙玄帷　11-12
翠幰丹峯　11-13
環臨翡翠之竿　13-10
曾臺嬌翠　26-12
龍鑣翠轄　30-17
紅蘭翠菊　31-7
傍連翠渚　36-12
風濤險而翠霞晚　38-11

誰　中宵誰賞　24-2

誰非失路之人　26-22
誰展色養之心　27-22
誰識王侯之貴　34-5
誰堪別後之心　39-13
隧　亦有霍將軍之大隧　30-4
雖　雖三光廻薄　1-11
雖語嘿非一　3-3
雖朝野殊致　4-3
雖英靈不嗣　5-7
雖復來者難誣　11-21
雖復勝遊長逝　13-3
雖傷異國之懷　14-4
雖揚庭載酒　17-7
雖惠化傍流　18-11
北海雖遙　26-27
雖獲一階　27-13
故雖陰陽同功　28-2
雖珠襦玉匣　30-3
雖源水桃花　34-33

ズイ

惴　此僕所以懷泉塗而惴恐　33-7
髓　徵石髓於蛟龍之穴　2-16

スウ

崇　爾其崇瀾帶地　13-6
訪風景於崇阿　26-11
驪嶠崇基　30-2
列樹崇闉　30-17
崇松將巨柏爭陰　33-13
列榭崇軒　34-13
陟崇隅　38-6
數　數人之内　3-10
數百年矣　12-2
佳辰有數　20-9
識盈虛之有數　26-21
數何足恃哉　27-13
不以韻數裁焉　33-18
青溪數曲　34-29
趨　則冠蓋相趨　3-2
方趨好事之遊　17-7
他日趨庭　26-32

ゼ

是　烟霞是賞心之事　1-3
僕是南河之南　1-5
即是桃花之源　2-14
於是携旨酒　4-12
是時也　6-7
於是儼松舲於石嶼　11-10
於是分桂檝　13-9
於是間以投壺　16-6
盡是他鄉之客　26-23
是所望於羣公　26-35
是月秋也　28-13
於是披桂幌　30-12
語默於是同歸　34-14
是日也　34-15
是非雙遣　34-19
是所望於羣公　34-30
時非國是　38-10
是時也　39-11

セイ

井　井絡名都　5-4
則似銅人之井　5-6
井邑蕭條　38-11
生　契生平於張氾之年　1-11
金風生而景物清　3-9
丈夫不縱志於生平　3-12
人生百年　4-2
遠近生林薄　4-10
燕國書生　5-15
宋生動悲傷之日　6-8
既而雲生岐路　10-13
吾之生也有極　11-2

則造化之生我得矣　11-5
左右生光　17-2
請持罇共樂平生　19-7
俾夫賈生可作　19-7
周生辭袟　22-5
落霽生寒　22-7
一介書生　26-29
求其友生　27-10
終不能五百年而生兩賢也　28-4
常以爲人生百年　28-8
林泉生謝客之文　31-5
吾之有生也廿載矣　33-2
蒼烟生而北林晩　34-22
先生負局　34-24
呉生俊彩　37-7
竹樹晦而秋煙生　37-11
生涯詎幾　38-15
即爲生死之交　39-3
張生博物　40-9

成　四韻成作　6-12
成榮厚禄　7-4
四韻裁成　8-7
四韻成篇　9-10
長成楚客之詞　10-2
輒以先成爲次　11-21
成古人之遺跡也　12-3
四韻成作　13-17
七韻成篇　18-12
四韻成篇　19-9
四韻倶成　20-11
成者先書記　22-9
四韻成篇　25-5
八韻倶成　26-36
渙然有所成　27-11
嘗恥道未成而受禄　27-16
終成勝境　30-3
敢攀成列　30-20
四韻成篇　31-12
成其卷軸　35-3
倶成四韻　36-23
皆成四韻　40-16

西　横溝水而東西　1-13
輕脱屣於西陽　2-13
西域之風謠在即　2-20
昔時西北　3-5
亦歸余於西北　4-19
溝水東西　7-6
我北君西　9-6
秋晩什邡西池宴餞九隴柳明府序　10-1
攀桂席於西津之曲　10-10
下拂西津之影　13-14
登綿州西北樓走筆詩序　25-1
庶旌西土之遊　30-20
相與遊於玄武西之廟山　33-8

制　聞禮制而空存　5-3
烟霞受制於吾徒也　15-9

姓　宜題姓字　4-17
充帝王之萬姓　34-2

征　閔仲叔之遐征　37-9

性　龍蛇爲得性之場　2-2
下官天性任眞　2-4
逍遙皆得性之場　3-3
棲遲道性　32-4
重諧眞性　34-4
野性時馴　34-10

青　青精野饌　2-15
核潰青田　2-20
府青溪而命酌　3-5
處處皆青　4-11
青溪逸人　5-11
于時歳遊青道　5-13

喜青天之在矚　10-13
于時序躔青律　11-7
輕蒦秀而郊戌青　11-8
躍青鱗於晝網　11-14
佇明月於青溪之下　11-17
若乃青蘋緑芰　12-4
青鍾戒序　21-8
青天無極　23-2
紫電青霜　26-8
青雀黄龍之舳　26-15
不墜青雲之望　26-26
故人去而青山斷　28-14
青腰御律　29-13
青溪數曲　34-29
青蘋布葉　36-12
青山在目　38-7
星　何必星槎獨放　23-6
星分翼軫　26-2
俊宋星馳　26-4
星象磊落以降精　28-3
未有能星馳一介　29-3
引星垣於沓嶂　30-7
旣而星移漢轉　31-9
牲　未及牲牢　34-23
砌　開蘭砌而行吟　14-3
栖　下栖玄邈之風　4-8
栖日觀於長崖　30-7
栖遲道性　32-4
下官栖遑失路　41-13
逝　雖復勝遊長逝　13-3
東隅已逝　26-28
逝如一瞬　28-8
梁伯鸞之遠逝　37-8
悽　悽斷來鴻　1-16
自悽恨於茲晨　4-15
終以悽愴　7-7
行子傷慘悽　7-12
于時寒雲悽愴　9-6
旌　共旌友會　23-7
庶旌西土之遊　30-20
駐旌棨於城隅　36-10
清　許玄度之清風朗月　1-7
清風起而城闕寒　1-15
地爽氣清　2-21
清渭澄澄　2-24
尚臨清賞　3-7
金風生而景物清　3-9
清歌遶梁　4-14
清詞麗藻　9-4
咽溜清冷　9-7
林壑清其顧盼　11-7
盍遵清轍　11-20
以清湛幽凝鎭靜流俗　16-2
清絃朗笛　16-7
昇華之巖巖清峙　17-4
清祕想於丹田　18-8
俗物去而竹林清　20-6
清言滿席　23-5
潦水盡而寒潭清　26-10
爽籟發而清風起　26-18
樹清白之業　27-7
清虚君子　29-8
清標未遠　30-19
清識滯於煩城　33-4
玄談清論　34-20
清上也　35-2
林塘清而上筵肅　36-15
皇風清而市朝一　37-5
文學清談　37-12
灑絶翰而臨清風　38-16
盛　盛筵難再　26-34
欽霍公之盛德　36-9

朋友盛而芳樽滿　36-15
伍胥用而三呉盛　37-2
晴　烟霞擧而原野晴　10-12
野昭開晴　11-16
林野晴歸　13-13
晴山紛積　15-5
勢　湍流百勢　11-13
即崗巒之體勢　26-13
地勢極而南溟深　26-22
聖　若夫遭主后之聖明　11-2
聖泉宴序　12-1
有聖泉焉　12-2
非無聖王　26-25
服聖賢之言　27-4
誠　義合則交踈而吐誠　41-9
精　吐滿腹之精神　2-12
青精野饌　2-15
星象磊落以降精　28-3
吾儕服其精博　35-4
製　屈平製芰於湀陽之浦　16-5
齊　王勃於越州永興縣李明府送蕭三還
齊州序　1-1
齊物我於惠莊之歲　1-11
榜謳齊引　11-13
六韻齊疏　11-21
少長齊遊　12-9
草齊幽徑　14-4
舞詠齊飛　20-5
落霞與孤鶩齊飛　26-16
大運不齊　26-24
齊萬物於三休　30-15
齊天地於一指　36-20
晉宋齊梁之故跡　38-9
道術齊而故人聚　40-3
嘶　嘶旅騎於巖坰　10-14
整　整柴車而有日　34-28
請　請抽文律　13-16
請命昇遷之筆　17-8
請持罇共樂平生　19-6
請飛雄藻　20-10
漁叟請緇帷之賞　21-3
請襲詩人之軌　22-9
請沃非常之思　24-4
無路請纓　26-29
請勒緣情之作　31-11
披襟請益　35-8
請揚文筆　36-22
請開文囿　37-18
請命蛟龍之筆　40-14
靜　以清湛幽凝鎮靜流俗　16-3
漏靜銀宮　18-9
秋露下而江山靜　29-14
聲　同聲相應　10-10
聲斷衡陽之浦　26-17
彰風聲　27-12
登朝有聲利之迫　33-4
霽　景霽丹空　5-13
落霽生寒　22-7
虹銷雨霽　26-15

セキ

夕　鴻鴈起而汀洲夕　10-12
于時夕也　28-13
池簾夕敞　29-17
參差夕樹　31-8
用烟霞以付朝夕　39-6
石　金石絲竹之音暉　1-9
石季倫河陽之梓澤　2-4
赤石神脂　2-16
徵石髓於蛟龍之穴　2-16
於是儼松舲於石嶼　11-10
飛砂濺石　11-13
赴泉石而如歸　11-18

砂堤石岸　12-3
沙牀石嶼　13-10
九月九日採石館宴序　20-1
傍臨石鏡　30-8
石兕長江　30-16
身非金石　33-6
息肩巖石　33-15
泉石縱橫　34-20
還開石架　34-36
艤仙舟於石岸　36-14
闕連石塞　37-4
拆　花萼由其拆影　7-7
赤　赤石神脂　2-15
藤牽赤絮　2-19
赤熛云謝　6-7
追赤松而內及　34-33
昔　昔時西北　3-5
故蘭亭有昔時之會　3-11
加以今之視昔　4-16
亡非昔日之歡　4-16
昔周川故事　11-19
亦猶今之視昔　11-20
昔者王烈登山　17-2
昔者登高能賦　30-19
昔王子敬瑯琊名士　31-2
昔時地險　37-6
席　却申交於促席　4-13
攀桂席於西津之曲　10-10
群英在席　15-5
蓋同席者　15-7
接蜺裳於勝席　17-5
坐瑤席而忘言　18-10
直至中郎之席　20-3
睽茵席於丹巖　21-2
轉雲姿於舞席　21-10
樂五席宴羣公序　22-1
楊五席宴序　23-1
清言滿席　23-5
高朋滿席　26-7
秋夜於綿州羣官席別薛昇華序　28-1
綺席乘虛　30-15
薦綺席於沙濱　36-14
動流波於下席　37-15
盡歡娛於此席　40-4
迹　遁迹於丘園者　3-2
撫高人之迹　19-2
或簪裾其迹　28-6
罕悟忘筌之迹　29-20
蜀夫人之葬迹　30-6
迹塵鍾鼎　34-12
況手迹不偕遂　34-25
儻心迹尅諧　34-31
寂　竟寂寥而無睹　5-3
黯然寂然　7-13
自嵇阮寂寥　24-2
惜　故今惜芳辰者　24-2
撫陵雲而自惜　26-33
惜雲霧之難披　34-38
惜風景於他鄉　40-3
戚　而無同方之戚　28-11
戚里笙竽　34-27
跡　成古人之遺跡也　12-3
加以曹公展跡　22-5
投跡江湖之外　23-3
晉宋齊梁之故跡　38-9
積　則徽陰委積　7-10
晴山紛積　15-6
積潘楊之遠好　28-12
魚鱗積磴　29-15
積籟與幽湍合響　33-13
灌莽積而蒼烟平　38-10

池亭積雪　39-11
藉　烟霞狼藉　34-21
籍　抱墳胸之文籍　2-12
柳明府籍銅章之暇景　10-8
阮籍同歸　11-15
不平於阮籍者也　19-4
阮籍猖狂　26-28
嗚呼阮籍意疎　33-5

セツ

切　咸一切欲速　27-2
切瑳琢磨　27-15
覩飢寒之切　27-18
事有切而未能忘　28-9
地切登仙　29-2
更切依然之思　41-15
岊　地岊天邊　8-2
折　池涵折駿　22-8
刹　寶刹香壇　30-8
拙　拙容陋質　2-5
接　共詞河而接浪　10-16
接磴分流　12-3
接蜺裳於勝席　17-4
鎭接衡廬　26-2
扶搖可接　26-27
接孟氏之芳隣　26-31
瑚瓏接映　30-9
接風期於下走　34-12
接衣簪於座右　36-10
接蘭友而坐蘭堂　40-11
雪　玄雲白雪之琴　11-15
掛鷩刀而雪泛　13-11
雪卷飛雲　22-7
池亭積雪　39-11
節　辱收戒節　1-14
何屈節於名利　3-12
粵以上巳芳節　11-5
節實重陽　20-4
屬芬華之暮節　33-11
薛　高人薛曜等耳　15-8
秋夜於綿州羣官席別薛昇華序
28-1

ゼツ

絶　峯巒四絶　5-5
言爲兩絶　8-2
紐泉雲之絶綵　14-6
俱宣絶代之遊　24-5
行不悼絶　27-12
乘杳冥之絶境　33-11
絶視聽於寰中　33-16
灑絶翰而臨清風　38-16

セン

千　二千餘里　2-8
千里心期　2-14
使夫千載之下　3-14
城邑千仞　5-4
相與隔千里　6-6
若夫春江千里　10-2
碧潭千仞　12-6
下官以千里薄遊　13-5
千載之不朽　13-16
新知千里　23-5
求知己於千載　24-6
千里逢迎　26-7
千里同心　29-7
千載巖泉　29-22
寒雲千里　30-15
仰觀千載　32-6
平視千里　33-10
王畿千里　34-17
洪濤千里　37-10
川　廣漢巨川　2-3
潁川人物　2-7

何山川之壯麗焉　5-7
還起潁川之駕　5-12
同濟巨川　6-4
川長道遠　8-2
集百川而委輸　9-2
秋水百川　10-2
昔周川故事　11-19
方深川上之悲　12-8
歷山川而綴賞　13-5
山川長望　14-4
俾山川獲申於知己　15-8
四海山川　23-3
山川暇日　25-2
川澤呼其駭矚　26-14
光照臨川之筆　26-19
山川崩騰以作氣　28-3
山川極望　30-16
下走遼川鶴去　34-39
山川有別　35-10
川塗所亘　36-3
川原何有　38-8
對山川之風日　39-8
翫山川之物色　40-14
川岳之煙雲多矣　41-2

仙　由對仙家　3-7
仙舟容裔　4-6
片片仙雲　4-10
飛碧玉之仙居　5-2
遂以離亭仙宅　7-6
具仙舟於南浦之前　10-9
河洛有神仙之契　13-3
豈非仙表足以感神　17-2
夏日仙居觀宴序　18-1
列宴仙壇　18-8
彭澤仙杯　20-7
竝以蘭才仙府　22-3
地切登仙　29-2
影泛仙罇　29-10
若夫武丘仙鎭　30-2
鹿苑仙談　30-13
一時仙遇　31-10
常覽仙經　33-3
仙骨摧於俗境　33-5
仙鳳于飛　35-5
艤仙舟於石岸　36-14

亘　亘渚連翹　29-16
川塗所亘　36-3

先　先祓禊於長洲　4-12
輙以先成爲次　11-21
成者先書記　22-9
先生負局　34-24

阡　曖韶晷於巖阡　21-9

宣　王仲宣山陽俊人　20-2
俱宣絶代之遊　24-5
奉宣室而何年　26-23

泉　鸚鵡春泉　2-27
則林泉見託　3-3
用林泉爲窟宅　4-2
文詞泉涌　5-8
愛林泉之道長　5-16
地泉下流　6-5
赴泉石而如歸　11-18
聖泉宴序　12-1
有聖泉焉　12-2
紐泉雲之絶綵　14-6
常恨林泉不比德而嵆阮不同時而處　15-2
林泉動色　17-2
言泉共秋水同流　17-6
颺鮮飈於泉薄　21-9
酌貪泉而競爽　26-27
或林泉其識　28-5

林泉可攘袂而遊　29-7
各控驪泉之寶　29-11
千載巖泉　29-22
下賁窮泉　30-3
瑤泉玉甃　30-8
想巖泉而結興　30-12
林泉生謝客之文　31-5
此僕所以懷泉塗而惴恐　33-7
泉石縱横　34-20
洗　詩酒以洗滌胸襟　41-7
染　思染翰以淩雲　36-18
專　各杖專門之氣　17-5
淺　而淺才幽讚　18-11
旋　屬宸駕之方旋　34-26
筌　罕悟忘筌之迹　29-20
遄　旅思遄亡　11-18
逸興遄飛　26-18
銓　銓柱下之文　35-2
潛　陶潛彭澤之遊　5-14
彭澤陶潛之菊　29-10
俄潛翰苑　29-12
箭　乃他鄉之竹箭　3-6
使夫會稽竹箭　4-18
賤　密子賤之調風　5-10
密子賤之芳猷　31-7
榮賤兩亡　34-20
賤琴書同糞土　41-3
踐　思傳勝踐　15-7
籩豆有踐　27-23
遷　傷白露之遷時　10-13
請命昇遷之筆　17-8
選　未有一同高選　10-5
寮寀盡鵷鸞之選　36-6
戰　戰兢惕勵者　27-15
薦　薦綺席於沙濱　36-14
餞　秋晚什邡西池宴餞九隴柳明府序
10-1
餞斜光於碧岫之前　11-17
餞宇文明府序　17-1
秋日登洪府滕王閣餞別序　26-1
躬逢勝餞　26-9
幸承恩於偉餞　26-35
秋日楚州郝司戸宅遇餞霍使君序
36-1
江寧縣白下驛呉少府見餞序
37-1
鮮　鮮欝候景　21-7
颼鮮颸於泉薄　21-9
甫佐亨鮮　37-7
濺　飛砂濺石　11-13
瞻　瞻大雲而變色　15-7
瞻列鞅而廻鞭　18-7
蟬　纔聽鳴蟬　3-10
襜　襜帷蹔駐　26-6
饌　青精野饌　2-15
蘚　紫苔蒼蘚　12-4
饘　饘粥不繼　27-17
纖　纖歌凝而白雲遏　26-18

ゼン

全　全忠履道　34-30
前　隱士山前　1-4
廷前柳葉　3-9
將以釋慰於行前　6-11
具仙舟於南浦之前　10-10
餞斜光於碧岫之前　11-17
荒壑前縈　12-6
僕嘗覽前古之致　19-2
式命離前之筆　34-40
棟宇前臨　37-11
聊縱離前之賞　39-13
善　善佐朝廷　1-17
羣公之好善　17-4

終大王之樂善　34-15
然　動息竝自然之地　3-4
豈不然乎　3-13
里閈依然　5-6
黯然寂然　7-12
黯然寂然　7-13
擧目潸然　9-9
超然四海之間　13-16
夫豈然乎　14-6
眇然有山林陂澤之思　16-3
森然在目　16-6
景況昭然　18-7
然後得爲君子哉　19-6
然則杏圃揚徽　21-3
無乃然乎　24-6
渙然有所成　27-11
竪然有所杖　27-11
然後可以託教義　27-11
不其然乎　28-4
然僕之區區　28-7
然義有四海之重　28-10
欣然命駕　29-6
巖壑依然　31-6
陶然不知宇宙之爲大也　32-4
其不然乎　33-16
自然天地之間　34-19
謝魏闕而依然　34-39
然變動不居　35-9
超然自足　41-8
應徐自然銜壁　41-13
更切依然之思　41-15
禪　禪扃烟斂　30-12
ソ
徂　儼徂鑣於別館　20-7
泝　泝上京之河洛　9-5
泝蒼渚而驚魂　23-6
阻　阻九關　6-6
俎　玉俎駢芳　10-11
玉俎駢羅　13-12
俎豆駢羅　36-16
祖　諸寮友等祖道秋原　7-8
無念爾祖　27-8
素　俄涉素秋　3-9
素鯉縈鱗　13-11
素蝶翻容　21-9
悵秦歌於素木　22-5
素交爲重　36-18
傃　傃遲風而弄影　11-9
傃蘭除而蹀影　21-6
傃林壑而延情　30-11
楚　一則顯光輝於楚甸　7-5
長成楚客之詞　10-2
楚客疑存　13-15
蒼烟平而楚山晩　20-4
秋日楚州郝司戸宅遇餞霍使君序
36-1
楚山紛列　38-7
疏　六韻齊疏　11-21
恭疏短引　26-36
爰疏短引　34-40
同疏四韻　35-13
踈　嵇叔夜之潦倒麤踈　1-18
踈萍泛緑　11-10
十時氣踈瓊圃　18-9
嗚呼阮籍意踈　33-5
自踈朝市之機　34-4
義合則交踈而吐誠　41-9
逸調踈閑　41-10
蘇　詠蘇武之秋風　1-4
樵蘇不爨　34-19
麤　嵇叔夜之潦倒麤踈　1-17

ソウ

壯　開壯志於高明　2-14
何山川之壯麗焉　5-7
老當益壯　26-26
偉皇居之壯麗　34-8
雄筆壯詞　34-21
壯宇宙之時康　38-11
早　早燕歸鴻　11-9
早師周孔　34-3
早春上月　40-2
宋　宋生動悲傷之日　6-8
晉宋齊梁之故跡　38-9
走　得神交於下走　2-14
下走以旅遊多暇　14-2
登綿州西北樓走筆詩序　25-1
接風期於下走　34-13
已甘心於下走　34-30
下走遼川鶴去　34-39
悲下走之窮愁　36-6
愴呉人之北走　39-12
爭　若夫爭名於朝廷者　3-2
雜花爭發　4-10
長江與斜漢爭流　4-14
詞峯與夏雲爭長　17-7
崇松將巨柏爭陰　33-13
奏　奏流水而何慙　26-33
相　相遇三江之表　1-7
時慰相思　1-7
隱士相逢　2-15
則冠蓋相趨　3-2
相與隔千里　6-6
夏日喜沈大虞三等重相遇序　8-1
同聲相應　10-10
同氣相求　10-11
得畎畝相保　11-3
罇酒相逢　14-5
相忘江漢　25-4
溝水相逢　26-23
處涸轍而相驩　26-27
相知非不深也　28-10
相期非不厚也　28-10
相依窮路　28-13
嵇叔夜之相知　29-6
璧題相暉　30-9
廼相與造□處之宮　32-3
相與遊於玄武西之廟山　33-8
古老相傳名焉　33-9
泛黄菊而相從　34-33
物類之相感也　35-6
相見何時　36-22
唯恨相知之晩　39-4
此若邂逅相適我願耳　39-9
覺歲寒之相催　39-10
大夫之風雲暗相許　40-6
國士之懷抱深相知　40-7
草　歌王孫之春草　1-5
甘從草澤　1-18
王孫春草　4-11
草木變衰　7-10
草齊幽徑　14-4
朱草垂榮　36-13
草樹凝寒　39-11
楊子草玄　40-10
送　王勃於越州永興縣李明府送蕭三還齊州序　1-1
他鄉豈送歸之地　1-14
秋日送沈大虞三入洛詩序　6-1
秋日送王贊府兄弟赴任別序　7-1
冬日送閭丘序　9-1
山煙送晩　11-16

送劼赴太學序　27-1
冬日送儲三宴序　39-1
客中送客　39-13
春日送呂三儲學士序　41-1
莊　齊物我於惠莊之歲　1-11
妍莊袨服　11-11
蒙莊不死　13-15
莊叟有知　19-8
晩讀老莊　34-4
叟　莊叟有知　19-8
漁叟請緇帷之賞　21-3
桑　以農桑爲業　11-3
毗魯化於惟桑　22-5
桑楡非晩　26-28
爽　地爽氣清　2-20
引秋陰於爽籟　6-11
爽籟發而清風起　26-18
酌貪泉而競爽　26-27
名存實爽　27-3
氣爽風馳　34-16
曹　加以曹公展跡　22-4
曾　曾浦波恬　13-13
曾臺燏翠　26-11
曾軒瞰迥　30-15
喪　林壑遂喪　24-4
遂令林壑道喪　33-7
葬　蜀夫人之葬迹　30-5
搜　蹔搜疇春　22-6
想　想濠水而神交　13-15
遂長懷悠想　16-4
清祕想於丹田　18-8
長想巨源　29-3
想巖泉而結興　30-11
想衣冠於舊國　37-13
愴　終以悽愴　7-7
于時寒雲悽愴　9-6
悲莫悲兮愴離緒　9-8
愴零雨於中軒　37-15
愴呉人之北走　39-12
傦　則有傦中龍象　40-8
滄　返身滄海之隅　34-32
摠　摠萬國以來王　9-2
聰　支道林之聰明　40-8
蒼　四野蒼茫　6-9
林薄蒼芒　9-9
蒼蒼葭菼　10-12
紫桂蒼梧之酎　11-15
紫苔蒼蘚　12-4
蒼烟平而楚山晩　20-4
泝蒼渚而驚魂　23-6
蒼波極目　25-2
松柏蒼蒼　30-6
松柏蒼蒼　30-7
黛柏蒼松　31-8
蒼烟生而北林晩　34-22
海氣近而蒼山陰　36-3
白露下而蒼山空　37-18
灌莽積而蒼烟平　38-10
遭　若夫遭主后之聖明　11-2
勝友難遭　40-4
霜　登鳳几而霜離　13-11
紫電青霜　26-8
叢　爾其丹壑叢倚　33-10
散抓憤於談叢　40-12
雙　日下無雙　2-9
是非雙遣　34-19
雕梁看紫燕雙飛　41-16
藪　敢忘林藪　34-23
藻　宜其奮藻　7-13
清詞麗藻　9-4
以黼藻幽尋之致焉　16-7
同抽藻思　17-8

請飛雄藻　20-10

ゾウ

造　則造化之生我得矣　11-5
而造化之功倍乎　28-7
廼相與造□處之宮　32-3

增　翻增氣哽　9-7

藏　珠貝有藏輝之地　2-3
家藏虹岫之珍　29-11
于時白藏開序　29-13
中心藏之　35-9

贈　各贈一言　7-14
臨水贈言　26-35
贈子以言　39-14

ソク

即　即深山大澤　2-2
即坎壈之君子　2-5
即是桃花之源　2-14
西域之風謠在即　2-20
滉瀁即天河之水　2-25
即三王之繼體　7-3
即事含毫　7-13
即在江潭之上　13-6
即坐陳蕃之榻　23-5
即崗巒之體勢　26-13
即暎芙蓉之水　29-16
即入祇園之樹　30-7
即江寧之小邑　37-7
即爲生死之交　39-3

足　文史足用　2-6
長衢騁足　7-4
更足心愁　9-6
豈非仙表足以感神　17-3
烟霞用足　17-6
數何足恃哉　27-13
未足耿耿　27-22
非不知風月不足懷也　28-8
琴罇不足戀也　28-9
豈榮枯之足道　36-20
超然自足　41-8

促　却申交於促席　4-13
景促時淹　11-16
興促神融　13-12
促高讌而欣故人　22-6
促蘿薜於玄門　25-3

則　則冠蓋相趨　3-2
則林泉見託　3-2
則我地之琳瑯　3-5
則推我於東南　4-18
斯則旁稽鳳册　5-3
則似銅人之井　5-5
則有蜀城僚佐　5-10
子則飄翔而入帝鄉　6-4
一則顯光輝於楚甸　7-5
一則奮明略於趙郊　7-5
則花彩疊重　7-9
則黴陰委積　7-10
斯則龍堂貝闕　10-4
則造化之生我得矣　11-5
則呂望坐茅於磻磎之陰　16-5
則知聚散恒事　19-4
然則杏圃揚徽　21-3
心則口誦　27-10
則知東扉可望　31-4
何則　35-6
則有僧中龍象　40-8
義合則交踈而吐誠　41-9
言忘則道存而目擊　41-9

息　動息竝自然之地　3-4
長崖霧息　13-13
窮九畡於一息　30-16
臨山河而歎息者也　33-8
息肩巖石　33-15

窮九垓於一息　38-14
速　咸一切欲速　27-2
測　倚伏安能測　6-7

ゾク

俗　僕不幸在流俗而嗜煙霞　15-2
以清湛幽凝鎮靜流俗　16-3
下官之惡俗　17-4
俱希拔俗之標　17-5
猶嬰俗網之悲　19-2
俗物去而竹林清　20-5
縱沖衿於俗表　29-18
方深擯俗之懷　31-11
非流俗所詣　32-2
仙骨摧於俗境　33-5
下官才不曠俗　34-2
族　房族多孤　27-17
屬　幸屬一人作寰中之主　1-6
旣而上屬無爲之道　4-8
屬天地之貞觀　11-3
方欲以林壑爲天屬　12-8
時屬陸冗　18-2
序屬三秋　26-9
梵筵霞屬　30-12
絃歌在屬　31-7
屬芬華之暮節　33-11
屬宸駕之方旋　34-25
屬吾人之解帶　35-11
屬羣公之宴喜　36-7
屬樓雉之中天　38-5

ソン

存　聞禮制而空存　5-3
楚客疑存　13-15
道之存矣　13-16
復存王粲之門　23-5
道之存矣　24-6
名存實爽　27-3
述作存者八代矣　27-6
勝事仍存　30-19
思存別後之資　34-40
目擊道存　35-7
言忘則道存而目擊　41-9
孫　歌王孫之春草　1-4
王孫春草　4-11
使吾徒子孫有所取也　27-8
王孫可以不歸　33-14
道王以天孫之重　34-10
幸王孫之必至　34-35
孫權因而九州裂　37-2
樽　琴樽爲得意之親　1-3
山樽野酌　2-16
共對離樽　6-11
菊散芳於樽酒　7-9
琴樽重賞　29-6
行樂琴樽而已哉　32-5
散琴樽於北阜　34-5
朋友盛而芳樽滿　36-15
芳樽自滿　37-12
偶琴樽之暇日　38-6
罇　幾度琴罇　3-11
興偶於琴罇　10-4
罇酒於其外　11-4
以琴罇爲日用　12-8
罇酒相逢　14-4
詣持罇共樂平生　19-6
罇酒値臨邛之令　20-5
鮮罇候景　21-7
濁酒盈罇　23-5
取樂罇酒　25-4
氣浮彭澤之罇　26-19
琴罇不足戀也　28-9
影泛仙罇　29-10
豈非琴罇遠契　31-3

琴罇暫會　35-10
留芳罇而待明月　38-17
罇酒不空　39-9

タ

太　太平之縱我多矣　11-5
送劼赴太學序　27-1
今之遊太學者多矣　27-2
下官太玄尚白　39-4
他　嘗謂連城無他鄉之別　1-10
歎岐路於他鄉　1-14
他鄉豈送歸之地　1-14
乃他鄉之竹箭　3-6
他鄉易感　4-14
霧黯他鄉　10-14
盡是他鄉之客　26-23
他日趨庭　26-32
他鄉秋而白露寒　28-13
他鄉悲而故人別　37-18
惜風景於他鄉　40-4
多　美貌多才　5-14
時之過也多緒　11-2
太平之縱我多矣　11-5
下走以旅遊多暇　14-3
仰高風而杼軸者多矣　15-3
逢江漢之多材　15-6
江海情多　17-6
命塗多緒　26-24
今之遊太學者多矣　27-2
房族多孤　27-17
不可多得也　28-6
錦署多閑　30-11
南國多才　31-5
而事親多衣食之虞　33-4
廟堂多暇　34-31
人多汴北　36-2
川岳之煙雲多矣　41-2

タイ

待　鸞鳳可以術待　33-3
茅君待客　34-35
待公卿而未日　34-37
留芳罇而待明月　38-17
將忠信待賓朋　39-5
苔　紫苔蒼蘚　12-4
退　退不邀榮　34-5
泰　道泰官高　7-4
帶　爾其崇瀾帶地　13-6
襟三江而帶五湖　26-3
玉帶瑤華　29-16
屬吾人之解帶　35-11
臨風雲而解帶　36-11
對　山人對興　2-14
由對仙家　3-7
横琴對酒　5-14
共對離樽　6-11
對離舟　7-11
對水臨亭　8-6
烟霞少對　24-4
叨陪鯉對　26-32
對光陰之易晩　34-37
且對窮塗　37-17
對山川之風日　39-8
臨春風而對春□　40-11
滯　清識滯於煩城　33-4
枉滯百年　41-3
頽　振嵆阮之頽交　14-6
黛　黛柏蒼松　31-8
體　即三王之繼體　7-4
即崗巒之體勢　26-13
嵆康體放　33-5
劉眞長之體道　40-9

ダイ

乃　乃眇小之丈夫　2-5

乃他郷之竹箭　3-6
余乃漂泊而沈水國　6-5
若乃尋曲岪　11-12
若乃青蘋緑芰　12-3
無乃然乎　24-6
乃知兩郷投分　29-6

大　即深山大澤　2-2
大壑横溪　2-26
秋日送沈大虞三入洛詩序　6-1
天門大道　6-4
夏日喜沈大虞三等重相遇序　8-1
天門大道　9-2
大江浩曠　11-6
瞻大雲而變色　15-7
衛大宅宴序　21-1
大運不齊　26-24
懷遠大之擧　27-4
大雅不云乎　27-8
亦有霍將軍之大隧　30-4
陶然不知宇宙之爲大也　32-5
終大王之樂善　34-15
初春於權大宅宴序　40-1
權大官骨稽名士　40-5
大夫之風雲暗相許　40-6
大開琴酒之筵　40-7
志大寰中　41-7

代　漢代英奇　2-7
張平子奮一代宏才　2-23
琴歌代起　20-5
俱宣絶代之遊　24-5
述作存者八代矣　27-6
琴歌代起　36-16

廼　況廼偃泊山水　11-4
廼相與造□處之宮　32-3

第　風流第一　2-9
甲第分衢　34-17

臺　琴臺遼落　4-5
還如玉名之臺　5-5
揚子雲之書臺　5-6
指金臺而委輸　13-7
寓宿靈臺　22-4
臺隍枕夷夏之交　26-5
曾臺嬌翠　26-12
臺疑夢渚之雲　30-9
若夫玉臺金闕　32-2
金臺出雲而高峙　33-12
暮宿靈臺　34-9

題　俱題六韻　1-20
宜題姓字　4-17
盍題芳什　12-9
各題四韻　22-9
思題勝引　25-4
璧題相暉　30-9
俱題四韻　37-19
俱題四韻　38-17

タク

宅　用林泉爲窟宅　4-3
遂以離亭仙宅　7-6
張八宅別序　19-1
衛大宅宴序　21-1
宇文德陽宅秋夜山亭宴序　29-1
秦帝昇遐之宅　30-3
秋晩入洛於畢公宅別道王宴序　34-1
秋日楚州郝司戸宅遇餞霍使君序　36-1
初春於權大宅宴序　40-1

坼　山腰半坼　2-18

拓　拓桂山而構宇　21-4

託　則林泉見託　3-3
而託形於宇宙者幸矣　11-3

寤寐奇託　12-5
託同志於百齡　24-5
喜託龍門　26-32
然後可以託教義　27-11
信天下之奇託也　29-13
琢　切瑳琢磨　27-15
澤　甘從草澤　1-18
即深山大澤　2-2
石季倫河陽之梓澤　2-4
陶潛彭澤之遊　5-14
沐浴於膏澤　9-3
眇然有山林陂澤之思　16-4
彭澤仙杯　20-7
情高晉澤之遊　21-11
川澤呼其駭矚　26-14
氣浮彭澤之罇　26-19
梓澤丘墟　26-34
彭澤陶潛之菊　29-9
徘徊野澤　38-4
鐸　遙喧鳳鐸　30-10
ダク
濁　濁酒盈罇　23-5
タツ
達　達學奇才　2-12
承風於達觀之郷　19-8
捨窮達而論心　20-9
達人知命　26-26
達乎藝　35-2
闥　披繡闥　26-13
ダツ
捝　遠捝龜瑠之浦　21-5
脱　輕脱屣於西陽　2-12
タン
丹　景霽丹空　5-13
亭皐丹桂之津　10-3
丹鶯紫蝶　11-8
翠巘丹峯　11-13
丹崿萬尋　12-6
龍集丹紀　18-2
清祕想於丹田　18-8
睽茵席於丹巖　21-3
俯丹霄而練魄　23-7
飛閣翔丹　26-12
爾其丹壑叢倚　33-10
其心如丹　39-5
探　一字用探　6-12
人探一字　8-7
人探一字　9-9
人探一字　25-5
須探一字　41-18
淡　淡淡波瀾　10-13
郯　申孔郯之傾蓋　3-8
菼　蒼蒼葭菼　10-12
單　單父歌魚　29-20
堪　誰堪別後之心　39-13
湛　瓊巵列湛　10-11
以清湛幽凝鎭靜流俗　16-2
湍　湍流百勢　11-13
飛湍驟激　13-7
積籟與幽湍合響　33-13
短　恭疏短引　26-36
爰疏短引　34-40
端　百端進取　27-2
帝里隔於雲端　37-16
賈逸氣於雲端　38-15
歎　歎岐路於他郷　1-14
臨山河而歎息者也　33-8
潭　下明月之幽潭　10-7
停桂檝於瑅潭　11-11
碧潭千仞　12-6
即在江潭之上　13-6
艤舟於江潭　16-3

潦水盡而寒潭清　26-10
俯映玄潭　36-12
誕　散誕陂湖　38-4
擔　晩秋遊武擔山寺序　30-1
豈如武擔靈岳　30-5
殫　未殫投分之情　1-12
澹　澹洲爲獨往之賓　13-2
鍛　鍛野老之眞珠　2-17

ダン

談　良談落落　1-9
雄談逸辯　2-11
良談吐玉　4-13
鹿苑仙談　30-13
豈直坐談風月　32-5
玄談清論　34-20
文擧清談　37-12
亦未與談今古　39-7
散孤憤於談叢　40-11
壇　列宴仙壇　18-8
寶刹香壇　30-8
自有金壇　34-35
斷　斷金有同好之親　1-10
斷浮雲於南北　1-13
悽斷來鴻　1-16
諸公等利斷秋金　22-2
聲斷衡陽之浦　26-17
故人去而青山斷　28-14
羇心易斷　40-3

チ

地　他鄉豈送歸之地　1-14
珠貝有藏輝之地　2-3
地爽氣清　2-20
以爲天地之奧區　2-23
動息竝自然之地　3-4
則我地之琳瑯　3-5
況乎山陰舊地　4-4
各得逍遙之地　4-8
地泉下流　6-4
嗟控地之微軀　6-6
地岊天邊　8-2
屬天地之貞觀　11-3
靈關勝地　11-6
淹留勝地　12-5
爾其崇瀾帶地　13-7
求我於忘言之地　19-8
人傑地靈　26-4
下臨無地　26-12
閭閻撲地　26-14
空高地迥　26-20
地勢極而南溟深　26-22
嗚呼勝地不常　26-34
天地所寶者才也　28-2
地切登仙　29-2
開明故地　30-5
每留連於勝地　31-4
況乎揚子雲之舊地　31-6
自然天地之間　34-19
地實淮南　36-2
憑勝地　36-5
齊天地於一指　36-20
地實金陵　37-4
昔時地險　37-6
池　以宇宙爲城池　4-2
王逸少之池亭　4-4
秋晩什邡西池宴餞九隴柳明府序　10-1
司馬少以陽池可作　10-9
池涵折駿　22-7
池籞夕敞　29-17
新都縣楊乹嘉池亭夜宴序　31-1
城池當要害之衝　36-5
池亭積雪　39-11

池亭以導揚耳目　41-7
知　安知四海之交　1-2
樂天知命　2-8
南方之物產可知　2-20
豈知夫司馬卿之車騎　15-4
俾山川獲申於知己　15-9
則知聚散恒事　19-4
莊叟有知　19-8
仍抒新知　22-6
新知千里　23-4
求知己於千載　24-5
童子何知　26-9
達人知命　26-26
非不知風月不足懷也　28-8
相知非不深也　28-10
嵆叔夜之相知　29-6
乃知兩鄉投分　29-6
則知東扉可望　31-4
陶然不知宇宙之爲大也　32-4
知軒冕可以理隔　33-3
新知滿目　36-8
唯恨相知之晚　39-4
文筆深知　39-6
國士之懷抱深相知　40-7
吾知之矣　40-10
値　罇酒値臨邛之令　20-5
値羣公之畢從　34-26
更値三秋　37-13
恥　嘗恥道未成而受祿　27-16
致　雖朝野殊致　4-3
得逍遙之雅致　8-6
以黼藻幽尋之致焉　16-7
僕嘗覽前古之致　19-2
智　雅智飄飄　1-9
智者樂水　2-2
神崖智宇　2-9
置　自置良友　28-13
棄置煩雜　32-4
置形骸於度外　33-16
雉　樓雉中天　25-2
夫以中牟馴雉　29-19
屬樓雉之中天　38-5
馳　獸分馳騖　6-2
俊寀星馳　26-5
未有能星馳一介　29-3
氣爽風馳　34-16
方馳去鷁　37-8
南馳漲海　38-7
箎　如壎若箎　7-3
遲　遲遲麗景　4-9
遲廻晚景　7-8
傣遲風而弄影　11-9
棲遲道性　32-4

チク

竹　王逸少之脩竹茂林　1-8
金石絲竹之音暉　1-9
豈徒茂林脩竹　2-3
乃他鄉之竹箭　3-6
竹林無今日之歡　3-12
使夫會稽竹箭　4-18
竹霧曛空　12-7
俗物去而竹林清　20-6
睢園綠竹　26-19
竹徑松扉　29-14
竹樹晦而秋煙生　37-10

チツ

袟　周生辭袟　22-5

チュウ

中　幸屬一人作寰中之主　1-6
行當山中攀桂　1-18
來遊鏡中　3-5
百年之中　3-11

四海之中　3-14
陪鶴轡於中軒　17-5
直至中郎之席　20-2
中宵誰賞　24-2
樓雉中天　25-2
寫睇眄於中天　26-20
中山郎餘令　29-8
夫以中牟馴雉　29-19
絶視聽於寰中　33-16
屈榮命於中朝　34-12
宴洽寰中　34-22
中心藏之　35-9
愴零雨於中軒　37-15
屬樓雉之中天　38-5
客中送客　39-12
則有僧中龍象　40-8
志大寰中　41-7

仲　仲統芳園　4-12
王贊府伯兄仲弟　7-3
開仲長之別館　14-2
仲家園宴序　15-1
仲長統之園林　15-4
王仲宣山陽俊人　20-2
夏仲御之浮舟　34-28
閔仲叔之遐征　37-9

沖　廣度沖衿　2-10
仰沖天之逸翮　6-6
縱沖衿於俗表　29-18

宙　鑽宇宙而頓風雲　2-25
以宇宙爲城池　4-2
而託形於宇宙者幸矣　11-3
覺宇宙之無窮　26-20
宇宙戮力　28-3
陶然不知宇宙之爲大也　32-4
壯宇宙之時康　38-11
宇宙之風月曠矣　41-2

忠　全忠履道　34-30
將忠信待賓朋　39-5

抽　弱荷抽紫　11-10
請抽文律　13-16
同抽藻思　17-8
紫鶯抽韻　21-10

柱　天柱高而北辰遠　26-22
銓柱下之文　35-2

紐　紐泉雲之絶綵　14-6

酎　紫桂蒼梧之酎　11-16

惆　惆悵南溟之路　36-22

誅　比屋可以行誅　41-5

駐　共駐絃歌　10-11
思駐日於魯陽之庭　20-8
襜帷蹔駐　26-6
駐旌棨於城隅　36-10

疇　蹔捜疇養　22-6

チョ

佇　佇明月於青溪之下　11-17
佇降玄虬之液　18-4
佇鸞觴於月徑　24-3
瑤觴佇興　31-10

杼　仰高風而杼軸者多矣　15-3

樗　樗里子之孤墳　30-4

儲　冬日送儲三宴序　39-1
儲學士東南之美　39-2
春日送呂三儲學士序　41-1

攄　攄懷款舊　8-4

チョウ

兆　必兆朕於佳晨　31-3

長　流水長堤　2-4
長松勁柏　2-25
先祓禊於長洲　4-13
長江與斜漢爭流　4-13
愛林泉之道長　5-16
長衢騁足　7-4

川長道遠　8-2
長成楚客之詞　10-2
下長浦而方舟　11-6
指林岸而長懐　11-11
散髪長吟　11-17
少長齊遊　12-9
雖復勝遊長逝　13-3
長崖霧息　13-13
開仲長之別館　14-2
山川長望　14-4
仲長統之園林　15-4
遂長懐悠想　16-4
詞峯與夏雲爭長　17-7
長懐司隷之門　20-2
臨帝子之長洲　26-11
秋水共長天一色　26-16
望長安於日下　26-21
屈賈誼於長沙　26-25
愛宗慤之長風　26-30
豈英靈之道長　28-7
長想巨源　29-3
攀勝集而長懐　29-5
而廣岫長林　30-3
竟開長樂　30-5
栖日觀於長崖　30-8
殿寫長門之月　30-10
石兕長江　30-16
登岳長謠　30-19
長懐習氏之園　31-2
羽人可以長往　33-14
麋鹿長懐　34-23
幽人長往　34-29
長江北派　37-2
自有長謠　37-8
悲子長之興狹　38-3
願乘長風而眺萬里　38-5
劉眞長之體道　40-9
迢　迢迢焉　33-14
張　契生平於張范之年　1-11
張平子奮一代宏才　2-23
張八宅別序　19-1
張季鷹之命駕　34-28
張生博物　40-9
悵　悵秦歌於素木　22-5
惆悵南溟之路　36-22
眺　願乘長風而眺萬里　38-5
釣　亦有銀釣犯浪　11-14
瓊轄銀釣　13-10
鳥　羣鳥亂飛　4-11
夫鳥散背飛　6-2
魚鳥盡江湖之賞　36-17
朝　善佐朝廷　1-17
若夫爭名於朝廷者　3-2
雖朝野殊致　4-3
登朝有聲利之迫　33-4
自踈朝市之機　34-4
朝遊魏闕　34-8
屈榮命於中朝　34-12
入朝廷而不出　34-38
皇風清而市朝一　37-6
用烟霞以付朝夕　39-6
琱　俯琱甍　26-14
琱瓏接映　30-9
超　超然四海之間　13-16
尹班超忽　24-2
超然自足　41-8
暢　暢慇懃之所懐　8-7
高懐已暢　11-18
遙襟甫暢　26-18
漲　南馳漲海　38-7
趙　一則奮明略於趙郊　7-5
潮　波潮驚而朔風動　37-11

北控淮潮　38-7
澄　清渭澄澄　2-25
　澄晩氣於幽巖　6-10
　于時紫緯澄春　21-8
蝶　丹鶯紫蝶　11-8
　素蝶翻容　21-9
調　氣調不覊　2-6
　人高調遠　2-20
　密子賤之調風　5-10
　雅調高徽　9-4
　緑軫方調　37-12
　情飛調逸　40-12
　逸調踈閑　41-10
徵　徵石髓於蛟龍之穴　2-16
輙　輙以先成爲次　11-21
蹀　傣蘭除而蹀影　21-6
雕　五際雕文　31-11
　雕梁看紫燕雙飛　41-16
聽　或登呉會而聽越吟　1-9
　纔聽鳴蟬　3-10
　絃歌在聽　5-10
　聽孤鳴而動思　9-7
　鍾期在聽　11-15
　絶視聽於寰中　33-16
　激揚視聽　40-13
　喬木聽黄鶯雜囀　41-17

チョク

直　直言敦朴　2-4
　直出風塵　2-10
　直指山陽　9-5
　直至中郎之席　20-2
　直至山陽之座　31-3
　豈直坐談風月　32-5
陟　陟龍門　36-8
　陟崇隅　38-6

チン

沈　秋日送沈大虞三入洛詩序　6-1
　虞公沈子　6-3
　余乃漂泊而沈水國　6-5
　夏日喜沈大虞三等重相遇序
　8-1
　道勝浮沈之際　10-6
　混飛沈於一貫　36-21
　懷抱沈愁　41-13
枕　臺隍枕夷夏之交　26-5
　枕離亭　37-9
珍　家藏虹岫之珍　29-11
朕　必兆朕於佳晨　31-3
陳　宜陳感別之詞　1-20
　守陳氏門宗之德　2-7
　潘子陳哀感之辰　6-8
　即坐陳蕃之榻　23-6
　徐孺下陳蕃之榻　26-4
　故能主經陳訓　27-7
　阮嗣宗陳留逸人　31-2
　醴酒還陳　34-18
　盍陳雅志　35-12
鎭　以清湛幽凝鎭靜流俗　16-2
　貞姿可以鎭物　17-3
　鎭接衡廬　26-2
　若夫武丘仙鎭　30-2

ツイ

追　追驪妙境　10-9
　而尚軔可追　13-4
　秀驛追風　21-6
　乘閑追俠窟之遊　22-3
　追赤松而内及　34-33
墜　不墜青雲之望　26-26

テイ

汀　別錦帆於廻汀　10-7

鴻鴈起而汀洲夕　10-12
出汀洲而極睇　11-11
俯汀洲而目極　13-14
鶴汀鳧渚　26-12
憶汀洲之杜若　34-24
低　垂柳低風　13-14
廷　善佐朝廷　1-17
若夫爭名於朝廷者　3-2
廷前柳葉　3-9
入朝廷而不出　34-38
弟　有荀家兄弟之風　2-7
秋日送王贊府兄弟赴任別序 7-1
王贊府伯兄仲弟　7-3
友于兄弟　27-9
定　削書定禮　27-7
煙霞可傳檄而定　29-8
悲聚散之無定　39-11
抵　龍津抵霧　21-2
貞　屬天地之貞觀　11-3
貞姿可以鎭物　17-3
安貞抱樸　34-30
帝　以爲帝王之神麗　2-24
子則飜翔而入帝鄉　6-4
臨帝子之長洲　26-11
懷帝閽而不見　26-23
秦帝昇遐之宅　30-2
充帝王之萬姓　34-2
驚帝室之威靈　34-7
畢公以帝出之榮　34-11
帝鄉難見　34-29
三百年之帝國　37-4
帝里隔於雲端　37-16
亭　山亭興序　2-1
王右軍山陰之蘭亭　2-4
故蘭亭有昔時之會　3-11
王逸少之池亭　4-4
遂以離亭仙宅　7-6
對水臨亭　8-6
亭皐丹桂之津　10-3
落花盡而亭皐晚　11-8
蘭亭已矣　26-34
宇文德陽宅秋夜山亭宴序　29-1
留興緒於芳亭　29-4
琴亭酒榭　29-14
新都縣楊乹嘉池亭夜宴序　31-1
俯暎沙亭　31-8
白露下而南亭虛　34-22
昌亭旅食　36-6
枕離亭　37-10
憶風景於新亭　37-14
池亭積雪　39-11
池亭以導揚耳目　41-8
庭　秋日宴山庭序　3-1
雖揚庭載酒　17-7
思駐日於魯陽之庭　20-8
他日趨庭　26-32
霑濡庭訓　27-15
挺　王明府氣挺龍津　5-8
荑　輕荑秀而郊戍青　11-8
涕　眄江山以揮涕　36-11
軑　顧豐隆而轉軑　18-7
停　猶停隱遁之賓　4-5
停桂檝於瑅潭　11-10
停歡妙域　18-7
停鶴軫於風衢　24-3
堤　流水長堤　2-4
砂堤石岸　12-3
睇　出汀洲而極睇　11-11
周覽極睇　16-4
寫睇眄於中天　26-20
瑅　停桂檝於瑅潭　11-11

鼎　鍾鳴鼎食之家　26-15
方欲斂手鍾鼎　33-15
迹塵鍾鼎　34-12
鄭　款呉鄭之班荊　3-8
頳　掛頳翼於文竿　11-14
騁　班孟堅騁兩京雄筆　2-22
或昂昂騁驥　4-7
倍騁望於春郊　5-11
長衢騁足　7-4

テキ

的　的歷秋荷　31-9
倜　倜儻高才　40-5
笛　清絃朗笛　16-7
惕　戰兢惕勵者　27-15
滴　滴嚴遵之芳乳　2-19
浸淫滴瀝　12-2
適　此若邂逅相適我願耳　39-9

デキ

溺　自溺於下流矣　27-14
滌　滌煩心於紫館　18-8
詩酒以洗滌胸襟　41-7

テツ

綴　彩綴南津之霧　11-12
歷山川而綴賞　13-5
彩綴九衢之幄　21-7
下綴虬蟠　30-10
徹　彩徹區明　26-16
秋深望徹　38-12
轍　盍遵清轍　11-20
處涸轍而相驩　26-27

テン

天　不遊天下者　1-2
下官天性任眞　2-4
樂天知命　2-8
以爲天地之奧區　2-23
滉瀁即天河之水　2-25
觀夫天下四海　4-2
秀天下之珪璋　5-8
天門大道　6-4
仰沖天之逸翮　6-6
景淨天高　6-10
地邑天邊　8-2
天門大道　9-2
喜青天之在矚　10-13
屬天地之貞觀　11-3
方欲以林壑爲天屬　12-8
巨浸浮天　13-7
青天無極　23-2
樓雉中天　25-2
物華天寶　26-3
得天人之舊館　26-11
秋水共長天一色　26-16
寫睇眄於中天　26-20
天柱高而北辰遠　26-22
天地所寶者才也　28-2
信天下之奇託也　29-13
道王以天孫之重　34-10
自然天地之間　34-19
天光秋而白雲晚　36-3
齊天地於一指　36-20
今日天平　37-6
交州在於天際　37-17
屬樓雉之中天　38-5
寄窮愁於天漢　40-12
典　式稽彝典　18-3
時議柄其典要　35-4
恬　曾浦波恬　13-13
展　涉歲寒而詎展　7-13
重展披雲　8-3
加以曹公展跡　22-4
誰展色養之心　27-22
展轉於寤寐　35-8

白雲展面　38-7
塡　抱塡胸之文籍　2-12
奠　奠蘭英　18-6
霑　霑濡庭訓　27-14
轉　轉離舟於複溆　10-14
顧豐隆而轉軑　18-7
轉雲姿於舞席　21-9
既而星移漢轉　31-9
展轉於寤寐　35-8
闐　駢闐上路之遊　30-17
囀　山鶯互囀　33-13
喬木聽黃鶯雜囀　41-17
躔　于時序躔青律　11-7
兎躔朱陸　18-2
デン
田　核漬青田　2-20
清祕想於丹田　18-8
甸　一則顯光輝於楚甸　7-5
江甸名流　11-19
綿玉甸而橫流　13-7
限松楹於紫甸　21-2
傳　初傳曲洛之盃　11-19
言可傳乎　13-16
思傳勝踐　15-7
煙霞可傳檄而定　29-7
古老相傳名焉　33-10
殿　宮殿平看　2-22
桂殿蘭宮　26-13
殿寫長門之月　30-9
電　紫電青霜　26-8
ト
斗　闌干象北斗之宮　2-24
衝劍氣於牛斗　8-5
龍光射牛斗之墟　26-3
吐　吐滿腹之精神　2-11
吐江河而懸日月　2-26
良談吐玉　4-13
蘭吐氣於仁賢　7-9
義合則交踈而吐誠　41-9
呑蛟吐鳳之奇文　41-12
兎　兎躔朱陸　18-2
杜　憶汀洲之杜若　34-25
徒　豈徒茂林脩竹　2-3
烟霞受制於吾徒也　15-9
使古人恨不見吾徒　20-11
無使吾徒不見故人也　20-11
使吾徒子孫有所取也　27-8
其有徒開七竅　41-3
途　況乎泣窮途於白首　1-13
蹇步窮途　2-5
出處異途　4-3
無救窮途之哭　19-3
日暮途遙　36-17
都　漢家二百年之都郭　2-21
井絡名都　5-4
洪都新府　26-2
都督閻公之雅望　26-5
磊落名都之氣　30-18
新都縣楊乹嘉池亭夜宴序　31-1
玄都紫府　32-2
蓋蜀都之靈峯也　33-9
其玄都紫微之事耶　33-15
少留都下　34-10
爲建鄴之雄都　37-6
思假俊翮而遊五都　38-4
塗　命塗多緒　26-24
豈效窮塗之哭　26-29
此僕所以懷泉塗而惴恐　33-7
川塗所亘　36-3
且對窮塗　37-17
恨元凱之塗窮　38-3
睹　竟寂寥而無睹　5-4

睹飢寒之切　27-18
ド
土　背下土之淮湖　9-5
庶旌西土之遊　30-20
賤琴書同糞土　41-4
度　許玄度之清風朗月　1-7
廣度沖衿　2-10
幾度琴罇　3-11
許玄度之風月　4-5
毎思玄度　29-3
置形骸於度外　33-16
トウ
刀　掛鸞刀而雪泛　13-11
冬　冬日送閭丘序　9-1
冬日送儲三宴序　39-1
叨　叨陪鯉對　26-32
投　未殫投分之情　1-12
於是間以投壺　16-6
投跡江湖之外　23-3
有懷投筆　26-30
乃知兩郷投分　29-7
此僕所以望風投款　35-7
豆　籩豆有践　27-23
俎豆駢羅　36-16
杳　引星垣於杳幛　30-7
東　横溝水而東西　1-13
今日東南　3-6
似遼東之鶴擧　4-7
則推我於東南　4-18
溝水東西　7-6
蕭條東野　15-5
九隴縣令河東柳易　18-3
賓主盡東南之美　26-5
東隅已逝　26-27
東山之賞在焉　29-18
遠嗣東平之唱　30-21
則知東扉可望　31-4
山東有道君廟　33-9
喜耕鑿於東陂　34-6
禹穴東尋　38-3
儲學士東南之美　39-2
倒　嵇叔夜之潦倒麤踈　1-17
叙風雲而倒屣　29-9
唐　馮唐易老　26-24
桃　即是桃花之源　2-15
非止桃蹊　4-10
桃李明而野徑春　5-13
源水紅桃之徑　10-4
桃花引騎　13-5
雖源水桃花　34-33
悼　悼夫烟霞遠尚　19-2
行不悼絶　27-12
陶　陶潛彭澤之遊　5-14
彭澤陶潛之菊　29-10
陶然不知宇宙之爲大也　32-4
塔　山開鴈塔　5-5
棟　棟宇前臨　37-11
棹　偃去棹於離洲　20-7
登　臨遠登高　1-3
或登呉會而聽越吟　1-8
把玉策而登高　2-21
登鳳几而霜離　13-11
昔者王烈登山　17-2
登綿州西北樓走筆詩序　25-1
秋日登洪府滕王閣餞別序　26-1
登高能賦　26-35
地切登仙　29-2
昔者登高能賦　30-19
登岳長謠　30-19
登朝有聲利之迫　33-4
秋日登冶城北樓望白下序　38-1
等　諸寮友等祖道秋原　7-8

夏日喜沈大虞三等重相遇序　8-1
高人薛曜等耳　15-8
諸公等利斷秋金　22-2
與員四等宴序　24-1
等終軍之妙日　26-29
統　仲統芳園　4-12
仲長統之園林　15-4
塘　林塘清而上筵肅　36-15
當　亦當將軍塞上　1-4
當此時也　1-10
會當何日　1-17
行當山中攀桂　1-18
當須振響　1-19
起烟霧而當軒　2-27
旣當此時　8-7
敢分謗於當仁　18-12
老當益壯　26-26
窮當益堅　26-26
吾何德以當之哉　27-19
有當時之驛騎　34-18
城池當要害之衝　36-5
當仁不讓　41-10
嶋　窮嶋嶼之縈廻　26-13
榻　即坐陳蕃之榻　23-6
徐孺下陳蕃之榻　26-4
還逢解榻　36-10
滕　秋日登洪府滕王閣餞別序　26-1
蕩　風雲蕩其懷抱　11-7
烟霞版蕩　33-7
蕩羇旅之愁思　39-8
縢　緑縢朱黻　34-13
頭　巖堅龍頭　2-17
濤　與筆海而連濤　10-16
猶驚白鷺之濤　13-8
洪濤千里　37-10
風濤險而翠霞晩　38-10
璫　遠挩龜璫之浦　21-5
磴　接磴分流　12-3
魚鱗積磴　29-15
藤　藤牽赤絮　2-19
藤蘿暗而山門古　5-13
禱　歴禱名山　18-3
竇　竇明府□錦化之餘閑　10-8
烟竇忘歸　23-6
騰　崩騰觸日月之輝　2-9
候芳晷而騰姿　11-9
騰蛟起鳳　26-7
山川崩騰以作氣　28-3
儻　儻心迹尅諧　34-31
朱紱儻來　36-19
倜儻高才　40-5
ドウ
同　携手同行　1-8
斷金有同好之親　1-11
將別蓋而同飛　1-15
混同人野　2-11
物我不同　3-3
同濟巨川　6-4
去留之路不同　6-6
不謂同舟共濟　9-5
未有一同高選　10-5
同聲相應　10-10
同氣相求　10-11
同裁四韻　10-17
阮籍同歸　11-15
古今同遊　12-8
常恨林泉不比德而嵇阮不同時而處　15-3
蓋同席者　15-7
言泉共秋水同流　17-6
同抽藻思　17-8

庶同塵於介福 18-12
一言同賦 20-11
勝氣逸於同心 22-8
託同志於百齡 24-5
故雖陰陽同功 28-2
而無同方之戚 28-11
同河汾之靈液 28-12
千里同心 29-7
禺同金碧 29-11
俾夫一同詩酒 29-21
語黙於是同歸 34-15
蘭蕙同薫 35-5
況乎同德比義 35-7
同跡四韻 35-13
覺老幼之同歸 36-19
人同水鏡 39-7
賤琴書同糞土 41-4

洞 洞口横開 2-19
三山洞開 5-2
引鮫人於洞穴 13-9

動 動尚經年 1-16
動息竝自然之地 3-4
宋生動悲傷之日 6-8
聽孤鳴而動思 9-7
動蘭橈 13-9
瑤觴間動 13-12
林泉動色 17-2
輕進苟動 27-13
金風高而林野動 29-14
識不動時 34-2
思動秋風 34-28
然變動不居 35-9
亂荷芰而動秋風 36-13
波潮驚而朔風動 37-12
動流波於下席 37-15
動非合禮 41-4

堂 斯則龍堂貝闕 10-4
廟堂多暇 34-31
接蘭友而坐蘭堂 40-11

童 童子何知 26-9

道 詎盡忘言之道 1-12
古人道別 1-16
不讀非道之書 2-6
旣而上屬無爲之道 4-8
于時歲遊青道 5-13
愛林泉之道長 5-16
道合姻連 6-3
天門大道 6-4
白道爰開 6-7
道泰官高 7-4
諸寮友等祖道秋原 7-8
川長道遠 8-2
天門大道 9-2
道勝浮沈之際 10-6
訪道隣郊 10-8
道寄虛舟 13-2
道之存矣 13-15
道在江湖 19-5
俯烟霞而道意 20-8
道之存矣 24-6
未有不久於其道 27-6
信道篤 27-10
嘗恥道未成而受禄 27-16
甲猶子之道 27-20
叙離道意 27-24
夫禅明所貴者道也 28-2
豈英靈之道長 28-7
棲遲道性 32-4
博渉道記 33-3
遂令林壑道喪 33-7
山東有道君廟 33-9
秋晩入洛於畢公宅別道王宴序

34-1
道王以天孫之重　34-10
仰雲霞而道意　34-28
全忠履道　34-30
明乎道　35-2
目擊道存　35-7
豈榮枯之足道　36-20
道德懸符　39-4
道術齊而故人聚　40-3
支道林之聰明　40-8
劉眞長之體道　40-9
言忘則道存而目擊　41-9
銅　則似銅人之井　5-5
柳明府籍銅章之暇景　10-8
撫銅章而不媿　18-10
導　池亭以導揚耳目　41-8
撓　不撓於牽絲　29-21
潼　梓潼南江泛舟序　16-1
梓潼縣令韋君　16-2
郢路極於崤潼　36-4
橈　艤瓊橈於曲嶼　10-7
動蘭橈　13-9
トク
得　琴樽爲得意之親　1-3
豈得無言　1-19
龍蛇爲得性之場　2-2
得神交於下走　2-14
逍遙皆得性之場　3-3
各得逍遙之地　4-8
遂得更申傾蓋　8-3
得逍遙之雅致　8-6
得畎畝相保　11-3
則造化之生我得矣　11-5
然後得爲君子哉　19-6
得天人之舊館　26-11
恨不得如古之君子卌强而仕也
27-16
不可多得也　28-6
督　都督閻公之雅望　26-5
德　時時佩德　1-18
守陳氏門宗之德　2-7
常恨林泉不比德而嵇阮不同時而處
15-2
執德弘　27-10
吾何德以當之哉　27-19
宇文德陽宅秋夜山亭宴序　29-1
況乎同德比義　35-7
欽霍公之盛德　36-9
道德懸符　39-4
篤　信道篤　27-10
牘　羣公九牘務閑　12-4
叙高情於祭牘　18-5
犢　河陽採犢　20-6
ドク
獨　獨肆馮夷之賞　10-2
澹洲爲獨往之賓　13-2
神襟獨遠　18-8
何必星槎獨放　23-6
王子猷之獨興　29-6
郊情獨放　34-9
入詞場而獨步　39-3
讀　不讀非道之書　2-6
晚讀老莊　34-3
トン
敦　直言敦朴　2-5
遁　遁迹於丘園者　3-2
遁　猶停隱遁之賓　4-5
頓　鑽宇宙而頓風雲　2-25
ドン
呑　呑蛟吐鳳之奇文　41-12
貪　酌貪泉而競爽　26-27

ナイ

内　數人之内　3-10
境内無事　16-3
追赤松而内及　34-33

ナン

南　僕是南河之南　1-5
斷浮雲於南北　1-13
重横琴於南澗　2-13
南方之物產可知　2-19
今日東南　3-6
則推我於東南　4-18
恭惟南北　7-6
具仙舟於南浦之前　10-9
彩綴南津之霧　11-12
坐臥南廊　15-5
梓潼南江泛舟序　16-1
豈如傲影南欞　21-4
賓主盡東南之美　26-5
地勢極而南溟深　26-22
友人河南宇文嶠　29-8
南礀之情不遠　29-19
南國多才　31-5
見軒冕於南宮　34-8
白露下而南亭虛　34-22
地實淮南　36-2
惆悵南溟之路　36-22
蔣山南指　37-2
峴山南望　38-2
南馳漲海　38-7
儲學士東南之美　39-2
見鴻鴈之南飛　39-12

難　下官以溝水難留　10-10
幽期難再　10-15
雖復來者難誣　11-21
蕭蕭乎人間之難遇也　12-7
二難并　26-19
關山難越　26-22
李廣難封　26-24
盛筵難再　26-34
才難　28-4
帝鄉難見　34-29
惜雲霧之難披　34-38
此驩難再　36-21
勝友難遭　40-4

ニ

二　二千餘里　2-8
漢家二百年之都郭　2-21
永淳二年　4-9
匪二陸之可嘉　7-3
咸亨二年　16-2
咸亨二年　18-2
二難并　26-19
上元二載　36-2
二三君子　41-10

ニュウ

入　秋日送沈大虞三入洛詩序　6-1
子則飜翔而入帝鄉　6-4
嵇康入座　17-2
即入祇園之樹　30-7
秋晚入洛於畢公宅別道王宴序
34-1
英王入座　34-18
入朝廷而不出　34-38
入詞場而獨步　39-3

乳　滴嚴遵之芳乳　2-19

ニョウ

遶　清歌遶梁　4-14

ニン

任　下官天性任眞　2-4
秋日送王贊府兄弟赴任別序
7-1
任文公之死所　30-6

ネイ
寧　寧移白首之心　26-26
江寧縣白下驛呉少府見餞序
37-1
即江寧之小邑　37-7
ネン
年　契生平於張范之年　1-11
動尚經年　1-16
一十九年　2-8
百年奇表　2-13
漢家二百年之都郭　2-21
百年之中　3-11
人生百年　4-2
永淳二年　4-9
數百年矣　12-2
咸亨二年　16-2
咸亨二年　18-2
百年飄忽　20-9
故有百年風月　23-3
奉宣室而何年　26-24
終不能五百年而生兩賢也　28-4
常以爲人生百年　28-8
侶山水而窮年　34-37
三百年之帝國　37-4
城闕何年　38-9
枉滯百年　41-3
畹晩年光　41-18
念　無念爾祖　27-8
此念何期　38-16
ノウ
能　能別不悲乎　4-17
能無別恨者也　6-3
倚伏安能測　6-7
能無戀恨　7-8
能無鬱悒　9-9
下官以書札小能　18-5
登高能賦　26-35
故能主經陳訓　27-7
終不能五百年而生兩賢也　28-4
事有切而未能忘　28-9
情有深而未能遣　28-9
未有能星馳一介　29-3
昔者登高能賦　30-19
農　有弘農楊公者　2-8
以農桑爲業　11-3
濃　葉聚氛濃　18-10
ハ
巴　巴漢英靈　29-12
把　把玉策而登高　2-21
波　淡淡波瀾　10-13
瓊轄乘波　11-14
波流未遠　13-4
曾浦波恬　13-13
願廻波於屈平之浦　20-8
蒼波極目　25-2
波潮驚而朔風動　37-11
動流波於下席　37-15
派　長江北派　37-2
破　破家不容其罪　41-6
覇　覇氣盡而江山空　37-5
バ
馬　司馬少以陽池可作　10-9
豈知夫司馬卿之車騎　15-4
而馬肆含毫　17-7
ハイ
佩　時時佩德　1-18
杯　引蘭酌之鸚杯　8-6
彭澤仙杯　20-7
盃　初傳曲洛之盃　11-19
排旅思而銜盃　19-7
背　夫鳥散背飛　6-2
羽翼於此背飛　7-7

背下土之淮湖　9-5
徘　徘徊去鶴　1-15
徘徊野澤　38-3
排　排旅思而銜盃　19-7
所頼君子安排　26-25
廢　廢食忘寢　27-10
輩　我輩良遊　37-7
バイ
貝　珠貝有藏輝之地　2-3
斯則龍堂貝闕　10-4
倍　倍騁望於春郊　5-10
而造化之功倍乎　28-7
梅　梅柳變而新歲芳　40-2
陪　屢陪驪宴　1-8
陪鶴轡於中軒　17-5
野人輕錦陪之榮　21-4
叨陪鯉對　26-32
賣　山人賣藥　34-7
ハク
白　況乎泣窮途於白首　1-13
白首非離別之秋　1-14
白露下而江山晚　1-15
披白雲以開筵　3-5
白露下而光陰晚　3-9
白雲將紅塵競落　4-14
白道爰開　6-7
傷白露之遷時　10-12
玄雲白雪之琴　11-15
猶驚白鷺之濤　13-8
爰昇白鹿之峯　18-4
白露下而呉江寒　20-3
白雲忽去　23-2
白雲引領　25-2
纖歌凝而白雲遏　26-18
寧移白首之心　26-26
樹清白之業　27-7
他鄉秋而白露寒　28-14
于時白藏開序　29-13
白露下而南亭虛　34-22
白雲萬里　34-29
天光秋而白雲晚　36-3
江寧縣白下驛呉少府見餞序　37-1
白露下而蒼山空　37-17
秋日登冶城北樓望白下序　38-1
白雲展面　38-7
下官太玄尚白　39-5
可飛白鳳之詞　40-15
伯　王贊府伯兄仲弟　7-3
梁伯鸞之遠逝　37-8
泊　余乃漂泊而沈水國　6-5
況廼偃泊山水　11-4
迫　迫父兄之命　27-17
登朝有聲利之迫　33-4
柏　松柏風雲之氣狀　1-10
長松勁柏　2-25
松柏蒼蒼　30-6
黛柏蒼松　31-8
崇松將巨柏爭陰　33-13
博　博涉道記　33-3
吾儕服其精博　35-4
張生博物　40-9
愽　愽我以文章　40-5
搏　翼搏風於萬里　9-4
魄　俯丹霄而練魄　23-7
薄　雖三光廻薄　1-12
遠近生林薄　4-10
萬物廻薄　6-9
林薄蒼芒　9-9
下官以千里薄遊　13-5
飂鮮飈於泉薄　21-9
幸以薄技　27-15

バク
莫　樂莫新交　3-8
莫不擁冠蓋於烟霞　4-3
喜莫喜於此時　8-4
樂莫樂於茲日　8-4
莫不偃仰於熏風　9-3
悲莫悲兮愴離緒　9-8
賓主由其莫辨　34-14
寞　風煙冥寞　9-9
幙　翠幙玄帷　11-12
駁　駁河上之義　35-3
邈　下栖玄邈之風　4-9
曠哉邈乎　32-2
ハチ
八　張八宅別序　19-1
八韻俱成　26-36
述作存者八代矣　27-6
雲委八行　29-4
俱裁八韻　29-21
高秋八月　36-2
ハツ
發　雜花爭發　4-10
酒酣發於濡首　22-8
爽籟發而清風起　26-18
髮　散髮長吟　11-17
バツ
拔　拔萃揚眉　7-4
亦有拔蘭花於溱洧　10-3
俱希拔俗之標　17-5
ハン
反　令汝無反顧之憂也　27-21
半　山腰半坼　2-18
履半級　27-13
犯　亦有銀釣犯浪　11-14
帆　別錦帆於廻汀　10-7
泛　共離舟而俱泛　1-16
或泛泛飛鳧　4-7
泛羽翮於三江　9-4
踈萍泛緑　11-10
掛鸞刀而雪泛　13-12
梓潼南江泛舟序　16-1
榴溪泛酌　21-4
花源泛日　21-8
影泛仙罇　29-10
泛黃菊而相從　34-33
版　烟霞版蕩　33-7
范　契生平於張范之年　1-11
班　班孟堅騁兩京雄筆　2-22
款呉鄭之班荊　3-8
尹班超忽　24-2
煩　滌煩心於紫館　18-8
棄置煩雜　32-4
清識滯於煩城　33-5
槃　情槃樂極　36-17
情槃興洽　37-14
潘　潘岳河陽之令　5-15
潘子陳哀感之辰　6-8
積潘楊之遠好　28-12
河陽潘岳之花　29-10
範　作人倫之師範　5-9
而高範可追　13-3
仰嵇風範　19-3
宇文新州之懿範　26-6
繁　雲繁雨驟　34-16
磻　則呂望坐茅於磻磎之陰　16-5
蟠　下綴虬蟠　30-10
攀　行當山中攀桂　1-18
攀桂席於西津之曲　10-10
攀勝集而長懷　29-5
敢攀成列　30-20
果遇攀輪　36-9

バン

晩　白露下而江山晩　1-15
白露下而光陰晩　3-9
澄晩氣於幽巖　6-10
遲廻晩景　7-8
秋晩什邡西池宴餞九隴柳明府序　10-1
落花盡而亭皐晩　11-8
山煙送晩　11-16
松風唱晩　12-6
蒼烟平而楚山晩　20-4
漁舟唱晩　26-16
桑楡非晩　26-28
晩秋遊武擔山寺序　30-1
秋晩入洛於畢公宅別道王宴序　34-1
晩讀老莊　34-3
蒼烟生而北林晩　34-22
對光陰之易晩　34-38
天光秋而白雲晩　36-3
風濤險而翠霞晩　38-11
唯恨相知之晩　39-4
晼晩年光　41-18

盤　玉案金盤　2-16
旣而情盤興遽　11-16
武據龍盤　37-4
景極情盤　38-13

蕃　即坐陳蕃之榻　23-6
徐孺下陳蕃之榻　26-4

蠻　控蠻荊而引甌越　26-3

ヒ

比　常恨林泉不比德而嵇阮不同時而處　15-2
況乎同德比義　35-7
比屋可以行誅　41-5

披　蔭松披薜　1-3
披白雲以開筵　3-5
披薜蘿於山水　4-4
重展披雲　8-3
披襟避暑　8-6
方欲披襟朗詠　11-17
俯蘭沼而披筵　21-5
披繡闥　26-13
披瓊翰者　29-5
於是披桂幌　30-12
野客披荷　34-6
惜雲霧之難披　34-38
披襟請益　35-8
披鶴霧　36-7

陂　眇然有山林陂澤之恩　16-4
喜耕鑿於東陂　34-6
散誕陂湖　38-4

非　白首非離別之秋　1-14
人非李徑　1-19
不讀非道之書　2-6
雖語嘿非一　3-3
非止桃蹊　4-10
亡非昔日之歡　4-16
結網非遙　10-16
豈非仙表足以感神　17-2
人非庶蒙　19-5
請沃非常之思　24-5
誰非失路之人　26-22
非無聖主　26-25
桑楡非晩　26-28
非謝家之寶樹　26-31
非不知風月不足懷也　28-8
相知非不深也　28-10
相期非不厚也　28-10
而非累葉之契　28-11
豈非琴罇遠契　31-3
非流俗所詣　32-2

身非金石　33-6
進非干物　34-4
是非雙遣　34-19
策藜杖而非遙　34-28
時非國是　38-9
自非琴書好事　39-6
動非合禮　41-4
卑　覺城肆之喧卑　25-3
飛　将別蓋而同飛　1-16
或泛泛飛鳧　4-7
羣鳥亂飛　4-11
飛碧玉之仙居　5-2
夫鳥散背飛　6-2
羽翼於此背飛　7-7
飛砂濺石　11-13
飛湍驟激　13-7
雲飛雨驟　18-6
舞詠齊飛　20-5
請飛雄藻　20-10
雪卷飛雲　22-7
飛閣翔丹　26-12
落霞與孤鶩齊飛　26-16
逸興遄飛　26-18
羣公葉縣鳧飛　34-38
仙鳳于飛　35-6
混飛沈於一貫　36-21
淩翰圃而横飛　39-3
見鴻鴈之南飛　39-12
情飛調逸　40-12
可飛白鳳之詞　40-15
雕梁看紫燕雙飛　41-17
俾　俾後之視今　11-20
俾山川獲申於知己　15-8
俾夫賈生可作　19-7
俾夫一同詩酒　29-21
匪　匪二陸之可嘉　7-3
祕　清祕想於丹田　18-8
被　未被可人之目　2-6
吾被服家業　27-14
悲　樂去悲來　1-13
能別不悲乎　4-17
尚有悲鳴之思　6-2
宋生動悲傷之日　6-8
悲莫悲兮愴離緒　9-8
方深川上之悲　12-8
猶嬰俗網之悲　19-3
興盡悲來　26-21
不其悲乎　28-14
猶嬰觸網之悲　29-20
悲下走之窮愁　36-6
樂極悲來　37-14
他郷悲而故人別　37-18
悲子長之興狹　38-3
悲聚散之無定　39-11
扉　竹徑松扉　29-15
歷松扉　30-12
則知東扉可望　31-4
賁　下賁窮泉　30-3
翡　環臨翡翠之竿　13-10
鄙　敢竭鄙懷　26-36
避　披襟避暑　8-6
騑　儼騑驂於上路　26-10
轡　陪鶴轡於中軒　17-5
ビ
尾　溪横燕尾　2-17
玄魴曷尾　13-11
毗　毗魯化於惟桑　22-5
眉　拔萃揚眉　7-4
美　美貌多才　5-14
賓主盡東南之美　26-5
四美具　26-19
兼而美者　29-20

美人虹影　30-10
儲學士東南之美　39-2
備　四者備矣　27-10
備將軍之挹客　34-15
媚　出沒媚郊原　4-9
寐　寤寐奇託　12-5
展轉於寤寐　35-8
微　嗟控地之微軀　6-6
勃五尺微命　26-29
其玄都紫微之事耶　33-15
麋　麋鹿長懷　34-23
靡　王事靡盬　35-11
亹　亹亹焉　29-12
亹亹龍宮之偈　30-13
亹亹龍宮之偈　30-14

ヒツ

必　何必復心語默之間　19-5
何必星槎獨放　23-6
遊必有方　27-21
必兆朕於佳晨　31-3
何必山林之下　34-20
幸王孫之必至　34-35
泌　乘巖泌涌　12-3
畢　秋晩入洛於畢公宅別道王宴序　34-1
畢公以帝出之榮　34-11
値羣公之畢從　34-26
筆　班孟堅騁兩京雄筆　2-23
與筆海而連濤　10-15
始命山陰之筆　11-19
請命昇遷之筆　17-8
捨離襟而命筆　19-7
登綿州西北樓走筆詩序　25-1
光照臨川之筆　26-19
有懷投筆　26-30
抒勞思於綵筆　29-4
雄筆壯詞　34-21
式命離前之筆　34-40
請揚文筆　36-23
文筆深知　39-6
請命蛟龍之筆　40-15
崩雲垂露之健筆　41-12
逼　運逼朱明　11-7

ヒャク

百　百年奇表　2-13
漢家二百年之都郭　2-21
百年之中　3-11
人生百年　4-2
蕭蕭百籟之響　7-11
集百川而委輸　9-2
秋水百川　10-2
湍流百勢　11-13
數百年矣　12-2
百年飄忽　20-9
風吟百籟　21-6
故有百年風月　23-3
託同志於百齡　24-5
捨簪笏於百齡　26-30
百端進取　27-2
終不能五百年而生兩賢也　28-4
常以爲人生百年　28-8
百萬戸之王城　37-3
三百年之帝國　37-4
枉滯百年　41-3

ヒョウ

表　相遇三江之表　1-7
百年奇表　2-13
豈非仙表足以感神　17-3
豈若情高物表　23-4
縱沖衿於俗表　29-18
馮　獨肆馮夷之賞　10-2
馮唐易老　26-24

憑勝地　36-5

漂　余乃漂泊而沈水國　6-5

標　俱希拔俗之標　17-5

立風標　27-4

清標未遠　30-19

熛　赤熛云謝　6-7

飄　雅智飄飄　1-10

風雜響而飄別路　6-9

盍飄芳翰　14-5

百年飄忽　20-9

颷　颷鮮颷於泉薄　21-9

鑣　儼徂鑣於別館　20-7

龍鑣翠轄　30-17

ビョウ

眇　乃眇小之丈夫　2-5

眇然有山林陂澤之恩　16-3

眇眇焉　30-18

眇眇焉　33-14

淼　淼淼言河　29-11

廟　遊廟山序　33-1

相與遊於玄武西之廟山　33-9

山東有道君廟　33-9

廟堂多暇　34-31

ヒン

賓　孟嘗君之上賓　1-5

坐菊之賓　3-7

猶停隱遁之賓　4-5

澹洲爲獨往之賓　13-2

琳瑯謝安邑之賓　20-5

賓主盡東南之美　26-5

賓主由其莫辨　34-14

王烈迎賓　34-36

將忠信待賓朋　39-5

擯　方深擯俗之懷　31-11

濱　響窮彭蠡之濱　26-17

薦綺席於沙濱　36-15

蘋　若乃青蘋綠芰　12-4

亦有紅蘋綠荇　29-16

青蘋布葉　36-12

ビン

閔　閔仲叔之遐征　37-9

フ

不　不遊天下者　1-2

不涉河梁者　1-2

不讀非道之書　2-6

氣調不羈　2-6

不異昌蒲之水　2-15

物我不同　3-3

丈夫不縱志於生平　3-12

豈不然乎　3-13

莫不擁冠蓋於烟霞　4-3

能別不悲乎　4-17

雖英靈不嗣　5-7

去留之路不同　6-6

後會不可期　6-7

不期往而復來　8-2

莫不偃仰於熏風　9-3

不謂同舟共濟　9-5

蒙莊不死　13-15

千載之不朽　13-16

僕不幸在流俗而嗜煙霞　15-2

常恨林泉不比德而嵇阮不同時而處　15-2

常恨林泉不比德而嵇阮不同時而處　15-3

撫銅章而不媿　18-10

不平於阮籍者也　19-4

使古人恨不見吾徒　20-11

無使吾徒不見故人也　20-12

勝賞不留　23-2

高筵不嗣　24-2

良會不恒　24-4

懷帝閽而不見 26-23
大運不齊 26-24
不墜青雲之望 26-26
楊意不逢 26-32
嗚呼勝地不常 26-34
可不深慕哉 27-5
未有不久於其道 27-6
大雅不云乎 27-8
易不云乎 27-9
書不云乎 27-9
詩不云乎 27-9
若意不感慨 27-12
行不悼絶 27-12
恨不得如古之君子卌强而仕也 27-16
饘粥不繼 27-17
不蠶而衣 27-19
不耕而食 27-19
不有居者 27-22
不有行者 27-22
終不能五百年而生兩賢也 28-3
不其然乎 28-4
不可多得也 28-6
非不知風月不足懷也 28-8
琴罇不足戀也 28-9
相知非不深也 28-10
相期非不厚也 28-10
不其異乎 28-12
不其悲乎 28-14
仰高筵而不暇 29-6
不覺浮舟 29-6
南磵之情不遠 29-19
不撓於牽絲 29-21
陶然不知宇宙之爲大也 32-4
王孫可以不歸 33-14
其不然乎 33-16
不以韻數裁焉 33-17
下官才不曠俗 34-2
識不動時 34-2
退不邀榮 34-5
樵蘇不爨 34-19
況手迹不偕遂 34-25
時不再來 34-25
入朝廷而不出 34-39
老子不死矣 35-5
詩不云乎 35-9
然變動不居 35-9
僕不才 38-2
不亦可乎 38-17
罇酒不空 39-9
文不在茲 40-14
言不及義 41-4
破家不容其罪 41-6
當仁不讓 41-10
不期而會 41-14
時不再來 41-18
夫 乃眇小之丈夫 2-5
若夫爭名於朝廷者 3-2
丈夫不縱志於生平 3-12
使夫千載之下 3-14
觀夫天下四海 4-2
使夫會稽竹箭 4-17
夫五城高暎 5-2
大鳥散背飛 6-2
夫別也者 7-2
將佇矣夫 7-2
夫鼇山巨壑 9-2
若夫春江千里 10-2
若夫遭主后之聖明 11-2
若夫辯輕連璽 13-2
夫豈然乎 14-6
豈知夫司馬卿之車騎 15-4

悼夫烟霞遠尚　19-2
俾夫賈生可作　19-7
故夫膺受末學者　27-2
夫神明所貴者道也　28-2
故與夫昇華者　28-12
若夫龍津宴喜　29-2
夫以中牟馴雉　29-19
俾夫一同詩酒　29-21
若夫武丘仙鎭　30-2
蜀夫人之葬迹　30-5
若夫玉臺金闕　32-2
夫靈芝旣秀　35-5
大夫之風雲暗相許　40-6
父　幹父之蠱　27-9
迫父兄之命　27-17
單父歌魚　29-20
付　用烟霞以付朝夕　39-6
布　下布金沙　30-7
青蘋布葉　36-13
扶　扶搖可接　26-27
扶老携幼　27-18
府　王勃於越州永興縣李明府送蕭三還齊州序　1-1
求玉液於蓬萊之府　2-17
府青溪而命酌　3-5
王明府氣挺龍津　5-7
秋日送王贊府兄弟赴任別序　7-1
王贊府伯兄仲弟　7-3
又柳明府遠赴豐城　8-5
秋晚什邡西池宴餞九隴柳明府序　10-1
柳明府籍銅章之暇景　10-8
竇明府□錦化之餘閑　10-8
餞宇文明府序　17-1
竝以蘭才仙府　22-3
降虹蜺於紫府　25-3
秋日登洪府滕王閣餞別序　26-1
洪都新府　26-2
孟學士之詞府　26-8
玄都紫府　32-2
江寧縣白下驛呉少府見餞序　37-1
芙　即暎芙蓉之水　29-16
月照芙蓉之水　31-9
阜　崑阜琳琅　4-18
翔魂北阜　21-5
散琴樽於北阜　34-5
分曲阜之新基　34-10
負　負笈從師　2-8
仰雲霞而自負　11-18
先生負局　34-24
赴　秋日送王贊府兄弟赴任別序　7-1
又柳明府遠赴豐城　8-5
赴泉石而如歸　11-18
若赴黄牛之峽　13-8
赴塵影於歌軒　21-10
送劼赴太學序　27-1
俯　俯視人間　5-3
俯汀洲而目極　13-14
俯阮胸懷　19-3
俯烟霞而道意　20-8
俯蘭沼而披筵　21-5
俯丹霄而練魄　23-7
俯琱甍　26-14
俯暎沙亭　31-7
俯臨萬仞　33-10
俯映玄潭　36-12
俯萬古於三休　38-13
浮　斷浮雲於南北　1-13
道勝浮沈之際　10-6

上巳浮江讌序 11-1
桂葉浮舟 13-6
巨浸浮天 13-7
光浮一縣之花 20-6
影浮三旬之菊 20-7
萬里浮遊 20-9
香浮四照之蹊 21-8
氣浮彭澤之罇 26-19
不覺浮舟 29-6
浮驪易盡 34-27
夏仲御之浮舟 34-28
符 道德懸符 39-4
鳧 或泛泛飛鳧 4-7
鶴汀鳧渚 26-12
羣公葉縣鳧飛 34-38
膚 故夫膚受末學者 27-3
賦 各賦一言 1-20
人賦一言 3-13
咸可賦詩 6-12
人賦一言 10-17
一言均賦 11-20
人賦一言 13-17
人賦一言 14-7
盍各賦詩 15-8
一言同賦 20-11
盍各賦詩 23-7
人賦一言 24-6
登高能賦 26-35
一言均賦 26-36
盍各賦詩 27-23
盍各賦詩 28-14
人賦一言 29-21
昔者登高能賦 30-19
人賦一言 35-12
人賦一言 36-23
人賦一言 37-19
人賦一言 38-17
盍各賦詩 39-14
黼 以黼藻幽尋之致焉 16-7
ブ
武 詠蘇武之秋風 1-4
玄武山趾 12-2
王將軍之武庫 26-8
晩秋遊武擔山寺序 30-1
若夫武丘仙鎭 30-2
豈如武擔靈岳 30-5
相與遊於玄武西之廟山 33-8
武據龍盤 37-3
無 嘗謂連城無他鄕之別 1-10
豈得無言 1-19
日下無雙 2-9
竹林無今日之歡 3-12
旣而上屬無爲之道 4-8
竟寂寥而無睹 5-4
能無別恨者也 6-3
能無戀恨 7-8
能無鬱悒 9-9
亦無乏焉 12-4
境内無事 16-3
信無慙於響應 18-11
無救窮途之哭 19-3
無使吾徒不見故人也 20-11
青天無極 23-2
無乃然乎 24-6
下臨無地 26-12
覺宇宙之無窮 26-20
非無聖王 26-25
無路請纓 26-29
無念爾祖 27-8
令汝無反顧之憂也 27-21
而無同方之戚 28-11
無慙於景燭 29-22

此會無期　34-27
吾無憂矣　39-9
悲聚散之無定　39-11
誣　雖復來者難誣　11-21
撫　撫銅章而不媿　18-10
撫高人之迹　19-2
撫陵雲而自惜　26-33
舞　舞闋哥終　18-6
舞詠齊飛　20-5
轉雲姿於舞席　21-10
鵷鸞舞翼　35-6
鶩　獸分馳鶩　6-2
フウ
封　秦氏卌郡之封畿　2-22
李廣難封　26-24
風　詠蘇武之秋風　1-4
許玄度之清風朗月　1-7
松柏風雲之氣狀　1-10
清風起而城闕寒　1-15
山巨源之風猷令望　1-17
有荀家兄弟之風　2-7
風流第一　2-9
直出風塵　2-11
西域之風謠在即　2-20
鑽宇宙而頓風雲　2-25
親風花而滿谷　2-27
金風生而景物清　3-9
少時風月　3-11
許玄度之風月　4-5
下栖玄邈之風　4-9
儒雅風流　5-9
密子賤之調風　5-10
憐風月之氣高　5-15
風雜響而飄別路　6-9
莫不偃仰於熏風　9-3
冀搏風於萬里　9-4
風煙冥寞　9-8
歷秋風之極浦　10-6
遨遊風月　11-4
風雲蕩其懷抱　11-7
俵遲風而弄影　11-9
香驚北渚之風　11-12
松風唱晩　12-6
候風景而延情　13-4
垂柳低風　13-14
累安邑之餘風　14-3
仰高風而杼軸者多矣　15-3
如乘列子之風　18-9
仰嵆風範　19-3
承風於達觀之鄉　19-8
叙風雲於一面　20-3
風吟百籟　21-6
秀驛追風　21-6
嘯風煙於勝友　22-3
故有百年風月　23-3
停鶴軫於風衢　24-3
訪風景於崇阿　26-11
爽籟發而清風起　26-18
愛宗慤之長風　26-30
立風標　27-4
揚魁梧之風　27-7
彰風聲　27-12
非不知風月不足懷也　28-8
秋風明月　29-3
風流名士　29-8
叙風雲而倒屣　29-9
金風高而林野動　29-13
香牽十步之風　29-17
少女風吟　30-10
朔風四面　30-14
風月高情　31-4
露下風高　31-10

豈直坐談風月　32-5
常恐運從風火　33-6
接風期於下走　34-13
氣爽風馳　34-16
洛城風景　34-26
思動秋風　34-28
唯恐一丘風月　34-36
此僕所以望風投款　35-7
風壤所交　36-4
慕郝氏之高風　36-9
臨風雲而解帶　36-11
亂荷芰而動秋風　36-13
且欣風物　36-20
皇風清而市朝一　37-5
波潮驚而朔風動　37-11
憶風景於新亭　37-13
願乘長風而眺萬里　38-5
風濤險而翠霞晚　38-10
灑絶翰而臨清風　38-16
風期暗合　39-3
對山川之風日　39-8
惜風景於他鄉　40-3
大夫之風雲暗相許　40-6
臨春風而對春□　40-10
宇宙之風月曠矣　41-2
于時風雨如晦　41-16

フク

伏　倚伏安能測　6-7
服　妍莊袨服　11-11
服聖賢之言　27-4
吾被服家業　27-14
飲食衣服　27-20
吾儕服其精博　35-3
復　豈復今時之會　4-16
不期往而復來　8-2
雖復來者難誣　11-21
雖復勝遊長逝　13-3
何必復心語默之間　19-5
復存王粲之門　23-5
神交復幾　24-4
福　庶同塵於介福　18-12
腹　吐滿腹之精神　2-11
口腹良遊　29-6
複　轉離舟於複漵　10-14

フツ

岪　若乃尋曲岪　11-12
拂　下拂西津之影　13-14
祓　三月上巳祓禊序　4-1
先祓禊於長洲　4-12
紱　朱紱儻來　36-19
黻　緑縢朱黻　34-13

ブツ

物　俱遊萬物之間　1-6
齊物我於惠莊之歲　1-11
潁川人物　2-7
南方之物產可知　2-19
物我不同　3-3
金風生而景物清　3-9
萬物迴薄　6-8
貞姿可以鎮物　17-3
俗物去而竹林清　20-5
豈若情高物表　23-4
物華天寶　26-3
齊萬物於三休　30-15
預乾坤之一物　34-3
進非十物　34-4
物類之相感也　35-6
且欣風物　36-20
物在人亡　38-10
物外英奇　40-8
張生博物　40-9
翫山川之物色　40-14

フン

分　未殫投分之情　1-12
獣分馳鶩　6-2
謂作參分　8-2
分岐臨水　9-6
接磴分流　12-3
於是分桂檝　13-9
敢分謗於當仁　18-12
人分一字　18-12
人分一字　19-8
遙分鶴鳴之巖　21-6
星分翼軫　26-2
乃知兩鄉投分　29-7
鴈翼分橋　29-15
分楹間植　29-16
猶分鋭闕　30-9
人分一字　31-11
分曲阜之新基　34-10
甲第分衢　34-17
遽慘分岐　39-10

汾　同河汾之靈液　28-12

氛　葉聚氛濃　18-10

芬　屬芬華之暮節　33-11

粉　方欲粉飾襟神　40-13

紛　羣山紛糺　11-6
晴山紛積　15-5
楚山紛列　38-8

墳　樗里子之孤墳　30-4

憤　散孤憤於談叢　40-11

奮　張平子奮一代宏才　2-23
一則奮明略於趙郊　7-5
宜其奮藻　7-13

糞　賤琴書同糞土　41-4

ブン

文　文史足用　2-6
抱墳胸之文籍　2-12
文詞泉涌　5-8
盍申文雅　10-16
文墨於其間哉　11-4
掛頳翼於文竿　11-14
請抽文律　13-17
敢振文鋒　15-7
餞宇文明府序　17-1
孔文舉洛京名士　20-2
宇文新州之懿範　26-6
宇文德陽宅秋夜山亭宴序　29-1
友人河南宇文嶠　29-8
任文公之死所　30-6
林泉生謝客之文　31-5
五際雕文　31-11
銓柱下之文　35-3
請揚文筆　36-22
文擧清談　37-12
請開文囿　37-18
文筆深知　39-6
愽我以文章　40-5
文不在茲　40-14
若使周孔爲文章之法吏　41-5
呑蛟吐鳳之奇文　41-12

聞　聞禮制而空存　5-3
聞唳鶴而驚魂　9-8
蓋聞鳳渚參雲　21-2
蓋聞　23-2
聞絃歌於北里　34-9
聞諸仁者　39-14

ヘイ

平　契生平於張范之年　1-11
宮殿平看　2-22
張平子奮一代宏才　2-23
丈夫不縱志於生平　3-12
嚴君平之卜肆　5-6
太平之縱我多矣　11-5

嘯漁子於平溪 13-9
于時平皐春返 13-13
屈平製芰於滂陽之浦 16-5
不平於阮籍者也 19-4
請持罇共樂平生 19-6
蒼烟平而楚山晩 20-4
願廻波於屈平之浦 20-8
遠嗣東平之唱 30-21
江山助屈平之氣 31-5
平視千里 33-10
擁平陽之舊館 34-11
今日天平 37-6
灌莽積而蒼烟平 38-10

丼 二難丼 26-19

竝 動息竝自然之地 3-4
家家竝翠 4-12
竝以蘭才仙府 22-3
今之羣公竝授奇彩 28-5
今竝集此矣 28-6
竝高情朗俊 41-10

萍 踈萍泛緑 11-10
遊□萍之野 32-3

薜 蔭松披薜 1-3
披薜蘿於山水 4-4
促蘿薜於玄門 25-3

ベイ

袂 今茲捧袂 26-32
林泉可攘袂而遊 29-7

ヘキ

碧 飛碧玉之仙居 5-2
餞斜光於碧岫之前 11-17
碧潭千仞 12-6
禺同金碧 29-11
碧鷄靈宇 30-16

壁 巖巖思壁 29-11

璧 璧題相暉 30-9
應徐自然銜璧 41-13

闢 闢羅幌而交懽 21-7
闢林院而開衿 29-9
簾帷後闢 37-10

ベツ

別 豈識別離之恨 1-2
嘗謂連城無他郷之別 1-10
白首非離別之秋 1-14
將別蓋而同飛 1-15
古人道別 1-16
宜陳感別之詞 1-20
能別不悲乎 4-17
能無別恨者也 6-3
風雜響而飄別路 6-9
用宴安於別後 6-12
秋日送王贊府兄弟赴任別序 7-1
夫別也者 7-2
臨別浦 7-11
別而還敘 8-3
怨別怨兮傷去人 9-7
別錦帆於廻汀 10-7
開仲長之別館 14-2
張八宅別序 19-1
儼徂鑣於別館 20-7
秋日登洪府滕王閣餞別序 26-1
離別咫尺 27-21
秋夜於綿州羣官席別薛昇華序 28-1
秋晩入洛於畢公宅別道王宴序 34-1
思存別後之資 34-41
別盧主簿序 35-1
山川有別 35-10
臨別浦 37-9
九江爲別 37-16

他鄉悲而故人別　37-18
誰堪別後之心　39-13
殷憂別思　41-17

ヘン

片　片片仙雲　4-10
返　于時平皐春返　13-13
返身滄海之隅　34-32
篇　命篇擧酌　6-12
四韻成篇　9-10
七韻成篇　18-12
四韻成篇　19-9
四韻成篇　25-5
四韻成篇　31-12
編　事編於江漢　10-5
編人倫　27-12
邊　地岊天邊　8-2
何暇邊城之思　14-5
變　草木變衰　7-10
瞻大雲而變色　15-7
然變動不居　35-9
梅柳變而新歲芳　40-2
籩　籩豆有踐　27-23

ベン

汴　人多汴北　36-2
便　因利乘便　27-3
眄　寫睇眄於中天　26-20
眄江山以揮涕　36-11
冕　知軒冕可以理隔　33-3
見軒冕於南宮　34-8
軒冕可辭　34-32
辨　賓主由其莫辨　34-14
鞭　瞻列鞅而廻鞭　18-7
顏謝可以執鞭　41-12
駢　玉俎駢芳　10-11
玉俎駢羅　13-12
駢闐上路之遊　30-17
俎豆駢羅　36-16
辯　雄談逸辯　2-11
若夫辯輕連璽　13-2

ホ

甫　王夷甫之瑤林瓊樹　2-10
遙襟甫暢　26-17
甫佐亨鮮　37-7
步　蹇步窮途　2-5
香牽十步之風　29-17
入詞場而獨步　39-3
保　得畎畝相保　11-3
圃　于時氣踈瓊圃　18-9
然則杏圃揚徽　21-3
淩翰圃而横飛　39-2
浦　臨別浦　7-11
歷秋風之極浦　10-6
具仙舟於南浦之前　10-9
下長浦而方舟　11-6
江浦觀魚宴序　13-1
曾浦波恬　13-13
屈平製芰於涔陽之浦　16-5
願廻波於屈平之浦　20-8
遠挹龜瑠之浦　21-6
聲斷衡陽之浦　26-17
臨別浦　37-9
畝　得畎畝相保　11-3
蒲　不異昌蒲之水　2-15
輔　且吾家以儒術輔仁　27-5

ボ

慕　可不深慕哉　27-5
慕郝氏之高風　36-9
暮　暮春三月　4-9
空林暮景　10-14
暮江浩曠　15-5
烟光凝而暮山紫　26-10
屬芬華之暮節　33-11

暮宿靈臺　34-8
日暮途遙　36-17
簿　別盧主簿序　35-1
林慮盧主簿　35-2

ホウ

方　四皓爲方外之臣　1-6
南方之物產可知　2-19
下長浦而方舟　11-6
方欲披襟朗詠　11-16
方欲以林壑爲天屬　12-7
方深川上之悲　12-8
覺瀛洲方丈　16-6
方趨好事之遊　17-7
遠方一面　23-4
遊必有方　27-21
而無同方之戚　28-11
于時金方啓序　30-14
方深擯俗之懷　31-10
方欲斂手鍾鼎　33-15
屬宸駕之方旋　34-26
方馳去鷁　37-8
綠軫方調　37-12
五嶺方踰　37-16
方嚴去軸　37-17
方欣握手　39-10
方欲粉飾襟神　40-13
至若神高方外　41-7
芳　滴巖遒之芳乳　2-19
仲統芳園　4-12
列芳筵　4-12
奉淹留於芳閣　5-11
菊散芳於樽酒　7-9
玉俎騈芳　10-11
粤以上巳芳節　11-5
候芳晷而騰姿　11-9
盍題芳什　12-9
羣公以十旬芳暇　13-4
盍飄芳翰　14-5
芳期詎幾　20-9
故今惜芳辰者　24-2
接孟氏之芳隣　26-31
留興緒於芳亭　29-4
密子賤之芳猷　31-7
朋友盛而芳樽滿　36-15
芳樽自滿　37-12
留芳罇而待明月　38-16
梅柳變而新歲芳　40-2
枋　秋晚什枋西池宴餞九隴柳明府序　10-1
奉　奉淹留於芳閣　5-11
奉宣室而何年　26-23
奉晨昏於萬里　26-31
抱　抱塡胸之文籍　2-12
訪懷抱於茲日　3-14
以傾懷抱　4-17
風雲蕩其懷抱　11-7
安貞抱樸　34-30
國士之懷抱深相知　40-7
懷抱沈愁　41-13
放　放懷叙志　15-8
何必星槎獨放　23-6
嵇康體放　33-6
郊情獨放　34-9
朋　高朋滿席　26-7
朋友盛而芳樽滿　36-15
將忠信侍賓朋　39-5
法　楊法師以烟霞勝集　18-4
若使周孔爲文章之法吏　41-5
峯　峯巒四絕　5-4
翠嶮丹峯　11-13
詞峯與夏雲爭長　17-6
爰昇白鹿之峯　18-4

還昇蘭樓之峯　29-15
蓋蜀都之靈峯也　33-9
旁　斯則旁稽鳳册　5-3
崩　崩騰觸日月之輝　2-9
山川崩騰以作氣　28-3
崩雲垂露之健筆　41-11
捧　今茲捧袂　26-32
解巾捧檄　27-18
惟高明之捧檄　35-11
訪　訪懷抱於茲日　3-14
訪道隣郊　10-8
訪風景於崇阿　26-11
逢　隱士相逢　2-15
尚有過逢之客　4-6
罇酒相逢　14-5
逢江漢之多材　15-6
千里逢迎　26-7
躬逢勝餞　26-9
溝水相逢　26-23
楊意不逢　26-33
往往逢人　34-34
還逢解榻　36-10
仍逢厚禮　37-9
報　空餘報國之情　26-28
彭　陶潛彭澤之遊　5-14
彭澤仙杯　20-7
響窮彭蠡之濱　26-17
氣浮彭澤之罇　26-19
彭澤陶潛之菊　29-9
鳳　嵇叔夜之龍章鳳姿　2-11
鳳皇神岳　2-26
斯則旁稽鳳册　5-3
名高鳳擧　5-8
所謂鸞翔鳳擧　7-7
登鳳几而霜離　13-11
蓋聞鳳渚參雲　21-2
騰蛟起鳳　26-7
鳳閣虚玄　29-2
遙喧鳳鐸　30-10
鸞鳳可以術待　33-3
仙鳳于飛　35-5
可飛白鳳之詞　40-15
呑蛟吐鳳之奇文　41-12
蓬　求玉液於蓬萊之府　2-17
坐均蓬戸　34-14
三徑蓬蒿　34-37
鋒　敢振文鋒　15-7
魴　玄魴曷尾　13-11
豐　又柳明府遠赴豐城　8-5
顧豐隆而轉軑　18-7
羣公以玉津豐暇　30-11
鵬　鶴顧鵬騫　7-8
寶　物華天寶　26-3
非謝家之寶樹　26-31
天地所寶者才也　28-2
各控驪泉之寶　29-11
寶刹香壇　30-8

ボウ

亡　亡非昔日之歡　4-16
旅思遄亡　11-18
榮賤兩亡　34-20
物在人亡　38-10
乏　亦無乏焉　12-4
豈乏明時　26-25
牟　夫以中牟馴雉　29-19
芒　林薄蒼芒　9-9
忘　詎盡忘言之道　1-12
坐瑤席而忘言　18-10
求我於忘言之地　19-8
烟竇忘歸　23-7
相忘江漢　25-4
廢食忘寢　27-11

見利忘義　27-13
事有切而未能忘　28-9
罕悟忘筌之迹　29-20
敢忘林藪　34-23
何日忘之　35-9
言忘則道存而目擊　41-9
房　房族多孤　27-17
玉房跨霄而懸居　33-11
茅　敞茅齋而坐嘯　14-3
則呂望坐茅於磻磎之陰　16-5
茅君待客　34-35
茫　四野蒼茫　6-9
望　山巨源之風猷令望　1-17
出瓊林而望遠　2-21
倍騁望於春郊　5-11
異望香山　7-6
山川長望　14-4
則呂望坐茅於磻磎之陰　16-5
都督閻公之雅望　26-6
望長安於日下　26-21
不墜青雲之望　26-27
是所望於羣公　26-35
山川極望　30-16
則知東扉可望　31-5
鵷鴟始望　34-23
是所望於羣公　34-30
此僕所以望風投款　35-7
秋日登冶城北樓望白下序　38-1
峴山南望　38-2
秋深望徹　38-12
傍　雖惠化傍流　18-11
傍臨石鏡　30-8
傍連翠渚　36-12
榜　榜謳齊引　11-12
貌　美貌多才　5-14
甍　俯琱甍　26-14
謗　敢分謗於當仁　18-12

ホク

北　子在北山之北　1-6
斷浮雲於南北　1-13
闌干象北斗之宮　2-24
昔時西北　3-5
亦歸余於西北　4-19
恭惟南北　7-6
我北君西　9-6
香驚北渚之風　11-11
斜連北渚之煙　13-14
翔魂北阜　21-5
登綿州西北樓走筆詩序　25-1
天柱高而北辰遠　26-22
北海雖遙　26-27
散琴樽於北阜　34-5
聞絃歌於北里　34-9
蒼烟生而北林晚　34-22
人多汴北　36-2
殷勤北海之筵　36-21
長江北派　37-2
秋日登冶城北樓望白下序　38-1
北控淮潮　38-7
愴吳人之北走　39-12

ボク

卜　嚴君平之卜肆　5-6
木　草木變衰　7-10
悵秦歌於素木　22-5
喬木聽黃鶯雜囀　41-17
朴　直言敦朴　2-5
僕　僕是南河之南　1-5
僕不幸在流俗而嗜煙霞　15-2
僕嘗覽前古之致　19-2
此僕所以未盡於嵆康　19-4
然僕之區區　28-7
故僕於羣公　28-10

此僕所以懷泉塗而惴恐　33-7
此僕所以望風投款　35-7
僕不才　38-2
墨　文墨於其間哉　11-4
撲　閭閻撲地　26-14
樸　安貞抱樸　34-30
鶩　落霞與孤鶩齊飛　26-16
ボツ
没　出没媚郊原　4-9
勃　王勃於越州永興縣李明府送蕭三還齊州序　1-1
勃五尺微命　26-29
ホン
奔　踿浪奔廻　13-8
翻　翻增氣哽　9-7
素蝶翻容　21-9
飜　子則飜翔而入帝鄉　6-4
ボン
凡　凡我故人　34-41
凡我友人　40-15
梵　梵筵霞屬　30-12
マ
磨　切瑳琢磨　27-15
マイ
毎　每思玄度　29-3
每留連於勝地　31-4
マツ
末　故夫膚受末學者　27-3
マン
萬　俱遊萬物之間　1-6
萬物廻薄　6-8
摠萬國以來王　9-2
冀搏風於萬里　9-4
危崗萬色　11-14
丹崿萬尋　12-6
萬里浮遊　20-9
奉晨昏於萬里　26-31
齊萬物於三休　30-15
俯臨萬仞　33-10
充帝王之萬姓　34-2
白雲萬里　34-29
百萬戸之王城　37-3
俄傷萬古　37-14
願乘長風而眺萬里　38-5
俯萬古於三休　38-13
滿　吐滿腹之精神　2-11
親風花而滿谷　2-27
清言滿席　23-5
高朋滿席　26-7
新知滿目　36-8
朋友盛而芳樽滿　36-15
芳樽自滿　37-13
ミ
未　未殫投分之情　1-12
未被可人之目　2-6
未有一同高選　10-5
波流未遠　13-4
此僕所以未盡於嵇康　19-4
我未之見也　27-5
未有不久於其道　27-6
嘗恥道未成而受祿　27-16
未足耿耿　27-22
事有切而未能忘　28-9
情有深而未能遣　28-9
未有能星馳一介　29-3
未辭安邑　29-6
清標未遠　30-19
未及牲牢　34-23
待公卿而未日　34-37
亦未與談今古　39-7
弥　舸艦弥津　26-15

ミツ

密　密子賤之調風　5-10
巖暄蕙密　11-9
靈機密邇　18-6
密子賤之芳猷　31-6

ミョウ

妙　追驪妙境　10-9
雜以妙論　16-6
停歡妙域　18-7
等終軍之妙日　26-30
光懸妙札　29-10

ム

務　羣公九牘務閑　12-4
夢　臺疑夢渚之雲　30-9
霧　起烟霧而當軒　2-26
霧黯他鄉　10-13
彩綴南津之霧　11-12
竹霧曛空　12-7
長崖霧息　13-13
龍津抵霧　21-2
雄州霧列　26-4
惜雲霧之難披　34-38
披鶴霧　36-8
鵡　鸚鵡春泉　2-27

メイ

名　若夫爭名於朝廷者　3-2
何屈節於名利　3-13
俱安名利之場　4-8
井絡名都　5-4
還如玉名之臺　5-5
名高鳳擧　5-8
江甸名流　11-19
歷禱名山　18-3
孔文擧洛京名士　20-2
路出名區　26-9
名存實爽　27-3
孰振揚名之業　27-23
風流名士　29-8
磊落名都之氣　30-18
昔王子敬瑯琊名士　31-2
古老相傳名焉　33-10
權大官骨稽名士　40-5

命　樂天知命　2-8
府青溪而命酌　3-5
命篇擧酌　6-12
始命山陰之筆　11-19
請命昇遷之筆　17-8
捨離襟而命筆　19-7
爰命下才　25-4
命塗多緒　26-24
達人知命　26-26
勃五尺微命　26-29
迫父兄之命　27-17
欣然命駕　29-6
屈榮命於中朝　34-12
張季鷹之命駕　34-28
式命離前之筆　34-40
遠命珪璋之客　40-7
請命蛟龍之筆　40-14

明　王勃於越州永興縣李明府送蕭三還齊州序　1-1
開壯志於高明　2-14
掛幽人之明鏡　2-18
工明府氣挺龍津　5-7
明明上宰　5-11
桃李明而野徑春　5-13
一則奮明略於趙郊　7-5
心開目明　8-4
又柳明府遠赴豐城　8-5
秋晚什邡西池宴餞九隴柳明府序　10-1
下明月之幽潭　10-7

柳明府籍銅章之暇景　10-8
竇明府□錦化之餘閑　10-8
若夫遭主后之聖明　11-2
運逼朱明　11-8
佇明月於青溪之下　11-17
花明高牖　14-4
餞宇文明府序　17-1
亦有助於明祇　18-12
欽下車而仰明訓　22-6
彩徹區明　26-16
豈乏明時　26-25
經明行脩者　27-3
夫神明所貴者道也　28-2
秋風明月　29-3
開明故地　30-5
明乎道　35-2
惟高明之捧檄　35-11
留芳罇而待明月　38-17
支道林之聰明　40-8

冥　風煙冥寞　9-9
　乘杳冥之絶境　33-11
溟　地勢極而南溟深　26-22
　惆悵南溟之路　36-22
鳴　纔聽鳴蟬　3-10
　尚有悲鳴之思　6-2
　聽孤鳴而動思　9-7
　遙分鶴鳴之巖　21-6
　鍾鳴鼎食之家　26-15

メツ
威　以威劉昆之火　18-9

メン
面　叙風雲於一面　20-3
　遠方一面　23-4
　交有一面之深　28-11
　或一面新交　29-9
　朔風四面　30-15
　陣雲四面　37-10
　白雲展面　38-7
緜　緜日月而何期　7-12
　緜玉甸而横流　13-7
　登緜州西北樓走筆詩序　25-1
　秋夜於緜州羣官席別薛昇華序　28-1

モ
茂　王逸少之脩竹茂林　1-8
　豈徒茂林脩竹　2-3

モウ
孟　孟嘗君之上賓　1-5
　班孟堅騁兩京雄筆　2-22
　孟嘗君之愛客　5-9
　四月孟夏　18-2
　孟學士之詞府　26-8
　孟嘗高潔　26-28
　接孟氏之芳隣　26-31
莽　灌莽積而蒼烟平　38-10
蒙　蒙莊不死　13-15
　人非庶蒙　19-5
網　結網非遙　10-16
　躍青鱗於畫網　11-15
　下瑛茱萸之網　13-11
　猶嬰俗網之悲　19-3
　猶嬰觸網之悲　29-20

モク
目　未被可人之目　2-6
　心開目明　8-4
　擧目濟然　9-9
　俯汀洲而目極　13-15
　森然在目　16-6
　蒼波極目　25-2
　河洲在目　30-17
　目擊道存　35-7

新知滿目　36-8
烟霞充耳目之翫　36-16
青山在目　38-7
引江山使就目　38-15
池亭以導揚耳目　41-8
言忘則道存而目擊　41-9
沐　沐浴於膏澤　9-3
邵少鹿少以休沐乘春　14-2
十旬休沐　26-7
嘿　雖語嘿非一　3-3
默　其可默已　8-7
何必復心語默之間　19-5
語默於是同歸　34-14

モン

門　守陳氏門宗之德　2-7
藤蘿暗而山門古　5-14
天門大道　6-4
天門大道　9-2
上客盈門　15-4
各杖專門之氣　17-5
長懷司隷之門　20-2
復存王粲之門　23-5
促蘿薜於玄門　25-3
喜託龍門　26-32
門稱好事　29-2
殿寫長門之月　30-10
似元禮之龍門　34-17
荊門泊於吳越　36-4
陟龍門　36-8

ヤ

也　當此時也　1-10
人之情也　4-17
能無別恨者也　6-3
是時也　6-7
夫別也者　7-2
吾之生也有極　11-2
時之過也多緒　11-2
成古人之遺跡也　12-3
藹藹乎人間之難遇也　12-7
烟霞受制於吾徒也　15-9
不平於阮籍者也　19-4
無使吾徒不見故人也　20-12
我未之見也　27-5
而求苟出者也　27-7
使吾徒子孫有所取也　27-8
恨不得如古之君子卌強而仕也
27-17
令汝無反顧之憂也　27-21
夫神明所貴者道也　28-2
天地所寶者才也　28-2
終不能五百年而生兩賢也　28-4
不可多得也　28-6
非不知風月不足懷也　28-8
琴罇不足戀也　28-9
相知非不深也　28-10
相期非不厚也　28-10
是月秋也　28-13
于時夕也　28-13
信天下之奇託也　29-13
信三蜀之奇觀也　30-18
陶然不知宇宙之爲大也　32-5
吾之有生也廿載矣　33-2
臨山河而歎息者也　33-8
蓋蜀都之靈峯也　33-9
是日也　34-16
清士也　35-2
物類之相感也　35-6
懷古人之士也　38-2
是時也　39-11
冶　秋日登冶城北樓望白下序　38-1
夜　嵇叔夜之潦倒麤疎　1-17
嵇叔夜之龍章鳳姿　2-11

又此夜乘査之客　3-6
秋夜於綿州羣官席別薛昇華序　28-1
宇文德陽宅秋夜山亭宴序　29-1
嵆叔夜之相知　29-6
新都縣楊乹嘉池亭夜宴序　31-1
至眞觀夜宴序　32-1
耶　其玄都紫微之事耶　33-15
野　野外紉蘭　1-18
混同人野　2-11
青精野饌　2-15
山樽野酌　2-16
鍛野老之眞珠　2-17
野外蘆花　3-10
雖朝野殊致　4-3
桃李明而野徑春　5-13
四野蒼茫　6-9
烟霞擧而原野晴　10-12
野昭開晴　11-16
林野晴歸　13-13
蕭條東野　15-5
野人輕錦陪之榮　21-4
金風高而林野動　29-14
遊□萍之野　32-4
亦有野獸羣狎　33-12
野客披荷　34-6
野性時馴　34-9
野徑斜開　36-12
徘徊野澤　38-3
蹔辭野鶴之羣　41-14
揶　昔王子敬瑯揶名士　31-2

ヤク

役　獲鐊戎役　27-16
扼　連襟扼腕　40-2
藥　山人賣藥　34-7
躍　躍青鱗於畫網　11-14

ユ

由　由對仙家　3-6
花萼由其抾影　7-7
賓主由其莫辨　34-14
腴　收翰苑之膏腴　20-10
萸　下瑛茱萸之網　13-10
榆　桑榆非晚　26-28
踰　五嶺方踰　37-16
輸　集百川而委輸　9-2
指金臺而委輸　13-7

ユイ

唯　唯恐一丘風月　34-36
唯恨相知之晚　39-4

ユウ

又　又此夜乘査之客　3-6
又柳明府遠赴豐城　8-4
友　諸寮友等祖道秋原　7-8
嘯風煙於勝友　22-3
共旌友會　23-8
勝友如雲　26-7
友于兄弟　27-9
求其友生　27-10
自置良友　28-13
友人河南宇文嶠　29-8
粤以勝友良暇　33-8
朋友盛而芳樽滿　36-15
携勝友　38-6
勝友難遭　40-4
接蘭友而坐蘭堂　40-11
凡我友人　40-15
來廁眞龍之友　41-14
右　王右軍山陰之蘭亭　2-3
左右生光　17-2
晨昏左右　27-20
愍懃於左右　35-8
接衣簪於座右　36-10

有　故有梁孝王之下客　1-5
斷金有同好之親　1-11
珠貝有藏輝之地　2-3
有荀家兄弟之風　2-7
有弘農楊公者　2-8
故有李處士者　3-4
故蘭亭有昔時之會　3-11
尚有過逢之客　4-6
有餘鶯谷　4-11
則有蜀城僚佐　5-10
尚有悲鳴之思　6-2
昇降之儀有異　6-5
有懷情於憂喜　7-2
亦有拔蘭花於溱洧　10-3
未有一同高選　10-5
吾之生也有極　11-2
亦有銀鈎犯浪　11-14
有聖泉焉　12-2
河洛有神仙之契　13-3
眇然有山林陂澤之恩　16-4
亦有嘉餚旨酒　16-6
亦有助於明祗　18-11
莊叟有知　19-8
佳辰有數　20-9
故有百年風月　23-3
識盈虛之有數　26-21
有懷投筆　26-30
蓋有之矣　27-5
未有不久於其道　27-6
使吾徒子孫有所取也　27-8
渙然有所成　27-11
堅然有所杖　27-11
遊必有方　27-21
不有居者　27-22
不有行者　27-22
籩豆有踐　27-23
事有切而未能忘　28-9
情有深而未能遣　28-9
然義有四海之重　28-10
交有一面之深　28-11
亦有依山臨水　29-2
未有能星馳一介　29-3
亦有紅蘋緑荇　29-16
亦有霍將軍之大隧　30-4
吾之有生也廿載矣　33-2
登朝有聲利之迫　33-4
有自來矣　33-6
山東有道君廟　33-9
亦有野獸羣狎　33-12
有當時之驛騎　34-18
整柴車而有日　34-29
自有金壇　34-35
山川有別　35-10
自有長謠　37-8
川原何有　38-8
則有僧中龍象　40-8
其有徒開七竅　41-2
散若有餘　41-8
邑　城邑千仞　5-4
累安邑之餘風　14-3
琳瑯謝安邑之賓　20-4
未辭安邑　29-6
即江寧之小邑　37-7
井邑蕭條　38-12
囿　請開文囿　37-18
幽　掛幽人之明鏡　2-18
澄晩氣於幽巖　6-10
下明月之幽潭　10-7
幽期難再　10-15
共抒幽期　11-20
草齊幽徑　14-4
以清湛幽凝鎭靜流俗　16-2

以黼藻幽尋之致焉　16-7
而淺才幽讃　18-11
山水幽情　19-3
懷幽契者　24-3
式序幽筵　25-4
下揆幽衿　30-20
積籟與幽湍合響　33-13
暫辭幽磵　34-6
幽人長往　34-29
而幽山桂樹　34-34
各叙幽懷　35-12

柚　烟侵橘柚之園　31-8

悒　能無鬱悒　9-9

挹　備將軍之挹客　34-15

涌　文詞泉涌　5-8
乘巖泌涌　12-3

悠　遂長懷悠想　16-4

郵　遇會高郵之讌　8-5

猶　猶停隱遁之賓　4-5
烟霞猶在　5-7
猶懷狂顧之心　6-2
亦猶今之視昔　11-20
猶驚白鷺之濤　13-8
猶嬰俗網之悲　19-2
申猶子之道　27-20
猶嬰觸網之悲　29-19
猶分鋭闕　30-9

遊　不遊天下者　1-2
倶遊萬物之間　1-6
而山水來遊　2-13
來遊鏡中　3-4
于時歳遊青道　5-13
陶潛彭澤之遊　5-14
三蜀良遊　10-6
式序良遊　10-17
遨遊風月　11-4
古今同遊　12-8
少長齊遊　12-9
雖復勝遊長逝　13-3
下官以千里薄遊　13-5
下走以旅遊多暇　14-2
共寫良遊　14-5
方趨好事之遊　17-7
萬里浮遊　20-9
情高晉澤之遊　21-11
乘閑追俠窟之遊　22-4
倶宣絶代之遊　24-5
極娯遊於暇日　26-20
今之遊太學者多矣　27-2
遊必有方　27-21
口腹良遊　29-6
林泉可攘袂而遊　29-7
晩秋遊武擔山寺序　30-1
騈闐上路之遊　30-17
庶旌西土之遊　30-20
遊□萍之野　32-3
遊廟山序　33-1
相與遊於玄武西之廟山　33-8
朝遊魏闕　34-8
遊子横琴　34-24
庶公子之來遊　34-35
共記良遊　36-23
我輩良遊　37-8
思假俊翮而遊五都　38-4
思欲校良遊於日下　38-14

雄　雄談逸辯　2-11
班孟堅騁兩京雄筆　2-23
請飛雄藻　20-10
雄州霧列　26-4
雄筆壯詞　34-21
列雄州　36-5
爲建鄴之雄都　37-6

猷 山巨源之風猷令望 1-17
王子猷之獨興 29-6
密子賤之芳猷 31-7
憂 有懷情於憂喜 7-2
憂歡共惑 19-5
令汝無反顧之憂也 27-21
共寫憂源 37-19
吾無憂矣 39-9
殷憂別思 41-17
牖 花明高牖 14-4
融 興促神融 13-12
既而神融象外 34-21

ヨ

余 亦歸余於西北 4-18
余乃漂泊而沈水國 6-5
預 預于斯者若干人爾 16-7
時預乎斯者 33-16
預乾坤之一物 34-3
與 長江與斜漢爭流 4-13
相與隔千里 6-6
與筆海而連濤 10-15
與邵鹿官宴序 14-1
詞峯與夏雲爭長 17-6
與員四等宴序 24-1
落霞與孤鶩齊飛 26-16
故與夫昇華者 28-11
廼相與造□處之宮 32-3
相與遊於玄武西之廟山 33-8
積籟與幽湍合響 33-13
亦未與談今古 39-7
餘 二千餘里 2-8
有餘鶯谷 4-11
賓明府□錦化之餘閑 10-9
累安邑之餘風 14-3
空餘報國之情 26-28
廿餘載矣 27-15
中山郎餘令 29-8
散若有餘 41-8
豫 豫章故郡 26-2

ヨウ

幼 扶老携幼 27-18
覺老幼之同歸 36-19
用 文史足用 2-6
用林泉爲窟宅 4-2
用宴安於別後 6-11
一字用探 6-12
以琴罇爲日用 12-8
烟霞用足 17-6
共用一言 22-9
伍胥用而三呉盛 37-2
用烟霞以付朝夕 39-5
杳 乘杳冥之絶境 33-11
洋 洋洋焉 30-18
要 裂詞場之要害 20-11
時議稱其典要 35-4
城池當要害之衝 36-5
期我以久要 40-6
容 拙容陋質 2-5
仙舟容裔 4-6
素蝶翻容 21-9
破家不容其罪 41-6
揚 揚子雲之書臺 5-6
拔萃揚眉 7-4
雖揚庭載酒 17-7
然則杏圃揚徽 21-3
揚魁梧之風 27-7
孰振揚名之業 27-23
況乎揚子雲之舊地 31-6
請揚文筆 36-22
激揚視聽 40-13
池亭以導揚耳目 41-8
葉 廷前柳葉 3-10

採蓮葉於湘湖　10-3
桂葉浮舟　13-6
羞蕙葉　18-6
葉聚氛濃　18-10
葉岫籠煙　21-7
而非累葉之契　28-11
聳公葉縣鳧飛　34-38
青蘋布葉　36-13

陽　石季倫河陽之梓澤　2-4
輕脱屣於西陽　2-13
況乎華陽舊壤　5-4
潘岳河陽之令　5-15
直指山陽　9-6
司馬少以陽池可作　10-9
屈平製芰於涔陽之浦　16-5
王仲宣山陽俊人　20-2
節實重陽　20-4
河陽採犢　20-6
思駐日於魯陽之庭　20-8
聲斷衡陽之浦　26-17
故雖陰陽同功　28-2
宇文德陽宅秋夜山亭宴序　29-1
河陽潘岳之花　29-10
直至山陽之座　31-3
安陽邵令遠耳　33-17
擁平陽之舊館　34-11

搖　扶搖可接　26-27

楊　有弘農楊公者　2-8
楊法師以烟霞勝集　18-4
楊五席宴序　23-1
楊意不逢　26-32
積潘楊之遠好　28-12
新都縣楊乹嘉池亭夜宴序　31-1
楊子草玄　40-10

腰　山腰半坼　2-18
青腰御律　29-13

瑤　王夷甫之瑤林瓊樹　2-10
瑤觴間動　13-12
坐瑤席而忘言　18-10
遂令啓瑤緘者　29-5
玉帶瑤華　29-16
瑤泉玉甃　30-8
瑤觴佇興　31-10

遙　逍遙皆得性之場　3-3
各得逍遙之地　4-8
得逍遙之雅致　8-6
結網非遙　10-16
遙分鶴鳴之巖　21-6
棨戟遙臨　26-6
遙襟甫暢　26-17
北海雖遙　26-27
遙喧鳳鐸　30-10
策藜杖而非遙　34-28
日暮途遙　36-17

蓉　即暎芙蓉之水　29-16
月照芙蓉之水　31-9

養　蹔捜疇養　22-6
誰展色養之心　27-22

擁　莫不擁冠蓋於烟霞　4-3
擁平陽之舊館　34-11

謠　西域之風謠在即　2-20
登岳長謠　30-19
自有長謠　37-9

邀　退不邀榮　34-5

瀁　滉瀁即天河之水　2-25

曜　喜鵷鸞之樓曜　15-6
高人薛曜等耳　15-8

颺　颺鮮颷於泉薄　21-9

鷹　張季鷹之命駕　34-28

ヨク

沃　請沃非常之思　24-5

浴　沐浴於膏澤　9-3

欲　方欲披襟朗詠　11-16
方欲以林壑爲天屬　12-7
咸一切欲速　27-2
方欲斂手鍾鼎　33-15
思欲校良遊於日下　38-14
方欲粉飾襟神　40-13

翼　羽翼於此背飛　7-6
掛頳翼於文竿　11-14
星分翼軫　26-2
鴈翼分橋　29-15
鵷鸞舞翼　35-6

ラ

螺　水架螺宮　5-5

羅　玉俎駢羅　13-12
闢羅幌而交懽　21-7
且混羅裳　34-13
俎豆駢羅　36-16
杞梓森羅　41-11

蘿　披薜蘿於山水　4-4
藤蘿暗而山門古　5-14
促蘿薜於玄門　25-3

ライ

來　樂去悲來　1-13
悽斷來鴻　1-16
而山水來遊　2-13
來遊鏡中　3-4
若海上之査來　4-6
月來日往　6-10
不期往而復來　8-2
摠萬國以來王　9-2
雖復來者難誣　11-21
興盡悲來　26-21
有自來矣　33-6
時不再來　34-25
庶公子之來遊　34-34
朱紱儻來　36-19
樂極悲來　37-15
來廁眞龍之友　41-14
時不再來　41-18

萊　求玉液於蓬萊之府　2-17

磊　磊落壓乾坤之氣　2-10
星象磊落以降精　28-3
磊落乘烟　29-14
磊落名都之氣　30-18

賴　所賴君子安排　26-25

籟　引秋陰於爽籟　6-11
蕭蕭百籟之響　7-11
風吟百籟　21-6
爽籟發而清風起　26-18
積籟與幽湍合響　33-13

ラク

洛　秋日送沈大虞三入洛詩序　6-1
泝上京之河洛　9-5
初傳曲洛之盃　11-19
河洛有神仙之契　13-3
孔文擧洛京名士　20-2
秋晩入洛於畢公宅別道王宴序
34-1
洛城風景　34-26

絡　井絡名都　5-4

落　良談落落　1-9
磊落壓乾坤之氣　2-10
琴臺遼落　4-5
白雲將紅塵競落　4-14
居人苦遼落　7-12
落花盡而亭皐晩　11-8
落雲英於高穹　22-2
落霽生寒　22-7
落霞與孤鶩齊飛　26-16
星象磊落以降精　28-3
磊落乘烟　29-14
磊落名都之氣　30-18

關山牢落　38-11
樂　樂去悲來　1-13
仁者樂山　2-2
智者樂水　2-2
樂天知命　2-7
樂莫新交　3-8
樂莫樂於茲日　8-4
且盡山陰之樂　12-9
請持罇共樂平生　19-6
樂五席宴羣公序　22-1
樂五官情懸水鏡　22-2
樂在人間　23-4
取樂罇酒　25-4
竟開長樂　30-5
行樂琴樽而已哉　32-5
終大王之樂善　34-15
情槃樂極　36-17
樂極悲來　37-14
樂極興酣　40-12

ラン
亂　羣鳥亂飛　4-11
亂荷芰而動秋風　36-13
壈　即坎壈之君子　2-5
覽　周覽極睇　16-4
僕嘗覽前古之致　19-2
常覽仙經　33-2
闌　闌干象北斗之宮　2-24
瀾　淡淡波瀾　10-13
爾其崇瀾帶地　13-6
蘭　野外紉蘭　1-18
王右軍山陰之蘭亭　2-4
故蘭亭有昔時之會　3-11
蘭吐氣於仁賢　7-9
若涉芝蘭　8-3
引蘭酌之鸚杯　8-6
亦有拔蘭花於溱洧　10-3
自欣蘭蕙　10-11
墅淑蘭滋　11-10
動蘭橈　13-9
開蘭砌而行吟　14-3
糞蘭英　18-6
高人聚而蘭筵肅　20-6
俯蘭沼而披筵　21-5
傃蘭除而躒影　21-6
竝以蘭才仙府　22-3
桂殿蘭宮　26-13
蘭亭已矣　26-34
紅蘭翠菊　31-7
蘭蕙同薫　35-5
雜芝蘭而涵曉液　36-14
接蘭友而坐蘭堂　40-11
巒　峯巒四絶　5-4
旣而崗巒却峙　12-5
即崗巒之體勢　26-13
崗巒隱隱　30-6
鸞　所謂鸞翔鳳舉　7-7
掛鸞刀而雪泛　13-11
喜鵷鸞之樓曜　15-6
佇鸞觴於月徑　24-3
鸞鳳可以術待　33-3
鵷鸞舞翼　35-6
賚宋盡鵷鸞之選　36-6
梁伯鸞之遠逝　37-8

リ
吏　神怡吏隱之間　10-5
若使周孔爲文章之法吏　41-5
利　何屈節於名利　3-13
倶安名利之場　4-8
倶欣利涉　6-4
諸公等利斷秋金　22-2
因利乘便　27-3

見利忘義　27-13
登朝有聲利之迫　33-4
李　王勃於越州永興縣李明府送蕭三還齊州序　1-1
人非李徑　1-19
故有李處士者　3-4
桃李明而野徑春　5-13
李廣難封　26-24
里　二千餘里　2-8
千里心期　2-14
里閈依然　5-6
相與隔千里　6-6
冀摶風於萬里　9-4
若夫春江千里　10-2
下官以千里薄遊　13-5
萬里浮遊　20-9
新知千里　23-5
千里逢迎　26-7
奉晨昏於萬里　26-31
千里同心　29-7
樗里子之孤墳　30-4
寒雲千里　30-15
平視千里　33-11
聞絃歌於北里　34-9
王畿千里　34-17
戚里笙竽　34-27
白雲萬里　34-29
洪濤千里　37-10
帝里隔於雲端　37-16
願乘長風而眺萬里　38-5
理　知軒冕可以理隔　33-3
聚散恒理　35-10
履　珠履交音　5-9
履半級　27-13
全忠履道　34-30
鯉　叨陪鯉對　26-32
離　豈識別離之恨　1-2
白首非離別之秋　1-14
共離舟而俱泛　1-16
今我言離　1-16
既酌傷離之酒　1-19
雲異色而傷遠離　6-9
共對離樽　6-11
遂以離亭仙宅　7-6
對離舟　7-11
悲莫悲兮愴離緒　9-8
轉離舟於複溆　10-14
登鳳几而霜離　13-11
共寫離襟　17-8
捨離襟而命筆　19-7
偃去棹於離洲　20-7
離別咫尺　27-21
叙離道意　27-24
式命離前之筆　34-40
枕離亭　37-9
聊縱離前之賞　39-13
握手言離　41-15
驪　各控驪泉之寶　29-11
驪嶠崇基　30-2
リク
陸　匪二陸之可嘉　7-3
兎躔朱陸　18-2
時屬陸冗　18-2
戮　宇宙戮力　28-3
リツ
立　立風標　27-4
律　于時序躔青律　11-7
請抽文律　13-17
青腰御律　29-13
玉律驚秋　30-14
リャク
略　一則奮明略於趙郊　7-5

リュウ

柳　廷前柳葉　3-9
又柳明府遠赴豐城　8-5
秋晩什邡西池宴餞九隴柳明府序　10-1
柳明府籍銅章之暇景　10-7
垂柳低風　13-14
九隴縣令河東柳易　18-3
梅柳變而新歳芳　40-2
花柳含春　41-16

流　流水長堤　2-4
風流第一　2-9
長江與斜漢爭流　4-14
儒雅風流　5-9
地泉下流　6-5
湍流百勢　11-13
江甸名流　11-19
接磴分流　12-3
波流未遠　13-4
綿玉甸而横流　13-7
僕不幸在流俗而嗜煙霞　15-2
以清湛幽凝鎭靜流俗　16-3
言泉共秋水同流　17-6
雖惠化傍流　18-11
奏流水而何慙　26-33
自溺於下流矣　27-14
風流名士　29-8
非流俗所詣　32-2
動流波於下席　37-15

留　豈期我留子往　1-12
奉淹留於芳閣　5-11
去留之路不同　6-5
咸軫思於去留　7-2
下官以溝水難留　10-10
淹留勝地　12-5
握手去留之際　19-6
勝賞不留　23-2
留興緒於芳亭　29-4
留逸契於人間　29-18
阮嗣宗陳留逸人　31-2
毎留連於勝地　31-4
少留都下　34-10
去留咸遂　34-31
山曲淹留　36-7
願麾戈以留景　36-18
留芳罇而待明月　38-16

隆　顧豐隆而轉軑　18-7

溜　溜王烈之香粳　2-18
咽溜清冷　9-7

榴　榴溪泛酌　21-3

劉　以威劉昆之火　18-9
劉眞長之體道　40-9

龍　龍蛇爲得性之場　2-2
嵇叔夜之龍章鳳姿　2-11
徴石髓於蛟龍之穴　2-16
巖堅龍頭　2-17
王明府氣挺龍津　5-8
斯則龍堂貝闕　10-4
龍集丹紀　18-2
龍津抵霧　21-2
龍光射牛斗之墟　26-3
青雀黄龍之舳　26-15
喜託龍門　26-32
若夫龍津宴喜　29-2
亹亹龍宮之偈　30-14
龍鏕翠轄　30-17
似元禮之龍門　34-17
陟龍門　36-8
武據龍盤　37-4
則有僧中龍象　40-8
請命蛟龍之筆　40-15
來廟眞龍之友　41-14

リョ

侶　侶山水而窮年　34-36
旅　嘶旅騎於巖坰　10-15
　旅思遄亡　11-18
　下走以旅遊多暇　14-2
　排旅思而銜盃　19-7
　昌亭旅食　36-6
　蕩羇旅之愁思　39-8
　甘申羇旅之心　41-15
慮　林慮盧主簿　35-2
閭　冬日送閭丘序　9-1
　閭丘學士　9-3
　閭閻撲地　26-14

リョウ

良　良談落落　1-9
　良談吐玉　4-13
　三蜀良遊　10-6
　式序良遊　10-17
　共寫良遊　14-5
　懷良辰而鬱鬱　15-3
　良會不恒　24-4
　自置良友　28-13
　口腹良遊　29-6
　粤以勝友良暇　33-8
　良時易失　35-12
　共記良遊　36-23
　我輩良遊　37-8
　良願果諧　38-5
　思欲校良遊於日下　38-14
兩　班孟堅騁兩京雄筆　2-23
　言爲兩絶　8-2
　終不能五百年而生兩賢也　28-4
　乃知兩鄉投分　29-6
　榮賤兩亡　34-20
梁　不涉河梁者　1-2
　故有梁孝王之下客　1-5
　清歌遶梁　4-14
　竄梁鴻於海曲　26-25
　共悦濠梁　36-20
　梁伯鸞之遠逝　37-8
　晉宋齊梁之故跡　38-9
　雕梁看紫燕雙飛　41-16
涼　醺渚荒涼　4-6
淩　思染翰以淩雲　36-18
　淩翰圃而横飛　39-2
聊　聊縱離前之賞　39-13
陵　陵谷終移　13-3
　撫陵雲而自惜　26-33
　地實金陵　37-5
量　或江海其量　28-5
僚　則有蜀城僚佐　5-10
寥　竟寂寥而無睹　5-3
　自嵇阮寂寥　24-2
漁　漁弄互起　11-13
　嘯漁子於平溪　13-9
　漁叟請緇帷之賞　21-3
　漁舟唱晚　26-16
領　白雲引領　25-2
寮　諸寮友等祖道秋原　7-8
　寮寀盡鵷鸞之選　36-5
遼　琴臺遼落　4-5
　似遼東之鶴擧　4-7
　居人苦遼洛　7-12
　下走遼川鶴去　34-39

リョク

力　宇宙戮力　28-3
緑　踈萍泛緑　11-10
　若乃青蘋緑芰　12-4
　睢園緑竹　26-18
　亦有紅蘋緑荇　29-16
　緑縢朱黻　34-13

緑軫方調　37-12

リン

林　王逸少之脩竹茂林　1-8
豈徒茂林脩竹　2-3
王夷甫之瑤林瓊樹　2-10
出瓊林而望遠　2-21
則林泉見託　3-3
竹林無今日之歡　3-12
用林泉爲窟宅　4-2
遠近生林薄　4-10
愛林泉之道長　5-16
林薄蒼芒　9-9
空林暮景　10-14
林壑清其顧盼　11-7
指林岸而長懷　11-11
方欲以林壑爲天屬　12-7
林野晴歸　13-13
常恨林泉不比德而嵇阮不同時而處　15-2
仲長統之園林　15-4
眇然有山林陂澤之恩　16-4
林泉動色　17-2
坐林苑於三秋　20-3
俗物去而竹林清　20-6
林壑遂喪　24-4
或林泉其識　28-5
林泉可攘袂而遊　29-7
闢林院而開衿　29-9
金風高而林野動　29-14
而廣岫長林　30-3
傃林壑而延情　30-11
鶏林駿賞　30-13
林泉生謝客之文　31-5
遂令林壑道喪　33-6
何必山林之下　34-20
蒼烟生而北林晩　34-22
敢忘林藪　34-23
林慮盧主簿　35-2
林塘清而上筵肅　36-15
支道林之聡明　40-8
嵇阮爲林壑之士師　41-6

倫　石季倫河陽之梓澤　2-4
作人倫之師範　5-9
編人倫　27-12

琳　則我地之琳瑯　3-6
崑阜琳琅　4-18
琳瑯謝安邑之賓　20-4
琳瑯疊彩　41-11

凛　凛凛四郊之荒　7-10
況我巨山之凛凛孤出　17-3

輪　果遇攀輪　36-9

隣　訪道隣郊　10-8
接孟氏之芳隣　26-31

臨　臨遠登高　1-3
尚臨清賞　3-7
臨別浦　7-11
如臨水鏡　8-3
對水臨亭　8-6
分岐臨水　9-6
環臨翡翠之竿　13-10
罇酒値臨邛之令　20-5
棨戟遙臨　26-6
臨帝子之長洲　26-11
下臨無地　26-12
光照臨川之筆　26-19
臨水贈言　26-34
亦有依山臨水　29-3
始詣臨邛　29-6
傍臨石鏡　30-8
環臨玉嶼　31-8
臨山河而歎息者也　33-7
俯臨萬仞　33-10

高士臨筵　34-19
臨風雲而解帶　36-11
臨別浦　37-9
棟宇前臨　37-11
灑絶翰而臨清風　38-16
臨春風而對春□　40-10
鱗　躍青鱗於畫網　11-14
素鯉縈鱗　13-11
魚鱗積磴　29-15

ル

屢　屢陪驩宴　1-8

ルイ

累　累安邑之餘風　14-3
而非累葉之契　28-11
類　物類之相感也　35-6

レイ

令　山巨源之風猷令望　1-17
潘岳河陽之令　5-15
梓潼縣令韋君　16-2
九隴縣令河東柳易　18-3
罇酒值臨邛之令　20-5
令汝無反顧之憂也　27-21
遂令啓瑤緘者　29-5
中山郎餘令　29-8
遂令林壑道喪　33-6
安陽邵令遠耳　33-17
冷　咽溜清冷　9-7
唳　聞唳鶴而驚魂　9-8
舲　於是儼松舲於石嶼　11-10
零　愴零雨於中軒　37-15
隷　長懷司隷之門　20-2
勵　戰兢惕勵者　27-15
嶺　蕭蕭鷲嶺之居　30-13
五嶺方踰　37-16
禮　聞禮制而空存　5-3
削書定禮　27-7
似元禮之龍門　34-17
仍逢厚禮　37-9
動非合禮　41-4
藜　策藜杖而非遙　34-28
麗　以爲帝王之神麗　2-24
遲遲麗景　4-9
何山川之壯麗焉　5-7
清詞麗藻　9-4
偉皇居之壯麗　34-8
醴　醴酒還陳　34-18
齡　託同志於百齡　24-5
捨簪笏於百齡　26-31
蠡　響窮彭蠡之濱　26-17
靈　雖英靈不嗣　5-7
靈關勝地　11-5
靈機密邇　18-6
寓宿靈臺　22-4
人傑地靈　26-4
豈英靈之道長　28-7
同河汾之靈液　28-13
巴漢英靈　29-12
豈如武擔靈岳　30-5
碧鷄靈宇　30-16
蓋蜀都之靈峯也　33-9
驚帝室之威靈　34-7
暮宿靈臺　34-8
夫靈芝旣秀　35-5
江漢之靈　39-2
欞　豈如傲影南欞　21-4

レキ

歷　歷秋風之極浦　10-6
歷廻溪　11-12
歷山川而綴賞　13-5
歷禱名山　18-3
歷松扉　30-12
的歷秋荷　31-9

瀝　浸淫滴瀝　12-2

レツ

列　列芳筵　4-12
瓊巵列湛　10-11
瞻列鞅而廻鞭　18-7
列宴仙壇　18-7
如乘列子之風　18-8
雄州霧列　26-4
列樹崇闉　30-17
敢攀成列　30-20
列榭崇軒　34-13
列雄州　36-5
楚山紛列　38-8

烈　溜王烈之香粳　2-18
昔者王烈登山　17-2
王烈迎賓　34-36

裂　裂詞場之要害　20-10
孫權因而九州裂　37-3

レン

連　嘗謂連城無他鄉之別　1-10
道合姻連　6-3
連山寒色　10-14
與筆海而連濤　10-16
若夫辯輕連璽　13-2
斜連北渚之煙　13-14
連霞掩照　21-11
亘渚連翹　29-16
迥寫祁連　30-4
每留連於勝地　31-4
傍連翠渚　36-12
闕連石塞　37-4
連襟扼腕　40-2

蓮　採蓮葉於湘湖　10-3

練　俯丹霄而練魄　23-7

憐　憐風月之氣高　5-15

斂　方欲斂手鍾鼎　33-15

簾　池簾夕斂　29-17
簾帷後闢　37-10

戀　能無戀恨　7-8
琴罇不足戀也　28-9

ロ

呂　則呂望坐茅於磻磎之陰　16-5
春日送呂三儲學士序　41-1

路　歎岐路於他鄉　1-14
去留之路不同　6-5
風雜響而飄別路　6-10
既而雲生岐路　10-13
路出名區　26-9
儼驂騑於上路　26-11
誰非失路之人　26-23
無路請纓　26-29
相依窮路　28-13
駢闐上路之遊　30-17
廻首箕山之路　34-32
時時失路　34-34
郢路極於崤潼　36-4
惆悵南溟之路　36-22
下官栖遑失路　41-13

魯　思駐日於魯陽之庭　20-8
毗魯化於惟桑　22-5

盧　別盧主簿序　35-1
林慮盧主簿　35-2

廬　鎮接衡廬　26-2

爐　酤酒狎爐家之賞　22-4

蘆　野外蘆花　3-10

露　白露下而江山晚　1-15
白露下而光陰晚　3-9
傷白露之遷時　10-12
白露下而呉江寒　20-3
他鄉秋而白露寒　28-14
秋露下而江山靜　29-14
影襲三危之露　29-18

露下風高 31-10
白露下而南亭虚 34-22
白露下而蒼山空 37-17
崩雲垂露之健筆 41-11
鷺 猶驚白鷺之濤 13-8

ロウ

老 鍛野老之眞珠 2-18
馮唐易老 26-24
老當益壯 26-26
扶老携幼 27-18
古老相傳名焉 33-9
晩讀老莊 34-4
老子不死矣 35-5
覺老幼之同歸 36-19
弄 傣遲風而弄影 11-9
漁弄互起 11-13
牢 未及牲牢 34-23
關山牢落 38-11
陋 拙容陋質 2-5
郎 直至中郎之席 20-2
中山郎餘令 29-8
朗 許玄度之清風朗月 1-7
方欲披襟朗詠 11-17
清絃朗笛 16-7
竝高情朗俊 41-10
浪 共詞河而接浪 10-16
亦有銀鈎犯浪 11-14
蹴浪奔廻 13-8
浪形丘壑之間 23-3
狼 烟霞狼藉 34-21
琅 崑阜琳琅 4-18
勞 抒勞思於綵筆 29-4
廊 坐臥南廊 15-5
瑯 則我地之琳瑯 3-6
琳瑯謝安邑之賓 20-4
昔王子敬瑯琊名士 31-2
琳瑯疊彩 41-11
漏 漏靜銀宮 18-9
樓 喜鵷鸞之樓曜 15-6
登綿州西北樓走筆詩序 25-1
樓雉中天 25-2
還昇菌樓之峯 29-15
秋日登冶城北樓望白下序 38-1
屬樓雉之中天 38-5
潦 嵇叔夜之潦倒龘踈 1-17
潦水盡而寒潭清 26-10
隴 秋晩什邡西池宴餞九隴柳明府序 10-1
九隴縣令河東柳易 18-3
瓏 珊瓏接映 30-9
籠 葉岫籠煙 21-7

ロク

六 俱題六韻 1-20
六韻齊疏 11-20
六月癸巳 16-2
勒 請勒縁情之作 31-11
鹿 與邵鹿官宴序 14-1
邵少鹿少以休沐乘春 14-2
爰昇白鹿之峯 18-4
鹿苑仙談 30-13
濟陰鹿弘胤 33-17
褰鹿長懷 34-23
禄 成榮厚禄 7-5
嘗恥道未成而受禄 27-16

ロン

論 雜以妙論 16-6
捨窮達而論心 20-9
玄談清論 34-20
捨塵事而論心 34-28

ワイ

淮 背下土之淮湖 9-5
地實淮南 36-2

北控淮潮　38-7

ワク

或　或登呉會而聽越吟　1-8

　　或下宛委而觀禹穴　1-9

　　或昂昂騁驥　4-7

　　或泛泛飛鳧　4-7

　　或江海其量　28-5

　　或林泉其識　28-5

　　或簪裾其迹　28-6

　　或雲漢其志　28-6

　　或三秋舊契　29-8

　　或一面新交　29-9

惑　憂歡共惑　19-5

ワン

腕　連襟扼腕　40-2

あとがき

私たち「日中文化交流史研究会」は一九九四年に『杜家立成雑書要略　注釈と研究』を公刊したが、そのころすでに次の目標をこの『正倉院本王勃詩序』の解読に定めて共同研究を始めていた。翌一九九五年にはその成果の一端として、論文・一部の詩序の訳注・本文翻刻と索引を収めた『正倉院本王勃詩序の研究Ⅰ』（神戸市外国語大学外国学研究所）を上梓した。以来、詩序全篇のすみやかな解読を目指したものの、しかし時は移り、このたびようやく一書にまとめることになった。実に二十年もの、尋常ならざる長年月を要したひとつの理由は、「まえがき」にもふれられているように、四十一篇の詩序を一回では足りず二回、三回と繰り返し通読する必要があったことにある。

ただ、私的な感慨ともなるが、長く続いてきた研究会そのものは常に楽しかった。月に一回程度のペースで、たいていは土曜日の午後、神戸市西区の学園都市にある神戸市外国語大学に集まった。詩序ごとに担当者を決め、輪読形式で進めたが、しばしばある語、ある表現をきっかけに、自由な議論は、詩文や文字の話から博物学的に万般に及び、しかも中国と日本の時空を往き来して飽くことがなかった。メンバーはこうしたいわば学問的雑談の楽しさを共有し、またそこから多くを学び、学びながら研究に生かしてきた。妙な言い方だが、これも遅延のひとつの理由であったろう。

輪読開始後間もない一九九五年一月には阪神・淡路大震災に遭い、その年は遮断された交通機関を乗り継いで外大に通ったことなどを憶えている。その前後からはしだいに、メンバーは次々に定年を迎え、名誉教授となり、勤務先が変わり、あるいは退職した。そして無念にも、二〇〇八年四月には蔵中進先生、二〇一〇年一月には長田夏樹先生をお見送りした。この敬愛すべきお二人の碩学に導かれていた研究会だったので、この長い航海も一時は座礁の危機に瀕した。残りのメンバーもしだいに高齢化したが、それでも何とかここまでたどりつけたという思いがある。両先生のご霊前にもやっと報告ができる。

『正倉院本王勃詩序』は「日本が世界に誇るべきテキストのひとつ」であり、そのテキスト研究は「王勃の文学、ひいては初唐の文学の実態を解明する可能性をも秘めている」と、近年も精力的に本詩序の研究を進められている道坂昭廣氏が述べている（「テキストとしての正倉院蔵『王勃集詩序』」、「アジア遊学」九三、二〇〇六年十一月）。私たちも同様な感想をもつものである。本書では本詩序の文学性や文学史的な考察にまでは踏み込めなかったが、そうした考察のためにも本詩序の本文校訂や精読は基礎作業の意味をもつ。今後の研究のために、本書がその一助となれば幸いである。

なお、当研究会メンバーによる本詩序にかかわる研究として、前記『正倉院本王勃詩序の研究Ｉ』には佐藤晴彦による論文「王勃研究小史」を含み、山川英彦にも「王勃伝記資料集」（「神戸外大論叢」五五—一、二〇〇四年九月）および「詩序雑考」（「神戸外大論叢」五九—四、二〇〇八年九月）の論がある。また蔵中進『則天文字の研究』（翰林書房、一九九五年）には、本詩序中に含まれる則天文字や欠筆字の研究が含まれている。必要に応じ、併せご覧いただきたい。

前著に引き続いて、翰林書房には出版のご快諾をいただいた。末筆ながら、今井肇、静江両氏に深謝申し上げます。

（神野富一）

日中文化交流史研究会（代表　山川英彦）同人紹介

長田夏樹（おさだ　なつき）

一九二〇年生　神戸市外国語大学名誉教授　中国語学文学、アルタイ語学　主著『長田夏樹論述集（上）・（下）』（ナカニシヤ出版、二〇〇〇年・二〇〇一年）　二〇一〇年逝去

蔵中　進（くらなか　すすむ）

一九二八年生　神戸市外国語大学名誉教授　上代国語国文学　主著『唐大和上東征伝の研究』（桜楓社、一九七六年）　二〇〇八年逝去

原田松三郎（はらだ　まつさぶろう）

一九三五年生　神戸市外国語大学名誉教授　中国語学文学　主著『杜家立成雑書要略　注釈と研究』（翰林書房、一九九四年　共著）

髙橋庸一郎（たかはし　よういちろう）

一九四二年生　阪南大学名誉教授　中国語学文学、日本漢文学　主著『中国文化史上における漢賦の役割――付　楽府詩論――』（晃洋書房、二〇一一年）

佐藤晴彦（さとう　はるひこ）

一九四四年生　神戸市外国語大学名誉教授　中国語学文学　主著『元刊雜劇の研究――三奪槊・氣英布・西蜀夢・

罩刀會』（赤松紀彦氏らとの共著、汲古書院、二〇〇七年）『元刊雜劇の研究（二）―貶野郎・介子推』（赤松紀彦氏らとの共著、汲古書院、二〇一一年）

山川英彦（やまかわ　ひでひこ）

一九四七年生　神戸市外国語大学名誉教授　中国語学文学　主著『杜家立成雑書要略　注釈と研究』（翰林書房、一九九四年　共著）

辻　憲男（つじ　のりお）

一九四九年生　神戸親和女子大学教授　上代国語国文学　主著『杜家立成雑書要略　注釈と研究』（翰林書房、一九九四年　共著）

神野富一（かんの　とみかず）

一九五一年生　甲南女子大学教授　上代国語国文学、仏教史学　主著『補陀洛信仰の研究』（山喜房佛書林、二〇一〇年）

正倉院本 王勃詩序訳注

発行日	2014年9月18日　初版第一刷
編　者	日中文化交流史研究会
発行人	今井　肇
発行所	翰林書房
	〒101-0051　東京都千代田区神田神保町2-2
	電話　03-6380-9601
	FAX　03-6380-9602
	http://www.kanrin.co.jp
	Eメール ● kanrin@nifty.com
印刷・製本	シナノ

落丁・乱丁本はお取り替えいたします

ISBN978-4-87737-375-7